महाश्वेता देवी

जन्म : 1926, ढाका।

पिता श्री मनीष घटक सुप्रसिद्ध लेखक थे।

शिक्षा : प्रारम्भिक पढ़ाई शान्तिनिकेतन में, फिर कलकत्ता विश्वविद्यालय से अंग्रेजी साहित्य में एम.ए.।

अर्से तक अंग्रेजी का अध्यापन।

कृतियाँ अनेक भाषाओं में अनूदित।

हिन्दी में अनूदित कृतियाँ : *चोट्टि मुण्डा और उसका तीर, जंगल के दावेदार, अग्निगर्भ, अक्लान्त कौरव, 1084वें की माँ, श्री श्रीगणेश महिमा, टेरोडैक्टिल, दौलति, ग्राम बांग्ला, शालगिरह की पुकार पर, भूख, झाँसी की रानी, आंधारमानिक, उन्तीसवीं धारा का आरोपी, मातृछवि, सच-झूठ, अमृत संचय, जली थी अग्निशिखा, भटकाव, नीलछवि, कवि वन्द्यघटी गाईं का जीवन और मृत्यु, बनिया-बहू, नटी* (उपन्यास); *पचास कहानियाँ, कृष्णद्वादशी, लहराती घटाएँ, ईंट के ऊपर ईंट, मूर्ति,* (कहानी-संग्रह); *भारत में बँधुआ मजदूर* (विमर्श)

सम्मान : 'जंगल के दावेदार' पुस्तक पर साहित्य अकादेमी पुरस्कार। मैगसेसे एवार्ड तथा भारतीय ज्ञानपीठ द्वारा सम्मानित।

निधन : 28.07.2016 (कोलकाता)।

झाँसी की रानी

महाश्वेता देवी

अनुवाद व सम्पादन
डॉ. रामशंकर द्विवेदी

राधाकृष्ण पेपरबैक्स

पहला पुस्तकालय संस्करण
राधाकृष्ण प्रकाशन प्राइवेट लिमिटेड द्वारा
2000 में प्रकाशित

राधाकृष्ण पेपरबैक्स में
पहला संस्करण : 2010
छठा संस्करण : 2024

राधाकृष्ण पेपरबैक्स : उत्कृष्ट साहित्य के जनसुलभ संस्करण

राधाकृष्ण प्रकाशन प्राइवेट लिमिटेड
जी-17, जगतपुरी, दिल्ली-110 051
द्वारा प्रकाशित

शाखाएँ : अशोक राजपथ, साइंस कॉलेज के सामने, पटना-800 006
पहली मंजिल, दरबारी बिल्डिंग, महात्मा गांधी मार्ग, प्रयागराज-211 001
1, अनमोल सोराबजी संतुक लेन, धोबी तलाव, मरीन लाइंस, मुम्बई-400 002

वेबसाइट : www.radhakrishnaprakashan.com
ई-मेल : info@radhakrishnaprakashan.com

बी.के. ऑफसेट
नवीन शाहदरा, दिल्ली-110 032
द्वारा मुद्रित

मूल्य : ₹399

JHANSI KI RANI
Novel by Mahashweta Devi

ISBN : 978-81-8361-384-2

मैं इस हिन्दी अनुवाद को स्वर्गीय श्री गोविन्द राम चिन्तामणि ताम्बे, लक्ष्मण राव झाँसीवाले, और ग्वालियर में रानी साहिबा लक्ष्मीबाई की छतरी के नीचे हेमन्त ऋतु में बिताए गए एक दिन की पवित्र स्मृति को समर्पित करती हूँ।

अन्तर्राष्ट्रीय ख्यातिसम्पन्न लेखिका की सबसे पहली रचना

झाँसी की रानी

सन् 1857। अंग्रेजी शासन के विरुद्ध भारतवासियों के पहले स्वतःस्फूर्त विद्रोह का वर्ष। उस विद्रोह के दिन सबसे आगे की पंक्ति में खड़े होकर जिस वीरांगना नारी ने प्राण दिए थे वही है झाँसी की रानी। विपुल धन और अतुल वैभव उसे महल में बन्द कर नहीं रख सका—वरन् वैयक्तिक स्वार्थ को तुच्छ मानते हुए बिना क्लेश के वह रणक्षेत्र में कूद पड़ी थी। क्षुद्र स्वार्थ से व्याकुल देशवासियों के समक्ष यह जो एक महत् उदाहरण है इसमें क्या सन्देह। इसीलिए भाँड़ेर से झाँसी, झाँसी से कालपी, कालपी से ग्वालियर सभी जगह कानों में पड़ती हुई लोककथाओं के सुर में आज भी सुनाई देती हैं रानी की वीरता की गाथाएँ। क्यों नहीं सुनाई देंगी! रानी जो अमर है—बाई साहिबा जरूर जिन्दा हैं। अथच अवशिष्ट स्वाधीन भारत आज अपनी स्वाधीनता की अर्ध शताब्दी में विभोर है—अथवा कौन याद करेगा आज इस वीर नारी की कहानी? सत्य है सैलुकस—कितना विचित्र है यह देश!

27, Imli Bazar,
Indore
20 January, 1956.

Greatly appreciate your attempt in undertaking this difficult task and wish you all success.

Laxman Rao Jhansiwala
Grandson of Maharani Laxmibai Sahiba

27, इमली बाजार
इन्दौर
20 जनवरी, 1956

इस मुश्किल काम को हाथ में लेने के तुम्हारे संकल्प की मैं बहुत सराहना करता हूँ और सफ़लता के लिए शुभकामनाएँ देता हूँ।

लक्ष्मण राव झाँसीवाला
पौत्र महारानी लक्ष्मीबाई साहिबा

बहुत दिनों की इच्छा पूरी हुई...

बांग्ला में 'झाँसी की रानी' का धारावाहिक प्रकाशन साप्ताहिक पत्रिका 'देश' में हुआ था। पुस्तकाकार रूप में इसका प्रकाशन निउ एज पब्लिशर्स ने 1956 ईस्वी में किया था। आज इस पुस्तक के सम्बन्ध में कुछ बातें याद आ रही हैं।

यह मेरी पहली पुस्तक है। इसके लिखने के पीछे का इतिहास इतना ही है कि इसके पहले मैंने कभी यह नहीं सोचा था कि मैं किसी दिन लेखिका बनूँगी और लेखन ही मेरी जीविका हो जाएगी।

उस समय पचास के दशक में मैं, विजन (भट्टाचार्य, एक नाट्यकर्मी और महाश्वेताजी के पति–अनु.) और मेरा बच्चा नवारुण सभी लोग बम्बई में रहते थे। कुछ दिन बड़े मामा शचीन चौधुरी (इकनॉमिक एंड पॉलिटिकल वीकली के संस्थापक-सम्पादक) के घर में भी रही थी। पुस्तक पढ़ने के अभ्यास के कारण इतिहास में अनुरक्ति, उसी बाध्यता के कारण बड़े मामा के पास एक सुन्दर पुस्तकालय था–खूब बड़ा नहीं पर मूल्यवान जरूर था। वहीं पर वीर सावरकर द्वारा लिखित '1857 का स्वातन्त्र्य समर' पुस्तक पढ़ती हूँ। उसी को पढ़कर लक्ष्मीबाई के सम्बन्ध में एक आग्रह उत्पन्न हो जाता है।

कलकत्ता लौटने के बाद 1857 से सम्बद्ध जितनी भी पुस्तकें मिलीं, सभी पढ़ डालीं। ये सब बातें आज पुनरावृत्ति मात्र हो गई हैं। जो कहने की बात है, वह यह है कि पुस्तकें तो सब पढ़ीं ही, रानी के भाई के पुत्र स्वर्गीय गोविन्द राम चिन्तामणि ताम्बे के साथ सम्पर्क सूत्र भी स्थापित किया और झाँसी की रानी के विषय में लिखने को प्रस्तुत हुई।

जो कुछ लिखने के लिए कलम पकड़ी वे हो गए 300 पृष्ठ, 300 पृष्ठ लिखने के बाद उन्हें स्वयं पढ़ा और पूरे 300 पृष्ठ फाड़कर फेंक दिए। उसके बाद झाँसी की यात्रा करती हूँ। अहमदाबाद में इतिहास-कांग्रेस थी, बड़ौदा में विज्ञान-कांग्रेस। ट्रेन थी हावड़ा-आगरा फोर्ट–अहमदाबाद। लौटते समय आगरा फोर्ट से ग्वालियर, झाँसी गई थी, या कानपुर से यह आज याद नहीं है।

26 की उम्र थी, क्या अहमदाबाद, क्या बड़ौदा, क्या झाँसी, सभी स्थान अजाने और अनपहचाने थे। जैसी गँवार, वैसी ही मूर्ख थी। न होती तो क्या इस तरह चली जाती? सौभाग्य से 26 वर्ष की उम्र में जो किया 73 वर्ष की उम्र में भी वही करती आ रही हूँ अर्थात् किसी काम को करने की ठान लेती हूँ तो फिर उसी को करती चली जाती हूँ। इस काम को करने से क्या होगा, शरीर सहन कर पाएगा या नहीं, सफलता मिलेगी या नहीं--फिर यह सब कुछ नहीं सोचती। जिसे मनुष्य नहीं समझ सकता, ऐसे सब कामों, सभा-सेमिनारों में मेरा जाना भी काम में कम ही लोग मेरे साथ रह पाते हैं। जो रहते हैं, वही लोग मेरे अपने जन हैं।

'झाँसी की रानी' पुस्तक छपने के बाद मुझे प्रशंसा मिली है, पुस्तक ने भी श्रद्धापूर्ण अभ्यर्थना पाई है। आज भी अनेक लोग पुस्तक को जीवनीमूलक उपन्यास कहते हैं। जिस ढंग से मैंने पुस्तक लिखी है, उससे मेरा रोमांटिक आवेग, रानी के जीवन की घटनाओं की नाटकीयता–यह सब उसमें झलक उठी है। सम्भवतः 'झाँसी की रानी' पुस्तक लिखने के बाद ही मैं समझ पाई कि मैं एक कथाकार बनूँगी। कुछ निरा गद्य जो उपन्यास की सीमा से बाहर है, कितना कुछ नहीं लिखा है। 'लूशुन–जीवन ओ साहित्य'–'जिम कारबेट अमानिवास', 'भारत में बँधुआ मजदूर'–आदि कितना कुछ नहीं लिखा है।

इस पुस्तक को लिखते समय लोकगीत, लोककथा, 'बुन्देलखंड का संक्षिप्त इतिहास', लोगों में प्रचलित रासो नामक लोककथाएँ, लोगों के मुख से सुने गान, यही सब मेरी प्रेरणा के स्रोत रहे हैं। उस दिन एक 26 वर्ष की अंग्रेजी ऑनर्स की ग्रेजुएट लड़की ने आविष्कार किया था कि लोकवृत्त के उपादान, लक्ष्मीबाई के सम्बन्ध में जन-सामान्य की उक्तियाँ (Peoples version of Laxmi Bai) ही इस मूल्यवान इतिहास के आधारभूत उपादान हैं। भारत का कोई भी इतिहास लिखने बैठने पर, लोगों के पास जाकर, मौखिक परम्परा (Oral Tradition) क्या कह रही है, इसे जानना होगा। विद्वान लोगों की लिखी हुई पुस्तकें, दस्तावेज, गजेटियर, इन्हीं के साथ लोक उपादानों को भी लेना पड़ेगा। तथ्य रहेंगे, सरकारी रिपोर्टें और गजट भी रहेंगे, इसी के साथ लोकवृत्त के उपादान भी रहेंगे। इसी नीति के आधार पर मैंने 23 वर्ष बाद 'अरण्येर अधिकार' (जिसे राधाकृष्ण प्रकाशन ने 'जंगल के दावेदार' शीर्षक से छापा है--अनु.) लिखा है। उस दिन 1956 में मैं शायद अकेली थी। बाद में तो सुना था कि यह लोकायती (Subaltern) दृष्टिभंगी है। सौभाग्य से उस दिन मुझे यह पता नहीं था कि भविष्य में मेरी इस विचारधारा को समर्थन मिलेगा। उस दिन Subalternist School (लोकायती विचारधारा) ने 'झाँसी की रानी' को उतना महत्त्व नहीं दिया था।

नहीं, नए तथ्य खोजने मैं नहीं गई। मेरे आग्रह का मूल कारण झाँसी की रानी के दृष्टान्त से प्रेरित होकर मध्यभारत में एक जन-विद्रोह का गढ़ उठना है। रानी की इस भूमिका को कभी छोटा नहीं किया जा सकेगा। युद्ध में कूद पड़ने पर रानी ने भी समझ लिया था, सिर्फ झाँसी के लिए ही नहीं, इस युद्ध के पीछे उसका कोई क्षुद्र स्वार्थ नहीं था। समय और युग की सभी रूढ़ियों (Conventions) को तोड़ उसने अपने आपको एक योग्य और सक्षम सेनानायक सिद्ध कर दिया था–She proved to be a competent military leader.

अन्य तथ्यों को नहीं खोजा है, फिर भी 'आगुन ज्वलेछिलो'–जली थी अग्निशिखा (जिसे राधाकृष्ण प्रकाशन ने 'जली थी अग्निशिखा' के नाम से छापा है–अनु.)–उपन्यास में मैंने झाँसी की रानी के सम्बन्ध में ह्यूरोज़ के कथन को उद्धृत किया है। लगता है ठीक ही किया है।

इस पुस्तक का हिन्दी अनुवाद हो यह मेरी बड़ी इच्छा थी। किन्तु इस तरफ किसी प्रकाशक ने कोई आग्रह नहीं दिखाया। प्रकाशक लोग सोचते थे लक्ष्मीबाई के सम्बन्ध में हिन्दी में बहुत कुछ लिखा जा चुका है। शायद इस विषयवस्तु के सम्बन्ध में उनकी कोई रुचि भी नहीं थी। आज हिन्दी अनुवाद हो गया है, इसलिए मुझे बड़ी शान्ति मिल रही है। मेरी बहुत दिनों की इच्छा अशोक महेश्वरी ने पूरी कर दी। हिन्दी पाठकों को यह पुस्तक कैसी लगेगी, नहीं जानती। पारसनीस द्वारा लिखित (रानी की) जीवनी बहुत विस्तृत (Comprihensive) थी। 'माँझा प्रवास' ('आँखों देखा गदर'–अनु.) में भी रानी का बहुत अन्तरंग चित्र था। सबसे बड़ी समस्या तो रानी के आज्ञाकारी सैनिकों को लेकर थी, क्योंकि उनमें से बहुत से अफगानी और बलूची थे। रानी ने अपनी धर्मनिष्ठा अक्षुण्ण रखते हुए, धर्म की संकीर्णता से ऊपर उठकर सभी मनुष्य एक समान हैं इसी मानव धर्म का परिचय कायम रखा था।

मेरा यह जानने का बड़ा आग्रह है कि हिन्दी के पाठक इस पुस्तक को पढ़कर यह बताएँ कि इस पुस्तक की हिन्दी में जरूरत थी।

नहीं, समालोचना की अनेक बातें याद ही नहीं रहती हैं। सरोजदत्त अथवा 'हिन्दुस्तान स्टैंडर्ड' ने शायद कुछ लिखा था। मुझे पीछे मुड़कर देखने का अभ्यास नहीं है, पुस्तकों की समीक्षा की फाइल रखने की भी आदत नहीं है। यही तो।

–महाश्वेता देवी

भूमिका

बचपन में एक दिन झाँसी की रानी की कहानी नानी ने सुनाई थी। लालटेन के धुँधले आलोक में उनके कोमल कंठ से सुनी वह कहानी एक आश्चर्यजनक रूपक-कथा की तरह लगी थी।

उन सब दिनों की तरह वे मनुष्य भी विगत हो गए और उनके साथ गत हो गई हैं वे सब रूपकथाएँ। फिर भी उस दिन से ही झाँसी की रानी की कहानी मेरे चित्त में उज्ज्वल रूप में अंकित हो गई।

उसके पश्चात् शिक्षा एवं इतिहास-चेतना के साथ-साथ जब राष्ट्रीय जीवन के सम्बन्ध में अनुसन्धान की इच्छा विकसित हुई तब झाँसी की रानी की कहानी को लेकर एक सम्पूर्ण ग्रन्थ लिखने की इच्छा भी मन में जाग गई। किन्तु प्रारम्भिक प्रयास से ही पता चल गया कि 1857-58 ई. के राष्ट्रीय अभ्युत्थान के सम्बन्ध में जानने का सुयोग हमारे लिए एकान्त रूप से ही सीमाबद्ध है। अंग्रेज इतिहासकारों द्वारा लिखी गई पुस्तकों को छोड़कर प्रामाणिक पुस्तकों का एकान्त रूप से ही अभाव है। प्रासंगिक चिट्ठी-पत्री अथवा अन्य किसी दस्तावेज का मिलना भी दुष्कर है। एकमात्र रजनीकान्त गुप्त के अलावा भारतीय दृष्टिकोण से इस देशव्यापी विशाल जागरण के सम्बन्ध में और कोई प्रामाणिक ग्रन्थ रचना का कोई उल्लेख योग्य प्रयास ही नहीं हुआ है। पर, वैसा न होने पर भी इस जागरण की महिमा को महत्त्व देने का समय आज आ गया है।

हाँ, उस दिन इस जागरण के पीछे भारतीयों के इस प्रबल अंग्रेज-विद्वेष को देखकर ब्रिटिश शासकगण निःसन्देह शंकाकुल हो गए थे, इसलिए प्रयत्नपूर्वक उन लोगों ने इतिहास से इन दोनों वर्षों को एकदम मिटा डालना चाहा था। इसी उद्देश्य से निर्मम अत्याचार एवं बिना विचारे नरसंहार करके ही वे लोग शान्त नहीं हुए, इस जागरण के सम्बन्ध में जो कुछ साक्ष्य-प्रमाण थे, उन्हें नष्ट करने के लिए उन लोगों ने इस विद्रोह से सम्बद्ध जितने भी कागज-पत्र थे सबको अपने अधिकार में कर लिया था। अंग्रेज सेनापति ह्यूरोज़ ने झाँसी पर आक्रमण करने के पहले *राहतगढ़* किले पर आक्रमण करने के सम्बन्ध में कहा है—

"मन्दसौर का शाहजादा किले में नहीं था जैसाकि बानपुर के राजा द्वारा उसके लिखे एक खुले पत्र के मिलने से सिद्ध होता है..."

'देशी पत्राचार का अकूत ढेर' (सैन्य विभाग में संरक्षित राजकीय पत्र, जिल्द 4, पृष्ठ 57-58)।

कालपी के युद्धक्षेत्र में ह्यूरोज़ को झाँसी की रानी की जो निजी पेटिका और चिट्ठी-पत्री मिली थी वह बात पुस्तक में उल्लिखित हो गई है, किन्तु उन सब चिट्ठियों के निश्चित विवरण की दिशा सदा के लिए लुप्त हो चुकी है[1]। फिर भी, इतिहास का सत्य इतनी सहजता से लुप्त नहीं होता है। भारत के जिस-जिस स्थान पर यह क्रान्ति घटित हुई थी, वहाँ के लोगों ने इसे किस भाव से ग्रहण किया था उसके प्रमाण मुझे लोकगीतों, छड़ा काव्यों, रासो एवं लोक में प्रचलित अनेक कहानियों में मिले हैं। स्थानीय लोगों में बहुत-से आज भी रानी की मृत्यु को अस्वीकार करते हैं। आज भी झाँसी की रानी स्थानीय लोकगाथाओं और किंवदन्तियों में जीवित है। गाँववासी उसकी कहानी श्रद्धा के साथ आज भी निश्चित रूप में स्मरण करते हैं।

यह तो हुई एक तरफ की बात। दूसरी ओर 1857 ई. के क्रान्तिकारी आन्दोलन अथवा झाँसी की रानी के सम्बन्ध में हम लोगों के पास सच्चे तथ्यों का एकान्त रूप से अभाव है। उसके फलस्वरूप हम लोगों की तरफ से भी क्रूर अवहेलना घटित हुई है, कई क्षेत्रों में। तात्या टोपे का एक अँगरखा (सम्भवतः उनका अन्तिम अँगरखा) आज भी अज्ञात कारणों से विलायत में रखा हुआ है। लखनऊ की रेजीडेंसी को केन्द्र बनाकर एक दिन ब्रिटिश और भारतीयों में चूड़ांत संग्राम हुआ था। 1858 ई. से लेकर 1947 ई. तक वहाँ पर ब्रिटिश पताका गर्वपूर्वक फहराती रही है। 1947 ई. में वह वहाँ से जरूर उतार ली गई, किन्तु सुना जाता है, उसके स्थान पर वहाँ राष्ट्रीय पताका आज भी नहीं फहराई जाती है। उपर्युक्त रेजीडेंसी सिर्फ ब्रिटिशों के गौरव और संग्राम के एक विशाल स्मृति-मन्दिर के रूप में आज भी विराज रही है। मारे गए अंग्रेजों के नाम की सूची उसकी प्रत्येक दीवार पर उज्ज्वल अक्षरों में खुदी हुई है। उनके समाधिस्थल पुष्पों से सजे रहते हैं। किन्तु भारतीयों की तरफ से आज भी वहाँ शहीद भारतीयों की स्मृति-रक्षा के लिए कोई आयोजन ही नहीं किया जाता है। उन लोगों का नाम वहाँ कहीं भी नहीं मिलता है। भारतीयों के रक्त ने अजस्र धारा में बहकर किस भूमि को सींचा था इसका भी वहाँ कोई निशान नहीं मिलता है। उस दिन सिंहासन पर जिन लोगों का आधिपत्य था, कलम भी उन्हीं लोगों के अधिकार में थी। इसीलिए वे लोग जो लिख गए हैं, जिस दृष्टि से जो कुछ हमें सिखा गए हैं,

1. देखिए परिशिष्ट—अनुवादक

वही हम लोग पढ़ रहे हैं, जान रहे हैं और देख रहे हैं। झाँसी में रानी की एक प्रतिमा को छोड़कर और कोई स्मृति-चिह्न ही नहीं है। और ग्वालियर में एक छोटी छतरी (समाधि) उनकी अन्तिम शय्या का स्थान-निर्देश कर रही है।

इस परिप्रेक्ष्य में ही मेरे इस ग्रन्थ की रचना का सूत्रपात हुआ है। किन्तु, लेखन आगे बढ़ने के समय मुझे और भी अनेक प्रकार की समस्याओं का सामना करना पड़ा। श्रद्धेय श्री प्रतुलचन्द्र गुप्त की सहायता के बिना इस काम को पूरा करना मेरे लिए सम्भव नहीं था। उन्होंने तीन वर्ष लगातार मेरी अनेक प्रकार से सहायता की है। इस सुअवसर पर मैं उनके प्रति अपनी आन्तरिक कृतज्ञता व्यक्त करती हूँ।

विख्यात और सर्वश्रद्धेय इतिहासकार श्री रमेशचन्द्र मजूमदार और सुरेन्द्रनाथ सेन से प्रोत्साहन पाकर मैं धन्य हुई हूँ। श्रीयुत् (रमेशचन्द्र) मजूमदार महाशय ने प्रकाशन के पूर्व पुस्तक की पांडुलिपि अनुग्रहपूर्वक पढ़कर देखी है। उनके प्रति मैं विशेष रूप से ही कृतज्ञ हूँ।

इस सन्दर्भ में जिनकी कथा स्मरण कर रही हूँ उनमें स्वर्गीय गोविन्दराम चिन्तामणि ताम्बे का नाम अग्रगण्य है। उस निरहंकार, सरल और उदारचित्त व्यक्ति को पुनः श्रद्धा निवेदित करती हूँ। इस ग्रन्थ-रचना में उनका अपरिमित उत्साह एवं आन्तरिकता का परिचय पाया है। उनके पास रानी के सम्बन्ध में अनेक तथ्यों का संग्रह था। उनके पिता चिन्तामणि ताम्बे ने चिमाबाई और झाँसी की अन्य कई अन्तःपुरवासिनों की सहायता से रानी के सम्बन्ध में विविध तथ्य संगृहीत किए थे। उस संग्रह से मुझे ऐसे बहुत-से तथ्य मिले हैं जो प्रचलित ग्रन्थों में नहीं मिलते हैं। रानी के पौत्र श्री लक्ष्मणराव झाँसीवाले ने वृद्धावस्था एवं अस्वस्थता के बाद भी मेरी अनेक प्रकार से सहायता की है। बड़ौदा के राजरत्न ताम्बे, झाँसी के वृन्दावनलाल वर्मा, अहमदाबाद के नेवलकर परिवार, बड़ौदा के ताम्बे परिवार, ग्वालियर के सर्वश्री वी.के. दे, विधान मजूमदार, भारत कुमार झामार और श्रीयुत् भाले राव, झाँसी के श्री हरिकेश चट्टोपाध्याय, मेजर और श्रीमती भड़भड़े और मेजर पाठक एवं श्री भगवान प्रसाद गुप्त[1] आदि का नाम भी इस प्रसंग में उल्लेखनीय है। विशेषकर झाँसी में शालिनी भड़भड़े एवं मेजर पाठक की सहायता न मिलने पर वहाँ का किला देखने में मुझे विशेष असुविधा होती। मेरे बड़े मामा श्रीयुत् शचीन चौधुरी ने इस पुस्तक के लेखन और भ्रमण में विशेष सहायता की है। मैं जो रानी का एक प्रामाणिक जीवन-चरित लिख रही हूँ इस कारण उन्हें विशेष उत्साह था। इतिहास-कांग्रेस के माध्यम से जिनकी भी सहायता मिली है उन लोगों में से धन्यवाद देती हूँ श्रीयुत् टिकेकर और श्री शोभन वसु को।

---

1. इनका सही नाम डॉ. भगवानदास गुप्त है। इन्होंने छत्रसाल और मराठा इतिहास पर काम किया है। अब ये दिवंगत हो चुके हैं।—अनुवादक

मेरा यह ग्रन्थ प्रचलित अर्थों में इतिहास नहीं है, रानी का जीवन-चरित लिखने का एक विनीत प्रयास मात्र है। अनवधानतावश इस ग्रन्थ में अगर कोई भूल, त्रुटि रह गई हो, आशा करती हूँ उसके लिए सहानुभूतिसम्पन्न पाठक मुझे क्षमा कर देंगे।

इस पुस्तक को श्रीयुत् सागरमय घोष[1] ने आग्रहपूर्वक 'देश' पत्रिका में प्रकाशित किया था। इसलिए वे मेरे अशेष धन्यवाद के पात्र हैं। प्रकाशक निउ एज़[2] पब्लिशर्स ने इस ग्रन्थ के मुद्रण के समय अनेक प्रकार से मेरी सहायता की है। उनकी मंगल वृद्धि की कामना करती हूँ।

अनेक लोगों की सहायता के बिना मुझ अकेले के लिए इस ग्रन्थ-रचना का काम पूरा करना सम्भव न होता। उन सभी लोगों के प्रति मैं अपनी विनम्र कृतज्ञता ज्ञापित करती हूँ।

—महाश्वेता देवी

---

1. 'देश' पत्रिका के सम्पादक। अब दिवंगत।—अनुवादक
2. इस ग्रन्थ के मूल बांग्ला संस्करण के प्रकाशक।—अनुवादक

झाँसी की रानी : अनुवादेर पथे-पथे

स्वतन्त्रता संग्राम में उतरी झाँसी की रानी का पथ सीधा, सपाट फूलों भरा नहीं था।

झाँसी की रानी की जीवनी लिखने को कृत-संकल्प महाश्वेता देवी का पथ भी फूलों भरा नहीं था।

उम्र 26 वर्ष। कोई सुविधा नहीं, जान-पहचान नहीं, अजाना देश, अनपहचाने लोग, 'बन्धुर पंथा शत-शत धावितयात्री'[1], इतिहास की लगाम थामे, एक धुँधलके में चल पड़ी बंगाल की एक लड़की, जिसने अब तक छिट-पुट छोड़कर कुछ लिखा नहीं था, लेखन ही उसका ज़ीवन कार्य होगा, यह भी तय नहीं था। पर, चल पड़ी, बुन्देलखंड की ऊबड़-खाबड़, खाई-खन्दक, रूखी-सूखी, पहाड़ी-पठारी जमीन पर, कण-कण में बिखरी झाँसी की रानी लक्ष्मीबाई की कथा समेटने।

माँ बोली, जब लिखना ही है तो सब कुछ देख-सुनकर ही लिखो। 26 वर्ष की लड़की निकल पड़ी उस भूमि को देखने जहाँ झाँसी की रानी लक्ष्मीबाई रही थी, जहाँ के कण-कण में उसकी गाथा व्याप्त थी, जिस किले से उसने युद्ध का संचालन किया था और अन्तिम युद्ध का वह स्थल जहाँ उसने प्राण त्यागे थे—ग्वालियर का किला, कोटा की सराय आदि स्थल—वहीं बनी है उसकी छतरी। पर, महाश्वेता देवी के पास साधन कहाँ थे? उन्होंने खुद लिखा है : सम्बल था निर्बोधता और जिद। उसका पहला प्रमाण 'झाँसी की रानी' है। हाँ, यह जरूर है कि मैं अपने मूल स्थान से हटी नहीं हूँ। इस मूल स्थान का मतलब है कि कैसे भी हो, यथार्थ ऐतिहासिक पृष्ठभूमि की खोज करनी होगी, तत्सम्बन्धी कागजी प्रमाणों और दलील-दस्तावेजों की गवेषणा काफी नहीं है। लोकगाथाओं, लोकगीतों अर्थात् लोक साहित्य में उस पृष्ठभूमि का जितना पता चलता है, उसे भी महत्त्व देना होगा। इस सन्दर्भ में प्रत्यक्ष अनुभव प्राप्त करने, झाँसी की रानी के सम्बन्ध में उपादान-संकलित करने और उनका उपयोग कैसे किया जाए, यह मुझे स्वयं ही सीखना पड़ा था। शुरुआत में डॉ. प्रतुलचन्द्र गुप्त ने अपने अमूल्य पुस्तक संग्रह को बड़ी उदारता से मुझे उपयोग करने के लिए दिया था।

---

1. रवीन्द्रनाथ के गीत की एक पंक्ति—अनुवाद, अर्थात् 'अगम पंथ पर धावित शत-शत यात्री'

फिर भी, उन्होंने यह बात एक बार भी नहीं कही थी कि 'जाओ, बुन्देलखंडी किसान और जनसाधारण के पास जाकर झाँसी की रानी और 1857 की क्रान्ति से सम्बन्धित उपादानों का संग्रह करो।' यह बात कहना उनके लिए सम्भव भी नहीं था।

कलकत्ते में महाश्वेता देवी डाक-तार विभाग की नौकरी से जब छँटनी के बहाने अलग कर दी गईं, तो उसी वक्त बेकारी की हालात में प्रतुल बाबू की पुस्तकें पढ़कर और उनसे नोट्स लेते हुए समय-यापन करने लगीं। इसी समय खरी दोपहरी में वे पद्मपुकुर से पैदल ही राष्ट्रीय पुस्तकालय जाया करती थीं और वहाँ 1857 की क्रान्ति के सम्बन्ध में पुस्तकें पढ़ा करती थीं। शाम तक जब लौटतीं तो गर्मी से पिघलकर तारकोल की सड़क पर उनकी चप्पलें चिपक-चिपक जाती थीं। उसी वक्त मराठी लेखक टिकेकर महाशय ने बम्बई से उन्हें पारसनीस द्वारा लिखित 'झाँसी संस्थान चा महारानी लक्ष्मीबाई साहिबा यांचे चरित्र' नामक मराठी भाषा का ग्रन्थ भेजा था। इसके कुछ दिन पहले ही प्रतुल बाबू की सहायता से झाँसी की रानी के भतीजे स्वर्गीय गोविन्द चिन्तामणि ताम्बे के साथ महाश्वेता देवी का पत्र-व्यवहार शुरू हो गया था। वे भागपुर से उन्हें हर सप्ताह 2-3 चिट्ठियाँ लिखने लगे और उन्हें झाँसी की रानी पर जल्दी काम करने के लिए बाध्य करने लगे। वे यह पुस्तक पढ़ो, ऐसे काम करो, यह बार-बार आग्रह करने लगे। एक महाराष्ट्रीय महिला पारसनीस का ग्रन्थ पढ़ती जाती और उन्हें उसका विवरण अंग्रेजी में सुनाती जाती। और महाश्वेता देवी उस विवरण को बांग्ला में लिखती जातीं। इसके बाद का अध्याय है अहमदाबाद इतिहास कांग्रेस में भाग लेना और वहाँ से चिन्तामणि ताम्बे के साथ बड़ौदा जाना।

उसके बाद शुरू होता है ग्वालियर, झाँसी और उसके समीपवर्ती अंचलों में घूमा-फिरी और लोक साहित्य-सम्बन्धी उपादानों का संग्रह। 'झाँसी' का नाम मानचित्र में देखकर अपने छोटे बच्चे को विजन के पास छोड़कर महाश्वेता देवी अकेली ही चल पड़ीं। पास में एक भी पैसा नहीं था। बड़े मामा, विद्योदय प्रकाशन के संचालक दीनेशचन्द्र चट्टोपाध्याय, एवं आजकल जहाँ मानसिक रोगों का सरकारी चिकित्सालय है—उन दिनों वहाँ सरकारी कुष्ठ अस्पताल था—उसके सुपरिंटेंडेंट डॉक्टर कुमुद बाबू, उन लोगों ने मिलकर महाश्वेता देवी को इस अभियान के लिए जो कुछ दिया, और अपने प्रयास से वे—जो कुछ इकट्ठा कर पाईं, वह कुल जमा पूँजी थी चार सौ रुपया, इसी का सम्बल लेकर वे इतनी दूर चली आईं। अपने उस अभियान के सम्बन्ध में उन्होंने लिखा है—"काफी बुद्धू और दुर्दान्त तथा टरबुलेंट अर्थात् जिद्दी थी। अगर ऐसी न होती तो क्या 26-27 वर्ष की उम्र में अपने छोटे बच्चे बप्पा को छोड़कर इतनी दूर चली आती? सभी स्थान अपरिचित थे। लेकिन, कितने लोगों से कितनी सहायता नहीं मिली है? एक बंगाली लड़की इतना महत्त्वपूर्ण काम करने आई है, इसलिए सभी लोगों ने अपनी सामर्थ्य के अनुसार मेरी सहायता की थी।"

महाश्वेता देवी ने लिखा है—"ग्वालियर के स्वर्गीय मालेराव ने गोरेलाल तिवारी का 'बुन्देलखंड का संक्षिप्त इतिहास', झाँसी के विख्यात उपन्यासकार स्वर्गीय वृन्दावनलाल वर्मा ने अपने ऐतिहासिक उपन्यास तथा झाँसी के डॉ. भगवानदास गुप्त ने अपनी बहुत-सी बुन्देलखंडी गाथाएँ देकर मेरी सहायता की थी। झाँसी में शिक्षक श्री चट्टोपाध्याय और सेना के अफसर मेजर भड़भड़े की पत्नी शालिनी ने मुझे अपने यहाँ ठहराया था। बुन्देलखंड के मामूली किसान लोगों और घास बेचनेवालों तक ने कितनी सहजता से मुझे अपना लिया था। उनके साथ बिताया गया समय मेरे लिए आज भी कितना मूल्यवान है।"

उन दिनों उस इलाके में डाकू मानसिंह का दबदबा था। महाश्वेता देवी जैसे ही आगरा स्टेशन पर उतरीं उन्हें घोषणा सुनाई दी, "अकेले किसी खाली गाड़ी पर मत बैठना, किसी अपरिचित आदमी का विश्वास मत करना, लाइसेंसदार बेण्डर के अलावा और किसी से कुछ खरीदना नहीं, न पान न लेमोनेड।" उन्होंने लिखा है, मैं तो मूर्ख थी इसलिए ऐसे समय भी मैं अकेले घूम रही थी। इसी समय की उन्होंने एक घटना का जिक्र किया है। ग्वालियर में वे एक डकैत के चक्कर में पड़ गई थीं, उन्हें मुरार के कंट्यूनमेंट मेला में जाना था। वे एक ताँगे पर बैठ गईं। सन्ध्या के अँधेरे में दोनों तरफ के घने जंगल से ढके हुए ढलवाँ रास्ते पर ताँगा के चलते ही बलिष्ठ ताँगावाला घूमकर बैठ गया और उनके हाथ का सोने का कंगन जोर से खींचने लगा और वे भी उसके कुर्ते के कॉलर को अपनी ओर जोर से खींचने लगीं, इसलिए गला कसने के कारण वह भी परेशानी में पड़ गया, यह देखकर वे जोर से डाकू-डाकू कहकर चीखने लगीं। कुछ मेला यात्रियों ने ऊँचाई से उत्तर दिया—हम आ रहे हैं। साहस पाकर उन्होंने किसी तरह उसका हाथ छुड़ाकर ताँगे से कूदकर जान बचाई। लोगों को आते देखकर वह अपना ताँगा घुमाकर जंगल में लुप्त हो गया। उसके बाद मेला-यात्रियों और मेला के पुलिस-दारोगा ने उन्हें खूब डाँटा, वे एक बार ही चुप हो गईं। गलती थी, क्या कहतीं। उन्होंने लिखा है, मैं उन्हें कैसे समझाती कि मुझे कुछ नहीं होगा, मैं तो अपने पुत्र के पास सुरक्षित लौट ही जाऊँगी। उसके बाद जब सारे पैसे खतम हो गए तभी मैं वापस लौटकर गई।

ऐसे लिखी गई झाँसी की रानी। पुस्तकाकार रूप में झाँसी की रानी 1956 ईस्वी में निकली, उसके पहले 'देश' देश पत्रिका में धारावाहिक रूप में छपती रही थी—लेखन शुरू करने से पहले सामग्री संकलन का काम चलता रहा था 1952 ईस्वी से 1954 ईस्वी तक। भारत के प्रथम स्वतन्त्रता संग्राम की जन्मशताब्दी के एक वर्ष पहले 'झाँसी की रानी' का प्रकाशन तो उपलक्ष्य मात्र है, वास्तव में इसका बीज तो उनके मन में तभी पड़ गया था, जब उन्होंने अपने बचपन में अपनी नानी से 'झाँसी की रानी' की रोमांचक गाथा सुनी थी। तब उन्हें यह कहानी एक परी कथा की तरह

लगी थी, जबकि यह कहानी एक वास्तविक हाड़-मांस के व्यक्ति झाँसी की रानी की थी। बचपन की स्मृति में निबद्ध उस रूप-कथा से इसीलिए यह ग्रन्थ बहुत दूर है, लेकिन इससे यह समझ में आ जाता है कि प्रारम्भिक दौर के इस ग्रन्थ में महाश्वेता देवी ने ऐसी एक नायिका का चयन किया था जो जनजीवन से जुड़ी हुई है, और जिसके जीवन का इतिहास संघर्ष का ही इतिहास है। बहुत बाद में जब उन्होंने नायक के रूप में 'बिरसा मुण्डा' को चुना अथवा 'जगदीश मास्टर' को या 'आंधार मानिक' के 'सुरकंठ' को उस वक्त उन्होंने आम आदमी की लड़ाई को अथवा उसके नायक को जो महत्त्व देना चाहा, उसी का एक सुदूरवर्ती आभास जैसे 'झाँसी की रानी' में विद्यमान था। इतिहास-रचना नहीं, लक्ष्मीबाई की जीवनी लिखना ही इसका उद्देश्य था, इसलिए यहाँ व्यक्ति ही रचना में मुख्य है, लेकिन लक्ष्मीबाई के जीवन से किसी भी प्रकार इतिहास तो अलग हो नहीं सकता है। ऐतिहासिक घटनाओं का यहाँ लेखिका ने जिस प्रकार पुंखानुपुंख उपयोग किया है, उसी प्रकार अनेक व्यक्तियों के संस्मरणों से लिए गए तथ्यों के द्वारा लक्ष्मीबाई की मानवीय मूर्ति को गढ़ने की चेष्टा भी यहाँ लक्षित की जा सकती है। आगे चलकर इसी प्रकार इतिहास के तथ्य और मानवीय मूर्ति मिल जाती है, 'जंगल के अधिकार' में बिरसा के चरित्र में। फिर 'झाँसी की रानी' के प्रारम्भ में इतिहास के नीरस तथ्यों के बदले मिलती है बुन्देलखंड के अत्यन्त गरीब और मजदूरों की कहानी, जो कूड़ा-करकट और सूखे पत्ते जलाकर माघ मास में अपनी ठंड दूर करते हैं, उन लोगों का विश्वास है कि 'झाँसी की रानी' आज भी जीवित है। इस तरह की एक प्रासंगिक कहानी के द्वारा यह पुस्तक प्रारम्भ होती है, एक उपन्यास की तरह।[1]

'झाँसी की रानी' के हिन्दी अनुवाद का प्रसंग कैसे उठा? 1996 ईस्वी का भारतीय ज्ञानपीठ पुरस्कार महाश्वेता देवी को घोषित हो चुका था। स्वाभाविक है कि हिन्दी पत्र-पत्रिकाओं में उनके व्यक्तित्व और कृतित्व पर पर्याप्त सामग्री निकल रही थी। उनका एकाध साक्षात्कार भी निकल चुका था। हिन्दीपट्टी में वे प्रायः आती-जाती रहती थीं और अपनी सामाजिक गतिविधियों के कारण इस पट्टी के लोगों से परिचित भी हो गई थीं। उनके व्यक्तित्व की सहजता और खूब हिन्दी बोलने के कारण वे 'आपन जन' लगती थीं। उनकी रचनाओं की सूची में मैंने पढ़ा था कि उन्होंने 'हजार चुरासी की माँ' के अलावा झाँसी की रानी पर भी एक पुस्तक लिखी है, जिसका हिन्दी में अनुवाद अब तक नहीं हुआ है। असल में वृन्दावनलाल वर्मा का 'झाँसी की रानी' उपन्यास इतना ख्याति-लाभ कर चुका था कि हिन्दीपट्टी के प्रकाशक महाश्वेता देवी

---

1. कोरक, साहित्यिक पत्रिका के 'महाश्वेता अंक' (बोईमेला 1993), 'महाश्वेता देवी के उपन्यास : प्रारम्भिक दौर' शीर्षक निबन्ध, लेखक इरावान वसु राय की 'झाँसी की रानी' पर टिप्पणी। उद्धृत, 'महाश्वेता देवी रचना समग्र', खंड-1, पृ. 519-20 से।

की 'झाँसी की रानी' पुस्तक को प्रकाशन के योग्य ही नहीं समझते थे। वे सोचते थे यह पुस्तक कौन खरीदेगा? इसमें क्या नया होगा?

इसी समय एक घटना घटी। 1997 ईस्वी का विश्व पुस्तक मेला लगा हुआ था और मैं राजकमल प्रकाशन के स्टॉल पर खड़ा था। उस दिन लेखक से मिलिए कार्यक्रम में महाश्वेता जी उसी स्ट्रॉल पर उपस्थित थीं। मैं उनसे मिलना चाहता था, परिचय करना चाहता था, मैंने अशोक महेश्वरी को इशारा किया, उन्होंने महाश्वेता जी से मेरा परिचय कराया, उसी दौरान मैंने उनसे कहा कि आपकी एक पुस्तक 'झाँसी की रानी' है उसका हिन्दी में अब तक अनुवाद नहीं हुआ है, मैं बुन्देलखंड का रहनेवाला हूँ और इस पुस्तक का अनुवाद करना चाहता हूँ। महाश्वेता जी ने तुरन्त अशोक जी से कहा कि पता लिखिए और कलकत्ते से इस पुस्तक को मँगवाकर द्विवेदी जी के पास भेज दीजिए। बस यहीं से 'झाँसी की रानी' के अनुवाद का सिलसिला प्रारम्भ हुआ।

'निउ एज' द्वारा प्रकाशित 'झाँसी की रानी' का तीसरा संस्करण मेरे पास आ गया। एक राहत की साँस ली। सोचा बाबू वृन्दावनलाल वर्मा के उपन्यास, 'झाँसी की रानी' को सामने रखकर फटाफट अनुवाद कर डालूँगा। पर, जैसे ही मैंने दोनों पुस्तकों को मिलाया, मैं भर-भराकर बैठ गया। मैं भूल गया हर कृति एक नई रचना होती है। कोई किसी की नकल नहीं होती है। विषयवस्तु एक होते हुए भी हर प्रतिभाशाली कवि के मन में वह नई शकल लेकर अवतरित होती है। वाल्मीकि जब रामायण की रचना करने बैठे तो सोच रहे थे राम का चरित तो विश्वविदित है, मैं उसमें नया क्या जोड़ूँगा, तब नारद ने उन्हें ढाढस बँधाते हुए कहा था, चिन्ता मत करो, अयोध्या की अपेक्षा राम की जन्मभूमि तुम्हारी चित्तभूमि अधिक है। इस सत्य को कभी भूलो मत। एक ही प्रेरणा बिन्दु नई उठान लेकर आकार ग्रहण करता है। महाश्वेता देवी के उपन्यास, 'झाँसी की रानी' की उठान भिन्न है, विकास भिन्न है, उसकी परिणति भिन्न है। इसकी वृन्दावनलाल वर्मा की झाँसी की रानी से इतनी ही समानता है कि दोनों का विषय एक है—प्रथम स्वतन्त्रता संग्राम की दुर्धर्ष वीरांगना झाँसी की रानी लक्ष्मीबाई का जीवन। पर, दोनों कृतियाँ एक ही विषय पर दो भिन्न पाठ हैं। इसलिए मुझे वृन्दावनलाल वर्मा की पुस्तक से कुछ ज्यादा मदद नहीं मिल सकी। मुझे तो रोज कुआँ खोदना पड़ा और रोज पानी पीना पड़ा।

स्थान नामों के लिप्यन्तरण की समस्या—लोग ऐसा सोचते हैं कि मैं बुन्देलखंड का हूँ और 'झाँसी की रानी' उपन्यास की विषयवस्तु भी बुन्देलखंड से सम्बन्धित है, इसलिए मेरे लिए इसका अनुवाद करना बड़ा सरल था। असल में ऐसा वही लोग सोचते हैं, जो अनुवाद-प्रक्रिया से परिचित नहीं हैं और अनुवाद की जटिलता का भी जिन्हें अन्दाजा नहीं है। यह कोई हिन्दी अथवा बुन्देली की वाचिक परम्परा में लिखी

गई कृति नहीं है, यह बांग्ला भाषा में लिखी गई मौलिक रचना है, इसलिए इस पुस्तक में बुन्देली और हिन्दी का मुहावरा बांग्ला भाषा के माधुर्य और आरोह-अवरोह सम्पन्न लहजे में अवतरित हुआ है। मुझे उस भाषा के आवरण को भेदकर उसी लहजे को हिन्दी भाषा में रूपान्तरित करना था। उसे अपनी भाषा की सहजता देनी थी, पर मेरी सबसे बड़ी समस्या इसमें आए स्थान नामों के लिप्यन्तरण की थी।

इन स्थान नामों को बांग्ला में इतनी विचित्र वर्तनी में लिखा गया था कि उनके आधार पर वास्तविक नामों तक पहुँचना बहुत कठिन था। इस वर्ग में भी दो तरह के नाम आते थे। एक तो मूल नाम से मिलते-जुलते। जैसे बरुआ सागर को मूल कृति में बड़ोया अथवा बेरूत सागर लिखा गया है (मूल पुस्तक, पृष्ठ संख्या 142) और तालबेहट को 'बाला बेहूत' या ताल बेहूत (पृष्ठ 118) लिखा गया है। इन नामों के स्थानीय उच्चारण के अनुसार लिप्यन्तरण करने में कोई कठिनाई नहीं हुई। लेकिन, तीन नाम ऐसे थे, जिनके आधार पर मूल नामों तक पहुँचना बहुत मुश्किल था। ये नाम थे 'मुथा' (पृष्ठ 174), राथगढ़ (पृष्ठ 118), नारूत (पृष्ठ 125)।

मूल कृति में राथगढ़ की जो भौगोलिक स्थिति दी गई है, उससे अनुवाद में और जटिलता पैदा हो गई। उरई के पास हमीरपुर जिले में 'राठ' कस्बा है, जिसकी अंग्रेजी वर्तनी 'Rath' होगी, जिसे आसानी से 'राथ' भी पढ़ा जा सकता है, पर 1857-58 की घटनाओं से इस कस्बे का कोई सम्बन्ध नहीं है। ह्यूरोज़ भी राठ कभी नहीं गया। उसके अभियान मार्ग में राठ पड़ता ही नहीं था। फिर, राठ में 'वीणा' नदी दूर-दूर तक भी नहीं है और वह किला 'वीणा' नदी के तट पर अवस्थित था। इस उलझन के कारण काफी समय तक अनुवाद कार्य रुका रहा। पुनः दस्तावेजों का अध्ययन किया। सागर जिले का भूगोल देखा। वीणा नदी के तट पर स्थित किले देखे और किस किले का सम्बन्ध इतिहास के किस काल खंड से है, इसकी जानकारी प्राप्त की। तब इस निष्कर्ष पर पहुँचा कि वीणा नदी के तट पर 'राहतगढ़' नाम का किला स्थित है। यह किला क्रान्तिकारियों की शरणस्थली था। ब्रिटिश फौज और क्रान्तिकारियों के मध्य यहीं भीषण युद्ध हुआ था, जिसकी कमान बोधन दौआ ने सँभाली थी। अब जरा सोचिए, 'राथगढ़' से 'राहतगढ़' तक पहुँचने में मुझे कितने माह लग गए और कितना खटना पड़ा।

जब मैंने 30 अगस्त, 2002 ईस्वी को इंडिया इंटरनेशनल, नई दिल्ली में महाश्वेता देवी से यह पूछा कि आपने 'राहतगढ़' को राथगढ़ कैसे लिख दिया? तब उन्होंने उस शब्द का बुन्देली उच्चारण करते हुए कहा, रातगढ़, राथगढ़। मैंने कहा, नहीं, यह राहतगढ़ है, रातगढ़ नहीं। इसमें मध्य 'ह' लुप्त हो गया है। ऐसा बुन्देली उच्चारण में त्वरावश हो जाता है। फिर, मैंने कहा—दीदी 'बँधा' को 'बाँदा' क्यों लिख दिया है?

इस पर वे बोलीं, तुम इतनी छानबीन क्यों कर रहे हो? ऐसा तो कोई करता नहीं है। अनुवादक को इसके कोई पैसे भी नहीं मिलते हैं। इतनी मेहनत क्यों कर रहे हो।

मैंने कहा, इसलिए कि आपके नाम से कोई चीज जाए तो वह ठीक-ठाक ही जाए। झाँसी की रानी से सम्बन्धित चीजों से लोग खूब परिचित हैं। गलत नाम रहने पर लोग अनुवादक को भी गलत समझेंगे। फिर मैंने उन्हें स्थान और व्यक्ति के नाम सम्बन्धी कई भूलें गिनाईं। महाश्वेता देवी का इसे मैं एक लेखकीय बड़प्पन और सत्यनिष्ठा कहूँगा कि उन भूलों को उन्होंने स्वीकार कर हिन्दी में ठीक कर देने को कहा और मुझसे बोलीं कि इनकी एक सूची मेरे पास भी भेज देना ताकि मैं अगले बांग्ला संस्करण में उन्हें सुधार सकूँ।

महाश्वेता देवी के इस कथन के बाद मैं मूल कृति में आई स्थान नाम/व्यक्ति अभिधान-सम्बन्धी भूलों की छानबीन में और तेजी से लग गया और उसका परिणाम यह हुआ कि मुझे ऐसी कई भूलों का पता चला जो शायद अंग्रेजी दस्तावेजों में दी गई गलत स्पेलिंग के हू-ब-हू अनुवाद के कारण हुई हैं। इन नामों में 'मटरा' गाँव (जालौन जिला) को 'मुथा' या 'मुखा', इटौरा (जालौन जिला) को 'इटाया', बँधा (जालौन जिला) को बाँदा, चुर्खी (जालौन जिला) को चरखारी (महोबा जिला), उमराहट को उमरखेद, नारहट को नारूत, धामौनी को धाम्नी (सागर जिला), कछवाहा घारवाले को कुचौआ खारवाले, कैरवा वाले को कर्णी वाले, जलालपुर को जसपुरा (बाँदा जिला), राघव रामचन्द्र पंत को राघो रामचन्द्र संत, नरसिंह राव को नरसिंह क्रोपा, तटी चाँद को तट्टी चाँद, बरेली को बेरली, बैजा बाई को बाईजा बाई लिखा गया है। इन भूलों में से झाँसी की रानी के हिन्दी अनुवाद के पहले संस्करण में कुछ को ही ठीक किया जा सका है। लेकिन, जिन शब्दों की वर्तनी पर सन्देह था, उन्हें ठीक न कर पाने की कुरेदन मेरे मन में बराबर बनी रही। पर, मैंने हिम्मत नहीं हारी और मूल दस्तावेजों, परिस्थितिजन्य साक्ष्यों, जालौन, झाँसी, सागर और हमीरपुर, बाँदा जिलों की एटलस में तत्तद स्थान नामों की वास्तविक वर्तनी क्या है, सन् 1857 ईस्वी से जुड़े इतिहास पुरुषों के वास्तविक नाम क्या हैं, इस सम्बन्ध में मेरी खोज जारी रही। हिन्दी अनुवाद छपने के बाद इन पाँच वर्षों में 'झाँसी की रानी' के सम्बन्ध में मेरा अनुसन्धान-कार्य जारी रहा।

अनुवाद मेरे लिए पूर्णकालिक प्रक्रिया है। जब तक यह पूरी तरह सफल न हो, मुझे चैन नहीं आता है। झाँसी की रानी के अनुवाद के समय मैं बराबर यह सोचता रहा कि वेतवा के युद्ध में पराजित होकर तात्या टोपे चरखारी क्यों भाग गया, कोंच के युद्ध के बाद भी वह भागकर महाश्वेता देवी के उपन्यास में चरखारी चला जाता है। चरखारी तो कोंच से काफी दूर है, फिर वहाँ जाना खतरे से खाली भी नहीं था।

फिर, महाश्वेता देवी से ऐसी भूल क्यों हुई? भूल होने का कारण था, एक समय तात्या टोपे ने चरखारी पर आक्रमण करके उसे जीत लिया था। इसलिए महाश्वेता देवी को तात्या टोपे के लिए चरखारी निरापद लगी। दूसरा कारण था, चरखारी की अंग्रेजी वर्तनी, जिसमें उसे 'Churkhari, Cherkeri, Charkaree' लिखा गया है। जालौन जिले में कालपी के पास एक छोटा-सा गाँव है चुर्खी, इसकी अंग्रेजी वर्तनी बड़ी भ्रमात्मक और चरखारी से मिलती-जुलती है। चुर्खी को लिखा जाता है, 'Churkhi, Chorkhee'। कोई आश्चर्य नहीं चुर्खी की अंग्रेजी वर्तनी के कारण महाश्वेता देवी ने उसे चरखारी लिख दिया हो। ऐसी भूलें 1857 की क्रान्ति पर लिखी अन्य पुस्तकों में भी हैं। नेशनल बुक ट्रस्ट ने 'राष्ट्रीय जीवन चरित' पुस्तक माला के अन्तर्गत 'तात्या टोपे' शीर्षक से एक पुस्तक प्रकाशित की है। इसकी लेखिका हैं—इन्दुमती शेवड़े। नेशनल बुक ट्रस्ट ने उनकी मराठी पुस्तक से इसका अनुवाद सुन्दरलाल श्रीवास्तव से करवाया है। ऐसा भी सम्भव है, इन्दुमती शेवड़े ने यह पुस्तक अंग्रेजी में लिखी हो और हिन्दी अनुवाद अंग्रेजी से हुआ हो। पर, ध्यान देने की बात यह है कि इसमें चुर्खी और चरखारी की बड़ी विचित्र अखरौटी दी गई है।

इस पुस्तक में **चुर्खी** को **चिकरी** और **चरखारी** को **चरकारी** और **चरकन** लिखा गया है। अनूदित पुस्तक में मूल वाक्य इस प्रकार है, "झाँसी कुछ ही मील दूर रह गया था कि उन्हें पता लगा कि तात्या अचानक **चरकन** आ गए थे (तात्या टोपे, इन्दुमती शेवड़े, पृष्ठ 48), क्योंकि इस वजह से सर ह्यू द्विविधा में फँस गए कि वह पहले **चरकारी** के राजा की मदद के लिए जाएँ, जिसका तुरन्त पतन सम्भावित था (वही, पृष्ठ 49), "कोंच की पराजय के पश्चात् तात्या **चिकरी** चले गए, जो जालौन के पास छोटा-सा नगर है[1] (वही, पृष्ठ 53)।"

असल में 1857 की क्रान्ति के सम्बन्ध में जो भी पुस्तकें लिखी गई हैं, उनमें आए स्थान नामों/व्यक्ति नामों की वास्तविक वर्तनी के सम्बन्ध में कोई छानबीन नहीं की गई है। अंग्रेजी ग्रन्थों, फाइलों, दस्तावेजों में जैसे भी नाम मिले उन्हें ज्यों-का-त्यों उतार लिया गया है। लिखने के पीछे जो जुनून और भावावेश था, उस उफान में प्रामाणिकता की दिशा उपेक्षित रह गई।

ऐसा क्यों होता है इस सम्बन्ध में "1857 का प्रथम स्वतन्त्रता संग्राम और जनपद जालौन" के लेखक देवेन्द्र कुमार सिंह ने अपने एक लेख में लिखा है—प्रोसीडिंग और बयान आदि ऐसे अधकचरे, कम पढ़े-लिखे मुंशियों द्वारा लिखे गए हैं, जिनका ग्रामर आदि पर कोई अधिकार नहीं था। क्रान्तिकारी शब्द भी शायद उनके शब्दकोश में नहीं था। उनके लिए जगह-जगह पर Shohdas (शोहदा), Badmases (बदमाश) और Pandus (पंडूस) शब्द का प्रयोग किया गया है।

---

1. मराठा काल में चुर्खी सचमुच में एक समृद्ध नगर था।—अनुवादक।

अपने इस लेख में देवेन्द्र कुमार सिंह ने आगे लिखा है—यूरोपियन भारतीय नामों को अपने अलग ही अन्दाज में उच्चारित करते थे, इस कारण अंग्रेजी की स्पेलिंग भी अजीबोगरीब थी। बुन्देलखंड के लिए Bundelcund, कालपी के लिए Calpee, Culpee, उरई के लिए Oree या Ooraee, हमीरपुर को Hameerpore लिखा गया है। कहीं-कहीं दो-एक दस्तावेजों में एक ही नाम की विभिन्न स्पेलिंग दी गई हैं। जैसे दतिया को Dutteeh, Duttia, चरखारी को Chirkari या Churkharee, चन्देरी को Chunderee, Chundairee, चित्रकूट को Chutturcute, Chutterkote, मैनपुरी के लिए Mynpooree लिखा गया है। अब इन शब्दों की अंग्रेजी स्पेलिंग को प्रमाण मानकर हिन्दी या अन्य भारतीय भाषाओं में इनको लिखा जाए तो भूलें होना स्वाभाविक है।[1]

चाहे किसी की जीवनी हो, किसी स्थान का इतिहास हो या कोई उपन्यास हो, उसमें आंचलिकता का रंग तो रहता ही है। उस अंचल की एक विशेष संस्कृति होती है, प्रचलित स्थान नामों का एक सांस्कृतिक आसंग होता है। हर अंचल के कुछ विशिष्ट शब्द होते हैं, जिनका दूसरी भाषा में रूपान्तरण करना बहुत कठिन होता है। असल में ऐसे शब्दों को उनके आभिधानिक अर्थ के आधार पर नहीं समझा जा सकता, उन शब्दों के पीछे उनकी एक पूरी सामाजिक, सांस्कृतिक परम्परा रहती है, उसे समझे बिना उनका अनुवाद नहीं किया जा सकता, बल्कि एक तरह से वे शब्द **अननुवादेय**—अनुवाद से परे होते हैं। ऐसी स्थिति में अच्छे अनुवादक उनका ज्यों-का-त्यों प्रयोग करते हैं, अनुवाद नहीं।

इस दृष्टि से ऑक्सफोर्ड डिक्शनरी में भारतीय भाषाओं, विशेषकर हिन्दीपट्टी के विशिष्ट शब्दों को ज्यों-का-त्यों स्वीकार कर लिया गया है। और अंग्रेजी की कृतियों में उनका ज्यों-का-त्यों प्रयोग किया जा रहा है ताकि उनके सांस्कृतिक आसंग को वास्तव में समझा जा सके। जैसे आकाश, जैसे ब्रह्माण्ड, यज्ञोपपीत, यज्ञ, यज्ञाग्नि, पुरोहित, दीक्षा, तपोवन, तीर्थ, जैसे बुद्ध, जैसे मोक्ष, जैसे ध्यान, ऋषि आदि। इसी तरह अंचल विशेष में कुछ ऐसे शब्द प्रचलित होते हैं जिनका अनुवाद नहीं किया जा सकता। जैसे बांग्ला भाषा में एक शब्द प्रचलित है जिसे 'बंगाला'[1] कहते हैं। अपने यहाँ एक कहावत प्रचलित है, क्या 'बंगालो' पढ़े हो अर्थात् क्या जादू-टोना जानते हो? इसी तरह बांग्ला में बंगाला का अर्थ है—पूर्वी बंगाल का रहनेवाला। राठी का अर्थ है राठ देश का रहनेवाला। 'नदिया' का अर्थ है नदिया (विष्णुपुर—नवद्वीप) अंचल का निवासी। बांग्ला विशेषकर शरत् के उपन्यासों में अक्सर पढ़ने को मिलता है—वह 'देश' चला गया। विभूतिभूषण वंद्योपाध्याय ने अपनी डायरी में लिखा है बहुत

---

1. प्रथम स्वतन्त्रता-संग्राम 1857-58 काल की भाषा एक अनुशीलन—देवेन्द्र कुमार सिंह, पृ. 2-3। अप्रकाशित लेख।

दिनों से 'देश' नहीं आया था। यहाँ देश का अर्थ है अपनी मातृभूमि, जहाँ अपना पैतृक निवास है।

बुन्देलखंड क्षेत्र में कुछ शब्द प्रचलित हैं जिनसे पता चलता है कि अमुक क्षेत्र में अमुक जातिवालों का अधिक निवास है। जैसे लुधयांत। इसका अर्थ है जहाँ लोधी राजपूत क्षत्रिय अधिक रहते हैं। इसी से इस क्षेत्र की बोली को 'लुधयाँती' कहा जाता है। ऐसे ही कुछ शब्द हैं, कछवाहा घार, सेंगर घार, भदावर और चौरासी। इन शब्दों के अर्थ हैं जहाँ कछवाहा क्षत्रियों की प्रचुरता है, उसे 'कछवाहा घार' कहते हैं, जहाँ सेंगर क्षत्रियों की वह सेंगर घार और जहाँ भदौरिया क्षत्रियों की वह भदावर क्षेत्र कहलाता है। 'घार' का अर्थ होता है झुंड, गुच्छा। एक अर्थ में समूह भी हो सकता है।

झाँसी की रानी में एक शब्द आया है कुचउवा खारवाला। कई दिनों माथापच्ची करने के बाद भी मैं इस शब्द के वास्तविक रूप को नहीं पकड़ सका। आखिर दौलतसिंह का 'कुचउवा खार' से क्या सम्बन्ध है। खैर, जो भी हुआ हो, जैसे भी हुआ हो—'कछवाहा घारवाला' शब्द बांग्ला में कुचउवा खारवाला हो गया। अगर मैंने यह शंका अपने क्षेत्र के इतिहासविद् और बहुश्रुत विद्वान ठाकुर देवेन्द्र कुमार सिंह के सामने न रखी होती तो मैं इस गुत्थी को कभी नहीं सुलझा पाता। उन्होंने बड़ी सरलता से कहा कि 'कुचउवा खारवाला' कुछ नहीं कछवाहा घारवाला या वाले शब्द हैं जो अंग्रेजी की कृपा से कुचउवा खारवाला हो गया है। इसी तरह झाँसी की रानी उपन्यास की मूल प्रति में 'चरखारी' को 'चिरकारी', 'भांडेर' को 'भांडीर', 'राजा बखत वली' को 'राजा बखतव अली', 'कोंच' को 'कूँच' लिखा गया है।

'झाँसी की रानी' का अनुवाद कार्य जब हाथ में लिया था, उस समय इस कार्य में आनेवाली उपर्युक्त कठिनाइयों के बारे में मैंने सोचा भी नहीं था। किन्तु, जैसे-जैसे अनुवाद-कार्य आगे बढ़ता गया मेरे मार्ग में कठिनाइयाँ ही कठिनाइयाँ आती गईं। मुख्य कठिनाइयाँ स्थान वाची और व्यक्ति नामों की शुद्धता के सम्बन्ध में थीं।

जब अनुवाद कार्य पूरा हो गया तब मैंने इस जीवनीमूलक उपन्यास की लेखिका महाश्वेता देवी को कलकत्ते के पते पर एक पत्र लिखा था। इसमें मैंने उनसे दो-तीन सवाल पूछे थे। उनमें एक सवाल यह भी था कि यह उपन्यास जब आपने लिखा और 1956 ईस्वी में जब यह छपा तबसे अब तक 40-45 वर्ष बीत चुके हैं और झाँसी की रानी और 1857 ईस्वी में हुए स्वतन्त्रता संग्राम के सम्बन्ध में बहुत कुछ नई जानकारी निकल चुकी है। क्या आपने उन्हें देखा और पुस्तक को उन तथ्यों के प्रकाश में संशोधित-परिवर्धित करने का प्रयास किया? अथवा पुस्तक छपते ही आपकी पुस्तक की बांग्ला में जो समीक्षाएँ निकलीं उन्हें आपने पढ़ा? उनकी कतरनें क्या आपके पास सुरक्षित हैं? उन्होंने इसके जवाब में कोई पत्र तो नहीं लिखा पर हिन्दी संस्करण के लिए मैंने उनसे भूमिका लिखने का जो आग्रह किया था, उस

भूमिका में जरूर उन्होंने इसका उत्तर दिया था। उनका एक ही उत्तर था, "नहीं, समालोचना की अनेक बातें याद ही नहीं रहती हैं। सरोजदत्त अथवा 'हिन्दुस्तान स्टैंडर्ड' ने शायद कुछ लिखा था। मुझे पीछे मुड़कर देखने का अभ्यास नहीं है, पुस्तकों की समीक्षा की फाइल रखने की आदत नहीं है। यही तो है मेरा स्वभाव।"

अनुवाद कार्य को लोग बैठे-ठाले का काम समझते हैं। कभी-कभी एक अनुवादक को मूल लेखक से भी अधिक काम करना पड़ता है। सामान्य रूप से अनुवादक का काम होता है मूल कृति में जैसा लिखा है, उसे वैसे-का-वैसा लिख देना। 'राहतगढ़' का राथगढ़, बरुआ सागर का बेरुत सागर, तालबेहट का ताल बेहूत, चरखारी का चिरकारी, चुर्खी का चरखारी, बँधा का बाँदा, मटरा का मुथा या मटौटा, इटौरा का इटया, कछवाहा घारवाले का कुचउवा खारवाले अगर बना रहने देता तो एक अनुवादक के रूप में मेरा कुछ बनता-बिगड़ता नहीं था। लेकिन अनुवाद कार्य में प्रतिबद्धता और निष्ठा की आदत और झाँसी की रानी के साथ अपने बुन्देलखंड अंचल के प्रति गौरव बोध होने के कारण इन त्रुटियों को मैंने ठीक करने की कोशिश की और इस सम्बन्ध में महाश्वेता देवीजी को अवगत भी कराया और उनकी अनुमति भी ली।

इन त्रुटियों को ठीक करने में मेरी सर्वाधिक मदद की है, '1857 का प्रथम स्वतन्त्रता संग्राम और जनपद जालौन' के लेखक 'श्री देवेन्द्र कुमार सिंह' ने। इनसे हुई कई बार की चर्चाओं, भेंटों के अन्तर्गत स्थान नामों, व्यक्ति अभिधानों के शुद्ध रूप निकले। देवेन्द्र सिंह जी ने राष्ट्रीय अभिलेखागार कलकत्ता, दिल्ली, राज्य अभिलेखागार, इलाहाबाद, लखनऊ, जालौन-झाँसी के माफिसखाने में सुरक्षित 1857-58 सम्बन्धी दस्तावेजों, मुकदमों की फाइलों को देखकर इस सम्बन्ध में गहन और गम्भीर शोध किया है।

इस पुस्तक का अनुवाद करते समय मेरे मन में एक प्रश्न बार-बार उठता था कि कालपी के पतन के बाद झाँसी की रानी, बाँदा के नवाब, तात्या टोपे समेत सारे क्रान्तिकारी भावी मन्त्रणा के लिए गोपालपुरा में एकत्र हुए, पर ब्रिटिश सरकार ने गोपालपुरा स्टेट के खिलाफ कोई कार्यवाही नहीं की। इसका क्या कारण था? इसके जवाब में ठाकुर देवेन्द्र सिंह ने कहा कि गोपालपुरा स्टेट के महाराजा उस समय रीवा में थे, दूसरे 'ही वाज क्रिपल्ड'—वे अपाहिज और दिमाग से थोड़े कमजोर थे। वे कुछ भी करने में असमर्थ थे। बाद में ब्रिटिश सरकार ने उन्हें कुछ गाँव देकर पुरस्कृत किया था।

मेरी इच्छा थी कि यदि मूल कृति में कुछ नक्शे अभियान मार्ग का ब्यौरा और युद्ध क्षेत्र का नक्शा रहता तो यह कृति और अच्छी हो जाती। मुझे ये नक्शे और अभियान मार्ग का विवरण ठाकुर देवेन्द्र सिंह की पुस्तक में मिल गए, जिन्हें मैंने झाँसी

की रानी के इस परिवर्धित और सम्पादित हिंदी संस्करण के परिशिष्ट में दिया है। इससे हिन्दी के पाठक और झाँसी की रानी के साहस, शौर्य और वीरता के साथ 1857 की यथार्थ घटनाओं में रुचि रखनेवाले सुधीजन अधिक सन्तुष्ट होंगे। इनके उपयोग के लिए ठाकुर देवेन्द्र सिंह ने मुझे सहर्ष अनुमति दी, एतदर्थ मैं और इस पुस्तक के प्रकाशक दोनों आभारी हैं।

1857-58 की क्रान्ति दब जाने के बाद बाँदा के नवाब, राजा बखत वली, ठाकुर मर्दनसिंह का विस्तृत ब्यौरा महाश्वेता जी के 'झाँसीर रानी' उपन्यास में नहीं मिलता है। उन्होंने लिखा है इन लोगों का बाद का इतिहास अन्धकाराच्छन्न है। हिन्दी अनुवाद के इस संस्करण के परिशिष्ट में बाँदा के नवाब और राजा बखत वली का आगे का पूरा विवरण दिया गया है। डॉ. सलेह मुहम्मद की 1857 की क्रान्ति में क्या भूमिका थी और भूमिगत होने के बाद अपनी ही गलती से वह कैसे पकड़ा गया परिशिष्ट में इसका भी ब्यौरा दिया गया है। कहना न होगा कि ये सब विवरण मुझे ठाकुर देवेन्द्र सिंह से प्राप्त हुए हैं, इनका श्रेय भी उन्हीं को है। ह्यूरोज को कालपी अभियान में एक महत्त्वपूर्ण पत्र-पेटिका मिली थी। उसके सम्बन्ध में महत्त्वपूर्ण जानकारी परिशिष्ट में दी गई है।

हिन्दी अनुवाद की भूमिका में महाश्वेता देवी जी ने लिखा है, 'मुझे यह जानने की बड़ी उत्सुकता है कि हिन्दी के पाठक इस पुस्तक को पढ़कर यह बताएँ कि उन्हें इसकी जरूरत थी या नहीं।'

इस सन्दर्भ में मेरा यही कहना है कि इसका अनुवाद होते ही भारतीय अनुवाद परिषद् ने इसे अपने द्विवागीश पुरस्कार से सम्मानित किया और साहित्य अकादमी ने आगे चलकर इस पुस्तक को 2004 के लिए अनुवाद का सर्वोच्च सम्मान देकर इस पुस्तक की हिन्दी में जरूरत थी, इसे रेखांकित किया। अकादमी ने अपनी टिप्पणी में लिखा है, "पुरस्कृत कृति 'झाँसी की रानी' महाश्वेता देवी के बांग्ला उपन्यास 'झाँसीर रानी' का हिन्दी अनुवाद है। भाषा-प्रयोग की दृष्टि से यह कृति लक्ष्य भाषा का मुहावरा लेकर अवतरित हुई है। अपने शिल्पगत वैशिष्ट्य के कारण—यह कृति हिन्दी अनुवाद में भारतीय जीवनपरक उपन्यास को एक महत्त्वपूर्ण योगदान मानी गई है।"

प्रो. कैलाशचन्द्र भाटिया को हिन्दी अनुवाद में अवतरित यह कृति इतनी अच्छी लगी कि उन्होंने इस पर एक लेख ही लिख डाला। इस लेख से यह बात सिद्ध होती है कि हिन्दी के आम पाठकों के अलावा विशिष्ट पाठकों को भी यह कृति अच्छी लगी और उन्हें इसे पढ़कर मूल कृति का आनन्द मिला। डॉ. भाटिया ने अपने लेख में यह भी लिखा है कि अनुवाद—आगत बांग्ला की मार्मिक अभिव्यक्तियों के कारण हिन्दी किस प्रकार समृद्ध हुई है। परिशिष्ट में इस लेख का कुछ अंश उद्धृत है।

'हंस' (अक्टूबर, 2005) में कहानीकार प्रियम्वद ने अपने लेख 'इतिहास और उपन्यास' में महाश्वेता देवी के 'झाँसीर रानी' उपन्यास के हिन्दी अनुवाद पर टिप्पणी करते हुए लिखा है : महाश्वेता देवी ने अपना पहला उपन्यास 'झाँसी की रानी' 1956 में लिखा था। लक्ष्मीबाई पर यह उपन्यास इतिहास की किसी भी पुस्तक पर भारी पड़ेगा। गहन शोध, समर्पण, प्रतिबद्धता और श्रम के साथ, इतिहास के सूक्ष्मतम तत्त्वों का प्रामाणिक स्रोतों से समर्थन पाने व विवेचन करने के बाद, महाश्वेता ने इस उपन्यास को लिखा है, लक्ष्मीबाई के जीवन के वे अंश, जिनका ऊपर अभी जिक्र हुआ है और जो उनकी स्वीकृति छबि पर प्रश्न उठाते हैं, सबको महाश्वेता ने अपने उपन्यास में लिया है, ऐतिहासिक उपन्यास लेखन का यह सर्वोत्कृष्ट उदाहरण है, उपन्यास के अन्त में सन्दर्भ ग्रन्थों की सूची में इतिहास की 25, बांग्ला की 4, मराठी की 2 व हिन्दी व बुन्देलखंडी की 5 पुस्तकें हैं, विभिन्न सरकारी गजेटियर, संसदीय पत्र व अभिलेख हैं। इनके अतिरिक्त 26 वर्ष की आयु में अकेले झाँसी, ग्वालियर, कालपी, जबलपुर, पूना, इन्दौर की बीहड़ यात्राएँ व साक्षात्कार हैं। यह जानना दिलचस्प है कि सावरकर के लिखे 1857 के स्वाधीनता संग्राम के इतिहास को पढ़कर महाश्वेता ने इस उपन्यास को लिखने की प्रेरणा पाई, पर उन्होंने वह गलती नहीं की जो वृन्दावनलाल वर्मा ने की, उनकी लक्ष्मीबाई 'इतिहास को जीनेवाली नायिका' है रचनेवाली नहीं।[1]

1857 के क्रान्ति सम्बन्धी दस्तावेजों तथा प्रकाशित साहित्य को खँगालते हुए जो सामग्री महाश्वेता देवी को मिली, उस क्रान्ति के केन्द्र में गतिशील जिन इतिहास पुरुषों से उनका साबका पड़ा उसका उपयोग कर उन्होंने 'झाँसीर रानी' के अलावा 'आगुन ज्वलेछिलो', 'नटी' और 'अमृत संचय' जैसे उपन्यास लिखे हैं। इनमें 'अमृत संचय' बड़ा उपन्यास है और इसका केन्द्र कानपुर और उसके आसपास घटी 1857 सम्बन्धी घटनाएँ हैं। मैंने ये उपन्यास पढ़े हैं और मेरा दावा है कि वस्तु विन्यास, अपने आवेदन और संवेदना की गहनता में जो सफलता 'झाँसी की रानी' उपन्यास को मिली है, वह उपर्युक्त अन्य तीन उपन्यासों को नहीं। प्रचलित अर्थों में 'झाँसी की रानी' उपन्यास नहीं है। यह जीवनीमूलक उपन्यास है। इसमें झाँसी की रानी की जीवनी कितनी है और उपन्यास कितना, यह कहना कठिन है। इसमें इतिहास के रूखे दस्तावेज हैं, मिलेटरी पत्र-व्यवहार हैं, संकेत भाषा में लिखे कूटनीतिक पत्र हैं, युद्ध की दास्तान है, हत्या-खून, आगजनी, लूटपाट और अत्याचार है, फिर भी इस रचना ने अपनी रोचकता नहीं खोई, बराबर पाठकों में उत्सुकता बनाए रखी। यह महाश्वेता देवी की लेखनी का कमाल है। असल में यह रचना उनके दिल को फोड़कर निकली है। 22 वर्षीय रानी के चरित्र का अवगाहन करते-करते उनका लेखक एक ऐसे बिन्दु

---

1. हंस, अक्टूबर 2005, पृ. 35।

पर पहुँच गया जहाँ कृति और कृतिकार दोनों एक हो जाते हैं। 'झाँसीर रानी' ने कागज पर नहीं उनकी चित्त भूमि में जन्म लिया है। इसी रचना ने उनमें यह आत्मविश्वास जगाया कि मैं लेखिका बनूँगी। एक ऐसा इतिहास-चरित्र जो न जाने कितने कलमकारों का उपजीव्य बना है। जैसे-जैसे आप 'झाँसी की रानी' उपन्यास को पढ़ते जाएँगे, इसका परिवेश और इसके चरित्र आपके मन पर छाते जाएँगे और आप अपने को भूलकर उन्हीं के बीच के एक चरित्र हो जाएँगे। हिन्दी पट्टी की एक पाठिका तो इसको पढ़कर इतनी अभिभूत हो गई कि उसने महाश्वेता देवी से कहा, "दीदी आपने झाँसी की रानी को मार क्यों दिया। आप तो उपन्यास लिख रही थीं, आप उसे कल्पना से जीवित भी बनाए रख सकती थीं।" यह वाकया मुझे इंडिया इंटरनेशनल में खुद महाश्वेता देवी ने सुनाया था।

किसानों को, चरवाहों को, आम लोगों को दृढ़ विश्वास है कि झाँसी की रानी रात के अँधेरे में आज भी अपनी झाँसी देखने आती है। इस लोक विश्वास में झाँसी की रानी आज भी जीवित है। शायद, हिन्दी पट्टी के लिए मेरे अनुवाद में एक बार वह पुनः जीवित हो उठी है।

इति नमस्कारान्ते,

—रामशंकर द्विवेदी

1260, नया रामनगर,
उरई-285001 (उत्तर प्रदेश)

पृष्ठभूमि

बुन्देलखंड में माघ मास की एक सन्ध्या। पर्वताकीर्ण लाल मिट्टी के प्रान्तर के अन्त में प्रतिदिन की तरह उस दिन भी सूर्य अस्ताचल को चला गया। आदिगन्त आकाश सोनाली रंग से लाल है। इमन कल्याण गुनगुनाती हुई सन्ध्या वासर घर की ओर जाने लगी। प्रत्येक गोधूलि बेला में चिरस्वयम्बरा सन्ध्या का यही प्रियाभिसार होता है। उस समय पशु चराकर लौट रही हैं किसान बालिकाएँ। कम्पित गले की आवाज को हवा में तैराता हुआ रास्ता भूली हुई भैंस को बुला रहा है एक छोटा (चरवाहा) बालक। (इस प्रकार) एक क्लान्त चिरन्तन दिन का अवसान होता है।

काठ के चेहला और सूखे पत्तों को जलाता हुआ सड़क के किनारे बैठा हुआ है लोधी लड़के-लड़कियों और मजदूरों का एक दल। उन लोगों के जीवन के आदि और अवसान में किसी निरापदता की कोई प्रतिश्रुति नहीं है। जननी (जन्मभूमि) बुन्देलखंड की तरह उनके भी भाग्य में विपत्तियाँ ही बदी हैं। उनके भाग्य में फूल नहीं खिलते हैं, फल नहीं आते हैं। किसी का जन्म होने पर (उत्सव का) आनन्द नहीं होता है, किन्तु मृत्यु का शोक जरूर होता है। फिर भी वे लोग जीवित रहते हैं, काम करते हैं, गीत गाते हैं। मेला के दिन प्रिया को चूड़ियाँ पहनाता है पुरुष, माँ बच्चे को सुलाने के लिए लोरी गाकर सुनाती है।

ये जो लोग हैं, उन लोगों के बीच में जाकर शाम के समय बैठो, तो सुनोगे कि वे लोग झाँसी की रानी की कथा कह रहे हैं। हमारे-तुम्हारे लिए झाँसी की रानी इतिहास का एक पृष्ठ मात्र है। उनसे यदि कहो कि झाँसी की रानी तो कब की मर चुकी है—तो वे सब लोग तुम्हारी तरफ अचरज से देखने लगेंगे। युग-युगान्तर का भार वे लोग ढो रहे हैं, उनके रक्त में धैर्य है। इसलिए वे लोग प्रतिवाद में हड़बड़ा नहीं उठते हैं। सरल एवं सहज विश्वास के साथ कहेंगे—'रानी मर नहीं गई है, अभी तो जिन्दा है।' वे कहेंगे—रानी को छिपा रखा है बुन्देलखंड के पत्थरों और मिट्टी ने। स्वाभिमानिनी रानी की पराजय की लज्जा ढके हुए है पृथ्वी—हम लोगों की माँ।

झाँसी में लक्ष्मीताल के पास आकर खड़े होकर तुम देखोगे कि लक्ष्मी तालाब के जल में अपनी काली छाया डालते हुए प्रतीक्षा कर रहा है एक भग्न मन्दिर।

अवहेलना और अनादर से उसकी देह जीर्ण-शीर्ण हो गई है। सर्वत्र झाड़-झंखाड़ उग आए हैं। बुन्देलखंड के जितने गरीब लोग हैं वे उसके पासवाले घाट पर कपड़े पछोरते हैं। उनके पास जाकर खड़े होने पर भी तुम झाँसी की रानी की ही बातें सुनोगे। वे कहेंगे–

'पत्थर मिट्टी से फौज बनाई,
काठ से कठवार;
पहाड़ उठा के घोड़ी बनाई
(रानी) चली ग्वालियर।'

हमारी-तुम्हारी दृष्टि में (यह कोई) रूपकथा नहीं है। तुम कहोगे, 'यह किसकी कथा कह रहे हो' वे कहेंगे, 'झाँसी की रानी की।' वे कहेंगे–रानी अगर हाथ में मिट्टी उठा लेती तो उसी मिट्टी से फौज बन जाती, काठ उसके हाथ के स्पर्श मात्र से हो उठती धारदार तलवार। पत्थर को अपने स्पर्श से घोड़ी बनाकर वह ग्वालियर चली गई थी।

कालपी के रास्ते पर चलते-चलते यदि किसी बूढ़े किसान से भेंट हो जाए तो वह कहेगा–इसी कालपी की भूमि पर युद्ध किया था रानी ने, यहीं कहीं वह छिपी हुई है; शायद इस मिट्टी की गोद में ही। उसके दिन चले गए हैं, मौका (अवसर) नहीं है। मरती हुई रानी ने इसीलिए लोगों को फिर अपना मुँह नहीं दिखाया।

झाँसी, कालपी और ग्वालियर के सामान्य लोग कहेंगे, रानी की मृत्यु नहीं हुई है।

भाँड़ेर और झाँसी के बीच के रास्ते पर लोग कहेंगे, अभी भी कभी-कभी आधी रात को बाई साहिबा को देखा गया है। सारंगी घोड़ी दौड़ाते, पीछे शिशु पुत्र को बाँधे हुए वे चली जा रही हैं। फीकी ज्योत्स्ना में बाई साहिबा के गले की मोतियों की माला, तलवार, सब स्पष्ट दिखाई देते हैं।

झाँसी-किले के नीचे अस्सी वर्ष का जो वृद्ध ताँगेवालों के पास घास बेचता है, वह परम विश्वास के साथ कहेगा, शरत की कितनी गम्भीर रातों में, हिम झरती वातास और अजस्र ज्योत्स्ना की माया में पृथ्वी जब स्वप्न देखने में मग्न हो जाती है, तब उसने अपनी आँखों से, दुर्ग के परकोटे पर चित्रलिखित मूर्ति की तरह खड़ी हुई रानी लक्ष्मीबाई को देखा है। आस्थाहीन व्यक्ति कहेगा, ऐसा नहीं हो सकता। वह कहेगा, इसीलिए, क्योंकि तुम नहीं जानते हो। रानी तो मरी नहीं है। 'बाई साहिबा जरूर जिन्दा हैं।'

तो फिर, कहाँ है रानी लक्ष्मीबाई? उसे यदि पाना चाहते हो तो तुम्हें उन सब जगहों पर जाना होगा, उन सब मनुष्यों को जानना होगा, जो आज भी मन-प्राण से विश्वास करते हैं कि उनकी बाई साहिबा मरी नहीं हैं। कहीं-न-कहीं वे छिपी हुई जरूर

हैं। तब इन सब अशिक्षित, दरिद्र किसान-किसानिनी तथा अन्य मनुष्यों के मन के विश्वास से धीरे-धीरे प्रतिभासित होने लगेगी एक अपूर्व नारी : इसी भारतवर्ष के खोए दिनों की एक अद्‌भुत नारी।

हमारे देश की आन्तरिक सत्ता के सम्पूर्ण सत्य को अगर एक ही बन्धन में बाँधकर एक ही आधार पर समझा जाए तो वह होगी झाँसी की रानी। एक स्त्री के सम्बन्ध में एक सौ वर्ष तक अगर जनसामान्य जानता रहता है, मिट्टी जिसके हाथ को छूकर संग्राम को उद्यत सैनिक हो उठती थी, काठ जिसके हाथ के स्पर्श से तलवार हो उठती थी, पहाड़ हो उठता था गतिचंचल अश्व, तब फिर सोचने की बात है कि वह स्त्री किस प्रकार की होगी? शक्ति-रूपिणी दुर्गा का हम लोग वर्ष में एक बार आह्वान करते हैं। किन्तु कहानियों, गानों और गाथाओं में—अनेक मनुष्यों के मन में रानी लक्ष्मीबाई की आज भी नित्य पूजा, नित्य आराधना होती रहती है।

यह जो लोक की श्रद्धा है, यह क्या सिर्फ भावप्रवण मन का उच्छ्‌वास मात्र है? इसका क्या कोई आधार नहीं था?

वही सब बातें जानने के लिए चले जाना होगा एक सौ वर्ष[1] पहले के बुन्देलखंड में। झाँसी को जानना होगा। और जाना होगा एक तीर्थ यात्री का मन लेकर। क्योंकि झाँसी की रानी एक अलग-थलग, विच्छिन्न एवं अकेला चरित्र तो नहीं है। शताधिक वर्ष पहले भारतवर्ष की छाती को बूटों से रौंदकर कुचल डाला था अंग्रेजों ने। भारतवर्ष के अस्थि-पंजर को भेदकर आर्त्तनाद हो उठा था उस दिन। वही आर्त्तनाद बाद में मुखरित हो उठा था एक प्रतिवाद रूपी समुद्र गर्जन में। उससे काँप उठा था शासकों का सिंहासन।

समुद्र के उस पार राजप्रासाद में आधे विश्व की अधीश्वरी महारानी के मन में शान्ति नहीं थी, आँखों में नींद नहीं थी। उसी जमाने के भारतवर्ष की कथा हो गई रानी लक्ष्मीबाई। उस दिन की असंख्य भूलों, त्रुटियों, अक्षमता और पराजयों आदि सबको ठेलकर एक बात सत्य थी। और वह थी विदेशी नागपाश के विरुद्ध प्रथम सचेतन विद्रोह। वह चेतना जितने दिन बनी रहेगी उतने दिन रानी लक्ष्मीबाई का नाम अविस्मरणीय बना रहेगा हमारे देश में। उनके योग्य कोई स्मृति सौध न रहने पर भी रानी को कोई भुला नहीं पाएगा।

झाँसी की मिट्टी में पेड़ बूढ़े हो जाते हैं। उनकी जड़ों से उत्पन्न हो जाते हैं नए पेड़। इस तरह से जो चल रहा है चिरंतन जीवन-प्रवाह, उससे रानी की स्मृति को उपयुक्त पूजा मिल रही है हजारों मनुष्यों के नित्यस्मरण द्वारा। इस प्रकार उनका (स्मृति) सौध नित्य प्रतिष्ठित हो रहा है। झाँसी का वही दुर्धर्ष किला आज भी

---

1. अब तो इस घटना को हुए एक सौ वर्ष से भी अधिक हो चुके हैं। अब झाँसी की रानी के बलिदान को 150 वर्ष हो चुके हैं।—अनुवादक

विद्यमान है, जिसके दक्षिण बुर्ज से एक बार युद्ध की रक्त-पताका फहरा दी थी रानी ने। विशाल काली देह लिए जंग खाती हुई पड़ी हैं रानी की दोनों प्रिय तोपें—भवानीशंकर और कड़कबिजली। अंग्रेजों द्वारा छोड़े गए गोलों के निशान आज भी झाँसी नगरी के परकोटे में स्पष्ट रूप से दिखाई देते हैं। सबसे बढ़कर है मनुष्य। जिनके लिए वे लड़ी थीं जीवन के प्रण की रक्षा करते हुए और बाजी लगाकर उस बाईस वर्ष के जीवन की आहुति दे दी थी ग्वालियर के रणक्षेत्र में।

जितने दिन तक मनुष्य घोषणा करता रहेगा कि 'रानी मरी नहीं है', उतने दिन तक रानी की मृत्यु नहीं होगी। 1858 ई. की 17 जून को उसकी मृत देह भस्म हो चुकी है यह सत्य है। फिर भी वह अमर है। भारतवर्ष के लोग उसकी मृत्यु स्वीकार नहीं करते हैं।

'अमर है झाँसी की रानी!'

झाँसी की रानी

एक

आज के मानचित्र में झाँसी उत्तर प्रदेश के अन्तर्गत एक जिला मात्र है। 1858 ई. के बाद से उसका समग्र परिचय विलुप्त हो गया है। किन्तु समय की नौका को जरा घुमाओ, उसे बहने दो उस युग की ओर, तब तुम देख सकोगे कि बुन्देलखंड का रूप सदा के लिए अपरिवर्तित रह गया है। भारतवर्ष के एकदम मध्य में बुन्देलखंड एक रूक्ष देश है। प्रकृति यहाँ एक बार ही मानो अत्यन्त कृपण हो गई है। पूर्व, दक्षिण, उत्तरवर्ती अजस्र अंचलों में शस्य सम्पदा व्याप्त रहती है, देश-लक्ष्मी फूलों-फलों से समृद्ध रहती है। वहाँ सुजला, सुफला, मलयज शीतला, सुखदा, वरदा जननी है। किन्तु बुन्देलखंड में उस (जननी) की भैरवी मूर्ति प्रकट हुई है। वहाँ पर पत्थर, पहाड़ों से आकीर्ण भूमि रूखी है और नदियाँ क्षीणतोया हैं।

बहुत दिन पहले भारतवर्ष के इतिहास की प्रारम्भिक अवस्था में, इसी बुंदेलखंड में शस्य संभार भरे, श्यामल श्री सम्पन्न धन-अरण्य थे, यहाँ पर सर्वत्र जनपदों का गठन हो चुका था। किन्तु मनुष्य ने निर्ममता से उसी अरण्य को काटकर बुन्देलखंड को मेघों के प्रसाद से सदा के लिए वंचित कर दिया है। इसी देश के वक्षस्थल से होकर बह रही हैं धसान और वेत्रवती, किन्तु आज वे शीर्णप्राय हैं। उनके किनारे-किनारे फूले हुए जामुन के वृक्ष समूह अब और फलभार से नमित नहीं होते हैं। किसी विस्मृत युग में उसी पथ से होकर जो नीलांजन छायावाही मेघ निर्वासित प्रेमी के आँसुओं को वहन करता हुआ अलकापुरी की दिशा में गया था, आज उसके दर्शन एकान्त रूप से दुर्लभ हैं।

जब कभी मेघ वहाँ आज अगर घिरकर खड़े हो जाते हैं तो किसान लोग कपास बोने का सपना देखने लगते हैं। गेहूँ, ज्वार, अरहर और बाजरा के बीजों के प्राण अंकुरों के रूप में तब प्रस्फुटित हो उठते हैं।

एक सौ वर्ष पहले झाँसी बुन्देलखंड का एक स्वतन्त्र राज्य था। उन दिनों उसके बीच से होकर अपने अस्तित्व का सदा भान कराने के लिए ओरछा-टेहरी राज्य की एक सीमा-रेखा बनी हुई थी। इसीलिए झाँसी दो भागों में विभक्त थी। सम्पूर्ण सीमा को मिलाकर पश्चिम में एक सौ मील और उत्तर में साठ मील।

इस स्वल्प सीमा वाले राज्य की पर्वत-संकुल-अनुर्वर छाती को हल की नोक से फाड़कर धरती को फसल की भाषा में बात कहलाने का प्रयास वर्ष-पर-वर्ष असफल होता रहता था। वैशाख की प्रखर गर्मी में जल की प्रतीक्षा करते हुए किसान की बहू-बेटियाँ सिर पर डलिया रखे हुए 'भादों' का गीत गाते हुए व्यर्थ ही लौट आती थीं। फिर भी वहाँ (झाँसी में) अनेक लोगों ने अपनी बस्तियाँ बनाई थीं। ब्राह्मण, राजपूत, अहीर, बुन्देला, चमार, काछी, कोरी, लोधी, कुर्मी सभी जाति के लोग झाँसी में आ गए। मऊ से झाँसी, झाँसी से कालपी होकर कानपुर और आगरा से सागर—इन तीन व्यापारिक मार्गों से होकर, गधा, घोड़ा और ऊँटों की पीठ पर लदकर वर्ष-पर-वर्ष बाहर से खाद्यान्न आया करता था। इसके अलावा घोड़े और हाथियों के मालिक भी आते रहते थे। झाँसी थी हाथी-घोड़ा बेचने की प्रधान मंडी।

राजधानी झाँसी आगरा से दक्षिणी दिशा में एक सौ बयालीस मील दूर पड़ती थी। इलाहाबाद से बाँदा के मार्ग से होकर दो सौ पैंतालीस मील दूर पश्चिम में थी। कलकत्ता से सात सौ चालीस मील दूर उत्तर-पश्चिम में।

धन-धान्य से समृद्ध नगरी झाँसी पर गर्व करते हुए इसके अधिवासी लोग कहा करते थे—

'नीचे में पूना, ऊँचे में काशी
सबसे सुन्दर बीच में झाँसी।'

झाँसी के बारे में जानने के पहले बुन्देलखंड का संक्षिप्त इतिहास जानना जरूरी है। क्योंकि बुन्देलखंड में मराठा वंश की स्थापना होने के पहले झाँसी में नेवलकर वंश आ गया था। इस नेवलकर वंश की बहू होकर झाँसी में आई थी रानी लक्ष्मीबाई।

बुन्देलखंड बुन्देला लोगों का देश था। महाभारत के युग में बुन्देलखंड चेदि, दशार्ण और विदर्भ साम्राज्य के अन्तर्गत आता था। चन्देल राजपूतों के युग में झाँसी अत्यन्त समृद्ध थी। चन्देल राजपूत राजाओं ने झाँसी और बुन्देलखंड भर में सर्वत्र पक्के जलाशयों का निर्माण कराया था। उनमें से कुछ तो अभी भी विद्यमान हैं। चन्देल राजपूतों के हाथ से निकलते-निकलते बुन्देलखंड मुगलों के अधिकार में आ गया।

उस समय बुन्दलेखंड की राजधानी ओरछा थी। सोलहवीं शताब्दी में, बुन्देल राजा मलखान सिंह की मृत्यु के बाद राजा हुए उनके ज्येष्ठ पुत्र रुद्रप्रताप। 1531 ई. में उन्होंने ओरछा की स्थापना की। नगण्य जनपद को उन्होंने ही समृद्धिशाली बनाया। ओरछा के राजा दिल्ली के बादशाह को नियमित रूप से कर नहीं देते थे। बीच-बीच में सिर्फ कुछ नजराना आदि देकर खुश रखते थे।

रुद्रप्रताप के एक पौत्र, वीरसिंह देव को बड़ौनी की जागीर मिली थी। अत्यधिक महत्त्वाकांक्षी वीरसिंह देव ने अपनी सेना का गठन किया। अधिकार कर लिया मुगल

अधिकृत नरवर, मैना, जाट, कड़ेरा और भाँड़ेर पर। अकबर ने ओरछा के राजा रामसिंह और ग्वालियर के आसकरण कुशवाहा के साथ जो सेना भेजी, वीरसिंह ने उसे पराजित कर दिया।

इसी बीच पिता-पुत्र में मनमुटाव हो गया। अत्यन्त प्रिय ज्येष्ठ पुत्र सलीम क्षुब्ध होकर पिता अकबर के खिलाफ खड़ा हो गया। उसका दमन करने का परवाना लेकर अबुल फ़ज़ल मध्यभारत की तरफ बढ़ने लगा। सशंकित सलीम ने उस समय वीरसिंह देव से मित्रता करने की इच्छा प्रकट की!

प्रयागराज में दोनों की भेंट हुई। सलीम द्वारा सहायता माँगने पर सलीम की सहायता के लिए वीरसिंह देव राजी हो गया। शर्त रखी गई कि यदि भाग्य अनुकूल रहा तो सलीम वीरसिंह देव को राज्य गठन में मदद करेगा। इसके बाद सैयद मुजफ्फर के साथ वह प्रयाग से बड़ौनी आया। आते ही सूचना मिली कि इसी बीच मुगल सेना के साथ अबुल फ़ज़ल नरवर पहुँच चुका है। वह पराइछा गाँव में है। यहाँ पर वीरसिंह देव के साथ अबुल फ़ज़ल का भयंकर युद्ध हुआ। भीषण युद्ध के बाद पराजित अबुल फ़ज़ल का सिर काट लिया वीरसिंह देव ने। लाल रेशम में लपेटकर चाँदी के थाल में उस छिन्न मस्तक को प्रयागराज में भेज दिया सलीम के पास। सलीम आनन्द से विभोर हो गया। वीरसिंह देव को बड़ौनी की जागीर के सिंहासन पर बैठने की अनुमति देकर राजतिलक के साथ दूत बनाकर भेजा गया चम्पत राव को। साथ-ही-साथ ब्राह्मण पुरोहित उपहारस्वरूप वीरसिंह देव के लिए रत्न जटित तलवार, चामर, छत्र और डंका लेकर गया। बड़ी धूमधाम के साथ बड़ौनी में वीरसिंह देव का राजतिलक हुआ।

इधर अबुल फ़ज़ल की मृत्यु के कारण उस समय अकबर शोक से बहुत आकुल था। उसने दो दिन तो अन्न-जल ही ग्रहण नहीं किया। अबुल फ़ज़ल असाधारण गुणी परामर्शदाता और उसका प्रिय मित्र था।

दुख तो शान्त हो गया, किन्तु दूसरे ही क्षण दारुण क्रोध से बादशाह जलने लगा। अबुल फ़ज़ल के घातक वीरसिंह देव को गिरफ्तार करके लाना होगा।

वीरसिंह देव बड़ौनी से दतिया, दतिया से चलकर एरच, एरच से दूनी, दूनी से पुनः दतिया पहुँचकर शाहजादा सलीम से जाकर मिला। बादशाह की फौज बहुत परेशान हो गई। विवश होकर अकबर ने अपनी पराजय स्वीकार कर ली। पुनः मिलने के लिए सलीम को आगरा बुलाया गया। सलीम के पीछे-पीछे सारी मुगल फौज भी आगरा चली गई। वीरसिंह देव निश्चिन्त हो गया।

सलीम की माँ जोधपुर की महारानी जोधाबाई की इस समय मृत्यु हो गई। उसके बाद अकबर ने फिर से वीरसिंह देव के विरुद्ध अभियान छेड़ दिया। ओरछा की सीमा पर हुए युद्ध में वीरसिंह देव विजयी रहे। इस बार उन्होंने सारे ओरछा

राज्य पर अपने अधिकार की घोषणा कर दी। उन्होंने दतिया, धामौनी और झाँसी में तीन किलों का निर्माण करवाया। बोले—धामौनी गढ़ में फौज रहेगी, दतिया का किला बहुत मनोहर और रमणीय होगा तथा झाँसी का किला होगा सिंह और हाथी के साथ मुठभेड़ करने के लिए। जनश्रुति यह है कि वृद्धावस्था होने पर वे दतिया से झाँसी की तरफ देखकर किला नहीं देख सके। बोले—"आँखों में पूरी झाँई-सी भर रही है।"

इसी के आधार पर राज्य का नाम हो गया 'झाँसी'।

दो

वीरसिंह देव के बाद इतिहास समय के पंखों पर बैठकर निश्चिन्त और निर्भय होकर चलता गया।

रुद्रप्रताप का दूसरा पौत्र चम्पत राय महेबा[1] का जागीरदार था। महेबा आजकल छतरपुर जिले में है। चम्पत राय के साथ महेबा पर आधिपत्य को लेकर मुगल सेना के साथ झगड़ा चल ही रहा था। चम्पत राय मोर पहाड़िया गाँव के जंगल में छिपकर युद्ध चलाने लगे।

कटेरा गाँव से तीन कोस दूर मोर पहाड़िया गाँव के जंगल में विक्रम सम्वत् 1705 के ज्येष्ठ मास में छत्रसाल का जन्म हुआ। शैशव से ही छत्रसाल पहाड़ और जंगल में पलकर बड़े होने लगे। कालक्रम से छत्रसाल की वीरता और चतुरता का विकास होने लगा। बड़े होने पर उन्होंने स्वतन्त्र हिन्दू राज्य स्थापित करने का सपना देखा। उसी समय सुदूर महाराष्ट्र में सह्याद्रि पर्वत-शिखरों पर दुरन्त घोड़े को वश में करते-करते और एक युवक ने वैसा ही स्वप्न देखा था। वह शिवाजी थे।

दिल्ली के तख्त पर उस समय औरंगजेब था। संगीत, शिल्प और काव्य के ऊपर उसने 'मौत का परवाना लिख दिया था। उसी के समय जन्म लिया था महाकवि भूषण ने। कानपुर के निकट तिकवाँपुर गाँव में विक्रम सम्वत् 1670 में उनका जन्म हुआ था। वीररस से जीवन्त उनके काव्य में बुन्देलखंडी और ब्रजभाषा का सुन्दर मेल घटित हुआ है।

कहा जाता है कि एक बार औरंगजेब ने कवियों की हँसी उड़ाई थी। कहा था–"तुम्हारे काव्य में सिर्फ राजा-महाराजाओं की प्रशंसा भर है। उसमें कुछ भी सत्यता नहीं रहती है।" उसी समय कवि भूषण उठकर खड़े हो गए। हाथ जोड़कर बादशाह से निवेदन किया कि अगर बादशाह लिखित रूप से अभय का वचन दें तो वे एक सच्ची कविता सुना सकते हैं। औरंगजेब ने वचन दिया। तब भूषण ने एक कवित्त सुनाया–

---

1. महेबा छतरपुर जिले का एक स्थान। जहाँ के जागीरदार चम्पत राय थे।–अनुवादक

किवले के ठौर बाप बादशाह शाहजहाँ
ताको कैद कियो मानो मक्के आगि लाई है ॥
बड़ो भाई दारा वाकों पकरि के कैद कियो
मेहरहूँ नहीं जाको जायो सगे भाई है ॥
बंधु तौ मुरादबख्श बाँदि चूक करवे कौ
बीच लै कुरान खुदा की कसम खाई है ॥
भूषण सुकवि कहैं सुनौ नवरंगजेब
एते काम कीन्हें फेरि पादशाही पाई है ॥

कुरान में पूज्य पिता को बन्दी बनाने, पितृतुल्य दाराशिकोह और पुत्रतुल्य मुरादबख्श की हत्या के उल्लेख से लिखित आश्वासन को भूलकर औरंगजेब क्रोध से अन्धा हो गया।

भूषण अकस्मात् आए राजकोप को सिर पर लिए दक्षिण की तरफ पलायन कर गए। एक स्वाधीन और निर्भीक हिन्दू राजा की शरण खोजने लगे। महाराजा छत्रसाल ने आदरपूर्वक उन्हें अपने यहाँ स्थान दिया। भूषण ने 'छत्रसाल दशक' की रचना की है।

उन्हीं दिनों बूँदी के हाड़ा राजा छत्रसाल भी औरंगजेब के खिलाफ विद्रोह कर उठे थे। बूँदी के छत्रसाल बन गए थे जहाँनारा के राखीबन्द भाई। भूषण ने इन दोनों का स्तुति-गान किया है—

इक हाड़ा बूँदी धनी मरद महेबा वाल।
सालत नौरंगजेब को जे दोनों छत्रसाल ॥
ए देखो छत्ता पत्त ए देखो छत्रसाल।
ए दिल्ली की ढाल ए दिल्ली चाहन वाल ॥

छत्रसाल के पास से बिदा लेकर भूषण शिवाजी के पास गए थे। शिवाजी को ढूँढ़ते-ढूँढ़ते भूषण एक शाम पूना प्रान्त में पहुँच गए। देखा, रास्ता रोके हुए खड़ा है छोटी कद-काठी वाला सुगठित देह एक अश्वारोही। निःस्पृह भाव से वह भुट्टा खा रहा था। भूषण का मंतव्य जानकर वह शिवाजी की निन्दा करने लगा। बोला—वह तो गँवार मनुष्य है। युद्ध लड़ता रहता है। युद्ध को ही सब कुछ समझता है। कविता के सम्बन्ध में वह क्या जाने! उसके सम्बन्ध में क्या कोई कविता लिखना सम्भव भी है? भूषण ने उस समय शिवाजी की प्रशंसा में जिस कविता की रचना की वह आज भी हिन्दी पाठकों में सर्वाधिक लोकप्रिय कविता है। उन्होंने कहा—

इन्द्र जिमि जम्भ पर, बाड़व सुअम्ब पर
रावन सदम्भ पर रघुकुल राज हैं।
पौन बारिवाह पर, सम्भु रतिनाह पर

ज्यों सहस्रबाहु पर राम द्विजराज हैं।
दावा द्रुम दंड पर चीता मृग झुंड पर
'भूषण' वितुंड पर जैसे मृगराज हैं।
तेज तम अंस पर कान्ह जिमि कंस पर
त्यों मलिच्छ वंस पर सेर सिवराज हैं।

अश्वारोही प्रसन्न हो गया। दूसरे दिन दरबार में पता चला कि वह घुड़सवार शिवाजी स्वयं हैं। भूषण और शिवाजी का संयोग होने पर अनुपम काव्य 'शिवा बावनी' और 'शिवराज-भूषण' रचे गए। हिन्दी काव्य-साहित्य की एक अनुपम सम्पदा। भूषण ने कहा है—

अफजल खान कौ जिन्होंने मैदान मारो
बीजापुर, गोलकुंडा मारो जिन आज है।
भूषण भणत फरासीस तो फिरंगी मारि
हब्शी तुरुक डारे उलटि जहाज है।
देखत में ऐसे रुस्तम खाँ को जिन खाक कियो
साल की सूरति आजु सुनि जो अबाज है।
चौंकि चौंकि चकित कहत चहूँधा ते जारो
लेत रहौ खबर कहाँ लौं शिवराज है।

छत्रसाल एक बार मिर्जा जयसिंह की अधीनता में शिवाजी के विरुद्ध लड़ने गए। उस समय उन्होंने मुगलों का पक्ष त्यागकर शिवाजी का सहयोग किया और शिवाजी के आदेश से बुन्देलखंड लौट गए। छत्रसाल जब बत्तीस वर्ष के थे तब शिवाजी की मृत्यु हो गई। इसके बाद छत्रसाल लम्बे समय तक जीवित रहे। वृद्धावस्था आने पर, उनके राज्य पर आक्रमण किया इलाहाबाद के शासक मुहम्मद खाँ बंगश ने। अस्त राज्य शक्ति और बल-रहित छत्रसाल ने मुगल आक्रमण को रोकने के लिए उदीयमान मराठा वीर बाजीराव पेशवा प्रथम के समक्ष सहायता की याचना की। उन्होंने स्वयं लिखा है—

जो गति भई गजेन्द्र की, सो गति पहुँची आज,
बाजी जात बुन्देल की, राखो बाजी लाज।

बुन्देलखंड की मर्यादा-रक्षा का भार ग्रहण कर महत्त्वाकांक्षी श्रेष्ठ वीर बाजीराव आए। मुसलमान आक्रमण का उन्होंने दमन किया। मुगल साम्राज्य उस समय बिखरने लगा था, मध्यभारत में मराठा आधिपत्य के विस्तार का यही उपयुक्त अवसर था।

किन्तु छत्रसाल के छप्पन पुत्रों में बाँट-बँटवारा होने से उनके भाग्य में क्या आएगा यह सोचकर चिन्तित बाजीराव छत्रसाल के दरबार में उत्सव के दिन खड़े रहे। छत्रसाल के उनसे बैठने का अनुरोध करने पर उन्होंने कहा—"महाराज, आपके छप्पन

पुत्र हैं, उनमें मैं कहाँ बैठूँ?'' इस उक्ति के अन्तर्निहित आशय को समझकर छत्रसाल ने कहा–''मेरे पहले पुत्र हृदयशाह, दूसरे जगतराज और तीसरे आप हैं। आप इनके ही समीप बैठिए।''

आश्वस्त बाजीराव ने आसन ग्रहण कर लिया। इसके बाद छत्रसाल ने अपने विस्तृत राज्य को तीन भागों में बाँटने का संकल्प किया। उनका साम्राज्य था चंबल, तमसा अथवा टोंस, यमुना और नर्मदा नदी के मध्यवर्ती भू-भाग में। उसमें थी कालपी, जालौन, कौंच, एरच, झाँसी, सिरौंज, गुना, गड़ाकोटा, सागर, दमोह, मईहर एवं अन्यान्य राज्य।

प्रथम पुत्र हृदयशाह को मिली बयालीस लाख रुपए वार्षिक आमदनीवाली जागीर–पन्ना, मऊ, गड़ाकोटा, कालिंजर, शाहगढ़ और अन्यान्य इलाका।

मझले पुत्र जगतराज को मिले वार्षिक छब्बीस लाख रुपया आयवाले जैतपुर, अजयगढ़, चरखारी, बिजावर, सरीला और भूरसगढ़ (वाले इलाके)।

बाजीराव पेशवा प्रथम को मिले तैंतीस लाख रुपया वार्षिक आमदनीवाले इलाके कालपी, हटा, हृदयनगर, जालौन, गुरसराँय, झाँसी, सिरौंज, गुना और सागर।

बाजीराव पेशवा ने छत्रसाल से प्राप्त इस नए इलाके को कई भागों में बाँटा। पराक्रमी वीर सरदार गोविन्द बल्लाल खेर को दिया सागर और जालौन के इलाकों का भार। हरि विट्ठल डिंगारकर को मिला कालपी और हमीरपुर परगना का कुछ अंश। कृष्णाजी अनन्त ताम्बे को मिला बाँदा और हमीरपुर का कुछ भाग। इस अन्तिम व्यक्ति ने बिलकुल थोड़े दिनों में ही सूबेदारी बना ली थी। उसके पश्चात् बाँदा राज्य का भार मिला था शमशेर बहादुर को–बाजीराव पेशवा और मस्तानी के प्रेम से उत्पन्न सन्तान। अनुपम सुन्दरी, चित्त मनोहारिणी मस्तानी के सम्बन्ध में इतिहासकारों में मतभेद है। सम्भवतः मस्तानी को उपहार में दे दिया था छत्रसाल ने बाजीराव को। बाजीराव ने मस्तानी को सभा में ही नहीं, हृदय में भी स्थान दिया था। दुख का विषय यह है कि वह प्रणय अभिशापग्रस्त था। बाजीराव की महाराष्ट्रीय पत्नी और आत्मीय वर्ग मस्तानी के विरुद्ध थे। उन लोगों ने बड़ी चतुरता से बाजीराव को मस्तानी से अलग कर रखा था।

बाजीराव की अकाल मृत्यु के अनेक कारणों में मस्तानी से उनका निरन्तर विच्छेद भी एक कारण रहा है। दुःसाहसी, निर्भीक, वीरहृदय बाजीराव की मृत्यु के बाद भी मस्तानी कुछ दिनों जीवित रहकर शीघ्र मर गई थी। उसी का पुत्र शमशेर बहादुर था। बाँदा के नवाब वंश की उत्पत्ति इसी शमशेर बहादुर से हुई है। झाँसी का उत्तरदायित्व मिला नारोशंकर मोतीवाले को।

नारोशंकर मोतीवाले ने झाँसी का किला घेरकर उसके आसपास नगर की स्थापना की। धीरे-धीरे पूरा जनपद बन गया।

नारोशंकर मोतीवाले के बाद उसके भाई का लड़का विश्वास राव लक्ष्मण झाँसी का शासक बना। उसी समय एक बार एक व्यक्ति ने आकर अपना परिचय देते हुए कहा कि वह पानीपत के तीसरे युद्ध में मृत वीर सदाशिव राव है, जिसकी मृतदेह खोजने पर भी नहीं मिली थी।

जान में हो या अनजान में, विश्वास राव ने इस व्यक्ति की आर्थिक सहायता की। पूना खबर गई कि धोखेबाज सदाशिव राव और विश्वास राव में मित्रता हो गई है। फलस्वरूप विश्वास राव पदच्युत कर दिया गया। पूना से पेशवा प्रथम माधव राव ने रघुनाथ हरि नेवलकर को विश्वास राव के सम्बन्ध में जाँच कर अपना ब्यौरा देने के लिए भेजा। इस ब्यौरे को देखकर रघुनाथ हरि नेवलकर के सम्बन्ध में प्रथम पेशवा माधव राव की उच्च धारणा बन गई। इसके बाद 1770 ई. में झाँसी के सूबेदार के पद पर रघुनाथ हरि नेवलकर नियुक्त हुआ।

राज्य की उन्नति देखकर सम्भवतः पेशवा माधव राव प्रथम नेवलकर की कार्यकुशलता के सम्बन्ध में निश्चिन्त हो गए थे।

रघुनाथ हरि ने विशेष योग्यता और दक्षता के साथ चौबीस वर्ष तक झाँसी में सूबेदारी की। बाजीराव पेशवा के द्वारा अधिकृत अन्य राज्यों की तुलना में झाँसी राज्य अधिक समृद्धिशाली होने लगा।

रघुनाथ हरि ने अपना अर्थ व्यय करके झाँसी को खूब समृद्धि-सम्पन्न किया। अच्छी-अच्छी तोपों की ढलाई कराके किले पर तैनात करवाईं। उद्योग और वाणिज्य का झाँसी एक केन्द्र हो गई। रघुनाथ हरि झाँसी के सम्बन्ध में पूना नियमित रूप से ब्यौरा भेजा करते थे। पूना के दफ्तर में वे कागज-पत्र आज भी उसकी कार्यकुशलता का प्रमाण दे रहे हैं।

महाराष्ट्रीय स्त्रियाँ अठारह हाथ की साड़ी पहनती हैं। बुन्देलखंड की स्त्रियों का पहनावा मुख्य रूप से लहँगा[1] है। वहाँ के स्थानीय ताँती लोग साड़ी बुनना नहीं जानते थे। इसलिए रघुनाथ हरि ने दक्षिण से बुनकरों को लाकर झाँसी में बसाया। छतरपुर और पन्ना से विशिष्ट बुन्देलखंडी धातुशिल्पियों को लाकर मऊ, रानीपुर और झाँसी में पट्टे दिए गए। झाँसी के दुर्ग में एक सुन्दर अनुसन्धानशाला की स्थापना की गई। किले में एक सुव्यवस्थित ग्रन्थागार बनवाया गया। नदिया (पश्चिम बंगाल का एक संस्कृत विद्या का केन्द्र), काशी और तंजौर से अच्छी-अच्छी संस्कृत पुस्तकों की अनुलिपि करवाकर कुशल अनुलिपिकारों के माध्यम से मँगवाई गईं। जरी और रेशम के बहुमूल्य कपड़ों से पुस्तकों की जिल्द बँधवाई गई। 'भगवत गीता' के कई संस्करण कराए गए। काव्य, साहित्य और दर्शन से यह ग्रन्थागार भर उठा।

---

1. उस समय यही था। अब तो बदलाव आ गया है।—अनुवादक

1794 ई. में इस सुयोग्य शासक ने अवकाश ग्रहण करके धर्म-कर्म में अपने जीवन को समर्पित कर दिया। झाँसी राजवंश के विशिष्ट मित्र कर्नल श्लीमन ने कहा है, रघुनाथ हरि को कुष्ठ रोग हो गया था। उन दिनों कुष्ठ रोग का कोई अच्छा इलाज नहीं था। रघुनाथ हरि ने इस आपदा को चुपचाप सहन किया। काशी जाकर गंगा में डूबकर उन्होंने मृत्यु स्वीकार कर ली। रघुनाथ हरि के दूसरे भाई शिवराज भाऊ ने तब झाँसी की सूबेदारी ग्रहण की।

शिवराव भाऊ अपने बड़े भाई के योग्य भ्राता ही थे। झाँसी शहर के आसपास जो पुराना परकोटा है, वह उनके ही समय का है।

शिवराव भाऊ ने दो विवाह किए थे। पहली स्त्री के गर्भ से 1788 ई. में जन्म हुआ कृष्णचन्द्र शिवराव नेवलकर का। कृष्णराव की स्त्री थी सखूबाई। 1806 ई. में कृष्णराव के पुत्र रामचन्द्र राव का जन्म हुआ। 1809 ई. में जन्म हुआ एक कन्या का।

शिवराव भाऊ की दूसरी पत्नी के गर्भ से दो पुत्रों का जन्म हुआ था। 1803 ई. में रघुनाथ ने एवं 1813 ई. में गंगाधर ने जन्म लिया।

1804 ई. में शिवराव भाऊ के साथ ईस्ट इंडिया कम्पनी की एक सन्धि हुई। पारस्परिक सैन्य सहायता और मित्रता की शर्त पर सात शर्तोंवाला खरीता शिवराव भाऊ ने बुन्देलखंड के तत्कालीन राजनीतिक प्रतिनिधि बेइली के माध्यम से गवर्नर जनरल के पास भिजवाया। उन शर्तों को स्वीकार करते हुए गवर्नर जनरल ने अपने हस्ताक्षर कर दिए।

कई शर्तें इसमें अनलिखी रह गई थीं, इसलिए 1806 ई. में शिवराव भाऊ ने और एक नया शर्तनामा दाखिल किया। कोटरा में राजनीतिक प्रतिनिधि बेइली ने गवर्नर जनरल जॉर्ज वार्लो के हाथ में यह शर्तनामा दिया। शिवराव भाऊ के द्वारा ब्रिटिश अधीनता स्वीकार करने के बदले में कम्पनी ने उनका और उनके वंशधरों का झाँसी के सिंहासन पर अधिकार स्वीकार कर लिया। राज्यशासन के विषय में उनकी स्वाधीनता बनी रही।

1811 ई. में कृष्णराव की मृत्यु हो गई। शिवराव भाऊ इससे बहुत मर्माहत हो गए। ज्येष्ठ पुत्र के प्रति उनका जो पक्षपात था उसके फलस्वरूप पौत्र रामचन्द्र राव को उन्होंने उत्तराधिकारी नियुक्त किया। 1814 ई. में बड़ी धूमधाम के साथ रामचन्द्र राव का 'जनेऊ' अथवा यज्ञोपवीत हो जाने पर उन्होंने वसीयत कर दी। रामचन्द्र की विधवा माता सखूबाई के विषय में शंका करने का उनके लिए एक कारण घटित हो गया था। इसीलिए राज्यशासन के मामले में सखूबाई के किसी अधिकार को उन्होंने नहीं माना। गोपालराव बालकृष्ण अम्बेरदारकर को उन्होंने नाबालिग रामचन्द्र का अभिभावक नियुक्त किया।

दूसरी पत्नी से उत्पन्न रघुनाथ और गंगाधर को बारह हजार रुपया वार्षिक वृत्ति तथा अन्य सम्पत्ति दे दी। और सखूबाई से धर्म-कर्म में अधिक मन लगाने को कहा। राज्य के सारे अधिकारों से पदच्युत होकर सखूबाई अपमान और हिंसा से जलने लगी। यहाँ तक कि बालक रामचन्द्र भी उन्हें अपना शत्रु लगने लगा। इस विद्वेष और प्रतिहिंसा के फलस्वरूप आगे चलकर झाँसी में गम्भीर अराजकता की सृष्टि हो गई थी। शिवराव भाऊ इस रमणी की गतिविधि देखकर आशंकित हो गए। अशान्ति एवं दुश्चिन्ता के फलस्वरूप उनका स्वास्थ्य टूट गया। 1816 ई. में उनकी मृत्यु हो गई।

1817 ई. में पेशवा द्वितीय बाजीराव ने सन्धि करके ईस्ट इंडिया कम्पनी को बुन्देलखंड का सारा अधिकार दे दिया। 1817 ई. में ग्यारह वर्षीय नाबालिग रामचन्द्र राव के साथ सन्धिनामा हुआ, जिसके अनुसार ईस्ट इंडिया कम्पनी ने झाँसी के सिंहासन पर रामचन्द्र राव के अधिकार को स्वीकार कर लिया, उनकी सूबेदारी मंजूर कर ली।

रामचन्द्र राव के संरक्षक गोपाल राव की मृत्यु 1822 ई. में हो गई। उनका स्थान ग्रहण किया नारो भीखाजी ने।

रामचन्द्र राव 1827 ई. में वयस्क हो गए। ठगों का दमन करने में उन्होंने बुन्देलखंड में ब्रिटिश सरकार की सहायता की थी। 1824 ई. में बर्मा के युद्ध के समय उन्होंने ब्रिटिश सरकार को 70 हजार रुपया देकर मदद की थी। इसके अलावा विभिन्न समयों में उन्होंने ब्रिटिश सरकार को दो कमान, चार सौ घुड़सवार और एक हजार पैदल सेना देकर सहायता की थी। कर्नल श्लीमन के साथ उनकी व्यक्तिगत मित्रता थी। कर्नल श्लीमन रामचन्द्र के प्रति श्रद्धावान था। बुन्देलखंड के अन्य राज्यों से तुलना करते हुए वह झाँसी को रेगिस्तान में नखलिस्तान कहा करता था—Oasis in a desert। सारी परिस्थिति का जायजा लेने के बाद ब्रिटिश सरकार ने रामचन्द्र राव को राजा का खिताब देने का संकल्प कर लिया।

1832 ई. के 9 दिसम्बर को विलियम स्वयं झाँसी आया। झाँसी किले के ऊपर बने राजप्रासाद में दरबार सजाया गया। एक सुहावने और सुन्दर अनुष्ठान के बाद विलियम बैंक्टिक ने रामचन्द्र राव को खिताब प्रदान किया—'महाराजाधिराज फिदुई बादशाह जानुजा इंग्लिश्तान महाराज रामचन्द्र राव बहादुर।' झाँसी राज्य की सील मुहर में नगाड़ा और चामर के साथ इस खिताब को खुदवाने की अनुमति दी। खुले दरबार में प्रयोग करने के लिए ब्रिटिश झंडा प्रदान किया। झाँसी से सागर जाकर बैंक्टिक ने रामचन्द्र राव को एक सम्मानसूचक अभिनन्दन-पत्र भेजा।

इसी बीच एक विपत्ति घिर आई थी। मराठा राज्य झाँसी की उन्नति से ईर्ष्यालु होकर राजपूत राज्य ओरछा और दतिया, झाँसी के अन्तर्गत आनेवाले जिगनी और

उदय गाँव एवं बिलचरी के पँवार राजपूत सामन्तों को भड़काने लगे। विक्षुब्ध राजपूत सरदारों ने झाँसी से सागर की ओर जाते समय बैंक्टिक से भेंट की और रामचन्द्र राव की शिकायत की। बैंक्टिक ने उन लोगों को साफ बता दिया कि आन्तरिक शासन चलाने में वे कोई हस्तक्षेप नहीं करेंगे। अतएव राजपूत सरदारों ने भूमि पर अपने अधिकार की घोषणा कर दी। जमीन पर अपने कब्जे को लेकर होनेवाली लड़ाई को ही जमींदारी की लड़ाई कहा जाता है। निष्कर्ष रूप में प्रबल अराजकता, स्वेच्छाचार और विद्रोह उत्पन्न हो गया। नारो भीखाजी एवं रामचन्द्र के प्रबल प्रयास करने के बाद भी उनकी बारह हजारवाली सेना पराजित हो गई। झाँसी और मऊरानीपुर को छोड़कर सारे राज्य विद्रोहियों के द्वारा उनके हाथों से निकल गए। ग्वालियर के अंग्रेज रेजीडेंट ऑफ केवांडिश ने गवर्नर जनरल को सूचना दी–'दतिया और ओरछा के राजाओं ने एकजुट होकर झाँसी में बहुत अराजकता उत्पन्न कर दी है। ब्रिटिश सरकार के हस्तक्षेप के बिना अकेले झाँसी राज्य के लिए विद्रोह का दमन करना असम्भव है। चन्देरी तक दंगा फैल जाने की आशंका है। ग्वालियर की बाईजाबाई भी विद्रोह कर सकती हैं।'

यह देखकर कि प्रशासन के ब्रिटिश कर्त्ता-धर्ता चिन्तित हो उठे हैं, ओरछा एवं दतिया के राजाओं ने भूमि पर कब्जा करने के इस विद्रोह का दमन करने का प्रयास किया। बुन्देलखंड के सर्वाधिक समृद्धिशाली झाँसी की आर्थिक अवस्था अत्यन्त शोचनीय हो गई। इसलिए आर्थिक दृष्टि से विपन्न रामचन्द्र ने ग्वालियर और ओरछा के पास अपना राज्य बन्धक रखकर रुपया लिया–ब्रिटिश सरकार से भी ऋण लिया। ऋण की राशि लगभग पचास लाख रुपया हो गई।

अन्दर और बाहर से अनेक प्रकार के आघात पाकर रामचन्द्र दिन-दिन टूटने लगे। नया खिताब लेकर शान के साथ राज्य करने का समय उन्हें न मिला। 1835 ई. में बहुत बड़े और शक्तिशाली एक-दूसरे दरबार का परवाना पाकर (संसार से) चले गए। यह परवाना इतना जोरदार था कि उन्हें झाँसी के सिंहासन पर उत्तराधिकारी की कोई व्यवस्था करने का भी समय नहीं मिला। उनकी मृत्यु का समय आसन्न जानकर सखूबाई पूर्वाह्न में सागर से कन्या और दौहित्र को ले आई थी। मरणोन्मुख संज्ञाहीन पुत्र की गोद में दौहित्र कृष्ण राव को बैठाकर उन्होंने घोषणा की कि रामचन्द्र ने भाँजे को गोद लिया है।

इसी समय कर्नल श्लीमन झाँसी आ गया। सखूबाई के सारे अवरोधों के बाद भी रघुनाथ राव राजा मनोनीत हो गए। उसी 1835 ई. में।

रघुनाथ राव कुष्ठ रोगग्रस्त थे। 1838 ई. में उनकी मृत्यु हो गई।

रघुनाथ राव के कोई वैध सन्तान नहीं थी। किन्तु उनकी मुसलमान प्रेमिका रच्छो अथवा रोशन के दो लड़के और एक लड़की हुई थी।

रच्छो की मृत्यु के बाद उनके पुत्र अली बहादुर ने झाँसी के सिंहासन पर अपना दावा पेश किया।

रघुनाथ राव की मृत्यु के बाद पुनः झाँसी के सिंहासन को लेकर दावेदारों की समस्या उठी। चार लोगों ने दावे किए—रघुनाथ राव की वैध पत्नी, अली बहादुर, कृष्णराव विनायक चन्दोरकर और शिवराव भाऊ के सबसे छोटे पुत्र गंगाधर राव ने।

कम्पनी द्वारा निर्वाचित कमीशन ने इन दावों के सम्बन्ध में विचार किया और गंगाधर राव को चुना।

बार-बार इच्छा भंग होने से सखूबाई क्रुद्ध हो उठी। झाँसी के किलेदार गोसाईं को घूस देकर वश में करके उसने अपने दौहित्र की सहायता से किले पर अधिकार कर लिया।

झाँसी का खजाना उस समय खाली था। यह जानते हुए भी सखूबाई गोसाइयों को बकाया वेतन माँगने के लिए उकसाने लगी। ऐसी अराजक अवस्था देखकर गंगाधर राव ने बुन्देलखंड के तत्कालीन राजनैतिक प्रतिनिधि सर साईमन फ्रेजर को जानकारी दी। फ्रेजर स्वयं सर टॉमस अव्री के अधीन सेना लेकर आया। सेना के साथ अव्री सागर से आया। झाँसी के किले के आसपास घेरा डालकर फ्रेजर ने सखूबाई को अड़तालीस घंटे के अन्दर आत्मसमर्पण करने का नोटिस दिया।

चार दिन के बाद और कोई उपाय न देखकर सखूबाई ने आत्मसमर्पण कर दिया। सखूबाई को झाँसी शहर के आसपास रखना फ्रेजर को उचित नहीं लगा। झाँसी के बाहर दतिया राज्य में मदोरा दुर्ग में उसके रहने का स्थान निश्चित किया गया।

लम्बे समय की लापरवाही और कर्ज के कारण झाँसी का राजकीय कोष उस समय खाली था। झाँसी की आन्तरिक अवस्था अस्त-व्यस्त थी। इस हालत में गंगाधर राव के हाथों शासन-सत्ता सौंपने का फ्रेजर को विश्वास नहीं हुआ। गंगाधर राव को वृत्ति मिलने लगी और सुपरिंटेंडेंट रोज़ शासन चलाने लगा। गंगाधर राव ने शासन-व्यवस्था सँभालने का आग्रह दिखाते हुए अपनी योग्यता प्रमाणित कर दी। इस पर सुपरिंटेंडेंट बहुत खुश हुआ। गंगाधर राव को झाँसी राज्य का भार शीघ्र मिलेगा यह बात भी रोज़ ने उन्हें बताई।

राज्य के प्रति राजा का क्या कर्तव्य है इस सम्बन्ध में गंगाधर राव सचेत हो गए। साथ-ही-साथ उन्होंने अपनी तरफ भी ध्यान देना शुरू कर दिया।

अंग्रेज रेजीडेंट एवं उनके सम्मिलित प्रयास से झाँसी में सुख-शान्ति एवं उपद्रवहीनता पुनः प्रतिष्ठित हो गई। सुयोग्य नियन्त्रण के फलस्वरूप कृषि की भी उन्नति हो गई। खाली राजकोष में पुनः धन जमा होने लगा। घर-घर में सुख-शान्ति हो गई और प्रजा वर्ग आश्वस्त हो गया। किन्तु उनके अपने घर में सूनापन था। रानी न होने तक उनका राजा होना पूरा नहीं होगा। स्त्री रमाबाई बहुत पहले गुजर गई

थीं। उनका घर गृह-लक्ष्मी चाहता है, और अन्तःपुर गृहिणी चाहता है। राज्य रानी चाहता है। सिंहासन उत्तराधिकारी चाहता है। उनकी खुद की जरूरत एक सहधर्मिणी की थी। गंगाधर राव इस काम में तत्पर हो गए। महाराष्ट्रीय ब्राह्मण तीन वर्गों में विभाजित हैं—कोंकणस्थ, देशस्थ एवं कड़ेरा। नेवलकर वंश कड़ेरा वर्ग का है। अपने वर्ग में तुरन्त रानी होने योग्य सुलक्षणा कन्या पाना कठिन है। इसीलिए उत्तर-दक्षिण के विभिन्न स्थानों पर दूत भेजे गए।

गंगाधर राव के सभासद ब्राह्मण तात्या दीक्षित ने निश्चय किया कानपुर के समीप बिठूर जाने का। 1818 ई. से पेशवा द्वितीय बाजीराव उस स्थान पर ब्रिटिश सरकार के वृत्तिभोगी होकर निवास कर रहे थे। उसी समय से बहुत से महाराष्ट्रीय प्रजाजन पेशवा पर निर्भर होकर बिठूर एवं उसके आसपास बस गए। वहाँ पर कन्या की खोज करने पर वह मिल भी सकती है। यह बात मन में रखकर तात्या दीक्षित ने बिठूर प्रस्थान किया। वे शुभ दिन देखकर झाँसी से कानपुर के रास्ते पर रवाना हो गए।

एक शुभ क्षण के लिए गंगाधर राव राजप्रासाद में प्रतीक्षा करने लगे।

तीन

कृष्णाजी अनन्त ताम्बे के जन्म का वर्ष 1719 ई. है। नाम से पता चलता है कि उनके पिता का नाम अनन्त था, किन्तु उनके सम्बन्ध में विशेष कुछ पता नहीं चलता है। कृष्णा जी थे उस समय के विख्यात धर्मसाधक ब्रम्हेन्द्र स्वामी के भक्त। कृष्णाजी विद्या, बुद्धि एवं चरित्र के विविध गुणों के कारण गुरु को बहुत प्रिय हो गए थे।

बाजीराव पेशवा की व्यक्तिगत इच्छा से प्रेरित होकर कृष्णाजी अनन्त ताम्बे ने सैन्य-विद्या सीखी। 1738 ई. में मुहम्मद खाँ बंगश के आक्रमण से बुन्देलखंड को बचाने के समय कृष्णाजी अनन्त ताम्बे मराठी सेना के साथ गए। बुन्देलखंड में स्थापित मराठा राज्य के ही एक भाग हमीरपुर और बाँदा की सूबेदारी उन्हें प्राप्त हुई। उसके बाद पूना से उनका बुलावा आया। 1759-60 ई. में वे मराठी सेना में एक उच्चपदस्थ अधिकारी थे। 1761 ई. में पानीपत के तीसरे युद्ध में मराठा शिविर के उत्तरी दरवाजे के सेनापति थे कृष्णाजी। पानीपत के युद्धक्षेत्र से कुछ बचकर आए मराठा वीरों में कृष्णाजी भी थे।

कृष्णाजी के पुत्र बलवन्त राव भी उमराहट में थे। बलवन्त ने पिता के सान्निध्य में युद्ध-विद्या सीखी थी। वे अन्तिम पेशवा बाजीराव द्वितीय के छोटे भाई चिमनजी अप्पा के विशेष अनुगत थे। 1815 ई. में चिमनजी अप्पा के साथ वे वाराणसी गए। काशी में अस्सी घाट के निकट चिमनजी अप्पा के घर के पास उन्होंने अपना भी घर बनवाया।

बलवन्त राव के पुत्र मोरोपन्त अथवा मोरेश्वर ताम्बे का जन्म 1811 ई. में हुआ। बलवन्त की मृत्यु कब हुई इसकी ठीक-ठीक जानकारी नहीं है, फिर भी मोरेश्वर वयस्क होकर चिमनजी अप्पा के वंशधरों के कामकाज में सहायता करने को आगे आ गए। चिमनजी अप्पा की मृत्यु 1832 ई. में हो गई।

कृष्णा नदी के दोआब में स्थित कड़ा शहर का सप्रे परिवार अत्यन्त विख्यात था। इसी सप्रे परिवार की एक कन्या के साथ दाक्षिणात्य रीति से विवाह हुआ था मोरेश्वर पन्त का। महाराष्ट्रियन ब्राह्मण वंश के नियमानुसार विवाह के बाद ही कन्या का नाम परिवर्तित होकर भागीरथी बाई रख दिया गया।

अस्सी घाट के घर में इन्हीं भागीरथी बाई के गर्भ से 21 नवम्बर, 1835 ई. में मोरोपन्त ताम्बे के एक कन्या ने जन्म लिया। माँ की इच्छा से उसका नाम हुआ मणिकर्णिका, संक्षेप में मनु।

पहली ही सन्तान कन्या, इस पर मोरोपन्त अथवा उनकी स्त्री को कोई दुख नहीं था। सन्तान तो सन्तान ही है (फिर वह पुत्र हो या पुत्री)।

जब मनु बिलकुल शिशु थी तब अन्य हजार शिशुओं की ही तरह हँसने, रोने, खेलने में अपने दिन काटा करती थी, क्या उस समय उसकी तरफ देख-देखकर उसके माँ-बाप के कोई सपने नहीं थे? जरूर थे। किन्तु, वे सपने थे घर-बार, ऐश्वर्य और समृद्धि के।

किन्तु माता-पिता के स्नेहसिंचित स्वप्नों के किसी दूरस्थ कोने में भी दुर्द्धर्ष स्वातन्त्र्य समर का कोई स्थान नहीं था। उनके सपनों में अगर कोई वाद्य बजता रहता था तो वह था विवाह के अवसर पर बजनेवाली गौड़वाली सारंग राग में शहनाई। और सधवा महाराष्ट्रीय रमणियों के चलने-फिरने से झंकृत होनेवाली आभूषणों की झंकार। युद्ध के मैदान में तलवारों से तलवार टकराने से उत्पन्न झंकार की उन्होंने कल्पना भी नहीं की थी। अन्य बच्चों की तरह मनु का शैशव भी माँ के आदर-जतन और पिता के स्नेह में हँसते-मुस्कुराते हुए कटने लगा। भोर बेला में पक्षियों की कल तान के साथ ही माँ का मुँह देखकर वह नींद से उठती, और सन्ध्या समय उसी मुख को देखकर नींद लानेवाली लोरी सुनकर सो जाती।

एकान्त प्रेम और सुख-शान्ति के इस नीड़ में एक दिन आँधी आई। वह एक साँझ का समय था। उत्तरी हवा के रूप में आँधी आ रही है, पत्थर की दीवार में बने आले में पीतल के दीये में प्रकाश झलमल कर रहा है और पूरे कमरे में काली-काली छायाएँ घूम रही हैं। बाहर के आकाश से होकर साज-बाज पहने हुए फौज की तरह दल-के-दल चले जो रहे हैं, बड़े-बड़े काले-काले मेघ। ऐसी ही एक साँझ को अस्सी घाट की उसी बाड़ी और दो व्यक्तियों को—एक बड़े व्यक्ति को और एक शिशु मन को अन्धकार से ढककर भागीरथी परलोक सिधार गईं! पड़ी रह गई उनकी बड़े साधों से बनाई घर-गिरस्ती। कमरे के एक कोने में महालक्ष्मी, गणेश और विष्णु के विग्रह थे। पूजा के विविध सरंजाम, मनु की कजरौटी, दूध की कटोरी सभी पड़े रह गए। उनके हाथों के मंगलमय परस के अलावा सभी कुछ तो व्यर्थ और सारहीन है। मोरोपन्त रोने लगे, किन्तु पुत्री का मुँह देखकर धैर्य धारण कर लिया। उनकी माँ, बलवन्त की विधवा पत्नी ने मनु को गोद में उठा लिया। दो वर्ष की बच्ची मनु ने कुछ भी नहीं समझा। उसने तो सिर्फ यह समझा कि माँ जैसे कहीं चली गई है। रानी की तरह सजकर, फूलों के डोले में रंगीन कपड़े पहनकर। उसके बाद मन कितना व्याकुल हुआ, कितनी रातें, कितने दिन चले गए, कितनी बार निंदियारी आँखों से

हाथ बढ़ाकर माँ को ढूँढ़ते सूने बिछौने को छूकर हाथ वापस आ गया, किन्तु माँ फिर नहीं आई।

चिमनजी अप्पा की इससे पहले ही मृत्यु हो चुकी थी। वह 1838 ई. थी। कानपुर के निकटवर्ती बिठूर में उन्हीं दिनों वास किया करते थे अन्तिम पेशवा बाजीराव द्वितीय। उनके बुलाने पर मोरोपन्त ने बिठूर जाने का निश्चय किया। साथ में चले उनके आत्मीय केशव भास्कर ताम्बे। बड़ी-बड़ी कीमती नावें दुकानदार और यात्रियों को लेकर देश-देशान्तर घूमती फिरती थीं। उन्हीं में से एक में मोरोपन्त ने प्रस्थान किया। परम स्नेह के साथ गंगा ने उन्हें बिठूर पहुँचा दिया। पुण्यतीर्थ काशीधाम का अध्याय यहीं खत्म हुआ।

चार

1838 ई. में प्रत्यक्ष एवं परोक्ष रूप से प्रायः दस हजार व्यक्ति पेशवा पर निर्भर होकर बिठूर में रहा करते थे। बिठूर घाट के सन्निकट मोरोपन्त और केशव भास्कर ने अपने घर बनाए। वहीं पर मनु बड़ी होने लगी। सम्भवतः मोरोपन्त पेशवा की अनगिनत झंझटों और यज्ञशाला के कामकाज तथा पूजा-अर्चना की देख-रेख किया करते थे।

वृद्ध बाजीराव इस मातृहीन कन्या से खूब स्नेह किया करते थे। पेशवा के उत्तराधिकारी नाना धूधूपन्त मनु से अठारह वर्ष बड़े थे। उन दिनों वे एक वयस्क युवक थे। मनु के साथ उनकी बचपन की मित्रता की कहानी सिर्फ एक कहानी मात्र है। बाजीराव के प्रासाद में मनु ने कुछ लिखना-पढ़ना सीखा था। घुड़सवारी का सुअवसर भी दो-एक बार मिला था। स्वभाव से ही तेज और दुरन्त थी इसलिए उसके खेल के साथी प्रायः लड़के ही हुआ करते थे। लगता है, मोरोपन्त के सारे दिन व्यस्त रहने के कारण ही मनु को यथेच्छ खेलने की सुविधा मिल जाती थी। सुना जाता है, बाजीराव ने मनु का दुलार का नाम 'छबीली' अर्थात् मैना रख रखा था।

मनु के बाल्य जीवन के सम्बन्ध में सर्वाधिक लोकप्रिय कहानी इस प्रकार है--एक दिन नानासाहब, पांडुरंग रावसाहब और बालासाहब पेशवा के एकमात्र निजी हाथी पर चढ़कर घूमने निकले थे। उसी हाथी पर चढ़ने के लिए मनु ने बार-बार जिद की, किन्तु नाना एवं राव ने उस पर ध्यान ही नहीं दिया। पुत्री के अपमान से क्षुब्धहृदय मोरोपन्त ने कहा--"तेरे भाग्य में हाथी कहाँ है? तू तो मामूली व्यक्ति की लड़की है!"

मनु ने गर्वपूर्वक उत्तर दिया--"मेरे भाग्य में एक दिन दस हाथी होंगे।"

लड़की आठ वर्ष की उमर पार कर गई है यह देखकर मोरोपन्त स्वभावतः ही चिन्तित रहने लगे। तत्कालीन महाराष्ट्रियन ब्राह्मणों के घरों में आठ वर्ष में गौरी-दान की प्रथा थी। इसी समय तात्या दीक्षित बिठूर पहुँचे।

बाजीराव पेशवा ने झाँसी राज्य द्वारा भेजे गए बाबा दीक्षित भट्ट कंकण अथवा तात्या दीक्षित का यथायोग्य स्वागत किया। यथाशक्ति विवाह कार्य में सहायता करने का भरोसा दिलाया। मोरोपन्त ने कन्या का भाग्य जानने को उत्सुक होकर

तात्या दीक्षित को काशी से बनवाई गई मनु की जन्मकुंडली दी। तात्या दीक्षित जन्म-पत्रिका देखकर विशेष रूप से आकर्षित हुए। बोले, "यह जन्मकुंडली जिस लड़की की है वह लड़की रानी बनेगी।" उससे उसके पति का वंश अमर ख्याति प्राप्त करेगा।

प्रसन्नचित्त मोरोपन्त ने बताया कि यह कन्या उन्हीं की है। तात्या दीक्षित ने कन्या को देखने की इच्छा प्रकट की। मनु को उस कमरे में लाया गया। तात्या दीक्षित ने कन्या को देखा। साढ़े सात वर्ष की उम्र, किन्तु अग्नि से उज्ज्वल दीप्तिमान चेहरा! उसका भाल विशाल है।

मनु को देखकर तात्या दीक्षित सन्तुष्ट हो गए। उनको बार-बार लगने लगा कि यही कन्या झाँसी की रानी होने के योग्य है। उन्होंने गंगाधर राव के साथ विवाह करने का प्रस्ताव रखा। अप्रत्याशित आनन्द से विगलित-चित्त मोरोपन्त सहमत हो गए। बाजीराव ने मोरोपन्त के घराने के सम्बन्ध में तात्या दीक्षित से बार-बार उच्च कंठ से प्रशंसा वाक्य कहे। गंगाधर राव को विशेष समाचार देने के लिए तात्या दीक्षित झाँसी लौट गए।

आनन्दपूर्वक सम्मति देकर गंगाधर राव ने कन्या समेत मोरोपन्त को लाने के लिए वाहन भेजे। पालकी को बीच में करके घुड़सवारों की पंक्ति-की-पंक्ति टप-टप करती हुई बिठूर की तरफ चल दी।

विवाह का आयोजन किया गया। शुभ दिन में जिस क्षण मोरोपन्त और मनु ने झाँसी में प्रवेश किया उस समय नगर के सारे पथ प्रकाश से सजाए गए थे। पुष्पों और पल्लवों की मालाओं तथा वन्दनवारों से नगर के विभिन्न द्वार सजाए गए थे। वैशाखी पूर्णिमा को सम्वत् 1899 अर्थात् 1842 ई. को झाँसी में बड़ी धूमधाम के साथ विवाह सम्पन्न हुआ।

यज्ञ, होम, पुष्प और लाजांजलि देने के बाद ग्रन्थि-बन्धन के समय मनु ने सभास्थित सभी को और गंगाधर को थोड़ा क्षुब्ध करते हुए पुरोहित से कहा—" 'चाँगली बलकट गाँठ बाँधो' अर्थात् गाँठ जरा अच्छी तरह बाँधना!"

गंगाधर ने बालिका वधू के अंजलिबद्ध हाथों को ग्रहण कर होमअग्नि में बार-बार घी, मधु एवं लाजांजलि की आहुतियाँ दीं। अग्नि को साक्षी करके मनु के माथे में सौभाग्यशाली स्त्रियों के चिह्नस्वरूप कुंकुम तिलक लगाया। गले में मंगलसूत्र पहनाया। हथेलियों में कुंकुम और लाक्षा के पदचिह्न बनाए गए। पैरों में स्वर्णसिंजिनी और बिछुए पहनाए गए। पैरों में स्वर्णों के आभूषण एकमात्र राजकुल की वधुएँ ही पहन सकती थीं। उसके बाद गंगाजल छिड़कते हुए मंगलमय दक्षिणावर्ती शंख को बजाते हुए पुरनारियों के साथ आगे-आगे पुरोहित महाराज चले। पीछे-पीछे नववधू को लिए हुए राजा गंगाधर राव झाँसी के राजसिंहासन पर बैठे।

अभूतपूर्व गम्भीरता और गौरव से गंगाधर राव का हृदय उद्वेलित होने लगा। काले पत्थरों के सुविशाल दुर्ग के चरणों के पास मूर्ति की तरह निर्मित प्रासाद के सभी कोनों से अदृश्य पितृपुरुषों के कंठ से अश्रुत आशीर्वादों की वाणी उच्चारित होने लगी। सभी की आशा-आकांक्षा को मूर्तिमान करते हुए पुरोहित का आशीर्वचन घोषित हुआ–'आज से सुसराल में वधू का नाम हुआ–लक्ष्मीबाई। हे कल्याणी! इस नाम के द्वारा तुम अपने पतिकुल का गौरव-वर्धन करो।'

गंगाधर राव का प्रिय हाथी सिद्धबख्श सोने की जरी से सजकर सूँड़ डुलाता हुआ राजपथ पर चलने लगा। टप-टप करते हुए अरबी घोड़े चलने लगे। रंगीन मुरहठा बाँधकर बाजीगरों ने रास्ते के किनारे मुर्गों और भेड़ों की लड़ाई का खेल शुरू कर दिया। राजा के प्रिय गोलंदाज गुलाम गौस ने किले की बुर्ज से घनगर्ज, अर्जुन, नालदार और भवानीशंकर इन चार तोपों से सौ गोले छुड़ाए। विशाल काले घोड़ों पर चढ़कर सुपरिंटेंडेंट रोज़ सदलबल आकर उपहार देकर श्रद्धा-सम्मान निवेदित कर गया। झाँसी की नाट्यशाला में नाटकों का अभिनय होने लगा। निमन्त्रण पाकर ओरछा, दतिया और अन्य पड़ोसी राजा आए। गरीब और आर्त्त, दुखी जनों को अन्न, वस्त्र और कम्बल दिए गए। ब्राह्मण लोग बड़े-बड़े थालों में भरकर 'पूरनपूरी', 'श्रीखंड' और 'खीर' का भोजन कर 'नको, नको' अर्थात् 'अब नहीं', 'अब नहीं' कहने लगे।

झाँसी राजकुल की कुलदेवी अर्थात् गृहदेवता महालक्ष्मी के मन्दिर में बड़े समारोह के साथ नवदम्पती की कल्याण-कामना से पूर्जा-अर्चना की गई। विशाल पीतल के दीपाधार में नन्दादीप प्रज्वलित होने लगा।

मोरोपन्त अपनी एकमात्र सन्तान को छोड़कर नहीं रह सके। गंगाधर राव ने उनकी सम्मानपूर्वक वृत्ति निश्चित कर दी। मुरलीधर मन्दिर बनवाकर उसके पुजारी के रूप में उसमें निवास करने लगे मोरोपन्त।

मोरोपन्त की उम्र उस समय मात्र बत्तीस वर्ष की थी। पूरी तरह स्वस्थ और पूर्ण यौवन। गुरसराँय के वासुदेव शिवराव खानवलकर की कन्या के साथ उनका विवाह हो गया। विवाह के बाद इस कन्या का नाम पड़ा चिमाबाई। चिमाबाई लक्ष्मीबाई से मात्र दो-तीन मास बड़ी थी। चिमाबाई के साथ लक्ष्मीबाई का माता, पुत्री, सखी, सहेली का मिला-जुला एक मधुर सम्बन्ध विकसित हो गया।

उस समय गंगाधर राव की उम्र उनतीस, लक्ष्मीबाई की उम्र आठ थी। 'मनु' नाम के साथ उसे बिठूर के सारे सम्बन्धों को छोड़ना पड़ा। अब से वह हो गई झाँसी की रानी लक्ष्मीबाई।

पाँच

अब तक सिंहासन पर अकेले राजा ही बैठते थे। इस बार उसके पार्श्व में आकर रानी बैठी। झाँसी का राजसिंहासन समुज्ज्वल हो उठा। किन्तु रानी की उम्र एकदम कम थी। सातवाँ वर्ष पूरा कर उन्होंने अभी-अभी आठवें में पैर रखा है।

फिर भी वे हैं तो रानी ही। इसलिए उन्हें अनेक दायित्वों का बोझ लेना पड़ा। महाराष्ट्रीय ब्राह्मण परिवार के विविध आचारों-विचारों और नियम-कायदों को नाबालिग रानी को सीखना पड़ा। महाराष्ट्रीय ब्राह्मण लोग निरामिषभोजी होते हैं। उनके भोजन में अनेक प्रकार के अचार, चटनी एवं सुस्वादु, जायकेदार अन्य अनेक आनुषंगिक चीजों का नित्य व्यवहार होता है। गंगाधर राव भोजन के शौकीन व्यक्ति थे। उनके लिए श्रीखंड तैयार करने के लिए विशेष कुशलता की जरूरत पड़ती थी। पाककला विशारद अनेक महिलाओं की देख-रेख में अन्तःपुर में विविध प्रकार के सुस्वादु व्यंजन बनाए जाते थे। रानी को दीर्घकाल तक वहाँ रहकर अनेक तरह के अचार, चटनी, फल काटने की कलाएँ—सब सीखनी पड़ीं। पूजानुष्ठान के अनेक नियम एवं पूजास्थल पर पुष्प, अर्घ्य, भोग लगाने की प्रक्रिया—वह भी जाननी पड़ी। विद्याभ्यास और अन्य अनेक शिक्षणीय विषय भी रानी अन्तःपुर में रहकर सीखने लगी।

वधू जिससे राजपरिवार के उपयुक्त हो जाए, उसी ओर गंगाधर राव का विशेष ध्यान था। वधू को उन्होंने यथासम्भव सुअवसर प्रदान किया। कभी राज ग्रन्थागार का अवलोकन करने देते। वहाँ पर अलमारियों में सुरक्षित कतारों-की-कतारें पुस्तकों को देखकर बालिका के मन में अनेक जिज्ञासाएँ जागतीं। गीता का एक अत्यन्त लघु संस्करण उसको बहुत प्रिय था। विद्यार्जन में उसने खूब मन लगाया।

विवाह की निर्विघ्न समाप्ति के बाद जरूरी कामकाज के अन्त में ब्रिटिश सरकार गंगाधर राव के हाथ में सत्ता हस्तान्तरित करने के लिए राजी हो गई। 1843 ई. में गंगाधर राव इस शर्त पर झाँसी के स्वतन्त्र राजा स्वीकार कर लिए गए कि झाँसी में ब्रिटिश सेना की एक टुकड़ी रखनी होगी। बुन्देलों और ठाकुरों के बीच होनेवाले सम्भावित विद्रोह का दमन करना ही उसका उद्‌देश्य होगा। इस सेना की टुकड़ी का

खर्चा चलाने के लिए दूलिओ, तालगंज तथा दो अन्य जिले, जिनकी वार्षिक आमदनी झाँसी की मुद्रा में 2,55,891 रुपए मूल्य की थी, गंगाधर ने ब्रिटिश सरकार को दे दिए। शिवराव भाऊ के साथ हुई शर्त के अनुसार मोंठ और जालौन परगना बराबर ब्रिटिश सरकार के अधीन थे। गंगाधर राव ने अपनी तरफ से जता दिया कि झाँसी में जो ब्रिटिश सेना रहेगी, वह संख्या में मात्र दो डिवीजन होगी एवं उसमें सिर्फ दो तोपखाने रहेंगे।

खुले दरबार में गंगाधर राव को एक सुन्दर और शोभन अनुष्ठान के बाद सत्ता सौंप दी गई।

विवाह के बाद हुई इस घटना से झाँसीवासियों के मन में यह धारणा बन गई कि नववधू झाँसी में निश्चय ही मंगल लाई है। राजा भी प्रसन्न हो गए।

अब राज्य की आन्तरिक शासन-व्यवस्था पर गंगाधर राव ने ध्यान देना शुरू कर दिया। राघव रामचन्द्र पन्त को प्रधानमन्त्री नियुक्त किया। बाद में इन्हें ग्वालियर भेज दिया गया था। नरसिंह राव, नाना भोपटकर आदि को विभिन्न पद मिले। ओरछा के सीमावर्ती इलाकों में जहाँ राजपूतों के विद्रोह करने की आशंका थी वहाँ गंगाधर राव ने थोड़ी-थोड़ी सेना रख दी। भारतीय राज्यों के अधीन भारतीय सेना कहीं अधिक न हो जाए इस ओर अंग्रेज सरकार की पर्याप्त नजर थी। झाँसी सरकार के अधीन 3 हजार 240 सेना थी। इसमें 3000 पैदल, 200 घुड़सवार और 40 गोलंदाज थे।

गंगाधर राव राजा बनने के पूर्व से ही मनोरंजक आमोद-प्रमोदों से प्रेम किया करते थे। उनके प्रयास से ही झाँसी में सुन्दर नाट्यशाला की स्थापना हुई थी। गंगाधर राव अपनी व्यक्तिगत देख-रेख में अभिनेत्रियों को संगीत, नृत्य और अभिनय की शिक्षा दिलाया करते थे। उनकी नाट्यशाला आज विलुप्त हो चुकी है। अभिनेत्रियों का नाम भी नहीं जाना जा सकता। एक शताब्दी बाद सिर्फ एक नाम वहाँ आज भी सुनाई देता है और वह है मोतीबाई का!

झाँसी के राजप्रासाद का निर्माण गंगाधर राव ने करवाया था। बुन्देलखंड की अपनी निजी शैली में निर्मित यह चौखंडा प्रासाद सभी जगह भित्तिचित्रों से सुशोभित था। अलिंद और मेहराबों में हंस-मिथुन, मछली, मोर आदि की मूर्तियाँ पत्थरों में उत्कीर्ण की गई थीं।

नाट्यकार और अभिनेताओं के आश्रयदाता, संरक्षक बाबासाहब गंगाधर राव का नाम सुनकर ग्वालियर और अन्य शहरों से शिल्पी और कलाकुशल लोगों के दलों ने झाँसी में आकर भीड़ लगा दी।

गंगाधर राव राज्यशासन चलाने में अयोग्य नहीं थे। अपने राजत्व काल में थोड़े समय में ही उन्होंने झाँसी राज्य का पहले का पचास लाख रुपए का ऋण चुका दिया। शेष छत्तीस हजार रुपया रह गया।

रानी के इस समय के जीवन के सम्बन्ध में बहुत थोड़ी जानकारी मिलती है। उनकी विमाता चिमाबाई की 1897 ई. में 62 वर्ष की उम्र में मृत्यु हुई है। उस समय चिमाबाई के पौत्र एवं रानी के भतीजे गोविन्द चिन्तामणि ताम्बे की उम्र सोलह साल की थी। पितामही की गोद में बैठकर इन्होंने रानी के सम्बन्ध में विभिन्न बातें सुनी हैं। दैनन्दिन जीवन के आचार-व्यवहार की अनेक बातें और रुचि के सम्बन्ध में एक चरित्र को विशेष रूप से जानने के लिए उन बातों का मूल्य है।

भोजन आदि में रानी की विशेष रुचि नहीं थी। वे सामान्य रूप से खूब पका हुआ घी पसन्द करती थीं। विशेष त्यौहार के दिन वे अपने हाथ से परोसकर स्वामी को खिलाया करती थीं अन्यथा उनके खाने का समय और स्थान सभी भिन्न थे।

अस्त-व्यस्त वेश, बिना कढ़े केश और अशालीन व्यवहार किसी भी रमणी का देखकर वे क्रोध और घृणा से तीव्र भृकुटियाँ तान लेती थीं।

माथे पर उनके अर्धचन्द्र तारा अंकित बिन्दी सदा लगी रहती थी। चिमाबाई परिणत वय में अपनी पौत्री से प्रायः कहा करती थीं–'आओ, तुम्हारे माथे पर अर्धचन्द्राकार तिलक आँक दूँ, जैसा बाई साहिबा का था।'

रानी के रूप-चित्रण के सम्बन्ध में प्रत्यक्षदर्शियों ने कहा है–गोल मुख, पक्का गेहुँआ रंग, भरे हुए भुट्टे के गसे हुए दानों की तरह सुसम्बद्ध दन्त-पंक्ति, न अत्यन्त लम्बी और न छोटी देहयष्टि, अत्यन्त सुगठित, केश-राशि से समृद्ध, कंठस्वर सामान्यतः भारी, काले विशाल आयत नेत्र।

सधवा अवस्था में वे नाक में नथ, कंठ में सोने की पेटी, कंठी, सतलरी मुक्ताहार, कान में कर्णफूल, हाथों में कंकण और नूपुर पहना करती थीं।

महाराष्ट्रीय ब्राह्मणों में विभिन्न शास्त्रीय अनुष्ठानों में सौभाग्यवती, सधवाओं का स्थान बहुत सम्मानपूर्ण है। उन्हें कहा जाता है 'शुभासिनी' (शुभ आसन पर बैठने वाली)। रानी को अगर 'शुभासिनी' होने का आमन्त्रण मिलता तो वे जहाँ तक सम्भव होता उसे मना नहीं करती थीं।

चैत्र मास में गौरी पूजा के बाद संक्रान्ति व्रत के उद्यापन करने के अवसर पर झाँसी के विभिन्न घरों से रानी को 'शुभासिनी' होने का निमन्त्रण आया करता था। जहाँ पर निमन्त्रण करनेवाली के कोई नौकर आदि नहीं होता था वहाँ रानी पूर्वाह्न में निमन्त्रण के सभी उपकरण भिजवा दिया करती थीं।

'हल्दी-कुंकुम' के उत्सव पर महिलाएँ बड़ा आनन्द मनाती थीं। सभी एक-दूसरे को फूल और कुंकुम दिया करती थीं। रानी के व्यवहार से मुग्ध अन्तःपुरवासिनी स्त्रियाँ प्रशंसा किया करतीं और आनन्द में गंगाधर राव प्रायः उनसे स्नेह और कौतूहलवश कहा करते थे–'तुम क्या अपने नाम के अनुरूप होने के लिए यह सब प्रयास कर रही हो?'

एक दिन गंगाधर राव ने रानी को एक उपहार देकर मुग्ध कर दिया। काशी से कारीगरों द्वारा अपने नक्शे के अनुसार तैयार कराई गई एक चाँदी की पालकी अथवा तामझाम वे उपहार में लाए। उसके भीतर लाल मखमल के ऊपर सोने की जरी की नक्कासीदार गद्दी थी। उसके चारों ओर जरी के फुँदने लगे हुए थे और दोनों द्वारों पर चित्रकारीवाले पर्दे थे। इस पालकी पर चढ़कर विशेष उत्सव के दिन रानी महालक्ष्मी मन्दिर में पूजा करने जा सकेंगी। लक्ष्मीताल सरोवर के भीतर स्थित मन्दिर के तोरणद्वार पर उस समय शहनाई बजा करेगी। लक्ष्मी दरवाजे के पास सभी याचक भिखारी खड़े रहेंगे। उन लोगों के हाथ में उस समय मिष्ठान्न और पैसा पड़ने पर वे लोग प्रसन्न हृदय से आशीर्वाद देंगे। थोड़ा पर्दा हटाकर रानी प्रसन्न दृष्टि से उन्हें देखती रहेंगी। सबके आशीर्वाद एवं शुभकामनाओं से सार्थक हो जाएगी उनकी उस दिन की पूजा।

उम्र का फर्क बने रहने पर भी रानी के साथ उनके स्वामी का एक हृदयगत सम्बन्ध गढ़ उठा था।

गंगाधर राव अत्यन्त शौकीन तबीयत के व्यक्ति थे। घोड़ों और हाथियों की वे बहुत कद्र करते थे। उनके प्रिय हाथी सिद्धबख्श के नाम का उल्लेख पहले किया जा चुका है। इसी हाथी को प्रतिदिन ऊख और जलेबी खिलाई जाती थी। विशेष उत्सवों के समय राजा उस पर बैठा करते थे।

एक दूसरे हाथी के दाँत अत्यन्त सुन्दर थे। शोभायात्रा के समय उन पर मोमबत्तियों के झाड़ लटका दिए जाते थे। जलती हुई मोमबत्तियों को लिए जब वह हाथी राजपथ पर चला करता था तो मुग्ध दर्शक उसे देखते रह जाते थे। उनकी अश्वशाला भी अत्यन्त सुन्दर थी। आचार और व्यवहार में वे पूर्ण हिन्दू थे।

गंगाधर राव अंग्रेजों के साथ व्यवहार करने में अपनी स्वतन्त्रता और आत्ममर्यादा रखकर चला करते थे। उनके समकालीन अंग्रेजी रेजीडेंट एवं सामरिक कर्मचारियों के बीच उनके सम्बन्ध में विविध प्रकार की कहानियाँ प्रचलित थीं। नाट्यशाला की अभिनेत्रियों के कपड़े एवं आभूषण उनकी देख-रेख में तैयार हुआ करते थे। एक दिन कैप्टन गार्डन ने उनसे प्रश्न किया--

"कुछ दुष्ट लोगों का कहना है कि महाराज फुर्सत के समय स्त्रियों की वेशभूषा लेकर व्यस्त रहते हैं?"

गंगाधर बोले--"तुम लोग दूर समुद्र पार से आकर भारत में राज्यों के स्वामी बन बैठे हो। दूसरे के अधीन इस राज्य में हम लोगों को स्वयं तो कुछ करने के लिए है ही नहीं, इसीलिए आभूषण, अलंकार पहनने में अपराध क्या है?"

एक बार, दशहरा त्यौहार के समय रविवार था। गंगाधर हाथी पर बैठकर नगर की परिक्रमा के लिए निकलेंगे ऐसा उन्होंने निश्चय कर लिया। ब्रिटिश सेना का

मिलिट्री बैंड उनके पीछे-पीछे चलने को राजी नहीं हुआ। उनके धर्म में रविवार एक पवित्र दिन है। वे लोग उस दिन कहीं नहीं जाते हैं। आत्मसम्मान को धक्का लगा। क्रोध से अधीर हो गए गंगाधर राव। सामन्त राज्यों के राजा लोगों के मन में कोई असन्तोष का कारण उत्पन्न हो, यह सरकार नहीं चाहती थी। गंगाधर नाराज हो गए हैं यह जानकर घबड़ाकर मिलिट्री बैंड के साथ ब्रिटिश फौज तुरन्त आकर हाजिर हो गई। वह नगर के रास्तों में राजा के पीछे-पीछे चलती रही।

1850 ई. में माघ की शुक्ला सप्तमी के दिन गंगाधर राव त्रिस्थली तीर्थ की परिक्रमा करने के उद्देश्य से सपरिवार बाहर गए। पहले वे काशी गए। काशी के अंग्रेज कमिश्नर के पास हुक्म गया था जिससे गंगाधर राव के स्वागत-सम्मान का यथोचित आयोजन किया गया। उक्त सभा में उपस्थित थे काशी के विख्यात धनी और विशिष्ट बंगाली नागरिक राजेन्द्र मित्र। गंगाधर राव के प्रवेश करने के समय वे उठकर खड़े नहीं हुए। गंगाधर राव ने उन्हें हाथ पकड़कर खड़ा कर दिया था।

1857-58 ई. में सिपाही विद्रोह में उपर्युक्त राजेन्द्र मित्र महाशय के पुत्रद्वय बरदा और गुरुचरण ने सरकार की विशेष सहायता करके रायबहादुर का खिताब प्राप्त किया था। इनके वंश के लोग आज भी काशी में निवास कर रहे हैं।

काशी में विशेष दर्शनीय स्थान देखकर लक्ष्मीबाई ने अपने जन्मस्थान के उस वास-भवन को भी देखा। विशाल काशी नगरी में विविध देव-मन्दिर थे। विश्वनाथ की गली में अजस्र दुकानें, दशाश्वमेध घाट पर संन्यासी-साधकों और गायक लोगों का आगमन, यह सब देखकर उनका चित्त आनन्दित हो गया।

गया में पितृपुरुषों का तर्पण करके, प्रयाग तीर्थ में स्नान कर वे लोग झाँसी लौट आए। गंगाधर की पुरी जाने की इच्छा थी किन्तु रानी के सन्तान होनेवाली थी। उस लम्बी यात्रा के फलस्वरूप वे बीमार पड़ सकती थीं। इसीलिए उस संकल्प का त्याग कर दिया था गंगाधर राव ने।

1851 ई. में मार्गशीर्ष शुक्ल एकादशी की तिथि को रानी के एक पुत्र उत्पन्न हुआ। आनन्द से प्रफुल्लित गंगाधर राव ने दान, ध्यान, मन्दिरों में पूजा-अर्चन, आतिशबाजी चलवानी शुरू की। नवीन जातक का नाम हुआ दामोदर गंगाधर राव।

किन्तु वह पुत्र तीन महीने से ज्यादा जीवित नहीं रहा। गंगाधर बालिका जननी को सान्त्वना क्या देंगे, स्वयं ही आघात से टूटकर गिर गए। कामकाज में उनका उत्साह चला गया, एक तरह से खाने-पीने का भी त्याग कर दिया। विषण्ण एवं शोकातुर गंगाधर राव ने कहा—"मेरे जीवन की ग्रन्थि टूट गई है, अब जीने का कोई उत्साह नहीं पा रहा हूँ।"

इसके बाद धीरे-धीरे ज्वर और पीठ का दर्द भोगने लगे गंगाधर राव। 1853 ई. के सितम्बर मास में शारदीय नवरात्रि के पर्व पर आवश्यक उपवास करके गंगाधर

राव गृहदेवता महालक्ष्मी के मन्दिर तक पैदल चलकर गए। स्त्री अथवा श्वसुर किसी के निषेध को भी नहीं माना। उसी परिश्रम के फलस्वरूप स्वास्थ्य तीव्र गति से पतन के रास्ते पर चलने लगा।

दशहरा अर्थात् विजयादशमी के दिन देश विजय की स्मृति के रूप में सीमोल्लंघन नाम से एक प्राचीन सुन्दर अनुष्ठान की नकल झाँसी और अन्यान्य भारतीय राज्यों में की जाती थी। राजा लोग अपने राज्य की सीमा का अतिक्रमण करके दूसरे राज्य की सीमा में प्रवेश करके वनभोजन आदि का उत्सव करके वापस लौट आते थे। गंगाधर राव इस बार भी 'सीमोल्लंघन' करके दतिया राज्य की सीमा पर गए। किन्तु वहाँ से पालकी पर चढ़कर लौट आए बीमार होकर। उस दिन से ही राजप्रासाद में वैद्य का आना-जाना चलने लगा। पक्के हिन्दू गंगाधर राव आयुर्वेदीय चिकित्सा छोड़कर अन्य पद्धति की चिकित्सा के लिए राजी नहीं थे। किन्तु आयुर्वेदीय चिकित्सा से कोई लाभ ही नहीं हुआ। रानी सदा स्वामी की शय्या के पास रहकर सेवा और जतन से आराम देने में खूब व्यस्त रहने लगीं। किन्तु अत्यन्त तेजी से रोग सम्पूर्ण चिकित्सीय उपचारों से बाहर चला गया। ग्वालियर, रींवा और बुन्देलखंड के राजनीतिक प्रतिनिधि डी.ए. मेलकम ने बुन्देलखंड के राजनीतिक सुपरिंटेंडेंट एलिस को सूचना दी कि वे स्वयं तो अनुपस्थित रहेंगे, इसलिए एलिस स्वयं गंगाधर राव की देख-रेख करें।

नवम्बर मास के दूसरे सप्ताह में मोरोपन्त ताम्बे अपने प्रमुख हितैषी और शुभचिन्तक गंगाधर राव के न रहने पर राज्य की हालत क्या होगी इस पर विचार करने लगे। सारी रोग-यन्त्रणा को दबाकर यही चिन्ता गंगाधर राव के मन में भी प्रबल रूप से दिखाई देने लगी थी। उन्होंने दत्तक पुत्र लेने की इच्छा प्रकट की। उपयुक्त लड़के की खोज के लिए रामचन्द्र बाबा को नियुक्त किया गया।

झाँसी राजवंश के मूल पुरुष रघुनाथ राव के छोटे पुत्र दामोदर राव का वंश ही झाँसी पर बराबर राज्य करता आया है। बड़े लड़के खंडे राव के वंशधर परोला में थे। परोला में गंगाधर राव की जागीर थी एवं अन्यान्य नेवलकर लोगों के साथ उनका मिलना-जुलना अत्यन्त घनिष्ठ था। दशहरा-उत्सव के उपलक्ष्य में अनेक लोग परोला से झाँसी आए थे। गंगाधर की अस्वस्थता के कारण वे लोग फिर वापस नहीं गए। उन्हीं में एक वासुदेव थे। पाँच वर्ष के पुत्र आनन्द को लेकर वे आए थे। समय की कमी एवं अन्यान्य विपत्तियों की विवेचना करने के बाद इसी आनन्द को दत्तक पुत्र के रूप में गोद लेने का निर्णय किया गया। वासुदेव को व्यक्तिगत रूप से कोई आपत्ति नहीं थी। 20 नवम्बर गोद लेने का दिन स्थिर हो गया।

इधर गंगाधर राव की अन्तिम अवस्था। राजप्रासाद के सामने प्रजा भीड़ किए खड़ी हुई है। सर्वत्र उत्सुक भाव से खबरों का लेना-देना चल रहा है।

राजा ने मृत्युशय्या पर दत्तक पुत्र को लिया यह समाचार अंग्रेज अफसर के निवास पर पहुँचा। एलिस इस कार्य का अनुमोदन कर दे जिससे सरकार की तरफ से कोई आपत्ति न उठे, गंगाधर राव को यही चिन्ता सबसे अधिक थी। क्योंकि, तत्कालीन वायसराय डलहौजी ने एक पुराने कानून को बहाल करके भारतीय राज्यों को ब्रिटिश साम्राज्य में मिला लिया था। उस कानून का लिखित नाम था दत्तक पुत्र स्वीकार न करने की नीति–Doctrine of lapse.

कानून के विधान में कोई राहत नहीं थी–न राज्यच्युत राजाओं को और न उनके आश्रितों को।

सतारा, नागपुर आदि राज्यों की नजीरें मालूम ही हैं–गंगाधर राव को मृत्युशय्या पर भी शान्ति नहीं थी। उन्हें सदा शंका बनी रहती थी कि कहीं उनके बाद यह गोदनामा अस्वीकृत न हो जाए।

छह

सुप्रभात। सूर्य उत्तरायणे हैं। सप्ताश्वचालित स्वर्ण-रथ पर जो दिव्य द्युतिमान दिवाकर पृथ्वी को तप्त किरण वितरित कर प्राणरस से संजीवित करते हैं, आज प्रभात में वे स्तिमित तेज हैं। पश्चिम का दिगंत मेघाच्छन्न है। झाँसी की पूर्वी दिशा में लक्ष्मी तालाब के पूर्वी सीमान्त के नौबतखाने में मंगल प्रभाती का संगीत बज रहा है। राजप्रासाद से महालक्ष्मी मन्दिर में 'पूजा' आ गई है।

राजपुरी में उत्सव का जो आयोजन चल रहा है उसे तुरन्त समाप्त करने के लिए रानी चिन्तित हैं। गम्भीर उद्वेग के मध्य भी कर्तव्य का बोध उन्हें प्रेरित कर रहा है। आज का आकाश आधा बादलों से ढका है और आधा धूप के कारण झलमल कर रहा है, रानी के चित्त में भी आशा-निराशा की यमुना लहरा रही है। ग्यारह वर्ष पहले उन्होंने गले में जो मंगलसूत्र धारण किया था, लगता है उसका समय पूरा हो गया। उनके पिता उन्हें यद्यपि सान्त्वना दे रहे हैं, फिर भी कहीं रानी एक पहर का घंटा बजने का संकेत सुन पा रही हैं; कहीं पर मानो एक घंटा बजता जा रहा है—अब समय नहीं है, समय नहीं है।

जैसे ही स्वामी के कक्ष में उन्होंने प्रवेश किया वैसे ही स्वामी की कातर दृष्टि उनसे आश्वासन पाने के लिए उनका अनुसरण करने लगी। वे सान्त्वना दे रही हैं—गंगाधर को थोड़ी शान्ति देने के लिए अधीर हो उठती हैं बार-बार।

20 नवम्बर को बड़े तड़के, गंगाधर की अन्तिम शय्या के सामने दत्तक पुत्र लेने का अनुष्ठान पूरा हो गया। वासुदेव ने बालक आनन्द के ऊपर से अपने सारे अधिकारों का त्याग करके गंगाधर के हाथों पुत्र को समर्पित कर दिया।

धड़कते हृदय से रानी सारे आयोजन को समाप्त करके शुभ कार्य जिससे निर्विघ्न समाप्त हो जाए इसी तरह की प्रार्थना कर रही थीं। थोड़े समय में अनुष्ठान समाप्त हो जाने पर गंगाधर ने शिथिल कम्पित हाथों से आनन्द राव को आशीर्वाद दिया। रानी आनन्द राव को गोद में लेकर स्वामी के पास आईं। आनन्द से गंगाधर की आँखें अश्रुपूर्ण हो गईं।

दत्तक पुत्र लेने के अनुष्ठान के बाद आनन्द का नाम हुआ दामोदर गंगाधर राव। इस अनुष्ठान को देखने के लिए आमन्त्रित किए गए थे बुन्देलखंड के सहकारी राजनीतिक प्रतिनिधि मेजर एलिस एवं कैप्टन मार्टिन। लाहौरीमल, तटी चाँद, मोरोपन्त और नरसिंह इसके साक्षी थे।

गंगाधर राव ने 1853 ई. के 19 नवम्बर को मेजर एलिस के नाम एक पत्र लिखा था। एलिस को वह पत्र 20-11-1853 को मिला। गंगाधर ने लिखा था–

> बुन्देलखंड पर ब्रिटिश अधिकार स्थापित होने के बहुत पहले से ही हमारे पूर्वजों ने जिस तरह से ब्रिटिश सरकार की सहायता की है, वह यूरोप एवं भारतवर्ष के विभिन्न राजनीतिक प्रतिनिधियों को अच्छी तरह से विदित है। मैंने भी उसी मार्ग का अनुसरण किया है।
>
> सम्प्रति मैं अत्यन्त अस्वस्थ हूँ। मैंने अपनी निष्ठा और विश्वसनीयता के बदले में एक विशाल शक्ति-सम्पन्न सरकार की कृपा प्राप्त की है। अपने वंश की रक्षा करने की कोई व्यवस्था करना सम्भव नहीं हुआ है। मेरी मृत्यु के साथ-ही-साथ मेरे पूर्वजों का नाम लुप्त हो जाएगा, इसी चिन्ता में मैं बहुत व्याकुल हूँ।
>
> सारी बातों पर विचार करने के बाद 17-11-1817 तारीख की सन्धि के अनुसार मैंने दूसरी बार अपने पौत्र से सम्बद्ध आनन्द राव को 20-11-1853 तारीख को गोद ले लिया है।
>
> ईश्वर की इच्छा से मुझे इस समय भी अपने स्वस्थ हो जाने की आशा है। गया स्वास्थ्य पुनः पा सकता हूँ। मेरी उम्र अधिक नहीं है। यदि उस तरह की कोई घटना घटती है तो मैं अपने दत्तक पुत्र के सम्बन्ध में यथायोग्य व्यवस्था करूँगा।
>
> किन्तु अगर मैं जीवित नहीं रहता हूँ तो मेरी पूर्व विश्वास-भाजनता पर विचार कर मेरे पुत्र के ऊपर कृपा की जाए। मेरी विधवा पत्नी को इस लड़के की माँ के रूप में उसके जीवनकाल में ही स्वीकार कर लिया जाए। लड़के के नाबालिग रहने की अवधि में मेरी पत्नी को इस राज्य की रानी और स्वामिनी (शासक) के रूप में स्वीकृत कर दे, उसके साथ जिससे कोई अन्याय न हो, उसी तरह निगाह रखी जाए।
>
> (मेजर एलिस के द्वारा अनूदित और हस्ताक्षरित)

अश्रुपूर्ण नेत्रों और क्षीण स्वर में गंगाधर ने एलिस से बार-बार अनुरोध किया जिससे इस गोदनामे का अनुमोदन ब्रिटिश सरकार कर दे। एलिस ने अत्यन्त सहानुभूतिपूर्वक गंगाधर को आश्वस्त कर दिया। दोपहर के भोजन के लिए एलिस और मार्टिन वापस चले गए। तीन बजे के समय वे लोग पुनः महल में आ गए। तब गंगाधर ने मेलकम के नाम एक पत्र लिखकर मेजर एलिस के हाथ में दिया।

मेलकम को लिखे पत्र में प्रथम दो परिच्छेद, एलिस को लिखे पत्र के अनुसार थे। उसके बाद लिखा गया–

सन्धि की दूसरी दफा है, जिसके अनुसार ब्रिटिश सरकार के प्रति झाँसी राज्य की निष्ठा और भक्ति को चिरस्थायी बनाने के लिए, बुन्देलखंड में ब्रिटिश आधिपत्य स्थापित होने के समय झाँसी के राजा रामचन्द्र राव (शिवराव भाऊ के पौत्र) के वंशधरों का झाँसी के सिंहासन पर उत्तराधिकार ब्रिटिश सरकार ने स्वीकार किया है। अथवा, शिवराव भाऊ के वंशधरों का अधिकार ही स्वीकृत हुआ है, यह बात भी कही जाती है।

मेरी प्रार्थना पर मेजर एलिस और कैप्टन मार्टिन ने मुझसे भेंट की है। इस पत्र में जो-जो लिखा हुआ है, उस सबको उन लोगों को समझाकर कह दिया है। उनके हाथ में मैंने एक पत्र दिया है। उसमें भी अपने पौत्र (नवीरानू-ई-खुद) को अपने स्थान पर बैठाने का अनुरोध है। मेरा विश्वास है, वह पत्र भी आपको दिया जाएगा।

एलिस ने बाद में ये दोनों पत्र ही मेलकम को भेज दिए। मेलकम था ग्वालियर, रींवा और बुन्देलखंड का तत्कालीन राजनीतिक प्रतिनिधि। काम की खातिर उसे सदा घूमते रहना पड़ता था। मेजर एलिस उसका सहकारी था। राजा के पत्र के साथ एलिस ने अपनी तरफ से भी एक पत्र मेलकम को लिख दिया–

झाँसी–20-11-1853

आपके दूसरी तारीख के पत्र के अनुसार महाराजा गंगाधर राव का मूल पत्र आपको भेज रहा हूँ। इसमें आनन्द राव नामक एक पाँच वर्ष के बच्चे को गोद लेने का विवरण है। इसके अलावा, इसी लड़के को अपने उत्तराधिकारी के रूप में स्वीकार करना एवं बच्चे को नाबालिग रहने तक उनकी स्त्री को राज्यशासन का भार दे देना, इन दो कामों में सरकार का अनुमोदन मिल जाए, इस सन्दर्भ में सहायता करने का अनुरोध विद्यमान है।

आज ही सवेरे मैं कैम्प से लौटा हूँ। राजा के निवेदन पर मार्टिन और मैं उन्हें देखने गए थे। खूब दुख के साथ कहना पड़ रहा है कि राजा को हम लोगों ने अन्तिम अवस्था में देखा। खरीता उन्हें पढ़कर सुनाया गया। उनका शरीर पीड़ा की ऐंठन से छटपटाते हुए देखकर हम लोग कमरे से निकल आए।

हस्ताक्षर–आर.आर.डब्ल्यू. एलिस

झाँसी–20-11-1853

20 नवम्बर सन्ध्या समय महल के बाहर जनता भीड़ लगाकर खड़ी हो गई। उपचार की सीमा से बाहर चले गए राजा, इसीलिए महालक्ष्मी की पूजा हो रही है।

पुरोहित लोग विभिन्न मन्दिरों में याग-यज्ञ, मांगलिक होम आदि करके गंगाधर राव के जीवन के लिए प्रार्थना कर रहे हैं।

आज शाम को राजमहल में सभी जगह प्रकाश नहीं हो रहा है। कोई बातचीत भी नहीं कर रहा है, सभी दबे पाँव चल-फिर रहे हैं। सुबह-सुबह दत्तक पुत्र लेने के अनुष्ठान के समय रानी ने जो वेश धारण किया था, उसे बदलने का समय नहीं मिला है उन्हें। सुबह से ही वे गंगाधर के पास ही बैठी हुई हैं।

एक घुड़सवार ने आकर खबर दी कि मेजर एलिस झाँसी की ब्रिटिश सैन्य छावनी के मेडिकल ऑफिसर डॉ. एलेन को लेकर आ रहे हैं। राजा उस समय अचेत थे। रानी के मुख की ओर देखकर मोरोपन्त ने घुड़सवार से उँगली के इशारे से 'न' कहा। सवार ने घोड़ा दौड़ाते हुए जाकर तुरन्त उन्हें खबर दी कि राजा की अवस्था मरणासन्न है। अब चिकित्सक लेकर जाना निरर्थक है। एलिस और एलेन घोड़े का मुँह फिराकर छावनी की तरफ चल दिए।

इसी बीच गंगाधर को एकतला पर स्थापित गृहदेवता महालक्ष्मी के मन्दिर से लगे कमरे में लाया गया। साथ ही उनकी संज्ञा लौट आई। यह दारुण रोग-यन्त्रणा गंगाधर को जितनी पीड़ित नहीं कर रही थी उससे भी अधिक पीड़ित कर रही थी दत्तक पुत्र सम्बन्धी दुश्चिन्ता।

होश आने के साथ-ही-साथ राजा ने एलिस की तलाश की। तूफान की गति से जाकर एक घुड़सवार एलिस और एलेन को बुला लाया। एलिस के साथ राजा ने क्षीण किन्तु सहज स्वर में बातचीत की। डॉक्टर से अपनी बीमारी का विस्तार से हाल कहा। एलेन ने देखा कि राजा का रोग पुराना रक्तामाशय है। उनसे दवा पीने का अनुरोध किया। राजा ने कहा—गंगाजल मिलाकर ही वे दवा पी सकते हैं अन्यथा अंग्रेज के द्वारा दी गई दवा वे कैसे खाएँगे? एलिस के आने पर रानी पर्दे की आड़ में चली गई थीं। स्वामी की बातचीत सुनकर वे थोड़ी आश्वस्त हुईं। डॉक्टर और एलिस चले गए। डॉक्टर का सहयोगी एक व्यक्ति देशी डॉक्टर की दवा लेकर आया। तत्काल गंगाधर का विचार बदल जाता है। वे दवा खाने के लिए राज़ी नहीं हुए।

उसके बाद जब रात बढ़ने लगी, धीरे-धीरे क्लान्त, शिथिल आत्मीय जन विश्राम करने चले गए, कोलाहल शान्त हो गया, क्षीण से क्षीणतर होने लगा गंगाधर का जीवन-स्पंदन। मन्दिर में पुरोहित उस समय भी स्वस्तिवाचन कर रहा है। याज्ञिकों के कंठ से गीता के श्लोक रात्रि की निःस्तब्धता में स्पष्ट सुनाई दे रहे हैं। प्रस्तर प्रतिमा की तरह रानी बैठी हुई हैं गंगाधर की शय्या के पास। मन्त्रचालित की तरह उँगलियों से गिनने लगीं मंगलसूत्र के सोने और मोतियों के दाने। सुनने लगीं—

वासांसि जीर्णानि यथा विहाय
नवानि गृह्णाति नरोऽपराणि—2/22/गीता

जीर्ण वस्त्र की तरह देह त्यागकर गंगाधर राव क्या अन्य देह के सन्धान में परोक्ष लोकों में भ्रमण कर लौट आएँगे?

जातस्य हि ध्रुवो मृत्युर्ध्रुवं जन्म मृतस्य च!
तस्मादपरिहार्येऽर्थे न त्वं शोचितुमर्हसि।। /2/27

जिसका जन्म हुआ है उसकी मृत्यु निश्चय ही होगी, इसीलिए कहा गया है कि इस अपरिहार्य विषय में उसे शोक नहीं करना चाहिए। गीता के माध्यम से कौन उससे कह रहा है—मामेकं शरणं व्रज! कैसे वह शोक को भूल सकेगी? सभी शुभ-अशुभ कर्मों को किसे अर्पित करके वह निश्चिन्त हो सकेगी?

कहीं पर भी सान्त्वना नहीं है। रानी को स्पष्ट रूप से लगा, मानो आज की इस निद्रित राजपुरी के खुले दरवाजे से मृत्यु प्रवेश कर रही है। उसके नयनों के अन्तराल में वह कहीं प्रतीक्षा कर रही है।

21 नवम्बर के भोर से ही स्वर्ण, भूमि और गोदान चलने लगा। गीता और चंडी का पाठ पंडितगण करने लगे।

एक बजे के समय गंगाधर राव की मृत्यु हो गई। उस समय उनकी उम्र चालीस वर्ष थी। उसी दिन लक्ष्मीबाई की उम्र अठारह वर्ष की पूरी हुई थी।

नगर में सर्वत्र दुखद संवाद फैल गया। छावनी में खबर पहुँची—राजा नहीं रहे।

राजप्रासाद में उपयुक्त समारोह के साथ गंगाधर का अन्तिम क्रियाकर्म का आयोजन चलने लगा। शोकाकुल प्रजा शवयात्रा के पीछे-पीछे चली। बालक दामोदर ने मुखाग्नि दी। लक्ष्मीताल सरोवर के पास महालक्ष्मी मन्दिर की विपरीत दिशा में गंगाधर का सम्मानपूर्वक दाहकर्म हुआ।

आज भी वहाँ पर प्राचीर वेष्टिक एक बगीचा विद्यमान है। जीर्णशीर्ण दीवारों में दरारें पड़ गई हैं। कोई उत्सुकता से भरा दर्शक अगर विशाल अश्वत्थ वृक्ष के पत्ते-पत्ते में मर्मरित वातास से युक्त निर्जन मध्याह्न में वहाँ खड़ा होता है तो द्वार पर लिखी इबारत पर उसकी नजर पड़ेगी—'झाँसी के महाराजा गंगाधर राव की छतरी, जन्म 1813, मृत्यु 1853।'

'The Chhatri of Maharaja Gangadhar Rao of Jhansi. Born 1813, died 1853.'

लक्ष्मीताल का जल आज भी उसी प्राचीर की पूर्व दिशा में नियत लहरों-पर-लहरें उठाकर आघात करता रहता है। उस पल्लव-कल्लोल-मर्मरित शान्त परिवेश में लेटे हुए गंगाधर राव कभी नहीं जान सकेंगे कि इन्दौर में—इमली बाजार मुहल्ले में, आज भी उनका नाम सुरक्षित रखे हुए है उनके दत्तक पुत्र का वंश। किन्तु उनमें से कोई भी राजपुत्र नहीं है। स्थानीय लोग उनका सम्मान करते हुए सिर्फ उन्हें 'झाँसीवाले' कहते हैं।

सात

महाराजा गंगाधर राव की मृत्यु के बाद उनके शव के पीछे-पीछे चला था मेजर एलिस। राजा की मृत्यु के साथ ही वह अपने कर्तव्य के विषय में सावधान हो गया था। उसने मेलकम को समाचार भेजा। उसने लिखा–

> झाँसी, 22-11-1853 (दोपहर)। बड़े दुख के साथ माननीय गवर्नर जनरल को सूचना देने के लिए बता रहा हूँ, महाराजा गंगाधर राव आज एक बजे दिन में मर गए।
>
> मैं आपकी दो तारीख की चिट्ठी के निर्देशों के अनुसार चलूँगा। गवर्नर जनरल की तरफ से नए आदेश के आने तक राज्य का दायित्व सँभाले रहूँगा, इस बीच जब जो घटता है उसकी सूचना आपको देता रहूँगा।

राजा की मृत्यु की सूचना पाकर मेलकम ने पूना कैम्प से (यह पूना महाराष्ट्र का विख्यात नगर पूना नहीं है) गवर्नर के सेक्रेटरी ग्रांट को लिखा–

> अत्यन्त दुख के साथ सूचित कर रहा हूँ कि महाराजा गंगाधर राव 21-11-1853 तारीख में मर गए हैं।
>
> 1. अपनी मृत्यु के एक दिन पहले महाराजा ने आनन्द राव नाम के एक पाँच वर्ष के लड़के को गोद लिया है। उनके मतानुसार लड़का नवीरान्-ई-खुर्द अथवा उनका पौत्र है। मेरे मत से, लड़का उनके मूल वंशधर रघुनाथ हरि की पाँचवीं पीढ़ी का है एवं गत महाराज का जातिभाई है।
>
> 2. मेजर एलिस का पत्र आपको भेज रहा हूँ। आपको और एलिस को लिखे हुए महाराज के पत्रों का मूल और अनुवाद दोनों आपके पास भेज रहा हूँ। इन दोनों पत्रों में उनके दत्तक पुत्र लेने के कारणों को दिया गया है।
>
> 3. महाराज के इस दत्तक पुत्र ग्रहण करने की आकस्मिकता ने उनके दरबार के सभी लोगों को विस्मय में डाल दिया है। मुझे लगा था कि वे मुझसे जोरदारी से अनुरोध करेंगे कि जिससे उनकी विधवा स्त्री जीवन भर राज्य कर सके। शिवराव भाऊ के वंश में और कोई जीवित नहीं रहा है। यह तथ्य

सर्वजन विदित होने से हम लोग दत्तक पुत्र ग्रहण करने की सम्भावना की कल्पना नहीं करते थे।

4. मैं एक वंश-तालिका भेज रहा हूँ, जिससे पता चल जाएगा कि आनन्द राव, शिवराव भाऊ के वंश का कोई भी नहीं है।

5. अपने दूसरी तारीख के पत्र की नकल मैंने भेजी ही थी। उसी पत्र के अनुसार मेजर एलिस, इस दत्तक पुत्र ग्रहण करने के सम्बन्ध में पूरी तरह से नकार की नीति ग्रहण करेंगे। झाँसी राज्य के सम्बन्ध में अन्त तक क्या व्यवस्था होगी, इसके लिए गवर्नर जनरल के अन्तिम आदेश की प्रतीक्षा करूँगा।

6. झाँसी-राजवंश के साथ हम लोगों के सम्बन्ध के विषय में आपको एक विस्तृत व्याख्या भेज रहा हूँ। इससे हम लोगों को बाद के कार्यों की योजना बनाने में सुविधा होगी और महाराज को दत्तक पुत्र कानून के अनुसार अपने उत्तराधिकार के अधिकार की रक्षा करने का अधिकार है (मेरे मत से जो अत्यन्त सन्देहजनक है।) अथवा नहीं है, यह बात भी माननीय गवर्नर जनरल जान सकेंगे।

7. बुन्देलखंड के साथ हम लोगों का पहली बार सम्बन्ध होने के समय, 1804 ई. में, पेशवा के प्रतिनिधि के रूप में शिवराव भाऊ के साथ हम लोगों की एक सन्धि हुई थी। 1817 ई. में पेशवा ने जब बुन्देलखंड के ऊपर सभी अधिकार ब्रिटिश सरकार को सौंप दिए थे, तब हम लोगों ने शिवराव भाऊ के पौत्र रामचन्द्र राव को एवं उनकी सन्तति और उत्तराधिकारियों को झाँसी राज्य का वंशानुक्रम के अनुसार शासक रूप में स्वीकार कर 1817 ई. में एक सन्धि की थी। 1832 ई. में झाँसी के शासकों को राजा की उपाधि दी गई। झाँसी के शासकगण पहले पेशवा और बाद में हम लोगों के अधीन सूबेदार हो गए।

8. 1835 ई. में रामचन्द्र राव के पुत्रहीन अवस्था में मरने पर झाँसी के सिंहासन को लेकर प्रश्न उठा था। शिवराव भाऊ के दोनों पुत्र रघुनाथ और गंगाधर उस समय भी जीवित थे। गंगाधर की मृत्यु के साथ शिवराव भाऊ के वंश का लोप हो गया।

9. यहाँ पर हम लोगों को यह जानना उचित है कि 1835 ई. में रामचन्द्र राव की मृत्यु होने पर दो लोग दावेदार के रूप में आए थे। एक व्यक्ति मृत राजा के दत्तक पुत्र का अनुमोदन कराने के लिए, दूसरी एक थी राजा की विधवा स्त्री–(जो सदाशिव राव को सिंहासन देने के पक्ष में थी–Sleeman—Rambles and Recollections)। दोनों ही दावों को खारिज कर दिया गया।

उस समय के दस्तावेज मेरे पास नहीं हैं। आपके पास अगर उनकी नकल हो तो आप देख सकेंगे कि जिस सन्धि के अनुसार झाँसी पर शिवराव भाऊ के वंशधरों का अधिकार स्वीकृत हुआ था, उस सन्धि के अनुसार ब्रिटिश सरकार की अनुमति के बिना किसी को गोद लिया जा सकेगा, ऐसी कोई बात नहीं थी।

10. महाराजा ने अपनी विधवा स्त्री लक्ष्मीबाई को राज्यशासन का भार देना चाहा है। रानी झाँसी में और अपने परिचित सभी व्यक्तियों के लिए परम श्रद्धा और सम्मान की पात्र है। राज्यशासन का भार उठाने में वह (मेरे मत से) पूरी तरह उपयुक्त हैं। फिर हालचाल देखकर ऐसा नहीं लगता है, माननीय सरकार बहादुर राज्य ग्रहण कराने से विरत रहेंगे। मैं प्रार्थना कर रहा हूँ कि रानी को निम्न आशय का आश्वासन देने की अनुमति दी जाए—राजा की समस्त व्यक्तिगत सम्पत्ति (खानगी) वे अपने पास रख सकेंगी; झाँसी का राजप्रासाद उन्हें दे दिया जाएगा; उनके एवं राजा के द्वारा पोषित आश्रित परिजनों को आजीवन सुख-स्वच्छन्दतापूर्वक जीवन बिताने के लिए पर्याप्त मासिक वृत्ति दी जाएगी।

11. रानी को कितनी वृत्ति दी जाए जो उनके लिए पर्याप्त होगी, नहीं जानता। फिर भी यह ध्यान रखना उचित होगा कि झाँसी के राजा लोग बुन्देलखंड के शेष मराठा वंशों में अन्यतम हैं। पेशवा द्वितीय बाजीराव एवं सागर के विनायक चन्दोवरकर मर चुके हैं। सहायता से वंचित उनके बहुत-से आत्मीय परिजन, रानी से सहायता चाहते हैं। सतारा, नागपुर, सागर, बिठूर इन राज्यों के आश्रित विशाल अनुचर वृन्द में बहुत-से बेकार हैं। रानी के पालित लोगों की बात पर विचार करके, मासिक पाँच हजार रुपए से कम की वृत्ति देना उचित नहीं होगा।

12. राजा के अनुचरों और पोष्य वृन्द में से किसे कितनी वृत्ति देना उचित होगा, यह हमारे लिए तत्काल ठीक करना सम्भव नहीं है। फिर भी उन लोगों की एक सूची तैयार कर भेजने से उनके सम्बन्ध में भी भविष्य में कोई व्यवस्था की जा सकेगी।

13. झाँसी लम्बे समय से हमारे शासन के अधीन थी। मेजर रोस की शासन-व्यवस्था के साथ झाँसी के निवासी परिचित हैं। शासन-व्यवस्था हम लोगों के हाथ में आ जाने के बाद भी किसी बड़े रद्दोबदल की जरूरत नहीं पड़ेगी। झाँसी के पड़ोसी राज्य के जो परगना (सिन्धिया के) हम लोग देख रहे हैं उसी पद्धति का झाँसी में भी अनुसरण किया जाएगा।

14. अगर गवर्नर जनरल का आदेश आता है, तो मुझे झाँसी के शासन का अधिग्रहण करना होगा। किन्तु मेजर एलिस अथवा मुझे राज्य अधिग्रहण सम्बन्धी कोई अनुभव नहीं है। हम लोगों को राजनीतिक कामकाज के लिए ग्वालियर, बुन्देलखंड और रींवा में सर्वत्र घूमना-फिरना पड़ता है। इसलिए झाँसी अगर बुन्देलखंड के साथ संयुक्त होकर जबलपुर के कमिश्नर मेजर आरस्काइन के अधीन रहे तो सबसे अच्छा हो।

हस्ताक्षर–डी.ए. मेलकम

कैम्प पूना (Puna) 25-11-1853

22 नवम्बर को मेजर एलिस और कैप्टन मार्टिन राजप्रासाद गए। शोकविह्वला रानी को अपना शोक-संवाद दिया। इसके बाद किले पर चले गए। किले में सरकारी खजाना और राजबन्दी थे। किलेदार एवं ज्वालानाथ पंडित को बुलाकर उनकी साक्षी लेकर एलिस ने खजाने के ताले को सीलबन्द कर दिया। उसमें सोने और चाँदी के 2,45,738 रुपए थे। सिन्धिया की छठी कंटिंजेंटी के एक व्यक्ति को किले के भीतर पहरा देने के लिए कह दिया गया। किले में झाँसी राज्य के पाँच नायक, दो घंटा बजानेवाले, एक सौ सिपाही, एक सूबेदार, एक जमादार और पाँच हवलदार थे।

राजा की मृत्यु के चार दिन पहले मेजर एलिस लाहौरीमल, नरसिंह राव अप्पा और फतेह चाँद से भेंट कर बता गया था कि राजा की बीमारी और सम्भावित मृत्यु का सुअवसर पाकर यदि किसी ने दुष्ट राजबन्दियों को छोड़कर अराजक स्थिति उत्पन्न की तो वह अच्छा नहीं होगा।

इसी बीच कैप्टन मार्टिन ने झाँसी शहर और दुर्ग के विशाल आकार का अन्दाज लगाकर ब्रिटिश सेना की संख्या अपर्याप्त समझनी शुरू कर दी। उसने एलिस को बताया–

> राजकोष पर पहरा देना, ढाई सौ कैदियों के ऊपर नजर रखना, विशाल दुर्ग एवं उसके अन्तर्वर्ती प्रासादों की सुरक्षा की व्यवस्था करना, इसके लिए झाँसी राज्य एवं सिन्धिया की कंटिंजेंटी वाहिनी की जो सेना पहरे पर नियुक्त है, मेरे विचार से वह संख्या में अपर्याप्त है।
>
> शहर की सुरक्षा और जनसाधारण की असहाय अवस्था की बात का विवेचन कर और सेना रखनी चाहिए।

एलिस मार्टिन की अपेक्षा दूरदर्शी था। इस समय अधिक सेना बुलाना सम्भव नहीं है। इससे जनसामान्य के मन में सन्देह उत्पन्न हो सकता है। इसीलिए उसने उत्तर दिया–

> आपकी जानकारी के लिए बता रहा हूँ, झाँसी किले पर सेना लगाने का एकमात्र उद्देश्य यह है कि झाँसीवासियों के मन में इस विश्वास को अक्षुण्ण रखना कि विद्रोह उत्पन्न करने के किसी भी षड्यन्त्र का समूल नाश कर दिया जाएगा।

एलिस ने अपनी और मार्टिन की कई चिट्ठियाँ मेलकम को भेज दीं। मेलकम उस समय सहावल कैम्प में था। उसने कलकत्ते लिखा—

माननीय गवर्नर जनरल की जानकारी के लिए—मेजर एलिस की लिखी हुई ये चिट्ठियाँ भेज रहा हूँ। इनमें गंगाधर राव की मृत्यु के बाद उसने राज्यशासन के सम्बन्ध में जो व्यवस्था की है, उसका विवरण एवं हमारे झाँसी के शासन-भार ग्रहण करने पर, सम्भावित सेना की संख्या के सम्बन्ध में उसका मतामत विद्यमान है।

1. पहले जब झाँसी हम लोगों के शासन के अधीन थी, तब कुछ-कुछ सामन्तों ने हम लोगों को परेशान किया था। किन्तु अब उनकी शक्ति कम हो गई है। इसी कारण से पहले की तरह अधिक संख्या में सेना की जरूरत नहीं होगी, ऐसा लगता है।

2. फिर भी मुझे लगता है, सरकार की इच्छा झाँसी में बंगाल की देशी इंफेंट्री की एक टुकड़ी रखने की है। झाँसी और कड़ेरा के किले पर सेना रखना बहुत जरूरी है। क्योंकि झाँसी में स्थित ब्रिटिश सेना की संख्या उस अनुमान से कम है। कम्पनी की सेनावाहिनी इस समय यदि नहीं भी मिलती है, मुलतान से देशी इंफेंट्री के झाँसी में न आ पाने तक, आन्तरिक विपत्ति के समय के लिए सिन्धिया की छठी कंटिंजेंटी की जो विंग झाँसी में रहती है, उसका उपयोग करने का अधिकार हम लोगों को दिया जाए।

3. नेटिव इंफेंट्री बुन्देलखंड में कई सप्ताह बिना चले पहुँच नहीं पाएगी। अस्थायी व्यवस्था के हिसाब से, मुरार (ग्वालियर की युद्ध छावनी) से ब्रिगेडियर पारसन से चार कम्पनियाँ भेजने का अनुरोध किया गया है। उनमें से दो झाँसी और दो कड़ेरा के किले पर रखी जाएँगी।

4. झाँसी के सम्बन्ध में गवर्नर जनरल का चाहे जैसा निर्णय क्यों न हो, मुझे नहीं लगता है कि मृत गंगाधर राव के पक्ष की तरफ से हम लोगों के विरुद्ध कोई प्रतिवाद किया जाएगा। तब अन्यान्य जमींदारों में विद्रोह की आशंका की बात सोचकर, झाँसी में वर्तमान देशी इंफेंट्री की एक और इररेगुलर केवेलरी की एक अथवा दो रेजीमेंट रखना सुबुद्धि का परिचायक होगा।

हस्ताक्षर—डी.ए. मेलकम

कैम्प : सहावल 1/12/1853

एलिस और मार्टिन की एक-दूसरे को लिखी चिट्ठियों के अलावा भी निम्नलिखित चिट्ठियों को मेलकम ने और भेजा—

1. मेलकम को एलिस। झाँसी, 22-11-1853। गत दिवस चिट्ठी लिखने के बाद मैंने और मार्टिन ने महल में जाकर रानी को अपने शोक से अवगत

कराया, बाद में किले गए। किले में सारे कैदी और सरकारी खजाना रहते हैं। किलेदार और ज्वालानाथ पंडित के सामने खजाने के दरवाजे को सील-मुहर से बन्द कर दिया है। उसमें सोने और चाँदी के 2 लाख 45 हजार 738 रुपए पन्द्रह आने हैं। सिन्धिया की छठी कंटिंजेंटी के एक व्यक्ति को किले के भीतर पहरा देने के लिए कहा है। वह सदा झाँसी राज के महल की रक्षक सेना के साथ सहयोग करते हुए चलेगा।

राजा की मृत्यु के चार दिन पहले ही मैं लाहौरीमल नरसिंह राव अप्पा और फतेह चाँद से बार-बार मिला और कहा, राजा की बीमारी के कारण उत्पन्न अव्यवस्थित स्थिति का लाभ उठाकर कोई यदि राजबन्दियों को छोड़ देता है तो उसका अच्छा परिणाम नहीं होगा। मुझे यह देखकर प्रसन्नता हुई कि मेरी सतर्कता का परिणाम अच्छा हुआ है।

2. मेलकम को एलिस। 23-11-1853। जिस कानून से राज्य चलता आ रहा था, गवर्नर जनरल का आदेश न आने तक वही कानून बहाल रखा गया।

3. मेलकम को एलिस।

मैंने आपको अपनी और मार्टिन की एक-दूसरे को लिखी दो चिट्ठियाँ भेजीं। झाँसी दुर्ग पर हम लोगों की सेना के अस्थायी रूप से रहने के विषय में मेरा वक्तव्य यह है कि सिन्धिया की छठी कंटिंजेंटी की एक पूरी ब्रिगेड की वहाँ जरूरत है। 1838-1843 ई. में हमारे शासन के समय कड़ेरा, मऊरानीपुर, मायापुर आदि जिन सब स्थानों पर हमारी सेना थी, उन सब स्थानों पर पुनः सेना लगाना जरूरी है।

ये सब पत्र जिस समय कलकत्ता पहुँचे उस समय डलहौजी अयोध्या में था। मेलकम का पत्र पाकर डलहौजी की अनुपस्थिति में प्रेसीडेंट ऑफ काउंसिल ऑफ इंडिया की तरफ से दूसरे तीन सदस्य लोगों ने अपने विचारों से अवगत कराया। वे हैं—डोरिनो, लो और हॉलिडे।

1. मुझे नहीं लगता है कि इस गोदनामे का अनुमोदन करना उचित है। फिर भी, यह विषय गवर्नर जनरल के लौटने तक मुल्तबी रहा। इस बीच राजनीतिक प्रतिनिधि कुछ भी स्वीकार न करे।

हस्ताक्षर—जे. डोरिनो, 9/12/1853

2. यह विषय गवर्नर जनरल के वापस न आने तक विचाराधीन रहे। इस बीच राजनीतिक प्रतिनिधि अपने अधीन झाँसी की शान्ति-व्यवस्था अक्षुण्ण रखे, अभी तक बरकरार शासन-व्यवस्था में जिससे कोई बाधा न पड़े। करौली की तरह झाँसी में भी वर्तमान में मध्यम मार्ग पर चलते रहें।

हस्ताक्षरित—एफ. जे. लो, 10/12/53

3. मुझे नहीं लगता है कि गवर्नर जनरल से बिना परामर्श किए झाँसी के विषय की कोई विवेचना की जाए। राजनीतिक प्रतिनिधि जरूरत समझने पर ब्रिगेडियर पारसंस से सहायता ले सकते हैं।

हस्ताक्षरित—जे. डोरिनो, एफ. जे. हॉलिडे, 12/12/1853

ये तीनों पत्र मेलकम को एक साथ भेजे गए। 16/12/1853 तारीख को गवर्नर जनरल के परिवर्तित सेक्रेटरी डोलरिम्पल ने मेलकम को सूचना दी—

झाँसी के विषय में लिए गए निर्णय से बाद में अवगत कराया जाएगा। इस बीच शान्ति बरकरार रखिए। देशी शासन-व्यवस्था में कोई रोक नहीं लगाई जाएगी। जरूरत पड़ने पर ब्रिगेडियर पारसंस से सैन्य सहायता ले सकते हैं।

उत्तराधिकार समाप्त होने के आधार पर राज्यों पर अधिकार करने की जिस नीति के साथ डलहौजी का नाम जुड़ा हुआ है, उसका प्रचलन उसने नहीं किया। कागज और कलम में वह नीति बहुत दिनों से बहाल थी। समय पर उसी का उपयोग किया जाने लगा। डलहौजी ने उसे कार्यान्वित करके एक-के-बाद एक भारतीय राज्यों पर अधिकार कर लिया। नागपुर, सतारा एवं करौली रियासतें ब्रिटिश भारत में मिला ली गईं।

बिठूर में निर्वासित अन्तिम पेशवा द्वितीय बाजीराव की मृत्यु के बाद वार्षिक 8 लाख रुपया वृत्ति से उनके दत्तक पुत्र नाना धूधूपन्त को वंचित कर दिया गया। कर्नाटक के नवाब और तंजौर की राजा की मृत्यु के बाद उनके लिए निर्धारित वार्षिक वृत्ति बन्द कर दी गई।

इन सब नजीरों को देखकर रानी मन-ही-मन शंकित रहने लगीं। अपने शुभाकांक्षियों के साथ युक्तियुक्त विचार-विमर्श करके उन्होंने निश्चय किया कि बड़े लाट को एक खरीता भेजना बहुत जरूरी है। उन दिनों सरकारी चिट्ठी-पत्री सुदर्शनीय एवं अलंकृत रेशम के कपड़े पर भेजी जाती थी। उसी का नाम खरीता है। फारसी भाषा में यह खरीता लिखकर रानी ने भेजा।

लिखा—

महारानी लक्ष्मीबाई साहिबा झाँसी के द्वारा माननीय बड़े लाट साहब को प्रेषित।

झाँसी—31-12-1853

यथाविधि सम्मान पुरःसर निवेदन।

मेरे स्वामी ने 19-11-1853 तारीख की सन्ध्या में दीवान नरसिंह राव अप्पा, लाला लाहौरीमल, लाला तटीचाँद और मुझे बुलाया। अपनी हालत उत्तरोत्तर गिरती चली जा रही है इसलिए शास्त्र देखकर उनके अपने 'गोत्र' (वंश, गोत्र) से एक सुलक्षण बच्चे

को स्वयं के न रहने पर झाँसी के सिंहासन पर आसीन करने के लिए निर्वाचित करने को कहा।

रामचन्द्र बाबा के परामर्श से वासुदेव के पुत्र आनन्द को दत्तक पुत्र के रूप में चुना गया।

मेरे स्वामी के आदेश से 20-11-1853 तारीख को पंडित विनायक राव ने शास्त्रानुसार संकल्प पढ़ा। यथाविधि अनुष्ठान के बाद वासुदेव ने मेरे स्वामी के हाथ में संकल्प का जल छोड़ा।

21-11-1853 तारीख को मेरे स्वामी की मृत्यु हो गई। आनन्द राव ने ही अन्तिम क्रिया-कर्म पूरे किए हैं। मेरी विपन्न अवस्था को समझकर आप मेरे स्वामी की अन्तिम इच्छा पूरी करें, यही हार्दिक अनुरोध है।

रानी ने इस पत्र पर सील-मोहर लगाई।

एलिस साहब ने फारसी भाषा में लिखे इस पत्र का अंग्रेजी में अनुवाद करके मेलकम को भेजा। मेलकम उस समय भेलसा कैम्प में थे। उन्होंने वह पत्र डलहौजी के सचिव जे. वी. ग्रांट को भेज दिया।

लिखा–

> मैं मान्यवर गवर्नर जनरल को रानी लक्ष्मीबाई का एक खरीता एवं झाँसी राजवंश की एक सूची भेज रहा हूँ।
>
> डी.ए. मेलकम, भेलसा कैम्प : 15/12/1853

इसी बीच अपना दावा पुनः पेश करते हुए एलिस के सामने उपस्थित हुए सदाशिव राव और कृष्णराव। शिवराव भाऊ के काका सदाशिव पन्त के प्रपौत्र और गंगाधर राव के जाति-भाई के पुत्र हुआ करते हैं सदाशिव राव। गंगाधर राव की मृत्यु के बाद वही सिंहासन के विधिसम्मत दावेदार कहे जा सकते हैं। कृष्णराव रामचन्द्र राव की बहन के जेठे लड़के हैं।

एलिस ने उनके दावों के आवेदन-पत्रों को पाकर मेलकम को सूचना दी–

> दो दावेदार लोग उपस्थित हुए हैं। कृष्णराव और दक्षिण से सदाशिव नारायण राव। पहले व्यक्ति 1853 ई. में मृत रामचन्द्र राव की बहन के पुत्र हैं। उस समय भी उन्होंने अपनी दावेदारी प्रस्तुत की थी, किन्तु उन्हें अस्वीकार कर दिया गया था। गंगाधर राव के जीवित

जाति-भाइयों में वह निकटतम हैं और उनका भी दावा आधारहीन नहीं है।

हस्ताक्षर—डी. ए. मेलकम, 31-12-1853 ई.

इसी बीच एलिस दरबार में बार-बार आता-जाता रहा। दरबार भवन के पास ही एक चिक की आड़ में रानी दामोदर राव को गोद में लेकर बैठा करती थीं। राज्य संचालन से सम्बद्ध कुछ-कुछ काम निपटाया करती थी। एलिस के साथ उसकी जो भी बातचीत होती थी वह हिन्दी में। रानी को हिन्दी का अच्छा ज्ञान था। बातचीत में रानी के व्यक्तित्व की जो कुछ जानकारी एलिस को मिली थी, उससे वह श्रद्धा से भर उठा। शासक एवं शासित के बीच एक मानवीय सम्बन्ध बनने लगा। एलिस को लगा कि रानी के गोद लेने के कार्य की सब प्रकार से वैध घोषणा करनी चाहिए। उसने मेलकम को जानकारी दी—

झाँसी, 24-12-1853

मैं नहीं समझ पा रहा हूँ जब ओरछा के मामले में दत्तक पुत्र लेने के कार्य का अनुमोदन कर दिया गया था, तो वह झाँसी के मामले में क्यों नहीं लागू होगा। भारतीय राज्यों के दत्तक लेने का अधिकार कोर्ट ऑफ डाइरेक्टर्स ऑफ ईस्ट इंडिया कम्पनी के 9 नम्बर के डिस्पैच के 16 एवं 17 नम्बर के परिच्छेद में खुले रूप में ही तो स्वीकृत हुआ था। मुझे लगता है झाँसी के दत्तक लेने के अधिकार को खारिज करना अन्याय है।

मेलकम ने अपने सहकारी के पत्र पर कोई टिप्पणी न करके उसे सीधे डलहौजी को भेज दिया।

उधर डलहौजी ने अपने सहकारियों के बीच झाँसी के मामले पर विचार-विमर्श किया।

बड़े लाट की ओर से कोई भी उत्तर न पाकर शंकित-चित्त रानी ने निश्चय किया कि एक और खरीता लिखना आवश्यक है। मेलकम ग्वालियर, बुन्देलखंड और रींवा के विभिन्न स्थानों में घूमता रहता था। कोई भी पत्र शायद ही उसके पास यथासमय पहुँच पाता था। उसे वह कलकत्ता भेज देता था। झाँसी से कलकत्ता के लिए कोई रेल मार्ग नहीं था। जनसाधारण के लिए उन दिनों इंजन से चलनेवाली गाड़ी एक कपोलकल्पना थी। चिट्ठी-पत्री घोड़े अथवा धावक के हाथों अथवा डाकगाड़ी से जाया करती थी।

रानी ने निश्चय किया, इस बार अपने दावे का समर्थन करते हुए कई पत्रों के साथ एक विस्तृत खरीता भेजा जाए। सहज तर्कबुद्धि से उसे लगा कि शायद पहला खरीता मिला नहीं है। इसलिए डलहौजी उसका कोई जवाब नहीं दे रहा है। 16-2-1854 को उन्होंने एक दूसरा खरीता लिखा।

झाँसी के परलोकगत महाराजा गंगाधर राव की विधवा पत्नी महारानी लक्ष्मीबाई द्वारा लिखा मार्क्वेस ऑफ डलहौजी भारत के गवर्नर जनरल महोदय की सेवा में।

यथोचित सम्मान के बाद—

आकस्मिक दुर्भाग्य के आघात से शोकाकुल होने से आपको 3-12-1853 को जो पत्र लिखा है उसमें अपने स्वामी के दत्तक पुत्र लेने के कारणों को विशद रूप से नहीं लिखा गया है। त्रुटियों के लिए मैं क्षमा चाहती हूँ।

मेरे श्वसुर शिवराव भाऊ का परम सौभाग्य यह है कि बुन्देलखंड के सामन्तों में उन्होंने सबसे पहले ब्रिटिश सरकार के प्रति अपनी अधीनता दिखाने का अवसर पाया एवं धीरे-धीरे अन्य प्रमुख सामन्तों को भी अपने आदर्श का अनुसरण करने को उत्प्रेरित किया। लॉर्ड लेक ने इससे सन्तुष्ट होकर मेरे श्वसुर और उनके वंशधर जिससे उपकृत हो सकें, इस आशय की अर्जी के साथ एक दरखास्त देने के लिए कहा।

उसी आदेश के अनुसार सात परिच्छेदों से युक्त एक खरीता (wajib-ul-urz) बुन्देलखंड के तत्कालीन राजनीतिक प्रतिनिधि कैप्टन जोन वेली के हाथ में दिया गया। वह तत्कालीन गवर्नर जनरल लॉर्ड वेलेजली द्वारा 1804 ई. के फरवरी मास में स्वीकृत और हस्ताक्षरित हुआ। इस बीच शिवराव भाऊ ने सरकार की और भी सहायता की। तब पुराने खरीता को बरकरार रखते हुए और भी दो नई शर्तें जोड़ते हुए 1806 ई. के अक्तूबर मास में एक और खरीता कैप्टन जोन वेली को दिया गया। कोटरा के अस्थायी शिविर में गवर्नर जनरल सर जोन वेली ने उसी खरीता पर हस्ताक्षर किए। इस दूसरे खरीता के छठे परिच्छेद में शिवराव भाऊ ने झाँसी के पड़ोसी राज्यों के सम्बन्ध में लिखा था—ओरछा, दतिया, चन्देरी और अन्यान्य राज्य ब्रिटिश सरकार की अधीनता स्वीकारने एवं प्राप्य कर देने को तैयार हैं, अगर उनके राज्य में उनका अधिकार सभी तरह से मान लिया जाए।

इस परिच्छेद के आधार पर सरकार ने एक विज्ञप्ति की घोषणा की कि शिवराव भाऊ का अनुसरण करने में जो-जो राज्य अनिवार्यता और आस्था दिखाएँगे, उनके सभी राजनीतिक अधिकार ब्रिटिश सरकार के द्वारा स्वीकृत होंगे।

1817 ई. में शिवराव भाऊ के पौत्र रामचन्द्र राव के साथ नवम्बर मास में ब्रिटिश सरकार ने एक सन्धि की।

उसके दूसरे परिच्छेद में रामचन्द्र राव, उनकी सन्तान एवं उत्तराधिकारियों को झाँसी राजसिंहासन का वंशानुक्रम से शासक स्वीकार किया गया। अन्य शत्रुओं के आक्रमण से झाँसी की रक्षा करने का वचन दिया गया।

1824 ई. में बर्मा के युद्ध में ब्रिटिश फौज को खाद्य सामग्री खरीदने के लिए 70 हजार रुपए उधार दिए। बुन्देलखंड के तत्कालीन राजनीतिक प्रतिनिधि एम. आइन्स्ली (M. Ainslie) की मार्फत ब्रिटिश सरकार ने उस ऋण को चुकाने की जब इच्छा प्रकट की तो रामचन्द्र राव ने उसे लेने से मना कर दिया। इस मित्रता-द्योतक व्यवहार से सन्तुष्ट होकर तत्कालीन गवर्नर जनरल लॉर्ड आमहर्स्ट ने रामचन्द्र राव को एक धन्यवाद ज्ञापक खरीता और एक बहुमूल्य पोशाक भेजी। यह खरीता दुर्भाग्य से खो गया है। आप अगर कृपा करके उसकी एक नकल भेज सकें तो मैं कृतज्ञ होऊँगी।

इसके बाद भरतपुर एवं कालपी में नाना पंडित के आक्रमण की आशंका से, जालौन में सिपाही विद्रोह के समय, आइन्स्ली ने, झाँसी के कामदार भीखाजी नाना से अराजकता से कौंच जिले को बचाने के लिए कहा। भीखाजी नाना ने 2 कमान, 400 घुड़सवार और 1000 पैदल सिपाही भेजकर कौंच जिले में शान्ति की स्थापना की।

नाबालिग राजा रामचन्द्र राव और भीखाजी नाना को धन्यवाद देते हुए मि. आइन्स्ली ने पत्र लिखा। उसने लिखा, ब्रिटिश सरकार की विपत्ति में सहायता के समय झाँसी राज्य सदैव अग्रगामी रहा है। 1832 ई. में 9 दिसम्बर को लॉर्ड बैंक्टिक ने स्वयं झाँसी में उपस्थित रहकर रामचन्द्र राव को उपाधि दी—महाराजाधिराज फिदुई बादशाह, जानुजा इंग्लिस्तान, महाराजा रामचन्द्र राव बहादुर।

इस उपाधि को राजा की सील-मोहर और चामर चिह्न के साथ खोदकर प्रयोग करने की अनुमति देते हुए कहा, बुन्देलखंड की समस्त सामन्त मंडली में शिवराव भाऊ ब्रिटिश सरकार के विशेष मित्र थे। बैंक्टिक के द्वारा दिया गया यह सम्मान शिवराव भाऊ के आनुगत्य का प्रतिदान मात्र है। सागर जाकर और एक धन्यवादसूचक पत्र, अंग्रेजी अक्षरों में दर्शनीय सुनहले कागज पर लिखकर रामचन्द्र को भेजा था बैंक्टिक ने।

रामचन्द्र राव की 1835 ई. में मृत्यु हो गई। उनके पितृव्य रघुनाथ राव राजा हुए। 1838 में उनकी मृत्यु होने पर मेरे स्वामी का अधिकार स्वीकृत हुआ। उस समय राज्य ऋणग्रस्त था, इसलिए कैप्टन डी. रोज़ (D. Ross) के शासनाधीन पाँच वर्ष तक राज्य रखा गया एवं उसके बाद मेरे स्वामी को राज्य लौटा दिया गया। झाँसी में एक ब्रिटिश फौज रखने के लिए झाँसी की मुद्रा में 2,55,891 रुपया वार्षिक आय के दूलिओ, तालगंज एवं और भी कई जिलों को ब्रिटिश सरकार को दे दिया गया। कर्नल श्लीमन ने 1-1-1843 ई. में पुरानी शर्तें और ऋण की अदायगी स्वीकार कर ली।

रामचन्द्र राव के साथ हुई सन्धि के दूसरे परिच्छेद में प्रयुक्त 'वारिशान' उत्तराधिकारी, वंशधर (Heir, Successor, etc.) ये बातें जो भिन्न-भिन्न अर्थों में प्रयुक्त हैं, ये अस्वीकृत हो गईं।

'वारिशान' शब्द एकमात्र स्वगोत्रीय उत्तराधिकारियों के सम्बन्ध में प्रयोज्य है। 'जानिशिनान' शब्द स्व-वंश अथवा गोत्र के उत्तराधिकारियों के अभाव में दत्तकों के सम्बन्ध में प्रयुक्त है।

अंग्रेज शासनकर्ताओं ने इस वंश के प्रति अपने अनुग्रह को चिरस्थायी करना चाहा था, इसलिए 'वारिशान' एवं 'जानिशिनान' इन दो शब्दों का प्रयोग किया था। सन्धि में कोई शब्द प्रयुक्त करने के पहले पुंखानुपुंख दृष्टि से उसकी परीक्षा कर ली गई। शर्तनामे जैसे मूल्यवान पत्र में 'जानिशिनान' शब्द का प्रयोग किया गया था, तब शासनकर्ताओं ने क्या उस सम्बन्ध में विचार नहीं किया? झाँसी राजवंश को चिरस्थायी करना चाहते थे, इसीलिए दत्तक उत्तराधिकारियों के अधिकार को कायम करके 'जानिशिनान' शब्द का व्यवहार किया गया था।

सन्धि-पत्र के दूसरे परिच्छेद की इस व्याख्या को ध्यान में रखकर मेरे स्वामी ने अपनी मृत्यु के पूर्व एक दिन पहले प्रत्यूष बेला में मेजर एलिस और कैप्टन मार्टिन को बुलाने भेजा और अन्तिम साँस छोड़ने के पहले अपने दत्तक पुत्र आनन्द राव को ब्रिटिश सरकार के निरापद आश्रय में डाल दिया। उस समय उन्होंने एक खरीता भी लिखा था।

मैं कई पूर्ववर्ती घटनाओं की सूची दे रही हूँ, जिसमें बुन्देलखंड के विभिन्न भारतीय राज्यों की सन्तानहीन अवस्था में राजाओं की मृत्यु होने पर उनकी विधवा रानियों द्वारा दत्तक पुत्र ग्रहण करने के कृत्य को स्वीकृति मिली है। यह स्वीकृति मिली है, इसीलिए ब्रिटिश सरकार के प्रति उनकी भक्ति और निष्ठापूर्ण आनुगत्य का बन्धन और दृढ़ हुआ है। वे लोग सब प्रकार से सुख और शान्तिपूर्वक रहते रहे हैं।

इन सब दृष्टान्तों को देखकर मुझे लगा कि थोड़ी सहानुभूति के साथ विचार करने पर आप शिवराव भाऊ की विधवा पुत्रवधू को भी वही अधिकार देंगे। उसकी असहाय अवस्था पर विचार करेंगे।

हस्ताक्षर—सील-मोहर—महारानी
लक्ष्मीबाई साहिबा

हस्ताक्षरित एवं अंग्रेजी में अनुवाद आर. आर. एलिस

इसी के साथ रानी के विस्तृत खरीते का समर्थन करते हुए चार पत्र और भेजे गए। यथा—

1

आनन्द राव के गोदनामे के सम्बन्ध में उदाहरणस्वरूप सरकार द्वारा अनुमोदित और चार गोदनामा।

(क) दतिया के वर्तमान राजा रास्ते में पड़े मिले लड़के हैं। गत राजा परीक्षित ने उन्हें रास्ते में पड़े हुए पाकर गोद लिया एवं उसे ब्रिटिश सरकार ने अनुमोदित कर दिया।

(ख) जालौन के राजा बालाराव की विधवा पत्नी ने अपने भाई को दूसरे गोत्र से गोद लिया। वह भाई ही हुआ जालौन का भूतपूर्व महाराजा। भिन्न गोत्र से गोद लेने के इस अधिकार का ब्रिटिश सरकार ने अनुमोदन किया था।

(ग) ओरछा के भूतपूर्व महाराजा सुजानसिंह राजा तेजसिंह द्वारा गोद लिए हुए थे एवं गोदनामा अनुमोदित था।

(घ) 1839 ई. में आलगी के ब्राह्मण जागीरदार खंडेराव मर गए। आलगी ब्रिटिश राज्य के अधीन राज्य नहीं था। खंडेराव पुत्रहीन था, इसलिए अधिकार खत्म हो जाने की नीति के अनुसार मि. फ्रेजर ने उनका राज्य ले लिया। कर्नल श्लीमन ने दयार्द्र होकर गवर्नर से दत्तक पुत्र ग्रहण की अनुमति लाकर दी। विधवा रानी ने बहुत दूर के जातिवाले एक व्यक्ति को गोद लिया एवं राज्य जब्त करने के बाद से दत्तक पुत्र लेने तक का सम्पूर्ण खजाना ब्रिटिश सरकार ने उन्हें लौटाकर गोदनामे को स्वीकृत कर दिया।

2

रामचन्द्र राव को लिखा एम. आइन्स्ली का पत्र।

आपकी सहायता की चर्चा गवर्नर जनरल से की है।

हस्ताक्षर—एम. आइन्स्ली, राजनीतिक प्रतिनिधि बुन्देलखंड, 16-12-1824

3

झाँसी के प्रबन्धक भीखाजी नाना को एम. आइन्स्ली।

परासन के मिन्ना पंडित के नेतृत्व में किए गए कौंच जिले के विद्रोह-दमन के लिए आपको धन्यवाद।

हस्ताक्षर—एम. आइन्स्ली, राजनीतिक प्रतिनिधि बुन्देलखंड, 16-1-1825

रामचन्द्र राव को एम. आइन्स्ली।

भीखाजी नाना को प्रेरित करने के लिए आन्तरिक कृतज्ञता और धन्यवाद दे रहा हूँ।

हस्ताक्षर–एम. आइन्स्ली, 22-1-1825

सभी खरीते आर. एलिस एवं हेडक्लर्क जे. विलियम्स द्वारा अनूदित एवं हस्ताक्षरित हैं।

एलिस ने मेलकम को खरीते भेज दिए। लिखा–

महारानी लक्ष्मीबाई के खरीते का अनुवाद और मूल दोनों आपके माध्यम से गवर्नर जनरल को भेजने के लिए भेज रहा हूँ।

अपने हस्ताक्षर–आर. आर. एलिस,
झाँसी–16-2-1854

यह पत्र मेलकम को रींवा में मिला। उस दिन 27-2-1854 की तारीख थी। दूसरे दिन उसने खरीता जे.पी. ग्रांट को भेज दिया।

कैम्प रींवा।

जे.पी. ग्रांट को डी. ए. मेलकम।

रानी के मूल पत्र और अनुवाद के साथ एलिस का पत्र भेज रहा हूँ।

अपने हस्ताक्षर–डी. ए. मेलकम,
तारीख–28-2-1854

मेलकम का दूत पत्र लेकर कलकत्ता चला गया।

किन्तु 26 फरवरी को ही डलहौजी निर्णय ले चुका था। अपने तीन सहयोगियों के साथ युक्तियुक्त चर्चा के बाद फैसला किया कि अधिकार खत्म हो जाने के कारण झाँसी को ब्रिटिश साम्राज्य में मिला लिया जाए। डोरिनो ने मसौदा तैयार किया और डलहौजी ने उस पर हस्ताक्षर कर दिए।

झाँसी को राज्य में मिलाना

1. झाँसी, सतारा की अपेक्षा ब्रिटिश राज्य के अधिक अधीन राज्य है। बहुत थोड़े दिन हुए ब्रिटिश सरकार के द्वारा अनुमोदित होने पर रामचन्द्र राव ने राज्य किया था। इसलिए किसी पुरुष उत्तराधिकारी के अभाव में झाँसी स्वाभाविक रूप से ही ब्रिटिश सरकार के अधीन फिर आ जाएगी।

2. झाँसी पूरी तरह से अधीन राज्य है इसे समझाने के लिए तर्क देना बेकार है। झाँसी की शासक मंडली स्वाधीन नहीं है। टेहरी, ओरछा जिस अर्थ

में स्वाधीन राज्य हैं, उस अर्थ में झाँसी किसी भी दिन स्वाधीन राज्य नहीं था। मूल रूप से झाँसी ओरछा राज्य का ही एक अंश है। पेशवा ने उसे अलग करके एक स्वतन्त्र रियासत रूप में उसका गठन करके सूबेदार के अधीन रख रखा था।

3. अकस्मात गोद लेना सन्देहजनक है। मेलकम ने स्वयं ही कहा है कि गोद लेने की बात सुनकर सभी को विस्मय हुआ था।

4. झाँसी का पूर्व इतिहास रानी के तर्कों का खंडन कर देगा। रामचन्द्र राव की विधवा पत्नी ने एक व्यक्ति को गोद लिया था। उस गोद लिए लड़के को सामाजिक एवं व्यक्तिगत कार्यों के लिए वैध और राजनीतिक उद्देश्य के लिए अवैध घोषित करके दूसरा राजा चुना गया था।

5. हमारे द्वारा झाँसी के पुनः अधिग्रहण का एकमात्र कारण है न्यायसंगत पुरुष उत्तराधिकारी का अभाव। इस विषय में किसी दुहरे मत का पोषण करना उचित नहीं है।

6. झाँसी को लेकर ब्रिटिश सरकार किसी भी अंश में लाभान्वित नहीं होगी। क्योंकि इस राज्य की सीमा अत्यन्त छोटी है। खजाना भी मामूली है। किन्तु झाँसी की भौगोलिक स्थिति बहुत विचित्र है। अन्य ब्रिटिश अधिकृत जिलों के बीच अवस्थित होने के कारण झाँसी का अधिग्रहण हमारे द्वारा अधिकृत बुन्देलखंड के राज्यों की आन्तरिक शासन-व्यवस्था को उन्नत और सुनियन्त्रित करेगा।

7. अन्य राज्य-सम्बन्धी अनुभव से समझ में आ जाएगा कि ब्रिटिश राज्य की सीमाओं के साथ झाँसी को शामिल कर लेने से झाँसी की जनता का परम उपकार होगा।

8. राजनीतिक प्रतिनिधि के प्रस्ताव के अनुसार रानी को पर्याप्त वृत्ति दी जाएगी एवं झाँसी बुन्देलखंड के अन्यान्य ब्रिटिश राज्यों की तरह ही उत्तर-पश्चिम प्रदेश के गवर्नर के शासन के अधीन रहेगा।

अपने हस्ताक्षर—27-2-1854 डलहौजी

28-2-1854 जे.ए. डोरिनो

1-3-1854 जे.लो.

2-3-1854 एफ.जे. हेलिडे

डलहौजी की इस युक्ति में कोई राजनीतिक दोष नहीं है। फिर भी उस समय के जनमत ने भी इसके पक्ष में अपना कोई समर्थन व्यक्त नहीं किया। उसका कारण है, इसका समर्थन करने का अर्थ था भारतवर्ष में ब्रिटिश शासन का समर्थन करना। झाँसी की जनता अंग्रेजों की हिताकांक्षा के प्रति कितनी आस्था रखती थी उस सम्बन्ध

में के. और मेलिसन (Kaye and Malleson) ने जो व्यक्त किया था वह स्मरणीय है। उन्होंने कहा था–

> "लॉर्ड डलहौजी ने लिखा, क्योंकि यह जिला बुन्देलखंड के अन्यान्य ब्रिटिश द्वारा अधिकृत राज्यों के मध्य स्थित है, इसी कारण से इसके अधिग्रहण द्वारा बुन्देलखंड की सामान्य आन्तरिक शासन-व्यवस्था की उन्नति होगी।
>
> ब्रिटिश सीमाओं के साथ झाँसी को शामिल करने का एकमात्र उद्देश्य है झाँसीवासियों का उपकार करना।
>
> अन्य राज्यों के सम्बन्ध में जो अनुभव है उसी से वह स्पष्ट हो जाएगा।

झाँसी की सामान्य जनता ने इस अधिग्रहण को कितनी निष्ठा के साथ स्वीकार किया था, इसे 1857 ई. (क्रान्ति) के अनुभव से ही भलीभाँति समझा जा सकता है।

टी. राइस होम्स (T. Rice Holmes) ने कहा है–"यह बात निश्चित है कि झाँसी और अयोध्या यदि ब्रिटिशों के द्वारा अधिगृहीत न होते; तो 1857-58 ई. की जिस समस्या का सामना करना पड़ा था ब्रिटिश सरकार को उससे बहुत कुछ बचाया जा सकता था।"

भारत में ब्रिटिश राज्याधिकार के पूर्ण समर्थक विभिन्न इतिहासकार भी झाँसी को राज्य में मिलाने के कार्य का समर्थन नहीं कर पाए।

डलहौजी का यह निर्णय मेलकम के पास पहुँचा। मेलकम ने एलिस के पास भेज दिया। उसने लिखा–

> अधिग्रहण का आदेश मिला। मेरे घोषणा-पत्र की झाँसी में सब जगह मुनादी कर दी जाए।
>
> महाराज के पुराने सैनिकों को दो मास का वेतन देकर छुट्टी कर दीजिए।
>
> राजा के पुराने कर्मचारियों को जितना सम्भव हो, अपने-अपने कामों में बहाल रखा जाए।
>
> झाँसी में तीन और कड़ेरा में दो कम्पनी (Company) सेना रखिए।
>
> झाँसी में पूरी तरह से सिन्धिया की छठी कंटिंजेंट रखिए। कड़ेरा के लिए सीपरी (शिवपुरी-ग्वालियर) से कैप्टन हेन्सी खबर पाते ही 500 सैनिक, 2 तोपें और एक टुकड़ी अश्वारोही को लेकर आ जाएगा।
>
> बारहवीं बंगाल नेटिव इंफेंट्री के आ जाने पर सिन्धिया की सेना मुरार लौट जाएगी। उस समय झाँसी में हेन्सी की सेना के साथ नेटिव इंफेंट्री की एक पूरी रेजीमेंट, एक कोर (Corps) अश्वारोही और तोप रहेगी। जरूरत पड़ने पर बुन्देलखंड के किसी भी स्थान से झाँसी में सैनिक सहायता भेजी जाएगी।

रानी को प्राप्य वृत्ति इत्यादि के सम्बन्ध में मैं गवर्नर जनरल से पत्र-व्यवहार कर रहा हूँ। यथासमय लिए गए निर्णयों से अवगत करा दिया जाएगा। जनसाधारण के लिए मेलकम की सूचना–

20 नवम्बर, 1853, अकस्मात् दत्तक पुत्र ग्रहण करके 21 नवम्बर, 1853, महाराजा गंगाधर राव की मृत्यु होने से मुझे गवर्नर का निम्न आशय का आदेश मिला है–

झाँसी का गोदनामा स्वीकृत नहीं हुआ है। स्वत्वाधिकार लुप्त हो जाने के आधार पर ब्रिटिश सरकार ने झाँसी को ब्रिटिश भारत के साथ मिला लिया है। अभी हाल के लिए मैं मेजर एलिस को झाँसी का शासक नियुक्त करता हूँ। झाँसी की जनता ब्रिटिश सरकार के अधीन है एवं राजस्व मेजर एलिस को दे।

अपने हस्ताक्षर–डी.ए. मेलकम
15-3-1854

15-3-1854 तारीख में एलिस ने मेलकम का पत्र प्राप्त किया। डलहौजी की लम्बी चुप्पी देखकर भी एलिस निर्णय के सम्भावित रूप की बात समझ नहीं पाया। रानी को उसने जो आश्वस्त कर दिया था एवं रानी जो आशा पाले हुए थी, उसे याद करने का कारण है। यहाँ पर एक बात की चर्चा करना सम्भवतः अप्रासंगिक न होगा।

एलिस ने रानी के प्रति अपनी शुभाकांक्षा व्यक्त करके तत्कालीन अंग्रेजों में विस्मय उत्पन्न कर दिया था। रानी के प्रति उसकी श्रद्धा को दूसरी दृष्टि से देखकर, निहित स्वार्थ के कारण रानी के चरित्र पर लांछन लगाया गया। गंगाधर राव, लक्ष्मीबाई एवं शेक्सपियर (एलिस) इस नाम का प्रयोग करते हुए एक उपन्यास रचा था, उन्नीसवीं शताब्दी में गिलियन (Gillian) छद्म नाम से एक लेखक ने। उपन्यास का नाम है 'The Rane' अथवा 'रानी'। इस पुस्तक का पात्र शेक्सपियर मूल रूप में एलिस है। इसमें रानी को स्वैरिणी, हिंसालु एवं हीन चरित्र की एक रमणी से तुलना करके चित्रित किया गया है। लेखक का उद्देश्य था एक निर्दोष और निर्भीक अंग्रेज और सर्वजन श्रद्धेया भारतीय रमणी के सहज एवं स्वाभाविक श्रद्धा के सम्बन्ध को विकृत रूप में दिखाना। रानी की वेशभूषा के विषय में उसने अत्यन्त स्वच्छन्द भाषा का प्रयोग किया है। उस समय तक झाँसी की रानी का नाम अंग्रेज साम्राज्य में प्रतिबन्धित और निषिद्ध था। सुतराम् रानी के सम्बन्ध में भ्रमात्मक धारणा उत्पन्न करने के अलावा और कोई उद्देश्य लेकर लेखक ने पुस्तक नहीं लिखी है। आनन्द का विषय है कि गिलियन की 'The Rane' एवं Meadows Taylor की 'Seeta' (रानी के जीवन-चरित्र को केन्द्र बनाकर एक और अन्य काल्पनिक उपन्यास) इंग्लैंड में भी लोकप्रिय नहीं हुए।

एलिस ने निश्चय किया कि 16-3-1854 तारीख को सवेरे दरबार जाएगा। खबर राजप्रासाद में चली गई।

पन्द्रह मार्च की रात में रानी की उद्विग्न आँखों में नींद नहीं आई। सम्भवतः कल सवेरे ही उसकी सारी प्रतीक्षा सार्थक हो जाएगी।

भोर हुआ। महल में काम करनेवाली ने प्रभात में ही सफाई करके दरबार भवन के फर्श को धो दिया। धूप की गन्ध उठ रही है धीरे-धीरे। चाँदी के पात्र में बेला की कलियाँ भिगोकर रख गई दासी। उनकी गन्ध से वातास महमहा रही है। विशाल दरबार भवन के एक कोने में चिक की आड़ में बैठी हुई है रानी। स्नान के बाद उसने श्वेत चन्देरी साड़ी और सफेद ब्लाउज पहन रखा है, गीले केश सुखाकर बाँधे हैं 'अम्बाड़ा' शैली में। भाल पर पूजा का चन्दन तिलक, गले में मुक्ता माला, हाथ में हीरे के कंकण, उँगलियों में हीरे की अँगूठी। पास में बैठा हुआ है दामोदर राव।

हठात् दरबार में उपस्थित सभी को चकित करते हुए एलिस आया। दरबार भवन की सोपान पंक्तियाँ नीचे तक चली गई हैं। उन्हीं से होकर ऊपर चढ़ने लगा एलिस। आड़ में बैठी रानी के प्रति रूखे स्वर में सम्मान प्रदर्शित कर वह डलहौजी का आदेश पत्र और मेलकम की सार्वजनिक विज्ञप्ति को पढ़ने लगा। वहाँ उपस्थित सभी लोग विस्मित और चकित हो गए। वज्राघात की तरह कठोरता से एलिस की वाणी गूँजने लगी।

एलिस का पढ़ना शेष होते-न-होते पर्दे की आड़ से एलिस के परिचित स्वर में सम्पूर्ण अपरिचित दृढ़ता अथवा गम्भीर दुख के साथ संयत वाणी में लक्ष्मीबाई के निश्चित चार शब्द ध्वनित हो उठे : "मैं अपनी झाँसी नहीं दूँगी।"

ऐतिहासिक उक्ति।

ऐतिहासिक इसलिए कि उस समय समस्त भारतभूमि पर अंग्रेजों के क्रम-क्रम से बढ़ते हुए कराल ग्रास में विलीन होती जा रही भारतीय रियासतों के मालिकों ने जब किसी तरह का प्रतिवाद नहीं किया, उस समय रानी का यह कथन ही पहला एवं एकमात्र प्रतिवाद था।

उस दिन के बाद से कितने दिन बीत गए हैं। वह समय नहीं है, वे मनुष्य भी नहीं रहे हैं, वह दरबार भवन भी नहीं रहा है, वह एलिस भी नहीं रहा। उसके बाद से कितने मनुष्य आए-गए, झाँसी के पास, बेतवा के किनारे कितना बड़ा युद्ध हुआ, कितने मनुष्य काट डाले गए, उनकी हड्डियों पर मिट्टी पड़ते-पड़ते उसी पर नई फसल उग आई। हल चलाते-चलाते कितनी बार हल की नोंक से तोपों के बड़े-बड़े गोले निकल आए, बच्चों ने उन्हें देखकर बड़ी-बड़ी आँखें निकालकर कहा—बडि बड़ा गेंडुआ छे। बूढ़े दादा ने यह देखकर अपने शीर्ण मुख पर मुस्कान की रेखा खींचते हुए हँसकर कहा—गेंडुआ कहाँ? तात्या के साथ अंग्रेज जो लड़ाई लड़ा उसके ही गोला हैं न?

गोले झाँसी के किले में भी कहीं-कहीं धँसे हैं। जीर्ण किला भी शायद यह बात भूल बैठा है। किले की दीवारों में गोला लगने से जो दरारें पड़ गई थीं उनमें कहीं-कहीं काई लग चुकी है।

भारत की भाग्यलक्ष्मी को मुर्शिदाबाद से कलकत्ता, कलकत्ता से दिल्ली ले जाकर सिंहासन पर बैठकर विदेशी लोग भी बोरिया-बिस्तर समेटकर चले गए हैं सात समुद्र और तेरह नदी पार।

अंग्रेजी राज के खत्म हो जाने पर भी रानी के कथन की आश्चर्यजनक अनुगूँज भारतवासियों के मन में बार-बार झंकार उत्पन्न करती रहेगी। उन दिनों के मानचित्र में ब्रिटिश भारत के विस्तार की तुलना में वार्षिक बीस लाख रुपए का खजानेवाला झाँसी राज कितना दुर्बल, कितना छोटा था, यह देखने पर लगेगा कि इतनी कम शक्ति लेकर इतनी निर्भीक उक्ति यदि रानी उच्चारित कर सकी है, तो उस उक्ति को अमर बनाए रखने में कोई बाधा नहीं है।

यह तो हुई हमारी-तुम्हारी बात। झाँसी शहर के एक छोर पर जो बूढ़ा व्यक्ति ठंड के दिनों में आग पर भुट्टा भूनता है, वह तो इतनी बातें जानता नहीं है। भुट्टा भूनता जाता है और अपनी नातिन को ग्राम्य गीत सुनाते-सुनाते उसका सिर थोड़ा हिलता जाता है–

बड़ी बढ़ियाँ थी जो रानी।
जिन्ने झाँसी न छोड़ूँगी बोली बानी॥
जिन्ने सिपाहियों के लिए लड़ाई की।
और अपने खाई गोली॥
जब तक अजेय भारत का पानी।
तब तक अमर झाँसी की रानी॥

रानी की 16-2-1854 तारीख में लिखी चिट्ठी पाने के बहुत पहले ही झाँसी पर अपना फैसला दे दिया था डलहौजी ने। रानी के पत्र में जो-जो तर्क एवं नजीरें थीं वे प्रायः अकाट्य थीं। काउंसिल के अन्यान्य सदस्यों के साथ विचार-विमर्श करके उसका एक सारांश लिखकर सरकारी दफ्तर में रानी की उस अर्जी को रख दिया डलहौजी ने। सदस्यों ने लिखा–

> महाराजा गंगाधर राव का गोदनामा पूरी तरह अप्रमाणित है। सदाशिव राव का दावा फिर भी स्वीकार किया जा सकता है। कृष्णराव का दावा पूरी तरह आधारहीन है।
>
> 1804 ई. की सन्धि हुई थी शिवराव भाऊ के साथ। वह सन्धि व्यक्तिगत थी। 1812 ई. में रामचन्द्र राव का स्वार्थ देखकर शिवराव भाऊ ने जब उसी सन्धि की पुनरावृत्ति करनी चाही, तब ब्रिटिश सरकार ने उसे

इसीलिए खारिज कर दिया कि 1804 ई. की सन्धि में पेशवा द्वितीय बाजीराव की सहमति थी। उस समय पेशवा के मार्फत बुन्देलखंड में राज्य कर रही थी ब्रिटिश सरकार। शिवराव भाऊ तो पेशवा के एक कर्मचारी थे। पेशवा का अधिकार कहीं खत्म न हो जाए इस आशंका से ब्रिटिश सरकार ने 1812 ई. में नई सन्धि नहीं करनी चाही थी।

1814 ई. में शिवराव भाऊ की मृत्यु हो गई। रामचन्द्र राव के अभिभावकों ने रामचन्द्र राव के नाम पर स्वायत्त शासन का अधिकार चाहा। पेशवा अपमानित महसूस करेंगे, इस आशंका से ब्रिटिश सरकार उस प्रस्ताव से सहमत नहीं हुई। 1817 ई. में बुन्देलखंड से पेशवा का अधिकार चला गया। रामचन्द्र राव के साथ 1817 ई. में एक सन्धि हुई। दूसरे शर्तनामे के अनुसार झाँसी में शिवराव भाऊ का वंशधर रामचन्द्र राव का अधिकार पूर्व पुरुषों की वंश-तालिका के अनुसार स्वीकृत हुआ। 1835 ई. में रामचन्द्र राव की मृत्यु हो गई। उनके बाद के शासक रघुनाथ राव 1838 ई. में मर गए।

चार लोग नए दावेदार आ गए—बाबा साहब गंगाधर राव, कृष्णराव, अलीबहादुर (रघुनाथ राव के अवैध पुत्र) एवं रघुनाथ राव की विवाहिता पत्नी।

इन दावों के सम्बन्ध में जाँच करने के लिए ले. कर्नल स्पेयर्स (Speirs–ग्वालियर के तत्कालीन रेजीडेंट), साइमन फ्रेजर एवं कैप्टन डी. रोज़ को मिलाकर एक कमीशन नियुक्त कर दिया—जिसकी राय के अनुसार गंगाधर राव (उत्तराधिकारी) चुने गए।

इससे स्पष्ट रूप से प्रमाणित हुआ कि पुरुष उत्तराधिकारी के अभाव में जिन सब राज्यों का स्वायत्व शासन का अधिकार लुप्त हो जाने पर सरकार को जिन सब राज्यों को अधिगृहीत करने का अधिकार है, झाँसी भी उन्हीं में से एक है (बुन्देलखंड के प्रमुख राजाओं के दत्तक पुत्र गोद लेने के सम्बन्ध में चार्ल्स मेटकॉफ का 28-10-1837 ई. की लिखी हुई टिप्पणी द्रष्टव्य है)।

महारानी लक्ष्मीबाई ने ओरछा, दतिया और जालौन की उपमा दी है।

ओरछा और दतिया सदा से स्वतन्त्र राज्य रहे हैं। दक्षिण के एक महाराष्ट्रीय प्रमुख व्यक्ति ने जालौन राज्य की स्थापना की है। जालौन महाराष्ट्रीय राज्य होने के कारण 1817 तक पेशवा के अधीन रहा। जालौन में 1832 ई. में दत्तक पुत्र लेने का अधिकार स्वीकृत हुआ था यह सत्य है, किन्तु उसका भयंकर परिणाम देखकर ब्रिटिश सरकार ने 1840 ई. में उस राज्य का अधिग्रहण कर लिया था।

देशी शासकों के स्वायत्त शासन को पुनः देखने की इच्छा सरकार की नहीं है। विलायत में ईस्ट इंडिया कम्पनी के कोर्ट ऑफ डाइरेक्टर्स को भारतवर्ष के विदेशी मामलों के कार्यालय से जानकारी करा दी गई—

4-3-1854 (21 नं. का पत्र)

ब्रिटिश सरकार द्वारा निर्मित करद तथा अधीन राज्य झाँसी के शासक ने मृत्यु के एक दिन पहले एक गोदनामा किया। इस राज्य का ही पूर्व उदाहरण देखकर हम लोगों ने विवेचना की कि यह गोद लेना पूरी तरह अवैध है। इस गोद लिए गए लड़के को राज्य पाने का कोई अधिकार ही नहीं है। इस झाँसी राज्य के भूतपूर्व राजाओं में कोई जीवित पुरुष वंशधर के न रहने के कारण स्वत्वलोप की नीति के आधार पर झाँसी राज्य ब्रिटिश साम्राज्य के अन्तर्गत मिला लिया जाएगा।

29-4-1854 (39 नं. का पत्र)

झाँसी के अधिग्रहण के सम्बन्ध में जो-जो कागज-पत्र अब तक मिले हैं उनकी नकल भेज दी गई है।

हस्ताक्षर—डलहौजी, जे. डोरिनो, लो. हेलिडे

29 अप्रैल तक मिले कागजात में रानी का विस्तृत खरीता भी निश्चित रूप से था। उनके दो खरीतों के होने की बात थी। किन्तु कोर्ट ऑफ डाइरेक्टर्स की तरफ से झाँसी के विषय में लिखे एकमात्र पत्र में रानी के दूसरे पत्र का कोई उल्लेख नहीं है। भारतवर्ष से उन लोगों के पास जो कागज-पत्र आते थे, उन पर वे कोई न्याय-निरपेक्ष निर्णय देंगे, यह आशा दुराशा मात्र थी। ब्रिटिश भारत के क्रमशः विस्तार के विरुद्ध जो कोई भी युक्ति हो वह उन लोगों को अवैध और अन्यायपूर्ण ही समझ में आती थी। उन लोगों का पत्र इस प्रकार है—

लन्दन, 2-8-1854

भारतवर्ष के विषय में 34 नं. का राजनीतिक पत्र झाँसी के राजा ने मृत्युशय्या पर अपने एक सम्बन्धी भाई को गोद लिया था। उनकी विधवा रानी ने दावा किया है कि झाँसी के भावी शासक के रूप में इस बच्चे को स्वीकार कर लिया जाए। किन्तु झाँसी राज्य के साथ अपने पूर्वापर सम्बन्धों की विवेचना करके आप लोग इस दत्तक पुत्र के राज्याधिकार को स्वीकार करने में असमर्थ सिद्ध हुए हैं।

1804 ई. में झाँसी के सूबेदार शिवराव भाऊ के साथ एक सन्धि हुई। वह सन्धि पूरी तरह से व्यक्तिगत थी। 1817 ई. में ब्रिटिश सरकार ने झाँसी के सिंहासन पर शिवराव भाऊ के वंशधरों के उत्तराधिकार को स्वीकार करने का निश्चय करके एक सन्धि की। उस शर्त की दूसरी दफा के अनुसार

शिवराव भाऊ के वंशधर रामचन्द्र राव के वंशधरों का अधिकार स्वीकृत हुआ। यहाँ तक कि सिर्फ रामचन्द राव ही नहीं, शिवराव भाऊ के वंश के जिस-किसी के भी जीवित रहने पर उसके दावे को स्वीकार करने की बात भी इस सन्धि में कही गई। वैसा कोई व्यक्ति अब जीवित नहीं है। आप लोगों के झाँसी को ब्रिटिश राज्य में मिलाने के निर्णय का हम लोग पूरे अन्तःकरण से अनुमोदन करते हैं। विधवा रानी को मासिक वृत्ति देने के सम्बन्ध में युक्तिपूर्ण निर्णय करेंगे।

झाँसी के अधिग्रहण के सम्बन्ध में सरकारी कागज-पत्रों का यहीं पर पूर्ण विराम है। ब्रिटिश सरकार ने जिस आधार पर झाँसी को ग्रहण किया था, वह आधार यथेष्ट तर्क द्वारा निर्मित था अथवा नहीं अब वह प्रसंग अवान्तर हो गया है। फिर भी कहना पड़ता है, डलहौजी के अधिग्रहण के आदेश-पत्र में यथेष्ट युक्तियों का अभाव था।

असल में सर्वप्रतापी ब्रिटिश सरकार इच्छा होने पर इस गोदनामे को स्वीकार करके भी झाँसी के अधिकार को अस्वीकृत कर सकती थी। किन्तु वैसा उन्होंने नहीं किया।

झाँसी के अधिग्रहण में जो अन्याय हुआ था, यह बात बहुत-से अंग्रेज इतिहासकारों ने भी स्वीकार की है।

विचारशील अंग्रेजों के वर्ग में इस घटना की क्या प्रतिक्रिया हुई। यह विभिन्न लेखकों के उदाहरणों से समझ में आ जाएगी।

राजा गंगाधर राव विश्वास करते थे कि इस बीच उन्होंने ब्रिटिश सरकार के प्रति अपनी अत्यधिक आज्ञाकारिता प्रदर्शित की है, इसके फलस्वरूप इस दत्तक पुत्र पर अनुग्रह किया जाएगा। भारतीयों की राजनिष्ठा की बात सरकार ध्यान में लेगी, इस भ्रान्त धारणा के साथ उन्हें मर जाने दिया गया। साम्राज्य उस समय इतना शक्तिशाली था कि फोर्ट विलियम के सर्वशक्तिमान स्वामी ने सोचा था कि निष्ठा की बात भूल जाने से भी कोई हानि नहीं है। (W.H. Torrens, M.P.)

देखने में आएगा कि झाँसी के लिए लक्ष्मीबाई ने अपने मृत स्वामी के गोद लेने के अधिकार को इस आधार पर खड़ा करना चाहा है—1817 ई. की सन्धि में 'जानिशिनान' (सम्पूर्ण उत्तराधिकारी) शब्द का प्रयोग किया गया है। 'वारिशान' (सीधे-सीधे प्रत्यक्ष उत्तराधिकारी) शब्द के ऊपर जोर नहीं दिया गया है। झाँसी के राज्य प्रमुखों की सरकार के प्रति भक्ति के विगत दृष्टान्तों पर भी राज्य के सम्बन्ध में अन्तिम निर्णय लेने के बहुत पहले ही हम लोगों का विवेचना करना उचित है।

'वारिशान जानिशिनान' शब्द का व्यवहार करके गोद लेने का मार्ग खोले रखा गया है, यह सत्य है, किन्तु 'पट्टे पर देने' की बात का प्रयोग करके राजा के गोद लेने के रास्ते को खत्म कर दिया गया है अथवा नहीं, कानूनी रूप से उसमें बाधा है अथवा नहीं, इसकी विवेचना केवल सरकार ही कर सकती है।

हम लोगों की सरकार के इतने शक्तिशाली होने के बहुत पहले से ही, अनेक प्रलोभनों को जीतकर झाँसी राज हम लोगों के प्रति जिस अनुगमन को प्रदर्शित करता आया है, उसे जरा-सा भी बढ़ा-चढ़ाकर नहीं कहा है लक्ष्मीबाई ने।

(झाँसी अधिग्रहण सम्बन्धी कागज-पत्र—Papers on the Annexation of Jhansi.)

छोटा-सा झाँसी राज्य, चिरकाल से ब्रिटिश सरकार के प्रति अनुगमन दिखाता आ रहा है। स्वत्वाधिकार लोप जैसे एक वाजिब उत्तर को बताकर राज्य पर अधिकार करना एक ऐसा काम हुआ है, जो देशी राजाओं और मन्त्रियों की दृष्टि में एकान्त रूप से घृणित है। धर्मविरोध के उद्‌देश्य को छोड़कर और कोई उद्‌देश्य भी उनके लिए दुर्बोध है।

(Retrospect and Prospect of Indian Policy—Major Evans)

एक देशी राज्य की आयु समाप्त होने पर, कमिश्नर नाम का एक अंग्रेज राजा का स्थान ले लेता है। उसके तीन-चार सहयोगी बहुत-से देशी राजकर्मचारियों के स्थान पर अधिकार कर लेते हैं। और देशी राजाओं ने जिनका पालन-पोषण किया था, उन हजार-हजार सैनिकों का स्थान ले लेते हैं हमारे कई सैकड़ा सिपाही। एक छोटी राज सरकार खत्म हो जाती है—व्यवसाय-वाणिज्य में भाँटा (उतार) पड़ जाता है, राजधानी की अवनति होती रही है—जनसाधारण प्रजा गरीब होती जाती है और अंग्रेजों की अवस्था समृद्धतर होती रहती है, और अंग्रेज लोग सिर्फ शोषण करते रहते हैं। गंगा के तट से ऐश्वर्य बटोरकर टेम्स नदी के तट पर जमा होता रहता है।

(A Plea for the princess of India)

16-3-1854 के प्रभात की घटना के सम्बन्ध में मात्र एक पुस्तक में उल्लेख है—झाँसी अधिग्रहण का आदेश लेकर जब एजेंट गया, पर्दे की आड़ में बैठी रानी ने उसका यथायोग्य स्वागत किया। जब ब्रिटिश अफसर ने उन्हें झाँसी के सम्बन्ध में हृदयविदारक संवाद सुनाया, लक्ष्मीबाई ने उच्च किन्तु मीठी आवाज में, कई अर्थपूर्ण शब्दों में उसका जवाब दिया—

"मैं अपनी झाँसी नहीं दूँगी।"

(Dalhousies Administration of British India—ब्रिटिश भारत में डलहौजी का शासन)।

इसीलिए देखा गया है, उस दिन नागपुर, सतारा अथवा अन्य राज्यों के सम्बन्ध में इतिहासकारों ने जो बात नहीं कही है, वह बात झाँसी के सम्बन्ध में कही है।

झाँसी की साधारण प्रजा के मन में क्या प्रतिक्रिया हुई थी, उसे समझने के लिए उस समय तीन वर्ष शेष थे।

आठ

फिर मान लेना पड़ा। झाँसी अधिग्रहण की घोषणा से वज्राहत रानी को अपनी स्वाभिमान से भरी उक्ति के बावजूद उस निर्णय को मान लेना पड़ा। किला ब्रिटिश अधिकार में चला गया।

इसी समय तीन तोपों को लेकर महल के आँगन में बड़ी सावधानी से एक कतार में रखा था रानी ने। उनमें एक कड़कबिजली भी थी।

एक राज्य जब दूसरे के अधिकार में चला जाता है तब बहुत कुछ रद्द हो जाता है। गंगाधर राव के नाट्यशाला के शौक का पहले उल्लेख किया जा चुका है। उस नाट्यशाला का सार-सरंजाम, वेशभूषा, गहने, वाद्ययन्त्र आदि को राजप्रासाद के एक कमरे में रखकर ताला लगा दिया गया।

झाँसी राज के जो सैनिक-सामन्त थे, उनको युद्ध करने की जरूरत बहुत दिनों से नहीं पड़ी थी। फिर भी वे लोग नियमित रूप से परेड कर, अस्त्र-शस्त्रों और वर्दी को ठीक रखकर व्यस्त बने रहते थे। लम्बे समय के बाद अब उनकी पुकार हुई। तीन मास का वेतन देकर उनकी छुट्टी कर दी गई। अब उन्हें नहीं बुलाया जाएगा।

अस्त्र-शस्त्र, वर्दी सब जमा कर देने को कहा गया था। वे लोग क्षुब्ध हृदय से कुछ सामान जमा कर, कुछ राजप्रासाद के कुएँ में और कुछ बेतवा के जल में बहाकर चले गए। जाते समय वे लोग राजप्रासाद की ओर देखते हुए अपना अन्तिम प्रणाम भी निवेदित करते गए।

अपना अधिकार खोकर चले जा रहे हैं सब, यद्यपि वे लोग झाँसी में ही हैं। हृदय क्षुण्ण है, मन आहत है, अश्रुहीन आँखों से निर्निमेष दृष्टि से देखने लगी रानी। किले के दक्षिणी बुर्ज से नगाड़ा एवं चामर प्रतीकों से अंकित झाँसी राज की पताका उतार दी गई। यूनियन जैक फहराने लगा नीले-नीले आकाश में।

उसी समय बिठूर में निर्वासित पेशवा द्वितीय बाजीराव की मृत्यु के बाद वृत्ति से वंचित दत्तक पुत्र नाना धूधूपन्त ने विलायत में अपील करने के लिए कानपुर के सरकारी स्कूल के शिक्षक अजीमुल्ला को नियुक्त किया। अंग्रेजी और फ्रांसीसी भाषा में विशेषज्ञ, तीक्ष्णबुद्धि, महत्त्वाकांक्षी अजीमुल्ला नानासाहब की अपील लेकर

1854 ई. में विलायत गए। इस यात्रा का कोई फल नहीं हुआ, किन्तु यूरोप भ्रमण के समय अजीमुल्ला ने रूस और फ्रांस की शक्ति के सम्बन्ध में अनुभव प्राप्त कर लिया। कन्स्टांटिनोपोल के युद्ध में देखा कि रूस के साथ युद्ध में इंग्लैंड और फ्रांस पराजित हो गए।

भारत में जो अंग्रेज एक प्रबलतम शक्ति हैं, उन्हें भी पराजित किया जा सकता है, यह विचार लेकर अजीमुल्ला भारत लौटे।

नानासाहब का उदाहरण देकर रानी से किसी ने कुछ कहा था या नहीं, कौन जाने। रानी ने कोर्ट ऑफ डाइरेक्टर्स के सामने अपील करने का निर्णय ले लिया।

उन दिनों भी सुदूर झाँसी में कई बंगाली परिवारों ने अपनी बस्ती बसाई थी। सैंयर गेट मुहल्ले का वासी था एक मुखोपाध्याय परिवार। बंगाली परिवार के माध्यम से बांग्ला देश के वकील बाबू उमेशचन्द्र बनर्जी के साथ रानी का योगायोग हो गया। विलायत-यात्रा के खर्च आदि के लिए उमेशचन्द्र बनर्जी को रानी की तरफ से 60,000 रुपया दिया गया। किन्तु इस अपील का रानी को कोई उत्तर नहीं मिला।

रानी के पौत्र श्री लक्ष्मण राव झाँसीवाले की बातचीत से पता चलता है कि दीर्घ समय तक उनके पिता दामोदर राव ने विलायत में अपील कर जब्त खानदानी सम्पत्ति को पुनः पाने का प्रयास किया था। उसी समय उन्हें यह पता चला था कि विलायत में सचमुच में रानी की अर्जी पहुँच गई थी। अर्थाभाव के कारण दामोदार राव का प्रयास सफल नहीं हुआ।

अपील का कोई जवाब ही नहीं आया। मेलकम ने डलहौजी को लिखे पत्र में झाँसी राज के आश्रित एवं अनुगत व्यक्तियों को यथोचित सहायता देने की सिफारिश की थी। रानी को जिससे गंगाधर राव की व्यक्तिगत सम्पत्ति 'खानगी दौलती' (खानदानी सम्पत्ति) मिल जाए, यह अनुरोध भी था। किन्तु स्वीकृत करने के समय डलहौजी ने रानी को मासिक पाँच हजार रुपया वृत्ति को छोड़कर और कोई आर्थिक सहायता अथवा वचन नहीं दिया।

रानी ने पहले यह वृत्ति ठुकरा दी थी। उसे इस बात की शंका कभी भी नहीं थी कि डलहौजी उसे अपनी स्वामी की व्यक्तिगत सम्पत्ति से भी वंचित कर सकता है।

गंगाधर राव की व्यक्तिगत सम्पत्ति के रूप में कहने को परोला, पूना और काशी में मकान, धन और गहने थे। डलहौजी इस बार कूटनीति के मार्ग पर चला। उसने मेलकम से कहा—दामोदर राव के गोद लेने का कोई राजनीतिक महत्त्व नहीं है। दामोदर राव कभी भी झाँसी के राजा नहीं हो सकेंगे। किन्तु इसी कारण डलहौजी हिन्दू धर्म के निर्देशों के अनुसार इस दत्तक पुत्र की सामाजिक वैधता को अस्वीकार नहीं कर सका।

> I apprehend that it is beyond the power of the Government so to dispose of the property of the late Rajah, which-by-law will belong to the son whom he adopted. The adoption was good for the Conveyance of private rights, though not for the transfer of the Principality.
>
> (Minute by Dalhousie, 25.3.1854)

मैंने यह समझ लिया कि स्वर्गीय राजा (गंगाधर राव) की व्यक्तिगत सम्पत्ति देना सरकार की शक्ति के बाहर है, क्योंकि यह सम्पत्ति वैधतः उस पुत्र की है जिसे राजा ने गोद लिया है। पारिवारिक और व्यक्तिगत अधिकारों की दृष्टि से यह गोदनामा पूर्णतः वैध था किन्तु, जागीर हस्तान्तरण के लिए नहीं। (डलहौजी के द्वारा 25-3-1854 को की गई कार्यवाही।)

दामोदर राव गंगाधर राव का पुत्र है। उनके श्राद्ध, मृत्यु-संस्कार, तर्पण आदि करने का दामोदर राव को पूरा अधिकार है। इसलिए 'खानदानी सम्पत्ति' को पाने का अधिकार भी दामोदर राव को है। रानी का उस पर कोई अधिकार नहीं हो सकता है। दामोदर जब तक नाबालिग रहेगा, तब तक वह पारिवारिक सम्पत्ति अंग्रेजों की देख-रेख में रहेगी।

गंगाधर राव द्वारा गोद लिए गए पुत्र दामोदर राव को राजनीतिक (अधिकार की) दृष्टि से गैर-कानूनी घोषित करके अंग्रेजों ने झाँसी अधिगृहीत कर ली एवं सामाजिक रूप से वैध स्वीकार कर नाबालिग रहने के समय सम्पत्ति पर उसका अधिकार न मानकर रानी के चिर अनधिकार की घोषणा कर दी। इस द्विमुखी नीति के पूरे महत्त्व को रानी ने समझ लिया। यह समझकर ही पुत्र एवं अपने आश्रित विशाल आत्मीय वर्ग के मुख की ओर देखकर उसे पाँच हजार रुपए मासिक वृत्ति स्वीकार करनी पड़ी। रानी के प्रति श्रद्धावश मेलकम ने इसी समय एलिस को जानकारी दी, 15 मार्च से 30 अप्रैल—इस डेढ़ महीने का पूरा राजस्व झाँसी राजकोष में ही जमा पड़ा है। इन रुपयों से रानी अपने व्यक्तिगत कामों को करने में कुछ-कुछ समर्थ होगी।

मेलकम एवं एलिस के हाथ से झाँसी शासन का भार ग्रहण किया उत्तर-पश्चिम प्रदेश के गवर्नर के अधीन जबलपुर के मेजर एरस्काइन (Major Erskine) ने। वह नर्मदा, सागर और जबलपुर का डिवीजनल कमिश्नर था। झाँसी में एक जिला कमिश्नर के रहने की बात थी। एलिस के इस पद पर बने रहने पर रानी और झाँसीवासी कुछ उपकृत हो सकते थे। किन्तु एलिस की बदली कर दी गई पन्ना राज्य में। कमिश्नर बनाया गया कैप्टन स्कीन (Captain Skene) को।

रानी के आगे के जीवन में ब्रिटिश-विरोधी संघर्ष की अगर कोई मानसिक तैयारी रही हो, तो वह तैयारी शुरू हो गई थी इसी समय से। भाग्य की विडम्बना से मनुष्य

की परीक्षा ली जाती है। माता और पिता की स्नेह-छाया में पला शिशु, अनाथ होने पर एक दिन में ही आश्चर्यजनक नियम से स्थिति के साथ समझौता करने की चेष्टा करने लगता है। छोटे-से सामन्त राज्य की अधीश्वरी रानी लक्ष्मीबाई विधवा हो गई, राज्य चला गया। उसके पास बहुत कुछ था, क्षण-भर में पता चला कि आज उसके पास कुछ भी नहीं है। स्वामी के आश्रय से वंचित होने के बाद उसे पता चला, सिर्फ वैयक्तिक जीवन में ही नहीं, सामाजिक जीवन में भी वह पूरी तरह अनाथ हो गई है। उसने समझ लिया कि अंग्रेजों ने उसे आश्रयहीन कर दिया। जिस बालक को राजसिंहासन का वचन देकर चिरकाल के लिए माँ की गोद से लाए थे, जान लिया कि एक बार फिर वही बालक अनाथ हो गया। जाना कि उसके स्वामी की सम्पत्ति में उसका अधिकार नहीं है। जान लिया, स्वामी के मरणोपरान्त तीर्थ में जाकर केश मुड़ाने की उसकी जो इच्छा थी, वह सफल नहीं होगी। क्योंकि उसे झाँसी से बाहर जाने देने में अंग्रेजों को आपत्ति है।

इसी समय प्रत्यूष में वह शय्या त्याग किया करती थी। स्नान के बाद मिट्टी से पार्थिव शिवलिंग बनाकर वह आठ बजे तक शिवार्चन किया करती थी। लगभग आठ बजे दामोदर को कलेवा, गृह-शिक्षकों के पास पाठशिक्षा आदि की देख-रेख करके घोड़े पर बैठकर घूमने निकलती थी। आठ से लेकर ग्यारह बजे तक घुड़सवारी करके वापस आकर पुनः स्नान करती थी। उसके बाद भोजन करके, थोड़े विश्राम के बाद, तीन बजे तक छोटे-छोटे कागजों पर रामनाम लिखकर, ग्यारह सौ कागजों को आटे में मिलाकर कुंड की मछलियों को खाने को देती थी। अत्यन्त उत्साह के साथ दामोदर माँ की इस काम में सहायता किया करता था। शाम कों आठ बजे तक वह पुराण और कीर्तन सुना करती थी। इसी समय मोरोपन्त ताम्बे के साथ चलकर विभिन्न विशिष्ट नागरिक रानी से भेंट करने आया करते थे। साढ़े आठ बजे रानी स्नान-पूजा समाप्त कर, आहार के बाद सोने चली जाती थी।

पंडित, शास्त्री, गुरु, आचार्य सभी रानी से कहा करते थे धर्मकर्म में लगी रहो, चिन्ता, विचार सब ईश्वर को समर्पित कर दो।

किन्तु पुनः कारण घट गया ध्यान भंग का।

इसी समय उत्तर-पश्चिम सीमान्त प्रदेश के गवर्नर कोल्विन (Colvin) ने हिसाब-किताब लगाकर निष्कर्ष निकाला कि पहले ऋण के रूप में लिए गए 36,000 रुपए आज भी झाँसी राज से उन्हें लेने हैं। एक बार यह ऋण लेने को विवश हो गए थे रामचन्द्र राव, जब क्षुब्ध राजपूत सरदारों ने बाएँ दतिया और दक्षिण में ओरछा राज्यों के निर्देश से अपनी 'जमींदारी' का हक जाहिर करते हुए पूरे राज्य में हलचल मचा दी थी। कोल्विन ने रानी को सूचना दी कि यह रुपया मासिक पेंशन से किश्तों में काट लिया जाएगा।

रानी का बार-बार यह कहना व्यर्थ हुआ कि अपने पाँच हजार रुपयोंवाली वृत्ति से कोई रुपया देना सम्भव न होगा। जानकारी दी कि जिस वक्त सरकार ने झाँसी राज्य ले लिया है तब उसका दायित्व और ऋण भी उसी के पास चला गया है। बताया, उस अकेले के लिए ही मासिक पाँच हजार रुपया चाहिए, किन्तु उसके आसपास एक विशाल आश्रित वर्ग भी जीवन-यापन कर रहा है, उनका पालन-पोषण करने के बाद, इन रुपयों में से उसके पास कुछ भी नहीं बचता है। समस्त आश्रित वर्ग के पालन-पोषण का उत्तरदायित्व तो उसी का है। कोल्विन ने एक भी बात नहीं सुनी।

उस दिन छत्तीस हजार रुपया छोड़ देने पर राजकोष दीवालिया न हो जाता, न सरकार को कोई असुविधा ही होती। गलत नीति के तहत अपनी लेनदारी को वसूल करने लगा कोल्विन। किन्तु दूसरी जगह उनके भाग्य-रूपी खाते में लाभ के स्थान पर हानि जमा होने लगी।

कोल्विन के इस व्यवहार की प्रतिक्रिया बहुत व्यापक हुई थी। इसीलिए टी. राइस होम्स (T. Rice Holmes) ने कहा है–

> If the Govt. had not called upon her to pay her Late husband's debts from her pension, meagre 6.000 a year Central India would never rise.
>
> (T. Rice Holmes—History of Indian Mutiny)
>
> अगर सरकार ने रानी पर अपने स्वर्गीय पति के ऋण को चुकाने के लिए छह हजार पौंड वार्षिक पेंशन में से दबाव न डाला होता तो मध्यभारत में क्रान्ति न होती।

Kaye and Malleson ने कहा है–

> फिर उन्होंने जो किया वह तो इससे भी अधिक खराब था। अपमान के साथ उसमें उन्होंने नीचता भी जोड़ दी। राज्य जब्त करने के समय उन्होंने विधवा रानी को वार्षिक छह हजार पौंड पेंशन मंजूर की थी। शुरू में इनकार करने पर भी अन्त में रानी उसे लेने को सहमत हो गई थी। जिस पेंशन को वह निहायत मामूली समझती थी, उससे ही जब उसके परलोकगत स्वामी के ऋण को चुकाने के लिए कहा गया, तब उसके क्रोध का अन्दाजा स्वभावतः ही लगाया जा सकता है। जिस व्यवहार को वह अपमान और गलत समझती थी उसके विरुद्ध उसका पूरा प्रतिवाद ही बेकार चला गया। उसने बेकार ही बार-बार यह बताया कि उसको वंचित करके राज्य अधिगृहीत करते समय ऋण का भार भी अंग्रेजों ने ग्रहण कर लिया है। मि. कोल्विन जबरदस्ती उस ऋण को काटने लगा।

कैप्टन गार्डन और स्कीन ने, झाँसी की कुलदेवी महालक्ष्मी मन्दिर के खर्चषात के उद्देश्य से देवार्पित दो ग्रामों को भी जब्त कर लिया। कहा, निरर्थक मूर्तिपूजा के लिए धन व्यय करना विलासिता है। इस धृष्ट आचरण के प्रति रानी ने अपना तीव्र विरोध जताया। किन्तु स्कीन पर कोई असर नहीं पड़ा। उसने बताया—'Your God is our responsibility.' (तुम्हारे ईश्वर का भार तो हम लोगों पर है।)

उसी दिन से महालक्ष्मी के मन्दिर में फिर सन्ध्या दीप नहीं जला, चौघड़ा नहीं बजा। नौबतखाने से दीन-दुखी, गरीब, संन्यासी और साधु सभी ने उत्पीड़ित, अपमानित होकर बिदा ले ली। कई लोगों ने आकर रानी से कहा—पुनः प्रतिवाद कीजिए। रानी ने चुपचाप असहमति व्यक्त कर दी।

इस समय झाँसी में सैनिक और अ-सैनिक मिलाकर कुल अस्सी अंग्रेज लोग थे। अंग्रेज लोग मांस खाते थे। जरूरत समझकर स्कीन ने नगर में एक कसाईखाना खुलवा दिया।

इस नई बुरी खबर से नगरवासी मर्माहत हो गए। कसाईखाने में गाय और सूअरों की हत्या करते थे कसाई लोग। मांस जाता था सैन्य छावनी में।

हिन्दू-मुसलमान दोनों ने ही बिना किसी भेदभाव के अनुभव किया कि उनके धर्मविश्वास, संस्कार और परम्परागत विरासत का अपमान किया जा रहा है। वे लोग सिर्फ मांस की जरूरत के लिए ही हत्या नहीं करते थे, बल्कि मरे हुए पशुओं का खून से सना चमड़ा टाँगकर अस्त-व्यस्त हालत में खुले राजपथ से होकर ले जाते थे। अपमानित रानी ने दूसरी बार विरोध किया और इस बार भी उसके विरोध की ना-कदरी कर दी गई। सब जगह इस अप्रिय विषय को लेकर आलोचना होने लगी। राजनीतिक चेतना जिन सरल-सज्जन लोगों में नहीं थी, उन लोगों को भी अंग्रेजों ने सचेत कर दिया। वे सोचने लगे इस जाति में हमारे आचार-विचार, रीति-नीति और आस्था पर जरा भी श्रद्धा नहीं है।

इन सब हरकतों से सामान्य मनुष्यों ने समझ लिया था कि अंग्रेज लोग उनके विरोधी हैं। इसी अनुभव का उपयोग किया था अभ्युत्थानकारियों ने तीन वर्ष बाद। अंग्रेज उनके शत्रु हैं, इस बात को समझाने के लिए नजीरें ही काफी थीं।

इससे ही उस समय के शासक और शासित के सम्बन्धों का पता चलता है। 1857 ई. के पहले ही पूरे भारतवर्ष में अंग्रजों का राज पूरी तरह प्रतिष्ठित हो चुका था।

सुविशाल जल, जंगल, पर्वत, ग्राम, जनपद, मरुभूमि, संवलित भारतभूमि का उस दिन भी निजी शिल्प, संस्कृति, शिक्षा एवं इतिहास था। सिर्फ स्वाधीनता ही नहीं थी। अंग्रेजी शासन के नागपाश में उस दिन के भारतवर्ष का दम घुटा जा रहा था। अपनी जरूरत के कारण ही अंग्रेज लोग भारतवर्ष में विज्ञान की प्रगति ले आए थे, जिसके बिना जरूर आज की दुनिया सम्भव नहीं हो सकती थी। कुछ समाजसेवी,

भारत-हितैषी अंग्रेजों के उदाहरणों को अगर छोड़ दिया जाए तो समझ में आ जाएगा कि अंग्रेजों के प्रयास के मूल में व्यक्तिगत नहीं, राजनीतिक स्वार्थ था। ज्ञान अवश्य सदा कल्याण ही लाता है, विज्ञान से सभ्यता उन्नत होती है, इसलिए चाहे स्वार्थ-सिद्धि के लिए हो अथवा उपकार के लिए हो, शिक्षा अपनी गरिमा से सार्थक हो उठी थी हमारे देश में।

भारतवर्ष में शासन करते आने पर भी देश के मनुष्यों के प्रति जरा भी श्रद्धा नहीं थी शासक वर्ग में। बड़ी सहजता से वे लोग भारतवासियों के मतामत की उपेक्षा कर दिया करते थे। इसीलिए विज्ञान की अनेक नई-नई देनों में भी उस समय के लोग अपनी कोई कल्याण-कामना नहीं देखते थे। वे तो सिर्फ यही देख रहे थे कि इस तरह से धीरे-धीरे विलायती फन्दा और कसकर बैठ गया है। इसीलिए उनके मन में क्रोध जमता जा रहा था। किन्तु उसके सम्बन्ध में सरकार जरा भी सचेत नहीं थी। स्थविर की तरह जड़ सामन्ती व्यवस्थावाला भारतवर्ष उन दिनों उन लोगों की अपेक्षा के अनुसार पर्याप्त प्रगतिशील नहीं था। किन्तु उनकी जरूरत तो गतिशीलता थी। इसीलिए अर्थनीति की बुनियाद को अपने हाथों में रखकर वे लोग दबाव डालने लगे। रथ का पहिया घूमने लगा।

पहिए के एक बार चलना शुरू हो जाने पर अन्त तक बहुत कुछ तोड़-फोड़ किए बिना तो उसका लुढ़कना रुकेगा नहीं, इसे सरकार नहीं समझ सकी। समझ जाती तो समय पर सचेत हो जाती। कलम की नोंक से चौदह करोड़ भारतवासियों को सब प्रकार के अधिकारों से वंचित करके खसखस के पर्दों पर खूब गुलाबजल छिड़ककर खुशबू में ही न डूबे रहते। खुले बरामदे में बियर की बोतल से और लटकती खस की टट्टियों पर जल छिड़ककर ठंडा कर शाम को एक-एक घूँट पीते हुए समय न बिताते। कितने आनन्द से दिन कट रहे हैं! निर्बाध शान्ति है। अक्षय सुख है।

शासित जनता के प्रति रंग और सभ्यता के गर्व से उत्पन्न उदासीनता धीरे-धीरे प्रकट होने लगी थी। झाँसी में थोड़े दिनों में ही महालक्ष्मी मन्दिर के लिए देवार्पित भूमि पर अधिकार एवं खुले रूप में नगर में पशु-हत्या तो उसका एक निदर्शन मात्र था। इस सम्बन्ध में के. और मेलसन का कथन स्मरणीय है–

> हिन्दू नागरिकों में गोहत्या, मन्दिरों के लिए लगाई गई जमीन और सम्पत्ति को जब्त करना, इन्हीं सब कारणों ने मालिक बदलने से असन्तुष्ट प्रजा के मन में उत्तेजना और क्रोध का संचार कर दिया था।
>
> किन्तु व्यक्तिगत अपमान ही इसका प्रधान कारण बनता है, जिसने रानी को प्रतिशोध लेने के लिए एक अपेक्षित क्षमाहीन शत्रु के रूप में परिणत कर दिया था।
>
> (के. और मेलसन, तीसरा भाग, पृष्ठ 120-121)

किन्तु कोई व्यक्तिगत अपमान इस चरम सीमा तक अभी नहीं पहुँचा था। 1855 ई. में दामोदर राव की उम्र सात वर्ष की हो गई। उसका उपनयन संस्कार करने में व्यस्त हो गई रानी। दामोदर के लिए उसके मन में दुख की सीमा नहीं थी। अन्य दस बच्चों की तरह ही दामोदर भी हँस-खेलकर अपने दिन बिताया करता था। रानी के लिए तो वह आनन्दस्वरूप था। रानी उससे अकसर कहा करती थी, 'तुम्हीं मेरे दुख के दिनों के आनन्द हो।' सुबह और शाम को मौलवी और शास्त्री आकर उसे फारसी और संस्कृत पढ़ाते थे। अत्यन्त सवेरे प्रत्यूष बेला में नींद से उठकर आँख बन्द कर मन्त्रोच्चारण करना उसे रानी सिखाया करती थी। भोजन के समय केवल मिठाई खाया करता था, इसलिए कड़ी व्यवस्था कर दी गई थी। दरवाजा बन्द कर रानी उसे समझाती कि सब तरह की चीजें न खाने से शरीर में ताकत नहीं आएगी–सिद्धबख्श की पीठ पर न चढ़ा जा सकेगा अथवा घुड़सवारी आदि कुछ भी काम न कर सकोगे। लड्डुओं से मेवा निकाल-निकालकर खाता था, इसलिए रानी एक दिन नाराज हो गई। उसने कहा था–"खाना होने पर सबकुछ खाओगे, नहीं होगा तो नहीं खाओगे। वैसी अति और बढ़ा-बढ़ी तो नहीं करोगे।" इसके अलावा भी रानी बहुत-सी बातें समझाया करती थी। क्योंकि उसे तो मनुष्य होना होगा! अंग्रेजों के साथ कागज और कलम से लड़ाई लड़नी होगी। विलायत में बड़ी-बड़ी अर्जियाँ भेजनी होंगी। ये सब काम सम्भव होंगे या नहीं, कौन जाने! फौजी परेड के समय एक दिन दामोदर राव देखता है कि विदेशी लोग कितने सुन्दर दिखाई देते हैं। झलमल करता वेश, लाल-नीला कुर्ता, टल-टल करता रंग! फिर सम्प्रति उसके नाना मोरोपन्त उससे कह गए थे कि उपनयन संस्कार होगा। तब बहुत कुछ मिलेगा। धूमधाम होगी।

उत्सव की बात सोचने लगी रानी। कितने आश्रित, कितने दरिद्र, कितने दया के पात्र हैं! इस उपलक्ष्य में इन सबको कुछ-न-कुछ दिया जाएगा। राजा गंगाधर राव की प्रिय नाट्यशाला बन्द हो गई है। उसकी साज-सज्जा का सामान मालखाने की देख-रेख में है। आज अगर गंगाधर राव होते तो दामोदर के उपनयन में कितनी धूमधाम होती, कितनी बारूद चलाई जाती, कितने लोगों को निमन्त्रण दिये जाते, दीन-दुखी लोगों को मिलते वस्त्र, कम्बल। वे सब दिन तो अब आएँगे नहीं। अब कभी सान्ध्य समय शृंगार करके रानी चन्दन चौकी पर तो बैठेगी नहीं। अर्द्धप्रस्फुटित मीठे स्वरों में गाना गुनगुनाती हुई अपने हाथ से कुंकुम का सोहाग तिलक तो अब कभी नहीं लगाएगी काशी। उसकी वेणी को घेरकर जूही के फूलों की कलियों से बनी माला तपन भरी सन्ध्या में अब धीरे-धीरे नहीं खिलेगी। सारे दिन उपासी रहकर गोधूलि बेला में स्वर्णिम पालकी में चढ़कर महालक्ष्मी के मन्दिर में पूजा करने जाकर, क्षणिक उदास होकर पश्चिम दिगंत की ओर देखकर, मन्दिर के नौबतखाने में शहनाई सुनने के दिन की अब प्रतीक्षा करेगी रानी?

बालक दामोदर के उपनयन की बात सोचकर रानी ने पिता की सहायता से एक सूची तैयार की। अर्थ की जरूरत है। पर रुपया कहाँ है? झाँसी राजकोष का छह लाख रुपया है दामोदर के नाम पर। इसके अलावा सोना और जवाहिरात हैं। उससे कुछ निकाल लेने से ही काम चल जाएगा। स्मरणीय है कि गंगाधर राव के इसी व्यक्तिगत रुपए, खानदानी सम्पत्ति को रानी को देने के लिए मेलकम ने बार-बार सिफारिश की थी। किन्तु डलहौजी ने उसे खारिज कर दिया था।

उसी रुपए से एक लाख रुपया माँगते हुए एक आवेदन-पत्र और उसके साथ एक विस्तृत सूची रानी ने भेजी जिससे उसके आवेदन-पत्र का औचित्य सरकार समझ सके।

उसने बताया कि इस धन से उसे बहुत से याचकों, उपकृतों, दया के पात्रों एवं आश्रितों को देना होगा। सूचित किया कि राजकोष की मदद के भरोसे ही देव-मन्दिरों की प्रतिष्ठा उसके पूर्वजों ने की थी। उन स्थानों पर भी आश्रित वर्ग रहता है। सामान्य व्यय से ही वह निर्वाह कर लेगी, फिर भी एक लाख रुपए की जरूरत तो होगी ही।

किन्तु सरकार ने उसे नहीं माना। कोल्विन ने सूचना दी कि धार्मिक आयोजन के खर्च के लिए एक लाख रुपया बहुत अधिक है। यह रुपया तो बालक दामोदर की ही सम्पत्ति है। वह जिस दिन वयस्क हो जाएगा, उस दिन अगर वह यह प्रश्न करता है कि उसे मिलनेवाला रुपया उसकी माँ को क्यों दे दिया गया था? यह तो धरोहर अथवा ट्रस्ट का रुपया है। इस रुपए से कुछ दे देने पर दामोदर का विश्वास टूट जाएगा।

यह बात जानकर रानी बहुत मर्माहत हो गई। उसके प्रति श्रद्धावश होकर झाँसी के कई धनी सेठों ने बार-बार रुपया देना चाहा। उन लोगों ने बताया, दामोदर के उपनयन कार्य में कुछ सहायता करके वे लोग आनन्दित होंगे। इस धन को इसलिए ऋण के रूप में न लिया जाए। जिस राज्य का नमक उन लोगों ने खाया है, यह उसके प्रति उनकी कृतज्ञता का निवेदन है। रानी सहमत नहीं हुई। उसका रुपया है, उसके होते हुए वह दूसरे का रुपया क्यों ग्रहण करेगी? फिर भी उन लोगों की सहायता को वह ठुकराएगी नहीं। वे लोग अगर इस रुपए के जमानतगीर हो जाते हैं तो वह इतने से ही सन्तुष्ट हो जाएगी। उसने सरकार को बताया कि 'अगर किसी दिन भविष्य में दामोदर राव इस एक लाख रुपए के सम्बन्ध में प्रश्न उठाए, तो निम्न हस्ताक्षरकर्ता पाँच लोग जमानतगीर में से हरेक झाँसी की मुद्रा के बराबर बीस-बीस हजार सिक्का के हिसाब से दामोदर को दे देंगे'।[1]

---

1. डरू भोडले, श्याम विलैया, गोपाल नीखरा, पन्नालाल सेठ तथा श्याम चौधरी ने उस समय नकद भुगतान किया था। यही जमानतगीर भी थे।—अनुवादक

इस पत्र पर हस्ताक्षर कर दिए मोरोपन्त जयपुरवाला, लक्ष्मीचन्द और भी दो अन्य लोगों ने।

इन लोगों के जमानतगीर हो जाने पर रुपया उधार दे दिया सरकार ने। अन्तर में प्रज्वलित अपमान की अग्नि लेकर अपने कर्तव्य का समापन किया रानी ने। अभिभावकहीन दशा थी उसकी। कर्तव्य पूरा करने का दायित्व भी उसी का है।

आजन्म भाग्यवाद में विश्वास करनेवाली ने उसी दिन से भाग्य के साथ बाजी लगा दी। मानो कहीं कुछ घटने जा रहा हो। क्यों जैसे आकाश, वातास में एक अस्थिरता है। दिन जैसे संख्या में गिने जाने योग्य प्रहरों की समष्टि मात्र नहीं हैं। दिन मानो प्राणवन्त सत्ता हैं। वह जैसे बात करते हैं।

दिन थमते नहीं हैं, वे मानो आगे बढ़े जा रहे हैं। आसेतु हिमाचल भारतवर्ष में सर्वत्र विदेशी शासकों की ध्वजा दृढ़ विश्वास से जमी हुई है। उसकी लाख-लाख प्रजा असह्य अत्याचार से पिसते हुए एक विराट विद्रोह की अग्नि को तिल-तिल कर प्रज्वलित करते जा रहे हैं। राज्य और प्रजा में चूड़ान्त मुकाबला होगा। आसन्नवर्ती वह भयंकर समय गरजता हुआ बढ़ता आ रहा है। आगामी समय की वही पदध्वनि बढ़ते-बढ़ते एक दिन झाँसी के किले के लौह कपाटों पर आघात करेगी। उसी दिन समझ में आ जाएगा कि रानी निरामिषभोजी, धर्मकर्म में लीन, अंग्रेजी राज्य की दया से कृतज्ञता-विगलित हृदय, जीर्ण होते सामन्ततन्त्र की एक अयोग्य प्रतिनिधि मात्र नहीं है, उसका एक अन्य परिचय भी है।

उसी दिन की प्रतीक्षा में कर्ममय-दिन और निद्राहीन रात्रि काटने लगी रानी। कौन जाने वह क्या सोचा करती थी, क्या विचार किया करती थी। कैसे अस्थिर आवेग में रातों-पर-रातें उसकी बीत जाती थीं। कौन-सी न बुझनेवाली आग जल रही थी उसके मन में?

बस यही पता चलता कि उसकी आँखों में नींद नहीं है।

इसी तरह आ गया 1857 का वर्ष। सारे भारत में जागरण की तैयारी। भारत के बहुत-से लोगों के हितों पर आघात किया था अंग्रेजों ने। अनेक विक्षुब्ध चित्तों के ईंधन के लिए वह एक मानो एक लाक्षागृह है।

1839 का वर्ष। स्थान अफगानिस्तान का है। काबुल के सिपाही बैरकों में रात में जागते हुए आग के आसपास बैठे आलाप-आलोचना कर रहे हैं। कड़ाके की दुरन्त ठंड है। भेड़ों के चमड़ों को कसकर लपेटने से भी सर्दी तो बच नहीं पा रही है! हिन्दू-मुसलमान सभी सिपाही क्षुब्ध हैं। देश से इतनी दूर व्यर्थ में ही वे लोग क्यों लड़ने आए हैं? क्यों यह युद्ध? मुसलमान सिपाही कह रहे हैं—कुरान में वर्जित है, फिर भी हम लोगों को अपने ही धर्मवालों के विरुद्ध लड़ना पड़ रहा है। हम लोग क्यों लड़ेंगे?

तम्बू से यह खबर चली गई अफसरों के पास। सवेरे अफसर ने सारा मामला जानना चाहा। निर्भीकतापूर्वक 27वीं देशी पदाति सेना के सूबेदार ने अपना विरोध जता दिया। आफिसर ने हुक्म दिया—फाँसी पर लटका दो। सूबेदार को फाँसी हो गई। वह आदमी फिर नहीं लौटा। सिर्फ एक सरकारी लिफाफा एक चपरासी उसके गाँव में दे गया। उस उदाहरण को देखकर सिपाहियों ने अपने मुँह बन्द कर लिए। उन घरों में माँ, स्त्री और बाल-बच्चे हैं। किन्तु यह कहानी वे अपने देश में ले गए। अपने बच्चों, नाती-नातिनों को सुनाकर कहानी कहने लगे।

सिन्धु देश जाते समय 64वीं देशी पदाति सेना के सिपाही विद्रोह करते हैं कि वे लोग देश से दूर बार-बार नहीं जाएँगे। बेकार में ही नहीं लड़ेंगे। बर्खास्त कर दिए गए चालीस लोग। लाहौर के राज मार्ग पर पच्चीस लोगों को फाँसी पर लटका दिया—अगर कोई विद्रोह करना चाहे तो उसका परिणाम देख ले।

मध्यभारत का सुन्दर ग्वालियर शहर। युवक सिन्धिया जयाजी राव अंग्रेजों के परम मित्र हैं।

प्रतिमास लाख-लाख रुपया खर्च करके शिकार-यात्रा करते हैं अंग्रेज अफसर। पार्टी दी जाती है, नाच-गान होता है, बाजी लगाई जाती है पच्चीस हजार रुपयों की। 1853 का वर्ष। ग्वालियर कंटिंजेंटी के सिपाहियों को आठ मास से वेतन नहीं मिला है। जयाजी राव आए। फौज लेकर गोली चलाई। मर गए सोलह लोग। उन लोगों के गाँव की खेती-बारी, घर-द्वार सब जब्त कर लिए गए। कंटूनमेंट के मैदान में चाँदी से मढ़ी गोल्फस्टिक से अब वे गोल्फ खेलेंगे। वे थक गए हैं इसलिए उन्हें मनोरंजन की जरूरत है।

अयोध्या के गाँवों से होकर फौज जा रही है। बत्तखें, मुर्गियाँ उन्हें जुगाड़ करके देनी होंगी, दूध भी सब उन्हीं को चाहिए। तीव्र आर्त्तनाद से रोता हुआ सहसा कौन चुप हो गया? कोई नादान बालक रास्ता नहीं खोज सका—उसके ऊपर से होकर घोड़ा निकल गया!

गाँव-गाँव में मिशनरी लोग घूमते हुए कह रहे हैं, तुम लोगों का धर्म झूठा है, शिक्षा बेकार है, समाज बेकार है, सबकुछ बेकार है। कोई कुछ कह नहीं रहा है, ग्रामवासी लोग जब सुनते हैं, उन लोगों की आँखों में बिजली-सी चमकती जाती है।

चैत की फसल उठाते समय किसानों को जबर्दस्ती पकड़कर सड़क तैयार कराई जा रही है। मिलिट्री की बैरकें बनेंगी। फसल कुचलकर नष्ट हो गई। उसका मुआवजा कौन देगा?

माँ को बच्चा समझा रहा है कि किसान के जीवन में सिर्फ भूखों मरना और गरीबी के अलावा क्या है? दिन में भूखे, रात में बुखार, पेट में रोटी नहीं, और महाजन की बही में सात पुश्तों का कर्ज। इसीलिए अब फौज में भर्ती होऊँगा माँ,

सिपाही बनूँगा।—नगद रुपया मिलेगा। वर्दी मिलेगी, छुट्टी मिलेगी—माँ, तुम आज्ञा दे दो।

शहर मेरठ! वर्ष 1856। बैरक के सामने स्वच्छन्दता और अनुशासनहीनता के कारण चाबुक खाते-खाते वह किशोर-सिपाही मर गया। उसकी कोई क्षति-पूर्ति नहीं की गई।

कानपुर के बाजार में घोड़ागाड़ी के सामने एक तीन वर्ष का लड़का पड़ गया था, उसके नीचे वह पिस गया। माँ के हाथों में चाबुक पड़ने लगा।

बैरकों के किनारे बैठकर अपने ही बीच शराब पीने के अपराध में तीन लोग पकड़कर लाए गए। सिर नीचे और पैर ऊपर करके उन्हें टाँग दिया गया। सन्ध्या के बाद देखा गया कि नाक-मुँह से खून बहने के कारण एक व्यक्ति मर गया है।

अंग्रेज स्वामी की तरफ अगर कोई भारतीय साहस और स्वाभिमानपूर्वक देखता रहता है तो उसे भी कैदखाने का दंड मिल सकता है। बूढ़े बाबा के ऊपर से घोड़ा निकाल देने के कारण किसी लड़के ने अफसर का कुर्ता दोनों हाथों से पकड़ लिया था। उसे फाँसी दे दी जाती है।

किन्तु एक अंग्रेज ने भारतीय कुली को नीलगिरि में लाठियों से मार-मारकर फेंक दिया, खूब चाबुक मारे। उस पर विचार करने के लिए उसे ले जाया जाएगा सुदूर शहर की अदालत में। उतनी दूर एक गाँव का व्यक्ति कैसे जाएगा?

लाखों छोटी-छोटी घटनाएँ हैं। और भी बहुत-सी बातें हैं, और भी बहुत-से दुख हैं, और भी अनेक प्रश्न हैं। हजार-हजार संथालों के रक्त से छोटानागपुर और राजमहल की मिट्टी लाल है—कारण वे लोग साहसी हैं। बन्दूक बनाम धनुष में बाजी लगाई गई थी। उनके खून से सनी हुई मिट्टी में कौन-सी फसल फलेगी?

कोल-भील और आदिवासी, घुमन्तू और मोपला बार-बार विद्रोह करते हैं। अनुभव और अभिज्ञता खरीद रही है कई करोड़ सन्तानों की जननी, अत्याचारों से उत्पीड़ित भारतभूमि अपनी सन्तानों के खून के द्वारा। माँ होकर भी जो सन्तान को बचा न सके वह कैसी माँ है? इसलिए आर्त्तनाद करो। चारों ओर से लोगों का आह्वान करो।

दिल्ली के लाल किले पर बार-बार इश्तिहार चिपकाए जा रहे हैं—धर्म के लिए, देश के लिए तैयार हो जाओ, हिन्दुस्तान के लोगो!

फाड़कर फेंक दिए गए इश्तिहार। कलकत्ता, मेरठ, कानपुर में फिर से इश्तिहार लगा दिए गए। बार-बार फाड़कर फेंक दिए जा रहे हैं इश्तिहार और बार-बार चिपकाए जा रहे हैं इश्तिहार।

फौजी बैरकों से होकर गाँव-गाँव घूम रही हैं हाथ से बनी रोटियाँ। कभी-कभी उनके साथ लाल कमल की पंखुड़ियाँ भी।

साधु, संन्यासी, फकीर और दरवेश गाँव-गाँव घूमकर संगठित कर रहे हैं ग्रामवासियों को। कह रहे हैं—सत्तरह सौ सत्तावन (पानीपत का अन्तिम युद्ध) के बाद अठारह सौ सत्तावन आ गया है। अब तो अंग्रेज राज खत्म होने चला है।

ऐसे ही आ गया अठारह सौ सत्तावन का वर्ष। दो वर्ष व्यापी महाप्रलय। अंग्रेज इतिहासकार जिसे मात्र सिपाही विद्रोह कह गए हैं। अगर यह यही भर है तो फिर वे लोग पूरे कागज-पत्र, दलील-दस्तावेज आदि इस देश में क्यों नहीं रखकर छोड़ गए हैं? चार सौ वर्ष पहले का इतिहास मिलता है और इसी घटना के समस्त साक्ष्य और प्रमाण क्यों नहीं मिलते हैं? भारतीयों के मन में अनेक प्रश्न जागते हैं। इसीलिए उसको हम लोग कहेंगे अंग्रेजों के खिलाफ पहला सक्रिय सचेत जागरण। कहेंगे भारतवर्ष का पहला स्वाधीनता-संग्राम। भारतीय स्मृति में पुण्यशाली वर्ष है सत्तावन।

नौ

उन्नीसवीं शताब्दी का नवजागरण सभी बंगालियों के जीवन में आशीर्वाद नहीं लाया था। उससे लाभान्वित हुए थे एकमात्र शिक्षित बंगाली तथा नवीन मध्यम वर्ग। उन दिनों की राजधानी कलकत्ता थी। बंगाल के वक्षस्थल पर सामन्ती व्यवस्था का उच्छेद एक सौ वर्ष पहले ही घट चुकता है। अंग्रेजी शिक्षा से लाभान्वित बंगाली उन दिनों समस्त भारत के अन्य लोगों की अपेक्षा एक कदम आगे बढ़ चुकता है। उन लोगों में जो जातीयता-बोध था, उसने निश्चय ही अंग्रेजों के खिलाफ सशस्त्र संग्राम में उन लोगों को उद्‌बुद्ध नहीं किया।

1857 ई. के विद्रोह के सम्बन्ध में जो बातें अंग्रेज इतिहासकार बतला गए हैं, उनमें सबसे बेकार की बात है, चर्बीयुक्त कारतूसों की बात। फिर भी, चर्बी लगे हुए कारतूस क्रान्ति का सचमुच एक प्रत्यक्ष कारण था!

आश्चर्य का विषय यह है, भारतवर्ष में धीरे-धीरे बढ़ रहे विद्रोह के सम्बन्ध में भारत में रहनेवाले अंग्रेज लोग एकदम उदासीन थे।

औपनिवेशिक साम्राज्यवाद के खिलाफ 1857 ई. की क्रान्ति एक कारण-कार्य परम्परा से रहित अकेली घटना नहीं थी।

1757 एवं 1857 के बीच पूर्वी भारत में बार-बार खंड-खंड रूपों में विद्रोह हुए हैं कृषिजीवी साधारण लोगों में। इस प्रसंग में स्मरणीय है 1816 ई. का बेरिली विद्रोह, 1831-32 ई. का कोलों का विद्रोह, छोटानागपुर एवं पलामू अंचल में विभिन्न आदिवासियों में जागरण। पलामू के लातेहार और कैतूर के आसपास ग्राम्य गीतों और गानों के टुकड़ों में उस जागरण की स्मृति आज भी अवशिष्ट है। 1831 ई. में बारसत में सैयद अहमद एवं तितूमीर के नेतृत्व में फराजी विद्रोह, 1847 में फरीदपुर में दिदूमीर का विद्रोह; 1849, 1851-52, 1855 ई. का मोपला विद्रोह एवं 1855-56 का संथाल विद्रोह स्मरणीय हैं। बंगाल के हृदय में आकर उसी विद्रोह की लहरें आकर टकराई थीं। वीरभूमि के पालारपुर में एक दिन में डेढ़ हजार संथाल मारे गए थे। उस विद्रोह की स्मृति आज भी बची हुई है लोक गीतों में—

कैसा रे! धान, कैसा रे! पानी
पानी नहीं रे! पानी नहीं
पाँच गाँव के किसानों के खून से
जमीन में बोए हैं धान रे!
कैसा रे! धान, कैसा रे! पानी।'

बंगाल के किसानों ने बार-बार विद्रोह करके अपने क्रोध का अहसास कराया है। प्रसंगवश याद आ रही है पावना ग्राम में 1937-38 ई. में एक अत्यन्त वृद्ध मुसलमान किसान की बात। पावना-कृषक-विद्रोह की बाल्य स्मृति की कथा उन लोगों से उस समय भी सुनी जाती थी। इन संघर्ष करनेवाले किसानों और शिक्षित बंगालियों में 1857 के विद्रोह की बात यदि संक्रमित हो जाती तो ब्रिटिशों की हालत बहुत संगीन हो जाती। इसीलिए प्रयत्नपूर्वक बंगाल को उस समय भारत से उन लोगों ने विच्छिन्न करके रखा था।

उसके बाद उल्लेखनीय है 1857 वर्ष के साथ अविच्छेद्य रूप से गुँथी भारतीय सिपाहियों की बातें। 1858 ई. के बाद अंग्रेजों के सामने विभिन्न भारतीय सिपाहियों ने गवाही दी है। इतनी बर्बरतापूर्ण क्रूरता के साथ 1857-58 के जागरण को दबाया गया था, घर-घर में अंग्रेजों ने ऐसे श्मशान की रचना कर दी थी कि उसका वर्णन मात्र अतिशयोक्ति लगेगी। उसी दृष्टान्त को सामने रखकर सत्य बोलने का साहस यदि वीर सिपाहियों में बना रहा हो, तो इसमें विस्मित होने की कोई बात नहीं है। फिर भी बहुत-से सिपाहियों ने सच बात कही थी। अंग्रेजों के प्रति आस्थावान एक भारतीय सिपाही के विवरण से सिपाहियों के विक्षुब्ध होने के कई कारण स्पष्ट हो जाएँगे। बंगाल आर्मी (Bengal army) के विद्रोह के सम्बन्ध में बंगाल सिख पुलिस-स्टेशन के सूबेदार और सरदार बहादुर शेख हिदायत अली का विवरण। विवरण उर्दू में लिखा गया है, कप्तान टी. रेट्रे (T. Rattray) द्वारा अनुवाद किया गया है।

> जहाँ तक याद आता है सिपाहियों ने ब्रिटिशों के प्रति अपना पहला असन्तोष काबुल जाते समय दिखाया था। वह 1838-39 साल की बात है। सिन्धु नदी पार कर अटक पहुँचते ही सिपाहियों में विद्रोह प्रकट होने लगा। सूरज नारायण दुबे कहने लगा—राजा मानसिंह ने जब सिन्धु पार की थी, तो विष्णु मन्दिर में 'जनेऊ' रख गया था। आज 'मान नहीं' है तो मान कौन रखेगा?
>
> अफगानिस्तान में सब मुसलमान हैं। उनका छुआ भोजन खरीदकर खाना पड़ता था, इसलिए हिन्दू लोग क्रुद्ध हो गए थे। वहाँ पर तीखी सर्दी में भेड़ के चमड़े का कुर्ता अन्दर पहनना पड़ता था। पशु के चमड़े के प्रति क्या हिन्दू, क्या मुसलमान सभी लोगों को घृणा थी। प्रकट रूप से उन लोगों

ने अपने विरोध को नहीं जताया था, क्योंकि उन लोगों को आशंका थी कि इस असन्तोष का पता चल जाने पर उन लोगों को अफगानिस्तान में ही छोड़कर चले जाएँगे अंग्रेज।

काबुल से जो लोग वापस आ गए, उन लोगों में से हिन्दू लोग जाति से गिरा दिए गए। मुसलमानों ने अफगानवासी अपने ही धर्म-भाइयों के खिलाफ लड़कर पाक कुरान की हिदायतों को नहीं माना था, इसलिए उनकी निन्दा की जाने लगी।

अंग्रेजों ने हम लोगों के साथ धोखा किया है, यह बात बताने के लिए 27वीं देशी पदाति सेना के मुस्लिम सूबेदार मक़बूल हैदर को गोली मार दी गई।

64वीं देशी पदाति सेना के कुछ लोगों ने सिन्धु देश जाते समय विद्रोह किया। फलस्वरूप 30 लोगों को बरखास्त कर दिया गया और 11 लोगों को फाँसी दे दी गई।

पंजाब दखल करने के बाद डबल वेतन का लालच दिखाकर कुछ सेना वहाँ रखी गई थी। ऊपरी वेतन के लोभ से वहाँ की स्थायी सेना में जिन लोगों ने अपना नाम लिखा दिया उन लोगों को फिर डबल तनख्वाह नहीं दी गई। फलस्वरूप वे लोग नाराज हो गए।

1850 ई. में सहारनपुर में एक सरकारी अस्पताल की स्थापना कर सूचना दी गई कि वहाँ पर जाति-धर्म का खयाल किए बिना सभी की चिकित्सा की जाएगी। इसके फलस्वरूप जोरदार अफवाह फैल गई कि अस्पताल जाते ही जाति चली जाएगी, सरकार उन लोगों को गुलाम बना लेगी। इस अफवाह के कारण लोग इतने उत्तेजित हो गए कि उस विज्ञप्ति को वापस लेने के लिए अफसर लोग बाध्य हो गए।

सामान्य अपराध पर ही सिपाही लोग जेल भेज दिए जाते थे। जेल में खाने-पीने का कोई विचार ही नहीं रहता था, इसलिए जेल से लौटते ही सिपाही लोग अकसर जाति-बहिष्कृत हो जाते थे।

मिशनरी साहब-मेमें गाँव-गाँव घूमकर हम लोगों के धर्म की निन्दा किया करते थे। मूर्तिपूजा मत करो, जनेऊ उतारकर फेंक दो, औरतों का पर्दा उठा दो, इन सब बातों को सुनकर हम लोगों को बहुत चिन्ता हो गई थी।

अयोध्या के विलीनीकरण के बाद मैं रेट्रे साहब के साथ कानपुर में था। बाजार में सुना सभी लोग इकट्‌ठे होकर कह रहे हैं कि इसके (अयोध्या के अधिग्रहण के) कारण सरकार को बहुत परेशानी में पड़ना पड़ेगा।

1857 ई. में सितम्बर के महीने में यह फतवा जारी होता है कि कम्पनी के काम से जहाँ भी भेजा जाएगा जाना पड़ेगा और सिपाहियों को इस शर्तनामे पर हस्ताक्षर करने पड़ेंगे। अफगानिस्तान से लौटे हुए सिपाहियों को बीस वर्ष बाद भी जाति में शामिल नहीं किया गया। इसलिए इस राजाज्ञा को पाते ही सिपाही लोग कहने लगे, किसी दिन हुकुम आएगा कि लन्दन चलो, तो जाना होगा।

नए कारतूसों की बात भी कहता हूँ। एनफील्ड राइफल की मार 900 गज थी। किन्तु उसके कागज को दाँतों से फाड़कर उसे भरना होता था। प्रमोशन की गड़बड़ी। अल्प वेतन, भत्ते की गड़बड़ी—यह सब तो बराबर रहते ही हैं।

इन सब कारणों से ही सिपाही लोग विद्रोही हो गए थे।

इस लिखित साक्ष्य में सभी कारण नहीं दिए गए हैं। सैनिक लोग कृषक वर्ग से आए थे। भूमिहीन कृषक वर्ग, ऋण एवं करों के बोझ से जर्जरित होकर नगद पैसों के लोभ से सेना में नाम लिखा लेते थे। वहाँ पर उन्हें बूँद भर भी न्याय नहीं मिलता था। 1816 ई. से लगातार सिपाहियों द्वारा सशस्त्र विद्रोह किया जाता रहा है। संगठित आन्दोलन न होने के कारण सरलता से ही वह विद्रोह दबा दिया जाता रहा है।

राज्यच्युत, वृत्तिवंचित देशी राजाओं के वर्ग में भी असन्तोष था। गद्दी से हटाए गए राजा और जमींदारों के बेकार हो गए कर्मचारियों, अमलों और सिपाहियों में असन्तोष था और कृषकों में था सरकार के प्रति अभियोग। मूलतः कृषिजीवी सैन्य वर्ग के सिपाहियों को दोनों तरफ से आघात मिला था। क्या किसान और क्या सिपाही, दोनों में से किसी भी दशा में उन्हें न्याय नहीं मिल रहा था।

इन सभी कारणों से युक्त एक अवश्यम्भावी पथ की ओर ले चली अंग्रेज लोगों की अदूरदर्शी नीति।

भारतवर्ष में ईस्ट इंडिया कम्पनी के एक सौ वर्ष के शासन के फलाफल पर विलायत में मनीषी अंग्रेज लोग भी विचार करने लगे थे। 1857 ई. के फरवरी मास में पार्लियामेंट में क्लेरीन कार्डे (Marquis of Clarin Carde) ने भारत का शासन करने में ईस्ट इंडिया कम्पनी की शोचनीय असफलता के सम्बन्ध में आलोचना शुरू की। उन्होंने कहा था, ''गत एक सौ वर्ष तक अयोग्य शासन-व्यवस्था के फलस्वरूप भारत का शासन एक शोचनीय प्रहसन में परिणत हो गया है। ईस्ट इंडिया कम्पनी के कोर्ट ऑफ डाइरेक्टर्स का चुनाव एक गम्भीर प्रहसन है। कम्पनी का स्टॉक जिन लोगों के पास है वही उसमें मतदान के अधिकारी हैं। वे लोग इंग्लैंड और यूरोप के स्थायी निवासी हैं। भारतवर्ष के सम्बन्ध में उनका मामूली अनुभव और सहानुभूति तक नहीं है। बिलकुल अयोग्य इन चुनाव करनेवालों ने ऐसे सब लोगों का चुनाव

किया है जिनका स्वार्थ सिर्फ कम्पनी के मुनाफे के साथ जुड़ा हुआ है। इसके परिणामस्वरूप भारत की जरा-सी भी उन्नति नहीं हुई है।" उसने जोर देकर कहा–"उन्नति नहीं हुई रेलवे, पोस्ट ऑफिस, स्कूल और अस्पतालों जैसे अत्यधिक सार्वजनिक संस्थाओं के होते हुए भी।"

अपने ही देश में भारतवासियों को सब प्रकार के शासनाधिकार से ऐसे लज्जाजनक भाव से वंचित किया गया है, जिसकी तुलना अन्य किसी देश में विरल है। भारतवर्ष का शोषण करके विलायत में एक ऑफिस बनाया गया है एक लाख अस्सी हजार पौंड वार्षिक खर्च करके। जिसकी कोई जरूरत नहीं है। भारतवर्ष में जिस अंग्रेज कर्मचारी को 1000 पौंड मासिक मिलते हैं, वह 20 हजार पौंड लगाकर रोजगार कर रहा है, और इसके लिए उससे कभी कोई पूछताछ भी नहीं की जाती है।

जिस महारानी के राज्य में सूर्य अस्त नहीं होता है, उसी के राज्य में भारतवर्ष के 18 करोड़ व्यक्तियों का जीवन और सम्पत्ति पूरी तरह विपन्न है। सुप्रीम कोर्ट छोड़कर अंग्रेजों पर मुकदमा न चलने के कारण कलकत्ता से पन्द्रह सौ मील दूर पंजाब में यदि किसी भारतीय की अंग्रेज हत्या कर देता है, तो उस पर मुकदमा कभी सम्भव नहीं होता है। गरीब भारतवासी को पता है उसे न्याय नहीं मिलेगा। अंग्रेज चाहे जैसा अपराध क्यों न करें, कानून उनको संरक्षण देगा ही।

नौकरी में, सिविल सर्विस में प्रतियोगात्मक परीक्षा पास करके कोई भी व्यक्ति आ सकता है, इसीलिए बीस-इक्कीस वर्ष के अनुभवहीन अंग्रेज युवकों के हाथों में शासन-भार छोड़ देना एक प्रकार का उत्तरदायित्वहीन काम किया गया है। भारत और भारतवासियों के प्रति सामान्य अंग्रेजों में अन्तहीन अनास्था है। यह भी आश्चर्य एवं चिन्ता का विषय है कि भारत के चौदह करोड़ लोगों में उत्तरदायित्वपूर्ण काम करने योग्य एक भी व्यक्ति नहीं मिला है। असल में अंग्रेज भारतीयों पर विश्वास नहीं करते हैं। मुस्लिम शासक हिन्दुओं की सहायता से राज्य शासन कर गए हैं, किन्तु अंग्रेजों की घोर विषमतापूर्ण नीति ने भारतीयों के मन में तीव्र विक्षोभ जाग्रत कर दिया है। सैन्य विभाग में अन्याय तो और भी प्रत्यक्ष है। योग्यतम अफसर भी सूबेदार पद से ऊपर नहीं उठ पाता है। कहा जाता है सूबेदार का पद अंग्रेज कैप्टन के पद के समान है, किन्तु अंग्रेज कैप्टन भारतीय सूबेदार से दुगुना वेतन और अन्य सुविधाएँ पाता है। उच्चपदस्थ भारतीय कर्मचारी ही जब ऐसे अन्याय को भोग रहे हैं तो साधारण सैनिकों की बात करना तो बेकार है।

विलिंगटन, एलफिंस्टन, मेटकॉफ, बैंटिक आदि अंग्रेज भारतीयों को उत्तरदायित्वपूर्ण पदों पर नियुक्त करने की बात बार-बार कह रहे हैं। किन्तु उस तरह की कोई घटना घटने पर पूरा ऐंग्लो-इंडियन प्रेस और अंग्रेज कर्मचारी सशस्त्र विद्रोह कर दिया करते

थे। एक बार किसी प्रदेश के किसी गवर्नर ने किसी भारतीय को सेक्रेटरी बनाना चाहा था, इसलिए सिविल सर्विस के सभी कर्मचारियों ने एकसाथ अपने पद से त्यागपत्र दे दिया था। परिणामस्वरूप प्रस्ताव वापस ले लिया गया था।

उस दिन विरोधी पक्ष ने तीव्र प्रतिरोध के साथ क्लेरिन कार्ड की इस आलोचना का खंडन किया था। उन लोगों ने कहा कि भारत के विषय में चिन्ता करने की कोई बात नहीं है, भारत के प्रति उनका व्यवहार सही है।

अंग्रेजों के द्वारा भारतीयों के धर्म-विश्वास पर आघात करने को ही विद्रोह के कारण के रूप में बार-बार अभिहित किया जाता है।

उन्नीसवीं शताब्दी के भारतवर्ष में हिन्दू धर्म की अनुदारता और पूर्ण संकीर्णता के फलस्वरूप एक दलदल पैदा हो गया था। जो धारण करता है वही तो धर्म है। किन्तु उस समय धर्म में समाज को धारण करने की क्षमता नहीं रही थी। उसकी पकड़ शिथिल, बलहीन और जीर्णशीर्ण हो चुकी थी।

धर्म के नाम पर कुप्रथाओं को धारण किए हुए था प्रतिक्रियावादी जमींदार और पुरोहित वर्ग। अशिक्षा, गरीबी एवं कुसंस्कारों से लाभ उठाकर जनसाधारण को ये लोग अपनी सुविधाओं के अनुसार तोड़ते आ रहे थे। इन सब कुसंस्कारों को दूर करने में अंग्रेजों ने बहुत सहायता की थी। उनमें सतीदाह एवं अन्यान्य कुप्रथाओं को बन्द करना उल्लेखनीय है। सतीदाह बन्द होने पर राधाकान्त देव आदि धनी जमींदारों का ध्यान आकर्षित हुआ था, जनसाधारण का नहीं। इस सामान्य उदाहरण से ही समझ में आ जाता है कि 1857 ई. में धर्म और जाति नष्ट होने की जोरदार आवाज उठाई थी, सामन्ती राजाओं और पुरोहित वर्ग ने। अंग्रेज शासकों ने तो उस मनोभाव को परोक्ष रूप में जाग्रत करने मात्र का काम किया था। उसी के फलस्वरूप जनसाधारण को ब्रिटिशों के विरुद्ध उत्तेजित करना सहज हुआ था।

भारतवर्ष में सभी जगह सेना के प्रवेश ने अंग्रेजों की चरम अदूरदर्शिता का परिचय दिया था। भारतीय राज्यों की सुरक्षा और देख-रेख के लिए सेना की संख्या जो बढ़ गई थी, शिक्षित अंग्रेज अफसरों की संख्या उसी अनुपात में बहुत कम थी। सैन्य अफसरों की नियुक्ति शासन के कामकाज के लिए कर दी गई थी। 2,33,000 भारतीय सिपाहियों के ऊपर सिर्फ 45,322 अंग्रेज लोग थे। उनमें भी 11,300 लोग अफसर थे। अंग्रेज लोग उस समय क्रीमिया, फारस और चीन में युद्ध करने में व्यस्त थे। रोटी और कमल की बात आज सर्वजनविदित है। विश्वास करने का कारण है, यही रोटी और कमल था फौजी दल का गुप्त संकेत।

गुप्त संकेत। किन्तु किसका था यह संकेत? किन लोगों की योजना को कार्यान्वित करने का संकेत? किसका सन्देश किसके पास ले जाने का संकेत? उस समय क्या आसन्न युद्ध की कोई कल्पना थी?

इस युद्ध के नेता के रूप में अयोध्या के पदच्युत नवाब वाजिद अली शाह के परामर्शदाता अहमद उल्लाह, नानासाहब, अजीमुल्ला, तात्या टोपे, झाँसी की रानी, कुँअर सिंह, फिरोजशाह इनके नाम उल्लेखनीय हैं।

एक लोकप्रिय धारणा है कि झाँसी की रानी, नानासाहब सबने मिलकर एक गुप्त योजना बनाई थी। विश्वस्त इतिहासकार मेलसन साहब ने ऐसी बात भी कही है कि रोटी और कमल फूल को गुप्त संकेत बनाकर झाँसी की रानी ने उत्तर भारत में विद्रोह का प्रचार किया था। क्रान्ति की एक तारीख भी उन्होंने ही निश्चित की थी।

इस क्रान्ति की अगर कोई योजना नेताओं में रही होती तो निश्चय ही उस गुप्त योजना का प्रचार उन्होंने कभी नहीं करना चाहा होता। झाँसी की रानी बचपन में बिठूर में रही थी। उस समय नाना साहब से उसकी पहचान होना स्वाभाविक है। नाना साहब रानी से अट्ठारह वर्ष बड़े थे। इसलिए उस जान-पहचान में हार्दिकता का बन जाना सम्भव नहीं लगता। यहाँ तक कि बाद में भी रानी ने नाना के भाईदूज के उपलक्ष्य में तिलक करने के बहाने कभी परामर्श लिया हो ऐसी घटना भी वास्तव में नहीं घटती है। गुप्त योजना बनाने में रानी की सक्रिय भूमिका के सम्बन्ध में ऐसा कोई प्रमाण भी नहीं मिला है। तात्या के साथ उनका पहले या बाद में कोई विचार-विमर्श रहता तो उनके संयुक्त सम्पर्क का परिणाम इतना शोचनीय न होता। उनके और तात्या के मध्य सम्पर्क होने का एकमात्र प्रमाण मिला है तात्या के अन्तिम लिखित बयानों से। उस समय 1857 का वर्ष था। एक सौ वर्ष का एकत्र क्षोभ दो वर्ष में निकालकर, पराजित भारतभूमि के घर-घर में चरम निराशा और हताशा निवास कर रही है। ग्वालियर के निकट सिपुरी अथवा शिवपुरी में मुकदमे के बाद तात्या को फाँसी का हुक्म हुआ। निर्विकार दृढ़ता के साथ तात्या ने आदेश शिरोधार्य कर लिया। अन्तिम बयान में कहा–

> ''जब मैंने चरखारी जीत ली, उस समय ह्यूरोज़ झाँसी के आक्रमण में व्यस्त था, उस समय बानपुर, शाहगढ़ के राजा, दीवान देशपत, दौलतसिंह[1] कछवाहा घारवाले और अन्य राजाओं ने मेरे साथ सहयोग किया। चरखारी में रहते समय मुझे बाई साहिबा लक्ष्मीबाई का पत्र मिला कि उन्होंने अंग्रेजों से लड़ने का दृढ़ संकल्प कर लिया है। मैं झाँसी पहुँचकर उनकी सहायता करूँ।
>
> नाना साहब पेशवा के भतीजे राव साहब उस समय कालपी में थे। उन्हें मैंने खबर दी। वे जलालपुर आए और उन्होंने मुझे रानी की सहायता करने की अनुमति दे दी।

---

1. दौलतसिंह एक ललितपुर के पासवाले थे। इन्हें अंग्रेज नं. 2 लिखते थे। नं. 1 कछवाहा घारवाले थे।–अनुवादक

झाँसी के रास्ते से मैं बरुआ सागर गया। वहाँ पर आकर राजा मानसिंह ने सहयोग किया। झाँसी से एक मील दूर बेतवा के किनारे मेरे और ह्यूरोज़ के बीच युद्ध हुआ। मेरे साथ 22 हजार सैनिक और 28 तोपें थीं। मैं हार गया। एक टुकड़ी सेना, चार-पाँच तोपें लेकर कालपी चली गई। मैं भाँड़ेर और कौंच होकर 200 सिपाहियों के साथ कालपी गया। रानी उसी दिन आधी रात को वहाँ पहुँच गई। राव साहब से अनुरोध करने पर रावसाहब ने उन्हीं को सेनापति बना दिया। रावसाहब की आज्ञा से झाँसी की रानी के नेतृत्व में मैं कौंच में युद्ध करता हूँ। कौंच में झाँसी की रानी का ही नेतृत्व था।[1]

तात्या ने एक बार भी रानी के साथ पूर्व योगायोग की बात नहीं की है। पहले से विचार-विमर्श रहता तो संघर्ष का परिणाम दूसरा ही होता, ऐसा ही लगता है। तात्या जब यह बयान देते हैं, तब विद्रोह की अग्नि पूरी तरह बुझ चुकती है। दूसरी तरफ झाँसी की रानी भी तब मर चुकती है। इसलिए उनके कथन से किसी के भी लाभ-नुकसान की कोई आशा-आशंका ही नहीं थी। इसी कारण उन्होंने रानी के सम्बन्ध में सच बात ही कही है ऐसा लगता है।

कालपी युद्ध के बाद ह्यरोज़ ने जो सरकारी रिपोर्ट दी थी, उसमें लिखा था–''युद्ध के मैदान में पराजित होकर भारतीयों के भाग जाने पर एक मूल्यवान चमड़े के बक्से में रानी के व्यक्तिगत कागज-पत्र मिलते हैं। इन पत्रों से विद्रोह का षड्यन्त्र करनेवालों के सम्बन्ध में बहुत कुछ जानकारी मिलती है।''

किन्तु इन चिट्ठियों के सम्बन्ध में इसके बाद और कोई चिह्न नहीं मिलता है। सरकारी दफ्तर से प्रकाशित युद्ध सम्बन्धी पत्रों में भी उसका कोई चिह्न ही नहीं है। इंडिया ऑफिस लाइब्रेरी में हो सकता है कहीं उसका कोई पता मिल सके। ये पत्र अगर मिल जाते तो 1857 ई. के सम्बन्ध में मूल्यवान सूचनाएँ मिलना असम्भव न होता।[2]

हाँ, इसका अर्थ यह नहीं है कि विद्रोह का कोई प्लान ही नहीं था। लगता है, सिपाहियों में योजना बनी थी। पहले उनकी कई क्रान्तियाँ असफल हो चुकती हैं, इस बार सामान्य लोगों के साथ अपना भाग्य मिलाकर उन्होंने एक विराट विद्रोह की योजना बनाई थी, रोटी और कमल उसी का चिह्न है। हो सकता है अपने-अपने स्थानों पर नेताओं ने सिपाहियों का सहयोग किया हो, किन्तु वे सचमुच में कोई नेतृत्व प्रदान नहीं कर सके थे। युद्ध के समय देखने में आया है कि सिपाही लोग जहाँ-जहाँ असफल हुए हैं, वहाँ-वहाँ नेताओं में ही दुर्बलता थी। दुर्बल नेतृत्व और पारस्परिक सामंजस्य और समझदारी का अभाव ही विद्रोह की असफलता के लिए उत्तरदायी है। यहाँ पर नेतृत्व वर्ग कहने से रानी को नहीं समझना चाहिए।

---

1. कौंच के युद्ध में तात्या टोपे का नेतृत्व था।–अनुवादक
2. देखिए, परिशिष्ट–अनुवादक

अंग्रेज अधिकारी कितने उदासीन थे, इस सम्बन्ध में झाँसी के आसपास के स्थानों की उस समय की दशा के सम्बन्ध में जबलपुर के कमिश्नर मेजर एरस्काइन की एक रिपोर्ट का उल्लेख करना यहाँ अप्रासंगिक न होगा। उत्तर-पश्चिम प्रदेश के गवर्नर के सेक्रेटरी अर्नहिल को उसने 5-3-1857 को लिखा है—

1. 27 फरवरी की सिलसिलेवार रिपोर्टों को देखा। उत्तर-पश्चिम प्रदेश में किसी-किसी जिले में चौकीदारों के हाथों छोटी-छोटी आटे की चपातियाँ बाँटी गई हैं।

मैं आपको सूचना दे रहा हूँ, मेरे डिवीजन के सागर, दमोह, जबलपुर और नरसिंहपुर जिलों में वही संकेत देखा गया है।

2. सबसे पहले मैंने इस रोटी की बात नरसिंहपुर में सुनी। सरकारी खोजबीन से पता चला, अन्य जिलों में भी यह खबर फैल गई है। बहुत छानबीन करने पर भी डिप्टी कमिश्नर सिर्फ इस रोटी के प्रचार की ही बात जान पाए हैं। जनसामान्य का विश्वास है कि इस प्रकार से रोटी का प्रचार करने पर ओलावृष्टि बन्द हो जाएगी और गाँव में कोई रोग नहीं होगा।

3. मुझे और भी जानकारी मिली है कि रँगरेज अगर कपड़े न रँगें तो उन पर ईश्वर प्रसन्न होगा। सभी कह रहे हैं सिन्धिया और भोपाल राज्यों से यह खबर फैली है।

4. इस खबर को छिपाने की कहीं कोई चेष्टा नहीं की जा रही है। किलेदार और चौकीदार खुल्लमखुल्ला रोटियों को दे-ले रहे हैं।

5. इस समय भी जाँच जारी है। सूचना मिलते ही आपको भेजूँगा।

6. कोई मंशा खराब है ऐसा नहीं लगता। एक रोटी भेजी है।

सबसे अन्त में आती है एनफील्ड प्रिचेड राइफल (Enfield Pritchett Rifle) की बात। इस राइफल का टोंटा एक इंच लम्बा और शुरू में 1/4 इंच चौड़ा था। सचमुच में उसके एक ओर चर्बी लगी रहती थी और दाँत से काटकर इस कारतूस को भरना पड़ता था।

1857 ई. में ही यह राइफल शुरू हुई थी। इसकी मार 900 गज थी।

इस कारतूस के प्रयोग के साथ-ही-साथ विरोध की लहर उठी। जनवरी 1857 ई. को दमदम के बैरक में एक ब्राह्मण सिपाही से अपने ही लोटे में पीने का पानी एक शूद्र ने चाहा। आश्चर्य से ब्राह्मण सिपाही ने बताया कि नीच जाति को अपने लोटे से पानी देने पर जाति कैसे रहेगी? शूद्र ने बताया—बहुत जल्दी ही जिन (सिपाही) लोगों को सुअर और गाय की चर्बी से तैयार कारतूसों को दाँतों से काटना पड़ेगा उन लोगों को जात जाने का अब क्या भय रहेगा?

इस बातचीत से बैरक में जोरदार आलोचना शुरू हो गई। जनरल हिअर्स को उन लोगों ने बताया कि इन कारतूसों का वे लोग प्रयोग न कर सकेंगे। हिअर्स ने यह खबर गवर्नर जनरल को भेज दी।

केनिंग ने यह सूचना विलायत में ईस्ट इंडिया कम्पनी के बोर्ड ऑफ डाइरेक्टर्स को भेज दी और उन्हें यह जानकारी दी कि सिपाहियों के मन में तीव्र असन्तोष है। कहा गया कि जरूरत समझने पर चर्बी के बदले अन्य किसी चिकने पदार्थ का वे लोग कारतूस में प्रयोग कर सकते हैं। उन्होंने अनुरोध किया कि इस तरह के कारतूस विलायत से और न आएँ। कम्पनी ने केनिंग की बात मान ली।

किन्तु उस समय घटनाचक्र दुर्वार गति से घटता जाता है। एक-एक घटना घटती जाती है और रचता जाता है इतिहास।

26 फरवरी को बहरामपुर में उन्नीसवीं रेजीमेंट ने विद्रोह किया यह सत्य है, किन्तु बेराकपुर में 27 मार्च की घटना दावानल की प्रथम चिनगारी के रूप में साबित हुई। मंगल पांडे ने मेजर ह्यूसन को गोली मारने को उद्यत होकर कहा–"सभी भाई, धर्मरक्षा के लिए, जातिरक्षा के लिए आक्रमण करने के लिए तैयार हो जाओ।"

भयभीत ह्यूसन ने जमादार ईश्वर पांडे से सहायता करने के लिए बार-बार अनुरोध किया। जमादार एक कदम भी आगे नहीं बढ़ा। पूरी रेजीमेंट चित्र में लिखी तसवीर की तरह खड़ी रही।

शुरू हो गया 1857 ई. का स्वाधीनता-संग्राम। दो वर्ष तक काँपती रही ब्रिटिश साम्राज्य की नींव।

दस

राजा गंगाधर राव की मृत्यु के बाद झाँसी में जो सेना लगाई गई वह मुलतान से आई थी। उनका देश था अयोध्या। जाति से थे वे मुसलमान। 1857 ई. की क्रान्ति का प्रमुख रंगमंच था उत्तर और मध्यभारत। उत्तर भारत के कृषक वर्ग में जन्मे ये सब सिपाही उत्तेजित होते जा रहे थे और झाँसी की छावनी में असन्तोष मँडराने लगा था।

झाँसी में थी 12वीं रेजीमेंट नेटिव इंफेंट्री (लेफ्ट विंग) की चार सौ वेनेटधारी पदाति सेना, और 14वें अस्थायी रिसाले के 219 घुड़सवार। 12वीं का उत्तरदायित्व कैप्टन डनलप पर था। कप्तान एलेक्जेंडर स्कीन झाँसी, जालौन और चन्देरी के सुपरिंटेंडेंट थे। नौगाँव में थी उपर्युक्त वेनेटधारी पदाति सेना और अश्वारोही सेना दोनों से अलग एक वाहिनी सेना।

झाँसी शहर घिरा हुआ था (आज भी है) एक विशाल किले के परकोटे से। झाँसी किले के दक्षिण और दक्षिण-पश्चिम दिशा को छोड़कर अन्य सभी ओर शहर है। किले के उत्तर-पूर्व में राजप्रासाद अथवा रानीमहल है। पूर्व में अत्यन्त विशाल लक्ष्मीताल और महालक्ष्मी मन्दिर है। दक्षिण में शहर की चौहद्‌दी के बाहर कंटूनमेंट है। वहाँ पर थे सैन्य कर्मचारियों के घर, सेना की छावनी, जेल एवं स्टारफोर्ट। इस छोटे तारे की शक्ल के किले को गोला-बारूद, रसद, अस्त्र-शस्त्र आदि के गोदाम के रूप में प्रयुक्त किया जाता था। कंटूनमेंट इलाके से किले की दूरी अन्दाजन दो मील होगी। शहर का विस्तार था साढ़े-चार मील। दक्षिणी दिशा में—किले को जहाँ दुर्भेद्य कहा जा सकता है, उस दिशा में किले से छह सौ गज दूर दो कम ऊँचे टीले हैं। एक का नाम है कापू टेकरी। किले में रहा करते थे कुछ असैनिक अंग्रेज कर्मचारी। उन लोगों का ऐंग्लो-इंडियन अमला एवं सभी के परिवार के लोग।

पूरे उत्तर भारत में सुलगती हुई विद्रोह की आग उस समय मध्यभारत की ओर बढ़ रही थी। दिल्ली में बहादुरशाही राज्य की पुनः स्थापना कर उसकी पताका के नीचे संगठित होते जाते हैं उत्तर भारत के सिपाही। सेना के अधिकारी इसीलिए झाँसी के सिपाहियों पर नजर रखे हुए थे।

कैप्टन डनलप को अपने गुप्तचरों से खबर मिली कि उसकी सेना के पास विद्रोही नेता (नाम अप्रकाशित) बार-बार उत्तेजनापूर्ण पत्रों को भेज रहे हैं। इन सब पत्रों में सदैव गुप्त नाम का प्रयोग किया जाता था। किसी-किसी पत्र में लक्ष्मण राव नाम से हस्ताक्षर देखकर डनलप ने यह बात सोची कि रानी का दीवान लक्ष्मण राव ही शायद इसके मूल में है।

4 जून को 12वीं पदाति सेना की 7वीं कम्पनी अपने हवलदार जवान गुरुबख्श के नेतृत्व में स्टारफोर्ट पर कब्जा करके पूरी रसद और खजाने की मालिक होकर बैठ गई। कर्नल कार्क नौगाँव में था। उसे कैप्टन डनलप ने जानकारी दी—

झाँसी, 4-6-1857 सुबह चार बजे।

श्रीमान—

झाँसी के गोलंदाज और पदाति सेना ने विद्रोह की घोषणा करके स्टारफोर्ट पर अधिकार कर लिया है। सेना से भागे हुओं की खोज में लगे रहेंगे।

अपने हस्ताक्षर—जे. डनलप

विपत्ति के समय कठोर रहना होगा, यही थी भारतप्रवासी अंग्रेजों की शिक्षा। कंटूनमेंट के मैदान में बचे अश्वारोहियों एवं पदाति सैनिकों को एकत्र करके डनलप एवं टेलर ने कठोर भाषा में आज्ञा पालन करने को कहा। महारानी पर आस्था रखने और अपने कर्तव्य को याद रखने की भी बात कही। ग्वालियर सहायता माँगने आदमी भेजा और सागर भी यह खबर भेज दी।

4 जून की शाम झाँसी के सभी सैनिक और असैनिक अंग्रेज कर्मचारियों ने परिवार सहित किले पर आकर आश्रय लिया। सामान्य रसद और गोला-बारूद तो पहले ही आ गई थी। इससे अधिक लड़ाई का इन्तजाम वे लोग नहीं कर पाए थे। वह सारी सामग्री स्टारफोर्ट में ही थी।

रानीमहल में भी खबर पहुँच गई थी। व्याकुल-चित्त रानी बार-बार जानकारी ले रही थी। 4 जून को किले पर उन्होंने अपने दीवान लक्ष्मण राव को भेजकर उसके द्वारा स्कीन को जानकारी दी जिससे जितनी जल्दी हो सके स्कीन अंग्रेज स्त्री-पुरुषों को लेकर दतिया अथवा सागर चला जाए। जरूरत पड़े तो स्त्रियों और बच्चों को रानीमहल में भेज दे।

स्कीन ने इस बात पर कोई ध्यान ही नहीं दिया।

भारतीय सिपाहियों के मनोभाव, योजना और जागरण के सम्बन्ध में झाँसी के नागरिक भलीभाँति अवगत थे। छावनी से वे सब बातें सभी लोगों में फैल गई थीं। रानी ने भी वे सब अफवाहें सुनी थीं। इसीलिए वे अंग्रेजों के भविष्य के सम्बन्ध में चिन्तित हो गई थीं। और चिन्तित हो गई थीं यह सोचकर कि झाँसी की पूरी तरह

अरक्षित अवस्था में सैन्य क्रान्ति की परिणति क्या हो सकती है। अंग्रेज सिर्फ पैंसठ लोग हैं और वे भी स्त्री और बच्चों को मिलाकर—फिर वे अस्त्रहीन हैं। सिपाही संख्या में दो सौ हैं और वे सभी सशस्त्र हैं। सभी ओर अंग्रेज विरोधी मनोभाव फूट रहा है। ऐसी परिस्थिति में अगर अंग्रेज लोग रानी की बात मान लेते, तो उनकी प्राणरक्षा हो सकती थी, किन्तु, उन लोगों ने रानी की बात तो सुनी ही नहीं। रानीमहल में चालीस महल-रक्षकों को छोड़कर रानी के पास कोई सेना नहीं थी। रानी ने उन चालीस सिपाहियों को किले पर अंग्रेजों की देख-रेख के लिए पहरे पर भेज दिया। उनके पास अपनी सेना थी नहीं, इस परिस्थिति में वे अंग्रेजों की सहायता कर रही हैं यह जानकर विद्रोही सिपाही उन्हें मुश्किल में डाल सकते हैं, यह जानते हुए भी वे अपने कर्तव्य-पालन में पीछे नहीं रहीं।

4 जून और 5 जून को अंग्रेजों के देशी बावर्ची, खिदमतगार, बैरा जो लोग बाहर थे वे लोग खाना, दूध आदि लेकर अंग्रेजों को देने लगे। किन्तु 6 जून को स्थिति में परिवर्तन आ गया। इस दिन सवेरे कैप्टन डनलप और एन्साइन टेलर डाकघर से लौट रहे थे। उसी समय 12वीं रेजीमेंट के कई सिपाहियों ने आगे आकर उन्हें गोली मार दी। वे लोग तत्काल मर गए। लेफ्टीनेंट कैम्पवेल पीछे था। तेजी से घोड़ा दौड़ाता हुआ वह किले में भाग गया, यद्यपि उसे तीन बार गोलियाँ लग चुकी थीं। किले से अंग्रजों ने डनलप की हत्या देखकर तड़ातड़ दरवाजा बन्द कर दिया और दरवाजे के किवाड़ों से पत्थर लगा दिया। रिवेन्यू का असिस्टेंट सर्वेयर तरुण सुदर्शन एर्नबुल पैदल टहलता हुआ आ रहा था। उसने यथाशक्ति खूब तेजी से भागकर किले की तरफ आने का प्रयास किया। रास्ते में एक पेड़ पर चढ़ गया। किन्तु एक ऊँची डाल पर सुरक्षित जगह पहुँचने के पहले ही उसका शरीर गोलियों से छलनी होकर जमीन पर गिर पड़ा।

इस बार अंग्रेज लोग सचमुच में कैद हो गए। और उनके साथ कैद हो गए अधिकांश भारतीय नौकर और बैरा आदि। बाहर से अंग्रेजों के कुछ हितचिन्तक एवं आज्ञाकारी लोग खाना, पानी लाकर दीवार पर रखने लगे एवं ऊपर से कुछ अंग्रेज रस्सी के सहारे उस सबको खींचने लगे। किन्तु इस तरह से सहायता करना भी बहुत दिनों तक सम्भव नहीं रहा। क्योंकि सिपाही लोग सहायता करनेवालों को देखते ही पीटने लगे। शहर में सभी जगह एक भय और उत्तेजना का वातावरण फैल गया।

ब्रिटिश फौजी कार्यालयों में अन्य स्थानों की तरह झाँसी में भी एक सौ वर्ष से भी अधिक समय से अनेक बंगाली रह रहे थे। सैंयर गेट मुहल्ले में कई घरों में मुखर्जी लोगों का निवास था। वे लोग वहाँ व्यवसाय के सिलसिले में थे। पोस्ट ऑफिस में बाबू भी थे बंगाली। इसके अलावा मुर्शिदाबाद के रेशम, ढाका की शंख की चूड़ियाँ और ढाका के बने कपड़ों का व्यापार करने के लिए भी बंगालियों के कई परिवार वहाँ आ गए थे। झाँसी के नागरिक उन लोगों को 'बाबू' कहा करते थे। पोस्ट

ऑफिस से एक किरानी बाबू (क्लर्क) ने मि. फ्लेमिंग नामक एक अंग्रेज को अपने घर में आश्रय दिया हुआ था। क्रुद्ध सिपाहियों ने फ्लेमिंग की हत्या कर दी एवं बंगाली बाबू से अत्यन्त घृणा करते हुए उसका घर लूटने लगे। अंग्रेजों के घरों को भी उन लोगों ने लूटा था। सिपाहियों ने शहर लूटने का प्रयास नहीं किया।

किले के भीतर अंग्रेज लोग यथाशक्ति गोला-बारूद, रसद आदि लेकर लड़ाई के लिए तैयार हो गए। विपद्ग्रस्त स्कीन ने पार्सल, स्कोट एवं एंड्रयूज को रानी से सहायता माँगने के लिए भेज दिया। इसी बीच सिपाहियों का विद्रोही भाव जनता में भी संक्रमित हो गया था। रानी के पहले भेजे हुए महल की रक्षा में लगे चालीस सुरक्षा गार्ड विद्रोही सिपाहियों को सहयोग देने लगे। गतिविधि देखकर एंड्रयूज आदि तीन प्रमुख अंग्रेज भारतीय पोशाक पहनकर रानीमहल की ओर गए।

विदेश में शासन करने जो अंग्रेज लोग आए थे अब तक चारों ओर के हालातों को वही लोग चला रहे थे। आज वे लोग परिस्थितियों के हाथों कठपुतली मात्र हो गए। उन दिनों सारी परिस्थिति उन लोगों के विरुद्ध दुर्दम्य एवं शक्तिशाली होकर सारे घटनाचक्र पर नियन्त्रण करने लगी थी। रानीमहल पहुँचने के पहले ही रास्ते में पार्सल और स्कोट मार दिए गए। अभी थोड़े दिन पहले झड़ूकुँवर गूजर नामक एक व्यक्ति का एंड्रयूज ने अकारण अपमान किया था। एंड्रयूज का घोड़ा यह समझकर कि हम अकेले हैं, रानीमहल का फाटक पार कर गया। उसी समय झड़ूकुँवर का लड़का भाग्यवश उसके सामने पड़ गया। घोड़ा भड़क गया और उसने दो पैर उठाकर एंड्रयूज को नीचे पटक दिया। झड़ूकुँवर के लड़के ने उसे मार दिया।

रानीमहल का दरवाजा बन्द हो गया। आश्रित स्वजन, दास-दासी आदि सभी ने रानी के आसपास भीड़ लगा ली। व्याकुल, शंकित चित्त रानी ने सभी को भरोसा दिलाया। प्रतीक्षा करने लगीं, कब कौन-सी खबर आती है।

किले को घेरकर तब छह सौ सिपाही उत्तेजित, उन्मत्त हो उठते हैं। दिल्ली में अंग्रेजी राज खत्म हो चुका है, मेरठ में अंग्रेज छावनी जल चुकी है। दिल्ली के तख्त पर बहादुरशाह एवं सभी जगह सिपाहियों का राज हो गया है। बन्द अंग्रेजों के साथ इसीलिए वे लोग विजय के गर्व से भरकर लड़ने लगे। ओरछा गेट के सामने कोई-न-कोई उत्तेजनापूर्ण भाषण देने लगा।

दुर्ग के अन्दर अवरुद्ध भारतीयों में से कोई-कोई बाहर निकलने के लिए प्रयास करने लगे। कैप्टन वर्गीज का खिदमतगार एक दरवाजे के मुख पर अड़े हुए पत्थर को सरकाने लगा। लेफ्टीनेंट पाऊस ने उसकी गोली मारकर हत्या कर दी। पाऊस को उसके ही एक परिचारक ने तलवार से काट डाला। वर्गीज ने इस नौकर की हत्या कर दी। भारतीय नौकर ने विश्वासघात किया है वह खबर फैलते ही किले के भीतर पच्चीस भारतीयों की हत्या कर दी गई।

7 जून। कप्तान स्कीन ने समझ लिया कि इस समय आत्मसमर्पण के अलावा और कोई गति नहीं है। कैप्टन गार्डन बरामदे से खाने की चीजें उठाते समय मार दिया गया। उसके पास गोला-बारूद नहीं है, खाने को नहीं है इसलिए आत्मसमर्पण करेगा यह जताते हुए कैप्टन स्कीन ने 8 जून को सवेरे सफेद कपड़ा उड़ाकर सन्धि का प्रस्ताव किया। सन्धि की शर्तों के सम्बन्ध में बातचीत करने के लिए भीतर आया झाँसी के सरकारी अस्पताल का डॉक्टर मोहम्मद सलेह[1]। स्कीन ने कहा–

> हम लोगों के आत्मसमर्पण की एकमात्र शर्त यह है कि तुम लोग बिना किसी बाधा के हम लोगों को सागर चले जाने दोगे। हम लोगों का रोआँ भी न छुओगे।

मोहम्मद सलेह ने वचन दिया। स्कीन के नेतृत्व में पैंसठ अंग्रेज नर-नारी, शिशु, बच्चे-बच्चियाँ एक-एक कर निकल आए। झाँसी शहर के स्त्री-पुरुष इस अभूतपूर्व दृश्य को देखने लगे। अंग्रेज लोगों को झोकन बाग के एक उद्यान में ले जाया गया।

14वीं अस्थायी घुड़सवार सेना के कई घुड़सवार सैनिकों ने आकर बताया कि रिसालदार काले खाँ ने हुक्म दिया है कि सभी अंग्रेजों को मार दिया जाए। जेल के दरोगा बख्शीश अली ने नेतृत्व का भार लिया। झोकन बाग के उस उद्यान में कप्तान स्कीन के साथ चौंसठ अंग्रेज स्त्री-पुरुष और बच्चे मार डाले गए।

इस भयंकर हत्याकांड की प्रतिक्रिया ने झाँसी के जनसामान्य के मन में घृणा उत्पन्न कर दी। दिल्ली और मेरठ की सफलता की खबर से बेपरवाह हुए सिपाहियों ने झाँसी में नहीं रहना चाहा! वे लोग बोले–चलो, दिल्ली चलें!

रानीमहल के सामने जाकर उन्होंने रानी को बताया कि उन्हें फिलहाल तीन लाख रुपया चाहिए, नहीं तो झाँसी शहर लूट लेंगे। रानी ने पहले तो उन लोगों को बताया कि वह असहाय, अर्थ और सम्पत्तिहीन है। उन्हें परेशान करने से उन्हें निराशा ही मिलेगी। किन्तु सिपाही भी उन्हें छोड़नेवाले नहीं थे। तब रानी ने बाध्य होकर अपनी खानदानी अथवा व्यक्तिगत सम्पत्ति से एक लाख मूल्य के गहने देकर इस आसन्न विपत्ति से मुक्ति पाई।

सिपाही तब झाँसी छोड़कर दिल्ली की ओर चलने लगे।

जाने के पहले वे कह गए–

मुल्क खुदा ताला का–
राज बहादुरशाह का–
अमल लक्ष्मीबाई का
झाँसी लक्ष्मीबाई का॥

---

1. डॉक्टर मोहम्मद सलेह सरकारी अस्पताल में डॉक्टर था। विशेष विवरण परिशिष्ट में देखिए।–अनुवादक

तब रानी ने 9 जून को अंग्रेजों के शवों को कब्र में गाड़ने की व्यवस्था की। उसके बाद झाँसी राज्य की अवस्था पूरी तरह अरक्षित जानकर उन्होंने जबलपुर के कमिश्नर मेजर एरस्काइन को चिट्‌ठी लिखी।

झाँसी का हत्याकांड 1857-58 ई. के इतिहास में एक अत्यन्त महत्त्वपूर्ण घटना है, यद्यपि प्रत्यक्ष अथवा परोक्ष रूप में किसी भी तरह से वे उस हत्याकांड से जुड़ी हुई न थीं।

पूरे भारत में उस समय अंग्रेज एक प्रबल पराक्रान्त शक्ति थे। मार्च मास में वैराकपुर में मंगल पांडे विद्रोह कर देता है और यह सब जून मास की घटनाएँ हैं। झाँसी के चारों ओर राजपूत राज्यों का घेरा था। दतिया और ओरछा इसी तरह की किसी अरक्षित अवस्था का सुयोग खोज रहे हैं इसे रानी अच्छी तरह जानती है। उसकी खुद की अवस्था पूरी तरह अरक्षित है। जो सिपाही अब तक झाँसी में थे वे संयुक्त प्रान्त के लोग थे। झाँसी राज्य, रानी अथवा बुन्देलखंड के प्रति उनमें कोई निष्ठा नहीं थी, और वे इस हत्याकांड का फल भोगने का उत्तरदायित्व झाँसीवासियों पर डालकर चले गए थे। इस कांड में जिनकी असली भूमिका थी वे चले गए दिल्ली की ओर तथा रानी को उनके कृतकर्म का दायित्व अपने ऊपर लेकर विपत्ति में पड़ना होगा। इतनी तो अदूरदर्शी वह थी नहीं। तत्कालीन अवस्था में एकमात्र अंग्रेज ही उसकी सहायता कर सकते थे। इसलिए अंग्रेज अफसरों को वह नित्य सूचनाएँ देने लगी।

इसके अलावा हृदय के जन्मजात गुणों के कारण रानी ने अंग्रेजों की मदद की थी, अंग्रेजों का तुष्टीकरण उनका उद्‌देश्य न था। जिस घटना के साथ उसका लेशमात्र सम्बन्ध नहीं था, उलटे जिसमें उसकी भूमिका नितान्त मानवीय थी, उसकी जिम्मेवारी उसके सिर पर थोपकर कलकत्ता के फोर्ट विलियम में जो फाँसी का परवाना तैयार किया जाएगा और झाँसी राज्य का नाम काली सूची में आ जाएगा, यह रानी की कल्पना में दूर-दूर तक भी न था।

झाँसी में विद्यमान अंग्रेजों में लेफ्टीनेंट राइब्स भागने में सक्षम हो गया था। 14 जून को वह ग्वालियर पहुँच गया। इसके अलावा सर्जेंट जोन न्यूटन, स्त्री और चार बच्चे-बच्चियों को लेकर बचकर भाग सका था। मिस्टर स्टुअर्ट भी भाग गया था। लेफ्टीनेंट राइब्स के अलावा बाकी कई लोग भारतीय क्रिश्चियन थे। उनका रंग, बोली सभी भागने के अनुकूल थी। कर्नल मार्टिन आगरा चला गया और बाद में वहीं पर स्थायी रूप से रहने की उसने व्यवस्था कर ली। आगरा-स्थित कर्नल फ्रेजर के नाम रानी ने इस हत्याकांड की विस्तृत जानकारी देते हुए एक पत्र उसके हाथ में दिया था। मार्टिन स्वयं भी जानता था कि इस हत्याकांड में रानी पूरी तरह निर्दोष है। इसलिए उसने सहज विश्वासवश वह पत्र फ्रेजर को दे दिया। फ्रेजर ने वह पत्र

पढ़कर भी न देखा। 1889 ई. में कर्नल मार्टिन ने रानी के दत्तक पुत्र दामोदर राव को एक पत्र लिखा। उसने लिखा–

20-8-1889

आपकी हतभागिनी माँ के साथ मैंने अत्यन्त अन्याय एवं निष्ठुरतापूर्ण व्यवहार किया है। उनके विषय में सत्यासत्य जितना मैं जानता हूँ, उतना और कोई भी नहीं जानता है। वह निरपराधिनी, महान चरित्र की महिला झाँसी में 4 जून, 1857 को हुए हत्याकांड से स्थूल रूप में भी जुड़ी हुई नहीं थीं। उलटे उन्होंने ऊपर-ही-ऊपर दो दिन तक दुर्ग में अवरुद्ध अंग्रेजों को भोजन आदि उपलब्ध कराया था। कड़ेरा के दुर्ग से एक सौ बन्दूकधारी सैनिकों को बुलवाकर अंग्रेजों की सहायता करने के लिए भेजा। किन्तु कैप्टन स्कीन के अनुरोध पर उन्हें वापस भेज दिया गया। कैप्टन स्कीन एवं गार्डन से उन्होंने बार-बार दतिया के राजा के यहाँ सुरक्षित स्थान में आश्रय लेने के लिए चले जाने का अनुरोध किया था। उनके उस हित से भरे परामर्श को स्कीन ने अस्वीकार कर दिया था। उसका दुखद परिणाम यह हुआ कि सभी मर गए। जिन लोगों में से एक भी जीवित बच जाने पर सत्य का निरूपण हो सकता था उनमें से सभी मर गए।

विद्रोही सैनिक जब झाँसी छोड़कर चले गए, तब उन्होंने अपने देश (झाँसी राज्य) का शासन-भार ग्रहण कर लिया था। क्योंकि वे जानती थीं कि उन्हें छोड़कर वहाँ अंग्रेजों का सच्चा मित्र और कोई नहीं है। दतिया, टेहरी और ओरछा स्वतन्त्र रूप से हम लोगों की सहायता कर सकते थे। क्योंकि ओरछा की सीमा झाँसी के कुचकाबाज मैदान से मात्र डेढ़ मील दूर थी और दतिया की सीमा से झाँसी छह मील दूर थी। फिर उनके पास सुसज्जित और सशस्त्र सेना का भी अभाव नहीं था। फिर भी उपर्युक्त दोनों राज्यों के शासकों ने विपदा में पड़े अंग्रेज लोगों की रंचमात्र भी सहायता नहीं की। ऊपर से रानी को अरक्षित और क्षीणबल समझकर बार-बार झाँसी पर आक्रमण करने में भी उन्हें कोई बाधा नहीं पड़ी। उन लोगों के उस समय के कार्यकलापों को देखकर लगा कि कुछ दिन के लिए भारत में अंग्रेजों के प्रभुत्व की बात मानो वे भूल ही गए हैं। सुखद बात यह रही कि रानी के अदम्य साहस के समक्ष उन्हें बार-बार पराजित होकर लौट जाना पड़ा। दुख का विषय यह है कि झाँसी-ओरछा, झाँसी-दतिया राज्यों के आपसी विरोध के लिए भी रानी को ही जिम्मेदार ठहराया गया है और अन्य दो राजपूत राज्यों को अंग्रेजों का मित्र कहा गया है।

उन्होंने जबलपुर के मेजर एरस्काइन और आगरा के उत्तर-पश्चिमी प्रदेश के चीफ कमिश्नर कर्नल फ्रेजर को सारी स्थिति से अवगत कराते हुए जो खरीता लिखा था, उसे मैंने अपने हाथों ही उन्हें दिया था। किन्तु फ्रेजर ने उस पत्र को पढ़कर भी नहीं देखा। झाँसी का नाम अपराधियों की सूची में लिख दिया गया और बिना विचार के झाँसी के भाग्य में दंड-विधान लिख दिया गया।

अधिक क्या कहें इस घटना के सम्बन्ध में अंग्रजों की ओर से सच-झूठ का निर्णय करने के लिए व्यवस्था की गई। जिम्मेवारी मिलने पर मेजर पिंकनी ने एक रिपोर्ट प्रस्तुत की और पी. जी. स्कोट ने सरकारी आख्या तैयार की। पी. जी. स्कोट ने कहा कि उन्होंने निम्नलिखित कई प्रत्यक्षदर्शियों के द्वारा दिए गए विवरणों से अपनी रिपोर्ट तैयार की है–

1. घटना के समय उपस्थित एक व्यक्ति का विवरण।
2. एक बंगाली की साक्षी (नाम अप्रकाशित)।
3. मेजर स्कीन के खानसामा सहीबुद्दीन का लिखित बयान।
4. मिसेज माटलो की साक्षी।

इन साक्षियों में रानी के सम्बन्ध में क्या कहा गया है उसे देखना चाहिए।

पहला विवरण अत्यन्त यथार्थ और संक्षिप्त है। उसमें रानी के नाम का उल्लेख तक नहीं है। दूसरा विवरण झाँसी के कस्टम कलक्टर के ऑफिस के एक बंगाली किरानी के द्वारा दिया गया है। उसने कहा–

> ...6 जून को लेफ्टीनेंट डनलप और टेलर मारे गए। सिपाही अंग्रेजों के घर-द्वार में आग लगाने लगे और जेल से बन्दियों को छुड़ा ले गए। कस्टम और पुलिस के चपरासियों को साथ लेकर दो बन्दूकों के साथ पचास घुड़सवार और तीन सौ सिपाही लोग शहर की तरफ बढ़ने लगे। उनके आगे आ रहा था जेल का दरोगा बख्शीश अली। ओरछा दरवाजा खोल दिया गया। सारी सेना शहर में घुस पड़ी और 'दीन की जय' का नारा लगाती हुई सड़कों पर घूमने लगी। रानी ने अपने महल के दरवाजे पर पहरा लगा दिया और अपना भीतरी दरवाजा बन्द किए रहीं। कैप्टन गार्डन ने रानी के पास सहायता की प्रार्थना करते हुए दूत भेजा। किन्तु विद्रोहियों ने उन्हें बता दिया था कि अगर वे अंग्रेजों की सहायता करेंगी तो वे लोग रानी को मार डालेंगे और महल में आग लगा देंगे। इसलिए रानी उनकी बात मानने के लिए विवश हो गई। रानी के रक्षकों ने उस समय विद्रोहियों का साथ दिया।

× × ×

7 जून को सवेरे एंड्रयूज, पार्सल और स्कोट मुसलमानों के छद्मवेश में किला से निकलकर रानीमहल की तरफ सहायता माँगने के लिए चले। रानी उनसे मिली तक नहीं। उलटे कहा–"अंग्रेज सूअरों के साथ मेरा कोई सम्बन्ध नहीं है। उन्हें रिसालदार काले खाँ के पास ले जाया जाए।" रिसालदार साहब के पास भेजने का आदेश उनकी हत्या के आदेश का रूपान्तर मात्र था। वे तीनों ही मार डाले गए। एंड्रयूज रानीमहल के सामने झड़ूकुँवर के लड़के के हाथों मार दिए गए।

× × ×

इसी बीच पोस्ट ऑफिस का एक बंगाली बाबू मि. फ्लेमिंग को आश्रय देने के कारण सिपाहियों का कोपभाजन हो गया था। सिपाही लोग इसी कारण बंगालियों को पकड़कर (मुझे भी) रिसालदार काले खाँ के पास ले गए। काले खाँ ने हुक्म दिया कि अवरुद्ध अंग्रेज जब तक आत्मसमर्पण नहीं कर देंगे तब तक बंगाली लोग कैद में रहेंगे।

इसी समय हत्या का भय दिखाकर विद्रोही सिपाहियों ने रानी को अपने पक्ष में कर लिया। रानी ने एक हजार सिपाही एवं दो तोपें देकर उनकी सहायता की।

तीसरे लिखित विवरण में चपरासी कहता है–

8 जून को मैंने झाँसी शहर में जाकर देखा कि रानी के हुक्म से कड़कबिजली तोप लेकर सिपाही लोग किले पर गोले दाग रहे हैं।

...स्त्री-पुरुषों, बच्चों की झोकन बाग में हत्या करने के बाद रानी एवं जेल दरोगा जुलूस बनाकर कंटूनमेंट में जाकर रिसालदार से मिले।

...हत्याकांड के एक दिन पहले सारे शहर में डिमडिमी पीटकर सिपाहियों ने घोषणा की थी कि अमल खुदा ताला का–झाँसी लक्ष्मीबाई की–फिरंगियों को मार डालो।

चौथी साक्षी में मिसेज माटलो ने कहा है–

4 जून को कैप्टन गार्डन और स्कीन स्वयं रानी के पास गए और अनुनय-विनय करके पचास बन्दूकें, बारूद, गोला, गोली और पचास सुरक्षा सैनिकों की व्यवस्था कर ली। दूसरे दिन डनलप और टेलर की हत्या के बाद रानी ने अपने सुरक्षा सिपाहियों को वापस बुला लिया। उसके बाद रानी और उसके सुरक्षा सिपाहियों ने विद्रोहियों से मिलकर उन्हें सक्रिय सहयोग दिया।

8 जून को विद्रोही सिपाहियों द्वारा सन्धि का प्रस्ताव रखने के बाद कैप्टन स्कीन ने रानी को बताया कि रानी अगर उस सन्धि-पत्र पर अपने हस्ताक्षर कर दे तो अंग्रेज लोग आत्मसमर्पण कर देंगे अन्यथा नहीं। रानी

ने अपने हस्ताक्षर कर दिए। सन्धि-पत्र में यह लिखा गया था कि अंग्रेजों को अगर छुआ भर गया तो हिन्दुओं को गोहत्या और मुलसमानों को सूअर-हत्या का पाप लगेगा। रानी के हस्ताक्षर से युक्त सन्धि-पत्र देखकर स्कीन आत्मसमर्पण को राजी हो गया। हम सब लोग जब गेट से निकलकर किले के बाहर आए, तब मैं नहीं जानती कैसे भी तो सिपाही लोग मुझे नहीं देख पाए। मैं अपनी आया की सहायता से झोकन बाग के एक स्मारक भवन में छिपी रही। उस हालत में मैं एक मास रही।

...मैंने अपने हितैषी सागर निवासी दौलतराम के हाथों जो चिट्ठी भेजी थी, रानी के दूत ने उसे लेकर रानी को दे दी थी। मुझे खबर मिली कि रानी ने कह रखा है कि मुझे जो पकड़ लेगा उसे एक सौ रुपया इनाम मिलेगा। रानी के लिखित अनुमति-पत्र के बिना किसी को भी नगर से बाहर जाने देने का हुक्म नहीं था। और उस लिखित अनुमति-पत्र की व्यवस्था कर देने का साहस मैंने किसी में भी नहीं देखा।

इस झाँसी में मेरा सर्वनाश हो चुका है। मेरे स्वामी और देवर मर गए हैं। ईश्वर की दया से अगर मैं अनाथ होकर भी अपनी सन्तान को बचा सकी तो मेरी सारी कामनाएँ सार्थक हो जाएँगी।

इन विवरणों का अनुशीलन करने पर समझ में आ जाएगा कि ये सब परस्पर विरोधी हैं। रानी के सम्बन्ध में तीन लोगों ने तीन तरह के विवरण दिए हैं यद्यपि तीनों विवरण प्रत्यक्षदर्शियों के हैं। मिसेज माटलो का विवरण सर्वाधिक सन्देहजनक है। क्योंकि झोकन बाग में कोई हिन्दू स्मारक भवन था ही नहीं। उन्होंने कहा है कि किले से मैं झोकन बाग में गई। किन्तु झोकन बाग के हत्याकांड के सम्बन्ध में वे एकदम चुप हैं।

कैप्टन स्कोट ने आगरा प्रवासी कर्नल मार्टिन से कोई गवाही या लिखित साक्षी ली ही नहीं। और उस सम्बन्ध में कोई उल्लेख तक नहीं किया है। किसी-किसी अंग्रेज इतिहासकार ने राइब्स, न्यूटन, मिसेज माटलो आदि जो कई लोग झाँसी से भागने में सफल हो गए थे, उनका नाम भी मृत लोगों की सूची में दे दिया है। बंगाली व्यक्ति ने अपनी गवाही में कहा है कि रानी ने शरण माँगनेवाले एंड्रयूज, पार्सल और स्कोट के सम्बन्ध में कहा था कि मेरा अंग्रेज सूअरों के साथ कोई सम्बन्ध नहीं है—"I have no concern with English swine." यह निश्चित है कि रानी ने उनके सम्बन्ध में कोई बात ही नहीं की थी फिर, उस बंगाली को यह बात सुनने का मौका कैसे मिला था, इस सम्बन्ध में उसने कुछ भी नहीं बताया। रानी ने अंग्रेजों की सहायता करने को कहा था इसे, और एक व्यक्ति ने भी कहा है, वह है कैप्टन स्कीन का एक दूसरा चपरासी गुलाम मुहम्मद। फतेहपुर में 19-11-1857 ई.

को मजिस्ट्रेट विलियम जे. प्रोविन के सामने एक लिखित बयान देते समय उसने कहा था–

> झाँसी विद्रोह के समय रानी सदा अपने महल में ही रही थी। अंग्रेजों के लिए चिन्तित होकर रानी ने अपने वकील को मेरे मालिक के पास भेजकर स्त्री और बच्चों को राजमहल में आने के लिए कहा था। उस समय भी हम लोग बँगले में ही रह रहे थे। कंटूनमेंटवाले बँगले को छोड़कर हम लोगों के किले में चले जाने के बाद हम लोगों की खोज-खबर लेने के लिए उन्होंने अपने वकील को फिर भेजा। साथ में चालीस पहरेदार रक्षकों को भी भेजा था। अंग्रेज लोगों की देख-रेख और रक्षा करने के लिए ये चालीस लोग भी बाद में रानी के साथ मिलकर विद्रोह की घोषणा कर देते हैं।
>
> प्रोविन--तुमने कैसे जाना कि रानी ने भी विद्रोह में सहयोग दिया था?
>
> गुलाम मुहम्मद--किले में बन्द होते-होते ही मेरे मालिक स्कीन ने कहा था कि यह काम निश्चय ही रानी का है। उन्होंने जब सहायता भेजी थी तब भी उनका षड्यन्त्र था। हाँ, यह स्कीन का ही कथन है, मैं व्यक्तिगत रूप से इस सम्बन्ध में कुछ भी नहीं जानता हूँ।

अंग्रेज इतिहासकार इसीलिए इस हत्याकांड के विषय में रानी के नाम पर यथेच्छ कलंक लगा गए हैं। यहाँ तक कि के. और मेलसन जिनका इतिहास बहुत कुछ निरपेक्ष, अनुसन्धान से प्रेरित और गवेषण से समृद्ध है इस रूप में ख्याति का दावा कर सकता है, वह भी यह बात कह गए हैं।

> झाँसी के हत्याकांड में रानी लिप्त थी या नहीं इस विषय में कई लोगों ने सन्देह व्यक्त किया है, किन्तु यह बात भूल जाने से नहीं चलेगा कि कैप्टन स्कीन के द्वारा भेजे गए तीन असहाय अंग्रेजों की हत्या रानी ने ही की थी एवं झाँसी में ब्रिटिश लोगों के मरने से सबसे अधिक लाभ हुआ भी उसी का था। वह मानती थी, झाँसी राज्य पर न्यायसंगत अधिकार उसी का है एवं उसके मार्ग की बाधा ब्रिटिश लोग ही हैं। उस बाधा को हटाने के लिए किसी भी रास्ते का सहारा लेने में उसे संकोच नहीं था। हत्याकांड के बाद में उसके व्यवहार से उसकी मानसिक उत्तेजना की गम्भीरता का पता चला। क्षण-भर के लिए सन्देह हुआ था कि जैसे सिपाहियों के साथ उसका विरोध हो गया हो, किन्तु सिपाहियों को उससे रुपया मिल गया और उसने उसके बदले में 'झाँसी की रानी' का खिताब खरीद लिया।
>
> किन्तु के. और मेलसन ने ही पहले कहा है कि मेरी यह व्यक्तिगत धारणा है कि झाँसी की रानी के प्रति ब्रिटिश सरकार ने अत्यन्त अन्याय

किया था एवं उसने अपने निजी सहज और स्वाभाविक विरोध को ही जताया था।

'अपने तरीके' से कहकर के. और मेलसन ने युद्ध की ही बात कही है। रानी के सम्बन्ध में उन लोगों ने उच्छ्वसित हृदय से प्रशंसा ही की है, फिर भी इस हत्याकांड के लिए रानी को दोषी ठहराने से भी वे विरत नहीं हुए हैं। रानी की तरफ से इस हत्याकांड में सहयोग करने के तर्क को भी उन्होंने दर्शाया है।

झाँसी की तत्कालीन परिस्थिति को देखकर एक ऐसे व्यक्ति की जरूरत थी जो दूरदर्शी हो और जिसमें समस्त घटनाक्रम को अपनी बुद्धि से आयत्त करके अपनी वज्र जैसी कठोर मुट्ठी में शासन की बागडोर सँभालने की क्षमता हो।

निःसन्देह रानी लक्ष्मीबाई में ही वह क्षमता थी।

ग्यारह

8 जून के हत्याकांड के बाद से ही झाँसी राज्य में घर और बाहर के सभी शत्रु सक्रिय हो उठे। 9 जून को ही रानी ने हत्याकांड के सम्बन्ध में विशेष विवरण देते हुए अपने दूत जबलपुर के कमिश्नर एरस्काइन के पास भेजे थे। ये दोनों दूत खोखली लाठियों के भीतर पत्रों को रखकर सिर्फ एक वस्त्र पहनकर नंगे बदन दीन-दरिद्र के वेश में एरस्काइन के पास जाते हैं। इन हरकारों के एरस्काइन के पास पहुँचते ही एरस्काइन उन्हें देखकर बहुत नाराज हो गया। सिर्फ लाठी लेकर क्या मेरे साथ हँसी-मजाक करने आए हो। रानी के हरकारों ने इसके बाद चिट्ठियाँ निकालकर एरस्काइन के हाथ में दीं। एरस्काइन ने उन पत्रों को पाकर रानी की बात पर विश्वास कर लिया था ऐसा मानने का कारण है।

उस समय की अनिश्चित अवस्था में एरस्काइन के लिए झाँसी में सहायता भेजना अथवा झाँसी के शासन का भार ग्रहण करना सम्भव न था। अतएव उसने रानी को एक पत्र लिखकर ब्रिटिश सरकार की तरफ से झाँसी का भार ग्रहण करने का अनुरोध किया। एक हुक्मनामा जारी करके झाँसी में स्थित ब्रिटिश सरकार के कर्मचारियों और अमला वर्ग को रानी को स्वामी मानने और उसे राजस्व देने का आदेश प्रजा वर्ग को दिया।

यह पत्र और हुक्मनामा आज भी दिल्ली अभिलेखागार में सुरक्षित है।

एरस्काइन का घोषणा-पत्र इस प्रकार है—

'झाँसी के सम्बन्ध में घोषणा'
'Proclamation on Jhansi'

सरकारी जिला झाँसी के वाशिन्दों और प्रजा वर्ग को सूचित किया जा रहा है कि यद्यपि सिपाहियों के अन्यायपूर्ण आचरण के फलस्वरूप कई मूल्यवान जीवन और सम्पत्ति नष्ट हो चुकी है, फिर भी शक्तिशाली और क्षमतावान ब्रिटिश सरकार हर विद्रोही इलाके में हजारों यूरोपीय सैनिक भेज रही है और झाँसी में कानून एवं व्यवस्था स्थापित करने की वे पूरी व्यवस्था करेंगे।

जब तक अफसर लोग सेना लेकर झाँसी नहीं पहुँच जाते हैं, तब तक ब्रिटिश शासन की रीति के अनुसार ब्रिटिश सरकार की तरफ से झाँसी की रानी लक्ष्मीबाई झाँसी पर शासन करेंगी।

धनी-गरीब, बड़े-छोटे हरेक को मैं आदेश देता हूँ कि वह बिना किसी विचार के रानी को (शासक के रूप में) माने।

ब्रिटिश फौज ने दिल्ली पर पुनः अधिकार कर लिया है। हजारों से भी अधिक विद्रोहियों को मार दिया है, एवं जहाँ पर भी विद्रोही पाए जाएँगे वहीं उन्हें फाँसी दे दी जाएगी अथवा उन्हें मार दिया जाएगा।

हस्ताक्षर–डब्ल्यू. सी. एरस्काइन

कमिश्नर एवं लेफ्टीनेंट गवर्नर का एजेंट

(Forein 1857 Department, Secret. In a letter from Commissioner Saugor Division of 2.7.1857 No. A consultation, 31-7-No. 354.)

हाँ, एरस्काइन के इस पत्र ने रानी की जरा भी सहायता नहीं की। क्योंकि रानी के राज्य की बागडोर हाथ में लेते ही एरस्काइन ने उसे 'विद्रोही' कह दिया और एक बार भी इस पत्र का उसने उल्लेख तक नहीं किया।

झाँसी का भार हाथ में लेने के साथ-ही-साथ रानी ने अपने कार्यकलाप से अपनी योग्यता प्रमाणित कर दी।

के.ओ. मेलसन के शब्दों में–

उसने अपने को अत्यन्त सुयोग्य शासक के रूप में सिद्ध कर दिया। एक टकसाल की स्थापना की। किले और शहर के महत्त्वपूर्ण केन्द्रों को सैन्य व्यवस्था के द्वारा अभेद्य कर दिया। तोपों की ढलाई शुरू की एवं नई फौज का गठन शुरू कर दिया।

सुदर्शनीय तेजस्विनी रानी जनसामान्य के सामने खुले रूप में घूमने में जरा भी कुंठित नहीं होती थी, इसलिए वह प्रजा पर जल्दी ही अपना प्रभाव डालने में समर्थ हो गई।

श्रद्धा आकर्षित करने की इस क्षमता और चरित्र की दृढ़ता के साथ मिला हुआ था उसका असाधारण साहस। ऐसे ही विभिन्न गुणों के समावेश के कारण रानी ह्यूरोज़ की सेनाओं का अद्भुत और शक्तिशाली प्रतिरोध करने में समर्थ हुई थी। ह्यूरोज़ की अपेक्षा अगर और किसी अयोग्य व्यक्ति के नेतृत्व में ब्रिटिश सेना होती तो रानी के लिए सफल होना उतना असम्भव न रहता।

रानी ने सबसे पहले बुन्देलखंड के गरीब किसानों को गए वर्ष की लगान वसूली से मुक्ति देकर उनकी आस्था और प्रेम जीत लिया। 1854 ई. से झाँसी सरकार के 3,240 सैनिक बरखास्त होकर जो घर बैठे हुए थे उन्हें पुनः बुला लिया गया।

बुन्देला, ठाकुर इन सब उच्च वर्गों से लेकर काछी, कोरी, तेली सभी वर्गों के लोग उसकी सेना में आकर शामिल हो गए। उसी प्रबल स्वधर्म पालन के दिन रानी ने अफगान, पठानों और मकरानी मुसलमानों का आह्वान किया। अपने विश्वास के द्वारा उन्हें अनुप्राणित कर दिया। इसी तरह से उसकी सेना तैयार होने लगी।

युद्ध हो अथवा शान्ति, लोगों को खा-पहनकर जीवित रहना पड़ता है। किन्तु विद्रोह से आक्रान्त इलाकों में उन दिनों जनसामान्य की रोजी-रोजगार की आशा खतरे में पड़ गई थी। इसलिए रानी ने झाँसी शहर में चार उद्योग केन्द्रों की स्थापना की और कठोर कानून-व्यवस्था के अनुसार आन्तरिक शासन-व्यवस्था चलाकर खेती-बारी को जारी रखा।

जब वह इस प्रकार झाँसी को शक्तिशाली बना लेती है तब घर के दुश्मन सक्रिय हो जाते हैं।

पहले ही कहा जा चुका है कि नेवलकर लोगों की मूल जागीर खानदेश में स्थित परोला में थी। खानदेश इस समय बम्बई राज्य (महाराष्ट्र में) के अन्तर्गत एक जिला मात्र है। परोला जलगाँव और भुसावल के दक्षिण-पश्चिम में स्थित है। नेवलकर वंश के मूल पुरुष रघुनाथ राव परोला के थे। उनके प्रथम पुत्र खंडेराव के वंशधरों में 1857 ई. में काशीनाथ और वासुदेव जीवित थे। काशीनाथ झाँसी शहर के तहसीलदार थे। वे निःसन्तान थे। काशीनाथ के काका के पुत्र वासुदेव नेवलकर के एकमात्र पुत्र आनन्द राव को गंगाधर राव ने गोद लिया। इसलिए परोला में खंडेराव के वंश का कोई नहीं था। वासुदेव सिर्फ वहाँ बने रहते थे।

रघुनाथ के दूसरे पुत्र दामोदर राव के दो पुत्र थे, हरिपन्त और सदाशिव पन्त। हरिपन्त के तीन पुत्रों में पहले लड़के झाँसी के पहले सूबेदार द्वितीय रघुनाथ राव पुत्रहीन अवस्था में मरे थे। दूसरे पुत्र शिवराव भाऊ से झाँसी के राजवंश का पता चलता है। तीसरे पुत्र की एकमात्र सन्तान लालाभाऊ पुत्रहीन थे और झाँसी राजवंश के परम हितैषी के रूप में झाँसी में निवास करते थे।

दामोदर राव के दूसरे पुत्र सदाशिव पन्त के वंशधर परोला में अपनी जागीर का उपभोग कर रहे थे। सदाशिव पन्त के प्रपौत्र सदाशिव नारायण परोला में जागीरदार थे।

झाँसी राज्य के अधिग्रहण के सम्बन्ध में ब्रिटिश सरकार एवं रानी लक्ष्मीबाई के बीच चिट्ठी-पत्री का जो आदान-प्रदान हुआ था, उससे पता चलता है कि यही सदाशिव नारायण चचेरे भाई गंगाधर राव के बाद अपने दावे को न्यायसम्मत मानकर बार-बार अर्जी पेश करते रहे, किन्तु ब्रिटिश सरकार ने उस निवेदन को कभी भी स्वीकार नहीं किया था।

झाँसी राज्य के सम्बन्ध में सदाशिव राव सदा बड़ी सतर्कतापूर्वक अपने पास सारी खबरों का पता रखा करते थे। 8 जून को अंग्रेजों के हत्याकांड के बाद उन्होंने रानी की असुरक्षित अवस्था तथा झाँसी राज्य की हाल की अनिश्चित अवस्था के अवसर का लाभ उठाने का संकल्प लेकर परोला से तीन हजार सेना लेकर झाँसी के अधीन कड़ेरा दुर्ग पर अधिकार कर लिया। वहाँ के तहसीलदार को धमकाकर उससे 16 जून, 1857 को अपना राज्याभिषेक करा लिया। खिताब लिया 'झाँसी के गौरव महाराज सदाशिव राव नारायण'। अपने नाम से जागीरनामा लिखाकर झाँसी राज्य की विभिन्न तहसीलों के तहसीलदारों के पास भिजवाया। राजापुर-दिहाला के तहसीलदार गुलाम हुसैन को लिखा–

> मैंने तुम्हारी नौकरी बहाल रखी है। तुम मुझे उचित नजराना भेजो। क्योंकि इस समय मैं ही झाँसी का स्वतन्त्र शासक हूँ।
>
> आषाढ़, वैध अष्टमी संवत्, 1914

गुलाम हुसैन की ओर से राजकीय आदेश के पालन में उचित तत्परता के अभाव में, दो दिन बाद उसने फिर लिखा–

> तुम्हें नौकरी से बरखास्त करने का निर्णय ले लिया है। इसलिए तुम्हारी नौकरी अब चली गई।

सदाशिव राव रानी को प्रतिपक्ष के रूप में जरा भी नहीं मानता था, इसी कारण उससे सावधान रहने की कोई जरूरत ही नहीं समझता था। रानी ने इस नए राजा को कैद करने के लिए एक हजार सैनिक भेजे। सदाशिव राव विपत्ति देखकर ग्वालियर के अन्तर्गत नरवर भाग गया, किन्तु वहाँ भी उसका पीछा रानी की सेना ने किया और उसे बन्दी बनाकर झाँसी के किले में रखा। रानी ने सदाशिव राव के साथ किसी भी तरह का असम्मानजनक व्यवहार नहीं किया और 1858 ई. में अंग्रेजों के झाँसी दुर्ग पर अधिकार करने के बाद उन्होंने उसे वहाँ बन्दी अवस्था में पाया। अंग्रेजों के विचार से सदाशिव राव दोषी सिद्ध हुआ था।

अपने ही आचरण के कारण सदाशिव नारायण परोला की जागीर के अधिकार से च्युत हो गया था। परोला में गंगाधर राव का जो हिस्सा था उसकी देख-परख के लिए केशव भास्कर ताम्बे और उसका पुत्र कृष्ण केशव ताम्बे परोला गए थे। केशव भास्कर ताम्बे पूना से ब्रह्मानन्द स्वामी के आदेश से चिम्माजी अप्पा के साथ काशी गए थे। मोरोपन्त ताम्बे और केशव भास्कर ताम्बे सजातीय थे। काशी में रहते समय उनके सम्बन्ध अत्यन्त घनिष्ठ हो जाते हैं। काशी से बिठूर आकर उन्होंने बिठूर घाट के पास दो घर पास-पास बनवाए थे। केशव भास्कर ताम्बे झाँसी में 1858 ई. में उपस्थित थे। अंग्रेजों के झाँसी के किले पर अधिकार करने के बाद वे परोला में आए। परोला नेवलकर लोगों की जागीर के रूप में उन दिनों अंग्रेजों के अधिकार में थी।

अंग्रेज लोग केशव भास्कर ताम्बे को निर्दोष, निष्पक्ष और शान्तिप्रिय रूप में मानते थे और परोला की जागीर उन्हें दे दी। यह सुसमृद्ध जनपद आज भी इसी ताम्बे परिवार के अधिकार में है। इन लोगों का पैतृक घर पूना में है। केशव भास्कर के प्रपौत्र राजरत्न श्री जी.आर. ताम्बे बड़ौदा निवासी हैं और वहाँ के सभी लोगों के श्रद्धास्पद हैं।

सदाशिव राव को बन्दी बनाने के लिए रानी ने पुनः राज्यशासन और युद्ध की तैयारी की तरफ ध्यान दिया और विभिन्न लोगों को विभिन्न पदों पर नियुक्त किया। लक्ष्मण राव बांदे प्रधानमन्त्री नियुक्त किए गए। रामचन्द्र राव देशमुख हुए दीवान, न्यायाधीश हुए नाना भोपटकर। प्रधान सेनापति हुए दीवान जवाहर सिंह। दीवान रघुनाथ सिंह, मुहम्मद जुमा खाँ आदि पैदल सेना के अधिनायक बनाए गए। प्रधान गोलंदाज बने गुलाम गौस खाँ। उनके अधीन दुल्हाजू गोलंदाज बनाए गए।

अंग्रेजों के अधीन झाँसी फौजदारी न्यायालय में बड़े बाबू थे गोपाल राव। गोपाल राव सरस्तेदार ने रानी की अधीनता स्वीकार कर ली। गोपाल राव अंग्रेजी जानते थे, अंग्रेजी में पत्र-व्यवहार करने का उन्हें अभ्यास था। अवसर पड़ने पर उनकी सहायता मूल्यवान हो सकती है यह सोचकर रानी लक्ष्मीबाई उन पर विश्वास करती थी। यही गोपाल राव सरस्तेदार (बड़े बाबू) अंग्रेजों के नमक की निष्ठा नहीं भूल सके। वे रानी की गतिविधियों के सम्बन्ध में गुप्त रूप से कमिश्नर एरस्काइन को जबलपुर सूचनाएँ देने लगे।

रानी ने बिना जाति-धर्म का विचार किए एक स्त्री-सेना का गठन किया। महल के बाग में वे स्वयं नियमित रूप से स्त्रियों को लेकर मलखम्ब, नारियल में सफेद चिह्न लगाकर पिस्तौल चलाना, घुड़सवारी आदि का अभ्यास किया करती थीं। गोलंदाजों की सहायता करना, और पुरुषों की तरह युद्ध करना स्त्रियों को सिखाया जाता था। इतिहास के उत्तरवर्ती अध्याय में सिर्फ भारतवर्ष में ही नहीं, पृथ्वी के विभिन्न देशों में स्त्रियाँ उत्तरदायित्व लेकर पुरुषों के समान युद्ध करती हैं। एक सौ वर्ष पूर्व हमारे ही देश की एक ललना ने उसी गौरव को सूचित किया था यह जानकर हम लोग उचित गर्व का अनुभव कर सकते हैं।

उस महत्त्वपूर्ण स्वधर्म पालन के दिन भी हिन्दू-मुसलमानों ने बिना किसी भेदभाव के रानी की पताका के नीचे योग दिया। उत्साह एवं प्रेरणा का संचार हो गया प्रत्येक हृदय में। घर-घर में सैनिक तैयार हो गए।

नीली चन्देरी पठानी पोशाक में सारंगी घोड़ी की पीठ पर बैठकर नगर की सड़कों पर घूम-घूमकर रानी सैनिकों के साथ अपना काम किया करती थी और उन्हें विविध प्रकार के निर्देश देती थी। वे लोग जानते थे कि रानी उन लोगों की तरह ही मेहनत

करती है। वह सिपाहियों के साथ कैसा व्यवहार किया करती थी इसकी चर्चा आज भी कभी-कभी साँझ के अँधेरे में वृद्ध किसानों के मुख से गीतों के रूप में वायु में बहने लगती है—

जिन्नें सिपाही लोगों को मलाई खिलाई
अपने खाई गुड़धानी—
अमर रहे झाँसी की रानी।

रानी सिपाहियों को मलाई खिलाकर स्वयं खाती है गुड़ और लहिया। इसलिए वह थी उन लोगों की परम आत्मीयजन।

इन्हीं दिनों ओरछा और दतिया राज्यों के बार-बार आक्रमणों से झाँसी की अवस्था संकटग्रस्त हो गई। यहाँ यह याद रखना जरूरी है कि एक समय प्रायः सारा बुन्देलखंड ओरछा राज्य के अन्तर्गत था। बुन्देलखंड में मराठों का अधिकार स्थापित होने के बाद ओरछा राज्य की सीमा अत्यन्त संकुचित हो गई। 26-12-1812 ई. को अंग्रेजों के साथ ओरछा के राजपूत राजा विक्रमजीत ने जो सन्धि की, उसके कारण ओरछा राज्य मराठों का ग्रास होने से बच गया। विक्रमजीत के बाद उसका पुत्र धर्मपाल राजा हुआ। उसकी मृत्यु निःसंतान अवस्था में हुई। अगत्या विक्रमजीत के भाई तेजसिंह और उसका पुत्र सुजानसिंह एक के बाद एक राजा हुए। मृत धर्मपाल की पत्नी लँड़ई दुलैया अत्यन्त महत्त्वाकांक्षी थी। उसने सुजानसिंह के साथ राज्य का बँटवारा कर लिया एवं हमीरसिंह नामक एक लड़के को दत्तक पुत्र के रूप में ग्रहण कर लिया। रानी लँड़ई दुलैया की तीक्ष्ण बुद्धि के सामने पराभूत होकर 1851 एवं 1853 ई. में सुजानसिंह झाँसी के राजा गंगाधर राव की शरण ग्रहण कर लेता है। ब्रिटिश सरकार 1854 ई. में रानी लँड़ई दुलैया के दत्तक पुत्र हमीरसिंह को (उत्तराधिकारी के रूप में) स्वीकार कर लेती है। इसी समय निर्णय होता है कि पुरानी सहायता एवं कर्जा चुकाने की बाबत ओरछा की टहरौली जागीर का वार्षिक लगान 6,000 रुपया झाँसी राज्य को देना होगा। ओरछा के नाबालिग राजा हमीरसिंह की तरफ से रानी लँड़ई दुलैया आपत्ति के साथ यह कर प्रतिवर्ष झाँसी राज्य को देती आ रही थीं। झाँसी एक समय ओरछा के अन्तर्गत था। बुन्देलखंड के इस मराठा राज्य के प्रति दतिया, ओरछा आदि राजपूत राज्य विद्वेष रखते थे। उसका कारण नेवलकर शासकों के द्वारा झाँसी की उत्तरोत्तर समृद्धि थी। झाँसी को ह्यूरोज़ ने 'मध्य भारत का सर्वाधिक समृद्धिशाली नगर' कहा था।

ब्रिटिश सरकार के द्वारा ओरछा राज्य को वार्षिक छह हजार रुपया कर के रूप में देने को बाध्य करने के कारण दोनों राज्यों के बीच में पुराना विरोध और विद्वेष और भी तीव्र हो उठा था। इसी कारण झाँसी की इस असुरक्षित अवस्था में रानी लँड़ई दुलैया उस सब विरोध का बदला लेने के लिए कमर कसकर तैयार हो गई। उसका

दीवान नत्थे खाँ बीस हजार सेना एवं पर्याप्त मात्रा में युद्ध का सामान लेकर झाँसी राज्य के विभिन्न भागों पर विजय प्राप्त करता हुआ झाँसी नगर की तरफ बढ़ने लगा। नत्थे खाँ के आक्रमण और लक्ष्मीबाई द्वारा ओरछा की सेना के प्रतिरोध के सम्बन्ध में दतिया के राजा विजय बहादुर के आश्रित एक कवि कल्याण सिंह कुड़रा ने 'लक्ष्मीबाई रासो' की रचना की थी। बुन्देलखंडी भाषा में रचित इस रासो को आज भी दतिया, ओरछा, पन्ना, छतरपुर, हमीरपुर आदि सब जगह घर-घर में गाया जाता है। कवि ने कहा है–

संवत् दस सौ सैकरा, ऊपर चौदह साल।
तास मध्य अंग्रेज कौ, आपुस में दहचाल॥
फिरि फिरटौं छावनी, भरौ गदर असवार
जे पाए अंग्रेज जहँ, ते ताँ डारे मार॥
छलबल सौं झाँसी लई, गंगाधर की नार।
ताकौ अब आगे कहत, भलीभाँति व्यवहार॥
शहर ओरछे की हती, कहि लड़ई (रानी) सिरकार।
नत्थे खाँ मुख्तियार सौं, बात कही निरधार॥

रानी ने अंग्रेज अधिकारियों को पड़ोसी राजपूत राज्यों के क्रियाकलापों के सम्बन्ध में अवगत करा देने की आवश्यकता महसूस की। उसने राजनीतिक सुरक्षा की खातिर झाँसी के किले पर विलियम बैंक्टिक के द्वारा झाँसी के राजा रामचन्द्र राव को प्रदत्त यूनियन जैक को लगवा दिया।

नत्थे खाँ उन्हीं दिनों बेतवा के किनारे तम्बू लगा लेता है।

रानी ने एरस्काइन के पास सहायता के लिए पत्र भेजा। एरस्काइन को रानी का वह पत्र मिल गया था इसका प्रमाण राजकीय अभिलेखागार (दफ्तर) में है। उसने लिखा था–

> रानी नाममात्र की शासक है। सारे जनपदों में अराजकता चल रही है। टेहरी की रानी के सेनापति और दतिया के राजाओं द्वारा दोनों ओर से झाँसी पर आक्रमण कर देने के कारण विपदग्रस्त रानी ने सहायता की याचना की है।
>
> —2-10-1857

रानी की विपन्नावस्था सहज ही अनुमान के योग्य है। क्योंकि 19 अक्टूबर एवं 16 और 21 नवम्बर इन तीनों बार एरस्काइन ने उपर्युक्त आशयवाली एक ही रिपोर्ट प्रस्तुत की है।

आश्चर्य यह है कि एरस्काइन ने स्वयं ही रानी को झाँसी के शासन का भार सौंपा था, किन्तु रानी की आसन्न विपत्ति के समय उसने रानी के पत्रों की पहुँच तक

स्वीकार नहीं की और रानी के इस समय के क्रियाकलापों के लिए उसका स्वयं का वह घोषणा-पत्र ही जिम्मेदार है, यह बात भी उसने प्रकट नहीं की। इससे भी आश्चर्य की बात यह है कि झाँसी पर ओरछा के आक्रमण को युक्ति-युक्त ठहराने के लिए उसने तर्क दिया कि 'ओरछा की रानी ब्रिटिश की मित्र है।'

एरस्काइन के इस निहित स्वार्थवाले आचरण के कारण रानी ब्रिटिश सरकार की सहायता की अपेक्षा न रखते हुए स्वयं युद्ध के लिए तैयार होने लगी।

इसी बीच बेतवा नदी के बालू भरे तट पर तम्बू डाले नत्थे खाँ ने रानी को पत्र लिखा—

> ब्रिटिश सरकार ने तुम्हें जो मशविरा दिया है वही मैं भी दूँगा। तुम किला और शहर छोड़कर चली जाओ।

रानी ने दरबार बुलाया। नीली चन्देरी छींट से बना बूँदीदार अचकन, गाढ़े नीले रंग का पाजामा, सिर पर मुरैठा, गले में मोतियों की माला, हाथ में रत्नजटित तलवार लेकर वह गोद में दामोदर को लेकर गद्दी पर बैठी। गंगाधर राव के पास उनकी अधीनता स्वीकार करते हुए ओरछा के जो सब पँवार राजपूत सरदार आए थे उन्हें रानी ने यह बता दिया कि यदि वे चाहें तो स्वेच्छा से स्वाधीनतापूर्वक ओरछा जा सकते हैं।

जवाहर सिंह पट्टीवाले पँवार, दिलीप सिंह, रघुनाथ सिंह कुँवर आदि राजपूत सरदारों ने उनसे कहा—

जो नमक खायो झाँसी राज को
तौ मान लौ बाई को राज—
अब कैसे छोड़ूँ नमक की बात—
और मान भरी लाज?

अतएव राजपूत सरदारों से निष्ठा का वचन लेकर रानी ने युद्ध की तैयारी शुरू कर दी।

सर्वसम्मति से नत्थे खाँ को सूचित कर दिया कि शिवराव भाऊ की पुत्रवधू के लिए नत्थे खाँ का प्रस्ताव स्वीकार कर लेना सम्भव नहीं है। नत्थे खाँ की उद्धतता का एकमात्र जवाब युद्ध है। युद्ध के दिन समीप आने लगे।

उस समय रानी की सेना की संख्या अधिक नहीं थी। फिर भी जवाहर सिंह कटीली वाले पँवार, दिलीप सिंह, रघुनाथ सिंह नैनोर, गुलाम गौस, लालाभाऊ बख्शी, खुदाबख्श, दूलाजी कैरवावाले आदि योद्धा युद्ध के लिए प्रस्तुत हो गए। पेशवा के काल की तोपों को घिस-माँजकर ओरछा, भाँड़ेर, सागर, लक्ष्मी, सैंयर गेट पर लगाकर अफगानी मुसलमान सिपाहियों ने शहर को सुरक्षित कर लिया। रानी स्वयं पठानी वेश धारण कर सभी जगह देख-रेख करने लगी।

किले के दक्षिणी तरफ, जहाँ आजकल किले में प्रवेश करने की सड़क है, उसी का दक्षिणी भाग सबसे सुरक्षित था। अनन्त चतुर्दशी के दिन नत्थे खाँ सदलबल उसी तरफ अग्रसर होने लगा। शत्रु सेना के आक्रमण के साथ-ही-साथ किले की बुर्जों से तोपें गरज उठीं।

दो दिन भयंकर युद्ध हुआ। ओरछा गेट की हालत शोचनीय जानकर रानी स्वयं वहाँ की देख-रेख करने गई। नत्थे खाँ ने इसी ओरछा गेट के बाहर प्रायः अपनी सारी शक्ति लगा दी थी। भग्नोद्यम सिपाहियों को उत्साहित करने के लिए रानी स्वयं उन्हें सोने की मुहरें, आभूषण इत्यादि पुरस्कार में देने लगी। उत्साहित होकर गुलाम गौस खाँ ने हाथी द्वारा खींच लाकर रानी की सर्वश्रेष्ठ तोप कड़कबिजली से भारी गोला-वर्षा शुरू कर दी।

इतै गौस खाँ कमानी चलाई।
कडंके कड़क गाज घन तें सबाई॥
इतै पाँच तोपैं चढ़ीं मौत ओपैं।
पचासी घलैं ओड़छे की अलोपैं॥

रानी सिपाहियों को भरोसा बँधाती हुई कहने लगी, तुम लोग अगर आज मेरी लाज की रक्षा करते हो, तो युद्ध में मारे गए सैनिकों की विधवाओं की मैं भरसक क्षतिपूर्ति करूँगी। कवि की भाषा में—

बाई ने विनती करी सुनो सिपाई बात।
अबके कठिन लड़ाई, लाज तिहारे हात॥
लाज तिहारे हात कौन शंका न मानो।
जाँ तक जीवित रहूँ ताँ तक तव गुण मानो॥
कहे सुकवि विचार, लोन के लेओ मँजाई।
राँड़न रोटी दऊँ, सनद करकैं मैं बाई॥

सैनिकों ने उत्साहित होकर प्राणपण से युद्ध किया। गुलाम गौस खाँ को रानी ने स्वयं अपने द्वारा पहने जानेवाले स्वर्णिम आभूषणों को देकर सम्मानित किया। घबड़ाकर नत्थे खाँ अपने बीस हाथी, तोपें, अस्त्र-शस्त्र—सब झाँसी किले के दक्षिण और पूर्व की दीवार के बाहर फेंककर भागने को विवश हुआ।

रघुनाथ सिंह जाजरवाले रानी की सहायता के लिए झाँसी के पहाड़ी अंचल में सेना लेकर प्रतीक्षा करने लगे। उसके पराक्रम से नत्थे खाँ की भागती हुई फौज घबड़ाकर तितर-बितर हो गई। नत्थे खाँ के साथ युद्ध में जिन लोगों ने विशेष रूप से पराक्रम दिखाया था, उनमें रघुनाथ सिंह कटीली और दीवान रघुनाथ सिंह नैनोर का नाम विशेष उल्लेखनीय है।

रानी की विमाता चिमाबाई के अनुसार बाद में कालिंजर के जागीरदार चौबे और बाणपुर के राजा मर्दनसिंह की मध्यस्थता से झाँसी की रानी लक्ष्मीबाई एवं ओरछा

की रानी लँड़ई दुलैया के बीच सन्धि हो जाती है। वे दोनों लोग 'झा सहोदर बहिनी प्रमाणें मिलाल्या' (वे दोनों स्त्रियाँ सहोदर बहनों की तरह मिल गईं)।

ओरछा राज्य के साथ झाँसी की रानी का विरोध उसके बाद भी बहुत दिनों तक चलता रहा था, इसका प्रमाण अंग्रेज सरकार के दस्तावेजों में विद्यमान है। ह्यूरोज़ झाँसी शहर और किले पर मार्च मास में घेरा डालता है। उन लोगों के आ पहुँचने के कुछ दिन पहले तक ओरछा की रानी की फौज ने झाँसी पर आक्रमण किया था। टॉमस लो ने अपनी 'सेंट्रल इंडिया' पुस्तक में लिखा है—

> हम लोगों की फौज के आ पहुँचने के कुछ दिन पहले टेहरी (ओरछा) की रानी एक छोटी सेना और एक तोप लेकर झाँसी के पास आती है। वह घोषणा करती है कि वह इंग्लैंड की रानी की ओर से युद्ध करने आई है। कुछ देर गोली चलाने के बाद ही उसका युद्ध करने का क्षोभ शान्त हो जाता है।

ओरछा की सेना झाँसी पर सबसे पहले आक्रमण करती है अक्टूबर 1857 ई. में। नवम्बर मास में जब झाँसी के किले पर नत्थे खाँ आक्रमण करता है, तब सिर्फ झाँसी शहर को छोड़कर और कुछ भी रानी के अधिकार में नहीं था। दिसम्बर मास में रानी अपने खोए हुए इलाकों को पुनः प्राप्त कर लेती है। इसीलिए समझ में आ जाता है कि अंग्रेजों से लड़ने के समय तक रानी को इसी अन्तर्कलह को लेकर परेशान रहना पड़ा था।

इसी युद्ध के समय रानी ने मराठी युद्ध की रीति के अनुसार राजमहल में एक युद्धकालीन अस्पताल स्थापित किया था। घायल सैनिकों को युद्धक्षेत्र से लाकर यहाँ उनकी यथायोग्य चिकित्सा की व्यवस्था की जाती थी। रानी की विमाता कहती हैं, रानी स्वयं घायलों के बीच घूम-घूमकर कुशल-क्षेम पूछा करती थी। देह और माथे पर हाथ फिराकर सान्त्वना दिया करती थी। जरूरत पड़ने पर अपने हाथों उनकी मलहम-पट्टी भी बदल दिया करती थी। अनेक चिकित्सकों के मना करने पर भी उनके पास बैठ जाती थी और उनसे बातचीत करना चाहती थी। आहत अवस्था में उत्तेजना अहितकर होती है, इस कारण उनके पास खड़ी नहीं होती थी, बचकर निकल जाती थी।

इस समय और बाद में भी रानी पूरी तरह निःसंकोच भाव से मुसलमान सैनिकों के साथ घुलमिल जाती थी, विपत्ति के समय पास खड़े होकर सहायता किया करती थी। इसी तरह से उनसे पारस्परिक प्रीति और श्रद्धा की भित्ति पर उनका जो सम्बन्ध गढ़ उठा था वह किसी भी दिन विच्छिन्न नहीं हुआ।

झाँसी और ओरछा के इस युद्ध के सम्बन्ध में अंग्रेज सरकार की तत्कालीन नीति विशेष रूप से अनुधावन करने योग्य है। एरस्काइन ने खुद ही अपनी कलम और

कागज के द्वारा रानी को झाँसी के शासन का भार दिया था। किन्तु उसने इस युद्ध के सम्बन्ध में ऊपरवालों के पास जो साप्ताहिक रिपोर्ट पेश की उसमें स्पष्ट रूप से कहा गया है कि झाँसी की रानी विद्रोही है और ओरछा की रानी का कार्य पूरी तरह समर्थन के योग्य है। उसकी भाषा है—

> सागर और नर्मदा सम्भाग के सम्भागीय आयुक्त की 25-11-1857 ई. के सप्ताहान्त की रिपोर्ट।
>
> झाँसी की विद्रोही रानी बानपुर के राजा के साथ संयुक्त मोर्चा बनाने के लिए समझौता कर रही है। ब्रिटिश सरकार की भक्त टेहरी (ओरछा) की रानी पर आक्रमण करने के लिए फिर से ग्वालियर पदाति सेना के एक भाग की सहायता प्राप्त करने का प्रयास कर रही है। अनुमान है कि टेहरी की रानी ने हम लोगों के हित में पहले उस (झाँसी की रानी) पर आक्रमण किया था।

ब्रिटिश सरकार टेहरी-ओरछा राज्य की रानी को जो मित्र के रूप में पहचानती थी, सम्भवतः इस बात को ओरछा की रानी जानती थी। और आज अगर दस्तावेजों से यह सत्य प्रमाणित होता है कि ब्रिटिश सरकार एक ओर तो झाँसी की रानी को और दूसरी तरफ ओरछा की रानी को एक-दूसरे से लड़वाकर मध्यभारत में ब्रिटिश-विरोधी जागरण को रोके रखना चाहती थी, तो इसमें विस्मित होने की कोई बात नहीं है।

किन्तु ब्रिटिश सरकार के इन दो विरोधी मनोभावों का कारण रानी सम्भवतः उस समय भी नहीं समझ पाई थी। ओरछा राज्य से हुए युद्ध के समय उसने सिर्फ ब्रिटिश सरकार की निष्क्रियता अवश्य लक्षित की। नवम्बर मास के मध्य में वह जान सकी कि झाँसी में हुए हत्याकांड के सम्बन्ध में एकमात्र उसी को मुजरिम माना गया है और उसी के साथ-साथ पूरे झाँसी राज्य के विरुद्ध एक मृत्यु का परवाना अवश्य लिख दिया गया है।

हत्याकांड के साथ उसका नाम जोड़े जाने पर उसे विशेष आपत्ति थी। अपने निर्दोष होने की बात प्रतिपादित करते हुए उसने सर रॉबर्ट हेमिल्टन को एक पत्र लिखा। उत्तर-पश्चिम प्रान्त की रिपोर्ट में लिखा हुआ है—

> सर रॉबर्ट हेमिल्टन को झाँसी की रानी की तरफ से जून मास में हुए हत्याकांड में उसकी निर्दोषिता के सम्बन्ध में एक पत्र मिलता है। उसका हू-ब-हू अनुवाद माननीय गवर्नर जनरल के पास भेज दिया गया है, किन्तु झाँसी की रानी के पूर्व क्रियाकलापों को लक्षित करके गवर्नर जनरल उसके सम्बन्ध में अपनी धारणा बदलने को सहमत नहीं हुए हैं। रानी के पत्र की पूरी तरह उपेक्षा कर दी गई।

यद्यपि रानी को अपने पत्र का जवाब नहीं मिला, किन्तु अंग्रेजों का स्वरूप पहचानने में उसे देर नहीं लगी। एक अन्तिम निर्णय लेने के पूर्व मनुष्य जहाँ तक सम्भव होता है वहाँ तक आपस में समझौता करके ही चलना चाहता है। रानी ने भी यही प्रयास किया। किन्तु, समझ गई ये सब घटनाएँ उसे एक अनिवार्य परिणति की ओर आगे बढ़ाए लिए जा रही हैं। इसलिए उसने अन्तिम निर्णय ले लिया।

1857 ई. के शुरुआती दिनों में रानी की भूमिका के सम्बन्ध में कुछ कहना जरूरी है। जिस वीरांगना रानी लक्ष्मीबाई ने 1858 ई. में ह्यूरोज़ के विरुद्ध ब्रिटिश-विरोधी युद्ध में अवतरित होकर युद्धक्षेत्र में अपने प्राण दिए उसी रानी को हम लोग 1857 ई. के प्रारम्भ में अंग्रेज अफसर एरस्काइन के साथ पत्र-व्यवहार करते हुए देखते हैं। उसके इन सब आचरणों का अर्थ महाराष्ट्रीय जीवनीकारों ने यह लगाया है कि जिससे लगता है कि रानी अंग्रेजों के पक्ष में थी, अंग्रेजों ने सिर्फ उसकी इस निष्ठा और वश्यता को ठुकरा दिया इस कारण वह युद्धक्षेत्र में अवतरित हुई।

मूल रूप में 1857 ई. के प्रारम्भिक दौर में विद्रोह सिर्फ उत्तर भारत तक सीमित था। झाँसी की अवस्थिति मध्यभारत में थी। उसके आसपास विद्रोह का नाम-निशान भी नहीं था। निकटवर्ती चारों ओर के राजपूत राजा एकान्त रूप से ब्रिटिश के वशवर्ती और झाँसी के विपक्ष में थे। मराठा राज्यों में प्रबल पराक्रमी ग्वालियर, इन्दौर सभी ब्रिटिश (सरकार) के मित्र थे। भोपाल की बेगम की उस समय की अंग्रेज-भक्ति प्रसिद्ध है। ब्रिटिश-विरोधी क्षोभ उस समय भी एक व्यापक संग्राम का रूप लेगा कि नहीं यह भी समझ में नहीं आ रहा था। उस दशा में ब्रिटिश सरकार के विरुद्ध युद्ध की घोषणा करने से उसकी और झाँसी शहर की अवस्था शोचनीय हो जाती और झाँसी में अंग्रेज नर-नारियों की हत्या का उत्तरदायित्व भी उसी का होता।

यह सब सोचकर ही उसने एरस्काइन को सारी वस्तुस्थिति से अवगत करा दिया था। शायद सोचती थी कि यह सब खंड-खंड विद्रोह थम जाने के बाद अंग्रेज सरकार उसकी भूमिका सहज रूप में ही समझ जाएगी और दामोदर के राज्याधिकार को स्वीकार कर लेगी।

इधर एरस्काइन रानी को राज्यशासन का अधिकार देने के बाद ही जान गया कि केनिंग ने जून मास में हुए हत्याकांड के सम्बन्ध में रानी को ही पूरी तरह से अपराधी माना है। एरस्काइन ने उस समय द्विमुखी नीति का अवलंबन किया। ओरछा की रानी को उसने परोक्ष रूप से जता दिया कि झाँसी की रानी ब्रिटिश सरकार की शत्रु है एवं अंग्रेजों की हत्या के लिए दोषी है। इसी कारण अगर ओरछा झाँसी पर आक्रमण करता है, तो मित्रता का ही काम करेगा।

एरस्काइन की इस गुप्त भूमिका के कारण ही ओरछा की फौज ब्रिटिश सरकार का झंडा हाथ में लेकर 'मैं अंग्रेजों की मित्र हूँ' यह कहते हुए झाँसी पर आक्रमण

करती है। एरस्काइन प्रकट में झाँसी की रानी को राज्यशासन का अधिकार देकर गुप्त रूप से लिखता है—

> ओरछा की रानी ब्रिटिश (सरकार) की मित्र है एवं झाँसी की रानी ब्रिटिश सरकार की शत्रु है। ओरछा राज्य का झाँसी पर आक्रमण करना एक न्यायसंगत काम हुआ है।

सुखद विषय है कि अंग्रजों की इस द्विमुखी नीति को रानी बहुत जल्दी समझ गई और कूटनीति छोड़कर खुले रूप से युद्ध में अवतरित हो गई।

उसने अपने को स्वाधीन राज्य झाँसी के नाबालिग राजा के अभिभावक के रूप में घोषित कर दिया और अपने नाम से रुपया चला दिया। झाँसी के किले पर अपनी पताका फहरा दी। नगाड़ा और चामर चिह्नों से युक्त झाँसी राज्य की पताका के ऊपर उड़ने लगी उसकी अपनी पताका।

एक समय मराठा राज्य की पताका गैरिक वर्ण की थी। गेरुआ रंग क्षमा और त्याग का प्रतीक है। किन्तु वह गैरिक वर्ण रानी के मन पर कोई प्रभाव नहीं फैला सका।

इसीलिए उसने किले के दक्षिणी बुर्ज पर लाल पताका फहरा दी। गहरे लाल रंग के रेशम की पताका में नगाड़ा और चामर का चिह्न छिप गया।

1857 ई. के आकाश का रंग तब लाल था। सारे मध्यभारत में उस समय प्रबल क्षोभ था। मालवा, इन्दौर, ग्वालियर, बाँदा, गढ़ाकोटा, बानपुर, चरखारी, चन्देरी, शाहगढ़, रायगढ़—सभी जगह प्रबल ब्रिटिश-विरोधी जागरण के फलस्वरूप ब्रिटिश प्रभुत्व हिल उठता है। ग्वालियर, इन्दौर, नेपाल, बड़ौदा और इन सब प्रबल पराक्रमी सामन्त राजाओं की भक्ति और अधीनता को भी ब्रिटिश शासन रोककर नहीं रख सका। जनसाधारण के ब्रिटिश-विरोधी प्रबल विक्षोभ को भी दबा नहीं सका। लक्ष-लक्ष भारतीय जनों के विद्रोह को साकार करती हुई वही लाल पताका झाँसी के किले से असीम गौरव के साथ 1857 ई. के आकाश में उड़ने लगी।

ह्यूरोज़ की सेनाओं द्वारा 1858 ई. में उतारकर फाड़ न दिए जाने तक वह पताका उसी प्रकार वहाँ पर उड़ती रही थी।

बारह

पति की जीवित अवस्था में रानी का चरित्र सम्यक् रूप से व्यक्त नहीं हो पाता है।

जिन नौ महीनों में उसने झाँसी का शासन किया उसी अवधि में उसके चरित्र का पूर्ण विकास हुआ।

महाराष्ट्रियों की निरलस रूप से कार्यक्षमता की बात सर्वजन-विदित है। रानी ने अपने चरित्र एवं कार्यदक्षता में अपनी जाति का यश अक्षुण्ण रखा।

झाँसी नगर का वर्णन कर गए हैं, समकालीन पर्यटक ब्राह्मण विष्णुभट्ट गोड्से बससईकर। उन्होंने कहा है : झाँसी नगर उत्तरी हिन्दुस्तान में अत्यन्त समृद्धिशाली है। झाँसी का किला अत्यन्त प्रसिद्ध है। शहर की पश्चिमी दिशा में एक जलाशय है। राजप्रासाद चौमंजिला ऊँचा है। उसमें आठ चौकियाँ हैं। उसके पश्चिम में सिपाहियों के परेड करने के लिए एक विस्तृत मैदान है। उसमें अनेक पेड़ हैं। महल अत्यन्त मजबूत और सुन्दर है। यह महल इतना बड़ा है कि उसे पूरा देखने में एक महीना लग जाएगा। महल के हर कमरे में गलीचा बिछा हुआ है। (झाँसी उन दिनों गलीचा बनाने के लिए विख्यात थी।) दरबार भवन में जो लाल गलीचा बिछा हुआ है, उसमें पैर तक धँस जाते हैं। रमणीय उद्यान में एक फव्वारा है। महल के उत्तर की तरफ मीठे पानी का एक कुआँ है। उसी तरह एक विस्तृत उद्यान में फूलों के वृक्ष, अंगूर की लताएँ, आम, अमरूद, नीबू आदि अनेक प्रकार के फलों के पेड़ लगे हुए हैं। शंकर किला आरामदायक और क्रीड़ा के उपकरणों से सुसज्जित है। किला और नगर अत्यन्त ऊँची प्राचीर से घिरा हुआ है। इस दीवार के बीच-बीच में बुर्ज और दरवाजे हैं। पाँच दरवाजे तो इतने बड़े हैं कि उनके नीचे से हाथी तक जा सकता है। किले की पूर्वी दिशा की दीवार से लगे हुए मैदान से शहर प्रारम्भ होता है। इस मैदान से शहर में जाने की सड़क चौड़ी और सुन्दर है। शहर के बीच में पाँच कुँओं से युक्त एक सुन्दर बाग भी है।

शहर में सभी जगह उद्यान, सरोवर और कुएँ हैं। कोष्ठीपुरा और हलवाईपुरा में शहर के सम्भ्रान्त लोगों का वास है। वहाँ पर बड़े-बड़े महल और हवेलियाँ हैं। शहर के दक्षिणी दरवाजे पर एक विशाल सरोवर है। उसके समीप झाँसी राजवंश के

गृहदेवता कुल स्वामिनी महालक्ष्मी देवी का मन्दिर है। मन्दिर के लिए नन्दाद्वीप, पूजा, महानैवेद्य, चौघड़ा (नौबत) गायक एवं नर्तकियों का बन्दोबस्त था। आषाढ़ महीने से लेकर चैत्र मास तक मन्दिर में ऐसा उत्साह होता था जिसे देखकर विस्मय जाग जाता था। शहर में अनेक विष्णु, गणपति और शिव मन्दिर थे। उनकी नित्य सेवा-पूजा के लिए राज्य की ओर से वृत्ति बँधी हुई थी।

शहर की रीति-नीति बहुत सुन्दर थी। नागरिक लोग श्रीमंत, उद्योगी एवं कर्मनिपुण थे। झाँसी की तरह के रेशमी कपड़े, गलीचा एवं पीतल के बर्तनों की कला अन्य किसी शहर में नहीं मिलती थी। शहर में प्रायः छह सौ घर ब्राह्मणों के हैं। प्रभात में प्रातःस्नान करने के बाद धुले वस्त्र धारण कर, सुगन्धित इत्र लगाकर काम शुरू करने का इस शहर का रिवाज है। शाम को मोतिया, जूही और चमेली की माला हाथ में लेकर, इत्र खरीदकर सजने-सँवरने का रिवाज है। झाँसी में स्त्रियों की अधिक प्रमुखता है। स्त्रियों को इस प्रकार से स्वच्छन्द विहार करते हुए अन्यत्र नहीं देखा गया है। सन्ध्या को सुन्दर साड़ी पहनकर, केशों में माला गूँथकर, हाथ में चाँदी अथवा ताँबे की दक्षिणा लेकर देवदर्शन के लिए स्त्रियाँ निकलती हैं।

विष्णुभट्ट ने मोरोपन्त ताम्बे से भेंट की थी। मोरोपन्त ताम्बे के अनुरोध पर लालू भाऊ टेकरे से उसने भेंट की। 'ब्रह्मावर्ता कड़ील कोणी विद्वान ब्राह्मण आले आहेत्' यह बात कहकर लालू भाऊ ने उसका यथायोग्य भाव से आदर किया—'आदर-सत्कार चाँगला केला, आपन स्वस्थ आसवें असे आश्वासन केला।'

विष्णुभट्ट ने कहा है, शत्रु विनाश और राज्य सुरक्षित करने के उद्देश्य से रानी ने विविध प्रकार के अनुष्ठान शुरू किए। महालक्ष्मी मन्दिर में नित्य नवचंडी अनुष्ठान, जप एवं दान, गणपति मन्दिर में नित्य सहस्रवार परिक्रमा अनुष्ठित होती थी। उसके पश्चात् उसने सहस्र पक्ष, कुंड मंडप सह गृहयज्ञ का अनुष्ठान किया। राजप्रासाद के निकट एक विशाल मैदान में शामियाना लगाकर कुंड, वेदी तैयार कराई गई। काशी एवं बिठूर से अनेक ब्राह्मण बुलवाए गए। रानी ने स्वयं स्वच्छ, शुद्ध वस्त्र पहनकर दामोदर के साथ आसन ग्रहण किया। उसके कुलगुरु लालू भाऊ टेकरे ने सारी व्यवस्था उत्तम रीति से की थी। मोरोपन्त ताम्बे कन्या के निकट ही बैठे थे। सारे संकल्प रानी के नाम से किए गए थे। यथासमय अनुष्ठान शुरू हुआ। किन्तु जब नान्दी श्राद्ध प्रारम्भ हुआ तब रानी के बदले दामोदर राव ही मन्त्र बोलने लगा। विष्णुभट्ट ने विचार किया, यज्ञ के सारे संकल्प जब रानी के नाम से हैं, तब यह बालक श्राद्ध क्यों कर रहा है? एक याज्ञिक, विद्वान, शास्त्री, पुरोहित होते हुए भी उन्होंने आपत्ति क्यों नहीं की? उसने उच्च स्वर से कहा—"अरे! थोड़ी देर के लिए अनुष्ठान बन्द कर दीजिए। मेरी कुछ शंका है। स्त्रियाँ वेदाधिकारी नहीं हैं, इसीलिए पुण्य, आवाहन, वाचन आदि कर्म उपाध्याय—प्रतिनिधि के द्वारा होते रहते

हैं। यहाँ पर बालक ने क्यों नान्दी श्राद्ध किया है?—संकल्प जब बाई साहिबा के नाम पर है?"

उसकी शंका पर सभी लोग प्रश्नाकुल हो गए। उन्होंने स्वीकार कर लिया कि अनुष्ठान में भूल हो रही थी। सिर्फ विनायक भट्ट याज्ञिक ने वह बात नहीं मानी। दोनों पंडितों में तर्क-वितर्क होने लगा। मयूख, हेमाद्रि इत्यादि शास्त्र ग्रन्थों को उलटा-पलटा जाने लगा। अन्त में निर्णय हुआ कि विष्णुभट्ट ही इस यज्ञ का निर्देशन करेंगे। उसने यह व्यवस्था दी कि बालक दामोदर कहेंगे कि 'गृहयज्ञ विधायिन्या मम मातुः' (गृहयज्ञ करानेवाली मेरी माता है।)। विष्णुभट्टजी ने गुरुकृपा से जरा भी भूल न करके इस यज्ञ का पूरा निर्वाह कर चौथे दिन पूर्णाहुति दी। तीन दिन तक ब्राह्मण भोजन एवं चौथे दिन मुक्तद्वार हुआ। ब्राह्मण लोगों को दक्षिणा और बख्शीश मिली। बारह रुपए के वस्त्र एवं नगद बीस रुपया। सर्वसाधारण को भोजन और नवीन वस्त्रों के द्वारा सन्तुष्ट किया गया।

इस अनुष्ठान के अन्त में रानी ने विष्णुभट्ट के अभिभावक से कहा—तुम लोगों का लड़का विद्वान है। उसे राज्याश्रय प्रदान कीजिए। मैं उसे काम दूँगी। कुछ दिन बाद शतचंडी यज्ञ होता है। किले में घट-स्थापना करके धूप और पुष्पों द्वारा यह पूजा समाप्त होने के बाद रानी ने विष्णुभट्ट को बुलवाकर उसे राजकीय निवास-स्थान एवं तीस रुपया महीना देना निश्चित कर उत्तम वस्त्र एवं जरीदार शाल उपहार में दिया। महालक्ष्मी मन्दिर में नित्य एक सहस्र लोगों को भोजन कराकर रानी चार आना प्रतिदिन दक्षिणा दिया करती थी। प्रत्येक दिन मोतीचूर के लड्डू एवं विविध प्रकार के स्वादिष्ट व्यंजन वहाँ खाने को दिए जाते थे।

इन दिनों रानी की दिनचर्या इस प्रकार थी—प्रतिदिन वह सवेरे चार बजे उठा करती थी। नियमानुसार रोज ही पिता के साथ मनोविनोद होता। राजा गंगाधर राव के जीवनकाल में उसे व्यायाम आदि करने की विशेष सुविधा नहीं थी। अब वह सवेरे उठकर मलखंभ, मुगूदर भाँजना, तलवार चलाना आदि का अभ्यास किया करती थी। उसकी विमाता ने कहा है—"बाई साहिबा एक नारियल में सफेद चिह्न लगाकर पिस्तौल से निशाना लगाया करती थीं। बातचीत के प्रसंग में हँसकर कहा करती थीं, यह अस्त्र मेरे लिए नहीं है, तलवार से ही मुझे सुविधा होती है। घोड़े पर बैठकर चक्राकार मंडल में घोड़ों को घुमाना, खाई अथवा दीवार को पार कर जाना, घोड़े की खाली पीठ से चिपककर बैठने आदि का अभ्यास किया करती थीं। शारीरिक व्यायाम के बाद वे अपने लम्बे केश-सम्भार को सुगन्धित तेलों से सिक्त कर देह-मार्जन के बाद स्नान करने जाया करती थीं। स्नान करना तो उनका एक और विलासितापूर्ण काम था। पन्द्रह से बीस ताम्र कलशों में सुगन्धि डालकर थोड़ा कुनकुना पानी लाकर रखा जाता था। झाँसी का सिराजू परिवार आगरा के विख्यात गन्धीगर सिराजू के

वंशज का था। उनके द्वारा तैयार सुगन्धित तेल और इत्र को रानी खरीदा करती थीं। अपने प्रयोग के लिए सुगंधित जल लाने के कारण राजपरिवारों के साथ घनिष्ठ परिवारों की महिलाएँ दासियों को भेजा करती थीं। स्नान के बाद दासियाँ हाथ में छोटी-छोटी धूपदानियाँ लेकर उनके केशों को सुखा दिया करती थीं। रानी के केश अत्यन्त घने और लम्बे थे, इसीलिए वह जूड़ा बाँधकर रखती थीं। स्नान के बाद स्वच्छ चन्देरी वस्त्रों को पहनकर वह भस्म धारण किया करती थीं। उसके पश्चात् क्योंकि उन्होंने स्वामी के देहान्त के बाद भी केश काटकर नहीं फेंके थे—चाँदी के तुलसीवृक्ष पर जल चढ़ाकर प्रायश्चित किया करती थीं। उसके पश्चात् पार्थिव शिवलिंग की पूजा होती थी। इसी समय गायक उन्हें भजन और गीत सुनाया करते थे। पुराण पाठ के बाद दर्शनार्थी सरदार और मन्त्री लोग आया करते थे। रानी के लिए वे लोग विभिन्न उपहार लाया करते थे। उपहार के साथ जो सूखी गरी के टुकड़े, सुपारी आदि रहा करती थी रानी उन्हीं को उठाकर उनके प्रति सम्मान प्रकट करती थीं। बाद में दामोदर को बुलाकर प्रेम से दिखाकर कहा करती थीं—बोलो, इनमें से क्या लोगे? दामोदर की जो इच्छा होती थी वही उठा लेता था। रानी कभी एक-दो चीजें लेकर बाकी सब आश्रितों, कृपापात्रों और दास-दासियों को बाँट दिया करती थीं।"

रानी खाने-पीने में अत्यन्त अनाडंबरपूर्ण थी। उसकी विमाता ने कहा—"मक्का उनको अत्यन्त प्रिय थी।" भुट्टा भूनकर खाना उसे बहुत अच्छा लगता था। फल उसे बहुत प्रिय थे।

भोजन के बाद वह दामोदर को लेकर थोड़ा विश्राम किया करती थी। दामोदर के नहाने-खाने की दिनचर्या सब बँधी हुई थी। जब दामोदर आपत्ति किया करता था तब रानी उससे कहा करती थी, 'बड़े हो जाने पर भी नियम पालन से छूट नहीं मिलती है—देखो न! मैं किस तरह नियम का पालन करती हूँ।' विश्राम के समय दामोदर किसी-किसी दिन केशों पर उँगली फिराया करता था। उसके बदले में रानी को पुराणों की कथा सुनानी पड़ती थी।

तीन बजे वह दरबार में जाया करती थी। किसी-किसी दिन पठानी पोशाक पहना करती थी। मध्यभारत में उन दिनों काशी की बनारसी साड़ियों का प्रचलन बहुत कम था। ग्वालियर और इन्दौर की अभिजात रमणियों का पहनावा चन्देरी की बनी साड़ी थी। रानी सफेद रेशम का चूड़ीदार पाजामा और उसके ऊपर नीला चन्देरी अँगरखा पहना करती थी। सिर पर मुरैठा बाँधती थी। हाथ में तलवार लिए रहती थी। पति की मृत्यु के बाद नाक में नथ, कान में बुन्दा अथवा झुमकी, गले में कंठश्री नहीं पहनती थी। हाथों में एक-एक हीरेजड़ा कंगन, गले में मोतियों का कंठा और अनामिका में एक हीरे की अँगूठी—यही उसके अलंकार थे। कभी सफेद चन्देरी साड़ी,

सफेद चोली पहना करती थी, पैरों में सफेद नागरा जूते रहा करते थे। उस दिन देशी ढंग से जूड़ा बाँधा करती थी।

दरबार भवन का गलीचा खूब चमकदार लाल रंग का था। उसमें पैर धँस जाते थे। दरवाजे के दोनों ओर चाँदी के भाले लिए हुए दो पहरेदार खड़े रहते थे।

देशस्थ ब्राह्मण लक्ष्मण राव रानी के दीवान थे। विष्णुभट्ट ने उन्हें 'अक्षरशत्रु' कहा है। किन्तु राजकाज में वे बहुत अनुभवी और दक्ष थे। आठ कारकुन लिखा-पढ़ी का काम किया करते थे। दरबार का कोई भी काम रानी को बिना बताए नहीं होता था। दरबारियों में से किसी दिन किसी के न आने पर दूसरे दिन रानी उसके विषय में पूछताछ किया करती थीं। उसकी स्मरण-शक्ति अत्यन्त तीक्ष्ण थी।

उसके दरबार की सभासद मंडली में लक्ष्मण राव बाँदे, रामचन्द्र राव देशमुख, नाना भोपटकर, लालाभाऊ बख्शी, जवाहर सिंह, रघुनाथ सिंह इन लोगों का नाम मिलता है।

मोरोपन्त ताम्बे एवं उनकी स्त्री चिमाबाई रानी के हितैषी स्वजन और सहचर थे। मोरोपन्त के इसी बीच दो लड़कियाँ हो गई थीं। 1856 ई. के 12 मार्च तदनुसार चैत्र शुक्ल षष्ठी को उनके एकमात्र पुत्र चिन्तामणि का जन्म हुआ। भाई होने पर रानी ने नगर में उत्सव किया था एवं इस उपलक्ष्य में मिष्ठान्न वितरण किया गया था। इस बच्चे को वह कभी-कभी राजमहल में लाकर रखती थी। उसके लिए दूध की व्यवस्था और एक धाय नियुक्त की गई थी, एवं उनके समर्थ और स्वतन्त्र हो जाने के बाद एक रक्षक-दल नियुक्त करके उस बच्चे की देख-रेख की व्यवस्था भी की गई थी।

1857 ई. के जून मास में जब वर्षा में नदियों को पार करना कठिन हो जाता है, वरुआ सागर से बुरा समाचार आया। वहाँ पर व्यापक रूप से अराजकता शुरू हो गई है। डाकू, लुटेरे लूटपाट में लग गए हैं। पहले तो रानी ने कुछ फौज भेजी। उसका परिणाम कुछ नहीं हुआ। तब रानी स्वयं घोड़े पर सवार होकर वहाँ फौज लेकर गई। अनायास ही उन दुष्ट अपराधियों को गिरफ्तार कर लिया गया। जिन लोगों ने हत्या की थी, उनमें से दो लोगों को फाँसी दे दी गई। कई लोगों ने जीविका के अभाव में डाकुओं को सहयोग किया था। उन लोगों को लाकर उसने सेना में भर्ती कर लिया और इस प्रकार उनकी जीविका की व्यवस्था की। वरुआ सागर एवं अन्य कुछ स्थानों पर थोड़ी-थोड़ी सेना रखकर ग्रामवासियों को आत्मरक्षा के लिए शस्त्र चलाना सिखाने की उसकी इच्छा थी। किन्तु बार-बार ओरछा एवं दतिया के आक्रमणों से ग्रामीण क्षेत्रों की जीवनयात्रा विशृंखलित हो गई थी इसलिए रानी को अपनी इच्छा कार्यरूप में परिणत करने का समय नहीं मिला। डाकुओं को सेना में भर्ती करने का अभियोग उस पर एक दिन उसके हितचिन्तकों ने लगाया था। किन्तु परवर्ती समय में जब

जरूरत पड़ी थी तो इन्हीं डाकुओं ने अंग्रेजों के हाथ से झाँसी की रक्षा करते हुए अपने प्राणों को विसर्जन कर दिया था।

कुछ दिन बाद झाँसी में 'हल्दी-कुंकुम' के उत्सव पर रानी ने नए समारोह का प्रवर्तन किया। राजप्रासाद में एक विशाल हौद में 'हल्दी-कुंकुम' रखी गई। नगर की सभी महिलाएँ निमन्त्रित की गईं। रानी की पार्श्वचारिणियों में काशी, सुन्दर, मुन्दर, हीरा कोरिन, झलकारी कोरिन, जूही एवं मोती नाटक में काम करनेवालियों एवं गंगूबाई इनके नाम मिलते हैं। रानी के बुलाने पर ब्राह्मण, क्षत्रिय, वैश्व, मराठी एवं अन्य जातियों की समस्त स्त्रियाँ आईं। जाति-धर्म का बिना विचार किए रानी ने स्वयं उन्हें सन्तुष्ट किया। ऊँच एवं नीच वर्ग के भेद को वे कभी नहीं मानती थीं। स्त्रियाँ दोपहर को नवीन वस्त्र एवं आभूषणों से सजकर आ गईं। बड़े घरों की स्त्रियाँ तंजाम, पालकी में बैठकर अपने साथ भालेवाले चोबदारों को लेकर आईं। कोई-कोई पैदल आई और कोई-कोई डोलों पर। राजमहल के विशाल आँगन में यहाँ-वहाँ बड़े-बड़े जरी के छाते और उनके पास फूलों की मालाएँ, गुच्छे बेचने के लिए बैठी हुई थीं मालिनें। रानी स्वयं सफेद साड़ी पहनकर उनके बीच घूम-घूमकर सबको 'हल्दी-कुंकुम' का टीका, केशों में सुगन्धित फूलों की माला, चन्दन, मिठाई, चाँदी के रुपया की दक्षिणा के साथ उपहार, गुलाब जल, इत्र और पान-सुपारी देकर निहाल करने लगीं। उनके गायकों ने मीठे सुर में गीत गाना शुरू कर दिया–'आजु नवरंग श्याम संग ब्रिज ललना रे'। रानी को कई लोगों ने कई उपहार दिए–बुन्देलखंडी पीतल-ताँबे के बर्तन, कोरियों द्वारा बनाए पटचित्र, काठ की चीजें, खिलौने, मिट्टी की फूलदानी, धूपदानी, रेशम के वस्त्र। सब इकट्ठे किए गए। रानी ने हँसते हुए भेंट में मिले उन सब उपहारों को अन्तःपुरवासियों में बाँट दिया। बड़े-बड़े जरी के छातों पर धूप पड़कर चमक रही है। पलाश के फूलों की कोंपलें स्त्रियों के जूड़ों में सूखती जा रही हैं। इसी तरह से रात नौ बजे तक उत्सव चला।

झाँसी राजवंश की कुलस्वामिनी अथवा गृहदेवता महालक्ष्मी का मन्दिर लक्ष्मीताल के पास था। राजमहल से उसकी दूरी लगभग एक मील दूर थी। झाँसी शहर के रास्ते ऊँचे-नीचे हैं, कहीं चढ़ाई है, कहीं उतराई है। आज भी वही सब पक्के रास्ते और उनकी दोनों ओर सौ वर्षों से अधिक समय से बुन्देलखंडी ढंग से छाए हुए घर उसी तरह से बने हुए हैं। सिर्फ लक्ष्मी दरवाजे के विशाल काठ के किवाड़ों में दरारें पड़ गई हैं और दरवाजे के पास नौबतखाने में मकड़ी का जाला लग गया है। उसी रास्ते से होकर रानी प्रतिदिन सन्ध्या को महालक्ष्मी के आरती-दर्शनों के लिए जाया करती थी। झाँसी के राजमहल का जो भाग आज भी सिर ऊँचा किए खड़ा हुआ है, वह तो उसके महलों में से एक महल मात्र है। एक दूसरा महल पश्चिमी दिशा में था। बीच में शहर की तरफ मुख किए हुए था खासमहल। उसी तरफ था प्रधान दरवाजा।

उसी दरवाजे से सारंगी घोड़ी पर सवार होकर एक महाराष्ट्रीय रमणी के वेश में रानी प्रतिदिन मन्दिर की सड़क पर निकला करती थी, साथ में चलता था पुत्र दामोदर एक दूसरे घोड़े पर बैठकर।

सड़क के दोनों ओर खड़े होकर लोग उसे देखा करते थे। जो घर आज जीर्ण-शीर्ण, उपेक्षित हैं, उनके झरोखों को खोलकर निहारा करती थीं पुरवासिनियाँ। सभी की मंगलकामी दृष्टि से उसका पथ अभिनन्दित होता था। भिस्ती लोग रास्ते में जल छिड़क जाते हैं, फूलों की मालाएँ और गुच्छे लेकर बुन्देलखंडी स्त्रियाँ बेचने के लिए निकल पड़ती हैं। महाराष्ट्रीय रमणियों को सजने के लिए रोज फूल चाहिए। उधर मुरलीधर मन्दिर में सन्ध्या-आरती का घंटा बज रहा है, चबूतरे से गीत-भजनों का स्वर उठ रहा है। सड़कों पर पहरा देते हुए घूम रहे हैं सिपाही लोग। कभी आवाज होती है—दूर हटो, दूर हटो! घोड़ों की राश को थामे हुए टप-टप करते हुए जा रहे हैं घुड़सवार। लक्ष्मीताल के विस्तृत वक्षस्थल पर उस समय सन्ध्या की शान्त छाया पड़ने लगती है। आज के उस जीर्ण शिवालय में उस दिन प्रदीप और फूलों का अर्घ्य दे जाता है पुरोहित। कुमारी लड़कियाँ जल चढ़ा गई हैं शिव के शीश पर। आज जिस स्थान पर धोबी लोग कपड़े धोते हैं और भट्ठी चढ़ाकर अग्नि जलाते हैं, उन दिनों वहाँ पर गरीब, कंगाल, भिखारी, दुखी लोगों की कतारें लग जाती थीं। महालक्ष्मी मन्दिर से उन्हें प्रतिदिन की तरह आरती के बाद प्रसाद मिलेगा। आज का जीर्ण-शीर्ण लक्ष्मी मन्दिर उस दिन गौरव के साथ सिर ऊँचा किए हुए खड़ा था। मन्दिर में प्रवेश करने के लिए बने सेतु के दोनों ओर खिले रहते थे कमल। मन्दिर के बाग में फूल खिलकर जगमगाने लगते थे। मन्दिर में महालक्ष्मी देवी की प्रतिमा बड़े समारोह के साथ देदीप्यमान रहा करती थी। वह स्वर्णाभूषणों से सजी रहती, चाँदी के दियट पर दीपक जलता रहता। एक तरफ विशाल पीतल के प्रदीप में जलता रहता अखंड नन्दादीप। बालक दामोदर की अक्षय आयु की कामना करती हुई रानी मौन प्रार्थना-निवेदन किया करती थी देवता के चरणों में। जब वापस आती थी, तब तक दीप जलने लगते। मशाल हाथ में लेकर रक्षक लोग साथ-साथ दौड़ते आते थे। लक्ष्मी दरवाजे के नौबतखाने में उस समय शहनाई पर यमन कल्याण राग रहा करता था।

किसी-किसी दिन विशेष उत्सव के समय राजा गंगाधर के शौक की वस्तु उत्तर भारत में विख्यात स्वर्ण मेना अथवा तंजाम निकला करती थी। पालकी चाँदी की थी, बीच-बीच में सोने की चित्रकारी थी। भीतर लाल मखमल के ऊपर सोने का काम की गई गद्दी और पर्दे थे। रानी जिस दिन इस पालकी पर जाती थी उस दिन पालकी ढोती थीं उसके साथ रहनेवाली स्त्रियाँ। राजकोष से उन्हें दिया जाता था जरीदार रेशम, जरी के कपड़े और उनके पैरों में रहते थे नागरे। एक हाथ से वे चाँदी की चमर डुलाती थीं और दूसरे हाथ से ले जाती थीं पालकी। आगे-आगे रणवाद्य बजाते

हुए चलता था बाजेवालों का समूह। पीछे-पीछे चलते थे 200 अफगान पदातिक सिपाही और 100 घुड़सवार।

झाँसी राजमहल के विख्यात पुस्तकालय की शोभा बढ़ाने की ओर भी रानी की दृष्टि थी। यद्यपि व्यक्तिगत रूप से साहित्य, दर्शन, काव्य पढ़ने का समय उसे नहीं मिल पाता था, फिर भी नेवलकर वंश के गौरव के प्रतीक इस ग्रन्थागार के रख-रखाव के प्रति उसकी तीक्ष्ण दृष्टि थी। उन दिनों की प्रथा के अनुसार बहुमूल्य रेशमी और जरी के वस्त्रों में हस्तलिखित पोथियों को बाँधकर रखा जाता था। श्रीमद्‌भगवत गीता की तो सब मिलाकर 20 भिन्न आकार की हस्तलिखित प्रतियाँ थीं। उनमें से एक को रानी सदा अपने प्रयोग में लाती थी।

रात में सोने के पहले किसी-किसी दिन वह गीता पाठ किया करती थी। एकदम अँधेरे कमरे में सोने की वह अनभ्यस्त थी। बालक दामोदर उसी के साथ सोता था। कमरे में सारी रात एक चाँदी का दीपक जलता रहता था।

परोला में नेवलकर लोगों का पुरोहित वंश टेकरे लोगों का था। टेकरे परिवार धनी के रूप में विख्यात था। रुपया उधार देना उनका व्यवसाय था। झाँसी में टेकरे परिवार की स्त्रियाँ जैसे मूल्यवान आभूषण पहना करती थीं उन्हें देखकर झाँसी का जनसामान्य आश्चर्य में पड़ जाता था।

टेकरे परिवार के लालू भाऊ टेकरे एक बार रानी के पास एक गरीब ब्राह्मण को ले गए। निवेदन किया कि यह ब्राह्मण कुछ सहायता चाहता है। ब्राह्मण ने बताया कि वह काशीवासी है। पहली पत्नी के दिवंगत हो जाने से वह दूसरा विवाह करना चाहता है। वह देशस्थ ब्राह्मण है। अपने ही वर्ग की एक सब प्रकार से योग्य दसवर्षीय कन्या मिल गई है। कन्या के पिता कन्या के बदले में चार सौ रुपया चाहते हैं। ब्राह्मण ने हाथ जोड़कर कहा—"ते मीं गरीबानें कोठून आनाबे?" (मैं गरीब ब्राह्मण हूँ, मैं चार सौ रुपया कहाँ से लाऊँ?) रानी ने पाँच सौ रुपया देकर उसकी सहायता की। और विनोद करते हुए कहा—"विवाह का मुहूर्त्त निश्चित हो जाने पर हमें कुंकुम पत्रिका देना न भूलना।"

दिसम्बर 1857 ई. में झाँसी में बहुत ठंड पड़ी थी। सामान्य रूप से मध्यभारत में शीत का प्रकोप कुछ अधिक ही रहता है और जलवायु की दृष्टि से झाँसी बुन्देलखंड के अन्य स्थानों की तरह ही शुष्क जलवायु का देश है। वहाँ ठंड और गर्मी दोनों ही तेज पड़ती है।

उस वर्ष शीत ऋतु की एक सन्ध्या को एक दिन महालक्ष्मी मन्दिर से लौटते समय रानी के घोड़े के आसपास ठंड से परेशान गाँववासियों के एक गरीब दल ने भीड़ लगा ली। लक्ष्मण राव देशमुख ने उन्हें बताया कि वे लोग ठंड से परेशान हैं, इसीलिए रानी से सहायता चाहते हैं। रानी ने स्वयं चौथे दिन प्रातःकाल राजप्रासाद

के सामने इकट्ठे होने का आदेश दिया। उसकी यह घोषणा शहर की गली-गली डिमडिमी पिटवाकर घोषित कर दी गई। शहर के सारे दर्जियों को इकट्ठा करके रानी ने एक हजार रुई के कोट और टोपियाँ तैयार करने का हुक्म दिया। निश्चित दिन वही कोट, टोपी और एक-एक कम्बल दरिद्रों को बाँट दिया गया।

रानी की अश्व-परीक्षा के सम्बन्ध में विविध कहानियाँ कही जाती हैं। महाराष्ट्रीय घुड़सवारी में अत्यन्त कुशल होते हैं। ऊँचे-नीचे पर्वतों से भरे महाराष्ट्र में चलने-फिरने में घुड़सवारी के अलावा और कोई उपाय नहीं था। महाराष्ट्रीय रमणियाँ भी अत्यन्त दक्ष घुड़सवार हुआ करती थीं। एक सौ वर्ष पहले भारतवर्ष में सर्वत्र शीघ्र आने-जाने के लिए घोड़े का ही व्यवहार किया जाता था। और ऊँट, हाथी आदि दुर्गम एवं कष्टसाध्य यात्राओं के लिए काम में लाए जाते थे। आज भी राजस्थान, मध्यभारत, बुन्देलखंड आदि स्थानों पर ऊँट की पीठ पर कतार बाँधे चलते हुए ग्रामवासी नजर में आ जाते हैं।

स्वभावतः प्रत्येक भारतीय राज्य में अच्छे घोड़े रखने एवं उनके संग्रह का प्रचलन था। घुड़सवारी तो एक सामान्य घटना मानी जाती थी और अत्यन्त निपुण घुड़सवार हुए बिना कोई ख्याति भी नहीं पा पाता था।

उत्तरी हिन्दुस्तान में घोड़ों के विशेषज्ञों के रूप में तीन अश्वारोहियों की ही ख्याति थी—नाना धूधूपन्त, बाबासाहब आप्टे ग्वालियर और झाँसी की रानी।

बाबासाहब आप्टे की अश्व-कुशलता के सम्बन्ध में अनेक कहानियाँ सुनी जाती हैं। एक बार एक अंग्रेज के साथ उन्होंने बाजी लगाई। कहा जाता है, अंग्रेज अश्वचालन में अत्यन्त कुशल था। उसने बाबासाहब आप्टे से कहा—"सुनता हूँ, आप एक सौ प्रकार की कलाएँ जानते हैं, मैं एक सौ एक जानता हूँ।"

दोनों पक्षों में यह बात तय हुई कि वे दोनों ही एक-एक कला दिखाएँगे। एक विशाल कुएँ के मुख पर काठ का तख्ता डाल दिया गया। उस कुएँ में किसी कारण गिर जाने पर मृत्यु निश्चित थी। साहब ने कहा, वह उसी कुएँ से घोड़े पर चढ़कर पार हो जाएगा। सभी लोग जब साँस रोके उसे देखते हैं, उसी समय बाबासाहब आप्टे घोड़ा लेकर दूसरी तरफ से आ गए और दोनों अश्वारोही उसी तख्ते के बीच में आकर खड़े हो गए। एक परम संकट का क्षण। प्रतीक्षा होने लगी कि घोड़े के गिर जाने की सम्भावना है और पीछे हटना भी असम्भव है, और सामने का मार्ग भी अवरुद्ध है। आसन्न विपत्ति की सम्भावना से सभी विचलित हो जाते हैं। बाबासाहब आप्टे ने कहा—"मैं तुम्हारी सिर्फ एक कला देखना चाहता हूँ कि तुम इस स्थिति से अपने घोड़े को निरापद रूप से कुआँ पार कर ले जा सकोगे कि नहीं।" साहब ने कहा—"मैं उस तरह की कोई कला नहीं जानता हूँ।" बाबासाहब के इशारे पर उनका घोड़ा पीछे के पैरों पर खड़ा होकर घूम गया और कुआँ पार कर नीचे उतर गया। साहब भी

निरापद रूप से कुआँ पार कर गया। बाबासाहब बोले, "अब तुम अपनी बाकी एक सौ कलाएँ दिखा सकते हो।" साहब का उत्साह ठंडा पड़ जाने का यथेष्ट कारण घट चुका था, किन्तु वह गुणों का समादर करना जानता था। इसीलिए उसने मुक्त हृदय से बाबासाहब को एक श्रेष्ठ घुड़सवार के रूप में स्वीकार कर लिया।

रानी के सम्बन्ध में जो कहानियाँ सुनी जाती हैं उनमें निम्नलिखित कहानी सर्वाधिक प्रचलित है।

एक दिन एक अश्व-विक्रेता दो घोड़े चुनकर उन्हें दिखाने लाया था। अश्व-विक्रेता ने घोड़ों का मूल्य निर्धारित करने के लिए रानी से प्रार्थना की। रानी ने देखने में सुन्दर घोड़े का दाम पचास रुपया लगाया और दूसरे घोड़े का दाम एक हजार रुपया बताया। कारण यह बताया कि यद्यपि घोड़ा देखने में अत्यन्त सुन्दर है, किन्तु उसके साँस लेने तथा अन्य गतिविधि देखने से पता चलता है कि उसके फेफड़े में कहीं जख्म है। इसलिए उसके दाम किसी भी तरह पचास रुपए से अधिक उचित नहीं हैं। अश्व-विक्रेता ने विस्मय के साथ उनकी बात स्वीकार कर ली। बोला—"परिश्रम और प्रयत्न करके ही मैंने इस जख्मी घोड़े की शकल ठीक करके रखी है।" हाँ, रानी ने दोनों घोड़े जरूर लिए और बीमार घोड़े को आराम से रखने का बन्दोबस्त भी कर दिया।

उनका पुराना अश्व-विक्रेता और एक दिन एक अत्यन्त सुन्दर, सुगठित तेज घोड़ी को लेकर आता है। अत्यन्त दुख के साथ बताता है कि इस मूल्यवान घोड़ी को वह कहीं भी नहीं बेच पा रहा है। कौन जाने क्यों यह घोड़ी, पीठ पर बैठते ही तड़फड़ाकर सवार को तुरन्त फेंक देती है। रानी ने एक बार चढ़कर देखने की इच्छा प्रकट की। पीठ पर चढ़कर थोड़ा घूमने के बाद आकर उसने कहा, किस कीमत में वह इस घोड़ी को बेचने को राजी है। खरीदने के बाद उसने कहा—"घोड़ी के दाहिनी ओर पेट के पास किसी तरह का दर्द है, इस कारण पैरों से धक्का लगते ही वह पीड़ा से छटपटा उठती है।" उनके आदेश से अश्व चिकित्सक आया। चीरा लगाने के बाद दाहिने तरफ के पेट से एक कील निकाली गई। सम्भवतः पल्लेंचा से एक कील वहाँ बिंध गई थी। यही घोड़ी बाद में उनको अत्यन्त प्रिय हो गई थी। रानी ने उसका नाम रखा था 'सारंगी' घोड़ी।

रानी के स्वतन्त्र राज्यशासन के समय झाँसी के किले में मात्र दो बन्दी थे। एक सदाशिव नारायण थे। उनकी परिचर्या और आराम की सुन्दर व्यवस्था की गई थी। दूसरा व्यक्ति था मालहरि। यह व्यक्ति गंगाधर राव की नाट्यशाला की नर्तकियों की देख-रेख करनेवाला था। उसके जिम्मे थीं नाट्यशाला की बहुमूल्य पोशाकें, आभूषण आदि। 1854 ई. में झाँसी के ब्रिटिश अधिकार में जाने के समय मालहरि ने बहुमूल्य आभूषणों को लेकर भागने की चेष्टा की थी। 1857 ई. के अन्त में रानी ने उसे बन्दी

बना लिया था। यह मालहरि ब्रिटिश सेनाओं के आने के लिए अत्यन्त उत्सुक था। रानी के प्रति उसके विरोधी मनोभाव को किले के सभी लोग जानते थे। एकमात्र इसी व्यक्ति के सम्बन्ध में बाद में रानी को अत्यन्त कठोर होते देखा गया था। अन्यथा उसके चरित्र में अनावश्यक कठोरता जरा भी नहीं थी।

इन्हीं दिनों ग्वालियर की कोंकणस्थ नाटक मंडली लेकर सदोबा नाट्याधिकारी झाँसी आया। झाँसी में उनके ठहरने का स्थान निश्चित कर दिया गया। किले से प्रतिदिन सीधा-सामान जाने लगा। शहर में पन्द्रह दिन तक बाणासुर, रासक्रीड़ा आदि नाटकों का मंचन हुआ। अन्त में राजप्रासाद के प्रांगण में भी नाटक का मंचन किया गया। अन्तःपुरवासिनियों ने देखा कि रानी भी बैठी हुई है और नाटक हो रहा है 'हरिश्चन्द्र'। श्मशान में मृतकलश फोड़ने के दृश्य का मंचन होने के समय पुराणपंथियों ने उसका निषेध किया। उन्होंने कहा—यह दृश्य घर में अभिनीत करने का कोई काम नहीं है। सदोबा ने कातर नेत्रों से रानी की ओर देखा। रानी बोली—नहीं, उसे अपने अनुसार अभिनय करने दीजिए। अभिनय हुआ। जब श्मशान पर हरिश्चन्द्र ने मृत्घट फोड़ा, तब पुराणपंथियों ने, 'हाय अपशकुन आहे'—अर्थात् 'हाय अमंगल हो गया' कहते हुए सभा का त्याग कर दिया।

पन्द्रह दिन तक नाटक कर सदोबा ने झाँसी छोड़ दी। जाने के पहले इस नाट्य दल को आभूषण, धोती-चादरपगड़ी और चार हजार रुपए दिए गए।

यह नाटक अभिनीत होने के बहुत दिन बाद तक भी वे रूढ़िवादी लोग कहा करते थे, उस अशुभ दृश्य के अभिनय की अनुमति देकर ही रानी झाँसी के ऊपर दुर्भाग्य बुलाकर लाई।

किन्तु यह बात सत्य नहीं है। इसके बहुत पहले से ही युद्ध के लिए तैयार केनिंग की जरूरी इत्तला पर चीन, फारस, अफ्रीका के ब्रिटिश इलाकों से ब्रिटिश सैनिक जहाजों में भरकर भारत के रास्ते पर रवाना हो जाते हैं। आधी पृथ्वी पार कर एक पालवाला जहाज सितम्बर 1857 ई. में बम्बई के बन्दरगाह पर आ लगता है। जहाज के डेक पर खड़े होकर एक प्रौढ़ व्यक्ति तीक्ष्ण दृष्टि से देखता है कि भारत का तटस्थल निकट से निकटतर आता जा रहा है। मालवा और मध्यभारत में वह शान्ति-स्थापना के लिए आया है। उसी का नाम ह्यूरोज़ है।

तेरह

ह्यूरोज़ के नेतृत्व में मालवा और मध्यभारत अभियान शुरू होने के पहले बुन्देलखंड की तत्कालीन परिस्थिति पर विचार करना जरूरी है।

झाँसी में सिपाहियों के विद्रोह और अंग्रेजों की हत्या की खबर से पहले बुन्देलखंड में और उसके बाद धीरे-धीरे सागर-नर्मदा डिवीजन के अन्तर्गत सभी जगह अंग्रेजों के खिलाफ विद्रोह फैल गया था। सागर एक सैनिक छावनी है। वहाँ पर 31वीं और 42वीं बंगाल-देशी पदाति सेना और तीसरी अस्थायी घुड़सवार सेना थी। झाँसी की खबर मिलने के बाद सागर के भारतीय सैनिकों के अंग्रेजों के विरुद्ध किसी प्रकार का क्षोभ दिखाने के पहले ही वहाँ के अफसर ब्रिगेडियर सेज (Brg. Sage) ने सारे सैनिक और असैनिक अंग्रेज नर-नारी-बच्चों को लेकर सागर के किले में आश्रय ले लिया था। भारतीय पहरेदारों को निकाल दिया और आतंकग्रस्त होने से कहीं कुछ घटित होने के पहले ही इलाहाबाद से सहायता माँगी। 31वीं पदाति सेना तब तक ब्रिगेडियर सेज के इस कार्य का तात्पर्य नहीं समझ पाती है। इलाहाबाद के जिम्मेदार सामरिक कर्मचारी और गवर्नर जनरल के सेक्रेटरी ने ब्रिगेडियर सेज के इस व्यवहार से असन्तुष्ट होकर उनसे कैफियत तलब की। 18 जुलाई, 1857 ई. को आर. जी. वार्च डिप्टी एडजूटेंट जनरल के पास भेजी चिट्ठी में स्पष्ट रूप से ही लिखा है–

> ब्रिगेडियर सेज एकाएक सारा कंटूनमेंट एरिया खाली करके अंग्रेज स्त्री-पुरुषों को लेकर किले में चले गए हैं। उनके इस आचरण की सफाई जरूरी है। क्योंकि 31वीं देशी पदाति सेना में किसी प्रकार का विरोधी मनोभाव नहीं देखा गया है।

ब्रिगेडियर के आचरण से सिपाहियों ने अंग्रेज अफसरों की कमजोरी समझ ली।

इसी बीच बानपुर के राजा ठाकुर मर्दनसिंह ने खुरई के किले पर अधिकार कर लिया। खुरई सागर से उन्तीस मील उत्तर में है। वहाँ के सरकारी तहसीलदार अहमद बख्श ने सारे अफगान सैनिकों के साथ बानपुर के राजा का साथ दिया। खुरई में एक छावनी बना दी गई।

खुरई से कुछ सेना लेकर ठाकुर मर्दनसिंह झाँसी के अन्तर्गत ललितपुर पहुँचा। ललितपुर पर अधिकार करने के बाद उसने निकटस्थ तालबेहट पर भी अधिकार कर लिया। ललितपुर, तालबेहट आदि अंचलों में उसकी भारी प्रतिष्ठा थी। तालबेहट के बाद वह सीधा चन्देरी चला गया। चन्देरी का पत्थरों से बना किला और पत्थरों से बना शहर भारतीयों के अधिकार में आ गया। शाहगढ़ के राजा बखतबली ने बानपुर के राजा की सहायता की।

भोपाल के नवाबवंशीय मोहम्मद फजिल खाँ संक्षेप में नवाब अमापानी के नाम से परिचित थे। राहतगढ़ पहले के नवाब अमापानी के अधिकार में था। 1807 में सिन्धिया ने राहतगढ़ पर अधिकार करके नवाब अमापानी को अधिकारच्युत कर दिया था। 1826 ई. में अंग्रेजों से हुई सन्धि के फलस्वरूप अमापानी ने राहतगढ़ पुनः प्राप्त कर लिया।

मुहम्मद फजिल खाँ उर्फ अमापानी ने बानपुर के राजा के उदाहरण से उत्साहित होकर राहतगढ़ में विद्रोह की घोषणा कर दी। 31 जुलाई, 1857 में सागर में स्थित दो रेजीमेंटों में 42वीं बंगाल की देशी पदाति सेना के शेख रमजान ने सारी 42वीं रेजीमेंट को साथ लेकर विद्रोह कर दिया। उल्लेखनीय यह है कि किले में स्थित किन्हीं अंग्रेज नर-नारियों पर कोई आक्रमण नहीं किया गया। सागर शहर के खजाने से दस हजार रुपया लूटकर शेख रमजान सारे भारतीय सैनिकों को साथ लेकर शाहगढ़ के राजा बखतबली से जाकर मिल गया।

इस बार बानपुर के राजा ठाकुर मर्दनसिंह एवं शाहगढ़ के राजा बखतबली निकटवर्ती तहसीलों में सम्मिलित क्रान्ति करने के लिए निर्देश भेजने लगे। कुछ बागी सिपाही दमोह पहुँचे। दमोह जिले के डिप्टी कमिश्नर ने शंकित होकर जेलखाने में जाकर शरण ली।

सागर, दमोह एवं जबलपुर में सिपाही और जनता सभी 'बागी' अथवा विद्रोही हो गए। दमोह जिले के लोधी, ठाकुर तथा किसानों ने भी अंग्रेजों के खिलाफ विद्रोह कर दिया। हिंडोरिया के ताल्लुकेदार किशोरसिंह ने विद्रोह की घोषणा कर दी। शाहगढ़ के राजा ने 'बिनैका' दुर्ग पर अधिकार कर लिया।

सागर में 31वीं देशी पदाति सेना के कुछ सैनिक उस समय भी अंग्रेजों के बहुत विश्वासपात्र थे। इस 31वीं देशी पदाति सेना के सिपाही शाहगढ़ के राजा के खिलाफ लड़ने के लिए बिनैका में आए। शाहगढ़ राजा की फौज के सामने वे लोग पराजित हो गए। शाहगढ़ के राजा के एक सरदार पर्जनसिंह उर्फ बोधन दौआ ने गढ़ाकोटा पर अधिकार कर लिया। बानपुर के राजा ने सागर के विद्रोही 31वीं पदाति सेना के बचे हुए भाग को लेकर सागर पर आक्रमण कर दिया।

इसी बीच जबलपुर में 52वीं बंगाल देशी पदाति सेना विद्रोह कर देती है। जुलाई महीने में ही जबलपुर के अंग्रेज अफसर लोग यह जान जाते हैं कि 52वीं पदाति सेना के विद्रोही हो जाने की सम्भावना है। गुप्तचरों से खबर मिलती है कि गोंड राजा शंकरशाह एवं उसके पुत्र रघुनाथशाह ने अन्य सरदारों और सामन्तों के साथ एकजुट होकर अगस्त मास की मुहर्रम की तारीख में क्रान्ति करने का दिन निश्चित किया है। सिपाहियों के साथ विचार-विमर्श न हो पाने के कारण यह महान तिथि दो मास पीछे दशहरे (जेठ दशहरा) के दिन निश्चित की जाती है। जिस व्यक्ति ने राजा शंकरशाह का नाम बताया था उसके साथ बहुत समय से शंकरशाह का वंश-परम्परा से विरोध था।

गोंड राज्य मुगलों के समय से गोंडवाना नाम से विख्यात था। चन्देल राजपूत कुल की कन्या रानी दुर्गावती गोंडों की राजवधू होकर आई थी। उसके वंशधर हृदयशाह का विवाह हुआ था बघेल राजवंश में। गोंडों का राजवंश राजपूत था।

एक समय अत्यन्त समृद्धिशाली इस राज्य में रानी दुर्गावती ने शासन किया था और गोंडों की स्वतन्त्रता की रक्षा करते हुए युद्ध में उसकी हार और मृत्यु हुई थी। रानी दुर्गावती के बाद गोंड राज्य की शीघ्र अवनति हो गई थी। बुन्देलखंड में मराठों का अधिकार स्थापित होने के समय समग्र गोंड राज्य में राजपूतों का अधिकार नष्ट हो गया। अन्तिम राजा सुमेरशाह ने 1804 ई. में परलोक गमन किया। सुमेरशाह के साथ-साथ गोंड राज्य का अस्तित्व विलुप्त हो गया। सुमेरशाह के लड़के राजा शंकरशाह को नाममात्र की सम्पत्ति मिली। अंग्रेजों के साथ मराठा शक्ति की सन्धि होने के बाद शंकरशाह मराठों द्वारा दी गई जागीर से भी वंचित हो गया और राजा नाम का 'व्यंग्य-प्रहसन' लेकर जबलपुर से मात्र चार मील दूर एक गाँव में निर्वासित हो गया। उसकी आर्थिक दशा भी चरम अवनति की अवस्था में पहुँच गई थी।

राजा शंकरशाह और उनके पुत्र रघुनाथशाह ने अंग्रेजों के विरुद्ध षड्यन्त्र में योग दिया है या नहीं, इसकी जाँच के लिए लेफ्टीनेंट क्लार्क ने बीस सशस्त्र सैनिकों को लेकर राजा शंकरशाह के कच्चे मिट्टी के घर को घेर लिया। गिरफ्तार कर लिया वृद्ध राजा शंकरशाह और युवक रघुनाथशाह को। परिवार के बाकी तेरह जनों में स्त्री-लड़के-लड़कियों और बच्चों को बैलगाड़ी से जबलपुर ले आया गया। राजा शंकरशाह के षड्यन्त्र के अकाट्य प्रमाण के रूप में रक्त से लिखा एक चंडी स्तोत्र मिला। हे! शत्रु-संहारिका, तुमि शंकरेर प्रति प्रसन्न होओ, निधन करो तोमार शत्रुके।' (हे! शत्रु संहारिका भगवती, शंकर पर प्रसन्न होओ और अपने शत्रु को नष्ट कर दो।) इस कविता को देखकर क्लार्क ने निश्चय कर लिया कि इस बूढ़े राजा और पुत्र को कोई भयंकर दंड देकर 52वीं बंगाल पदाति सेना के सामने एक उदाहरण प्रस्तुत करेगा। उन्हें तोप के मुँह से बाँधकर उड़वा देगा। क्योंकि–

> This Type of execution is always feared by natives, since the body is left at the mercy of vultures and jackals and no funeral rite can lessen the pain or ease the path for the soul departing for heaven.
>
> (Charles Ball; Vol. I)

> इस तरह के प्राणदंड से देशी लोग सदा भयभीत रहते हैं, क्योंकि इसमें उनका शरीर चील और गिद्धों की दया पर छोड़ दिया जाता है और किसी भी तरह का अन्तिम संस्कार न होने के कारण आत्मा के स्वर्ग जाने के पथ का कष्ट किसी भी तरह कम या सुविधाजनक नहीं हो पाता है। (चार्ल्स बाल, भाग-1)

उस समय राजा शंकरशाह की उम्र सड़सठ वर्ष की थी। श्वेत केश और दाढ़ी से शोभित इस वृद्ध की हत्या देखने के लिए उनके परिवारी जनों को बलपूर्वक लाया गया। भयंकर मृत्यु समीप है। फिर भी राजा शंकरशाह निर्भीक रहे। घृणापूर्ण, अकम्पित और कठोर स्वर में उन्होंने कहा–

> मेरी तुम लोग हत्या न कर सकोगे। मेरी मृत्यु का प्रतिशोध अन्य लोग लेंगे। वे लोग तुम लोगों की तिल-तिल हत्या करेंगे।

रघुनाथशाह ने भी पिता के अनुरूप वीरत्व का प्रदर्शन किया। उसके सामने फटी-फटी आँखों से देख रहा था उसका बच्चा, आठ वर्ष की कन्या एवं पच्चीस वर्ष की उम्र का भतीजा।

क्लार्क के निर्देश पर तोप चलाई गई। और–

> तुरन्त दो मनुष्यों के शरीर के छिन्न-भिन्न टुकड़े उड़ गए, रक्त के छींटे फैल गए रेजीडेंसी के कम्पाउंड में। चील और गिद्धों को जो मिले उन्होंने खा लिए। जो कुछ इकट्ठे किए जा सके, पोटली बाँधकर रानी को दे दिए गए। कुछ क्षण पहले ही जो लोग उसके साकार पति-पुत्र थे, वे मांसपिंड उनकी भयंकर स्मृति मात्र थे।
>
> (चार्ल्स बाल, भाग-1)

मूर्छित रानी, शोकविह्वला राजवधू और अनाथ बच्चों को निर्वासित कर दिया गया दमोह जिले के अन्तर्गत सिलापरी गाँव में।

क्लार्क की धारणा थी कि शंकरशाह एवं उसके पुत्र को तोप से उड़ा देने के दृष्टान्त से 'नेटिव' सिपाही आतंकित हो जाएँगे। वे लोग आतंकित तो हुए ही नहीं, उलटे उन्होंने विद्रोह की घोषणा और कर दी।

संकटग्रस्त एरस्काइन ने पन्ना के राजा से सहायता की याचना की। सागर, दमोह एवं जबलपुर लगता है इस बार हाथ से निकल जाएँगे। पन्ना के राजा ने कुमार श्यामले जू के साथ छह हजार सेना भेजी। पन्ना की सेना की सहायता से मेजर एरस्काइन ने सिमरिया एवं दमोह पर अंग्रेजों का अधिकार फिर से स्थापित कर लिया।

जबलपुर की बागी पल्टन 52वीं पदाति सेना दमोह में पन्ना सेना के हाथों पराजित होकर गढ़ाकोटा चली गई। वहाँ पर बोधन दौआ इन सैनिकों को लेकर भापेल, वतैरी एवं चूणा गाँव में अंग्रेजों के प्रतिरोध में संगठित होने लगे।

इससे समझ में आ जाता है कि ह्यूरोज़ के मध्यभारत में सैनिक अभियान चलाने के समय सारे दक्षिणी बुन्देलखंड में विभिन्न सैन्य दलों के नेतृत्व में अंग्रेजों के विरोधी सैनिक और जनता हर छावनी में आक्रमण और प्रतिरोध करने की इच्छा से संगठित होने लगे थे।

चौदह

सर कोलिन कैम्पवेल 14 अगस्त, 1857 ई. को विलायत से कलकत्ता आ गया। 17 अगस्त को ही उसने भारतवर्ष की सारी सेनाओं के मुख्य सेना-अध्यक्ष अथवा कमांडर-इन चीफ का पद-भार ग्रहण कर लिया। अक्तूबर के अन्त तक दस सप्ताह उसने सारे ब्रिटिश भारत की स्थिति का सूक्ष्मता से पर्यवेक्षण किया। केनिंग के परामर्श से विभिन्न सेनाओं के गठन की योजना स्थिर हो गई उस समय पूरा अवध विद्रोही हो चुका था। रुहेलखंड, दोआब, मध्यभारत आदि सभी जगह ब्रिटिश का शासन ढीला पड़ चुकता है। दिल्ली का एक विशाल सामरिक गोदाम अथवा मैगजीन भारतीयों के कब्जे में चली जाती है। फतेहगढ़ में तोपें तैयार करने का कारखाना सिपाही नष्ट कर देते हैं। पंजाब के साथ सारे योगसूत्र विच्छिन्न हो जाते हैं। लखनऊ और आगरा में देशवासियों का विक्षोभ घुमड़ने लगता है। कानपुर में हेवलॉक की दशा अत्यन्त शोचनीय हो जाती है। कैम्पवेल ने इसके अलावा भी लक्ष्य किया कि बंगाल आर्मी के एक लाख सिपाही एवं सारे अवध और उत्तरी-पश्चिमी प्रदेश के समस्त नागरिक विभिन्न व्यक्तियों के नेतृत्व में ब्रिटिशों के विरुद्ध विद्रोह कर रहे हैं। ब्रिटिशों की सहायता के लिए सेनाएँ भेजने के सारे योगसूत्र, रास्ते और नदी के घाट आदि बन्द कर दिए गए हैं।

केनिंग के साथ परामर्श करने के बाद ग्रांड ट्रंक रोड से लगातार सेनाओं को भेजने की व्यवस्था की गई। केनिंग एवं कैम्पवेल दोनों ही सबसे अधिक शंकित बुन्देलखंड और मध्यभारत के सम्बन्ध में थे। उनकी उसी शंका के फलस्वरूप मालवा और मध्यभारत पर आक्रमण करने के लिए सेना गठित हुई।

आक्रमण की समग्र योजना के अनुकूल बंगाल, बंबई एवं मद्रास इन तीन प्रेसीडेंसी की सारी सेनाएँ पर्याप्त न होने के कारण विलायत से सैन्य अधिकारी और फौज लाने की व्यवस्था की गई। बम्बई दस्ते (Bombay-Column) के साथ राजपूताना फील्ड फोर्स (Rajputana Field Force) और मद्रास फोर्स अथवा सागर और नर्मदा फील्ड फोर्स (Saugor and Nerbudda Field Force) लेकर सेंट्रल इंडिया फील्ड फोर्स (Central India Field Force) गठित की गई। निश्चय हुआ कि तराई,

रुहेलखंड और अवध में कोलिन कैम्पवेल जब युद्ध का अभियान चलाएगा उस समय जिससे ग्वालियर कंटिंजेंटी एवं मध्यभारत के अन्य विद्रोही उसके अभियान को तितर-बितर न कर सकें, इसलिए यह सेना मध्यभारत के भीतर से होकर त्रिमुखी युद्ध का अभियान चलाएगी। ये तीनों सेनाएँ विभिन्न दिशाओं से आकर झाँसी के सामने मिलेंगी एवं झाँसी पर विजय प्राप्त करेंगी। सेंट्रल इंडिया फील्ड फोर्स की मुख्य छावनी होगी मऊ। झाँसी पर अधिकार करने के बाद यह सेना कालपी जाएगी। वहाँ पर तात्या टोपे के नेतृत्व में एक विशाल सेना ने एक अत्यन्त शक्तिशाली युद्ध-केन्द्र का गठन कर लिया है। कालपी में स्वयं कोलिन कैम्पवेल सहयोग करेगा। 'मद्रास दस्ता' अथवा 'नर्मदा फील्ड फोर्स' जबलपुर से रवाना होकर इलाहाबाद और मिर्जापुर के बीच मध्यवर्ती विच्छिन्न सूत्रों को पुनः जोड़कर बुंदेलखंड से होते हुए बाँदा जाएगी।

कैम्पवेल के नेतृत्व में तीन सैन्य अधिकारियों को यह दायित्व निबाहने के लिए नियुक्त किया गया। वे हुए मेजर जनरल ह्यूरोज़, ह्विटलोक और रॉबर्टसन। ह्यूरोज़ सेंट्रल इंडिया फील्ड फोर्स का नेतृत्व करेगा। ह्विटलोक मद्रासी दस्ते एवं रॉबर्टसन राजपूताना फील्ड फोर्स का भार ग्रहण करेगा।

इस सेंट्रल इंडिया फील्ड फोर्स की भारी जिम्मेदारी लेने के लिए पहले केनिंग ने जनरल जोन डेकवेक को चुना था। अफगानिस्तान और ब्लूचिस्तान के सीमान्त युद्धों में जोन डेकवेक ने अपनी योग्यता प्रमाणित कर दी थी। ब्रिटेन का मन्त्रिमंडल जोन डेकवेक की फारस से आने नहीं देना चाहता था। इसी कारण से ह्यूरोज़ को चुना गया।

ह्यूरोज़ ने 1820 ई. में सैनिक जीवन में प्रवेश किया था। 1857 ई. में उसके सैनिक जीवन के सैंतीस वर्ष बीत चुके थे। आयरलैंड, सीरिया, क्रीमिया एवं सिवास्तोपोल के विभिन्न युद्धों में उसने अपनी योग्यता प्रमाणित कर दी थी। उच्चतम सैनिक सम्मान उसे दिया जा चुका था। अनुभवी, परिपक्व एवं विचक्षण सैनिक था ह्यूरोज़।

मध्यभारत और बुन्देलखंड की सारी स्थिति पर विचार कर ह्यूरोज़ ने एक सूचीबद्ध योजना बनाई।

1857 ई. के 17 दिसम्बर को उसने सेंट्रल इंडिया फील्ड फोर्स–मध्यभारत थल सेना की दो ब्रिगेड सेना का नेतृत्व ग्रहण किया। पहली ब्रिगेड (जिसका नया नाम हुआ मालवा थल सेना) बनी रही मऊ में। दूसरी ब्रिगेड सीहोर में रही।

(C.S. Steuart of Bombay Army) बम्बई सेना के ब्रिगेडियर सी.एस. स्टुअर्ट के नेतृत्व में पहली ब्रिगेड रही। उसमें रहीं–

एक दस्ता (स्क्वाड्रेन) (14वाँ तेज घुड़सवारों का)

एक दस्ता (तृतीय बम्बई तेज घुड़सवार सेना)

दो रेजीमेंट (हैदराबाद आकस्मिक घुड़सवार सेना)

दो कम्पनी (86वीं रेजीमेंट और 25वीं बम्बई एन. पदाति सेना)

एक रेजीमेंट (हैदराबाद आकस्मिक पदाति सेना)

तीन हलकी जमीन से मार करनेवाली तोपें (1. शाही तोप, 2. बंबई तोप, 3. हैदराबाद तोप)

कुछ सफरमैना

14वीं घुड़सवार सेना के ब्रिगेडियर स्टुअर्ट के अधीन दूसरी ब्रिगेड सीहोर में रही। इसमें थे--

14वीं तेज घुड़सवार सेना और तृतीय बम्बई तेज घुड़सवार सेना का बचा हुआ भाग।

बम्बई यूरोपीय तोड़ेदार बन्दूकें, 24वीं बम्बई देशी पदाति सेना

एक रेजीमेंट (हैदराबाद आकस्मिक पदाति सेना)

एक तोप (घोड़ों द्वारा खींची जानेवाली तोप)

एक हलकी जमीनी तोप

एक तोप (भोपाल में बनी तोप)

एक कम्पनी (मद्रासी सफरमैना)

बम्बई सफरमैना और 'सीज़ ट्रेन' का एक डिटेचमेंट।

2 जनवरी, 1858 ई. को मऊ में खबर पहुँची कि सागर किले की हालत शोचनीय है। कुछ ब्रिटिश गोलंदाज और चालीस ब्रिटिश कम्पनी कर्मचारी, एक सौ बहत्तर अंग्रेज नर-नारियों और बच्चों को लेकर संकट में पड़े हुए हैं। कंटूनमेंट में बंगाल आर्मी के एक हजार सिपाही एवं एक सौ अश्वारोही हैं। यद्यपि उन लोगों ने अंग्रेजों के प्रति कोई विरुद्ध मनोभाव नहीं दिखाया है, फिर भी धीरे-धीरे बढ़ रहे क्रान्ति के तूफान के सम्मुख वे लोग कितने दिन विश्वसनीय बने रहेंगे कौन जाने।

मद्रास दस्ते के सेनापति ब्रिगेडियर ह्विटलोक के ऊपर जबलपुर से सागर जाने की जिम्मेदारी डाली गई। ह्यूरोज ने समझ लिया कि ह्विटलोक के लिए दो मास से पहले सागर पहुँचना सम्भव न होगा। इसलिए वही जाएगा सागर।

10 जनवरी को पहली ब्रिगेड मऊ छोड़कर रवाना हो गई। ग्रांड ट्रंक रोड (बम्बई से ग्वालियर) के समानान्तर मार्ग से होकर यह ब्रिगेड देवास, सारंगपुर, बिजनौरा, निपालपुरी, बरसार, राघोगढ़, गुना, सदौरा, चन्देरी, तालबेहट होकर झाँसी पर आक्रमण करने के लिए दूसरी ब्रिगेड के साथ मिल जाएगी।

15 जनवरी को सवेरे ह्यूरोज़ ने दूसरी ब्रिगेड लेकर सीहोर छोड़ दी। यूनियन जैक फहराता हुआ, रणवाद्य बजाता हुआ ह्यूरोज़ भोपाल पहुँच गया। भोपाल की बेगम साहिबा ने मित्रोचित आदर-जतन के साथ अंग्रेजी फौज की मार्ग की थकान

दूर की। राजमहल में राज-अतिथि के सम्मान से ह्यूरोज़ और ब्रिगेडियर स्टुअर्ट को आप्यायित किया गया। सैनिकों के लिए खाने-पीने का व्यापक इन्तजाम किया गया। भोपाल की बेगम ने अपनी मित्रता को दीर्घ-स्थायी करने के लिए और भविष्य को ध्यान में रखकर सात सौ सैनिक और अस्त्र-शस्त्र दिए। रास्ते में एक दिन पीछे जो 'सीज़ ट्रेन' (सफरमैना) ह्यूरोज़ के पीछे-पीछे आ रही थी उसके लिए भी रसद एवं अन्यान्य वस्तुएँ दीं।

ह्यूरोज़ जा रहा था सागर की तरफ। रास्ते में पड़ा राहतगढ़ का दुर्भेद्य किला। राहतगढ़ का किला वीना नदी के किनारे पहाड़ के ऊपर है। उसका रास्ता दुर्गम वन से घिरा हुआ है। वीना नदी बहती हुई चली गई है पूर्व से पश्चिम की ओर। उत्तरी दिशा में दुर्भेद्य जंगल और दुर्ग के नीचे के स्थान में बीस फीट चौड़ी दीवार उत्तरी दिशा को और भी सुरक्षित बनाती है। इसके भी बाद उत्तर दिशा में प्राचीर के बाहर एक दीवार है। पश्चिमी दिशा में सागर रोड और राहतगढ़ शहर है। उसी तरफ दुर्ग में जाने का मुख्य दरवाजा है। गेट के दोनों तरफ चौकोर एवं गोल बुर्ज हैं। पूर्व एवं दक्षिण में पहाड़ एकदम सीधा और खड़ा ऊपर को उठा चला गया है। पूर्व एवं दक्षिण दिशा से राहतगढ़ पर आक्रमण करना प्रायः असम्भव है। पश्चिम की तरफ शहर है, इसलिए वह दिशा भी अभेद्य है।

राहतगढ़ के किले में अंग्रेजों के आगे बढ़ने को रोकने के लिए जो लोग इकट्ठे हुए थे, उनमें सिपाहियों की संख्या सबसे कम थी। अधिकांश स्थानीय अंचलों की जनता थी। और भी उल्लेखनीय तथ्य यह है कि स्थानीय किसान लोग राहतगढ़ किले से चार-छह मील दूर गाँवों में भी ब्रिटिश-विरोधी एक-एक चौकी बनाकर प्रतीक्षा कर रहे थे। नरौली, कुरी आदि गाँव उनमें उल्लेखनीय हैं।

राहतगढ़ में ह्यूरोज़ की सेनाओं से भारतीयों का भारी युद्ध हुआ। तीन दिन तक पहाड़, जंगल एवं गुफाओं में छिपकर भारतीयों ने अंग्रेजों से युद्ध किया। ह्यूरोज़ के पास समसामयिक आधुनिकतम अस्त्र-शस्त्रों से सुसज्जित और प्रशिक्षित सेना थी। दूसरी तरफ भारतीयों में भी कुछ-कुछ सिपाहियों के पास अस्त्र-शस्त्र थे। किन्तु उन्हें मुख्य रूप से तलवार द्वारा लड़ना पड़ रहा था। अंग्रेजों की बन्दूकों से इसीलिए वे लोग बहुत अधिक समय तक नहीं जूझ सके। उनकी तरफ जहाँ असंख्य लोग हताहत हुए वहाँ अंग्रेजों की तरफ तुलनात्मक रूप से कम क्षति हुई। फिर भी उल्लेख योग्य यह है, विषम सैन्य व्यवस्था के साथ मुख्य रूप से कृषिजीवी जनता ने (जिन्हें कभी सैन्य शिक्षा नहीं मिली थी, उन्हीं लोगों ने) तीन दिन तक अंग्रेजी फौज को परेशान किया था।

इस अंचल में भारतीयों की तरफ से युद्ध का नेतृत्व किया था फजील खाँ ने। वह भोपाल की बेगम का सगा था। नवाब कामदार खाँ, कृष्णराम, बलीदाद खाँ आदि

नेताओं का भी नाम उल्लेखनीय है। मोहम्मद फजील खाँ ने असीम वीरता के साथ किले की दो दिन रक्षा की। तीसरे दिन वीना नदी पार कर उसने गुफा में छिपकर युद्ध किया। भोपाल की बेगम की जो सेना ह्यूरोज़ के साथ थी उसी के सिपाहियों ने मोहम्मद फजील खाँ को पकड़ने में मदद की। कुछ भारतीय लोग राहतगढ़ से बारोदिया चले जाते हैं। वे लोग वहाँ युद्ध के लिए अपने को संगठित करके प्रतीक्षा करने लगते हैं।

28 जनवरी को राहतगढ़ किले के सामने मोहम्मद फजील खाँ, नवाब कामदार खाँ, किसनराम और बलीदाद खाँ को फाँसी दे दी गई। बलीदाद खाँ ने निर्भय होकर स्वीकार किया कि राहतगढ़ में अंग्रेजों के विरुद्ध युद्ध-संगठन में उसने मोहम्मद फजील खाँ की सहायता की थी।

राहतगढ़ किले में मन्दसौर के शहजादा को सम्बोधित बानपुर के राजा ठाकुर मर्दनसिंह द्वारा लिखा गया एक पत्र मिला। समग्र बुन्देलखंड में जितना सम्भव हुआ उतनी तेजी से जो एक ब्रिटिश-विरोधी सुनियोजित प्रतिरोध संगठित किया गया था, उक्त पत्र में इसे मान लेने का पर्याप्त कारण विद्यमान था। मऊ से झाँसी के रास्ते पर पहली ब्रिगेड को, सिरोही से झाँसी के रास्ते पर दूसरी ब्रिगेड को हर उल्लेखनीय किले, शहर, गाँव और जंगल में प्रतिरोध का सामना करना पड़ता है। जीवन-मरण के बिना भारतीयों ने ब्रिटिश फौज को आगे नहीं बढ़ने दिया। एक सौ वर्ष बाद (1957 में जब यह पुस्तक लिखी गई और 1857 की जन्म-शताब्दी मनाई गई उस समय तक--अनु.) एक विशाल स्वातन्त्र्य समर की विफलता की कहानी में वही छोटे-छोटे प्रतिरोधों की बात परम श्रद्धा के साथ स्मरणीय है।

झाँसी की रानी के साथ बानपुर के राजा के सम्बन्ध-सूत्र की बात का उल्लेख पहले अध्याय में किया जा चुका है। राहतगढ़ में बानपुर के राजा के लिखित पत्रों के ऊपर इसी कारण से महत्त्व देना चल सकता है। झाँसी की रानी एवं अन्यान्य भारतीय नेताओं के द्वारा गठित गुप्तचर वाहिनी की सफलता की बात का उल्लेख अंग्रेजों ने बार-बार किया है। झाँसी की रानी और बानपुर के राजा का गुप्तचर दल अंग्रेजों की आगे बढ़ने की योजना जान जाता है, इसलिए राहतगढ़ एवं अन्य जगहों के नेताओं ने एकजुट होकर इस प्रतिरोध का संगठन किया या नहीं, इस सम्बन्ध में लिखित रूप से कोई प्रमाण नहीं है। यद्यपि प्रत्येक भारतीय छावनी से ह्यूरोज़ ने भारतीयों के विद्रोह से सम्बद्ध प्रचुर मात्रा में कागज-पत्र इकट्ठे किए थे, फिर भी वे आज भी भारतीय गवेषकों के लिए दुष्प्राप्य हैं। राहतगढ़ के पतन के साथ-ही-साथ अवशिष्ट भारतीय सेना और सामान्य लोगों का बारोदिया जाना, बारोदिया के बाद मदनपुर आदि हर स्थान पर सूचनाओं के आदान-प्रदान में, एक दुर्ग अथवा सैनिक छावनी के पतन के बाद ही अन्य स्थानों पर प्रतिरोध संगठन आदि में भारतीयों ने

यथेष्ट कृतित्व का प्रदर्शन किया है। अंग्रेजों के आगे बढ़ने और उनकी सैन्य-शक्ति को जो वे लोग बहुत पहले से ही जान जाते हैं, इसका भी पता उनकी युद्ध-पद्धति से चल जाता है। इन घटनाओं से लगता है, पूरे बुन्देलखंड में एक सुविचारित युद्ध की योजना थी एवं उस योजना के केन्द्र में थी झाँसी। झाँसी के मार्ग पर ब्रिटिश सेना जिससे बिना बाधा के आगे न बढ़ सके, इसके लिए भारतीयों का अप्रतिहत उद्योग था।

राहतगढ़ किले के सैन्य तैयारी लम्बे समय के युद्ध के लिए उपयोगी थी। तीन हजार लोगों के खाने योग्य एक वर्ष के लिए रसद थी, तोपें तैयार करने के लिए एक विशाल भट्ठी थी। प्रचुर संख्या में घोड़े, गाय-बैल, ऊँट और इनके अलावा थी ब्रिटिश-विरोधी युद्ध से सम्बद्ध प्रचुर चिट्ठियाँ। एक खड़िया मिट्टी से बना अंग्रेज महिला का कटा सिर, और लाल कपड़े पर अंकित ऊपर उठे हाथों में तैयार तीन पताकाएँ मिली थीं। विद्रोह में सहयोग करने के ये सब चिह्न थे।

राहतगढ़ के युद्ध में ब्रिटिश सेना की तरफ से पाँच लोग मरे और सोलह लोग घायल हुए। भारतीय लोगों की तरफ से एक सौ सत्ताईस लोगों को फाँसी दी गई थी और मारे गए थे दो सौ से अधिक पर तीन सौ से कम लोग।

राहतगढ़ में पराजित होकर भारतीय सैनिक राहतगढ़ से बारह मील उत्तर-पश्चिम बारोदिया चले जाते हैं। चँदेरापुर गाँव में जो सब भारतीय फौजें जमा हुई थीं वे भी बारोदिया पहुँचकर प्रतीक्षा करने लगती हैं। बारोदिया गाँव वीना नदी के बाएँ किनारे पर घने जंगल से परिवेष्टित है। उसमें एक छोटा-सा किला भी था।

मध्यभारत और राजपूताने की अति शीतोष्ण जलवायु और दस्युओं के भय के कारण इन गाँवों को किले की तरह ही तैयार किया गया था। एक कम ऊँची टौरिया अथवा पहाड़ घेरकर गाँव बनाया जाता था और एक दीवार से पूरा गाँव घिरा रहता था। आज भी इस अंचल में इस प्रकार के गाँव नजर में आ जाते हैं।

बारोदिया गाँव के आसपास के जंगल में अपने को छिपाए हुए भारतीय सैनिक प्रतीक्षा कर रहे थे। बारोदिया में बानपुर राजा की आठ तोपें थीं। इसके अलावा अफगान एवं पठान सैनिक विलायती बन्दूकों से सुसज्जित थे।

बारोदिया के युद्ध पर भारतीयों ने कितना महत्त्व दिया था, यह उनकी युद्ध की तैयारी से ही समझ में आ जाएगा। सागर से उन्तीस मील उत्तरी दिशा में अवस्थित खुरई में एक शक्तिशाली किला था। वहाँ की सारी सैन्य-शक्ति लाकर बारोदिया में इकट्ठी कर दी गई थी। बानपुर के राजा मर्दनसिंह ने बारोदिया में स्वयं नेतृत्व किया था। राहतगढ़ युद्ध के समय भी वे बारोदिया में थे।

बारोदिया (में ब्रिटिश सेना) का प्रतिरोध झाँसी की रानी और बानपुर के राजा के संयुक्त परामर्श से संगठित किया गया था। इसी बीच झाँसी की रानी

बुन्देलखंड-भर में अपनी गुप्तचर सेना को फैला देती है। कालपी में तात्या टोपे और रावसाहब के नेतृत्व में गठित एक शक्तिशाली भारतीय सैन्य छावनी के साथ भी उसका योगायोग था।

झाँसी के गोपाल राव सरिस्तेदार ने इसी समय 16 जनवरी, 1858 ई. को मेजर एरस्काइन को खबर दी—

> सबसे महत्त्वपूर्ण खबर यह हुई कि नानासाहब का एक वकील झाँसी में है। झाँसी की रानी का भी एक वकील कालपी में है। झाँसी की रानी ने झाँसी में नानासाहब के परिवारी वर्ग के स्वागत-सत्कार्य के लिए पूरी व्यवस्था कर रखी है। बानपुर के राजा एवं नानासाहब दोनों ही लोग झाँसी को ही अपना अन्तिम शरणस्थल मानते हैं।
>
> बानपुर के राजा के सेनापति दुलारे लाल मिश्र मसौरा वाले सागर में अपने को अकेला एवं निःसहाय समझ रहे हैं। इसी कारण बानपुर के राजा ने कालपी से ग्वालियर कंटिंजेंटी के एक भाग को लाकर वहाँ भेजने की व्यवस्था की है। सादत अली एवं मोहम्मद अली के नेतृत्व में कुछ सेना उन्होंने इसी बीच में सागर भेज दी है। बची हुई बानपुर की फौज तीन हजार से चार हजार बन्दूकधारी सेना एवं दो तोपें झाँसी में रखी गई हैं। उनमें मात्र तेरह सौ सैनिक पूरी तरह से सशस्त्र हैं।
>
> झाँसी की रानी बानपुर के राजा को प्रति मास पाँच सौ रुपया दे रही है। वह स्वयं धनी महाजन और दुकानदारों को लूटकर अपना खजाना बढ़ा रहा है। ये सब दुकानदार रात-दिन ब्रिटिश फौज के आने की राह देख रहे हैं। ब्रिटिश सैनिकों को आगे बढ़ते आने की खबर पर रानी पूरी तरह से अविश्वास कर रही है। कानपुर में ब्रिटिश सैनिक विजयी हो चुके हैं, यह बात जिसने बताई है रानी ने उसी को दंड दिया है।
>
> जेल दरोगा बख्शीश अली (1857 ई. के जून मास में झाँसी में ब्रिटिश हत्याकांड का अन्यतम नायक) ने रानी को लिखकर बताया है कि वह दिल्ली बादशाह के साले के साथ अलीगढ़ में था और इस समय वह एक विशाल सेना लेकर झाँसी की तरफ आ रहा है। बख्शीश अली ने रानी को पाँच हजार नजराना देने के लिए खबर दी है। रानी ने तीन हजार रुपया भेज दिया है।
>
> झाँसी में रात-दिन युद्ध की तैयारी चल रही है।

इस पत्र से पता चल जाता है कि झाँसी की रानी के आदर्श ने आसपास के अन्य सामन्त राजाओं को किस प्रकार जाग्रत कर दिया था। बानपुर के राजा के साथ रानी का सहयोग जीवन की अन्तिम अवधि तक अविच्छिन्न बना रहा था।

बारोदिया के सामने वीना नदी के उपकूल के घने जंगल और घास के वन में विलायती और अफगानों के साथ अंग्रेजों का पहला भयंकर युद्ध हुआ। यहाँ पर ह्यूरोज़ के पास खड़े होकर युद्ध किया था कैप्टन नेविल ने। उनकी युद्धस्थल में मृत्यु हो गई। युद्ध करते-करते अंग्रेजी सेना बारोदिया गाँव की तरफ बढ़ रही है यह देखकर कुछ विलायती फौज खुरई, कारलासा एवं नरौली चली गई। बारोदिया गाँव के निवासी अंग्रेजों को रोकने के लिए तैयार थे। इसी बीच भारतीय पक्ष के अत्यन्त योग्य सेनापति अनन्त सिंह एवं ताज मोहम्मद खाँ मारे गए, बानपुर के राजा ठाकुर मर्दनसिंह की काँख में गोली लग गई और उनका दाहिना हाथ बेकार हो गया। बानपुर के राजा थोड़ी संख्या में सैनिकों को लेकर उत्तर की ओर चले गए। गाँववासी पहले से ही संकट झेलने के लिए तैयार थे। उन लोगों ने विपत्ति का संकेत पाकर गाँव के निकट गहन जंगल में अपने को छिपा लिया।

इस समय बलूचिस्तानी और अफगान सैनिकों ने अपने चरित्र का एक वैशिष्ट्य दिखाया, जिसका महत्त्व एक सौ वर्ष बाद भी धुँधला नहीं हुआ है। यह वैशिष्ट्य उन लोगों ने सर्वत्र प्रदर्शित किया है। बानपुर के राजा एवं ग्रामवासियों को भागने का अवसर देने के लिए थोड़े सैनिकों ने मृत्यु तक युद्ध करके अंग्रेजों का ध्यान अपनी ओर ही लगाए रखा। ह्यूरोज़ के शब्दों में—

> बलूचिस्तानी और पठान सैनिक अपने अभ्यस्त साहस के साथ लड़े, उनमें से कई तो जब मरने लगते हैं तब भी धरती से उछलकर मरणान्तक वार करते हैं अपनी लम्बी तलवारों से।

बलूचिस्तानी सैनिकों की आत्माहुति का कारण बना अंग्रेजों की फौज को आगे बढ़ने से कुछ समय तक अटकाए रखना, अन्यथा बारोदिया से तोपों को हटा लेना सम्भव न होता। आठ तोपें खुरई चली गईं।

अन्यान्य युद्धक्षेत्रों की तरह बारोदिया में भी अंग्रेजों की तरफ से हताहतों की संख्या तुलनात्मक रूप से नगण्य रही। अंग्रेजों के पक्ष के तीन लोग मरे और बीस लोग घायल हुए। भारतीयों में प्रायः पाँच सौ लोग मर गए। इनमें से तीन सौ के लगभग किसान गाँववासी ही थे। ये लोग पत्थर, तीर-धनुष और बर्छा लिए हुए अंग्रेजों की बन्दूकों से निकली गोलियों को रोकने के लिए आगे बढ़ गए थे।

बारोदिया के युद्ध के बाद ह्यूरोज़ चला गया। सागर में रुकावट डालनेवाला कोई नहीं था। सरलता से ही ह्यूरोज़ ने सागर पर अधिकार कर लिया।

इसी बीच गढ़ाकोटा में एकत्र होते हैं बचे हुए भारतीय सैनिक। ह्यूरोज़ की वर्तमान योजना बनी, सागर से सीधे झाँसी जाना एवं रास्ते में भारतीयों के सैन्य ठिकानों को ध्वस्त करते जाना। रास्ते में कहीं भी सहायता अथवा रसद नहीं मिलेगी

इसलिए बम्बई तार कर दिया गया, रसद, अस्त्र-शस्त्र, घोड़े इत्यादि भेजने के लिए। 18 फरवरी से 27 फरवरी तक वह सागर में रुका रहा।

यह विलम्ब देखकर भारतीयों ने उत्साहित होकर तितर-बितर सैन्य दल को इकट्ठा कर लिया। शाहगढ़ जिले की विशिष्ट सैन्य छावनी सराई, मड़ावरा आदि को शक्तिशाली बना लिया। सागर और शाहगढ़ जनपद की मध्यवर्ती तीन पर्वतमालाओं पर अधिकार करके बानपुर के राजा और शाहगढ़ के राजा प्रतिरोध के लिए तैयार हो गए।

चन्देरी का दुर्ग बानपुर के राजा की पारिवारिक सम्पत्ति था। चन्देरी के रास्ते उसी तरफ बढ़ रहा था प्रथम ब्रिगेड को लिए ब्रिगेडियर स्टुअर्ट। चन्देरी के दुर्ग में भी एक जवाबी हमला करने की तैयारी थी।

27 फरवरी को झाँसी के रास्ते पर रवाना हुआ ह्यूरोज़।

पन्द्रह

मध्यभारत के अभ्युत्थान (जन-जागरण व क्रान्ति) के सम्बन्ध में केनिंग जितना भयभीत था, उतना शंकित लगता है उसे और किसी स्थान के सम्बन्ध में नहीं होना पड़ा है।

मध्यभारत के एक छोटे-से मराठा राज्य में स्वाधीनता की पताका फहराने के साथ-ही-साथ बुन्देलखंड में खंड-खंड अंग्रेज विरोधी मनोभाव किस तरह से एक व्यापक और संगठित स्वातन्त्र्य समर में परिणत होता जा रहा था, इसे हम पहले ही देख चुके हैं। मध्यभारत के सैन्य जागरण को राइस होम्स (Rice Holmes) आदि विशिष्ट अंग्रेज इतिहासकारों ने मराठा जागरण के रूप में अभिहित किया है। अथच, बुन्देलखंड में जो लोग झाँसी और अन्य स्थानों पर लड़े थे, वे लोग थे बुन्देला, बघेल, राजपूत, अफगान और पठान। उन लोगों के साथ समग्र बुन्देलखंड के कृषिजीवी सामान्य मनुष्य, जो लोग प्रत्यक्ष रूप से युद्ध में नहीं उतरे, उन लोगों ने सहायता की थी भारतीयों को आश्रय देकर, भोजन देकर एवं अपने प्राणों को संकट में डालकर भी सारी सूचनाएँ पहुँचाकर।

समग्र मध्यभारत में उन दिनों ब्रिटिश सैनिकों के लिए रसद मिलना दुरूह था। इसी कारण ह्यूरोज़ को मित्र राज्य भोपाल, ओरछा एवं बम्बई, सागर इत्यादि छावनियों को छोड़कर और किसी जगह से रसद इकट्ठी करने का भरोसा नहीं था। यह भी उल्लेखनीय है कि उनके एकान्त बन्धु, मित्र, सखा सिन्धिया के ग्वालियर में भी जनसाधारण असहयोगी एवं विरोधी भाव से युक्त था। ('Hostile and aloof'—क्रुद्ध एवं उदासीन) इसका प्रमुख कारण था तत्कालीन समस्त मध्यभारत के सामान्य जनों में ब्रिटिश-विरोधी मनोभाव। और उसी मनोभाव की चरम अभिव्यक्ति हुई थी झाँसी के क्रान्ति-संग्राम में।

झाँसी में विद्रोह की आंशिक सफलता एवं मध्यभारत में विद्रोह की विफलता के कारणों में एक योगसूत्र है। प्रथमतः 1857 ई. के स्वाधीनता संग्राम का नेतावर्ग सामन्तवादी था। उत्तर और मध्य भारतवर्ष में सर्वत्र खंड-खंड विद्रोह के माध्यम से भारतीय जनसामान्य के ब्रिटिश-विरोध का जो प्रकाश हुआ था,

उसे भली प्रकार परिचालित करके एक विशाल ऐक्यबद्ध स्वाधीनता संग्राम में परिणत करने की कोई योजना अथवा कार्यसूची इन सामन्तवादी नेताओं की थी ही नहीं।

व्यक्तिगत रूप से तात्या टोपे एक असाधारण गुरिल्ला योद्धा था। अजीमुल्ला की भूमिका के सम्बन्ध में भी बार-बार अनेक बातें कही जाती हैं। किन्तु उनके कार्यकलापों में विशेष रूप से किसी पारदर्शिता का परिचय नहीं मिलता है। नानासाहब, उनके भतीजे रावसाहब, तात्या टोपे, अजीमुल्ला, मौलवी इनमें से किसी में भी वह योग्यता नहीं थी, जिसके द्वारा वे उन लाख-लाख सिपाहियों, किसानों, जनसामान्य मनुष्यों को महान आदर्श से अनुप्राणित करके एक सुसंगठित स्वाधीनता-संग्राम का गठन कर पाते। नानासाहब और तात्या टोपे ने पेशवाशाही की पुनर्प्रतिष्ठा की आवाज लगाकर मध्यभारत की जनता से पीछे चलने का दावा किया था। यह दावा मूल रूप से ही गलत था। क्योंकि मध्यभारत में मराठों के आधिपत्य ने वहाँ की जनता में स्वीकृति नहीं पाई। जहाँ पर मराठों का आधिपत्य एकान्त रूप से बाहर से आया हुआ है, वहाँ पर पेशवाशाही की पुनर्प्रतिष्ठा की आवाज तो पूरी तरह कमजोर ही रहेगी। भूमिका में (तात्या टोपे के व्यक्तिगत रूप से यथेष्ट वीरत्व दिखाने के बाद भी) जब युद्ध होता है, तभी वह विफल हो जाता है; क्योंकि बानपुर के राजा तथा अन्यान्य प्रमुख नेता वर्ग में पेशवाशाही की स्थापना में उनके लिए किसी निजी हित का कोई आकर्षण नहीं था।

सामन्ती नेता लोग ही जहाँ विद्रोह के मूल कारण की उत्पत्ति एवं उसकी सम्भावित परिणति के सम्बन्ध में निजी स्वार्थ के कारण अन्धे हो गए थे, वहाँ पर सिपाहियों और जनता की अवस्था तो और भी शोचनीय हो गई। उनका ब्रिटिश-विरोधी जागरण जो विलास-व्यसन के कारण आदर्शभ्रष्ट, तहस-नहस पेशवाशाही की पुनर्स्थापना में ही सीमित होकर नहीं रह सकता एवं उनकी संघर्षशील चेतना सिर्फ इतने से ही सन्तुष्ट नहीं रह सकती, इस बात को अन्यान्य नेतागण उस समय नहीं समझ पाए।

सिर्फ एक व्यक्ति में ही वे अपने मन की चरितार्थता थोड़ी-बहुत देख पाए थे और वह थी झाँसी की रानी।

उनकी इसी उपलब्धि में ब्रिटिशों का भय निहित था। और उसी भय से ही कई लाख भारतीय मुद्रा खर्च करके मध्यभारत में उनका यह विशाल अभियान था। इसीलिए यह बात कहने में कोई भूल नहीं होगी कि 1857 ई. में जैसे ही झाँसी की रानी के आदर्श से अनुप्राणित मध्यभारत में एक विशाल ब्रिटिश-विरोधी आन्दोलन के गढ़ उठने की सम्भावना दिखाई दी वैसे ही अंग्रेजों ने उसकी जड़ पर कुठाराघात किया।

और इस काम में सहायक हुए ग्वालियर के सिन्धिया, इन्दौर के होल्कर, बड़ौदा के गायकवाड़, नेपाल के जंगबहादुर, ओरछा की रानी, भोपाल की बेगम, पन्ना के राजा आदि भारत में ब्रिटिश सिंहासन की बत्तीस कठपुतलियाँ मात्र।

इसी बीच झाँसी की रानी ने पूरे बुन्देलखंड में अपने गुप्तचर दल को फैला दिया। ब्रिटिश फौज के आगे बढ़ने एवं हर युद्ध के फलाफल के सम्बन्ध में वह पूरी खबर रखने लगती है। बानपुर के राजा अन्य जगहों पर पराजित होने के बाद भी नारहट, मदनपुर और धामौनी की पहाड़ियों में अपनी उपस्थिति से ब्रिटिश फौज को आगे बढ़ने से रोकेंगे। उनके साथ रहेंगे शाहगढ़ के राजा। कालपी में सैनिक छावनी स्थापित कर ली है तात्या टोपे ने। वहाँ पर नानासाहब के प्रतिनिधि के रूप में नेतृत्व करते हैं नाना के भतीजे रावसाहब।

जरूरत पड़ने पर वहाँ से मदद मिल सकती है, रानी की ऐसी धारणा थी। वे झाँसी को एक लम्बे युद्ध के लिए सब प्रकार से तैयार करने लगीं। शत्रु सेना के आगे बढ़ने के सम्बन्ध में सूचना देने के लिए रानी ने एक अत्यन्त पुरानी महाराष्ट्रीय प्रथा को पुनः चलाया। पहाड़ और जंगल से गाँव के लोग अंग्रेजों के आने को लक्ष्य करते ही सूखी लकड़ियों और पत्तों में आग लगा देंगे। उस आग को देखते ही चार-पाँच मील दूर की चौकी पर आग जलाकर संकेत करेगा पहरेदार। उसके उसी संकेत का अनुसरण करते हुए अग्नि जल उठेगी एक और भी दूर चौकी पर। और उस आग को देखकर किले के पहरेदार सतर्क हो जाएँगे। दुश्मन की फौज की गति से भी तेज गति से चलनेवाला यह संकेत है।

पहले रानी की हितैषी मन्त्रि-मंडली ने युद्ध न करके सन्धि प्रस्ताव भेजने के लिए कहा था। स्वाभिमानिनी रानी ने विख्यात महाराष्ट्रीय कवि मोरोपन्त की कविता में उनको उत्तर दिया। रानी ने कहा–

मरण रुचे वीराला, ना रुचे क्षणमात्र अपयशे मरणे।

(क्षणमात्र के अपयश भरे जीवन से वीरों को मरण अच्छा लगता है।)

आज के संकट के दिनों में रानी ने सहायता के लिए हाथ बढ़ाया बुन्देला, ठाकुर आदि उच्चवर्ग से लेकर काछी, कोरी, तेली आदि बुन्देलखंड के जनसामान्य की तरफ। बिना किसी संकोच के अफगानी, पठान आदि सैनिकों से भी सहायता चाही। देश के इस चरम संकट के क्षणों में स्त्रियों का भी आह्वान किया। उन्हें अवगत करा दिया कि उनकी भी सहायता कम जरूरी नहीं है।

झाँसी की जनता ने समझ लिया कि उनकी यह दुर्लभ-क्षण स्थायी स्वाधीनता, जिसकी पुरोधा हमारी बाई साहिबा हैं, इसे किसी भी तरह नष्ट नहीं होने देंगे। जिस रमणी के भाल से सोहाग चिह्न छिन गया है, जिसके गले से मंगलसूत्र टूटकर गिर पड़ा है, जिसका अनाथ पुत्र अपने न्यायोचित आसन से वंचित हो गया है, वह किसी

व्यक्तिगत सफलता के उद्‌देश्य से तो आज युद्ध में उतर नहीं रही है? नियति का विधान भी तो वह नहीं मान रही है। आत्मविश्वास से सक्रिय भूमिका ग्रहण करके प्रत्यक्ष युद्ध में वह अवतरित हो रही है। उन लोगों ने यह और जान लिया कि उन लोगों के ऊपर भी रानी की आस्था असीम है। इसीलिए उनकी शक्ति से वे लोग अनुप्राणित हो गए। झाँसी के लड़ाका लोगों के सम्बन्ध में इतिहासविदों की उक्ति स्मरणीय है–

> यह बात निश्चित है कि रानी ने अपने ऊँचे आदर्श का कुछ संचार अपने सहयोगी योद्धाओं में कर दिया था। स्त्रियों और बच्चों को देखा जा रहा था कि वे अपने कर्तव्य में रत सैनिकों के पास खाने-पीने की चीजें ले जा रहे थे और आक्रमणकारियों के गोलों से ध्वस्त दीवारों की मरम्मत में सहायता कर रहे थे। लग रहा था कि दो इन भिन्न जातियों के संघर्ष में जो लोग फँसे हुए हैं स्थिति मानो आश्चर्यजनक रूप से उनके ही अनुकूल है।
>
> —G.B. Malleson

> अपनी जनसामान्य प्रजा के ऊपर उसने एक विराट विश्वास अर्जित कर लिया था। विश्वास और चरित्र की इस दृढ़ता के साथ प्रेरणादायी शौर्य का एक अभूतपूर्व समन्वय उसके व्यक्तित्व में सिद्ध हो चुका था। उसी के फलस्वरूप कई मास बाद ह्यूरोज़ के अधीन सेनाओं का वह ऐसा प्रतिरोध करने में समर्थ हुई थी जो अपेक्षाकृत किसी कम शक्तिशाली सेनापति के विरोध में अगर नियोजित होता तो सफल हो सकता था।
>
> —Kaye and Malleson

> युद्ध का अन्तिम क्षेत्र था अवध, मध्यभारत और बुन्देलखंड। लखनऊ और झाँसी के युद्ध ही थे, ब्रिटिशों और भारतीयों के बीच अन्तिम संग्राम।
>
> —Innes

एक बात कही जा सकती है कि रानी के नेतृत्व में झाँसी में ब्रिटिश-विरोधी जागरण ने एक सच्चे स्वातन्त्र्य समर का रूप ग्रहण कर लिया।

युद्ध की तैयारी के प्रारम्भ में झाँसी शहर के आसपास के किसानों को आवश्यक धन देकर फसल काट ली गई। उसके पश्चात् उन सब खेतों में आग लगा दी गई, पेड़ों को काटकर फेंक दिया गया, कुओं और तालाबों का पानी विषाक्त कर दिया गया। शत्रु सेना को भूख लगने पर भोजन नहीं मिलेगा, घोड़ों और अन्य मालवाही पशुओं को घास नहीं मिलेगी, प्यास लगने पर पानी नहीं मिलेगा, यही था रानी का उद्‌देश्य।

झाँसी के किले में एक, राजमहल में सात एवं शहर के विभिन्न स्थानों पर बारह बड़े-बड़े कुएँ थे। सुतराम् पीने योग्य एवं काम में आनेवाले पानी के सम्बन्ध में रानी

को नहीं सोचना पड़ा। फिर युद्ध में घोड़ों की भूमिका घुड़सवारों की तरह ही महत्त्वपूर्ण होती है। इसीलिए राजप्रासाद की अश्वशाला की देखभाल का भार अस्सी अफगान लोगों के ऊपर डाल दिया गया।

झाँसी नगरी परकोटे से घिरी हुई थी। उसमें प्रवेश करने के लिए विभिन्न फाटक थे। उनमें से ओरछा, दतिया, सैंयर, भाँड़ेर, लक्ष्मी, खंडेराव, उन्नाव, सागर आदि आठ फाटक प्रधान थे। प्रत्येक फाटक के ऊपर बुर्ज और दोनों तरफ प्रशस्त प्राचीर पर बन्दूकधारी सैनिकों के खड़े होकर युद्ध करने योग्य पर्याप्त जगह थी। पुराने कंटूनमेंट से किले में आने के रास्ते के तीन फाटकों में सागर, ओरछा और सैंयर गेट को विशेष रूप से सुरक्षित कर लिया गया। किन्तु अंग्रेजों ने फूटा दरवाजे को ध्वस्त कर झाँसी में प्रवेश किया था। आज कंटूनमेंट रोड रखकर सीधे रास्ते से किले की तरफ आने पर झोकन बाग छोड़ते ही पहला जो प्रशस्त मार्ग है, वहीं पर उन दिनों फूटा दरवाजा था।

प्रौढ़ गुलाम गौस खाँ था अनुभवी गोलंदाज। उसका सहकारी था प्रियदर्शी युवक खुदाबख्श। गुलाम गौस खाँ ने अपनी निजी देख-रेख में झाँसी-किले के विभिन्न बुर्जों पर लगाई थीं भवानीशंकर, गरनाला, कड़कबिजली, नालदार, अर्जुन, समुद्र-संहार आदि तोपें। किले के दक्षिणी बुर्ज का स्थान सर्वाधिक महत्त्वपूर्ण था। क्योंकि आक्रमण की सम्भावना दक्षिण दिशा से ही अधिक थी। दक्षिण में कंटूनमेंट से आने का रास्ता है। दक्षिणी बुर्ज से अनुमानतः सात सौ गज दूर, नीचे एक टीला है जिसे कापू टिकरी कहते हैं। वहाँ से किले पर आक्रमण करने के लिए शत्रुपक्ष के जमा होने की सम्भावना सर्वाधिक है। इसके अलावा, दक्षिण में अनेक महादेव के मन्दिर भी हैं। दक्षिणी दिशा के बुर्ज से प्रासाद और नगर में प्रवेश करने के पथ की रक्षा की जाती है। इसीलिए सारे विषय की विवेचना कर गुलाम गौस खाँ, व्यक्तिगत रूप से घनगरज तोप लेकर दक्षिणी बुर्ज पर रहा। पूर्व और उत्तरी दिशा के केन्द्र में अवस्थित बुर्ज पर लालाभाऊ बख्शी कड़कबिजली लेकर तैनात हुए। पश्चिमी दिशा के बुर्ज पर भवानीशंकर तोप लेकर दीवान रघुनाथ सिंह तैनात हुए।

जवाहर सिंह, दिलीप सिंह, ये लोग अश्वारोही सेना का नेतृत्व करने में नियुक्त हुए। मोरोपन्त ताम्बे ने एक अश्वारोही दल का नेतृत्व ग्रहण किया। और रामचन्द्र राव देशमुख उर्फ बाला राव देशमुख, लक्ष्मण राव बाँदे आदि लोग रानी के साथ रहे।

ओरछा, सैंयर और सागर के फाटकों का भार क्रमशः दीवान दूल्हाजू, खुदाबख्श खाँ और पीर अली पर रहा। यहाँ पर यह उल्लेखनीय है कि पीर अली, गंगाधर राव के मझले भाई रघुनाथ के अवैध पुत्र अली बहादुर के सहकारी थे। झाँसी की रानी के साथ इन्हीं अली बहादुर का कोई योगायोग नहीं था, फिर भी पीर अली ने रानी को सहयोग दिया था।

रानी ने स्वयं नेतृत्व ग्रहण किया था अफगान और पठान घुड़सवारों का। उन्होंने स्त्रियों को भी युद्ध की शिक्षा देकर उन्हें युद्ध के योग्य बना लिया था। प्रत्यक्षदर्शी अंग्रेज लोगों को स्त्रियों को दीवार की मरम्मत करते, तोप के लिए जगह तैयार करते, गोला-बारूद की पूर्ति करते और तोप चलाने में सहायता करते देखकर बहुत आश्चर्य हुआ था। तीन सौ कारीगरों ने रात-दिन परिश्रम करके झाँसी नगर की पुरानी दीवार और फाटकों की मरम्मत कर डाली। फिर उन लोगों को इसके लिए सदा तैयार रखा गया कि जैसे ही शत्रु के गोलों की मार से दीवार किसी स्थान पर टूट जाएगी वैसे ही वे लोग उसकी मरम्मत कर देंगे।

इन दिनों झाँसी में रानी की सेना और तोपों की संख्या ठीक-ठीक बताना कठिन था। झाँसी शहर पर अधिकार करने के बाद एक सरकारी विज्ञप्ति के अनुसार ह्यूरोज़ को छब्बीस तोपें मिली थीं। उनमें दो विलायती, अन्य चौबीस देशी कारीगरों के द्वारा तैयार की गई थीं। झाँसी किले से नौ तोपें मिली थीं। उनमें से हरेक देशी कारीगर के द्वारा तैयार की गई थी। एक की लम्बाई सोलह फुट, अन्य क्रमशः सात, आठ, छह, चार फुट लम्बी थीं। झाँसी में सब मिलाकर जो पैंतीस तोपें मिली थीं, उनमें बाईस तोपें झाँसी राज्य की पुरानी तोपें थीं। बानपुर के राजा ठाकुर मर्दनसिंह की दो तोपें रखी हुई थीं। दो विलायती तोपें कंटूनमेंट से 12वीं देशी पदाति सेना और चौदहवीं अस्थायी घुड़सवार सेना के विद्रोही सिपाही शहर तक खींच लाए थे ऐसा कुछ प्रत्यक्षदर्शियों का कथन है। बाकी नौ तोपें नत्थे खाँ द्वारा छोड़ी हुई थीं।

सेना की संख्या के सम्बन्ध में अंग्रेज इतिहासकारों ने विभिन्न मत व्यक्त किए हैं। ह्यूरोज़ 19 मार्च, 1858 ई. को जनरल ह्विटलोक को लिखता है—

श्रीमान आर. हेमिल्टन ने मुझसे कहा है कि झाँसी की रक्षा सेना में 1,500 सिपाही तथा 1,000 बुन्देला हैं।

फोरेस्ट ने लिखा है—

> ग्यारह हजार अफगानों द्वारा रक्षित एक शहर पर मुट्ठी-भर यूरोपियन सैनिकों द्वारा आक्रमण करना।

अन्य अंग्रेज इतिहासकारों ने फोरेस्ट की ही टिप्पणी को अपने पक्ष में बताया है। झाँसी पर अधिकार करने के बाद सरकारी खुलासा और एकाधिक अंग्रेज प्रत्यक्षदर्शियों के विवरण के अनुसार भारतीय पक्ष में मृतकों की संख्या 5 हजार थी। इस संख्या पर कहाँ तक विश्वास किया जा सकता है यह कहना कठिन है। फिर भी अगर यह बात मान ली जाती है कि भारतीयों की तरफ के मरनेवालों की संख्या अधिक होने को अंग्रेज लोग अपना कृतित्व माना करते थे एवं हताहतों की संख्या जितना सम्भव होता ठीक-ठीक ही दिया करते थे तो हिसाब करने पर देखा गया है

कि झाँसी पर अधिकार करने के बाद नगर में पाँच हजार लोग मारे गए थे एवं रानी के साथ भागने में समर्थ हुए थे मात्र चार सौ लोग।

झाँसी में उस समय बानपुर[1] के राजा की दो से तीन हजार, झाँसी राज्य की पहले की सेना तीन हजार एवं झाँसी में विद्यमान बुन्देलखंडियों को लेकर गठित अनुमानतः एक हजार सेना थी। सभी सैनिक सुशिक्षित नहीं थे एवं उनके अस्त्र-शस्त्र भी ऊँची किस्म के नहीं थे। तलवार ही उन लोगों का प्रमुख हथियार थी! अफगान लोग दुर्द्धर्ष साहसी थे। झाँसी के प्रतिरोधी युद्ध में अफगान और पठानों का ही कृतित्व सबसे अधिक था।

झाँसी किले में शंकर किले के नाम से पश्चिमी भाग में महादेव का एक मन्दिर है। उसी के पास किले का एक अत्यन्त विशाल कुआँ है। शंकर किले के उत्तर में बगीचा, बुर्ज अथवा किले का बाग है। किले में ही तोपखाना अथवा गोला-बारूद तैयार करवाने की व्यवस्था रानी ने कर रखी थी।

यथासाध्य व्यवस्था पूरी करके रानी प्रतीक्षा करने लगी। सारी शक्ति संगठित कर किला और नगर के महत्त्वपूर्ण स्थानों को शक्तिशाली बना लिया गया। बाहर कोई भी फौज नहीं लगाई गई। अन्तिम क्षणों में रानी के साथ कुछ मुसलमान फकीरों एवं संन्यासियों ने भी सहयोग दिया था। उन लोगों की काली और हरी पताकाएँ पास-पास लगाई गईं।

रानी के उत्साह से सारे नगरवासी उत्साहित हो गए। सारे लोग तैयार हो गए। इसी बीच सर कोलिन कैम्पबेल और लॉर्ड केनिंग दोनों के ही मन में एक आशंका प्रबल हो उठी।

---

1. बानपुर के राजा को किले में नहीं घुसने दिया गया था क्योंकि एक दल सुलह के पक्ष में था और समझता था कि बानपुर के राजा झाँसी किले में आए तो सन्धि नहीं होगी अतः मर्दनसिंह तात्या टोपे के पास चले गए थे।—अनुवादक

सोलह

ह्यूरोज़ के नेतृत्व में गठित दोनों ब्रिगेडों में यूरोपीय सैनिक अफसर मिलाकर डेढ़ हजार थे। भारतीय सैनिकों की संख्या थी छह हजार! इसके अलावा 'सीज़ ट्रेन' में सिगनलर, इंजीनियर, डॉक्टर, पशु-चिकित्सक आदि मिलाकर पाँच सौ लोग थे। केनिंग एवं कैम्पवेल झाँसी के सम्बन्ध में चिन्तित होने लगे। उन्हें शंका हुई कि सम्भवतः ह्यूरोज़ की सेना झाँसी जीतने के लिए पर्याप्त न होगी।

24 जनवरी, 1858 ई. को मेन्सफील्ड (W.R. Mansfield, Major General, Chief of the Staff) ने ह्यूरोज़ को लिखा–

> Sir Colin will be glad to learn, if Jhansi is to be fairly tackled during your present campaign. To us, it is all important. Until it takes place, Sir Colin's rear will always remain inconvenienced, and he will be constantly obliged to look back, over his shoulders. The stiffneck, Jhansi gives to the C-in-C. you will, I hope understand.
>
> अगर तुम्हारे इस वर्तमान अभियान में झाँसी पर अच्छी तरह से कब्जा हो जाता है तो यह जानकर सर कोलिन को बहुत खुशी होगी। यह काम हमारे लिए अत्यन्त महत्त्व का है। जब तक यह काम हो नहीं जाता है तब तक सर कोलिन महोदय का पश्च भाग सदा संकटग्रस्त रहेगा और वे निरन्तर इसी समस्या की ओर पीछे मुड़-मुड़कर देखते रहेंगे। झाँसी, कमांडर-इन-चीफ की गर्दन में जकड़न पैदा किए हुए है, आशा है, तुम मेरा आशय समझ गए होगे।

कमांडर-इन-चीफ ने झाँसी जीतने पर जो इतना जोर दिया था, ह्यूरोज़ उसी झाँसी को जीतकर यश-उपार्जन करने के उस सुअवसर को नहीं छोड़ना चाहता था।

ह्यूरोज़ के सैनिकों की संख्या अपर्याप्त है, कैम्पवेल और केनिंग दोनों की ही यह चिन्ता उत्तरोत्तर बढ़ने लगी।

कैम्पवेल के आदेश से मेन्सफील्ड ने ह्यूरोज़ को सूचित किया--

> कानपुर, 11-2-1858
>
> माननीय कमांडर-इन-चीफ के आदेश से झाँसी के प्रति आपका ध्यान आकर्षित कर रहा हूँ।

आप निश्चय ही यह जानते होंगे कि थोड़े समय में ही झाँसी जीतने पर कितना महत्त्व दिया जा रहा है। किन्तु, अगर झाँसी में प्रत्याक्रमण की व्यवस्था अधिक शक्तिशाली होती है और नगर में विद्रोहियों की संख्या अगर बहुत अधिक रहती है तो आपकी सेना की संख्या पर्याप्त है या नहीं, यह सन्देहजनक है।

माननीय कैम्पवेल जानते हैं कि आपके पास ब्रिटिश सैनिकों की संख्या पन्द्रह सौ से अधिक नहीं है।

वे सोचते हैं कि इस गुरुत्वपूर्ण कार्य का भार ग्रहण करने के पहले आपको सर रॉबर्ट हेमिल्टन अथवा अन्य किसी भी सूत्र से शत्रु सेना की संख्या ठीक-ठीक जान लेना उचित था। अपर्याप्त सैन्य संख्या लेकर झाँसी जीतने के प्रयास का परिणाम अवांछनीय होना असम्भव नहीं है।

इन सब बातों की विवेचना करके अगर आपको लगता है कि झाँसी पर नियन्त्रण करना सम्भव नहीं होगा, तो आपके आगे का अभियान दो दिशाओं में परिचालित हो सकता है। एक है चरखारी से होते हुए यमुना के तट पर अवस्थित कालपी की तरफ और दूसरा है बाँदा की ओर। इन्हीं दो स्थानों से आप कमांडर-इन-चीफ को अपना विवरण भेजेंगे।

हस्ताक्षर—मेन्सफील्ड

(W.R. Mansfield, Major General, Chief of the staff.)

उसी तारीख में लॉर्ड केनिंग ने रोबर्ड हेमिल्टन को लिखा—

इलाहाबाद, 11-2-1858

प्रिय श्री रॉबर्ट—यदि नर्मदा थल सेना झाँसी जाती है और अगर रानी उनके द्वारा गिरफ्तार होती है, तो कोर्ट मार्शल नहीं, एक कमीशन नियुक्त कर उस पर मुकदमा चलाया जाएगा।

सर, रानी को आपके पास भेजने के लिए ह्यूरोज़ को निर्देश दिया जाएगा एवं आप निश्चय ही श्रेष्ठतम कमीशन की नियुक्ति करना भूलेंगे नहीं!

यदि किसी कारण से उसके (रानी के) सम्बन्ध में तुरन्त कुछ करना सम्भव न हो एवं उसे झाँसी में अथवा निकटस्थ किसी और स्थान में बन्दी बनाकर रखने में असुविधा हो, तो उसे (रानी को) यहाँ भेजा जा सकता है। किन्तु उसके सम्बन्ध में प्रारम्भिक जाँच करके यह निरूपण करना होगा कि प्रारम्भ में विचार करने की कोई जरूरत है भी या नहीं। यह प्रारम्भिक जाँच-पड़ताल उसके यहाँ आने के पहले ही पूरी कर लेना वांछनीय है। उस पर विचार करना जरूरी है या नहीं, इस सम्बन्ध में किसी तरह के सन्देह

के साथ उसे यहाँ न लाया जाए। मुझे विश्वास है कि आप घटनास्थल पर ही उस पर विचार कर अन्तिम फैसला कर सकते हैं। मुकदमे के बाद उसका क्या करना होगा यह आपकी राय पर निर्भर रहेगा।

पहले 'अगर' नर्मदा फील्ड फोर्स झाँसी जाती है यह कहा है, तो इसका एक कारण है, सर ह्यूरोज़ यदि अपनी झाँसी विजय करने के लिए सैन्य संख्या के सम्बन्ध में संशयग्रस्त हों, तो झाँसी की समस्या को अभी स्थगित रखकर वे चले जाएँगे। उस सन्दर्भ में वे कालपी अथवा बाँदा अथवा दोनों ही स्थानों पर जा सकते हैं और यहाँ से जब तक और अधिक फौज नहीं भेजी जाती है तब तक झाँसी के खिलाफ अपने अभियान को मुल्तवी रखेंगे।

नर्मदा फील्ड फोर्स अगर झाँसी के सम्मुख अथवा अत्यन्त पास जाकर यह अनुभव करती है कि झाँसी विजय करने के लिए उसकी शक्ति अपर्याप्त है, अगत्या निष्क्रिय पड़े रहकर, यहाँ से सहायता पहुँचने की प्रतीक्षा करती रहती है तो इसकी परिणति अत्यन्त लज्जाजनक एवं विपत्तिपूर्ण होगी।

अतएव मैं ऐसा सोचता हूँ कि सर ह्यूरोज़ ऐसा न मानें कि सफलता की सम्भावना न होने पर भी उन्हें झाँसी पर आक्रमण करना होगा।

उनकी यूरोपीय पदाति सेना संख्या में जरूरत के मुताबिक बहुत कम है।

हस्ताक्षर—केनिंग

ह्यूरोज़ को जब इस पत्र की जानकारी हो जाती है, तो भी चरखारी के सम्बन्ध में किसी शंका का कोई कारण नहीं घटता है।

ह्यूरोज़ दो दिन सागर रहा एवं उस स्थान को छोड़ने के पहले मेजर बोयलो (Boileau) को गढ़ाकोटा पर कब्जा करने के लिए उसने भेज दिया। शाहगढ़ के राजा बखतबली के सहयोगी बोधन दौआ ने गढ़ाकोटा में विद्रोहियों का नेतृत्व किया था।

सागर से बीस मील दूर उत्तर में गढ़ाकोटा का दुर्भेद्य दुर्ग एक पहाड़ी पर खड़ा हुआ है। उसकी पूर्व दिशा में बहती है सोनार नदी। एक पहाड़ी नदी पश्चिम और उत्तरी दिशा से होकर बहती जाती है। सोनार नदी के दूसरे किनारे पर गढ़ाकोटा शहर किले से एक मील दूर है। किले को घेरे हुए है एक खाई। खाई बीस फीट गहरी और तीस फीट चौड़ी है। फ्रांसीसी इंजीनियरों द्वारा यह गढ़ाकोटा का दुर्ग बनवाया गया है। 1818 ई. में पिंडारी-विद्रोह के समय ब्रिगेडियर वाट्सन ग्यारह हजार सेना और अट्ठाईस तोपें लेकर भी इसकी दीवारों में जरा भी दरारें नहीं डाल पाया था। बसेरी गाँव में कुछ भारतीय फौज थी। बसेरी गढ़ाकोटा के किले से दो मील दूर है।

गढ़ाकोटा के किले में सारी रात बोधन दौआ ने अतुलनीय वीरता के साथ युद्ध किया।

The enemy were driven back in disorder by the 3rd Europeans.

They again formed up and advanced with renewed vigour.

तृतीय यूरोपियन पदाति सेना ने शत्रु सेना को तितर-बितर कर पीछे हटा दिया। फिर भी वे पुनः व्यूहबद्ध होकर नए उत्साह के साथ फिर आगे बढ़ने लगे।

रात्रि के अन्तिम प्रहर में किला छोड़कर बोधन दौआ बची हुई सेना लेकर मदनपुर गाँव की पहाड़ियों में चले गए। वहाँ पर शाहगढ़ का राजा ह्यूरोज़ के सैन्य अभियान को रोकने के लिए प्रतीक्षा कर रहा था। वहाँ से वह चला गया चन्देरी। व्यास नदी के दूसरे किनारे पर गढ़ाकोटा के किले से पच्चीस मील दूर दौआ के सैनिकों के साथ कैप्टन ह्यूरोज़ का युद्ध होता है। झाँसी और सागर के बीच तीन पहाड़ी घाटियों में सबसे भयंकर थी नारहट की घाटी। नारहट घाटी में था बानपुर का राजा 8000 सेना के साथ। शाहगढ़ का राजा था मदनपुर में। धामनी में था बानपुर के राजा का सहयोगी लल्ला दुलकारा।

चन्देरी के दुर्ग में भी भारतीय सैनिक प्रतिरोध के लिए एकत्र हैं यह जानकर ह्यूरोज़ ने अपनी प्रथम ब्रिगेड के सेनापति स्टुअर्ट को बेतवा नदी के पश्चिमी किनारे पर अवस्थित चन्देरी दुर्ग पर अधिकार करने के लिए भेजा।

वह स्वयं चला तीन पहाड़ी घाटियों पर विजय प्राप्त करने।

ह्यूरोज़ ने एकसाथ नारहट और मदनपुर—दोनों पहाड़ी घाटियों में युद्ध करने के लिए नई योजना बनाई।

नारहट की पहाड़ी घाटी के ऊपर ही मालथोन का किला और शहर था। वहाँ पर तैनात किया गया मेजर स्कूडमोर (Scudamore)। किन्तु असली युद्ध तो मदनपुर में होगा। शाहगढ़ के राजा के साथ जब ह्यूरोज़ मदनपुर में युद्ध करेगा, तब स्कूडमोर नारहट पास (दर्रे से) से बानपुर के राजा को शाहगढ़ के राजा की सहायता के लिए आगे नहीं बढ़ने देगा। इस तरह से एक ही समय में दो लोगों को पराजित कर देगा ह्यूरोज़।

3 मार्च को ह्यूरोज़ मदनपुर की तरफ चला। मदनपुर की अरण्य-संकुल पहाड़ी घाटी में भयंकर युद्ध हुआ। नारहट के प्रतिरोधी आक्रमण की व्यवस्था बहुत शक्तिशाली थी। मदनपुर की घाटी पहले ही आक्रान्त हो जाएगी इसे न तो बानपुर के राजा ने सोचा था और न शाहगढ़ के राजा ने। मदनपुर के युद्ध में भारतीयों की पराजय हो गई। उन लोगों ने शरण ली एक विशाल झील के पास अवस्थित मदनपुर गाँव में। किन्तु, ब्रिटिश फौज के पीछा करने के कारण वे लोग चले गए सरइया के किले में। यहाँ पर भी मेजर और कैप्टन एवट ने उन लोगों का पीछा किया। सरइया के जंगल में युद्ध हुआ। भारतीय पक्ष के सैनिक पुरानी बंगाल देशी पदाति सेना के

अन्तर्गत थे। जो लोग इस युद्ध में मारे गए उनमें लाल तरबाड़ी भी उल्लेखनीय है। जबलपुर की 52वीं देशी पदाति सेना में वह मेजर हवलदार था। गोंड राजा वृद्ध शंकरशाह और उसके पुत्र रघुनाथशाह को तोप के मुँह से बाँधकर उड़ा देने के समय लाल तरबाड़ी भी उपस्थित थे। उन्होंने असामान्य साहस के साथ युद्ध किया और मृत्यु के समय तक उन्होंने अपने सहयोगी सैनिकों को युद्ध करते रहने का आदेश दिया।

शाहगढ़ के राजा की जागीर सरइया के किले को भारतीय सैनिकों ने गोला-बारूद बनाने का कारखाना बना लिया था। सागर से गोला बनाने के साँचे लाकर यहाँ भारतीयों ने रख लिए थे। नारहट घाटी और मदनपुर की पराजय के बाद बानपुर और शाहगढ़ के राजा बची सेना को लेकर चरखारी की तरफ चले गए।

सरइया के किले के बाद ह्यूरोज़ ने शाहगढ़ के राजा की जागीर मरावड़ा के किले पर अधिकार कर लिया।

रॉबर्ट हेमिल्टन आगे-पीछे ह्यूरोज़ के ही साथ चल रहा था। गवर्नर जनरल के प्रतिनिधि के रूप में राजनीतिक कार्यकलापों को परिचालित करना ही उसका उद्देश्य था। ह्विटलोक की सेना के साथ था हेमिल्टन का सहयोगी मेजर एलिस। यहाँ पर उल्लेखनीय है कि मेजर एलिस ने ही एक बार 1854 ई. में झाँसी के विलीनीकरण के समय झाँसी की रानी का पक्ष लेकर डलहौजी से पत्र-व्यवहार किया था। दोनों सेनाओं के साथ हेमिल्टन और मेजर एलिस के रहने का दूसरा एक महत्त्वपूर्ण कारण राजनीतिक भी था।

1862 ई. में अवकाश ग्रहण करने के बाद रॉबर्ट हेमिल्टन ने भारतीय राज्य के सचिव (Secretary of State for India) की अनुमति लेकर 1858 ई. में मध्यभारत अभियान के सम्बन्ध में कई गुप्त जानकारियाँ प्रकाशित की हैं। वह बताता है कि मेरठ विद्रोह के दिनों में वह छुट्टी पर विलायत में था। केनिंग का जरूरी तार पाकर वह (भारत) पुनः चला आता है। सारे मध्यभारत अभियान की योजना उसके और सर कोलिन कैम्पवेल के बीच हुए परामर्श के द्वारा निश्चित की जाती है। अभियान की गति में परिवर्तन करना अथवा उसे यथावत रखना, ये सब उसी की जिम्मेदारी पर छोड़ दिए जाते हैं। सर ह्यूरोज़ तथा जनरल ह्विटलोक ने तो उसके आदेश का पालन मात्र किया है। मेजर एलिस और वह पत्रों द्वारा सदा सम्बन्ध बनाए रखते थे। लम्बे बारह वर्ष तक मध्यभारत में वास करने के कारण हेमिल्टन और एलिस वहाँ के हर गाँव की अवस्थिति तक जानते थे। इसी कारण से उनके लिए भीतर से अभियान की गति पर नियन्त्रण रखना सहज सम्भव हुआ था। यद्यपि वही लोग इस अभियान के प्रधान नियन्त्रणकर्त्ता थे, वह 1858 ई. में उजागर करना सम्भव नहीं हो सका।

मध्यभारत अभियान में उसके उपस्थित रहने का सर्वप्रमुख कारण यह रहा है कि एकमात्र उसी के पास गवर्नर जनरल का आदेशपत्र था एवं इसी बल पर नानासाहब, रावसाहब, तात्या टोपे, बाँदा के नवाब, बानपुर के राजा, शाहगढ़ के राजा एवं झाँसी की रानी—इन सब नेताओं के बारे में घटनास्थल पर ही विचार करने और उचित दंड देने और जरूरत पड़ने पर मृत्युदंड देने का भी उसे अधिकार था।

यही सब राजनीतिक जिम्मेदारियाँ लेकर रॉबर्ट हेमिल्टन अभियान के साथ था। उसने शाहगढ़ के राजा का सारा राज्य ब्रिटिश द्वारा अधिकृत कर लिया गया है इस प्रकार की घोषणा कर दी। 7 मार्च, 1858 ई. को मड़ावरा और सरइया के किले पर यूनियन जैक फहरा दिया गया।

ह्यूरोज़ 9 मार्च को बानपुर पहुँचा। बानपुर के राजा के विशाल प्रासाद में आग लगा दी गई। राजप्रासाद जलकर राख हो गया।

14 मार्च को ह्यूरोज़ दूसरी ब्रिगेड लेकर तालबेहट पहुँचा। तालबेहट के विशाल तालाब के ऊपर उस समय जलचर पक्षी परम निश्चिन्तता के साथ उड़ते फिर रहे थे, सर्वत्र भारत की सुन्दर प्रशान्ति विराजमान थी।

तालबेहट पार कर कुछ दूर आकर वेत्रवती नदी के उथले जल को पार कर ह्यूरोज़ ने सेना सहित अपने तम्बू फैला दिए। चन्देरी के रास्ते से पहली ब्रिगेड के आ जाने पर वह दोनों फौजों को मिलाकर झाँसी पर आक्रमण करना चाहता था।

गढ़ाकोटा में परास्त होने के बाद बोधन दौआ चले गए थे चन्देरी। सरइया, मड़ावरा, नरौली आदि घाटियों को त्यागकर अन्य भारतीय सैनिक भी चन्देरी में इकट्ठे हुए थे। बानपुर और शाहगढ़ के राजाओं को छोड़कर बुन्देलखंड के अन्यान्य भारतीय नेता लोग सभी चन्देरी में इकट्ठे हो गए थे।

चन्देरी राजपूतों के गौरवपूर्ण समय से ही भास्कर्य, स्थापत्य आदि से सुशोभित एक नगरी थी। सम्राट बाबर ने चन्देरी पर आक्रमण किया था एवं राजपूत लोगों ने जीवन की बाजी लगाकर युद्ध किया था।

भारतीयों ने जीवन-मरण की बाजी लगाकर इसी चन्देरी की रक्षा करने की प्रतिज्ञा की थी।

6 मार्च को ब्रिगेडियर स्टुअर्ट चन्देरी किले की तरफ बढ़ने लगा। रास्ते में पहाड़ी रास्ते के दोनों तरफ से लगातार गोलों की वर्षा से भारतीय सेना ने उसे तितर-बितर कर दिया। पहाड़ पर अवस्थित चन्देरी दुर्ग के प्रत्येक बुर्ज और मोर्चे पर से तोपें धीरे-धीरे गोलों की वर्षा करने लगीं।

ब्रिगेडियर स्टुअर्ट हाथी के द्वारा खींचकर पहाड़ी पर तोप लाया। उसके बाद किले पर आक्रमण किया। सात दिन लम्बे युद्ध के बाद भी चन्देरी पर अधिकार

करना जब सम्भव नहीं हुआ, 16 मार्च की रात मेजर कीटिंग (Major Keatinge) एक गुप्तचर की सहायता से चन्देरी किले के प्रमुख बुर्ज तक गया। दुर्ग में प्रवेश करने की सभी युक्तियों का पता लगाकर लौट आया। 17 मार्च को बड़े तड़के उन लोगों ने चन्देरी दुर्ग पर आक्रमण कर दिया। इतने दिनों एक ही स्थान में अवरुद्ध रहने से भारतीय फौजों की गोला-बारूद खत्म हो गई थी। किन्तु भारतीय सेना भागने में सफल हो गई। शेष जो लोग बचे थे, उन्होंने युद्ध करते-करते मृत्यु का वरण किया।

> Every rebel that remained, were shot or bayoneted by the Royal Country Downs. It was St. Patrick's Day and the Irishmen swore by their Patron Saint that they would avenge the little babies and poor ladies who were butchered in Cawnpore and Jhansi.
>
> अवशिष्ट विद्रोहियों में से प्रत्येक को रॉयल काउंटी डाउन के सैनिकों ने गोली अथवा बेनेट के द्वारा बींध दिया। उस दिन सन्त पेट्रिक का दिन था। आइरिस लोगों ने सन्त पेट्रिक की कसम खाकर प्रतिज्ञा की थी कि वे लोग कानपुर और झाँसी में मारी गई महिलाओं और बच्चों की मौत का बदला लेंगे।

मार्च मास की बीस तारीख को ह्यूरोज़ ने झाँसी से आठ मील दूर पहुँचकर अपने तम्बू गाड़ दिए। ब्रिगेडियर स्टुअर्ट (Steuart) को घुड़सवार और गोलंदाज सेना के साथ झाँसी शहर के आसपास घेरा डालने के लिए भेजा। जब पदातिक सेना भी पीछे-पीछे रवाना होने लगी तभी केनिंग का एक जरूरी तार रॉबर्ट हेमिल्टन के पास आया।

इसी बीच तात्या टोपे चरखारी जीत लेता है। पन्ना एवं रींवा की हालत भी चिन्ताजनक है। चरखारी का राजा अंग्रेजभक्त था। उसकी सहायता करने की जरूरत केनिंग ने उस समय महसूस की, किन्तु उसके लिए उस समय चरखारी फौज भेजना असम्भव था। अगत्या उसने ह्विटलोक को निर्देश भेजे कि ह्यूरोज़ के साथ वह सम्बन्ध-सूत्र स्थापित करे जिससे वे दोनों लोग तुरन्त अपने वर्तमान मोर्चे को छोड़कर चरखारी सहायता करने के लिए चले जाएँ। अपने इस पत्र की एक प्रति उसने ह्यूरोज़ को भी भेजी।

ह्यूरोज़ ने गवर्नर के सेक्रेटरी को सूचित किया कि वह उनके आदेशानुसार ह्विटलोक के साथ सम्बन्ध बनाए रहेगा। फिर भी, क्योंकि चरखारी पहुँचने में काफी समय लगेगा और उससे चरखारी के राजा को भी कोई सहायता न पहुँचाई जा सकेगी और चारों तरफ से भारतीय सैनिक उठकर तैयार हो जाएँगे, इसी कारण वह सबसे पहले झाँसी जीतकर मध्यभारत में भारतीयों का सबसे शक्तिशाली मोर्चा ध्वंस कर डालना चाहता है।

ह्यूरोज़ और ह्विटलोक ने परस्पर पत्राचार-सम्बन्ध स्थापित कर लिया। रॉबर्ट हेमिल्टन ने उस समय पहले झाँसी जीतने के पक्ष में तमाम युक्तियाँ देकर गवर्नर जनरल को सारी घटनाएँ समझाने की चेष्टा की। उसने लिखा—

> ...गवर्नर जनरल को ह्यूरोज़ की दूसरी ब्रिगेड की यथार्थ स्थिति समझाने के लिए मुझे उनसे निम्नलिखित बातें कहना जरूरी है।
>
> हम लोगों की दूसरी ब्रिगेड आज झाँसी के दसवें मील के बीच में है। ब्रिगेडियर स्टुअर्ट (Steuart) के अधीन सारे घुड़सवारों ने झाँसी शहर के आसपास कैसे घेरा डाला जाए इसका सर्वेक्षण कर लिया है। हमारे मुख्य इंजीनियर मेजर बोयलो (Major Boileau) किले के परकोटे के कमजोर स्थान कौन-से हैं, कहाँ पर आक्रमण करना उचित है, हमारा मोर्चा कहाँ होगा, वही सब देखने गए हैं। झाँसी के भारतीय सैनिक हम लोगों के आगे बढ़ते जाने की सारी सूचनाएँ रखते हैं। इस समय अगर हम लोग निष्क्रिय होकर हट जाते हैं, इससे वे लोग और उत्साहित हो जाएँगे एवं उनकी युद्ध करने की उत्प्रेरणा और बढ़ जाएगी।
>
> पहली ब्रिगेड चन्देरी जीतने के बाद अभी भी यहाँ आई नहीं है, आपके आदेशानुसार चरखारी जाने के लिए तैयार रहने पर भी ह्यूरोज़ को उसकी प्रतीक्षा तो करनी ही होगी।
>
> ह्यूरोज़ अगर इसी समय चरखारी जाए, तो उसे (झाँसी) किले पर लगी तोपों की मार के भीतर से (क्योंकि इसके अलावा और कोई रास्ता नहीं है।) होकर बरुआ सागर रोड रखकर जाना होगा। ऐसा करने से यह होगा कि पहली ब्रिगेड के साथ उनका कोई सम्बन्ध ही नहीं रहेगा एवं पहली और दूसरी ब्रिगेड के बीच में रहेगा झाँसी का किला, जिसमें 1,500 बलूची और 1,000 बुन्देला सैनिक हैं।
>
> इसके अलावा रानी ने हम लोगों के आगे बढ़ते आने की खबर सुनकर ओरछा और मऊ से अपनी फौज बुलाकर इकट्ठी कर ली है। सम्भवतः वह तात्या टोपे की सहायता भी चाहेगी। तात्या तब बाध्य होकर चरखारी छोड़कर झाँसी की तरफ आएगा एवं तब हम लोग एकदम झाँसी के पास ही तात्या से युद्ध करने में अधिक सक्षम होंगे।
>
> इन्हीं सब कारणों से गवर्नर जनरल यह निश्चय ही समझ सकेंगे कि वर्तमान में झाँसी छोड़कर जाना कितनी राजनीतिक अदूरदर्शिता का काम होगा।
>
> झाँसी के पतन का सारे भारतीय विद्रोहियों के ऊपर भारी प्रभाव पड़ेगा एवं बुन्देलखंड से भारतीय विद्रोहियों का समूल उच्छेद करना सहज होगा।
>
> हस्ताक्षर—डब्ल्यू.आर. हेमिल्टन

यह पत्र पाकर केनिंग ने हेमिल्टन के तर्क के बल को समझ लिया। उसने हेमिल्टन की राय से सहमति व्यक्त कर दी।

21 मार्च, 1858 को ह्यूरोज़ बड़े सवेरे सात बजे झाँसी के सामने पहुँचा।

कम ऊँचे पहाड़ के ऊपर दुर्निवार प्रतिरोध की तरह झाँसी किले के दक्षिणी बुर्ज से अंग्रेजों का स्वागत करते हुए रानी की लाल पताका प्रभात की मन्द वायु में फहराने लगी।

सत्रह

झाँसी का किला देखकर ह्यूरोज़ की समझ में आ गया कि इस बार वह सचमुच के प्रतिरोध के सामने खड़ा हुआ है। ह्यूरोज़ ने देखा कि एक अनुन्नत पहाड़ के ऊपर खड़ा हुआ है झाँसी का किला। सुदृढ़ ग्रेनाइट के पत्थरों से उसे तैयार किया गया है। अत्यन्त उच्च शिखरों पर सन्निवेशित तोपें चारों तरफ नजर रखे हुए हैं। पूरे किले में जगह-जगह गोलंदाजों के खड़े होकर तोप छोड़ने की जगहें हैं एवं दो, तीन बन्दूकें चलाने को चौकोर झरोखे भी हैं।

दक्षिण के थोड़े भाग और पश्चिमी हिस्से को छोड़कर किले की अन्य सभी दिशाओं में शहर है। किले की पश्चिमी दिशा में खड़ा पहाड़ है, दक्षिणी दिशा के बीचोबीच एक विशाल बुर्ज है। इसी बुर्ज से नगर की प्राचीर शुरू होती है एवं उसका अन्त होता है किले के दक्षिणी अंश के एकदम अन्त में जाकर एक विशाल सुदृढ़ कठोर पत्थरों के चुनाईदार चबूतरे पर। इसी चबूतरे के सामने है एक गोल बुर्ज। इसका विस्तार और चौड़ाई इतनी अधिक है कि वहाँ पर पाँच तोपें भी लगाई जाएँ तो चल सकता है। इसी बुर्ज को घेरकर पत्थरों की एक गहरी खाई है। इस बुर्ज की अवस्थिति सर्वाधिक महत्त्वपूर्ण होने के कारण यहाँ सर्वदा कई लोगों की चौकसी रहती है।

झाँसी के उत्तर और पूर्व सीमा से होकर जो पर्वतमाला गई है, उसी के भीतर से चला गया है झाँसी-ओरछा एवं झाँसी-कालपी रोड। उत्तर की तरफ से होकर चला गया है झाँसी-दतिया और झाँसी-ग्वालियर रोड।

किले से पूर्व की तरफ नगर की प्राचीर शेष होती है लक्ष्मी तालाब जाने के रास्ते में लक्ष्मी दरवाजे पर जाकर। वहाँ से प्राचीर पूर्व से उत्तर, उत्तर से पश्चिम की ओर घूमकर नगर को घेरे हुए है। किले के दक्षिण से पूर्व की तरफ फैली हुई नगर की दीवार में चार महत्त्वपूर्ण दरवाजे हैं—ओरछा, सागर, लक्ष्मी और सैंयर।

पहली ब्रिगेड के साथ ब्रिगेडियर स्टुअर्ट (Steuart) के न आने तक ह्यूरोज़ ने झाँसी पर आक्रमण करने का साहस नहीं किया। 20 मार्च को ह्यूरोज़ जब झाँसी से आठ मील दूरी पर था, तभी उसने ब्रिगेडियर स्टुअर्ट को शहर घेरने के लिए भेजा था।

रानी की सहायता के लिए उस दिन एक सौ बुन्देलखंडी गाँववासी झाँसी की तरफ आगे बढ़ रहे थे। ब्रिगेडियर स्टुअर्ट के सैनिकों के साथ इन्हीं ग्रामवासियों की लड़ाई हुई किले के पश्चिम में अढ़ाई मील दूर, वर्तमान स्टेशन से नए कंटूनमेंट जाने के रास्ते पर किसी जगह। ब्रिगेडियर स्टुअर्ट निकल रहा था सात सौ घुड़सवारों को लेकर। इस अ-समान युद्ध में एक सौ बुन्देलखंडी मारे गए। स्टुअर्ट ने उन लोगों को घुड़सवारों से घिरवा लिया। (भारतीयों के पास घोड़ा और बन्दूकों में से कुछ भी नहीं था) और गोलियों से भून डाला। मृत देहें उसी जगह पड़ी रहीं।

रानी ब्रिटिश फौज की संख्या, शक्ति और योजना के सम्बन्ध में सारी सूचनाएँ रखती थी। इस समय तात्या टोपे को खबर देना उसे युक्तियुक्त लगा। तात्या टोपे को उसने जो जानकारी दी थी, उस सम्बन्ध में तात्या टोपे ने 10-4-1857 ई. को अपने अन्तिम बयानों में कहा है–

> जब मैंने चरखारी जीत ली, बानपुर के राजा ठाकुर मर्दनसिंह, शाहगढ़ के राजा बखतबली, दीवान देशपत, दौलतसिंह कछवाहा घारवाले[1] एवं अन्यान्य बहुत-से लोगों ने चरखारी के युद्ध में मुझे सहयोग दिया। उसी समय मुझे झाँसी की रानी की चिट्ठी से पता चला कि वह अंग्रेजों के साथ युद्ध में उतर गई है जिससे मैं उसे सहयोग दूँ।
>
> मैंने यह जानकारी रावसाहब को कालपी खबर भेजकर दी। रावसाहब जलालपुर आए। मुझे रानी की सहायतार्थ जाने के लिए अनुमति दी। झाँसी के रास्ते पर जब मैं बरुआ सागर आया, राजा मानसिंह मुझसे आकर मिल गए। झाँसी से सात मील दूर बेतवा की तलहटी में मेरा अंग्रेजों से युद्ध हुआ। उस समय मेरे साथ 22,000 सेना और 22 तोपें थीं। मैं युद्ध में हार गया। एक टुकड़ी सेना और 4-5 तोपें लेकर मैं कालपी चला गया। रानी 4 अप्रैल की रात झाँसी छोड़कर 5 अप्रैल की रात 2 बजे के समय कालपी पहुँची। उसके पास अपनी कोई सेना नहीं थी, इसलिए उसने रावसाहब से सेना देने का अनुरोध किया। रावसाहब की अनुमति के अनुसार मैंने रानी के नेतृत्व में कौंच में युद्ध किया था।[2]

रावसाहब की अनुमति लेकर आने में तात्या टोपे को जो कई दिन की देरी हुई इसी बीच ह्यूरोज़ ने अपना काम शुरू कर दिया।

---

1. ये इन्दुरखी के पास दुबनेहा के थे और बरजोर सिंह के सम्बन्धी थे। एक दौलत सिंह ललितपुर के थे।
2. यह युद्ध तात्या के नेतृत्व में लड़ा गया था। क्योंकि कोई भी नेता स्त्री के अधीन लड़ने को तैयार नहीं था।–अनुवादक

दक्षिण के उसी बुर्ज पर दखल न कर पाने पर शहर में प्रवेश अथवा महल पर कब्जा करना दोनों में से कुछ भी सम्भव न होगा वह उसने समझ लिया। शहर पर कब्जा कर पाने पर ही किले पर अधिकार किया जा सकेगा। अन्यथा किले पर कब्जा नहीं किया जा सकेगा। शहर पर दखल करने और किले पर आक्रमण करने के लिए, दक्षिणी दिशा के इस बुर्ज पर कब्जा करने के महत्त्व को समझकर उसने लक्ष्मीसागर तालाब के दक्षिण में ओरछा दरवाजे के सामने कैमासिन की टौरिया पर अपना तोपखाना स्थापित किया।

झोकन बाग के निकट गुप्त रीति से उसने एक दूसरा तोपखाना स्थापित किया। 25 मार्च को पहली ब्रिगेड लेकर स्टुअर्ट के आने के पहले तक इन दो तोपखानों को पूरी तरह स्थापित करना सम्भव नहीं हो सका।

23 मार्च को ह्यूरोज़ ने दक्षिणी बुर्ज पर गोला बरसाना शुरू कर दिया। शहर के बाहर एक भी भारतीय व्यक्ति नहीं था। सारी शक्ति भीतर ही थी। रॉबर्ट हेमिल्टन ने एक अनुमान से यह पता लगा लिया कि झाँसी में दस हजार बुन्देला और अफगान सैनिक, पन्द्रह सौ भारतीय सैनिक, चार सौ घुड़सवार और तीस से लेकर चालीस तक तोपें हैं।

किले की हर बुर्ज से—सागर, लक्ष्मी और ओरछा दरवाजे के तोपखाने से तोपों के जवाब में तोपों का उत्तर आने लगा। भारतीय गोलंदाजों के अद्‌भुत कौशल को देखकर अंग्रेज लोग विस्मित हो गए। प्रमुख गोलंदाज गुलाम गौस के लिए शुरू में तोपों की मार का फासला ठीक करना सम्भव नहीं हुआ, किन्तु बाद में एक बार ठीक कर लेने पर वह तोपों से इस तरह गोले बरसाने लगा कि हर गोला जाकर अंग्रेजों के तोपखाने पर पड़ने लगा। घनगरज तोप के गोलों से अंग्रेज सैनिक बहुत परेशान हो गए। क्योंकि घनगरज की विशेषता थी कि गोला दगते ही अन्य तोपों की तरह उससे धुआँ नहीं निकला करता था। तीव्र सीत्कार करता हुआ गोला आकर गिरने लगा दक्षिण दिशा में निर्मित विभिन्न अंग्रेजी तोपखानों के ऊपर। महादेव मन्दिर में एक तोपखाने का निर्माण ह्यूरोज़ ने किया था। वह 23 मार्च को बार-बार बेकार साबित होने लगा। गरनाला तोप को अंग्रेजों ने नाम दिया था 'ह्विसिलिंग डिक'।

23 मार्च दोपहर में झाँसी की तोपें सामरिक दृष्टि से चुप हो गई। किन्तु 24 मार्च को वे फिर से गरज उठीं। गुलाम गौस खाँ ने स्वयं ही सारी तोपों की जाँच-पड़ताल की थी। उसके सुयोग्य सहयोगी लालाभाऊ बख्शी और दीवान रघुनाथ सिंह, दोनों किले में ही मौजूद थे। सैंयर गेट से 23 मार्च की रात सागर गेट चले गए खुदाबख्श खाँ। पीर अली, दूल्हाजू, खुदाबख्श सभी अत्यन्त चतुर गोलंदाज थे। गोलंदाजों की मदद कर रही थीं स्त्रियाँ। परम दुख का विषय है कि सुन्दर, मुन्दर, काशी, झलकारी इन कुछ को छोड़कर और किसी स्त्री के नाम का पता नहीं चल

सका। अंग्रेज लोग विस्मय के साथ देखने लगे कि भारतीय स्त्रियाँ हर तोप के पास पठानी वेश धारण कर बड़ी तेजी से आ-जा रही हैं और तोपों के गोलों की आपूर्ति बरकरार रख रही हैं और जरूरत पड़ने पर गोली भी चला रही हैं।

किले के बगीचा बुर्ज पर लगे हुए थे संन्यासी और फकीर। देश के इस दुर्दिन में हिन्दू और मुसलमान दोनों ने ही पास-पास खड़े होकर युद्ध करने की आवश्यकता समझ ली थी। एक सौ से अधिक वर्ष पूर्व झाँसी किले के बगीचा बुर्ज पर मुसलमान फकीर और हिन्दू संन्यासियों की पताकाएँ पास-पास लगी हुई थीं।

सर्वत्र एक सुदृढ़ जवाबी प्रतिरोध देखकर ह्यूरोज़ ने लिखा था–

> सर्वत्र सभी साधनों से जनसामान्य जो सुदृढ़ प्रतिज्ञा करके प्रतिरोधी संग्राम में अवतीर्ण हुआ है, यह समझ में आ रहा था। राजनीतिक दृष्टि से यह कहा गया है कि सभी विद्रोही दल मिलकर जानते थे कि मध्यभारत के सबसे अधिक समृद्धिशाली हिन्दू नगरी और श्रेष्ठ दुर्ग झाँसी के पतन के साथ-ही-साथ मध्यभारत में भारतीय विद्रोह का भी पतन हो जाएगा।

25 मार्च को पहली ब्रिगेड की 'सीज ट्रेन' आ गई। पश्चिम, दक्षिण और पूर्व में अंग्रेजों की जो कुछ तोपें निर्मित हुई थीं, उनसे अविश्रान्त गोले बरसाकर ह्यूरोज़ दक्षिणी बुर्ज को कमजोर करने का प्रयास करने लगा। 26 मार्च से 27 मार्च तक परस्पर गोलों की वर्षा चलती रही।

> रक्षक लोग किले को अपने अधिकार में बनाए रखने को जितने दृढ़प्रतिज्ञ थे, उनकी विरोधी सेना उनकी पकड़ से उसे छीन लेने को उतनी ही संकल्पबद्ध थी। यहाँ तक कि स्त्रियाँ भी गोला-बारूद वितरित करती हुई और तोपों पर काम करती हुई देखी जा रही थीं। (टी.आर. होम्स)
>
> The garrison, were as resolute to hold the fortress as their opponents were to wrest it from thier grip. Even women were seen working in the batteries and distributing ammunition.
>
> —T.R. Holmes

हर दिन शाम होते ही ह्यूरोज़ आशा भरे चित्त से देखता कि किले की प्राचीर में दरारें पड़ गई हैं एवं भारतीय तोपें उनके गोलों की मार से बेकार हो गई हैं। किन्तु रातोरात रानी के कारीगर काले कंबल से अपने शरीर ढककर उन सबकी मरम्मत करने लगे। दुर्ग और नगर प्राचीर के पास सब जगह बालू से भरी बोरियाँ जल में भिगोकर कतारों में रख दी गई थीं। इन्हीं के द्वारा तोपों के गोलों को रोका जा रहा था।

ह्यूरोज़ ने दक्षिण बुर्ज और निकटवर्ती दीवार को तोड़कर शहर में घुसने की योजना बनाई थी। भारतीयों के गोले बरसाने से उसकी जितनी क्षति हुई थी, उससे बहुत अधिक क्षतिग्रस्त हुआ झाँसी का किला और (झाँसी) नगरी। शहर के बीच दक्षिणी दिशा में लक्ष्मी ताल रोड के पास घास का एक विशाल ढेर था। मार्च मास

की तीक्ष्ण गर्मी से घास सूख चुकी थी। अंग्रेजों के गोला गिरते ही घास में आग लग गई और पास के घरों में भी आग फैल गई। इसके अलावा घनी बस्तीवाली नगरी में जहाँ पर ही गोला गिरता था वहीं पर विध्वंस हो जाता था।

रानी एवं उसके साथ के योद्धाओं के आप्राण प्रयत्न के बाद भी धीरे-धीरे वे लोग कमजोर पड़ने लगे। 29 मार्च को सैंयर गेट पर खुदाबख्श की मौत हो गई। झाँसी के पुराने वासी आज भी कुमार खुदाबख्श खाँ की वीरता की कहानियाँ सुनाया करते हैं। इस वीर योद्धा ने अपना दाहिना हाथ बेकार हो जाने पर बाएँ हाथ से तोप चलाने की चेष्टा की एवं सिर में सांघातिक चोट न लगने तक सैंयर गेट के प्रतिरोध को उसने कमजोर नहीं पड़ने दिया। रघुनाथ सिंह लक्ष्मी, ओरछा और सागर दरवाजों की देख-रेख पूरा करके लौट रहा था। मरणासन्न खुदाबख्श को वह घोड़े की पीठ पर लादकर बड़ी सावधानी से किले में ले आया। किन्तु उस समय उससे भी भयंकर समाचार से रानी से लेकर सभी योद्धा विचलित थे। घनगरज तोप चलाते-चलाते गुलाम गौस खाँ की छाती में आकर गोली लग जाती है। बहादुर पठान गुलाम गौस खाँ, सुदक्ष गोलंदाज, मातृभूमि की स्वाधीनता की रक्षा के लिए दृढ़प्रतिज्ञ वीर सेनानी है वह। उसके गिरते ही सारी झाँसी नगरी पर विपत्ति की काली छाया मानो घिर आई। अंग्रेजों की तोपें चुप हैं। शंकर मन्दिर से आज अंग्रेजों ने नई तोपें लगाकर युद्ध किया था। गुलाम गौस निपुण निशानेबाज था, उसने अत्यन्त कौशल से लक्ष्यभेद कर शंकर मन्दिर को भूमिसात कर दिया था। छल से तोपों की मरम्मत में लगे अंग्रेजों के हवलदार और दो सिपाहियों को मार दिया था एक ही गोले से। उसके अत्यन्त कौशल से गोला दागने से हर्षित होकर रानी ने आज ही उसे अपने पैर से खोलकर चाँदी की पाजेब पुरस्कार में दी थी। इन्हीं कई दिनों तक उसके गले में बार-बार उच्चारित होते रहे हैं विभिन्न तोपों के नाम 'नालदार! कड़कबिजली! भवानीशंकर, समुद्र संहार! अर्जुन!' उसी के नेतृत्व में युद्ध किया है खुदाबख्श आदि प्रमुख वीर गोलंदाजों ने। आज एक ही दिन गुरु और शिष्य दोनों ही घायल होकर गिर गए। मरणासन्न गुलाम गौस का सर रानी ने गोद में ले लिया। निःसंकोच हो आँसू की वर्षा करने लगी। गुलाम गौस की मृत्यु हो जाने पर रानी ने निर्देश दिया कि किले के भीतर वीरोचित सम्मान के साथ गुलाम गौस और खुदाबख्श को दफना दिया जाए। किले के चबूतरे पर महल के दक्षिणी कोने में आज भी वे समाधियाँ विद्यमान हैं। 29 मार्च को उसकी जियारत होती है और चादर चढ़ाई जाती है। झाँसी के लोग आज भी वहाँ आकर इन दो वीर सैनिकों के प्रति अपनी श्रद्धांजलि देते हैं। खुदाबख्श की समाधि के पास ही है मोतीबाई की कब्र। गुलाम गौस के घायल होकर गिर जाने के बाद तोप चलाते-चलाते मोतीबाई ने प्राण दे दिए थे। उसकी अन्तिम इच्छा के अनुसार खुदाबख्श के पास ही उसे दफना दिया जाता है।

झाँसी के युद्ध में इन कई दिनों में रानी के बहुत-से सैनिक मारे जाते हैं, बहुत नुकसान भी होता है। इससे उसके उत्साह अथवा युद्ध के प्रयास में कोई कमी नहीं आती है। किन्तु आज उसका मन अनजानी शंका से भर गया। उसके सहयोगी योद्धा यह जानकर विषादग्रस्त हो जाते हैं कि सन्ध्या के बाद घोड़े पर चढ़कर शहर के प्रत्येक मोर्चे पर बुर्ज की उन्होंने स्वयं ही व्यक्तिगत रूप से देखभाल की। सैनिकों को मुक्तहस्त पुरस्कृत किया धन और आभूषणों द्वारा। अनेक तरह से आशा और विश्वास-भरी बातें कहकर उनके मन में उत्साह का संचार किया।

लालू भाऊ टेकरे ने रानी से कहा, "मैं गणपति मन्दिर में मांगलिक अर्चना अर्पित करना चाहता हूँ।" रानी बोली, "आप अपनी रुचि के अनुसार जो चाहें उसे करें।"

थकी हुई रानी ने उस दिन सन्ध्या को आहार तक नहीं किया। स्नान के बाद सामान्य रूप से थोड़ा दूध पीकर वह दीवानखाने में क्षण-भर के लिए विश्राम करने गई। तब उसने स्वप्न देखा, विशाल काले नेत्र, गौरवर्ण देहयष्टि, रक्तवर्ण अधर, एक सुन्दर युवती किले के बुर्ज पर खड़ी हुई है। अँधेरे आकाश की पृष्ठभूमि में उसकी दिव्यमूर्ति देदीप्यमान है। और भी देखा, वह रक्ताम्बर वसना, रत्नालंकार भूषिता अत्यन्त अवहेलनापूर्वक एक आग के गोले को दोनों हाथों में पकड़े हुए है। रानी को पुकारकर उसने कहा—मैं इस दुर्ग की लक्ष्मी हूँ। इतने दिन तक मैंने इस दुर्ग की रक्षा की है। आज लगता है अब नहीं कर सकूँगी। तुम निहारकर देखो, मेरे दोनों हाथों की तरफ ध्यान से देखो। रानी ने भयभीत होकर देखा, वे दोनों सुन्दर हाथ कालौंच से भरे और दग्ध हैं।

आँखों की नींद भंग हो गई। बाहर निकलकर उन्होंने स्वप्न की बात बताई। आश्चर्य के साथ श्रोताओं के मन शंका से भर गए।

दक्षिण बुर्ज और शंकर किला को शान्त देखकर 30 मार्च को ह्यूरोज़ का उत्साह दूना हो गया। इसी समय ह्यूरोज़ के इंजीनियर मेजर बोयलो (Boilaeu) ने जानकारी दी गोला-बारूद कम हो गया है। दक्षिण बुर्ज और प्राचीर तोड़कर नगर में घुसने की योजना इस समय स्थगित रखी जाए। इसलिए बलपूर्वक नगर में घुसना होगा। ह्यूरोज़ इस पर सहमत हो गया। उसने कहा—दीवार तोड़कर नसैनी की सहायता से नगर में घुस जाओ।

ह्यूरोज़ के साथ आधुनिकतम तोपें थीं एक सौ दो। 30 मार्च को लेफ्टीनेंट स्ट्रोट ने दिन के दो बजे दूरबीन से शंकर किले की गतिविधियाँ देखकर किले के कुएँ के ऊपर एक के बाद एक तीन गोले बरसाए। तीस पुरुष और आठ महिलाएँ मर गईं। उनके गोलों ने किले में अस्त-व्यस्त हालात की सृष्टि कर दी है यह जानकर अंग्रेज लोग आनन्द से फूल गए। दारुण ग्रीष्म में कुएँ के नष्ट हो जाने से किले में भयंकर विशृंखला और हताशा उपस्थित हो गई।

ह्यूरोज़ ने सब तरफ देख-सुनकर 31 मार्च को झाँसी पर आक्रमण करने का दिन निश्चित किया। शत्रुपक्ष का अटल युद्ध करने के प्रयास से उसे धैर्यहीन बना दिया था। इतने जबरदस्त प्रतिरोध के लिए वह तैयार नहीं था। शत्रुपक्ष मानो पराजित होकर भी इसे स्वीकार नहीं करना चाहता है--"With many men disabled, many men killed and wounded the enemy still maintained the fight!" (H. Rose).

"अनेक लोग अपाहिज हो गए, बहुत-से लोग मर गए, बहुत-से घायल हो गए, फिर भी शत्रु लोग युद्ध जारी किए रहे।"

झाँसी में स्थित तेरह तोपों में किले के दक्षिणी बुर्ज (ह्यूरोज़ ने जिसको 'ह्वील टॉवर' नाम दिया था), शंकर किला, बगीचा बुर्ज, सैंयर गेट ये सब प्रमुख-प्रमुख भारतीय मोर्चे ठंडे पड़ जाते हैं इसी बीच। झाँसी में भयंकर निराशा की हालत उत्पन्न हो गई है।

ह्यूरोज़ ने झाँसी की पूर्व दिशा में पहाड़ के ऊपर टेलीग्राफ चौकी स्थापित की थी। 31 मार्च को बिना किसी विवाद के झाँसी पर आक्रमण करने की जब सारी व्यवस्था पूर्ण हो जाती है तब एक दूत ने आकर खबर दी कि कम-से-कम बीस हजार सेना लेकर तात्या टोपे उत्तरी दिशा में झाँसी की ओर बढ़ता आ रहा है।

31 मार्च को तात्या टोपे ने झाँसी में रानी को अपने आने की सूचना बेतवा के उत्तरी किनारे पर सूखे घास-फूस में आग लगाकर दी। झाँसी में आनन्द एवं नए उत्साह का संचार हो गया। अत्यन्त आनन्द से किले के परकोटे और छज्जों पर इकट्ठे होकर किले में घिरे योद्धा लोग खुशी मनाने लगे। वे लोग अपनी विपत्ति को भूल गए।

ह्यूरोज़ ने समझ लिया कि उसके सामने विपत्ति खड़ी हुई है। झाँसी शहर से घेरा उठाकर बेतवा के किनारे अग्रसर होना उसके लिए सम्भव नहीं है। इसमें सम्पूर्ण ब्रिटिश फौज के बर्बाद हो जाने की सम्भावना है। इसलिए उसने नगर के अवरोध (घेरे) को जरा भी ढीला न कर, 31 मार्च को सन्ध्या के बाद पहली ब्रिगेड़ की कुछ सेना को झाँसी-कालपी रोड पर स्थित टेलीग्राफ पहाड़ी के नीचे तैनात कर दिया। हाथी के द्वारा खींचकर छब्बीस पाउंड गोलावाली दो तोपों को ले जाकर झाँसी-ओरछा रोड के ऊपर लगा दिया। उसकी सेना सारी रात प्रतीक्षा करती रही एवं वह स्वयं भी वहाँ मौजूद रहा।

31 मार्च की रात में घिरी हुई झाँसी की हालत सहज में ही अनुमान के योग्य थी। अंग्रेजों के लिए भी वह रात चरम उत्तेजना की थी। 1 अप्रैल को सवेरे जय-पराजय की मीमांसा होगी। वह युद्ध होगा अन्तिम। सारी रात अंग्रेज लोग सुनते रहे झाँसी के लोगों की बातचीत और शोरगुल। सारी रात किले और शहर के मोर्चों की तरफ से गोले पड़ते रहे अंग्रेजी तोपखाने पर। अंग्रेज लोग भी यथाशक्ति उसका जवाब देते रहे।

रानी बहुत कुछ आश्वस्त हो गई। बहुत समय के बाद उसने रात में स्नान किया। गणपति मन्दिर में ब्राह्मणों के द्वारा भोजन बनवाकर सभी को बाँटा गया। और उसकी विमाता चिमाबाई बच्चे को लेकर किले में ही रही।

तात्या टोपे आ रहा था बरुआ सागर की तरफ से। ह्यूरोज़ आगे जा रहा था भुपोवा गाँव की तरफ। रात के सन्नाटे में अफगान सैनिकों की एक टुकड़ी ने अंग्रेज सेना के शिविर के एकदम नजदीक आकर अपनी छावनी डाल दी। रात में अफगान सैनिक चीख-चीखकर बताने लगे कि हमारी सेना बहुत है, फिरंगी लोग बहुत कम हैं, कल सवेरे देखा जाएगा कि कौन जीतता है और कौन हारता है।

मध्य रात्रि में ह्यूरोज़ को खबर मिली कि भारतीय सेना के दल-के-दल बेतवा नदी और राजपुर घाट पार करके भुपोवा गाँव की तरफ आ रहे हैं।

तात्या टोपे की सेना कोल्वर घाट पार कर झाँसी की तरफ आ सकती है यह डर ह्यूरोज़ को था। इसीलिए उसने ब्रिगेडियर स्टुअर्ट (Steuart) को बड़ागंज गाँव में भेज दिया। यह गाँव झाँसी से आठ मील दूर बड़ागंज रोड पर स्थित है। कोल्वर घाट की तरफ था मेजर स्कूडमोर।

सवेरे देखा गया कि बेतवा नदी की फैली हुई तटभूमि से होकर आगे बढ़ रहे हैं तात्या टोपे के नेतृत्व में हजार-हजार सैनिक। ग्वालियर कंटिंजेंटी सेना के बागी सिपाहियों को लाल और सफेद वर्दी में देखा गया। और देखी गई विभिन्न रंगों की पताकाएँ। इस विशाल सेना में बाँदा के नवाब[1], शाहगढ़ और बानपुर के राजाओं की सेना, ग्वालियर की पदाति सेना, नौगाँव और कानपुर के विद्रोही सिपाही थे। हजार-हजार बेनेट (बन्दूकें) झिलमिला उठी थीं प्रभात के आलोक में। विभिन्न दलों के कंठों से एक ही आवाज उठ रही थी कि फिरंगी को मारो। हाथी खींच रहे थे बड़ी-बड़ी तोपें।

दोनों सेनाओं के बीच जब मात्र छह सौ गज का फासला रह गया तब तात्या टोपे के निर्देश पर भारतीय तोपें गरज उठीं और बन्दूकों ने अग्निवर्षा शुरू कर दी। तात्या टोपे की योजना थी कि ह्यूरोज़ की सेना पहले बाएँ तरफ से युद्ध में खींच ली जाएगी और साथ-ही-साथ दाहिनी तरफ से भी आक्रमण करेगी। ह्यूरोज़ उसका उद्देश्य भाँपकर सतर्क हो गया। तात्या टोपे का उद्देश्य अगर सफल हो जाता तो उसकी सम्पूर्ण सेना (दो तोपें एवं 1182 सैनिक, घुड़सवार और गोलंदाज सब मिलाकर) एक ही रात में पिस जाएगी और झाँसी का घेरा डालनेवाली सेना की भी हालत विशेष संकट में पड़ जाएगी—यह सब उसने समझ लिया।

सामरिक योजना, सुश्रृंखलाबद्ध सेना और सतर्कताबोध के कारण ही उस दिन ह्यूरोज़ बच सका था। बेतवा के युद्ध में अगर तात्या टोपे का सामरिक नेतृत्व

---

1. बाँदा के नवाब का होना संदिग्ध है।—अनुवादक

आशानुरूप होता तो मध्यभारत में 1858 ई. का इतिहास दूसरे प्रकार का ही होता, यह बात मान लेने का कारण है।

तात्या टोपे की सेना की दुर्बल जगह कौन-सी है यह ह्यूरोज़ ने पलक झपकते ही समझ लिया। देखा, मध्यभाग में सेना की व्यवस्था अत्यन्त शृंखलाबद्ध है, किन्तु दोनों छोर ही अत्यन्त दुर्बल हैं। उसके निर्देशन पर कैप्टन प्रीटिजोन (Prettijohn) और कैप्टन मेकमोहन (Machmohan) ने तात्या टोपे की दक्षिणी सेना पर आक्रमण किया। ह्यूरोज़ ने स्वयं कैप्टन नीड (Need) की सेना के साथ आक्रमण किया बाईं तरफ से। तात्या टोपे की पूरी सेना में चरम अव्यवस्था दिखाई देने लगी। तात्या का नेतृत्व व्यर्थ हो गया। युद्ध बिना किए ही वे लोग पीछे हटने लगे।

युद्ध बिना किए हुए ही पीछे हटना पड़ेगा इस विचार के साथ सिपाही लोग नहीं आए थे। आदेश के लिए वे लोग उत्सुकतापूर्वक प्रतीक्षा करते रहे, नेता लोग पीछे हटते जा रहे हैं, इस अवसर का लाभ उठाकर ह्यूरोज़ की फौज भारतीयों को खदेड़ने लगी। भारतीय सेना में सामरिक नेतृत्व की चरम असफलता का लाभ उठाया ह्यूरोज़ ने।

पीछे हटते हुए भी अतुल विक्रम के साथ लड़ने लगे अफगान सैनिक। अंग्रेज तरफ के सैनिक भारतीयों को खदेड़ने लगे। झील, नाला सभी स्थानों पर भीषण युद्ध होने लगा। कहीं-कहीं तो हाथोहाथ ही युद्ध हुआ।

सारे गोलंदाजों और घुड़सवार सेना को लेकर भारतीय सेना को पछयाता हुआ चलने लगा ह्यूरोज़। तात्या टोपे के व्यक्तिगत नेतृत्व में एक विशाल सेना पहली टुकड़ी से तीन मील दूर प्रतीक्षा कर रही थी। तात्या टोपे हाथी पर चढ़कर युद्ध कर रहा था। वह पेशवाशाही झंडा लिए हुए था। तात्या टोपे ने पहली टुकड़ी को हारते देखकर अपनी सारी सेना को पीछे हटने का आदेश दिया। भागते-भागते भी उसके गोलंदाज गोला छोड़ने लगे। तात्या टोपे राजपुर घाट की तरफ चलने लगा। बीच रास्ते में जो जंगल पड़ा, उसमें अंग्रेज सेना को रोकने के लिए आग लगा दी गई।

तात्या टोपे की तीसरी सेना थी राजपुर गाँव में। राजपुर गाँव के सामने बेतवा नदी के रेतीले कछार के अन्त में भीषण संग्राम हुआ। तात्या टोपे अपनी सभी तोपों, बन्दूकों, गोलंदाजों और हाथियों को छोड़कर भाग गया। अठारह हजार भारतीय सेना तितर-बितर होकर विभिन्न दिशाओं में भाग गई।

इस युद्ध में ह्यूरोज़ को अठारह तोपें, अजस्र गोला-बारूद मिला। भारतीय सेना के पन्द्रह सौ लोग मारे गए। अंग्रेजों की तरफ से केवल बीस लोग मरे और इकसठ लोग घायल हुए थे।

बेतवा युद्ध की पराजय सारे मध्यभारत और बुन्देलखंड के 1858 ई. के इतिहास की एक अत्यन्त मार्मिक घटना है। ह्यूरोज़ और अन्यान्य जो सब अंग्रेज अफसर उस

दिन बेतवा के मैदान में उपस्थित थे, वे लोग बार-बार भारतीय सैनिकों की व्यक्तिगत वीरता की प्रशंसा करते रहे। वीर, स्वदेशभक्त और मृत्युंजयी बाईस हजार सैनिक, अट्ठाईस तोपें, दस हाथी एवं शाहगढ़ और बानपुर के राजाओं के समान सहयोगी योद्धाओं के रहते हुए भी तात्या टोपे उस दिन पराजित हो गया था। उसका कारण है, सामरिक नेता की दृष्टि से उसकी विफलता। निर्भीक, स्वदेशभक्त, अक्लान्त कर्मी तात्या टोपे ने अगर 1 अप्रैल के युद्ध का चतुरता और सूझबूझ से परिचालन किया होता तो मध्यभारत में अंग्रेजों का अधिकार पुनः स्थापित होने की सम्भावना उस दिन पीछे चली जाती।

तात्या टोपे की पराजय ने रानी के मन में गहरी निराशा उत्पन्न कर दी। उसने समझ लिया अब झाँसी का पतन निकट है। उसके पास पैंतीस तोपें हैं किन्तु गोला-बारूद खत्म हो गया है। शत्रु से घिरी हुई नगरी के अन्न भंडार की भी अवस्था शोचनीय है। उसके चुने हुए योद्धाओं में से अनेक या तो मर गए हैं या घायल हैं। नागरिकों के मन में भी गहरी निराशा का संचार हो चुका है। उसके लिए जीवन-मृत्यु की परवाह न करते हुए अंग्रेजों के विरुद्ध युद्ध के लिए खड़े हो गए थे, जो सब सैनिक, घुड़सवार, स्त्री-पुरुष, बच्चे उनमें से हरेक के लिए वह आज अपने को जिम्मेदार समझने लगी। अंग्रेज जब प्रतिशोध लेंगे तब उनकी क्या अवस्था होगी इसे वह सोच न सकीं। 1 अप्रैल को वह सन्ध्या समय राजमहल त्यागकर किले में आ गई।

रानी ने अपने सरदारों और सिपाहियों को इकट्ठा किया। 'पेशवा के सैनिको,' यह बात कहते-कहते उसके नेत्र रक्तिम और अश्रुपूर्ण हो आए। वह गला साफ कर उच्च स्वर में कहने लगी–"मेरे बहादुर सिपाहियो, सरदारो, भाइयो, पेशवा की सेना के भरोसे हम लोग युद्ध में नहीं कूदे हैं। अपनी हिम्मत से ही हम लोगों ने अब तक झाँसी की रक्षा की है। आज शत्रु सेना सामने है, फिर भी हम लोगों को अपनी हिम्मत से ही अन्त तक लड़ना होगा।"

1 अप्रैल को सारी रात रानी ने अपने सरदारों के साथ घूम-घूमकर गोलंदाजों को बख्शीश दी। सारे फाटकों को सुरक्षित किया। बचे हुए सैनिकों को उत्साहित करते हुए निर्देश दिए, जिससे वे लोग अपने-अपने स्थानों पर चौकस रहें। नगर में घूम-घूमकर वह सभी का अच्छी तरह निरीक्षण करने लगी। उसके भाग्य के साथ अपना भाग्य जोड़कर जो सब नर-नारी, बच्चे आज आसन्नमृत्यु के सामने खड़े हुए हैं, वे लोग आज भी उस पर विश्वास करते हैं और जरा भी उलाहना नहीं दे रहे हैं, यह अनुभूति उसे निरन्तर आघात पहुँचाने लगी।

उस रात अंग्रेजी सैन्य शिविर की तरफ से गोले आने लगे मानो वर्षा ऋतु में वर्षा हो रही हो–

'लाग गोल्याचाँ वर्षा ऋतुतील पर्जन्य प्रमाणे वर्षार केला।'

अठारह

2 अप्रैल को सवेरे ह्यूरोज़ ने देखा कि दक्षिण तरफ नगर की दीवार में एक विशाल दरार हो गई है। शहर पर आक्रमण करने का एक पूरा खाका बनाकर उसने उत्तरदायी अधिकारियों को उससे अवगत करा दिया। आक्रमणकारी सैनिकों को 'राइट' तथा 'लेफ्ट' दो भागों में बाँट दिया गया। 'राइट अटेक' (दक्षिण तरफ से आक्रमण) में दक्षिणी दीवार और फटे हुए स्थान—जिसका नाम ह्यूरोज़ ने रखा था ब्रीच, अर्थात् दरार से होकर आक्रमण करना—से आक्रमण करते हुए शहर में घुस जाएगा। 'लेफ्ट अटेक' अर्थात् बाएँ तरफ के आक्रमण में किले की दक्षिणी दिशा में जहाँ से नगर की दीवार की शुरुआत है, उसके पहले बुर्ज—'रॉकेट टॉवर' से होकर नगर में प्रवेश किया जाएगा। आक्रमण की सूचना धीरे-से एक बार बन्दूक छूटने की आवाज के द्वारा दी जाएगी।

पहली अप्रैल को रानी शाम से ही अपने पिता मोरोपन्त, विमाता चिमाबाई, पुत्र दामोदर की अन्यान्य आत्मीय परिजनों के साथ किले में ही रही थी।

दूसरी अप्रैल को रात तीन बजे के समय अंग्रेजी सेना बहुत सावधानी से निश्चित जगह पर जाकर खड़ी हो गई। उस दिन शुक्ला नवमी थी, आकाश में चन्द्रमा का प्रकाश झलमल कर रहा था। नसैनी कन्धों पर उठाए हुए सफरमैनों की टुकड़ी आगे बढ़ रही थी। संकेत सुनते ही अन्य सैनिकों ने भी उसका अनुसरण किया। चाँद के उजाले में उनके हाथ के बैनेट और तलवारें चमकने लगीं।

ह्यूरोज़ अगर यह सोच रहा हो कि रानी पर वह बिना बाधा के ही अचानक आक्रमण कर देगा तो यह उसकी बड़ी भारी भूल थी। क्योंकि उस रात झाँसी नगरी के किसी भी घर में किसी की भी आँखों में नींद नहीं थी। हर घर में सभी लोग प्रतीक्षा कर रहे हैं। बच्चे आज रो नहीं रहे हैं, घायल भी आज कराह नहीं रहे हैं, किसी भी घर में उजाला नहीं हो रहा है। किसी भी घर में रसोई नहीं बनी है। सन्ध्या होने के पहले ही जवाहर सिंह और रघुनाथ सिंह पूरे नगर में घूमकर सबको आज आगाह कर आए हैं कि आज की रात सभी बहुत सावधान रहेंगे, आज की रात निश्चिन्त रहने से काम नहीं चलेगा। हर बुर्ज पर, नगर के प्रत्येक फाटक का सतर्क पहरेदार जाग

रहा है। राजपुरोहित ने याग-यज्ञ कर देवता की कृपा माँगनी चाही थी, किन्तु रानी की अनुमति नहीं मिली।

दुर्ग के उत्तरी बुर्ज से अतन्द्र दृष्टि से रानी अपनी झाँसी को देखने लगी। आज का आकाश कितना निर्मल है! अविरत दाक्षिण्य के साथ चन्द्रमा की ज्योत्सना झरी पड़ रही है। ऐसी रात्रि में झाँसी की गली-गली में मृत्यु-दूत का नीरव पद-संचार क्यों? काली-काली छाया फेंकते हुए घर चुपचाप खड़े हुए हैं, कुत्ते तक नहीं भौंक रहे हैं। आज रात को उसका ध्वज किले पर जरूर फहरा रहा है, किन्तु कौन जाने कल उसका क्या हाल होगा? एक दिन जिस नगरी ने आलोक में उसे वधू के रूप में वरण किया था, बाजे-गाजे, आनन्द-उत्सव के द्वारा रानी ने उसके साथ अपने को अनेक बन्धनों में बाँध रखा है, वह बन्धन तो सिर्फ विवाह का ग्रन्थि-बन्धन नहीं है। झाँसी नगरी आज चन्द्रालोक में चुपचाप जागी हुई है। बहुत ऊपर आकाश में जो चाँद है, उसकी तरह वह भी आज मानो मौन और तन्द्राहीन है!

रानी नहीं जानती है कि तीन मास पहले, उसके पास काशी जाने के लिए यात्रा-खर्चा माँगने जो ब्राह्मण आया था वह अंग्रेजों का गुप्तचर था। वह इससे भी आगे यह भी नहीं जानती है कि वही ब्राह्मण घूस लेकर समय पड़ने पर अंग्रेजों के लिए फाटक खोल देने के काम को स्वीकार कर चुका है। आज वह सागर गेट के पास प्रतीक्षा कर रहा है।

उसी शाम गुप्तचर आकर खबर दे जाता है कि तात्या टोपे चुर्खी के रास्ते कालपी चला गया है। कालपी में रावसाहब हैं।

इधर मृत्यु जैसे चुपचाप आती है, उसी तरह से चुपचाप अंग्रेज लोग टुकड़ियों में आकर किले की दीवार के नीचे खड़े हो गए। साथ-ही-साथ रानी के निर्देश से बज उठा बिगुल। अन्धकार से पूर्ण किला, नगर, बुर्ज सभी जगह मानो मन्त्र-बल से सहसा जल उठीं हजार-हजार मशालें। गरज उठीं तोपें, बन्दूकें। सफरमैना सेना ने दीवार से नसैनी लगाई। उस समय स्त्रियाँ ऊपर से जो भी मिला, लकड़ी, पत्थर अपने हाथों से उन पर फेंकने लगी। नसैनी बार-बार नीचे गिरने लगी। अन्त में बलपूर्वक चढ़ने लगे। लेफ्टीनेंट डिक (Dick) और लेफ्टीनेंट मेकलेजोन (Meiklejohn) वे लोग रॉकेट टॉवर के भीतर उछलकर कूद पड़े। दिलीप सिंह पँवार थे उस स्थान पर, डिक और मेकलेजोन को मारकर उन्होंने भी अंग्रेजों की गोली लगने से प्राण दे दिए। इस तरह से ओरछा के इस राजपूत सरदार ने झाँसी के प्रति अपने ऋण को चुका दिया। एक शैतान के उल्लास से गर्जना करते हुए कूद पड़े बचे हुए सैनिक अफसर और सिपाही लोग। उस तरफ सागर गेट भी खोल देता है वही अज्ञातनामा ब्राह्मण।[1]

1. कहा जाता है कि यह गेट दूल्हा जू ने खोला था।—अनुवादक

लेफ्ट अटेक (बाएँ तरफ के आक्रमण) की टुकड़ी भी नगर में प्रवेश कर गई एवं ह्यूरोज़ के नेतृत्व में सारी अंग्रेज फौज राजमहल की ओर बढ़ने के लिए लड़ते-लड़ते चलने लगी। प्रत्येक घर से राइफल गर्जना कर उठी। अंग्रेज सैनिकों ने तब हर घर में घुसकर आग लगा दी। जलने लगा शहर का श्रेष्ठ मोहल्ला हलवाईपुरा। पाँच से लेकर अस्सी वर्ष तक के हर पुरुष की ह्यूरोज के सैनिक हत्या करने लगे। कातर नर-नारियों का आर्त्तनाद समुद्र की उत्ताल तरंगों की तरह उद्वेलित होकर चारों दिशाओं में प्रतिध्वनित हो उठा।

इस भयंकर दृश्य से रानी आत्मविस्मृत हो म्यान से तलवार निकालकर घोड़ा लेकर बाहर निकल पड़ी। उसके बाद वह तेजी से सहसा ब्रिटिश सैनिकों के बीच घुस गई। उस समय मानो उसे कोई होश ही नहीं रहा। तलवार चलाते-चलाते वह विपत्ति की भँवर के बीच चली जा रही है यह देखकर एक वृद्ध सरदार ने स्वयं घायल होकर भी उसके घोड़े की राश पकड़कर पीछे घुमाकर आड़ में खींच ले गया। उसने कहा–''महारानी! अंग्रेजों की गोली से ही मरना है तो इससे अच्छा था स्वामी के चिता के साथ ही सती हो जातीं। इस समय गोरों की सेना शहर में जल-प्रवाह की तरह घुस रही है। नगर का हर दरवाजा खुला हुआ है। इस तरह से मृत्यु वरण करना क्या आपको शोभा देगा? किले में चली जाइए, दरवाजा बन्द करके, मित्रों से परामर्श करने के बाद अपने आगे का कर्मपथ ठीक कीजिए।''

रानी ने तब खोया होश पुनः पाया। अपने आचरण की व्यर्थता समझी। किले में आकर दरवाजा बन्द कर लिया।

जीवन-मरण का संग्राम करने के बाद ही अंग्रेज लोग एक-एक कदम आगे बढ़ने लगे। शत-शत लड़ाके भारतीय सैनिकों की मृत देहों को लाँघने के बाद ही वे लोग महल में घुस पाए।

लेफ्टीनेंट टर्नबुल (Turnbull) इसी समय मारा गया।

राइट एंड लेफ्ट अटेक–दाएँ और बाएँ तरफ से आक्रमण करनेवाले सभी सैन्य दल इसी समय राजमहल में घुसे। उसके बाद ह्यूरोज़ नगर के अन्य भागों पर अधिकार करने के लिए निकला। किसी भी क्षेत्र में भारतीयों ने रक्त बहानेवाले युद्ध के बिना एक तिनके पर भी अपना अधिकार नहीं छोड़ा।

प्रत्येक घर में नागरिक और सैनिक पास-पास खड़े होकर युद्ध करने लगे। राजमहल में रानी की अश्वशाला का पहरा चालीस अफगान रक्षक दे रहे थे। उन लोगों पर आक्रमण किया डेढ़ सौ अंग्रेजों ने। अफगानी लोग अतुल विक्रम के साथ लड़ने लगे।

बन्दूकों की गोलियाँ जब खत्म हो गईं तो बचे हुए वही अफगान लोग तलवार निकालकर लड़ने लगे। अस्तबल के पास घास का गोदाम था। अंग्रेजों ने चरम

आनन्द लेने के उद्देश्य से उसी गोदाम में आग लगा दी। उससे उनके कपड़ों में आग लग गई थी। अधजले शरीर, फिर भी उन अफगान वीरों ने तलवार नहीं छोड़ी।

> They were half burnt. Their clothes in flames they rushed out, hacking at their assailants with their swords in both hands, till they were shot or bayoneted, struggling even when dying on the ground, to strike again. (H. Rose's military despatch).
>
> उनके शरीर अर्धदग्ध हैं। कपड़े आग से जल रहे हैं। फिर भी वे लोग दौड़कर निकल पड़े। शत्रुओं पर तलवार चलाने लगे। जब तक उन्हें गोली अथवा बेनेट से न मार दिया गया।

राजमहल के आसपास रानी के अश्वारोही सैनिकों के साथ अंग्रेजों का भीषण युद्ध हुआ। राजप्रासाद से रानी के तीन झंडे हस्तगत हुए, उन्हें फाड़ करके अंग्रेज सैनिकों ने फेंक दिया। लॉर्ड विलियम बैंक्टिक का दिया हुआ उपहार यूनियन जैक प्रासाद की छत पर फहराने लगा।

राजप्रासाद में घुसकर अंग्रेज सैनिक और अफसर समान रूप से लूटपाट करने लगे। अत्यन्त प्रसिद्ध शीशमहल का दर्पणकक्ष जिसके भीतर की दीवारें चारों तरफ से मूल्यवान आईनों से जड़ी हुई थीं एवं राजा गंगाधर राव जहाँ बैठकर अपनी नाट्यशाला की नर्तकियों का नृत्य देखा करते थे, उस कक्ष के हर दर्पण को उन लोगों ने चूर-चूर कर तोड़ दिया। एक नर्तकी के एक दीपक जलाकर नाचना शुरू करते ही उस कक्ष में और दीवारों में लगे पाँच सौ शीशों में नर्तकी के पाँच सौ प्रतिबिम्ब पड़ने लगते थे। वह कक्ष सदा झलमलाता रहता था। गंगाधर की विख्यात पालकी (तंजाम), मृत राजपुत्र दामोदर राव का चाँदी का हिंडोला, मूल्यवान आभूषण, माणिक मुक्ता, बहुमूल्य बर्तन, कपड़े, हाथी, घोड़े जो कुछ भी मिले सभी ढोकर ब्रिटिश छावनी में पहुँचा दिए गए। पुस्तकालय में घुसकर अंग्रेज सैनिकों ने तलवारों से रेशम, जरी के बस्तों को खोलकर मूल्यवान पुस्तकों को फाड़-फाड़कर ढेर लगा लिया। उसके बाद उस ढेर में आग लगा दी। दह-दह करती हुई अग्नि जल उठी और उसी अग्नि में आकर पड़ने लगे दर्शन, काव्य, रामायण, महाभारत, गीता, उपनिषद्, मयूख, हेमाद्रि की टीकाएँ आदि। रघुनाथ हरि ने एक बार अंग्रेजी से मराठी और संस्कृत में ज्ञान-विज्ञान के अनेक ग्रन्थों का अनुवाद करवाया था, वे भी सब जला दिए गए। नदिया, काशी और तंजौर (दक्षिण का एक नगर जो ज्ञान चर्चा के लिए उस समय प्रसिद्ध था) जाकर लिपिकार जिन सब मूल्यवान ग्रन्थों की प्रतिलिपियाँ करके लाए थे वे भी सब जल गईं।

महाप्रभुओं की लूट-लीला के समय बड़े उतावलेपन से (लूटने के लिए) प्रतीक्षा कर रहे थे सैनिक लोग। उसके बाद देशी सिपाहियों ने लूटपाट प्रारम्भ की। बड़े-बड़े ताँबे, पीतल के बर्तनों से लेकर जिसे जो चीज-बस्त मिली वही लेकर चला गया।

इसके बाद प्रासाद में आग लगा दी गई। राजमहल से लगे हुए बाग में पालतू हरिण और मोर आदि उसी आग में जलकर मर गए। झाँसी राजप्रासाद का खासमहल पूरी तरह जलकर भस्म हो गया। बाकी बचा रह गया उसका एक अंश मात्र। उसके बाद राजमहल की आग शहर की अन्यान्य हवेलियों में संक्रमित हो गई। तब विजय को और गौरवपूर्ण करने के लिए ह्यूरोज़ ने 'विजन' की घोषणा कर दी ('विजन' का अर्थ है जिसे जो करना हो करे, लूट-पाट, हत्या आदि करने की जिसमें शासन-सत्ता की तरफ से पूरी छूट रहती है—अनु.)। 'विजन' का अर्थ है बिना विचारे 'नर-हत्या।' ब्रिटिश लोग अपनी सभ्यता पर बड़ा गर्व करते हैं, किन्तु ह्यूरोज़ की इस घोषणा ने उस गौरव पर कालिमा पोत दी। उस समय झाँसी शहर में जो कुछ हुआ उसके प्रत्यक्षदर्शी डॉक्टर लो (Thomas Lowe) ने कहा है—

> Death was flying from house to house with mercurial speed, not a single man was spared. The streets began to run with blood.
> मृत्यु एक घर से दूसरे घर विद्युत गति से फैलने लगी। एक भी व्यक्ति नहीं छोड़ा गया। सड़कों पर रक्त की धारा बह उठी।

इतिहास क्या है? किस बात को हम लोग इतिहास कहेंगे? मनुष्य की कथा अगर इतिहास होती है तो मैं कहूँगी, झाँसी के राजपथ पर उस दिन जो इतिहास रचा गया था, मैं समझती हूँ उसकी किसी इतिहास से तुलना नहीं की जा सकती है। घने बसे हुए घरों के बीच पत्थर से बँधे हुए रास्ते और गलियाँ हैं। किशोर बालक से लेकर पठान, अफगान, बुन्देला, मराठा सैनिक में से हरेक ने वहाँ खड़े होकर अन्त तक युद्ध किया है। रक्त से लथपथ हो गया है मार्ग। यह भयंकर दृश्य देखकर शिशु आर्त्तक्रन्दन कर उठते हैं। जलते हुए घरों के ईंट-पत्थर रास्ते पर आकर गिर रहे हैं। उस दिन, कई हजार भारतीयों ने जिस इतिहास की रचना की थी, वही इतिहास भारत का मूल इतिहास है। दो सौ वर्षों तक अंग्रेजों ने हमारे साथ क्या-क्या किया है, हमें क्या-क्या दिया है, वह इतिहास इस बर्बर हत्याकांड की तुलना में एकदम नगण्य है। संसार की श्रेष्ठ और अन्यतम जाति अंग्रेजों ने उस दिन के कलंक के द्वारा अपनी समस्त कीर्ति को धूमिल कर लिया है।

सिर्फ झाँसी में ही नहीं, अंग्रेजी फौज जहाँ-जहाँ भी गई थी वहाँ-वहाँ उन्होंने इसी तरह का नृशंस अत्याचार और व्यवहार किया है। विजय के अहंकार में वे लोग वही बात लिखकर रख गए हैं। इलाहाबाद से आर्मस्ट्रांग लिखता है—

> कानपुर जो टुकड़ी (datachment) जा रही है, मैं भी उसके साथ जा रहा हूँ। इस समय बहुत ही मजेदार समय चल रहा है। बनारस, यहाँ-वहाँ, सभी स्थानों पर प्रतिदिन 10-12 लोगों को एक बार में फाँसी दी जा रही है। नेटिवों में भीषण भय देखा जा रहा है। असल में (देशी) सिपाहियों को

> लिखना-पढ़ना सिखाकर ही हम लोगों ने अपना अनिष्ट किया है। मेरी बात सुनो, educate a Sepoy, and he becomes a thorough-paced Scoundrel.—एक सिपाही को पढ़ा-लिखा दीजिए, और वह पूरी तरह से एक गुंडा बन जाएगा।

और एक व्यक्ति ने, इलाहाबाद के किले में कर्नल नील (Col. Neill) के पहुँचने पर क्या हुआ, उसी का विवरण दिया है—

> सिख लोग सिर्फ लूट रहे हैं और शराब पी रहे हैं। उन्हें दोष नहीं दिया जा सकता है। स्वभाव से वे लोग बहुत मौजी होते हैं कि नहीं! हम लोग किले से कई घंटों के लिए बाहर निकल जाते हैं और दोनों तरफ के नेटिवों को काटते रहते हैं। हम लोगों को बहुत मजा आता है—नेटिवों (देशी लोगों को) को काटकर फेंकने में क्या मौज है! स्टीमर से गाँव में जाकर एक दिन असभ्य जंगली लोगों को गोलियों से भूना—उस आनन्द की बात कभी भूलूँगा नहीं। रोज ही हम लोग निकलकर गाँव जलाते हैं और नेटिवों को मारते हैं। नेटिवों पर मुकदमा चलाने के लिए कमीशन बैठाया जाता है, मुझे उसका प्रमुख बनाया गया है। इस समय मैं मनुष्य के जीवन-मरण का विधाता हूँ। एक भी व्यक्ति को नहीं छोड़ता हूँ। रोज अन्ततः बारह लोगों को फाँसी दे देता हूँ। वे लोग बैलगाड़ी में लादकर लाए जाते हैं, फिर पेड़ की डाल पर टाँगकर गाड़ी खींचने का हुक्म दे देता हूँ...

और भी बहुत-सी भयंकर नरसंहार-लीलाओं का हाल लिख गए हैं अन्यान्य सैन्य ठिकानों के अधिकारी। यही अविचार और अन्यायपूर्ण नरसंहार दो वर्ष तक चलता रहा था। उत्तर भारत के ग्रांड ट्रंक रोड के दोनों तरफ के पेड़ों की लगता है एक भी डाली ऐसी नहीं बची थी जिस पर किसी को फाँसी न दी गई हो।

इस प्रकार का दंड अगर निरपराध ग्रामवासियों को मिलता रहा हो, तो फिर झाँसी में जो अत्याचार हुआ वह तो और भी भयंकर होगा इसमें तो कोई सन्देह नहीं है।

किले से रानी देखने लगी वही दृश्य। आर्त्त नर-नारी और बच्चे भागते फिर रहे हैं और पैशाचिक उल्लास के साथ अंग्रेज सिपाही उनकी हत्या कर रहे हैं। जलते हुए घर में कई लोग कूद रहे हैं। देखने लगी, प्रभात के आकाश को धुआँ से आच्छन्न करता हुआ झाँसी शहर जल रहा है।

इसी समय ढाई वर्ष के बच्चे चिन्तामणि को गोद में लेकर मोरोपन्त ताम्बे के पास जाकर खड़ी हुई उनकी स्त्री चिमाबाई। उसने कहा—"बोलो, मैं क्या करूँ।" मोरोपन्त ने कहा—"तुम्हारा और मेरा रास्ता अलग है। तुम अगर कर सको तो मेरे वंशधर को बचाओ।" चिमाबाई मन थिर करके रानी के पास बिदा माँगने के लिए

चल पड़ी। झाँसी की विनाशलीला की तरफ देखती हुई रानी पत्थर की मूर्ति की तरह निश्चेष्ट खड़ी हुई है। आँखों के जल से वक्षस्थल भींगता जा रहा है। रानी को उस दशा में देखकर चिमाबाई मुख खोलकर कुछ भी नहीं कह सकी कि वह जा रही है। बोली–"मैं सात-आठ दिन से घर नहीं गई हूँ। आज जरा घर जाना चाहती हूँ।" रानी बोली–"मुझसे छिपाओ नहीं। आज अगर जाती हो तो यह समझ लो कि हम लोगों की यही अन्तिम भेंट है।" चिमाबाई बोली–"अन्तिम भेंट क्यों होगी, अभी हम लोग फिर मिलेंगे।" रानी ने कहा–"तुम क्यों मुझे झूठा ढाढ़स बँधा रही हो? यह जो हम लोगों की अन्तिम भेंट है इसे क्या तुम खुद भी नहीं समझ पा रही हो?" यह कहते हुए आँसू-भरे नेत्रों से अपनी आजीवन संगिनी जननी, बान्धवी, शुभार्थिनी इस स्त्री के पास से रानी ने बिदा ली। छोटे भाई शिशु को प्यार किया। उसके बाद बोली–"मेरी बातें ध्यान लगाकर सुनो। बहुत-से रुपयों की अपेक्षा एक गहना अधिक कीमती है। विपत्ति में धन के बिना नहीं चलता है। किन्तु शरीर पर गहना रहने की अपेक्षा छिपाकर रखना अधिक श्रेयस्कर है।" रानी की बात का अन्तर्निहित अर्थ हृदयंगम करके चिमाबाई ने अपने और चिन्तामणि के प्रायः पन्द्रह हजार मूल्य के आभूषणों को बाँध लिया। बच्चे को गोद में लिया और एक और अपनी आत्मीय काकूबाई के साथ किले से निकल पड़ी। झाँसी की सड़क पर चलते-चलते देखा कि वहाँ खून की नदी बह रही है। बहुत कुछ अज्ञात और निर्जन रास्ते को रखकर चिमाबाई मुरलीधर मन्दिर से लगी हुई अपनी बाड़ी में गई। देखा, उसके घर में पूरी तरह से लूटपाट हुई है। लुट चुके इलाकों को त्यागकर हत्यारे सैनिक दूसरे इलाके में चले गए थे इस कारण उनके साथ किसी की भेंट नहीं हुई। चिमाबाई ने भाटे परिवार के पास अपना सब गहना-गुरिया धरोहर रूप में सौंप दिया और बच्चे को लेकर पुनः चलने लगी। बड़ी मुश्किल से नगर की दीवार को लाँघकर सूखी खाई के भीतर उतरकर सिर झुकाकर बहुत दूर चलने के बाद उसने सिर उठाकर देखने का साहस किया। भाग्यवश उस समय अंग्रेजों की छावनी खाली थी। शहर से निकल आई चिमाबाई, काकूबाई के साथ अपने पिता के पास गुरसराँय जाने के लिए रवाना हुई। किस तरह से वह गुरसराँय पहुँची यह बात बाद में बताई जाएगी।

इस समय किले में अवरुद्ध रानी पराजय निश्चित है यह जानकर भी हाथ पर हाथ रखकर नहीं बैठी रही। सन्ध्या के समय झाँसी नगरी के घरों को भस्म करती हुई जिह्वा लपलपाती अग्नि की लपटें ऊपर उठ रही हैं। उसे देखकर दुख, क्षोभ, मर्मान्तिक वेदना से वह एक बार ही टूट गई। उसके बाद ही सहसा उसे लगा, अंग्रेजों के हाथों पकड़े जाने पर तो उसके भाल में विशेष लांछन, असह्य अपमान बदा है। बालक दामोदर को वह उसके पुराने नाम आनन्द से ही पुकारती थी। आनन्द की सुरक्षा की बात ही सबसे पहले उसे महत्त्वपूर्ण लगी। एक बार सोचा, किले से अंग्रेजों

के साथ लड़ते-लड़ते ही प्राण दे दूँ। उसके बाद विचार करने लगी, इतनी सहजता से हार नहीं मानूँगी। किला छोड़कर भाग जाऊँगी। कालपी में सहयोग दूँगी रावसाहब और तात्या टोपे के साथ। उसके पश्चात् अंग्रेजों के साथ अन्तिम युद्ध करूँगी।

अधिक अस्त्र-शस्त्र ले चलना सम्भव नहीं है, इसलिए बचे हुए गोला-बारूद में रानी ने आग लगा दी। अंग्रेज छावनी में खबर फैल गई कि रानी ने आग लगाकर आत्म-हत्या कर ली है।

किले में उस समय अवशिष्ट थे बारह सौ अफगानी और मकरानी मुसलमान घुड़सवार। उनके जात-भाइयों ने रानी के लिए लड़ते-लड़ते झाँसी में प्राण दे दिए हैं, वे लोग भी इसीलिए अन्तिम समय तक रानी के साथ ही रहेंगे। रानी ने अपने सैनिकों को तीन भागों में विभाजित कर दिया। अपने अधीन चार सौ रखे और पिता मोरोपन्त के अधीन रखे चार सौ सिपाही। और उसके खुद के साथ रहे दामोदर राव, रामचन्द्र राव देशमुख, जवाहर सिंह, रघुनाथ सिंह, गुलमोहम्मद, काशी और मुन्दर। दामोदर को दूध पिलाने के लिए चाँदी का एक गिलास रख लिया। साथ में रख लिया प्रभूत मात्रा में धन। योजना यह बनी कि 4 अप्रैल की मध्यरात्रि में चाँद निकलने के पहले ही वे लोग भाँड़ेर के रास्ते पर कालपी जाने के लिए निकल पड़ेंगे।

झाँसी छोड़कर चले जाने की योजना निश्चित हो जाने के बाद लालाभाऊ बख्शी ने जानकारी दी कि झाँसी के किले में जो दो लोग राजबन्दी हैं, उनके सम्बन्ध में क्या व्यवस्था की जाएगी। झाँसी के किले में उस समय मालहरि और सदाशिव राव मात्र ये दो लोग ही कैदी थे। रानी ने बताया, सदाशिव राव जैसा है उसे वैसा ही बना रहने दो। हजार दोष होने पर भी सदाशिव राव नेवलकर वंश का है। वह रानी का कोई अनिष्ट भी नहीं करेगा। मालहरि को तुरन्त गोली से मारकर फेंक दिया जाए। लालाभाऊ बख्शी की जिज्ञासु दृष्टि के उत्तर में उन्होंने कहा—"मालहरि की मेरे अथवा झाँसी के प्रति कोई निष्ठा नहीं है। सुअवसर पाते ही वह हमारे आत्मीय, स्वजन, सहयोगी हरेक को अंग्रेजों के द्वारा पकड़वा देगा। बहुजनहिताय उसे इसी समय प्राणदंड देना आवश्यक है।" उनके आदेश का तुरन्त पालन किया गया।

4 अप्रैल को दोपहर बाद विकाल में ओरछा और दतिया से ब्रिटिशों की मदद करने सेनाएँ आ गईं। नगर के हर दरवाजे के बाहर चालीस गज के फासले पर तीन कतारों में पहरा लगा दिया। रानी किले में है। वह अथवा और कोई जिससे झाँसी से छिपकर अलक्षित रूप में निकलकर जाने न पाए इसके लिए यह व्यवस्था की गई है।

निश्चय हुआ कि पहले रानी निकल जाएगी। उसे अंग्रेज लोग न देख सकें इसके लिए लालाभाऊ बख्शी पूर्वी दिशा की बुर्ज से कड़कबिजली तोप चलाकर राजमहल के पास तैनात अंग्रेज सैनिकों को हड़बड़ी में डाल देंगे।

उस दिन चाँद उदित होगा आधी रात को। चन्द्रमा निकलने के कुछ ही देर पहले चुपचाप रानी की अत्यन्त प्रसिद्ध घोड़ी सारंगी को लाया गया किले की उत्तरी दिशा में। उत्तरी दिशा में किले की दीवार के नीचे थी हस्तिशाला और घुड़साल। उसी तरफ के दरवाजे से होकर रानी अपनी सखी मुन्दर, काशी, रघुनाथ सिंह, गुलमोहम्मद एवं चार सौ अफगान सैनिकों को लेकर बिना शब्द किए निकल गई। किंवदन्ती यह है कि रानी किले की पश्चिमी दिशा में सारंगी को लाकर खिड़की से रस्सी पकड़कर नीचे उतर आई थी। उसकी पीठ से दामोदर राव बँधे हुए थे। कुतूहल-भरे दर्शकों को आज भी झाँसीवाली पश्चिमी दिशा में किले की पहाड़ी को दिखाकर कहते हैं, "यहाँ से ही बाई कूद गई थी, उनका लड़का भी गोद में था। और वह घोड़ी से कूदकर आई और घोड़ी मर भी गई।" यह कहानी पूरी तरह गप्प है। क्योंकि इस तरह से एक व्यक्ति का जाना सम्भव भी है किन्तु चार सौ लोगों का जाना किसी भी तरह सम्भव नहीं लगता। इसके अलावा किसी की नजर पड़े यह इच्छा रानी की जरा भी नहीं थी। अंग्रेज लोग अगर जान पाते तो उनका उद्देश्य पूरी तरह व्यर्थ हो जाता। नजर में पड़ने से काम नहीं चलेगा, इसीलिए उन्होंने अपनी सेना को तीन भागों में बाँटकर अलग-अलग निकल जाने का निर्देश दिया था। दामोदर राव के एकमात्र पुत्र श्रीयुत् लक्ष्मण राव ने अपने पिता से (दामोदर की उम्र उस समय दस वर्ष की थी) किला छोड़ने के विषय में जैसा सुना था उसी के अनुसार दामोदर के विषय में लिखा गया—

> रानी ने दामोदर को अपने घोड़े की पीठ से बाँध दिया। सारा झाँसी शहर उस समय जल रहा है। मृत्यु के हाहाकार और अग्नि तांडव के बीच अंग्रेज सैनिक उस समय साक्षात् यमदूत की तरह विराजमान हैं। उन्हीं के बीच से निकल गई रानी। पश्चिम में भाँड़ेर फाटक पर प्रतीक्षा कर रहा था एक कोरी। उसने फाटक खोल दिया। रानी निकल आई। सामने एक-के-बाद एक तीन कतारों में अंग्रेजों का पहरा था। ओरछा के कुछ सैनिक भी वहाँ थे। उन लोगों ने जानना चाहा—कौन जाता है? अकम्पित स्वर में बुन्देलखंडी भाषा में रानी ने जवाब दिया, हम लोग ओरछा से आ रहे हैं—ओरछा की फौज है! उनकी आवाज़ थोड़ी भारी थी।

उसके बाद किसी भी तरह की हड़बड़ाहट बिना दिखाए धीरे-धीरे वे लोग निकल गए। अंग्रेज छावनी के पास से होकर जाते समय अत्यन्त स्वाभाविक रूप में वे लोग हँसी-मजाक करते-करते गए, जिससे उनके प्रति रंचमात्र भी सन्देह का उद्रेक नहीं होता है। जाते समय उन लोगों को तीन कतारोंवाले अंग्रेज पहरे को भेदकर जाना पड़ा। निरापद स्थान पर आते ही झाँसी-कालपी रोड पर तेजी से भागती हुई चलने लगी रानी। साथ में चलने लगे उनके परम भक्त अफगान घुड़सवार।

मोरोपन्त ताम्बे और लालाभाऊ बख्शी किला छोड़कर बाहर तो आ गए, किन्तु तत्काल चाँद निकल आता है। इस कारण उनके लिए और निकल पाना सम्भव न हुआ। उधर जवाहर सिंह चार सौ सैनिकों को लेकर झाँसी नगर के रास्ते में ही अटक गया एवं इधर-उधर युद्ध करते हुए वह पूरी सेना के साथ मारा गया।

पाँच अप्रैल को ही सवेरे मोरोपन्त ताम्बे और लालाभाऊ बख्शी ने किले से पश्चिम में एक पहाड़ी पर अधिकार कर लिया। लालाभाऊ बख्शी की पत्नी बख्शिन जू 28 मार्च को किले में अंग्रेजों के गोले के आघात से मारी गई थी। लालाभाऊ बख्शी का घर यद्यपि आज दूसरे लोगों के अधिकार में है, किन्तु आज भी वह बख्शी की हवेली नाम से ही विख्यात है।

लालाभाऊ और मोरोपन्त के नेतृत्व में चार सौ सैनिकों ने उस टीले पर खड़े होकर देखा कि उनके चारों तरफ अंग्रेजी सेना है। समझ गए कि यह युद्ध सम्भवतः अन्तिम युद्ध है। इसी बीच मेजर गॉल (Gall) उन लोगों को घेर लेता है, किन्तु भारतीयों से घबड़ाकर उसने कातर भाव से ह्यूरोज़ की सहायता की माँग की। अन्त में छह सौ अश्वारोही और पदाति सेना के द्वारा घेर लेने पर भयंकर युद्ध के बाद अंग्रेजों के लिए उस पहाड़ पर अधिकार करना सम्भव हुआ। मोरोपन्त ताम्बे और लालाभाऊ बख्शी भागने में सफल हो गए। पहाड़ पर अधिकार करने के बाद अंग्रेज लोग एक भी भारतीय को जीवित नहीं देख पाए। मोरोपन्त ताम्बे के पैर में चोट लग गई थी। अवश्य जिन बीस भारतीय जनों को उन लोगों ने अर्धमृत अवस्था में पाया था, उनको उन्होंने बारूद की आग में जलाकर मार डाला।

मोरोपन्त और लालाभाऊ ने घोड़ों पर चढ़कर कालपी भाग जाने का विचार किया था। किन्तु, मोरोपन्त के घाव में जहर फैल जाने के कारण उन लोगों को दतिया राज्य के अकोला गाँव में छिपकर रहने को बाध्य होना पड़ा। उसी समय रॉबर्ट हेमिल्टन दतिया गया हुआ था। दतिया को अपनी ओर से अंग्रेजों के प्रति अपनी राज्यनिष्ठा दिखाने का एक चमत्कारपूर्ण अवसर मिला। आहत मोरोपन्त और सेवारत लालाभाऊ बख्शी को पकड़वा दिया अकोला गाँव के ताल्लुकेदार ने। दतिया के दरबार में रोबर्ट हेमिल्टन को वही दो बहुमूल्य बन्दी उपहार में दिए गए।

मोरोपन्त ताम्बे और लालाभाऊ बख्शी को बन्दी बनाकर झाँसी लाया गया। उन दिनों झाँसी में न्याय नामक एक विराट प्रहसन नित्य अनुष्ठित हुआ करता था। रोज ही पचास, साठ, एक सौ लोगों को पकड़कर लाया जाता। बड़े-बड़े अफसरों के सामने उनके ऊपर विचार किया जाता एवं रानी की सहायता करने के अपराध में उन्हें फाँसी दे दी जाती।

मोरोपन्त को भी विचार सभा में लाया गया। मोरोपन्त ने संक्षेप में कहा— "1857 ई. के जून मास में मैं झाँसी में उपस्थित था। किले में अवरुद्ध अंग्रेजों की

मैंने कोई मदद नहीं की। अंग्रेजों की हत्या के समय मैं रानी के साथ महल में था। 5 अप्रैल, 1858 ई. तक मैंने एक दिन के लिए भी झाँसी नहीं छोड़ी।" लालाभाऊ बख्शी ने तो एक बात का भी उत्तर नहीं दिया। दोनों लोगों को ही फाँसी का हुक्म हुआ। 19 अप्रैल को झोकन बाग में उन लोगों को फाँसी दे दी गई।

4 अप्रैल की रात दो बजे के समय किले का सन्नाटा देखकर ह्यूरोज़ चिन्तित हुआ। उसके बाद असली खबर जान पाने पर उसकी चिन्ता चरम क्षोभ और क्रोध में बदल गई। अब तक उसके अफसरों ने उसके असली मिजाज को देखा नहीं था। ह्यूरोज़ ने हरेक को तुच्छ और अकर्मण्य कहकर लांछन लगाया। उसके इतने सुयोग्य कर्मचारियों के रहते हुए भी भाँड़ेर फाटक से चार सौ सैनिकों को लेकर रानी निकल जाती है और कोई जान भी नहीं पाता है।

क्रोध से पागल ह्यूरोज़ को टेलीग्राफ हिल की आब्जरवेटरी पोस्ट (निरीक्षण चौकी) से भी खबर मिली कि भारतीय सैनिकों की एक टुकड़ी उत्तर-पूर्व दिशा में भागती हुई देखी गई है।

ह्यूरोज़ ने तुरन्त रानी का पीछा करने के लिए फोर्बस (Forbes) और कप्तान रोबिन्सन (Robinson) के नेतृत्व में तीन अश्वारोही दल और तोपों को भेजा।

रानी सारी रात अनथक भाव से चलती हुई भोर रात में झाँसी से एक सौ मील दूर भाँड़ेर पहुँची। 5 अप्रैल को शुक्रवार था। रानी उस दिन प्रायः उपवास किया करती थी। झाँसी त्याग करने से उसका मन इतना भारी हो गया था कि भाँड़ेर पहुँच जाने पर साथियों के बार-बार अनुरोध करने पर भी वह कुछ खाने को राजी नहीं हुई। दामोदर राव भूखा है, साथी भी थककर चूर हैं। रानी ने भाँड़ेर के सरदार को बुलाकर दामोदर के लिए दूध, कुछ खाने के लिए एवं अपने सेवकों के लिए खाने की व्यवस्था करने को कहा। खाना-पीना उस समय भी खत्म नहीं हुआ था कि ऐसे समय पता चला कि बड़ी तेजी से तीन अश्वारोही टुकड़ियाँ भाँड़ेर की तरफ बढ़ती आ रही हैं। साथ में उनके तोपें भी हैं। क्षण-भर में ही सभी लोग तैयार हो गए। दामोदर राव को एक सवार ने बैठा लिया। इसी समय रानी को उसके विश्वस्त अफगान सैनिकों की टुकड़ी के सरदार ने बताया कि वे लोग आगे बढ़कर मेजर रोबिन्सन के साथ युद्ध करेंगे। अंग्रेज सैनिकों के बड़े भाग को हम लोग वहीं रोक लेंगे। इससे रानी को भाँड़ेर से कालपी जाने में सुविधा होगी।

भाँड़ेर के मेंड़े पर ही अफगान सैनिकों ने मेजर रोबिन्सन को रोक लिया। रानी, मुन्दर, काशी, रघुनाथ सिंह और गुलमोहम्मद सभी ने एक साथ भाँड़ेर छोड़ दी। उनके साथ और भी दस अफगान सैनिक थे। अफगान सैनिकों के निष्ठापूर्वक आनुगत्य के बिना उस दिन रानी के लिए कालपी जाना दुरूह था।

लेफ्टीनेंट डॉकर (Dowker) मेजर फोर्बस की टुकड़ी के साथ था। वह दो सौ सैनिकों को लेकर रानी के पीछे भागा। भाँड़ेर छोड़ते ही कालपी रोड पर उसके साथ रानी की मुठभेड़ हुई। उस समय जो कुछ घटा था उस सम्बन्ध में ह्यूरोज़ और इतिहासकार थोड़ी बात कहकर असली घटना छोड़ जाते हैं। किन्तु सैन्य अफसरों के लिए 'Revolt in Central India' ('मध्यभारत में क्रान्ति') नामक जो एक ग्रन्थ लिखा गया था, उस पुस्तक के लेखक से डॉकर ने स्वयं बतलाया था कि भाँड़ेर में घुसने के रास्ते में अफगान सैनिकों ने विभिन्न टुकड़ियों में दलों का गठन कर जगह-जगह पर अंग्रेज सैनिकों को रोका था। मेजर फोर्बस और मेजर रोबिन्सन वहाँ पर युद्ध करते रहते हैं एवं डॉकर स्वयं दो सौ घुड़सवारों को लेकर भाँड़ेर में प्रवेश करता है। तम्बू में खाद्य पदार्थ इस तरह से पड़े हुए थे, जिन्हें देखकर लगता था, मानो इसी को खाते-खाते रानी उठ गई है। दिखाई दिया कि रानी भाँड़ेर छोड़कर अत्यन्त तेजी से चली जा रही है, साथ में चार पुरुष (मुन्दर और काशी पुरुष वेश में थीं), पीछे दस अफगान सैनिक थे। डॉकर के साथ उसी छोटी टुकड़ी का भयंकर युद्ध हुआ। डॉकर के सैनिक लोग किसी भी तरह उन दस अफगान सैनिकों को भगाकर आगे नहीं बढ़ पाए। डॉकर के साथ आमने-सामने युद्ध किया स्वयं रानी ने। तलवार से रानी ने डॉकर की कमर पर करारा वार किया, किन्तु डॉकर की कमर में चमड़े की खोल में रिवाल्वर होने की वजह से अन्त में वह बच गया। उपर्युक्त पुस्तक के लेखक ने कहा है—

> ब्रिगेडियर जनरल सर एच. डॉकर के.सी.बी. ने लेखक को बताया कि उसके दो टुकड़े हो गए होते अगर वह वार रिवाल्वर से न टकराया होता, जिसे वह अपने कूल्हे पर बाँधे हुए था।
>
> Brigadier General Sir H. Dowker, K.C.B. told the author that he would have been cut into two had not that Stroke been parried by the revolver that he carried on his hip.

डॉकर घोड़े से गिर गया। उसी अवसर का लाभ उठाकर रानी भाग गई। उसके चार सौ अफगान सैनिकों में एक सौ पचास सैनिकों को छोड़कर बाकी सब भाँड़ेर के युद्ध में शहीद हो गए।

रानी आगे बढ़ गई कालपी के मार्ग पर। घायल डॉकर को लेकर अंग्रेज सैनिक और अफसर लौट गए झाँसी।

अपनी असफलता की खीज से पागल ह्यूरोज़ ने आदेश दिया, अंग्रेजों के कर्तव्य पालन में शिथिलता के प्रतीक स्वरूप इस भाँड़ेर फाटक को तुरन्त बन्द करवा दिया जाए। 6 अप्रैल को भाँड़ेर दरवाजा बन्द कर लोहे के कीलों से उसे जाम कर दिया गया। 1858 ई. से पचहत्तर वर्ष तक वह दरवाजा बन्द बना रहा था। 1933 ई. में भाँड़ेर दरवाजा पुनः खोल दिया जाता है।

भाँड़ेर दरवाजा बन्द करने के बाद अभिशप्त नगरी झाँसी में बिना विचारे नरहत्या करने का उसने हुक्म दिया। तब वहाँ जो कुछ शुरू हुआ उसे ह्यूरोज़ की भाषा में ही कहा जाए—

> राजप्रासाद पर अधिकार हो जाने के बाद से ही विद्रोहियों ने नगर छोड़कर चले जाना प्रारम्भ कर दिया। नगर के चारों ओर घेरेबन्दी की सफलता इस एक बात से ही समझी जा सकती है कि एक व्यक्ति को भी जीवित अवस्था में बाहर निकलकर नहीं जाने दिया गया। नगर के आसपास के वन, बगीचे, रास्ते सभी विद्रोहियों के शवों से पटे पड़े थे। रानी के पलायन के साथ-ही-साथ सभी में झाँसी छोड़कर चले जाने की हड़बड़ी मच गई। 5 अप्रैल को बड़े सवेरे ही मैंने पूरे नगर को घिरवाकर कतारों में सेना लगा दी थी।

विद्रोही सैनिक प्रायः अफगान अथवा पठान मारे गए लोगों की संख्या के सम्बन्ध में एक छोटा-सा उदाहरण दिया जाए। 14वीं हलकी घुड़सवार सेना 5 अप्रैल दोपहर को एक साथ दो सौ लोगों की हत्या कर देती है।

> सिर्फ चालीस अफगान सैनिक मात्र तलवार हाथ में लेकर एक घर पर अधिकार करके उसकी गली और तहखाने में छिप जाते हैं। कैप्टन हेरे (Hare) और कैप्टन सिन्क्लेयर (Sinclair) हैदराबाद घुड़सवार सेना लेकर उन पर आक्रमण करता है। वे लोग कैप्टन सिन्क्लेयर की हत्या कर देते हैं। कैप्टन हेरे को पूरी तरह पराजित कर देते हैं। अन्त में मेजर ओर (Orr) दस तोपें ले जाकर उस घर को गोलों द्वारा ध्वस्त कर डालता है। वे चालीस अफगान सैनिक असाधारण दृढ़ता के साथ अन्त तक लड़ते-लड़ते प्राण दे देते हैं। अफगान सैनिक सभी जगहों पर मृत्युपर्यन्त अपूर्व साहस और कुशलता के साथ लड़ते हैं।

झाँसी में उस समय केशव भास्कर ताम्बे उपस्थित थे। वे नेवलकर लोगों की परोला स्थित जागीर के गंगाधर राव वाले भाग के मुख़्तियार थे। केशव भास्कर ताम्बे के पौत्र अधुना (1956-57 में) बड़ौदावासी राजरत्न श्री गंगाधर माधव ताम्बे से उनके प्रपितामह का प्रत्यक्षदर्शी विवरण मिला है—

> केशव भास्कर ताम्बे छह मास पहले ही झाँसी आ गए थे। चारों ओर की अनिश्चित अवस्था के कारण वे अपने पैतृक देश नहीं लौट पाते हैं। राजप्रासाद में आग लगा देने के कारण चार खंड तो पूरी तरह भस्म हो गए थे। महल के आसपास जो असंख्य कमरे और अलियाँ-गलियाँ थीं, उन्हीं में से एक छोटे-से पाखाने में वे 4 अप्रैल से सात दिन तक छिपे रहे थे।
>
> रानी ने महल छोड़कर किले में चले जाने के पहले अपने समस्त अन्तःपुरवासियों को बुलाकर महल छोड़कर सुरक्षित स्थानों पर चले जाने के

लिए कहा था। बचकर निकल जाने की कोई विशेष जगह नहीं थी, इसीलिए बहुत-सी स्त्रियाँ उस समय भी महल में थीं।

ह्यूरोज़ की 'विजन' घोषणा के समय झाँसी में उपस्थित थे परिव्राजक विष्णुभट्ट गोडसे। उनकी पुस्तक में जो वर्णन मिला है, उससे भयंकर हत्याकांड का सच्चा रूप प्रकट हो जाता है। गोडसे ने कहा है—"सारा शहर प्रेतभूमि अथवा महाश्मशान लगने लगा। जलते हुए घरों से लपलपाती हुई अग्निशिखाएँ ऊर्ध्वमुखी होकर रात के आकाश को भयंकर बनाए दे रही थीं। अग्नि और हवा के शोर को दबाता हुआ आर्त्त नर-नारियों के क्रन्दन का तुमुल रोर उठने लगा। प्रियजन के शव के पास बैठी रमणी रो रही है, और उसके सामने बन्दूक का बट पटकता हुआ गोरा सिपाही उससे गहना उतार देने को कह रहा है। दीन-दरिद्र, धनी घर की स्त्रियाँ, सेठों के बच्चे, सभी एक साथ एक मुट्ठी अन्न के लिए व्याकुल कंठ से रोते-रोते फिर रहे हैं। कहीं मारे गए बच्चे के शव को लिए हुए माँ शोक से विह्वल है। कहीं पिता की मृत देह के पास बैठा बच्चा अपने छोटे-छोटे हाथों से पिता के शव को झिंझोड़ता हुआ पुकार रहा है। हलवाईपुरा की जलती हुई अट्टालिकाओं को देखकर सिपाहियों के पछतावे की कोई सीमा नहीं है। उनको अफसोस था कि अग्नि में भस्म होने के पहले उन्होंने उन सब हवेलियों को लूट क्यों नहीं लिया। भयंकर ग्रीष्म में सूखी लड़की के वर्गे (शहतीरें आदि) दह-दह करते हुए जल रहे हैं। हवा में राख उड़ रही है, और सड़ी हुई लाशों की तीक्ष्ण गंध फैल रही है।"

विष्णुभट्ट और केशव राव को देखकर जब अंग्रेज सैनिक ने बन्दूक तान ली, तब विष्णुभट्ट के दिमाग में सहसा जो विचार उदित हुआ, उसे एकमात्र भगवत् कृपा ही कहा जा सकता है। 'त्वा समये परमेश्वराने च आक्षास बुद्धि दिली यास्त संशय नाही।' उन लोगों ने साष्टांग प्रणाम करते हुए करुण स्वर में हिन्दी में कहा—'हे साहब, हम लोग गरीब पिता-पुत्र हैं। हम लोगों का घर बम्बई में है। यात्रा करते हुए हम लोग यहाँ फँस गए हैं। हमें मारिए मत।" गोरे सिपाहियों ने कहा—"तो फिर रुपया दो!" उनके पास ढाई सौ रुपये थे, उन्हें देकर उन्होंने जान छुड़ाई। रास्ते में आकर देखा कि अंग्रेज सिपाही प्राणों के भय से डरे हुए गरीब मनुष्यों को खींच-खींचकर बाहर निकालते हैं और गोली मार रहे हैं। प्यास के मारे ही बहुत-से लोग मर जाते हैं। कुएँ से पानी पीने के समय अंग्रेज लोग सिर्फ धमक भरी आवाज से ही उन्हें भयभीत कर रहे हैं। वैशाख मास की दुरन्त ग्रीष्म में प्यासे विष्णुभट्ट को पानी लाने में विशेष मुश्किल पड़ी।

मृत स्त्री-पुरुषों, बच्चे-बच्चियों का अन्तिम संस्कार कर पाना उस समय असम्भव था। करकरे नामक किसी ब्राह्मण और उसके पुत्र के अन्तिम संस्कार के लिए करकरे की पत्नी ने विष्णुभट्ट से अनुरोध किया। यथाविधि प्रेतशुद्धि कार्य करके अपने घर के आँगन में खटिया, अलमारी, किवाड़, जंगले जलाकर मृतक का

दाह-संस्कार किया गया। उस समय हर रास्ते पर शवों के ढेर-के-ढेर लगे हुए थे। तब दाह-संस्कार अथवा अशौच की बात अर्थहीन थी।

तीन दिन तक अंग्रेजों ने शहर के सोने, चाँदी, पीतल, ताँबे को निश्चिह्न करते हुए लूटपाट की। राजमहल से सबसे पहले समस्त मूल्यवान सामान, उसके बाद तम्बू, गद्दे, दरियाँ, तकिए, गलीचा आदि की लूट की गई। महालक्ष्मी मन्दिर को लूटकर देवी प्रतिमा के अंगों से अंग्रेज सिपाहियों ने सभी आभूषणों को खोलकर ले लिया।

आठ दिन तक भयंकर नरसंहार करने के बाद नगर के पथ-घाट जब शवों से भर गए तक ह्यूरोज़ ने दतिया और ओरछा से मेहतरों को बुलवाकर पथ-घाटों को साफ करवाया।

ह्यूरोज़ के 'विजन' घोषणा करवाने के बाद से जो तांडव लीला शुरू हुई उससे आतंकित होकर 'धर्म' जाने के भय से स्त्रियाँ बच्चों को गोद में लेकर राजमहल के कुएँ में छलाँग लगाने को बाध्य हुईं। राजप्रासाद में सात-आठ बड़े कुएँ थे। उनके प्रशस्त परिसर को देखकर उन्हें कुआँ न कहकर सभी लोग उन्हें अतिया ताल[1] कहा करते थे। जब राजप्रासाद में आग लगाई गई तब भयभीत स्त्रियाँ कातर आर्त्तनाद करती हुई अतिया तालों में कूद पड़ीं। केशव भास्कर के सामने ही इस तरह से कई लोगों ने जो प्राण दे दिए उसका वर्णन नहीं किया जा सकता।

अंग्रेज इतिहासकार कहते हैं कि अंग्रेज अथवा देशी सिपाहियों ने स्त्रियों को हाथ भी नहीं लगाया। किन्तु केशव भास्कर ने कहा है कि सैनिक लोग स्त्रियों के हाथों, कानों, गले और नाक से गहनों को छीन लेते थे एवं बेनट से पीटा करते थे। थोड़ी देर में ही अतिया ताल शवों से भर गया एवं उसके ऊपर धँस पड़ा राजमहल के कड़ी-वर्गा, ईंट-पत्थरों का एक विशाल जलता हुआ मलबा। अंग्रेज स्त्रियों के सम्मान की रक्षा करते हैं यह कहकर गर्व करते रहते हैं। झाँसी और अन्य स्थानों पर उन लोगों ने स्त्रियों-बच्चों की जो मनमानी हत्याएँ की हैं, उसके प्रमाण हैं ब्रिटिश पार्लियामेंट के दस्तावेजों में। इतिहास में जरूर उन्होंने यह बात दर्ज नहीं की है।

बारह वर्ष से लेकर पचास वर्ष तक समस्त पुरुषों और बालकों को प्रतिदिन हजार-हजार की संख्या में पकड़कर लाया जाता और राजप्रासाद के विशाल आँगन में खड़ा करके उनके सिरों को काटकर फेंक दिया जाता।

उन दिनों बैंक में रुपया रखने का चलन नहीं था। हर घर में ही गृहस्थ लोग मूल्यवान गहनों और धन को दीवार में गुप्त कोठरी बनवाकर उसी में गाड़कर रखते थे। 7 अप्रैल तक पाँच दिन लगातार अप्रतिहत रूप से हत्याकांड करने के बाद घरों के कमरों को गिराकर उन्हीं सब मूल्यवान गहनों की खोज करने लगे सैनिक लोग।

---

1. इसे अतिया ताल इसलिए कहा जाता है क्योंकि यह मराठा सेनापति आँतिया द्वारा बनवाया गया था।—अनुवादक

झाँसी शहर में रानी की सारी सेना एवं नागरिकों का भी बहुत-सा अंश मारा गया। सारे नगर के रास्तों पर कीचड़ से युक्त रक्त जमा हुआ था। गिद्ध मँडराने लगे एक समृद्धिशाली नगरी के आकाश में। ह्यूरोज़ की कठोर आज्ञा थी कि कोई भी भारतीय किसी भी तरह अपने प्रियजनों के शवों का दाह-संस्कार न करने पाए। 7 अप्रैल के बाद जब सारा नगर सड़ी-गली लाशों की गन्ध से भर गया, गली हुई लाशों के लोभ में दिन में ही सियार और गिद्ध विचरण करने लगे, तब ह्यूरोज़ ने आदेश दिया अब शवों का दाह-संस्कार किया जा सकता है। अंग्रेजी सेना के देशी सैनिकों की सहायता लेकर मृत व्यक्तियों के आत्मीय-स्वजन शवों का दाह-संस्कार करने लगे। अनेक स्थानों पर शव गलकर नष्ट हो चुके थे। वहाँ पर मुखाग्नि मात्र देकर शवों को हटाकर फेंक दिया गया। लक्ष्मीतालाब की उत्तरी दिशा के विस्तृत तट पर मृत देहों को ढो-ढोकर ढेर लगाकर चिताओं में जला दिए गए।

उसके पश्चात् शुरू हुई लूटी हुई वस्तुओं की खुली नीलामी। इसी बीच ह्यूरोज़ और रॉबर्ट हेमिल्टन को सहयोग दिया था आसपास के मित्र राज्यों के राजाओं ने। इस नीलामी में बेच दिए गए—झाँसी राजप्रासाद की बहुमूल्य वस्तुएँ, वस्त्र, आभूषण, धातु निर्मित वस्तुएँ, विख्यात तंजाम, चाँदी का हिंडोला। गंगाधर राव के अत्यन्त प्रिय हाथी सिद्धबख्श को खरीदा इन्दौर के विख्यात धनी ने बोली बोलकर। सिद्धबख्श के जीवन के साथ झाँसी की स्मृति अविच्छेद्य भाव से सम्बद्ध थी। झाँसी से इन्दौर जानेवाले पथ में खाना-पीना आदि सभी उसने छोड़ दिया। रास्ते में ही उसकी मृत्यु हो गई।

उसी समय रॉबर्ट हेमिल्टन अपना न्याय शुरू कर रहा था। झाँसी के आसपास के ग्रामवासियों ने रानी के प्रतिरोधी युद्ध में उसकी सहायता की थी, इसे हेमिल्टन और ह्यूरोज़ भलीभाँति जानते थे। रोज ही उन लोगों को गिरफ्तार किया जाता था। रोज ही उन्हें पकड़ लाया जाता था, झाँसी किले के बाहर फैले विशाल मैदान में। न्याय-विचार के बाद उन्हें फाँसी हो जाती थी। फाँसी देते-देते जल्लादों को भी विरक्ति हो गई थी। दिन-रात कैदी लाए जा रहे हैं, उन पर मुकदमा चल रहा है एवं हुक्म हो रहा है—लटकाओ, लटकाओ!

यह 'लटकाओ, लटकाओ' शब्द सुनते-सुनते बहुतों को स्नायविक दुर्बलता हो गई थी। रात में गहरी नींद में दुःस्वप्न देखकर वे लोग सहसा उठकर आर्त्तनाद कर उठते थे—लटकाओ, लटकाओ!

झाँसी में कुल मिलाकर कितने लोग मारे गए थे, इस सम्बन्ध में भिन्न-भिन्न लोगों का भिन्न-भिन्न हिसाब है। ह्यूरोज़, टॉमस लो, फोरेस्ट, सिल्विस्टर और अन्यान्य इतिहासकारों के मत से झाँसी में कम-से-कम पाँच हजार लोग मारे गए थे।

किन्तु इस संख्या की सच्चाई निरूपित करने का साधन क्या है? यदि मान लिया जाए कि युद्ध के प्रारम्भ में झाँसी में कुल मिलाकर बारह हजार सैनिक और साठ हजार नागरिक थे, तब इस बात पर किसी भी तरह विश्वास नहीं किया जा सकता है कि 1858 ई. में, अप्रैल मास में झाँसी में मात्र पाँच हजार लोग मारे गए थे। रानी के साथ भागने में सफल रहे थे मात्र चार सौ घुड़सवार। ह्यूरोज़ ने खुद ही कहा है कि झाँसी पर कब्जा होने के बाद अत्यन्त नगण्य संख्या को छोड़कर कोई भी झाँसी छोड़कर जाने में समर्थ नहीं हो सका। सारे नगर में हरदम कड़ा पहरा लगा रहता था। सिर्फ झाँसी ही नहीं, झाँसी के आसपास सभी रास्तों, गाँवों, जंगलों और बगीचों के ऊपर कड़ी नजर रखी जा रही थी। जितने लोगों ने भाग जाने का प्रयास किया था वे सब मार दिए गए थे। झाँसी छोड़कर भागने में सफल होने पर भी थोड़ी दूर जाते ही वे लोग पकड़ लिए जाते थे। सिर्फ किसी से मतलब न रखनेवाले पूरी तरह निरपेक्ष नगरवासियों को छोड़कर और कोई भी सुरक्षित रूप से झाँसी छोड़कर भागने में सफल नहीं हो सका था। इसी कारण से लगता है कि 1858 ई. के अप्रैल मास में झाँसी में कुल मिलाकर कम-से-कम दस से लेकर ग्यारह हजार तक लोग मारे गए थे।

1857 ई. के जून महीने में मारे गए अंग्रेज स्त्री-पुरुषों की संख्या एक सौ से कम थी। उस शोचनीय घटना के कारण ह्यूरोज़ ने झाँसी को Bloody city (रक्त बहानेवाला शहर) कहा था! अंग्रेज लोगों के जीवन को 1858 ई. में कितना मूल्यवान समझा जाता था, इसे दोनों पक्षों में मारे गए लोगों की समानुपातिक संख्या की तुलना से समझा जा सकता है। कुल मिलाकर छियासठ अंग्रेज स्त्री-पुरुष और बच्चों की

हत्या के लिए प्रति एक अंग्रेज के बदले ह्यूरोज़ ने एक-एक हजार भारतीयों की हत्या की थी। 3 से लेकर 5 अप्रैल के बीच झाँसी में अंग्रेजों की ओर से 58 व्यक्ति मारे गए और 139 लोग गम्भीर रूप से घायल हुए थे।

अकथनीय अत्याचारों के द्वारा जनसामान्य को आतंकग्रस्त करना ही ह्यूरोज़ का उद्देश्य था। कहीं-कहीं वह सफल भी हुआ था और अनेक स्थानों पर सारे अत्याचारों और उत्पीड़न को उपेक्षित करता हुआ जनसामान्य निर्भीक भाव से क्रुद्ध होकर उठ खड़ा हुआ था। उसने उस दिन यह बात भी समझ ली थी कि तलवार के जोर से किसी को वश में नहीं किया जा सकता है।

झलकारी कोरिन के सम्बन्ध में बुन्देलखंड के घर-घर में आज भी कथा सुनी जा सकती है। पूरन कोरी की स्त्री बुन्देलखंडी किसान घर की महिला झलकारी श्यामवर्णा और सुन्दर स्त्री थी। युद्ध के दिनों में वह रानी के सम्पर्क में आकर देशभक्ति से अनुप्राणित हो गई थी। झाँसी जब अंग्रेजों के हाथ में चली गई, झलकारी अंग्रेजों को रानी का पीछा करने से रोकने के लिए महाराष्ट्रीय स्त्री के वेश में सज-धजकर घोड़े पर सवार होकर तलवार हाथ में लिए ह्यूरोज़ से मिलने जाती है। कहती है मैं ही झाँसी की रानी लक्ष्मीबाई हूँ। अगर आप झाँसीवासियों को क्षमा कर दें तो मुझे पकड़ लीजिए, इसीलिए मैं आत्मसमर्पण करने आई हूँ। किन्तु गोपाल राव सरस्तेदार ने उसको देखकर बताया कि यह रानी नहीं है, झलकारी कोरिन है। ह्यूरोज़ ने आदेश दिया इसे अभी प्राणदंड दिया जाएगा। झलकारी ने कहा—"मार दें, मैं का मरबे खाँ डरात हौं? जैसें इत्ते सिपाही मरे तैसें एक मैऊँ सई।"

इस समस्त क्रान्ति की अलख जिसने जगाई है वह रानी उन दिनों सहयोग करती है कालपी में अन्यान्य नेताओं के साथ। उसको पराजित करने का दृढ़ संकल्प लेकर ह्यूरोज़ ने झाँसी के किले पर यूनियन जैक फहरा दिया। झोकन बाग में मारे गए अपने देशवासियों के उद्देश्य से प्रार्थना करते हुए कहा, उनकी हत्या का बदला लिया जा चुका है। एक अंग्रेज व्यक्ति के जीवन के विनिमय में एक सिर के बदले में मारे गए हैं एक हजार भारतीय। झाँसी के किले पर ब्रिटिश झंडा फहरा रहा है। झाँसी नगरी श्मशान में परिणत हो गई है, महालक्ष्मी का मन्दिर लुट चुका है, लक्ष्मीतालाब के तट पर शवों के ढेर में गिद्ध और सियारों का महाभोज चल रहा है। इसलिए, हे अशान्त आत्माओ, तुम आज शान्त होओ!

उन्नीस

झाँसी से कालपी एक सौ दो मील का रास्ता है। भाँड़ेर छोड़कर रानी कालपी पहुँची रात दो बजे। उस दिन 5 अप्रैल थी। बेतवा के युद्ध में पराजित होकर तात्या टोपे चुर्खी घूमकर शाम को ही कालपी आया था।

नानासाहब के भतीजे रावसाहब उत्तर भारत के बागी सैनिकों को लेकर कालपी में प्रतीक्षा कर रहे थे। रानी के आने का समाचार पाकर रावसाहब ने तुरन्त उसके विश्राम और आराम करने की सुन्दर व्यवस्था की। इस लम्बे रास्ते से चलकर आने के कारण सबसे पहले रानी ने अपने घोड़े के आराम और विश्राम की व्यवस्था की। मुन्दर और काशी के साथ वह दामोदर राव को लेकर एक तम्बू में रही। उसके बचे हुए अफगान सैनिकों को अलग से तम्बू दे दिया गया और रघुनाथ सिंह, गुलमोहम्मद, रामचन्द्र राव देशमुख आदि सरदार साथियों की यथायोग्य व्यवस्था कर दी गई।

झाँसी को निराश्रित कर अंग्रेजों को सौंप आने से रानी के मन में बूँद भर भी शान्ति नहीं थी। मोरोपन्त, लालाभाऊ, जवाहर सिंह आदि के भाग्य में क्या घटा इसका भी पता नहीं चल सका। चिमाबाई कैसे आत्मरक्षा करती हुई निरापद आश्रय में पहुँची होगी, इसे भी नहीं जाना जा सका। झाँसी के नर-नारियों, बालक-बालिकाओं के भाग्य में क्या हुआ है यह भी उसके लिए अनजान है। इसी कारण से विश्राम और आहार उसे पूरी तरह से अरुचिकर लगने लगा। रात-भर निद्राहीन आँखों से वह यह सोचती रही कि अब उसका क्या कर्तव्य है।

उसके पास सैन्यबल नहीं है, उसके पास अर्थबल नहीं है, इसलिए रावसाहब और तात्या टोपे का आश्रित उसे होना ही होगा। स्वभावतः स्वाभिमानिनी रानी लक्ष्मीबाई के लिए वह प्रसंग एकान्त रूप से अपमानजनक लगने लगा। विचार और कर्तव्य में अधिक अन्तर रखना उसे सदा अप्रिय लगता रहा है। कर्तव्य-प्रणाली के सम्बन्ध में स्पष्ट धारणा रखकर काम करने से सफलता नहीं मिलती है, इस पर उसे विश्वास नहीं था। तात्या टोपे कितनी विशाल सेना और युद्ध सामग्री लेकर बेतवा-तट पर पराजित होकर लौट आए हैं एवं कितनी विपुल युद्ध-सामग्री अंग्रेजों को दे आए हैं, इस पर उसने जितनी बार भी विचार किया है, उतनी बार ही उसे तात्या टोपे पर

क्रोध हुआ है। फिर भी यह व्यक्तिगत मान-अपमान का समय नहीं है। तब उसका एकमात्र कर्तव्य अंग्रेजों को पराजित करके झाँसी के हजारों वीर शहीदों की मृत्यु का ऋण चुकाना है। उस विशाल और महान् दायित्व के सामने अत्यन्त सहज रीति से उसने व्यक्तिगत क्रोध का विसर्जन कर दिया। सक्रिय संग्राम में विश्वास करने वाली रानी सिर्फ संग्राम की बात ही सोचने लगी।

थके हुए अनुचर वर्ग और पुत्र दामोदर के पूर्ण विश्राम कर लेने के बाद प्रभात में उसने स्नान किया। सवेरे ही इनकी जरूरत पड़ेगी, यह जानकर तात्या टोपे ने तड़के ही पर्याप्त मात्रा में वस्त्र और अन्य आवश्यक सामग्री, द्रव्य संभार, रसोइया, नौकर, दासी आदि की व्यवस्था कर दी। स्नान के बाद रानी ने रावसाहब से भेंट की।

कालपी में नानासाहब की जो सैन्य छावनी थी उसमें रावसाहब सिर्फ पेशवा के नाम से परिचित थे। रानी ने उनके सम्मुख अपनी पद-मर्यादा के अनुसार गम्भीरता और सम्मान के साथ माधव राव पेशवा के द्वारा रघुनाथ हरि नेवलकर को दी गई रत्नजड़ित तलवार दोनों हाथों में लेकर धरती पर रख दी और विषाद-गम्भीर स्वर में कहने लगी—

तुमच्या पूर्वजांनीं ही तरवार, आक्षास दिली आहे।
त्याँचा पुन्य प्रतापे करून आज पर्यन्त तिचा।
आक्षी योग्य उपयोग केला। आताँ
तुमचें आक्षास साह्य राहिलें नाहीं, झाकरिताँ ही
आपन परत ध्यावी!

—आपके पूर्व पुरुषों ने यह तलवार मेरे
पूर्वपुरुषों को दी थी। उनके पुण्य प्रताप से आज
तक मैंने उसके अनुरूप मर्यादा की रक्षा की है।
अब मेरे द्वारा आपकी और कोई सहायता
न हो सकेगी। इसलिए अब आप अपनी इस
तलवार को वापस ले लीजिए।

रानी की बातें विशेष चातुर्यपूर्ण थीं। रावसाहब से सीधे-सीधे यह बात कहने का अन्तर्निहित उद्देश्य विफल नहीं हुआ। रावसाहब गहरी लज्जा के साथ चुप हो गए। लज्जा के साथ-ही-साथ वे मन-ही-मन यह स्वीकार करने को बाध्य हुए कि इस तरुणी स्त्री ने अकेले ही अंग्रेजों के विरुद्ध जिस तरह से युद्ध किया है, वे अपनी विशाल सेना लेकर भी उसकी तुलना में कुछ भी नहीं कर पाए हैं। तात्या टोपे के बेतवा-युद्ध में पराजित होने की बात उन्हें पुनः स्मरण हो आई। बेतवा के युद्ध में अगर तात्या पराजित न होते तो रानी आज उनके सामने सहायता-प्रार्थी होकर न खड़ी होती।

मध्यभारत में (संगठित होकर) एक साथ मिलकर मराठा और बुन्देलों की शक्ति अंग्रेजों के अधिकार को निःसन्देह विफल कर देती, यह बात बार-बार उनके मन पर आघात करने लगी। व्यक्तित्वहीन रावसाहब मर्माहत और अभिभूत हो गए। और उसके बाद ही पेशवा ने पद-मर्यादा के योग्य दाक्षिण्य दिखाते हुए कहा–

> तुमने अपने पूर्वपुरुषों के सम्मान की रक्षा की है। अपने असाधारण युद्ध-कौशल से अंग्रेजों को बहुत दिनों तक पराभूत किया है। अगर तुम मुझे सहयोग न दोगी तो मेरा उद्देश्य सफल न होगा। एक समय सिन्धिया, गायकवाड़, होलकर आदि की सारी शक्ति मेरे पूर्वजों के अधीन थी। तुम अपनी तलवार अपने पास रखो। मेरी सहायता करो। पेशवाशाही पुरातन गौरव के साथ पुनः प्रतिष्ठित हो।

फिर उन्होंने और भी जानकारी दी कि बाँदा के नवाब, बानपुर के राजा, शाहगढ़ के राजा ने यथासाध्य सेना इकट्ठी कर ली है। रानी स्वयं आ गई है यह खबर पाते ही वे शीघ्र आकर कालपी में सहयोग करेंगे।

कालपी में रावसाहब ने रानी को ही सेनापति चुना। तात्या टोपे को रानी की अधीनता में युद्ध करना होगा यह बात भी बता दी।

योग्यतम नेता होने पर भी आखिर वह रमणी ही है। उनके कर्तृत्व को सभी लोग द्विधाहीन चित्त से मानेंगे कि नहीं, इस तरह का संशय रानी के मन में आने पर भी उन्होंने उसको अधिक महत्त्व नहीं दिया।

रानी के नेतृत्व में ग्वालियर की कंटिंजेंटी, अन्य बागी सैनिक, रिसालदार, घुड़सवार, गोलंदाज सभी नवीन उत्साह के साथ युद्ध के लिए प्रस्तुत हो गए।

उस युग में कालपी का सामरिक महत्त्व बहुत अधिक था। कानपुर के दक्षिण में झाँसी-कानपुर रोड पर अवस्थित कालपी में 1857 ई. के पहले एक ब्रिटिश सामरिक छावनी मात्र थी। यमुना के दक्षिणी किनारे पर कालपी की स्थिति इतनी महत्त्वपूर्ण थी कि वहाँ से समग्र उत्तर भारत और मध्यभारत की सामरिक गतिविधियों का नियन्त्रण किया जा सकता था। 1857 ई. में तात्या टोपे ग्वालियर कंटिंजेंटी के बागी सिपाहियों को लेकर कालपी में अपना प्रमुख सामरिक केन्द्र स्थापित कर लेता है। तब से लेकर अब तक कालपी एक बार भी भारतीयों के हाथ से नहीं निकली। कालपी भारतीयों का अन्तिम आश्रयस्थल होने के कारण कालपी में ग्वालियर कंटिंजेंटी फोर्स, कोटा कंटिंजेंटी, 52वीं बंगाल देशी पदाति सेना, 5वीं बंगाल अस्थायी घुड़सवार सेना के समावेश हो जाने से एक विशाल भारतीय सेना की सम्भावना पूरी हो गई थी। इस बार कालपी में रानी और तात्या टोपे ने चौदह तोपें, एक अठारह पौंड की तोप, दो नौ पौंड के मोरटार एकत्र कर लिए। सामरिक शक्ति-संग्रह करने में तात्या टोपे को असाधारण कौशल प्राप्त था। कालपी में उसके उद्योग से तहखाने

में एक शस्त्रागार में पीपों में भरकर दस हजार पौंड इंग्लिश पाउडर (बारूद), नौ हजार पौंड गोलियाँ और गोलियों के खाली खोके, सभी तरह के जरूरी यन्त्र आदि, तोपों के अनगिनत गोले, बन्दूकें, चार हजार तम्बू आदि रख लिए गए। शहर में तोपें ढालने के लिए चार केन्द्र स्थापित कर लिए गए। उसमें तोपों के पहिए और तोप खींचने की गाड़ियाँ रखने के सम्पूर्ण उपकरण एवं कल-पुर्जे आदि थे। कालपी के आसपास के गाँववासियों के मन में भी उत्साह और आशा का संचार हो गया। कालपी कानपुर और बिठूर के अत्यन्त पास है। उन स्थानों पर नानासाहब के नाम पर ग्रामवासियों से साथ देने का वचन ले लिया गया। कालपी का किला यद्यपि शक्ति की दृष्टि से अत्यन्त नगण्य था, फिर भी उसे अभेद्य कहा जा सकता था। उसका कारण था यमुना के हृदय से जो खड़ा[1] पहाड़ उठा हुआ है, उसी पर कालपी का किला बना हुआ था। उसके सामने एक-के-बाद एक पाँच दुर्भेद्य अवरोध थे। पहले तो अजस्र गिरि-गह्वर की तरफ से वह घाटी से घिरा हुआ था। उसके बाद कालपी शहर, जहाँ पर सामरिक अवरोध की सारी व्यवस्था थी। उसके बाद एक दूसरी पहाड़ी घाटी पूरे शहर को घेरे हुए थी। उसके पश्चात् हैं विख्यात चौरासी गुम्बज अथवा चौरासी मठ। उसके बाद गहरी खाई खोद दी गई थी। पूर्व और पश्चिम में कालपी गिरिगह्वर से घिरी हुई है। झाँसी-कालपी रोड से होकर ही अंग्रेजों के आने की सम्भावना थी, अतएव वहाँ पर भी रोकने की अच्छी व्यवस्था कर दी गई।

इधर रानी कालपी रवाना हो गई है, यह जानकर भी ह्यूरोज़ 25 अप्रैल से पहले झाँसी नहीं छोड़ सका। कोटा और बुन्देलखंड के अन्यान्य भारतीय सैनिक झाँसी पर पुनः आक्रमण कर सकते हैं इस आशंका से झाँसी को निरापद रखने के लिए एच.एम. की 86वीं रेजीमेंट के लेफ्टीनेंट कर्नल लोथ (Lowth) को झाँसी-गुना रोड पर उपर्युक्त रेजीमेंट के एक दस्ते के साथ लगा दिया गया।

ब्रिगेडियर स्मिथ के राजपूताना थलसेना की एक ब्रिगेड के साथ गुना पहुँच जाने पर ह्यूरोज़ झाँसी की सुरक्षा के सम्बन्ध में निश्चिन्त हो गया। ले. कर्नल लोथ के नेतृत्व में 71वीं रेजीमेंट और तीसरी बम्बई हलकी घुड़सवार सेना झाँसी-गुना रोड पर नजर रखे हुए थी। ब्रिगेडियर स्मिथ के झाँसी पहुँच जाने पर 71वीं रेजीमेंट और तीसरी बम्बई हलकी घुड़सवार सेना झाँसी में बाट जोह रहे ब्रिगेडियर स्टुअर्ट के अधीन दूसरी ब्रिगेड के बचे हुए सैनिकों के साथ कौंच आकर सहयोग करेगी, यह निर्देश देकर ह्यूरोज़ 25 अप्रैल को कालपी के रास्ते पर 'पूँछ' पहुँच गया। मेजर ओर को ह्यूरोज़ ने भेज दिया था झाँसी के निकट बेतवा पर नजर रखने के लिए। बानपुर और शाहगढ़ के राजा जिससे किसी भी तरह बेतवा पार कर झाँसी के मार्ग पर न आ सकें इस

1. बाद में अंग्रेजों ने इस किले को ढहा दिया। हो सकता है उस समय यमुना की धार से उठे पहाड़ पर किला बना हुआ हो। इस समय वहाँ पर कोई पहाड़ी नहीं है।—अनुवादक

व्यवस्था का यही उद्देश्य था। बानपुर और शाहगढ़ के राजा इसी उद्देश्य से कालपी से चले आए। गुरसराँय के राजा की सेना बेतवा के किनारे कोटरा गाँव में अंग्रेजों की सहायता करेगी इसीलिए वहाँ पर प्रतीक्षा कर रही थी। उन लोगों ने उन्हें भगाकर कोटरा पर कब्जा कर लिया। झाँसी पर पुनः अधिकार करने की दुराशा के कारण उनका वह अभियान था।

मेजर ओर ने कोटरा में बानपुर और शाहगढ़ के राजा के साथ युद्ध किया था। बानपुर के राजा की कोटरा में ही अटके रहने की इच्छा बिल्कुल नहीं थी। वे और शाहगढ़ के राजा बखतबली बेतवा पार कर भाग गए। जिगनी का राजा कहने-भर को ही अंग्रेजों का मित्र था। उसी ने छिपकर ठाकुर मर्दनसिंह, बखतबली को गाड़ी, घोड़ा, खाद्य सामग्री और धन देकर सहायता की। मेजर ओर ह्यूरोज़ की सहायता के लिए चल पड़ा।

मेजर गॉल और रॉबर्ट हेमिल्टन को अप्रैल के तीसरे सप्ताह में झाँसी-कालपी रोड पर नजर रखने के लिए भेज दिया गया था। ह्यूरोज़ के पूँछ पहुँच जाने पर उन लोगों ने खबर दी कि झाँसी की रानी और तात्या टोपे के नेतृत्व में पाँच सौ बलूची, अफगान और कोटा की अश्वारोही सेना, तोपें और बन्दूकधारी पदातिक सेना कौंच में राह देख रही है। ह्यूरोज़ को कालपी की तरफ आगे नहीं बढ़ने देंगे यही उनका उद्देश्य है।

कौंच स्थान की दृष्टि से नगण्य है, किन्तु पूरे जनपद (क्षेत्र) को घेरे हुए हैं अनगिनत मन्दिर, बाग और जंगल। मन्दिर और बगीचे चारदीवारी से घिरे हुए हैं। नगर के भीतर है एक छोटा-सा मिट्टी से बना किला। रानी और तात्या टोपे के अधीन भारतीय फौज बाग-बगीचों, मन्दिरों में छिपकर प्रतीक्षा करने लगी।

ह्यूरोज़ पूँछ पहुँचा पहली मई को। उस समय ग्रीष्म का तापमान एक सौ बीस डिग्री से बढ़कर एक सौ पच्चीस डिग्री हो गया। रास्ते में कहीं भी हरियाली का चिह्न मात्र भी नहीं मिलता है। दुर्दान्त गर्मी से सारा मध्यभारत उन दिनों खाँ-खाँ करने लगता है। ब्रिटिश सेना के लिए गर्मी में युद्ध करना कितना दुखदायी होगा यह जानकर ही रानी ने आदेश किया, दस बजे के पहले कभी भी युद्ध शुरू नहीं किया जाएगा। कालपी पहुँचने के पहले ही ब्रिटिश फौज गर्मी के कारण थक जाएगी, यही थी उसकी धारणा।

इसी बीच ब्रिगेडियर स्मिथ राजपूताना से गुना होता हुआ झाँसी आ जाता है। ब्रिगेडियर स्टुअर्ट आ जाता है पूँछ। मेजर ओर बानपुर और शाहगढ़ के राजाओं से युद्ध करने के बाद ह्यूरोज़ को सहयोग देने के लिए आ जाता है। इसी कारण उस समय ह्यूरोज़ के अधीन तीन टुकड़ियों के प्रचुर सैनिक थे।

6 मई की प्रत्यूष बेला में ह्यूरोज़ पहली ब्रिगेड को लेकर कौंच के रास्ते पर रवाना हुआ। कौंच नगर क्षेत्र के चारों ओर घेरकर रानी ने खाई खुदवा दी थी। उसी खाई

में छिपी हुई थी कोटा रेजीमेंट की बन्दूकधारी बागी सिपाहियों की टुकड़ी। कौंच के उत्तर-पश्चिम में कालपी जाने का रास्ता था। एकमात्र उसी दिशा में उसने अरक्षित छोड़ा हुआ था। ह्यूरोज़ ने निश्चय किया कि उसी दिशा से आक्रमण शुरू किया जाएगा।

पहली ब्रिगेड लेकर चौदह मील रास्ता तय कर ह्यूरोज़ 6 मई की दोपहर पहुँच गया नगेपुरा गाँव। उसके अगले दिन ही दूसरी ब्रिगेड के साथ पहुँच जाता है मेजर ओर और ब्रिगेडियर स्टुअर्ट। मेजर ओर था ऊमरी गाँव में। स्टुअर्ट था चमेड़ गाँव में। पहली ब्रिगेड बहुत अधिक थक गई थी, इसलिए ह्यूरोज़ ने उन लोगों को विश्राम करने और खाना खाने का निर्देश दिया।

इसी बीच ह्यूरोज़ के निर्देश पर नगर के परकोटे पर तोपों के गोलों की वर्षा शुरू हो गई। पेड़ों की आड़ में खड़ी भारतीय तोपचियों की एक टुकड़ी ने उसके जवाब में तोपें दागनी शुरू कर दीं। बाकी दल शहर के भीतर चला गया।

ह्यूरोज़ ने निश्चय किया कि कौंच की बाहरी सीमा को विपदरहित करने के लिए कौंच को घेरनेवाले सारे मन्दिरों, बागानों और घने वन से सारे भारतीय सैनिकों को खदेड़कर शहर के अन्दर चले जाने को बाध्य करना होगा। उसने मेजर स्टुअर्ट के अधीन एच.एम. 86वीं रेजीमेंट की एक टुकड़ी और 25वीं बम्बई देशी पदाति सेना को लेफ्टीनेंट कर्नल रोबिन्सन के अधीन दाहिने और बाएँ तरफ से आक्रमण करने का निर्देश दिया। इन दोनों टुकड़ियों के पीछे रही हौर्स आर्टिलरी की आधी टुकड़ी, एच.एम. 14वीं हलकी घुड़सवार सेना के तीन दस्ते एवं कप्तान ओमानी (Ommaney) के अधीन एक तोप।

इन सब टुकड़ियों ने संयुक्त रूप से कौंच पर आक्रमण किया दाहिनी तरफ से। कदम-कदम पर अत्यन्त अनुशासन और शृंखलाबद्ध होकर भारतीय सेना के बन्दूकधारी पैदल सिपाहियों और घुड़सवारों ने युद्ध किया।

इसी बीच रानी के व्यक्तिगत नेतृत्व में पाँच सौ बलूची और गुलमोहम्मद के नेतृत्व में एक हजार से अधिक पैदल सैनिकों ने कौंच के पश्चिम में खेतों में ब्रिगेडियर स्टुअर्ट की पहली ब्रिगेड के साथ युद्ध करना शुरू कर दिया। दूसरी ब्रिगेड को लेकर ब्रिगेडियर स्टुअर्ट के दूसरी तरफ से आकर उन पर घेरा डालने का उपक्रम करने पर रानी प्रशंसनीय कौशल के साथ अपनी सारी सेना को बचाकर ले जाती हुई निकल गई।

इसी बीच तात्या टोपे कौंच शहर से निकलकर किसी को भी यहाँ तक कि रानी को भी बिना बताए चुर्खी के रास्ते चला गया। उसके इस रहस्यमय आचरण के फलस्वरूप सहसा उसके अधीन सैनिकों में भगदड़ मच गई। रानी की त्वरित बुद्धि और अपूर्व रण-कौशल के कारण कौंच में बचे हुए भारतीय सैनिक और भी

तितर-बितर होने से बच गए। विशृंखल होकर भारतीय सैनिकों को कौंच से निकलकर तितर-बितर होकर खेतों पर से भागते देखकर उसने (रानी ने) जानना चाहा कि तात्या कहाँ हैं और कौंच नगर में जो नौ तोपें और प्रचुर मात्रा में गोला-बारूद थी उसकी ही आखिर क्या हालत हुई है! पता चला कि तात्या टोपे इस चरम क्षण (नाजुक वक्त) में चुर्खी चले गए हैं। नौ में से सभी तोपें अंग्रेजों के हाथ लगी हैं। साथ-ही-साथ यह पता चला कि कैप्टन मेकमोहन, मेजर ओर, ब्रिगेडियर स्टुअर्ट, कैप्टन फील्ड (Field) कैप्टन ब्लिद (Blyth) के नेतृत्व में चार हजार पैदल और घुड़सवार गोलंदाज चार तोपें लिए उसका पीछा करते हुए आ रहे हैं।

ऐसी दशा में अधिक सोच-विचार का अवसर अथवा समय नहीं है। इसी क्षण निर्णय लेना होगा। गुलमोहम्मद और रघुनाथ सिंह के साथ उसने स्वयं जाकर नेतृत्व विहीन अस्त-व्यस्त तात्या के सैनिकों को यथासम्भव एक सूत्र में संगठित कर अपने सैनिकों के साथ एक लम्बी कतार में पीछे हटनेवाली एक सेना के रूप में गठित कर उरई के रास्ते से होकर कालपी के लिए चल पड़ी। क्षण-भर में भारतीय सेना को इतना व्यवस्थित देखकर अंग्रेज सेनापति भी विस्मित हो गए। और भी विस्मित होकर उन्होंने देखा कि उनका पीछा करने के बाद भी जरा भी विभ्रान्त न होकर अत्यन्त सुशृंखलित, अत्यन्त कौशल से सारी सेना कालपी के रास्ते पर चली जा रही है। अंग्रेजों ने जब आक्रमण किया तब देखा कि रानी की लम्बी सेना के पीछे के पैदल और घुड़सवार सैनिक दृढ़ता के साथ लड़ रहे हैं और इसी अवसर का लाभ उठाकर शेष सेना अपनी सुरक्षा के लिए पीछे हटती जा रही है।

ह्यूरोज़ ने कहा है–

> If on the one hand the enemy had retired from Koonch with too great precipitation on the other, it is fair to say that they commenced their retreat across the plain with resolution and intelligence. The line of Skirmishers fought well to protect the retreat of the main lady, observing the rules of Light Infantry drill. When charged they threw their maskets, and fought desperately with their swords. (H. Rose Military Despatch.)
>
> एक तरफ जब शत्रु सेना कौंच से अत्यन्त शीघ्रता से पीछे हटती जा रही थी, दूसरी तरफ यह स्वीकार करना चाहिए कि उनके पीछे हटने में अत्यन्त दृढ़ता और बुद्धिमत्ता दृष्टिगत हो रही थी। मुख्य सेना के सुरक्षापूर्वक पीछे हटने में पीछे की सेना ने पर्याप्त सहयोग किया था। आक्रमण होने पर उन लोगों ने बन्दूक फेंककर तलवारों से मरने-मारने को उतारू होकर युद्ध किया था।

के और मेलसन ने कहा है–

> Then was witnessed action on the part of the rebels, which impelled admiration from the enemies. The manner in which they conducted their retreat could not he surpassed. There was no hurry, no disorder, no rushing to the rear. All was orderly. The line two mile long, never wavered in a single point. Their movement was so threatening, that Rose ordered Prettijohn to charge.
>
> उस समय विद्रोहियों की तैयारी और तत्परता देखकर अनेक शत्रुओं को भी प्रशंसा करने को बाध्य होना पड़ेगा। उन्होंने जिस तरह से पीछे हटने के कार्य को परिचालित किया था, उसकी किसी से तुलना नहीं की जा सकती। उनमें किसी भी प्रकार की हड़बड़ी नहीं थी, किसी तरह की विशृंखलता नहीं थी और पीछे हटने के कारण किसी प्रकार की व्यग्रता नहीं थी। सभी कुछ बड़ी व्यवस्थित रीति से परिचालित हो रहा था। दो मील लम्बी उस सेना में कहीं पर भी ढिलाई नहीं थी। उनकी गतिविधियाँ इतनी आतंककारी थीं कि अन्त में रोज़ को गोली चलाने का आदेश देना पड़ा।

कैप्टन मेकमोहन ने रानी का पीछा किया, किन्तु घायल होकर लौट आया। ब्रिटिशों की विशाल सेना पीछा करते-करते अत्यधिक गर्मी के कारण अन्त में थककर लौट आती है।

उस दिन की लड़ाई में मारी गई थी रानी की पार्श्व योद्धा गंगा। रानी की रिट्रीट लाइन के पीछे की तरफ थी वह। कैप्टन मेकमोहन से संघर्ष करते हुए वह मारी गई। मृत्यु से भी उसके शरीर का तेज मलिन नहीं हुआ था। उसे देखकर अंग्रेजों ने हुज्जत की थी कि क्या यही वह झाँसी की रानी है?

कौंच युद्ध के अन्त में एक निरर्थक संग्राम के ऊपर संतप्त सन्ध्या ने अपनी यवनिका डाल दी। 120 डिग्री गर्मी में युद्ध करके भारतीय एवं अंग्रेज सैनिक दोनों ही परेशान हो गए थे। दुरन्त लू में ह्यूरोज़ स्वयं पाँच बार घोड़े से मूर्च्छित होकर गिर पड़ा था। पाँचों बार ही सिर पर जल ढालने और नहाने के बाद ही वह उठकर खड़ा हो सका था। सैनिक अस्पताल के तम्बू में डोली पर लादकर सर्दी-गर्मी से प्रभावित लोगों को लाया जा रहा था। उस दिन लू लगने से छियालीस अंग्रेज सैनिक मर गए थे। भारतीय सिपाही भी प्यास से पागल होकर अंग्रेजों की उपस्थिति की उपेक्षा करते हुए कुएँ से पानी निकालकर पी रहे थे। रानी ने अपनी फौज में नीबू के टुकड़े बँटवाए थे।

घोड़ा, ऊँट, गाय-बैल मरकर रास्ते के दोनों तरफ गिरकर सड़ने लगे। विवश होकर ह्यूरोज़ कालपी रवाना होने से पहले कौंच में कई दिन आराम करने के लिए रुका।

झाँसी त्यागकर विष्णुभट्ट उसी दिन कालपी पहुँचा। कालपी के पास किसी जगह वह एक कुएँ के पास खड़ा होकर पानी पी रहा था। उसी समय चार-पाँच घुड़सवारों के साथ रानी आकर वहाँ उपस्थित हो गई। वह पठानी वेशभूषा में थी। सारा शरीर धूल-धूसरित, मुँह लाल, नेत्र उदास। घोड़े से उतरकर वह जल पीने आई। तात्या के व्यवहार एवं उसे इस तरह से विपत्ति के मुख में फेंक आने से रानी के मर्म को बहुत आघात लगा था। उसके मन की दशा उस समय ऐसी थी कि वह विष्णुभट्ट को पहचान ही नहीं पाई थी। जिज्ञासा से पूछा, "आप कौन हैं?" दुख और करुणा से व्याकुल हृदय विष्णुभट्ट ने दोनों हाथ जोड़कर कहा—"मैं ब्राह्मण हूँ, आप प्यासी हैं, मैं आपको पानी लाकर देता हूँ, आज्ञा दीजिए।" कहकर वह कुएँ से जल निकालने के लिए उद्यत होने लगा। तब रानी पास आकर बोली, "आप विद्वान ब्राह्मण हैं, आप क्यों मेरे लिए पानी निकालेंगे?" उसके पश्चात् उसने स्वयं जल निकालकर अंजलि से जल पिया। उसके मुख पर निराशा की वेदना थी। निराशा-भरे स्वर में बोली—"मैंने राजा की पत्नी होकर भी, हिन्दू धर्मानुसार विधवा के धर्म का पालन नहीं किया, अपना परलोक सुधारने की बात नहीं सोची। जिस कर्म में लग गई हूँ, उसमें भी अपने जीवनकाल में तो सफलता की आशा देख नहीं रही हूँ। यश की प्रत्याशा से तो कर्म में लगी नहीं यह सत्य है, किन्तु ईश्वर ने मुझे प्राप्य यश भी नहीं दिया। यह जो जीवन को दाँव पर लगाकर युद्ध किया इससे क्या हुआ?" उसके बाद उछलकर घोड़े पर बैठ गई। जड़ता छोड़कर कालपी की ओर पुनः घोड़ा छोड़ दिया।

कालपी पहुँचकर भारतीय सेना के सभी सिपाही तात्या टोपे को दोष देने लगे। तात्या टोपे को अव्यवस्थित-चित्त देखकर रानी अत्यधिक मर्माहत हो गई। इसीलिए वह बार-बार रावसाहब को सामरिक व्यूह-रचना और सुनियोजित सैन्य व्यवस्था की आवश्यकता समझाने लगी। कौंच की पराजय से उस समय वे पूरी तरह परेशान थे।

इस अव्यवस्थित और विशृंखलित स्थिति में ही ह्यूरोज़ कालपी पर आक्रमण करना चाहिए यह सोचकर रात्रि के अँधेरे में ठंडे-ठंडे वातावरण में आगे बढ़ने लगा। किन्तु एकाएक बाँदा नवाब के आ जाने के कारण सारे युद्ध ने मोड़ ले लिया। खबर मिली कि बाँदा के नवाब अपने दुःसाहसी नौ हजार सैनिकों के साथ कालपी आ रहे हैं। भारतीय सैनिकों में नए उत्साह का संचार हो गया। रानी आशान्वित चित्त से प्रतीक्षा करने लगी। धूल की आँधी उड़ाते हुए पाँच हजार घुड़सवार और चार हजार पैदल सैनिकों को लेकर बाँदा के नवाब ने कालपी में आकर सहयोग किया। बाँदा के नवाब का कालपी आने का प्रमुख कारण बना ह्विटलोक (Whitelock) के साथ उसका संघर्ष। 17 फरवरी को ह्विटलोक जबलपुर से रवाना हुआ था। 17 मार्च तक वह दमोह में था। 22 मार्च को वह बाँदा की तरफ रवाना हुआ। 19 अप्रैल को वह

बाँदा के सामने पहुँच गया। बाँदा के सामने रास्ते के दोनों तरफ खाइयों में बाट जोह रहे थे बाँदा के नवाब के बन्दूकधारी पैदल सैनिक। ह्विटलोक की सेना जब पीछे थी तब कर्नल ऐपथ्रॉप (Aprhrop) अग्रवर्ती एक ब्रिगेड लेकर बाँदा पर आक्रमण करने के लिए आगे बढ़ आता है। वहाँ पर बाँदा के नवाब के बन्दूकधारी पैदल सिपाहियों के साथ उसका जो युद्ध होता है उसमें वह पराजित हो जाता है। ह्विटलोक आकर अगर सहायता न करता तो उस दिन कर्नल ऐपथ्रॉप अपना जीवन बचाकर लौट पाता या नहीं इसमें सन्देह है। ह्विटलोक के साथ बाँदा के नवाब ने उस दिन सात घंटे युद्ध किया। पराजित होने का उपक्रम देखकर व्यर्थ में सेना की हानि न करके अपने नौ हजार सैनिकों को लेकर उसने कालपी की तरफ यात्रा प्रारम्भ कर दी। इसी समय कालपी में रानी के आ जाने की खबर पाकर वह और भी उत्साहित हो गया। बाँदा का नवाब स्वयं साहसी और दुर्द्धर्ष योद्धा था। उसके आगमन के फलस्वरूप कालपी में अन्यान्य सैनिकों में नए उत्साह का संचार हो गया। उस समय तात्या टोपे नहीं था। झाँसी की रानी और बाँदा के नवाब नई दृष्टि से युद्ध की व्यवस्था करने लगे। कालपी में प्रचुर मात्रा में सामरिक आयोजन होने पर भी पहले दौर में सैनिकों को वहाँ इस तरह रखा जाता था जैसे वे पुराने राज्य के वेतनभोगी सैनिक मात्र हैं। 50वीं और 52वीं बंगाल देशी पदाति सेना रुहेलखंड, अयोध्या और कोटा के रेजिमेंट दल, और भारतवर्ष की सर्वाधिक प्रशिक्षित और युद्ध की सामरिक व्यवस्था से अभिज्ञ ग्वालियर कंटिंजेंटी फोर्स, अफगानी, पठान घुड़सवार और पैदल सिपाही आदि जो भी कालपी में इकट्ठे हुए थे, वे सभी लोग अंग्रेजों के प्रति समान विरोध के आदर्श से अनुप्राणित थे। अपने इस सशस्त्र विद्रोह के लिए वे लोग एक दिन अंग्रेजों की तरफ से न्याय में मृत्यु के अलावा और कुछ नहीं पाएँगे, यह जानकर भी वे लोग तात्या टोपे के नेतृत्व में युद्ध करने आए थे। वेतनभोगी सैनिकों को लेकर व्यक्तिगत स्वार्थसिद्धि के लिए लड़े जा रहे संग्राम के साथ स्वाधीनता प्राप्ति के लिए लड़े जा रहे संग्राम का बहुत बड़ा भेद है इसे तात्या टोपे जानता था। किन्तु उस विक्षुब्ध परिस्थिति की पतवार थामने की यथेष्ट शक्ति और सामर्थ्य उस समय उसमें नहीं थी। कौंच और कालपी की शोचनीय पराजय एवं मध्यभारत में स्वाधीनता संग्राम की व्यर्थ परिणति के लिए योग्य नेतृत्व का अभाव ही सिर्फ उत्तरदायी है।

रानी समझती थी, जहाँ पर बहुत से लोगों को लेकर चलने में काम होता है, वहाँ सब का विश्वास-अर्जन करने के बाद उनके साथ सफलता और विफलता दोनों को समान रूप से बाँटकर चलना पड़ता है। युद्ध सिर्फ तलवार के साथ तलवार का ही नहीं, आदर्श के साथ आदर्श का भी होता है।

कालपी में 7 मई से लेकर 20 मई तक रानी ने अक्लान्त भाव से परिश्रम करते हुए सैनिकों को परेड कराई। अंग्रेजी युद्धशास्त्र में पारंगत सिपाही, सूबेदार और

जमादारों पर सैनिकों को ड्रिल और परेड कराने का भार दिया। यथास्थान तोपों को तैनात किया। कालपी की दक्षिण, पूर्व और पश्चिमी दिशाओं को सुरक्षित करने की व्यवस्था की। बिठूर के निकट स्थित कालपी में (पूना से) निर्वासित पेशवा बाजीराव द्वितीय और उनके पुत्र नाना धूधूपन्त के प्रति जनसाधारण में आस्था और भक्ति थी। उस भक्ति का हवाला देते हुए ग्रामवासियों में (अंग्रेजों के विरुद्ध) प्रचार कार्य किया जाने लगा। झाँसी-कालपी रोड के किनारे बड़े-बड़े नीम, इमली और बरगद के पेड़ों को काटकर डाल दिया गया।

कालपी में युद्ध की व्यवस्था पूरी हो जाने के बाद रावसाहब ने अपना विचार पुनः बदल डाला। उन्होंने जानकारी दी कि पूर्व व्यवस्था के अनुसार अब रानी को सेनापति बनाए रखने की कोई जरूरत नहीं है। वे स्वयं ही सारी सेना के अध्यक्ष रहेंगे। बाँदा के नवाब अपने दो हजार घुड़सवार लेकर दक्षिणी दिशा में लगाए गए। अयोध्या और रुहेलखंड के बागी सिपाही और 50वीं और 52वीं बंगाल देशी पदाति सेना के बागी सिपाहियों को शहर और किले की सुरक्षा के लिए लगाया गया। बानपुर के राजा ठाकुर मर्दनसिंह और शाहगढ़ के राजा बखतबली अपनी सेना के बचे हुए बुन्देला और ठाकुरों की फौज के साथ पश्चिमी दिशा में लगाए गए। रानी को सिर्फ पाँचवीं अस्थायी घुड़सवार सेना के लाल कुर्ताधारी अढ़ाई सौ घुड़सवार देकर कालपी के उत्तरी दिशा के अंचल की रक्षा करने का दायित्व दिया। रावसाहब ने अपने अधीन रखी ग्वालियर कंटिजेंट की पूरी फौज।

इस घटना से भलीभाँति समझा जा सकता है कि भारतीय नेताओं में मतभिन्नता ही सम्पूर्ण स्वाधीनता संग्राम की विफलता का कारण है। नेताओं के परस्पर मनमुटाव को देखकर सैनिकों ने भी उन पर विश्वास खो दिया था।

118 डिग्री गर्मी में ह्यूरोज़ अपने सैनिकों को लेकर आगे बढ़ने लगा। प्यास और तेज लू और धूप के कारण धीरे-धीरे अंग्रेजी फौज के सैनिक और अफसर बीमार पड़ने लगे। जिस रास्ते से ह्यूरोज़ आगे बढ़ रहा था, उसमें एक भी नदी अथवा पहाड़ी झरना नहीं था। जल का एकमात्र सहारा कुआँ था। कुएँ से जल खींचकर बीमार लोगों का उपचार करना, प्यासे सैनिकों को पानी पिलाना, हाथी, ऊँट और अन्य पशुओं को पानी पिलाने के मुश्किल काम को साधारण सिपाहियों के द्वारा ही कराया जाता था। धीरे-धीरे राइफल लेकर चलना ही ऐनफील्ड राइफलधारियों के लिए मुश्किल हो उठा। प्रखर धूप के कारण उनकी आँखों की शक्ति ही क्षीण होने लगी। हाथ निशाने से चूककर बार-बार काँपने लगे।

ग्रीष्म की असह्य गर्मी को और अधिक असह्य बना दिया ग्रामवासियों के असहयोग ने। क्रुद्ध और विस्मित ह्यूरोज़ ने देखा कि क्रान्ति की शुरुआत से ही कालपी बराबर भारतीय अधिकार में ही रही थी, इसलिए पड़ोसी ग्रामवासियों के मन

में जरा भी अंग्रेजों के प्रति विश्वास नहीं था। ये लोग बड़ी उपेक्षा से कहने लगे यहाँ ताजा दूध नहीं मिलता है। सब्जी मिलना तो असम्भव है। बत्तखें, मुर्गा और मछलियाँ तो इस गाँव में कभी थी ही नहीं। घी, शहद और नीबुओं का नाम तो उन्होंने कभी सुना ही नहीं है। घोड़ों के लिए घास ? आश्चर्य की बात है कि घास के ढेर-के-ढेर आग लगाकर जला दिए गए हैं। सचमुच में उनमें बड़ी सद्‌भावना है फिर भी वे अंग्रेज मेजर साहब को आशा की एक बात भी नहीं सुना सके।

इन्हीं सब बाधा-विपत्तियों से होकर ह्यूरोज़ आगे बढ़ता रहा।

कौंच के युद्ध के बाद भारतीय सेना की अवस्था अव्यवस्थित और असंगठित रहते हुए ही कालपी पर आक्रमण करने की ह्यूरोज़ की इच्छा थी। कौंच छोड़कर जब वह प्रथम ब्रिगेड लेकर रवाना हुआ तो रास्ते में पानी की तकलीफ देखकर, दूसरी ब्रिगेड को भी उसी के साथ लेकर चलने में अतिरिक्त असुविधा उत्पन्न करना अधिक युक्तियुक्त नहीं लगा। इसलिए उसने ब्रिगेडियर स्टुअर्ट को आदेश दिया कि वह एक दिन बाद उसके पीछे-पीछे आएगा।

रास्ते में नानासाहब के विश्वस्त सरदार चतुरासिंह को पराजित कर हरदोई गूजर के किले पर ह्यूरोज़ ने यूनियन जैक फहरा दिया।

इसी बीच निराश होकर ब्रिगेडियर स्टुअर्ट ने समाचार दिया कि आँधी-वर्षा के कारण कौंच में तम्बुओं के साथ उसका सारा सामान भींगकर भारी हो गया है। इसी कारण जब तक अच्छी तरह धूप से उसे न सुखा लिया जाए तब तक वह न आ सकेगा। अन्त में 11 मई के पहले स्टुअर्ट कौंच छोड़कर निकल ही नहीं सका।

इधर कोलिन कैम्पवेल बंगाल आर्मी के साथ ले. कर्नल मैक्सवेल (Maxwell) को ह्यूरोज़ की सहायता के लिए भेज देता है। यमुना के दक्षिणी किनारे पर आकर तम्बू डालकर वह ह्यूरोज़ की प्रतीक्षा करेगा। चन्देरी और झाँसी युद्ध में ह्यूरोज़ का सारा गोला-बारूद खत्म हो जाता है। मैक्सवेल के साथ सामरिक साज-सामान का एक भंडार आ रहा है। ह्यूरोज़ ने गुप्तचरों के हाथों चिट्‌ठी लिखकर खबर दी थी कि 14 मई को कालपी से दूर यमुना के तट पर किस स्थान पर वह मैक्सवेल से भेंट करेगा। किन्तु गुप्तचर गाँववासियों के द्वारा पकड़ लिए जाते हैं और पत्र छीन लिया जाता है। "हिन्दुस्तान के आदमी होकर हिन्दुस्तानी के विरुद्ध लड़ने को उतारू हो गए हो?" इस तरह का व्यंग्य-विद्रूप करके एक तरफ का कान छेद कर उसमें बाली मकड़ी बिंधाकर उन लोगों को छोड़ दिया जाता है। ऐसी अपमानजनक स्थिति के कारण उन दिनों गुप्तचर मिलना भी मुश्किल हो गया था।

ह्यूरोज़ ने निश्चय किया कि वह अपनी सारी सेना लेकर कालपी से छह मील दूर दक्षिण में गुलौली गाँव जाकर मैक्सवेल से मिलेगा। मैक्सवेल यमुना के दूसरे किनारे से कालपी के किले पर गोला बरसाता हुआ गुलौली के पास आकर यमुना

पार कर दाहिनी तरफ ह्यूरोज़ की सेना से मिल जाएगा एवं एक साथ वे लोग कालपी दुर्ग एवं शहर पर अधिकार कर लेंगे।

भारतीयों को भ्रम में डालने के लिए ह्यूरोज़ ने दूसरी ब्रिगेड को हुक्म दिया कौंच से सीधे उरई आने के लिए। उरई से बँधा गाँव जाकर ब्रिगेडियर स्टुअर्ट वहीं (अगले आदेशों की) प्रतीक्षा करेगा।

दुर्भाग्य से ब्रिगेडियर स्टुअर्ट रास्ता भूलकर भटकते-भटकते बँधा गाँव के बदले ह्यूरोज़ के निकट सुरौली गाँव पहुँच गया। कड़ी धूप और लू से ब्रिगेडियर स्टुअर्ट अन्य सैनिकों के साथ खुद भी बीमार पड़ गया।

एक सौ वर्ष पहले अंग्रेजी छावनियों में हाथ देखना और भाग्य जानने का खूब प्रचलन था। उन दिनों वे लोग जानते थे कि बाघ, साँप, दस्यु, योगी, संन्यासी, भूत-प्रेत और अलौकिक घटनाओं की लीलाभूमि भारतवर्ष है। इसी कारण से उनके यहाँ आते ही उन लोगों में भाग्य जानने की एक प्रबल प्रवृत्ति दिखाई देने लगी थी। झाँसी आते समय रास्ते में बारोदिया किले में हुए युद्ध के समय कप्तान नेविल (Neville) मारा गया था। मृत्यु के ठीक एक दिन पहले ही वह समझ गया था कि अब उसका अन्तिम समय निकट है और इसी आशय का उसने अपनी माँ को एक पत्र भी लिखा था। ब्रिगेडियर स्टुअर्ट भी कौंच छोड़ने के बाद से ही उसके जीवन में जो-जो विपत्तियाँ घटित होती हैं, उन्हें वह एकान्त रूप से भाग्य के परिहास के सिवा और कुछ नहीं सोच सका। हाँ, ह्यूरोज ने भाग्यवादी स्टुअर्ट को रास्ता भूल जाने के लिए बहुत बुरा-भला कहा।

मैक्सवेल से भेंट करना उस समय ह्यूरोज़ के लिए बहुत जरूरी था। किन्तु दूसरी ब्रिगेड को लू से परेशान और बीमार हालत में छोड़कर जाना भी उसे उचित नहीं लगा। पहली ब्रिगेड के कुछ सैनिकों को उसने दूसरी ब्रिगेड की सहायता के लिए लगा दिया। किन्तु दूसरी ब्रिगेड की तत्कालीन अवस्था जानकर प्रसन्न होकर बाँदा के नवाब और झाँसी की रानी ने कालपी के चारों ओर अपने पैदल सैनिक और तोपों को लगा दिया। ह्यूरोज़ की सेना के लिए जो लोग लकड़ी, पानी, घास आदि लाने के लिए गाँव गए थे, वे लोग फिर लौटकर नहीं आ सके। बहुत से तो रास्ते में ही मार डाले गए और पकड़े जाने पर भारतीय सैनिक उनके कान काट लेंगे इस भय से अन्य लोग भाग गए।

ले. कर्नल कैम्पवेल ने ब्रिगेडियर स्टुअर्ट के बदले दूसरी ब्रिगेड की बागडोर सँभाली और 14 मई को ही बड़ी सावधानी से दूसरी ब्रिगेड को हटकार पहली ब्रिगेड के पास ले गया।

उसी दिन ह्यूरोज़, मेजर ओर की सेना और पहली ब्रिगेड को लेकर गुलौली की ओर यात्रा पर चल पड़ा। रास्ते में उन लोगों के साथ पाँचवीं अस्थायी घुड़सवार सेना

से एक हलकी मुठभेड़ हुई। इसी समय एक भारतीय सेना के कुछ जवान गाँव से ताजी सब्जी और फल आदि लेकर लौट रहे थे। वे लोग ह्यूरोज़ के गुलौली धावे की खबर भारतीय छावनी में ले आए। यह समाचार पाकर जितना सम्भव हुआ उतनी फुर्ती से जलालपुर-कालपी रोड पर ह्यूरोज़ का रास्ता रोककर भारतीय सेना खड़ी हो गई। ह्यूरोज़ ने मेजर ओर को निर्देश दिया कि पहले जलालपुर-कालपी रोड से भारतीय सेना को मारकर भगा दिया जाए जिससे रास्ता साफ हो जाए। इससे ह्यूरोज़ की पहली ब्रिगेड के लिए गुलौली जाने का रास्ता निरापद हो जाएगा। इसके बाद मेजर ओर रास्ते के किनारे तिरही गाँव में तम्बू डालकर पहली और दूसरी ब्रिगेड के बीच सूचनाएँ देने में सहायता करता है और 15 मई को दूसरी ब्रिगेड को तिरही के पास देवपुरा गाँव तक जाने में सहायता करता है।

गुलौली पहुँचकर ह्यूरोज़ ने हैदराबाद घुड़सवार सेना के दो जवानों को यमुना पार कर तीस मील दूर मैक्सवेल के पास भेजा। इसी उद्देश्य से ह्यूरोज़ पूना से यत्नपूर्वक दो नावें लाया था। शाम को उन्हें यमुना में डालकर मैक्सवेल के साथ सम्बन्ध स्थापित करने की व्यवस्था की गई।

मैक्सवेल से सम्बन्ध जुड़ जाने के परिणामस्वरूप बंगाल और बॉम्बे के दस्तों को एक साथ कालपी के खिलाफ लगा दिया गया।

पूर्व व्यवस्था के अनुसार दूसरे ब्रिगेड की पहली और बीच की टुकड़ी सुरक्षित रूप से 15 मई को ही देवपुरा पहुँच गई। पड़ोस में तैनात टुकड़ी मेजर फोर्बस की अधीनता में जैसे ही इटौरा से कूच कर आगे बढ़ती है बानपुर के राजा ने ग्वालियर कंटिंजेंटी के बारह सौ सिपाहियों को लेकर उसके ऊपर अकस्मात् आक्रमण कर दिया।[1] मेजर फोर्बस के संकट की आशंका से और तोपों की बार-बार गर्जना सुनकर ह्यूरोज़ ने गुलौली से उसकी सहायता के लिए आकर देखा कि मेजर फोर्बस उसी समय देवपुरा पहुँच गया है। मेजर फोर्बस की दूसरी ब्रिगेड के चंदावल दस्ते को बेकाबू होते देखकर ठाकुर मर्दनसिंह और शाहगढ़ के राजा ने गुप्त संकेत किया। उसके साथ-ही-साथ पहाड़ की घाटी से झुंड-के-झुंड बागी सवार निकल आए और उन्होंने मटरा ग्राम पर प्रचंड वेग से आक्रमण कर दिया। दूसरी ब्रिगेड के नव-नियुक्त सेनापति ले. कर्नल कैम्पवेल ने मटरा गाँव पर पहले ही अधिकार कर लिया था। दल-के-दल पैदल सैनिकों को इटौरा की तरफ से बागी घुड़सवारों के साथ सहयोग करने के लिए आते देखकर उसने मटरा गाँव को छोड़ दिया। ब्रिटिश फौज के पीछे हटते देख उत्साह में ललकारते हुए बागी सिपाही और घुड़सवार उन्हें पछियाने लगे। खराब हालत देखकर ह्यूरोज़ ने किसी भी प्रकार मटरा गाँव पर अधिकार करने का आदेश दिया।

1. यह तथ्य इतिहास के विपरीत है।—अनुवादक

कैप्टन लाइटफुट तोप लेकर कैप्टन डगलस की सहायता से मटरा गाँव पर तोप चलाने लगा। दो घंटे के युद्ध के बाद ठाकुर मर्दनसिंह[1] के आदेश से समग्र भारतीय सेना ने पुनः पहाड़ी रास्तों और गुफाओं में अपने को छिपा लिया।

उस दिन 16 मई थी। मटरा गाँव से भारतीय सैनिकों के खिसक जाने से ह्यूरोज़ सन्देह में पड़ गया। प्रखर धूप और गर्मी के मारे उसके देशी सिपाही भी अवसन्न होकर पड़ जाते हैं। ताजा साग-सब्जी के अभाव में Scurvy रोग के कारण वे कमजोर हो गए हैं। इसलिए जितना हो सका उतनी जल्दी ह्यूरोज़ गुलौली लौट गया।

उसके वापस पहुँचने के दस मिनट में ही गुलौली की पश्चिमी दिशा से पहाड़ी रास्तों और घाटियों से भारतीय सैनिकों की तोपों के गोले उसकी छावनी पर पड़ने लगे।

16 और 17 मई को भारतीय सैनिकों ने विभक्त होकर आक्रमण शुरू किया। गुलौली में पहली ब्रिगेड, तिरही में कैप्टन हारे और देवपुरा में दूसरी ब्रिगेड थी। भारतीय सैनिकों के इन सब आक्रमणों से तीनों दल ही बुरी तरह विध्वस्त हो गए।

17 मई को यमुना पार कर कर्नल मैक्सवेल ने आकर ह्यूरोज से सम्पर्क स्थापित किया। संयुक्त परामर्श से यह निश्चय हुआ कि कर्नल कैम्पवेल यमुना के उत्तरी तट पर कालपी के किले और शहर के ठीक एक भाग के सामने अपना तोपखाना लगाएगा। कालपी और पहाड़ी घाटियों और जंगल के बीचोबीच तिरही गाँव में भारतीयों की एक शक्तिशाली छावनी थी। तिरही गाँव के सामने कैम्पवेल दूसरा एक तोपखाना लगाएगा। कालपी पर आक्रमण करने के 20 घंटा पहले से ही ये तोपें, गोले बरसाकर कालपी के किले, शहर और तिरही को कमजोर कर देंगी। फिर इससे ह्यूरोज़ के लिए कालपी पर आक्रमण करना सरल हो जाएगा।

प्रचंड ग्रीष्म में भारतीयों की तरफ से हुए खंड-खंड आक्रमणों को झेलते-झेलते ह्यूरोज़ की सारी सेना बीमार पड़ गई। डॉक्टर आर्नोट (Arnott) ने सूचना दी कि इस बार फौज में महामारी फैल जाएगी। कुएँ तक सूखते जा रहे हैं। घास न मिलने से घोड़े मरते जा रहे हैं। बेकाबू हालत देखकर 20 मई को ही रातोरात ह्यूरोज़ ने मैक्सवेल की सेना से सात सौ ऊँट सवार फौज और सात सौ सिपाही मँगा लिए।

23 मई कालपी पर आक्रमण करने का दिन निर्धारित किया गया। 20 मई को 250 भारतीय घुड़सवारों ने गुलौली पर आक्रमण किया। परिणामस्वरूप ब्रिटिश सेना के 4 अफसर और 40 सिपाही मारे गए।

इधर भारतीय छावनी की सारी खबरों का विस्तार से पता लगाकर ह्यूरोज़ ने 21 मई को ही युद्ध की सारी व्यवस्था पूरी कर ली। उसने सेना की दाहिनी टुकड़ी को कालपी के दक्षिण-पूर्व अर्थात् कालपी और यमुना नदी के बीच के पहाड़ी

---

1. यह तथ्य गलत है।—अनुवादक

रास्तेवाले इलाके में लगा दिया। इसी पहाड़ी घाटी और खंदकों के बीच सुरौली और गुलौली गाँव पड़ते हैं।

अंग्रेजी सेना की दाहिनी टुकड़ी के कुछ सैनिक पहाड़ी खंदकों के ठीक सामने लगा दिए गए जिससे बाईं तरफ से कालपी पर आक्रमण करने का रास्ता खुला रहे।

अंग्रेज फौज की दाहिनी टुकड़ी का गठन पहली ब्रिगेड के कुछ भाग को लेकर किया गया था। पहली ब्रिगेड के बचे भाग, दूसरी ब्रिगेड और हैदराबाद फील्ड फोर्स (थलसेना) की सेना को गुलौली से कालपी-जलालपुर रोड के ऊपर फैली पूरी ऊँची भूमि पर आठ तोपखानों में बाँटकर लगा दिया गया। आगे की सन्त्री सेना में जो पिकेट करनेवाली टुकड़ी थी, जिसे पहाड़ी खंदकों में लगाया गया था वह पूरे युद्धक्षेत्र पर पहरा देने लगी।

समग्र लेफ्ट फ्लेंक (Left Flank)—दाहिनी टुकड़ी में सीज़ गन (Siege gun), 17 पौंड और 24 पौंड की तोपें, ऊँट, सेना और अवशिष्ट सेना की टुकड़ी रखी गई।

भारतीय सेना में विगत रात की मतभिन्नता के बाद झाँसी की रानी सारी घुड़सवार सेना का उत्तरदायित्व ग्रहण कर लेती है।

22 मई को युद्ध में ग्वालियर कंटिंजेंटी की विभिन्न सैन्य टुकड़ियों के नायकों ने अपने-अपने दल का नेतृत्व किया था।

जो भी हो, ह्यूरोज़ की दाहिनीवाली टुकड़ी के पासवाले बीहड़ी खंदकों में अपने अधीन चार हजार घुड़सवारों और दो हजार पैदल सैनिकों को लेकर रानी छिपकर प्रतीक्षा करने लगी। पहली पंक्ति में बन्दूकधारी पैदल सेना, दूसरी पंक्ति में तलवारधारी घुड़सवार, तीसरी पंक्ति में तलवारधारी पैदल सेना और चौथी लाइन में तलवारधारी घुड़सवारों को पंक्तिबद्ध करके लगाया गया। रानी स्वयं यद्यपि बन्दूक चला लेती थी, फिर भी वह युद्ध के समय तलवार का ही प्रयोग किया करती थी। कमर में एक खंजर और पिस्तौल उसके साथ सदा रहा करती थी।

बानपुर और शाहगढ़ के राजा रानी की अधीनता में रहकर युद्ध करना अधिक सम्मानजनक माना करते थे। रघुनाथ सिंह, गुलमोहम्मद, काशी एवं रानी को सबसे पहले जिनका भार दिया गया था, वही पाँचवीं बंगाल अस्थायी घुड़सवार सेना के लाल कुर्ताधारी ढाई सौ अफगानी घुड़सवार रानी के साथ रहे।

योजना यह बनी कि बाँदा के नवाब और रावसाहब सारी सेना को दो भागों में बाँटकर ह्यूरोज़ के दाहिनी ओर की टुकड़ी के बाईं तरफ और लेफ्ट सेंटर (तिरही गाँव के सामने) पर आक्रमण करेंगे। युक्ति यह थी कि लेफ्ट सेंटर पर आक्रमण होते ही राइट सेंटर उसकी सहायता के लिए आएगा एवं राइट फ्लेंक—दाहिने तरफ की टुकड़ी पर बाईं ओर से आक्रमण होने पर स्वाभाविक रूप से ही दक्षिणी दिशा से ब्रिगेडियर

स्टुअर्ट अपनी सारी पिकेट सेना बाईं तरफ से हटा ले जाएगा। इसी अवसर का लाभ उठाती हुई बीहड़ के भरकों और खंदकों से निकलकर रानी के अधीन सारी सेना अचानक अंग्रेजी सेना पर आक्रमण कर देगी। एक साथ दोनों तरफ से दबोचे जाने पर ह्यूरोज़ हड़बड़ाकर पीछे हटने को बाध्य होगा।

सुन्दर सामरिक व्यूह-रचना की दृष्टि से उस दिन की देशी सेना का नेतृत्व निःसन्देह प्रशंसा पाने के योग्य है।

पेशवा बाजीराव प्रथम की रूपसी मुस्लिम पत्नी मस्तानी के पुत्र शमशेर बहादुर के वंश में उत्पन्न निर्भीक और दुर्द्धर्ष योद्धा बाँदा का नवाब 22 मई को तड़के उपर्युक्त योजना के अनुसार जलालपुर-कालपी रोड के ऊपर से होकर अंग्रेजी सेना की दाहिनी टुकड़ी के बाएँ तरफ आगे बढ़ने लगा। उसके सैन्य-संचालन की पद्धति देखकर ह्यूरोज़ शंकित हो उठा। अपनी दाहिनी टुकड़ी के दक्षिण में पार्श्ववर्ती पहाड़ी भरकों की सन्नाहट और शान्ति देखकर बड़े सवेरे 8 बजकर 15 मिनट पर ब्रिगेडियर स्टुअर्ट ने ह्यूरोज़ को सूचना दी–

> Right no longer threatened. Proceed with operations.
>
> दाहिनी तरफ से कोई खतरा नहीं है। आक्रमण के साथ आगे बढ़िए।

भारतीय सेना के दाहिने भाग का परिचालन बाँदा के नवाब कर रहे थे। छह पैदल बटालियनों और घुड़सवार तोपखाने के साथ वे जलालपुर-कालपी रोड पर चलते हुए तिरही गाँव के सामने पहुँच गए। तब दिखाई दिया कि तिरही गाँव में ह्यूरोज़ की केन्द्रीय सेना के सामने गिरि-गुफाओं और भरकों के भीतर से सफेद और लाल वर्दी पहने ग्वालियर कंटिंजेंटी के घुड़सवार निकलते आ रहे हैं।

ह्यूरोज़ ने लेफ्टीनेंट कर्नल गॉल और कप्तान ऐवट को चौदहवीं हलकी घुड़सवार सेना और तीसरी हैदराबाद घुड़सवार सेना को तुरन्त आक्रमण करने का हुक्म दिया।

ह्यूरोज़ का यह पक्का विचार बना कि उसके दक्षिणी तरफ आक्रमण करना ही शत्रु सेना का मूल उद्देश्य है।

> I felt the conviction, that the enemy,s real object of attack was my right; and that this ostentatious display of force against my left and the perfect stillness in the deep ravines on my right, were ruses to mislead me. (Military Despatch—H. Rose).

गोल और ऐवट को निर्देश देने का उद्देश्य सफल रहा। सहसा सीज़ गन, हेवीगन और घोड़ेवाली तोपों के आक्रमण से बाँदा के नवाब की फौज शुरू में थोड़ी परेशान हो गई। इस क्षण-भर की परेशानी और भ्रम का लाभ उठाकर ब्रिटिश सेना जोरदारी से आक्रमण करने लगी। फलस्वरूप भारतीय सेना के बहुत-से सैनिक मारे गए। बाँदा के नवाब उस हालत में सँभलते हुए ब्रिटिश फौज की बन्दूकों की मार से दूर होकर निकल गए। उस युद्ध में पाँचवीं बंगाल अस्थायी घुड़सवार सेना के कमांडिंग आफीसर

मारे गए। उपर्युक्त रिसाला उस समय झाँसी की रानी के अधीन होने के कारण वे स्वयं बाँदा के नवाब की एक घुड़सवार टुकड़ी का परिचालन कर रही थी। पहले उसके घोड़े के पैर में गोली लग जाती है। घोड़े के गिर जाने पर उसके कपाल में गोली लग जाती है।

ह्यूरोज़ ने पहला निर्देश देने का उद्देश्य था कि दाहिनी टुकड़ी (Right Flank) के नजदीक के भरकों और घाटियों में शत्रु की सेना तैनात है या नहीं यह निश्चित कर लेना। उसके ही शब्दों में–

> शत्रु मेरी दाहिनी टुकड़ी के सामनेवाली घाटी में छिपे हुए हैं इस सम्बन्ध में मेरी धारणा पक्की हो गई। मैंने तृतीय यूरोपीय सैनिकों की एक कम्पनी को अपनी बाहरी पोस्ट के सामने कई सौ गज आगे बढ़ अपना मोर्चा लगाने का आदेश दिया। मेरे निर्देशों के अनुसार तृतीय यूरोपियन कम्पनी के सैनिकों के कुछ दूर बढ़ते ही दिखाई दिया कि विद्रोही सैनिक घात लगाए बैठे हुए हैं। साथ-ही-साथ घोर युद्ध शुरू हो गया यमुना के किनारे से लेकर तिरही गाँव तक। गुलौली, सुरौली कोई भी गाँव बाकी नहीं रहा। सारे भरकों, घाटियों में मानो आग, धुआँ, तुमुल घोष, हो-हल्ला और धमाकों की आवाज फट पड़ी। घुड़सवार और पैदल सिपाही अपने गुप्त ठिकानों से दल-के-दल बड़े शृंखलाबद्ध होकर निकलकर गोली चलाते हुए आगे बढ़ने लगे।
>
> उनके पीछे जहाँ तक नजर जाती, विद्रोही सैनिक-ही-सैनिक दिखाई देते।
>
> मैं जब अपने केन्द्रीय भाग के ऊपर इतने दृढ़ संकल्प के साथ आक्रमण की पद्धति देखता हूँ, इसी समय अनुभव किया मेरे दाहिने तरफ गोलों की आवाज और 'गोलियों' की 'खटखट' ध्वनि मानो क्षीण-से क्षीणतर होती जा रही है और शत्रु सेना के गोलों और गोलियों की आवाज धीरे-धीरे बढ़ती हुई कान के पर्दे फाड़े दे रही है। तुरन्त ही मैंने ब्रिगेडियर स्टुअर्ट को खबर भेजकर पूछा कि क्या वह पूरी ऊँटवाहिनी अथवा उसकी आधी टुकड़ी की सहायता चाहता है? स्टुअर्ट ने उत्तर में बताया, सैन्य सहायता पाकर वह अत्यन्त आश्वस्त हो जाएगा। अपने दाहिने भाग अर्थात् अपनी मुख्य सेना की हालत खराब जानकर भी मैं खुद मेजर रोज़ (Ross) के अधीन ऊँट सेना लेकर स्टुअर्ट की सहायता के लिए चला। रास्ते में देखता हूँ ब्रिगेडियर का अर्दली हाँफता-हाँफता मेरे पास मदद के लिए भागा आ रहा है। किन्तु उसी समय शत्रुओं की तोपों की आवाज हम लोगों के मोर्चे के भीतर से ही मानो फटी पड़ रही है। जल्दी-जल्दी जाकर देखा ब्रिगेडियर स्टुअर्ट की हालत पूरी तरह संकटग्रस्त है। व्यूहबद्ध शत्रु सेना बन्दूकों से पानी की धारा की तरह

गोलियाँ बरसाती हुई बीहड़, पहाड़ी घाटियों में जानेवाले रास्तों से हम लोगों के तोपखाने के भीतर मानो घुसी पड़ रही है। उस समय हमारी तरफ के सभी घोड़े या तो मारे गए या बुरी तरह घायल हो गए। ब्रिगेडियर स्टुअर्ट के घोड़े का तो पता ही नहीं चलता है। वह स्वयं जमीन में खड़ा हुआ है। बचे हुए मुट्ठी भर ब्रिटिश गोलंदाजों को निर्देश दे रहा है और स्वयं तलवार निकालकर आत्मरक्षा का प्रत्यन कर रहा है। उसकी प्रायः सारी फौज ही धराशायी हो गई है। उसकी तोपें तो बिलकुल शान्त हो गई हैं। भारतीय सिपाही उल्लास के साथ ललकारते हुए कह रहे हैं—"झाँसी लूटकर अब कालपी लूटने आए हो? आओ, इस बार देख लो।" उसी समय मैंने सात सौ ऊँट सवार सेना के साथ विद्रोहियों पर धावा बोल दिया।

उस दिन ब्रिगेडियर स्टुअर्ट बनाम झाँसी की रानी के व्यक्तिगत संचालन में हुए इस युद्ध के सम्बन्ध में बाद में Thomas Lowe ने लिखा था, "The Camel Corps had saved the British Prestige on that day". अर्थात् उस दिन ऊँट के रिसाले ने ब्रिटिश प्रतिष्ठा की रक्षा कर ली थी।

बाँदा के नवाब और रावसाहब की सेना जब युद्ध के मैदान में नेतृत्वविहीन होकर बिखर गई और रानी जब घाटी और भरकों से सेना के साथ निकल आई, तब बिखरे हुए भारतीय सैन्य दल के कुछ भाग ने रानी को सहयोग किया। रानी की व्यक्तिगत उपस्थिति ने भारतीय फौज के मन में नवीन उत्साह का संचार कर दिया। ब्रिगेडियर स्टुअर्ट की सारी राइट टुकड़ी को उसने पूरी तरह पराजित कर दिया एवं इसके साथ द्वन्द्व युद्ध में ब्रिगेडियर स्टुअर्ट का घोड़ा मारा गया। रानी असीम साहस के साथ तलवार लेकर सफेद घोड़े की पीठ पर युद्ध करते-करते आगे बढ़ रही है। नीली चन्देरी की पगड़ी कब गिर गई उसे यह होश ही नहीं रहा। रानी के सर पर लोहे का शिरस्त्राण झिलमिला रहा है। गले में मोतियों का कंठा लहरा उठता है और बार-बार असीम उत्साह का संचार करती हुई भारतीय फौज को अभय का वरदान देती हुई 'हर-हर महादेव' का घोष कर रही है। उसकी उस रणचंडी की मूर्ति देखकर ब्रिटिश गोलंदाज गोला चलाना भूल गए। उसके मन की उद्दीपना विद्युत गति से सारी भारतीय सेना के मन में फैल गई। ऐसे समय ह्यूरोज़ द्रुतगति से वहाँ पर उष्ट्रवाहिनी लेकर उपस्थित हो गया। तत्काल मेजर रोज़ रानी को चारों ओर से अत्यन्त कौशल से घेरता हुआ बढ़ने लगा। किन्तु दुर्द्धर्ष ढाई सौ अफगान घुड़सवार रानी को उस घेरे से निकाल लाते हैं। ह्यूरोज़ के व्यक्तिगत नेतृत्व में ऊँटों के उस रिसाले ने रानी का पीछा किया। परिणामस्वरूप भरकों और घाटियों में भागनेवाले बहुत से भारतीय सैनिक और सवार मारे गए। उस दिन घायल भारतीय सैनिकों को संगीनों से गोद करके लेफ्टीनेंट बक्ली (Buckley) ने बहुत नाम कमाया।

उधर बाँदा के नवाब ह्यूरोज़ की राइट सेंटरवाली सेना पर आक्रमण करते हुए ले. एडवर्ड्स (Edwards) की सेना के द्वारा पराजित हो गए।

ले. कर्नल रॉबर्टसन, पच्चीसवीं बॉम्बे देशी पदाति सेना के साथ लेफ्ट सेंटर में थे। बाँदा के नवाब के सैनिक एडवर्ड के द्वारा घायल होकर यहीं पर लौट आए। वे बम्बई की पदाति सेना को अंग्रेजों का साथ देने के लिए धिक्कारने लगे। जवाब में जोरदार युद्ध शुरू हो गया। रानी की पराजय के बाद बाँदा के नवाब युद्ध में रॉबर्टसन को प्रायः काबू में किए रहे थे। इसलिए वे रावसाहब के आने की प्रतीक्षा में साहस के साथ लड़ने लगे। इधर रावसाहब अपनी ग्वालियर कंटिंजेंटी और अन्यान्य सैन्य सामन्तों को लेकर सवेरे दस बजे के बाद ही पश्चिम दिशा में भाग गए थे। नवाब साहब निराश हो गए। झाँसी की रानी और बाँदा के नवाब विपत्ति के समय किसी भी सशस्त्र सेना की मदद नहीं पाते हैं। सुतराम् बाँदा के नवाब भी युद्ध में विराम देकर पीछे हटने को बाध्य हुए।

22 मई की मलिन सन्ध्या ने उस दिन कालपी के विपर्यस्त युद्ध पर काली यवनिका डाल दी। यमुना के जल में सुनहली और रक्तिम छाया डालता हुआ सूर्य जब अस्ताचल की ओर चला गया तब विजयी ह्यूरोज़ ने देखा कि पश्चिमी दिशा में जालौन के रास्ते पर भारतीय सेना तीव्रगति से घोड़ा दौड़ाती हुई चली जा रही है।

22 मई के युद्ध की चरम व्यर्थता में पर्यवसित होने से भग्न-हृदय झाँसी की रानी फिर कालपी नहीं लौटी। पश्चिमी दिशा में बढ़ते ही उसे परस्पर वाद-विवाद करते हुए रावसाहब और उनके सरदारों का सन्धान मिला। रावसाहब के नेतृत्व की चरम विफलता ही रानी और रावसाहब की पराजय का अन्यतम कारण है इस बात को लेकर भी उन लोगों ने वाग् विनिमय हुआ। रानी ने सिर्फ इतना कहा—“अपने हाथों मैं कालपी को ब्रिटिशों के लिए छोड़ आई।” सुना जाता है कि कालपी में इस तरह से सबकुछ छोड़कर बिना किसी सहारे के उस दिन रानी लौट रही थी, उस दिन उसे पेड़ के नीचे रात बितानी पड़ी थी। बानपुर और शाहगढ़ के राजाओं के सम्बन्ध में कालपी के युद्ध के बाद और कुछ पता नहीं चला। हो सकता है कि वे भाग गए हों, मारे गए हों अथवा गिरफ्तार हो गए हों। दोनों बुन्देला सामन्त सरदारों के संग्रामी जीवन का परवर्ती अध्याय अज्ञात अँधेरे में विलुप्त है।[1]

बाँदा के नवाब ने पहले की तरह इस बार भी दुःसाहस का परिचय दिया। 22 मई की शाम को वे फिर कालपी गए और सारी भारतीय सेना को रातोंरात पश्चिमी दिशा में चले जाने का निर्देश किया। कालपी का विपुल सामरिक भंडार इसी तरह बिना प्रयोग के ही पड़ा रहा।

---

1. देखिए परिशिष्ट—अनुवादक

बचे घुड़सवारों और पैदल सैनिकों को लेकर कालपी छोड़कर जाने में नवाब साहब को सवेरा हो गया।

ह्यूरोज़ ने 22 मई को चिन्ता के साथ देखा कि रणनीति और आक्रमण की कला में भारतीयों ने अपने कुशलतापूर्वक कृतित्व का प्रदर्शन किया है। फिर भी आज का युद्ध ही अन्तिम युद्ध होगा। भारतीयों को हराना ही होगा। इसलिए 23 मई को बड़े तड़के प्रत्यूष बेला में कालपी पर आक्रमण करने को ह्यूरोज़ ने सर्वाधिक श्रेयस्कर समझा।

23 मई को प्रत्यूष बेला में सूर्य निकलने के बहुत पहले ह्यूरोज़ एक वाहिनी सेना लेकर जलालपुर-कालपी रोड से होकर आगे बढ़ने लगा। ब्रिगेडियर स्टुअर्ट यमुना के कछार से लगे पहाड़ी खंदकों के पास से होकर एक दूसरी टुकड़ी को लेकर कालपी की तरफ चलने लगा। एकाएक उनकी नजर पड़ी कि कालपी के उत्तरी-पश्चिमी रास्ते पर हाथी, घोड़ा और पैदल सिपाहियों से युक्त एक भारतीय सेना की टुकड़ी आगे चली जा रही है। इसके साथ ही एच.एम.एस. चौदहवीं लाइट ड्रेगन (हलकी घुड़सवार सेना) लेकर मेजर गॉल ने बाँदा के नवाब पर आक्रमण कर दिया। बाँदा के नवाब के साथ दस तोपें थीं। उन्हें छोड़कर वे सदलबल भाग गए। छह हाथी और तोपें मेजर गॉल के हाथ लगीं।

23 मई को दिन के दस बजे ह्यूरोज़ ने अपनी दोनों ब्रिगेड के साथ विजय-गर्व में भरकर कालपी नगर में प्रवेश किया।

कालपी के रास्ते-रास्ते में कुत्ते और सियार निर्भय होकर घूम रहे थे। सारा शहर जनहीन और नीरव था। उस नीरवता को देखकर पहले तो ह्यूरोज़ को कुछ सन्देह हुआ। उसके बाद वह समझ गया कि भारतीय सेना ने रात में ही कालपी छोड़ दी है। कालपी की विपुल सामरिक (गोला-बारूद, हथियार आदि) सामग्री ह्यूरोज़ के हाथ लगी। गत एक वर्ष में तात्या टोपे ने इस भंडार को अनेक प्रकार के सामरिक सामानों की व्यवस्था से मजबूत कर दिया था। अन्यान्य सामग्री के साथ तेईस तोपें भी ह्यूरोज़ को मिलीं। इस विपुल रसद, अस्त्र-शस्त्र, तम्बू और गोला-बारूद पाकर ब्रिटिश फौज बड़े फायदे में रही।

केनिंग ने मध्यभारत अभियान का जो निर्देश दिया था, कालपी पर कब्जा करने के बाद वह पूरा हो जाता है, इसलिए इतने दिन बाद ह्यूरोज़ ने चैन की साँस ली। वह निश्चिन्तता महसूस करने लगा। लम्बे चार मास तक भारतवर्ष के सर्वाधिक गर्म इलाके में अविश्रान्त रूप से अभियान चलाने से उसकी सेना की अवस्था अत्यन्त शोचनीय हो गई थी। वह स्वयं भी बुरी तरह थक चुका था। पहाड़ों की ठंडी जलवायु में अपने भग्न स्वास्थ्य को सुधारने का कार्यक्रम बनाने का परामर्श ह्यूरोज़ के चिकित्सकों ने दिया था, उसके अनुसार छुट्टी की दरखास्त ह्यूरोज़ ने दे दी। 1858 ई.

की पहली जून को उसने अपनी सारी फौज से विदाई की घोषणा कर दी। उसने कहा, ब्रिटिश इलाके को भारतीय विद्रोहियों के हाथों से पुनः हस्तगत करने के काम में उन लोगों ने जिस वीरता का प्रदर्शन किया है, जिन कठिनाइयों को झेला है, उसकी कोई तुलना नहीं है। विदाई के अवसर पर सद्भावनाएँ अर्पित करता हुआ ह्यूरोज़ विश्राम के लिए तैयार हो गया।

मध्यभारत के विद्रोह का पूरी तरह दमन किया जा चुकता है। विद्रोही नेता लोग पूरी तरह परेशान, हताश और अपने कार्य में विफल हो गए। अर्थ, सामर्थ्य, सेना, घोड़ा, तोपें, सामरिक तैयारी आदि सभी दृष्टियों से वे निःसंबल हो गए। इसलिए इस बार स्वतन्त्रतापूर्वक वह छुट्टी लेकर जा सकता है।

पूना में सारे दिन विश्राम करने के बाद, शाम को क्लब में बिलियर्ड खेलना और अंग्रेजी संगीत सुनने की सुखद कल्पनाओं में जब ह्यूरोज़ विभोर था, उसी समय 4 जून को ह्यूरोज़ को ऐसी एक खबर मिली जो 1857 ई. के पहले जागरण के समाचार की ही तरह आकस्मिक, अविश्वसनीय और भयंकर थी। ऐसा लगा जैसे सारे भारतवर्ष में इतने कष्टों के बाद फिर से स्थापित ब्रिटिश आधिपत्य की नींव काँप उठी हो।

केनिंग ने सूचना दी–

I will have to pack for England.

मुझे इंग्लैंड के लिए बोरिया-बिस्तर बाँधने होंगे।

बीस

कालपी युद्ध की शोचनीय पराजय के बाद भारतीय नेतागण अपनी बची हुई फौज को लिए रास्तों-मैदानों में दिन-रात भटकते हुए अस्त-व्यस्त हालत में ग्वालियर से छियालीस मील दक्षिण-पश्चिम में अवस्थित गोपालपुर पहुँचे। कालपी पतन का समाचार पाकर चुर्खी से व्याकुल होकर तात्या टोपे आकर गोपालपुर में उन लोगों से मिला। अत्यन्त गोपनीय स्थान में वे लोग मन्त्रणा करने बैठे कि अब क्या करना चाहिए। उस समय उनकी अवस्था सचमुच में शोचनीय थी। एक-के-बाद एक युद्ध में वे पराजित हो चुके हैं। झाँसी और कालपी पतन के साथ ही उसकी छावनियाँ और किले ध्वस्त हो गए हैं। पूर्व, पश्चिम, उत्तर, दक्षिण—सभी तरफ से अंग्रेजी फौज उन पर घेरा डालने के लिए आगे बढ़ती आ रही है। इस गहन निराशा के अन्धकार में एक दुःसाहसपूर्ण योजना ने पुनः उन्हें एक रास्ता दिखा दिया। रानी बोली, "ग्वालियर पर आक्रमण करके सिन्धिया की समस्त सेना, गोला-बारूद, घुड़सवार, किला, महल पर हम लोग अधिकार करेंगे। इसके अलावा हम लोगों के लिए अब और कोई उपाय नहीं है।"

> It is in the darkest moments that the fire of genius burns with the brightest flame. To the Rani or Tantia an idea suggested itself, as original and as daring as that which prompted the memorable seizure of Arcot.
>
> गहन अन्धकारपूर्ण क्षणों में प्रतिभा की अग्निशिखा दीप्ततम तेज के साथ प्रज्वलित हो उठी। रानी अथवा तात्या के दिमाग में एक योजना आई। अविस्मरणीय आर्कट पर अधिकार करने की तरह मौलिक एवं दुःसाहसपूर्ण यह योजना थी।

Kaye और Malleson कहते हैं (बाँदा के नवाब की उपस्थिति को लेकर)—

> The situation seemed desperate to rebel chieftains, but desperate situation suggest desperate remedies, and a remedy, which on first inspection might will seem desperate, did occur to the fertile brain of one of them. To which one, it is not certainly Known,

but judging the leading group by their antecedents we may at once dismiss Rao, and the Nawab of Banda. They possessed neither the character nor the genius to conceive a plan so vast and so darings. Of the two who remain, we may dismiss Tantia Topee. Not that he was incapable to form of plan, but we have his memories. And in that memoir he takes to himself, no credit for the most successful act with which his name is associated. The fourth one possessed the genius, the daring, the despair, necessary for conception of great deeds. She was urged on by hatred, by desire of vengeance, by a determination to strike hard, whilst still there was a chance. She could recognise the possibilities before her, she could hope even that if the first blow was successful, the fortùnes of campaign may he changed. She possessed and exercised unbounded influence over Rao Saheb. The conjecture, then almost amounts to certainty, that the desperate remedy which the confederates decided to execute at Gopalpur, was suggested and pressed upon her comrades by the daring Rani of Jhansi."

विद्रोही नेताओं को परिस्थिति पूरी तरह से विपत्तिजनक लगी। किन्तु परिस्थिति जब विपत्तिजनक हो तो उसका प्रतिकार भी संकटपूर्ण होने के लिए बाध्य है। प्रारम्भिक स्थिति में यह मार्ग चाहे जितना विपज्जनक लगा हो, उन लोगों में से सिर्फ एक व्यक्ति के उर्वर मस्तिष्क से इसका उद्भव हुआ था। किन्तु नेता लोगों के पूर्व कार्यकलापों पर विचार करके हम लोग रावसाहब और बाँदा के नवाब को इस एक बात से ही छोड़ सकते हैं। ऐसी बड़ी और दुःसाहसी योजना गठन करने की मानसिक बनावट अथवा प्रतिभा उन लोगों में कुछ भी नहीं थी। बाकी दो लोगों में तात्या टोपे को भी छोड़ा जा सकता है। वे ऐसी योजना बनाने में अक्षम थे ऐसा नहीं है। उनका लिखा हुआ जो बयान हम लोगों को मिला है, उसी से हम लोगों को पता चलता है कि उनके नाम के साथ जुड़े सर्वाधिक सार्थक और गौरवपूर्ण इस काम के लिए उन्होंने स्वयं अपने किसी कृतित्व का दावा ही नहीं किया है। महत् कीर्ति स्थापित करने के लिए जो प्रतिभा, शौर्य और दुःसाहस अपरिहार्य है वह सिर्फ चौथे व्यक्ति में ही था। वह घृणा, प्रतिशोध, स्पृहा और यथाअवसर प्रचंड आघात करने के दृढ़-संकल्प से प्रेरित थी। उसके सामने जो सम्भावना हुई उसे उसने समझ लिया था एवं उसने आशा की थी कि अगर पहला आघात सफल हो गया तो युद्ध का मोड़ दूसरी तरफ हो जाने से भाग्य प्रसन्न हो सकता है। रावसाहब के ऊपर उसे असाधारण

विश्वास था। इसी कारण प्रायः यह निष्कर्ष निकालना सही है कि गोपालपुर में विद्रोहियों ने जो चरम निर्णय लिया था एवं जो रास्ता अपनाकर उसे कार्यान्वित करने का दृढ़ संकल्प कर लिया था, उसका सूत्रपात करनेवाली रानी थी। उन्होंने ही अपने साथियों पर अपना प्रभाव डालकर यह निर्णय लेने को राजी किया था।

कार्य के अवसर पर बाँदा के नवाब एक दिन बाद ही गोपालपुर में उपस्थित हो सके। घायल सैनिकों की देख-रेख कर बची हुई सेना को ग्रामवासियों की सहायता से खतरनाक इलाकों को पार कर सुरक्षित अंचलों से होकर ले आने में उन्हें एक दिन की देरी हो गई।

तात्या टोपे आत्मधिक्कार की ग्लानि से मुँह नीचा कर बैठे रहे। कुछ कहने लायक उनका मुँह था ही नहीं। रावसाहब, रानी एवं बाँदा के नवाब के ऊपर कालपी का भार डालकर चले आने के सबब से अपनी जिम्मेदारी से बचकर चले आने के कारण उनके साथियों ने तो उनसे कुछ नहीं कहा फिर भी वे उसका अनुभव कर सकते थे। झाँसी की रानी के निकट वे अपने को सर्वाधिक अपराधी महसूस कर रहे थे। अथच अपराध स्वीकार करने में उनका अहंकार बाधक था। साथियों की चुप्पी को उन्होंने तिरस्कार समझा और चुप बने रहे।

रानी की अवस्था उस समय सबसे संगीन थी। पुत्र सहित पकड़े जाने पर उनकी हालत क्या होगी, इसे वे अंच्छी तरह समझती थीं। उस शोचनीय परिणति की निश्चित प्रतीक्षा की अपेक्षा युद्ध को ही उन्होंने श्रेयस्कर समझा। पर युद्ध वे किसके भरोसे पर करेंगी? कालपी के बाद युद्ध के लिए सुसज्जित छावनी और कहाँ है? सेना, धन, बारूद, किला कुछ भी तो नहीं है। अकस्मात् एक आशा से उनका मन उत्साहित हो उठा। कुंचित भौंहों से दृष्टि पृथ्वी पर टिका उन्होंने थोड़ी देर के लिए विचार किया। उसके पश्चात् अपने साथियों के सम्मुख अपने विचार प्रकट किए। उन्होंने कहा, "मध्यभारत के सर्वश्रेष्ठ नगर ग्वालियर पर अधिकार करना होगा।" यह प्रस्ताव करते ही रावसाहब और बाँदा के नवाब बोले, "यह नहीं हो सकता है। यह प्रस्ताव कार्य में परिणत करना असम्भव है।" किन्तु तात्या के समक्ष रानी के प्रस्ताव का अन्तर्निहित अर्थ क्षणभर में ही उद्घाटित हो गया। उन्होंने समझ लिया, जयाजीराव सिन्धिया को अपने दल में खींच लाना चाहे सम्भव न हो, किन्तु फौजी छावनी को अपने अधिकार में करके ग्वालियर से सैनिक-सामन्त, अस्त्र-शस्त्र, हाथी-घोड़ा, धन संग्रह करके अगर दक्षिण में चला जाना हो जाए, तो महाराष्ट्र में ब्रिटिश-विरोधी जागरण फैला देना सम्भव हो जाएगा। सामने वर्षा आसन्न है। पहाड़ी नदियाँ दुरतिक्रम्य हो जाने से ब्रिटिश फौज को आगे बढ़ने में बाधक हो जाएँगी। वर्षा के दो महीने बीत जाने की प्रतीक्षा करने को जब ब्रिटिश फौज बाध्य होगी, तब महाराष्ट्र

के दुर्गम पर्वतों और जंगलों में उनकी सेना अपने प्रतिरोध की तैयारी कर सकेगी। महाराष्ट्र के पर्वतीय झरने और नदियाँ लबालब भरकर उनके पहरेदार का काम करेंगी। तात्या रानी के प्रस्ताव पर सहमत हो गए।

रानी तेजोदीप्त नेत्रों से नेताओं को उत्साहित करने लगी। निर्णय हुआ कि व्यर्थ समय न गँवाकर बिना देरी के वे लोग ग्वालियर के लिए प्रस्थान करेंगे। उनके बचे हुए सैनिकों को सूचना भेज दी गई। आधी रात को सिपाही लोग उस समय लकड़ियाँ जलाकर रोटी सेंक रहे थे। यह खबर पाकर वे भी उल्लसित हो उठे। जल्दी-जल्दी खाना-पीना पूरा कर रात का अँधेरा खत्म होते-न-होते आँधी के वेग से भारतीय सेना ग्वालियर के पथ पर रवाना हो गई। बड़े सवेरे मधु, दूध, आटा, लकड़ी और गुड़ सब लेकर देने के लिए जो गाँववाले आए थे, उन्होंने देखा वहाँ पर सिर्फ जली हुई लकड़ी और राख पड़ी हुई है। पूरा स्थान जनशून्य और नीरव है। वे मन-ही-मन अवाक् रह गए। उधर भारतीय सेना तब नवीन कार्य से घोड़ों के खुरों से धूल की आँधी उड़ाती हुई दौड़ती चली जा रही है। जिस वृद्ध सैनिक के पैर में चोट लग गई, वह भी पीछे नहीं रहा।

कालपी अभियान के बाद लेफ्टीनेंट कर्नल रॉबर्टसन को भारतीय सैनिकों का पीछा करनेवाली फौज का नेतृत्व दिया गया था।

उसने पहले ह्यूरोज़ को सूचना दी कि भारतीय सैनिक बुरी तरह तितर-बितर हालत में तम्बू, तोपें सब छोड़कर शेरगढ़ की तरफ चले जा रहे हैं। कालपी से चालीस मील उत्तर-पूर्व में जालौन के रास्ते पर यमुना के ऊपर शेरगढ़ घाट है। उसके पश्चात् एकाएक खबर आई भारतीय सैनिक जालौन छोड़कर और भी पश्चिमी दिशा में चले जा रहे हैं। रॉबर्ट हेमिल्टन इस खबर से और भी विस्मय में पड़ गया। क्योंकि उसने मान लिया था कि शेरगढ़ घाट अथवा उससे भी पश्चिम में जगम्मनपुर घाट को पार कर यमुना के उस पार अयोध्या चले जाएँगे भारतीय नेता।

ह्यूरोज़ ने शंकाग्रस्त होकर रोबटर्सन के पास एच.एम. की छियासीवीं रेजीमेंट की एक टुकड़ी और एच.एम. की चौदहवीं लाइट घुड़सवार सेना की दो टुकड़ियाँ भेज दीं। रॉबर्टसन यथासाध्य भारतीय सैनिकों का पीछा करने लगा।

इसी बीच बरेली के रहीम अली खाँ कुमानी अलीगढ़ के नेतृत्व में 800 अवध घुड़सवार सेना भारतीय सेना के साथ मिल गई। रॉबर्टसन ने जानकारी दी कि भारतीय सैनिक अविराम गति से पश्चिम की तरफ ही बढ़ते जा रहे हैं।

जालौन से पहूज और सिन्ध नदी तक जाकर रॉबर्टसन रामपुरा के राजा से भेंट कर भारतीयों की गतिविधि जानकर शंकाग्रस्त हो गया और उसने ह्यूरोज़ को एक्सप्रेस तार द्वारा खबर दी कि भारतीय लोग ग्वालियर की सड़क रखकर तूफान की गति से आगे बढ़े जा रहे हैं। उन लोगों के सैनिकों की संख्या भी बढ़ गई है।

रॉबर्टसन द्वारा भेजे गए इस संवाद पर किसी भी अफसर ने विश्वास ही नहीं किया। किन्तु इसी बीच जब रॉबर्ट हेमिल्टन के पास भी इसी आशय की खबर पहुँची तब ह्यूरोज़ ने ब्रिगेडियर स्टुअर्ट को पूरी प्रथम ब्रिगेड के साथ भारतीयों का पीछा करने का आदेश दिया।

रॉबर्टसन का सहयोग करते हुए ग्वालियर के रास्ते पर आगे बढ़ने लगा ब्रिगेडियर स्टुअर्ट।

केनिंग ने खबर दी–

> If Scindia Joins the rebels, I will pack for England.
>
> अगर सिन्धिया विद्रोहियों से मिल गए तो मुझे इंग्लैंड के लिए बोरिया-बिस्तर बाँधने पड़ेंगे।

उस जमाने में धन और ख्याति में हैदराबाद के निजाम के बाद ग्वालियर के सिन्धिया का ही स्थान था। उत्तर और दक्षिण भारत के बीचोबीच मध्यभारत की मध्य मणि थी ग्वालियर। उस समय ग्वालियर थी आगरा से पैंसठ मील दक्षिण में और झाँसी से अस्सी मील उत्तर में। (आज रेल मार्ग से ग्वालियर और आगरा की दूरी बहत्तर मील और झाँसी-ग्वालियर की दूरी बासठ मील है।) ऊँची-नीची भूमि पर तीन सौ फुट ऊँची, एक कम ऊँची समतल पहाड़ी पर ग्वालियर का किला उस जमाने में बहुत दूर से एक स्वप्नपुरी के समान लगता था।

जैन और हिन्दू स्थापत्य कला से सुशोभित अत्यन्त सुन्दर ग्वालियर दुर्ग असंख्य प्रासादों, सरोवरों, खेतों, उद्यानों और विशाल प्राचीर से घिरा हुआ है। दुर्ग के पास ही ग्वालियर शहर है। सात सुरक्षित दरवाजों से होकर किले पर चढ़ने के लिए ऊपर उठता हुआ सीधा खड़ा रास्ता चला गया है। उस पर चढ़ने से आज भी उत्सुक

पर्यटकों के कान में जलधारा का कल-कल निनाद आता रहता है। पास ही प्रवाहित होता रहता है शीतल काले जल का प्रच्छन्न नाला। कहाँ है उसका स्रोत, कैसे शताब्दी के बाद शताब्दियों के आक्रमण से बचते हुए आज भी तृष्णा से आर्त्त जनों के लिए धरती से निकलता आ रहा है उसका प्रवाह, यह कौन बताएगा! कहीं हजार रंगों की चमक छोड़ते हुए मयूरों का झुंड उड़ा जाता है। रात में काले-काले चमगादड़ परित्यक्त प्रासादों, महलों के डेरों से बाहर निकलकर शिकार की टोह में घूमने लगते हैं। अपरूप भास्कर्य से सुशोभित 'शासबहू' (सहस्रबाहु) और तेली (तैलंग) मन्दिर दर्शकों के नेत्रों को आनन्द देते हैं। अत्यन्त उच्च दुर्ग पर एक जलाशय है। ग्वालियर दुर्ग सचमुच में जन-कोलाहल से दूर स्थित एक सुन्दर स्थान है। इस किले के कारण ही ग्वालियर को 'पूर्व का जिब्राल्टर' कहा जाता है।

इस समय ग्वालियर को हिन्दुस्तान के कंठहार का मध्यमणि कहा जाता था। Pearl in the necklace of Hind. राजा मानसिंह ने अपनी ग्रामीण प्रेमिका 'मृगनयनी' के लिए 'गूजरी महल' बनवाया था, जो आज भी अपने स्थापत्य और भास्कर्य से दर्शकों के मन में विस्मय का उद्रेक कर देता है। उसी गूजरी रानी की सुन्दरता की प्रशंसा में रचे गए 'रासो' आज भी घर-घर में गाए जाते हैं। अकबर के दरबार के संगीत गुरु मियाँ तानसेन की जन्मभूमि यही ग्वालियर है। ग्वालियर शहर से थोड़ी दूर पर उनका मकबरा आज भी संगीत-साधकों का तीर्थस्थल बना हुआ है। ग्वालियर के दुर्ग में शाहजहाँ का छोटा पुत्र मुरादबख्श मरा था। ज्येष्ठ भ्राता उदारहृदय तथा लोकप्रिय दाराशिकोह के विरुद्ध औरंगजेब से मिलकर उसको पराजित करने में सहायता की थी, मुराद ने अपने स्वार्थ के लोभ में। किन्तु न्याय का विचार तो दूसरे के हाथ में था। लोक के न्यायालय में दुष्कर्मी के लिए कोई क्षमा नहीं है। अँधेरे तलघर में स्थित उसी संकीर्ण कारागृह में अभागे मुराद की दीर्घ साँसें मानो आज भी कैद हैं।

इस तरह की अनेक इतिहासधाराओं से विजड़ित ग्वालियर के इतिहास में 1858 ई. के गौरवमय अध्याय को जोड़ने के पहले सिन्धिया के सम्बन्ध में कुछ जानना बहुत जरूरी है।

महादजी सिन्धिया ग्वालियर के पहले विख्यात महाराष्ट्रीय नायक थे। दौलत राव सिन्धिया के शासन में जो महाराष्ट्रीय सैन्य शिविर और छावनी दुर्ग के पश्चिम में पड़ती थी, उसके स्थानीय नाम लश्कर[1] से अत्यन्त शीघ्र लश्कर नाम का एक अत्यन्त समृद्ध एवं सुन्दर शहर गढ़ उठा। लश्कर बाड़े में प्रवेश करने के पहले गोरसी (गो-रक्षी) महल था। सिन्धिया इसी का व्यवहार किया करते थे। इस विशाल महल के एक भाग में एक कोषागार और 'गंगाजली' थी। अन्य हिस्से में था मन्दिर और

1. यहाँ सेना रहती थी। इस कारण यह नाम पड़ा।

खासमहल। लश्कर के एक भाग में कम्पू[1] अथवा कवायद मैदान था। दुर्ग से लश्कर आने के रास्ते में (आजकल बीच में) था अत्यन्त सुन्दर बाग के भीतर फूलबाग, प्रासाद और उद्यान।

किले की दक्षिणी दिशा में छह मील दूर मुरार अथवा नया कंटूनमेंट था। बाद में यही ब्रिटिश छावनी में बदल जाता है। मुरार नाम की एक छोटी नदी के नाम पर कंटूनमेंट का नाम मुरार हो गया था। ग्वालियर के पूर्वी भाग कोटे-की-सराय से फूलबाग तक सोनरेखा नाम का नाला था। इस नाले में सदा जल बना रहता था। ग्वालियर शहर के पूरी तरह भीड़ भरा शहर हो जाने के कारण नए शहर लश्कर में ही उन्नीसवीं शताब्दी में राजा और दीवान लोग रहा करते थे।

1843 ई. में ग्वालियर के सिंहासन को खाली छोड़कर सयाजी राव सिन्धिया के मर जाने पर उनकी विधवा पत्नी के दत्तक पुत्र नाबालिग जयाजी राव सिन्धिया युवराज के पद पर अभिषिक्त हुए। उस समय उनकी उम्र आठ वर्ष की थी।

1852 ई. में जयाजी राव के वयस्क होने में जिस समय दो वर्ष बाकी थे, उस समय राज्य के नवनिर्वाचित तरुण दीवान दिनकर रघुनाथ राव राजबाड़े को भारत सरकार ने ग्वालियर के शासन का कार्यभार सौंप दिया। 1854 ई. में कैप्टन मेक्फारसन (Macpherson) ग्वालियर के रेजीडेंट बनकर आए। उसी वर्ष वयस्क हुए जयाजी राव। जयाजी राव सिन्धिया के सम्बन्ध में 'आज के एक सौ वर्ष पहले' स्तम्भ में 1856 ई. में 'Times of India' (टाइम्स ऑफ इंडिया) में निकला था कि सैनिकों का बाकी वेतन न देने के कारण सेना के एक भाग ने विरोध का प्रदर्शन किया था। पॉलिटिकल एजेंट को कुछ पता चले इसके पहले ही जयाजी राव घटनास्थल पर उपस्थित होकर सोलह लोगों को गोली से मार देते हैं। उस समय के 'टाइम्स' अखबार ने जयाजी राव के इस आचरण को 'Unprovoked and unnecessary Cruelty', एवं सिन्धिया को 'That impotent and worthless King' की आख्या दी थी।

ग्वालियर जैसे एक विशाल भारतीय राज्य को अपना ताबेदार बनाए रखने में ब्रिटिश सरकार का स्वार्थ था। अल्पबुद्धि, दंभी, कम पढ़े-लिखे जयाजी राव को अपने हाथ में बनाए रखने में मेक्फारसन एवं दिनकर राव का संयुक्त प्रयास आशा के अनुसार फलप्रद हुआ। जयाजी राव की शिक्षा के सम्बन्ध में सुन्दर भाषा में Forrest ने कहा है—

> His education had been nearly confined to the use of his horse, lance, and gun, whence his tastes were purely and passionately military.

दिनकर राव अपने पद के लिए उपयुक्त व्यक्ति थे। तीक्ष्णबुद्धि, मितभाषी, दूरदर्शी दिनकर राव और मेक्फारसन ने सिन्धिया को राजकाज से पूरी तरह मुक्ति दे दी एवं ग्वालियर की आन्तरिक शासन-व्यवस्था को सभी तरह से उन्नत कर दिया।

---

1. यह शब्द कैंट के लिए प्रयुक्त होता था।—अनुवादक

1857 ई. के जनवरी में जयाजी राव और दिनकर राव को लेकर मेक्फारसन कलकत्ता आया। जयाजी राव और दिनकर राव ने कलकत्ता में स्कूल, कॉलेज आदि देखे। हुगली में कपड़े की एक मशीन देखी। निर्वासित अवध के नवाब के महल को देखकर सिन्धिया ईर्ष्या से भर गए। केनिंग की आश्वासन-भरी वाणी को सुनकर वे पुनः उल्लास से भर गए। केनिंग ने सिन्धिया को आश्वासन दिया, बिना सन्तान के उनकी मृत्यु हो जाने पर उनके दत्तक पुत्र लेने पर ब्रिटिश सरकार उसे सदा मानेगी। अयोध्या के नवाब जैसा दुर्भाग्य उन्हें कभी नहीं भोगना पड़ेगा। अनेक तरह से पारस्परिक मित्रता और अनुचर बने रहने के बन्धनों को दृढ़ करके अप्रैल 1857 ई. में सिन्धिया ग्वालियर लौट आए।

1857 ई. के अभ्युत्थान के प्रारम्भ में सिन्धिया की निजी दस हजार और इसके अलावा ग्वालियर कंटिंजेंटी की आठ हजार तीन सौ अठारह जवानों की सेना थी। यह कॉटेंजेंटी फौज ब्रिटिश सरकार के अधीन सिन्धिया के खर्चे पर ग्वालियर में रहा करती थी। ग्वालियर कंटिंजेंटी के अनेक अफसर अंग्रेज थे। सैनिक थे बंगाल रेजीमेंट के अन्य सैनिकों की तरह अवध अंचल के निवासी। भारतीय सैनिकों में ग्वालियर कंटिंजेंटी के समान शिक्षित और अनुशासनबद्ध सैनिक उस समय और कहीं भी नहीं थे।

मेरठ और दिल्ली की क्रान्ति के बाद से ही ग्वालियर छावनी में असन्तोष और विद्रोह घुमड़ने लगा था। जून, 1857 ई. में झाँसी में क्रान्ति की खबर पाने के बाद ग्वालियर में सेना में अनुशासन बनाए रखना प्रायः असम्भव हो गया था। उनके प्रत्यक्षदर्शी विवरण में मृत सैनिकों की संख्या और घटना की वीभत्सता असली अथवा नकली सारे विवरणों को पीछे छोड़ गई थी।

इस बीच क्रमशः स्थिति काबू से बाहर होते देखकर सिन्धिया और दिनकर राव ने मिलकर रेजीडेंट मेक्फारसन एवं अन्यान्य अंग्रेज स्त्री-पुरुषों, बच्चों को सशस्त्र पहरे में आगरा की तरफ रवाना कर दिया। निश्चय हुआ था कि चंबल नदी के उस पार धौलपुर में मित्र राजा के पास वे लोग आश्रय लेंगे। चंबल नदी तक आकर सिन्धिया के संतरी लौट गए। जाट सरदार ठाकुर बलदेव सिंह ने अपनी व्यक्तिगत जिम्मेदारी पर उन लोगों को धौलपुर पहुँचा दिया। वहाँ से वे लोग आगरा चले गए।

जून 1857 ई. के बाद से ही कंटिंजेंटी सिन्धिया पर धीरे-धीरे दबाव बनाने लगी जिससे वे अपनी निजी सेना में उन्हें मिलाकर ब्रिटिशों के विरुद्ध आगरा की तरफ युद्ध का परिचालन करें। यद्यपि सिन्धिया की कृपा से ग्वालियर कंटिंजेंटी फौज को किसी तरह की असुविधा नहीं थी, फिर भी सामान्य सैनिकों के मन में अंग्रेजों के विरुद्ध क्षोभ घुमड़ रहा था। उन लोगों ने सिन्धिया से यह भी कहा—रेजीडेंट मेक्फारसन तुम्हारे पास साढ़े चार लाख रुपया जमा कर गया है। वह पूरा रुपया और

उसके अलावा तुम अपनी तरफ से पन्द्रह लाख रुपया और दो, हम लोग स्वयं ही एक विशाल सेना का गठन कर युद्ध में अग्रसर हो रहे हैं। कंटिंजेंटी का यह मनोभाव उनके अपने निजी दस हजार सैनिकों में संक्रमित होकर उन्हें भी विद्रोही बना सकता है, इस भय से एवं कंटिंजेंटी फोर्स इसी समय कहीं आगरा न चली जाए, इसीलिए सिन्धिया ने उन लोगों (कंटिंजेंटी सेना) को तीन मास का वेतन पुरस्कार में देकर शीघ्र ही एक स्वाधीन भारतीय सेना गठन करने का बार-बार वचन दिया। अवस्था आपाततः शान्त हो गई। और सिन्धिया अधीर होकर ब्रिटिश फौज के आने का रास्ता देखने लगे।

उनकी दस हजार फौज तब विक्षुब्ध होकर कंटिंजेंटी के समान पुरस्कार की माँग करने लगी। सिन्धिया मुक्त हाथों से उन लोगों को भी घूस देने लगे। रसद और यात्रियों को ले जानेवाले वाहनों में से हरेक के पहिए खोल डाले गए एवं हाथी और ऊँटों को जंगल में भेज दिया गया। और सैनिकों से उन्होंने कहा—यह वर्षा की ऋतु बीत जाए, तो फिर मैं भी तुम लोगों के साथ युद्ध के लिए निकल पड़ूँगा।

1857 ई. में जुलाई के अन्त और अगस्त की शुरुआत में इन्दौर और मऊ के विद्रोही सिपाहियों के साथ अन्यान्य सैनिक सहयोग करने के लिए आगरा के रास्ते चले जा रहे हैं, यह जानकर कंटिंजेंटी फौज का एक भाग तात्या की मदद करने चंबल नदी पार कर चला गया। सिन्धिया ने वर्षा से उफनती चंबल नदी के ऊपर से सारी नौकाओं को हटाकर कंटिंजेंटी के लौटने के रास्ते बन्द कर दिए।

इधर तात्या टोपे कंटिंजेंटी के बचे हुए सैनिकों के साथ निश्चित सम्पर्क बनाए रखने लगे। कंटिंजेंटी के भारतीय अफसरों और सैनिकों ने सिन्धिया के आश्वासन और लम्बी-चौड़ी बातों को परखने के लिए सात सितम्बर को उन्हें अपना अन्तिम फैसला बताने के लिए परेशान करने लगे और उन लोगों ने कहा, आपका झंडा लेकर हम लोग ब्रिटिश-विरोधी अभियान पर निकलना चाहते हैं। सिन्धिया उस समय हैवलोक की जीत की खबर से बहुत आनन्दित थे। उन्होंने कहा, "मेरे लिए वर्षा का मौसम खत्म न होने तक कोई बात कहना सम्भव नहीं है।" सिन्धिया की इस उक्ति पर कंटिंजेंटी के विक्षुब्ध सैनिक कहने लगे कि सिन्धिया ने (हमारे साथ) बेईमानी की है। अन्त में सात सितम्बर को ही उन लोगों ने मुरार और कम्पू में हिन्दू और मुसलमानों की पताकाएँ पास-पास फहराईं। उस रात अगर एक भी सीटी अथवा बिगुल बज उठता तो सिन्धिया के दस हजार सैनिक भी निकलकर उन्हीं झंडों के पास खड़े हो जाते। इसीलिए सिन्धिया ने पहले ही लश्कर के महल से सभी बिगुलों और तोपों को सुरक्षित स्थानों में रखवा दिया था।

सिन्धिया के अपने दस हजार सैनिक विश्वासपात्र बने रहे। तात्या टोपे के निर्देशन पर अक्तूबर के महीने में पूरी ग्वालियर कंटिंजेंटी सेना उनके नेतृत्व में चली

गई। झाँसी और कालपी पतन से उत्साहित होकर सिन्धिया और दिनकर राव जिस समय ह्यूरोज़ के स्वागत-सम्मान की परिकल्पना में व्यस्त थे उसी समय उनके पास अप्रत्याशित रूप से रावसाहब की पहली चिट्ठी आई।

रावसाहब, रानी और तात्या टोपे ने पहले सिन्धिया को मीठी बातों से अपने पक्ष में खींच लेने की चेष्टा की थी। इसीलिए इस पत्र में अपनी वर्तमान असहाय अवस्था एवं इस समय सिन्धिया के भारतीय शिविर में योगदान देने की बात ही लिखी हुई थी। दौलतराव सिन्धिया की विधवा पत्नी बाईजा बाई को भी रावसाहब ने पत्र लिखा। मई मास के तीसरे सप्ताह में सिन्धिया ने जरूरी पत्र लिखकर रॉबर्ट हेमिल्टन को भारतीय नेताओं के उक्त पत्र की बात बता दी।

दिनकर राव ने सिन्धिया को बताया, किसी भी तरकीब से धन देकर और मीठी बातों के द्वारा भारतीय नेताओं को हाथ में रखना उचित है जिससे ह्यूरोज़ तब तक आ जाए। सिन्धिया के दस हजार सैनिकों और ग्वालियरवासियों की राजभक्ति पर दिनकर राव राजबाड़े की पर्याप्त आस्था थी।

किन्तु सिन्धिया के सैनिक और कर्मचारी भारतीय नेताओं के आने से अत्यन्त खुश हुए। उन लोगों ने सिन्धिया और दिनकर राव को अपना मनोभाव जानने नहीं दिया। विभिन्न स्थानों से छिपकर रावसाहब को प्रायः दो सौ पत्र लिखे गए।

भारतीय जागरण के नेता लोग अमाइन गाँव में पहुँचकर सिन्धिया के उत्तर की प्रतीक्षा करने लगे। सिन्धिया ने चार सौ सैनिकों के साथ अपने एक परम विश्वासी सरदार को दिनकर राव को बिना बताए अमाइन गाँव भेजा। उसको देखकर ही रावसाहब ने कहना शुरू कर दिया—

> तुम हम लोगों के काम में क्यों रुकावट डाल रहे हो? सिन्धिया और दिनकर राव अकेले क्या करेंगे? वे लोग क्या क्रिश्चियन हैं कि साहब लोगों की सहायता की बात सोच रहे हैं? मैं रावसाहब, प्रधान पेशवा हूँ। तुम हो एक भँगेड़ी सूबेदार के दस टके के नौकर। सिन्धिया तो एक समय हमारे जूते लेकर चलते थे। हम लोगों ने उन पर दया करके ग्वालियर बख्शीश में दे दी थी। हमारा अपना राज्य है उसे हम लेने जाएँगे, इसमें तुम्हारा क्या है?

अधिकारप्राप्त कर्मचारी अत्यन्त बुद्धिमान और सिन्धिया का एकान्त रूप से विश्वस्त व्यक्ति था। उसने जब देखा कि रावसाहब की बात सुनकर उसके सिपाही हँसी-ठट्ठा करते हुए कानों में फुसफुसाकर कुछ कह रहे हैं और भारतीय नेतागणों के सैनिक और उसके सिपाहियों के बीच मन की बातों का विनिमय और आत्मीयतापूर्ण वार्तालाप चल रहा है, तब उसने विरोध करके अपने जीवन को संकट में डालना उचित नहीं समझा। वरन् स्थिति देखकर उसने नेताओं के साथ सहयोग ही किया। सिन्धिया के इन चार सौ सैनिकों के साथ रावसाहब और अन्यान्य

नेतागण ग्वालियर से आठ मील दूर बड़ा-गाँव में पहुँच गए। उस दिन 23[1] मई थी। सिन्धिया ने तब और एक सरदार को बड़ागाँव भेजा। रावसाहब ने उससे प्रश्न किया–

> सिन्धिया क्यों हमारे अभियान में रुकावट डालना चाहते हैं? हम लोग तो युद्ध करने आए नहीं हैं। हम लोग आए हैं दाक्षिणात्य के पथ पर ग्वालियर में कई दिन विश्राम करने और रसद आदि की व्यवस्था करने। जान लो, तुम्हारी सारी फौज अब हमारी विद्रोही सेना में है। हमारे पास इसी आशय की दो सौ चिट्ठियाँ आई हैं। इसलिए सिन्धिया अथवा दिनकर राव की सहायता के बिना हम लोग जीत जाएँगे।

ग्वालियर के इतने पास आकर रावसाहब को बातचीत के मुख्य पात्र होने देने की इच्छा अन्य भारतीय नेताओं की नहीं थी। इसलिए तात्या टोपे ने उनसे कहा–आपके ऊपर अनेक जिम्मेवारियाँ हैं। आप बातचीत में समय न देकर थोड़ा विश्राम कीजिए।

रावसाहब को एक ओर हटाकर तात्या टोपे ने सिन्धिया के सरदार के साथ परम आत्मीयता के साथ बातचीत करके उसे वश में कर लिया। रानी ने भी बीच में आकर इस सरदार के साथ बातचीत करके उसे अभिभूत कर लिया। झाँसी की रानी और तात्या टोपे जैसे विख्यात दो व्यक्ति उस जैसे भारतीय व्यक्ति की सहायता पर भरोसा करके बड़ागाँव आए हैं, यह जानकर वह आनन्दित हो गया। तात्या के साथ परामर्श करके 31 मई की शाम को वही सरदार ग्वालियर लौट गया।

फूलबाग के राजप्रासाद में बेचैन हालत में चहलकदमी करते हुए मानो किसी की प्रतीक्षा कर रहे थे जयाजी राव। तेईसवर्षीय तरुण जयाजी राव का घने साँवले मुख का रंग क्रोध के कारण और भी काला हो गया था। ऐसे समय यह सरदार वहाँ उपस्थित हुआ। जयाजी राव के क्रोध को शान्त करते हुए उसने कहा–प्रतिपक्ष अर्थात् शत्रुओं की हालत बहुत खराब है। झाँसी की रानी का नाम इतना सुना था, किन्तु अब उसकी वैसी चमक-दमक कहाँ है! और तात्या टोपे, रावसाहब सब लोगों को ही देख लिया! उनके साथ युद्ध करना तो व्यर्थ परिश्रम करना होगा। मुझे पाँच सौ सैनिक दे दीजिए तो मैं ही उन्हें हरा सकता हूँ।

उनके अन्यान्य अफसर और फौजी सिपाही मन-ही-मन अन्य योजना की तैयारी करते हुए सिन्धिया को युद्ध के लिए उत्साहित करने लगे। झाँसी की रानी और तात्या टोपे को सम्मुख युद्ध में पराजित कर बन्दी बनाने की आशा से जयाजी राव प्रफुल्लित हो गए। उन्हें दुगुने उत्साह से उत्साहित करते हुए उनके विश्वस्त मराठा सरदारों और कोषाध्यक्ष अमीरचन्द बाँठिया ने उनसे कहा–

---

1. 23 मई की तारीख गलत लगती है। उस दिन कालपी से सभी लोग भाग रहे थे।–अनुवादक

जब झाँसी की रानी लक्ष्मीबाई और तात्या टोपे को गिरफ्तार कर आप ब्रिटिशों के हाथ में सौंपेंगे तो आपका ओहदा और सम्मान कितना न बढ़ जाएगा जरा बताइए तो?

इस आकाशकुसुम जैसी दुराशा ने जयाजी राव को ऐसा मोहाच्छन्न कर लिया कि दिनकर राव तक को वे इस कृतित्व का कोई श्रेय नहीं देना चाहते थे।

पहली जून को अत्यन्त प्रत्यूष बेला में जयाजी राव आठ हजार घुड़सवार और पदाति सेना, छब्बीस तोपें लेकर मुरार से दो मील पूर्व और लश्कर से नौ मील दूर बहादुरपुर गाँव में जा पहुँचे। सिन्धिया के व्यक्तिगत सुरक्षा दल में भी चार सौ सैनिक थे। उनके ऊपर तोप चलाने की जिम्मेवारी थी। तोपों की गर्जना सुनकर सिन्धिया स्वयं उनका स्वागत करने आए हैं, ऐसा सोचकर रावसाहब उल्लसित हृदय से बाहर निकल आए। किन्तु वे सिन्धिया का हाव-भाव देखकर परेशान हो गए। रानी लक्ष्मीबाई ने अपने डेढ़ सौ घुड़सवारों को लेकर आगे आकर सिन्धिया की गति को रोक दिया। उसे देखकर जैसा सुना था वैसी असहाय तो सिन्धिया को वह नहीं लगी। इसी बीच तात्या और बाँदा के नवाब आगे आ गए। तात्या का साँवला रंग, दृढ़ संकल्पपूर्ण चेहरा देखकर शंकित सिन्धिया जब सहायता के लिए कातर होकर अपने सरदारों की तरफ देखते हैं तब भारतीयों की तरफ से एक सैनिक तलवार हाथ में लेकर आगे आ गया। सारे भारतीय नेतागण साथ-ही-साथ तलवार ऊँची करके समवेत स्वर में गर्जन कर उठे—दीन! दीन! हर हर महादेव! उसी समय सिन्धिया की सारी सेना यन्त्रचालित की तरह भारतीय पक्ष में जाकर खड़ी हो गई। परस्पर मिलना-जुलना और बातचीत शुरू हो गई एवं अत्यन्त निःस्पृह भाव से वे लोग मुरार नदी की रेत में बैठकर तरबूज तोड़कर खाने लगे।

स्थिति पूरी तरह अपने प्रतिकूल देखकर सिन्धिया अपने कुछ देहरक्षकों के साथ निकटवर्ती एक पहाड़ की तरफ भाग गए। पीछा करके भारतीय सैनिकों ने प्रायः साठ देहरक्षकों को मार डाला।

इसके बाद भगोड़े सिन्धिया द्रुतगति से फूलबागवाले प्रासाद में आकर पोशाक बदलकर आगरा के रास्ते धौलपुर की ओर भाग गए। दिनकर राव ने भी अपने स्वामी के मार्ग का अनुसरण किया। रानियाँ और राजबाड़े परिवार की स्त्रियाँ बैजा बाई के साथ नरवर के किले में भाग गईं।

ग्वालियर और लश्करवासियों की संयुक्त जयध्वनि के बीच तात्या टोपे, झाँसी की रानी, रावसाहब और बाँदा के नवाब के घोड़े पर चढ़कर लश्कर में प्रवेश किया। बाड़ा के रास्ते में फड़के भाइयों की विशाल अट्टालिकाएँ (आज भी विद्यमान हैं) देखकर रानी ने पूछा—"ओह कोनास बाड़ा?" अर्थात् यह घर किसका है? एक

व्यक्ति ने उत्तर दिया, "सरदार फड़के इथे रहता," (सरदार फड़के यहाँ रहता है)। रानी बोली—"साम्ड़ेवाले फड़के का आहे?" कहकर रानी हँसने लगी।

फड़के भाई अठारहवीं शताब्दी में बीजापुर राज्य में नौकरी किया करते थे। 1757 ई. में गात्ती के किले पर अधिकार करने के समय दोनों ही भाइयों ने अशेष शौर्य का प्रदर्शन किया था। पुरस्कार देने के समय आदिलशाह ने दोनों भाइयों को मात्र एक राजवस्त्र दिया। उन वस्त्रों को फाड़कर दोनों भाइयों ने आपस में बाँट लिया। दूसरे दिन आधा-आधा कुर्ता पहनकर उन लोगों ने आदिलशाह के सामने उपस्थित होकर कहा—दो लोगों के शौर्य के लिए मात्र एक व्यक्ति को पुरस्कृत किया गया है, इसलिए राजपुरस्कार को हम लोगों ने फाड़कर आधा-आधा ले लिया है। उसी से वे लोग फड़के नाम से परिचित हो गए। सिन्धिया वंश के प्रथम वंशधर राणाजी सिन्धिया के साथ वे लोग ग्वालियर आ जाते हैं एवं ग्वालियर में अशेष प्रतिष्ठा और धन-सम्पत्ति अर्जित करते हैं। महाराष्ट्रीय प्रथा के अनुसार सिर पर एक फेर की पगड़ी पहननी पड़ती है। फड़के लोगों की पगड़ी डेढ़ फेर मारकर सामने अथवा एक ओर झूलने दी जाती थी।

फड़के परिवार के सारे लोग राजबाड़े परिवार के साथ राजपरिवार का अनुसरण कर नरवर के किले में भाग गए थे।

रानी ने लश्कर में जिस घर को विश्राम और ठहरने के लिए लिया था वह उस समय नौलखा नाम से परिचित था। अन्य किंवदन्ती यह है कि वे मियाँ साहब की कोठी में रही थीं। यह अन्त में उल्लिखित कोठी इस समय जीर्ण-शीर्ण है। इसका सामने का फाटक, प्राचीर, लम्बा-चौड़ा अस्तबल, गजशाला आदि ध्वंसावशेषों में परिणत हो गए हैं। एक तरफ एक कारखाना है। पर मुख्य भवन ज्यों-का-त्यों खड़ा है।

सिर्फ दिनकर राव, बलवन्त राव, माहुरकर और फड़के आदि विशिष्ट लोगों के घरों को लूट लिया गया। सामान्य जनता पर जरा भी अत्याचार नहीं किया गया।

ग्वालियर में अधिक दिन रहने की इच्छा भारतीय नेताओं की नहीं थी।

ग्वालियर का विशाल दुर्ग, अजस्र खाद्य और रसद का भंडार, अस्त्र-शस्त्र, बहुमूल्य वस्तुओं का भंडार आदि देखकर तात्या टोपे और रावसाहब अपनी विजय का महत्त्व समझ सके। किन्तु उन लोगों पर उसकी दूसरी ही प्रतिक्रिया हुई। वे लोग तड़क-भड़क के साथ विजयोत्सव मनाने की तरफ जोर देने लगे। रानी के साथ उन लोगों का मनमुटाव और मतभेद दोनों हो गया। रानी ने उन लोगों से बार-बार सद्यःविजित ग्वालियर की फौज को अपने हाथ में बनाए रखने का उद्योग करने के लिए कहा। उसके पश्चात् सर्वसम्मति से गोरक्षी प्रासाद की गंगाजली (सुरक्षित खजाना) खुलवाकर, कोषाध्यक्ष अमीरचन्द बाँठिया की सहायता से सिन्धिया की फौज

को तीन मास का बकाया वेतन एवं इनाम के बतौर दो मास का वेतन दिया गया। भारतीय फौज को साढ़े सात लाख रुपया दे दिया जाता है। बाँदा के नवाब को साठ हजार रुपया दिया जाता है। रानी को बीस हजार रुपया दिया जाता है। स्वयं रावसाहब ने पन्द्रह हजार सोने की मुहरें लीं। कुल मिलाकर बीस लाख पचास हजार रुपया इस गोरक्षी खजाने से ले लिया जाता है। अमीरचन्द बाद में अंग्रेजों द्वारा पकड़ लिया जाता है। बाड़ा के सामने के राजमार्ग के पास एक नीम के पेड़ पर उसे फाँसी दे दी जाती है।

3 जून, 1858 ई. में फूलबाग महल में लाखों रुपया खर्च करके भव्य समारोह के साथ हिन्दू राज्य पेशवाशाही की घोषणा हो गई। नानासाहब इस पेशवाशाही के पेशवा हुए। रावसाहब ने राजकोष की मणिरत्नजड़ित पगड़ी कंठा पहनकर कहा—मैं हूँ पेशवा का प्रतिनिधि। तात्या टोपे बहुमूल्य मोतियों की माला पहनकर हुए सेनापति, सिन्धिया के मन्त्री रामराव गोविन्द हुए मुख्यमन्त्री। हजारों ब्राह्मणों को भोजन कराया गया, उत्सव मनाया गया एवं घी, दही और मिष्ठान्नों की सुगन्ध से पूरा लश्कर शहर भर गया। इस सभा में पहले तो रानी आमन्त्रित ही नहीं की गई, किन्तु 2 जून की रात में एक सरदार आकर रानी को आमन्त्रित कर गया। रानी के इस अपमान से आहत हुए मुन्दर, रघुनाथ सिंह, गुलमोहम्मद और बाँदा के नवाब।

रानी विश्रामकक्ष के अँधेरे बरामदे में खड़ी हुई थी। एक-एक कर विगत जीवन की सारी घटनाएँ उसके मनोदर्पण में प्रतिफलित होने लगीं। फूलबाग महल से उस समय खूब आतिशबाजी छुड़ाई जा रही थी जो अन्धकारपूर्ण आकाश में पहुँचकर आवाज करती हुई फट जाती है। लोगों का कलरव सुनाई पड़ रहा है। उस तरफ देखकर रानी को लगने लगा कि क्या इसी के लिए झाँसी के हजारों मनुष्यों ने अपने प्राण दिए हैं? उन लोगों ने क्या इसी के लिए युद्ध किया है? वे स्पष्ट रूप से देखने लगीं, आज जहाँ पर आतिशबाजी की हजारों चिनगारियाँ उड़ रही हैं, वहाँ अदृश्य रूप से पंखों को फैलाए हुए मृत्यु मानो अधीर होकर प्रतीक्षा कर रही है। आशंका के एक काले मेघ ने मानो उस निर्भीक हृदय को घेर लिया। संसार के अन्य सब वीरों की तरह रानी ने भी उस दिन अपने को बिलकुल अकेला महसूस किया।

इक्कीस

भारतीयों की ग्वालियर विजय का संवाद जब चारों ओर फैल गया तब सिन्धिया के भाग जाने की खबर से ब्रिटिश भारत शंकित हो उठा। केनिंग ने देखा कि कालपी से जो भारतीय पूरी तरह असहाय अवस्था में भाग गए थे, दस दिनों के भीतर उन लोगों ने सिन्धिया की राजधानी, रसद, सेना और तोपों के साथ एक अत्यन्त शक्तिशाली सैन्य छावनी को भी हस्तगत कर लिया है। पुरानी नगरी ग्वालियर और नवीन बस्ती लश्कर दोनों ही अत्यन्त समृद्धिशाली हैं।

यही ग्वालियर भारतीय सेना के अधिकार में चली गई है यह जानकर समस्त विजयी इलाके में कैसा उत्साह और उत्तेजना का संचार होगा यह सोचकर केनिंग की शंका बढ़ गई।

ग्वालियर में सिन्धिया के विस्तृत इलाके के भीतर से कोई बम्बई और मध्यभारत, बम्बई और उत्तर-पश्चिमी प्रदेश और आगरा जाने के अनेक रास्तों एवं सैकड़ों मील बिजली की लाइन गई हुई है। सुतराम् ग्वालियर पर अधिकार करके सारे ब्रिटिश अधीन भारत पर नियन्त्रण करना भारतीयों के लिए कुछ असम्भद नहीं होगा।

तात्या टोपे ग्वालियर में नाममात्र की सेना रखकर अगर दक्षिण में अभियान चलाए तो सर्वाधिक संकटपूर्ण स्थिति उत्पन्न हो जाएगी। पश्चिम और दक्षिण में लाखों महाराष्ट्रीय आज भी पेशवा को अपना न्यायसम्मत शासक मानते हैं। ब्रिटिशों के शासनाधिकार के वे उस समय भी अभ्यस्त नहीं हो पाते हैं। दक्षिणापथ और पश्चिमी भारत में तब तक विद्रोह नहीं फैल पाता है। तात्या टोपे यदि पेशवाशाही की पताका लेकर एक बार वहाँ पहुँच जाए, तो पर्वताकीर्ण दुर्गम महाराष्ट्र के निवासी—जो लोग एक बार शिवाजी के नेतृत्व में संगठित हो गए थे, वे लोग पुनः आज तात्या के नेतृत्व में वैसे ही संगठित हो जाएँगे। सामने ही वर्षा आनेवाली है। वर्षा में चंबल, पहूज, सेंध तथा अन्यान्य नदियाँ अत्यन्त दुरतिक्रम्य हो जाएँगी। दक्षिणी भारत में वर्षा होने से हजारों पहाड़ी झरने उफनाने लगेंगे एवं वहाँ पर किसी भी तरह ब्रिटिश फौज सरलता से नहीं आ-जा सकेगी।

इस पूरी परिस्थिति पर विचार करने से समझ में आ जाता है कि ग्वालियर पर अधिकार करने के बाद भारतीयों के पक्ष में सामरिक परिस्थिति कितनी अनुकूल हो गई थी। और इसके लिए ब्रिटिश सरकार के शंकित होने का यथार्थ कारण भी था। किन्तु ग्वालियर में व्यर्थ विलम्ब करना पहले तो तात्या टोपे के लिए अत्यन्त अनुचित हुआ। बिना किसी बन्धन के वह स्वच्छन्द रूप से ही दक्षिण की तरफ चला जा सकता था। दूसरे, ग्वालियर में देर करने के पक्ष में अगर उसकी यह युक्ति थी कि वह ह्यूरोज़ के साथ एक अन्तिम संघर्ष करेगा और उसके बाद ग्वालियर त्यागकर दक्षिण की यात्रा करेगा, तो उपयुक्त सामरिक तैयारी की भी तो जरूरत थी। असल में ग्वालियर जीतने के बाद से तात्या की कोई निश्चित योजना ही नहीं रही थी। भारतीयों की इस योजना-विहीन, अनिश्चित अवस्था ने ही ब्रिटिश पक्ष को सदा विजयी बनाया है।

लॉर्ड केनिंग ने हेमिल्टन को यह सूचना दी कि ग्वालियर पहुँचने के अब एक घंटे की भी देरी करने से नहीं चलेगा।

कैप्टन उमानी (Ommany) को कालपी में ही तैनात रखा ह्यूरोज़ ने। 15 जून को ही उसे कोलिन कैम्पवेल के पास से इस आशय का एक तार मिला कि ब्रिगेडियर स्मिथ की पूरी ब्रिगेड और कर्नल रिडेल की एक टुकड़ी उसे सहयोग कर रही है। कर्नल रिडेल अपने साथ 21 नम्बर का हलका स्थल तोपखाना, तीसरे नम्बर की बंगाल यूरोपीय 200 सिख घुड़सवार सेना, 300 सिख पदाति सेना, साथ में चलनेवाला रसद, गोला-बारूद का काफिला, तोपें, मोर्टार और गोला-बारूद लेकर आगरा से ग्वालियर आ जाता है।

ब्रिगेडियर स्मिथ भी राजपूताना फील्ड फोर्स की एक पूरी ब्रिगेड के साथ चन्देरी से ग्वालियर के लिए रवाना हो जाता है।

हैदराबाद कंटिंजेंटी को पहले ही छुट्टी दी जा चुकी थी। वस्तुतः झाँसी और कालपी के युद्ध में उस दिन हैदराबाद कंटिंजेंटी की सहायता अगर न मिलती तो ह्यूरोज़ को भारी मुश्किल में पड़ना पड़ता। किन्तु सिन्धिया की पराजय की खबर मिलने के बाद पूरी कंटिंजेंटी सेना को फिर से ग्वालियर की ओर यात्रा शुरू कर देनी पड़ी।

ग्वालियर का दक्षिणी दिशा से पहरा देने के लिए ह्यूरोज़ के निर्देश से मेजर ओर हैदराबाद कंटिंजेंटी लेकर पूनिया आकर ग्वालियर-शिवपुरी रोड पर नजर रखने लगा। क्योंकि इससे ग्वालियर से दक्षिण की तरफ भागनेवाली भारतीय फौज को रोकने में सुविधा होगी।

ग्वालियर, लश्कर और मुरार इन तीन भागों में विभक्त ग्वालियर पर आक्रमण करने के लिए ह्यूरोज़ ने सर्वथा एक नए मार्ग का निश्चय कर लिया। ग्वालियर के पूर्व-दक्षिण में कोटा की सराय को मुख्य मोर्चा बनाया गया। ग्वालियर से कोटा की

सराय की दूरी बहुत अधिक होगी तो सात मील और लश्कर से चार मील होगी। यह सच है कि कोटा-की-सराय के पास पर्वत शृंखला है, किन्तु उस पर्वतमाला को पार करते हुए पहले कम्पू मैदान और छावनी मिलेगी और उसके बाद ही लश्कर (मिलेगा)। एक बार लश्कर और कम्पू पर अधिकार पाने पर दुर्ग की दक्षिणी दिशा पूरी तरह उन लोगों के हाथ में आ जाएगी। उधर वह (ह्यूरोज़) खुद मुरार कंटूनमेंट पर अधिकार करके मुरार से बीस मील दूर कोटा में उपस्थित हो जाएगा। इधर लश्कर और कम्पू पर आक्रमण के समय वह और ब्रिगेडियर स्मिथ एक साथ हो जाएँगे। इस तरफ से लश्कर और उस तरफ से मुरार दोनों तरफ से एक ही स्थान में फँसकर भारतीय सेना किले की ओर पीछे हटने लगेगी। और सबसे अन्त में वह किले पर आक्रमण करेगा। पहले शहर पर और बाद में किले पर आक्रमण करने के कारण ही उसने झाँसी में सफलता पाई थी। इस बार भी वह उसी मार्ग का अनुसरण करेगा।

ग्वालियर शहर और मुरार की दूरी पाँच मील है। बीच के स्थान पर तानसेन की समाधि के पास से होकर एक रास्ता मुरार की तरफ चला गया है। बीच-बीच में कहीं-कहीं जंगल है।

मुरार से लश्कर छह मील का रास्ता है। लश्कर के अन्तिम छोर पर मुरार के रास्ते में पड़ता है फूलबाग महल और उसका विस्तृत बाग। कोटे-की-सराय से सोनरेखा नाला फूलबाग महल के पास से होकर ग्वालियर शहर की तरफ चला गया है। बीच-बीच में ऊँची-नीची भूमि, झाड़ियाँ और जंगल हैं।

ब्रिगेडियर स्मिथ के ऊपर सर्वाधिक महत्त्वपूर्ण स्थान का भार आ गया। उसने कोटे-की-सराय की जिम्मेवारी ले ली।

ह्यूरोज़ ने कालपी में ही अवकाश लेने का मन बना लिया था। उसी विचार के अनुसार ब्रिगेडियर जनरल रॉबर्ट नेपियर ह्यूरोज़ का स्थान ग्रहण करने कालपी आ गया था। इस नई परिस्थिति के परिणामस्वरूप ग्वालियर अभियान में नेपियर ने ह्यूरोज़ के द्वितीय कमांडर का काम किया था।

1857 ई. के जून महीने के अभ्युत्थान के परिणामस्वरूप मुरार कंटूनमेंट के कुछ घर मात्र ही जले थे। अन्यथा वहाँ के फूल बागान, प्रशस्त सैन्य बैरकें, अस्पताल, कोठी आदि पहले की तरह अच्छी स्थिति में ही थीं। ह्यूरोज़ ने निश्चय किया कि वह स्वयं मुरार पर अधिकार करेगा। वहाँ पर अस्थायी छावनी, अस्पताल आदि का अच्छा बन्दोबस्त कर मुरार से कोटा-की-सराय में विद्यमान स्मिथ को सहयोग करेगा।

कालपी से इन्दुरखी के रास्ते पर पहली ब्रिगेड को लेकर ह्यूरोज़, नेपियर और ब्रिगेडियर स्टुअर्ट ग्वालियर के लिए रवाना हो गए। आगरा से ग्वालियर के रास्ते पर

कर्नल रिडेल की विशाल सेना ने पहले ही चंबल नदी पार कर ली थी। ब्रिगेडियर स्मिथ राजपूताना फील्ड फोर्स लेकर चन्देरी से ग्वालियर की तरफ बढ़ने लगा। और मेजर ओर झाँसी से ग्वालियर के रास्ते पर पूनिया की तरफ रवाना हुआ।

ह्यूरोज़ की ग्वालियर पर आक्रमण करने की योजना हर जिम्मेवार अफसर को बता दी गई।

तेज गर्मी। रात की ठंडक में रास्ता चलते-चलते ह्यूरोज़ बारह जून को ही अमाइन पहुँच गया। आशा होने लगी कि वह 16 जून के बीच ही बहादुरपुर पहुँच जाएगा। एक भारतीय जो सिन्धिया का विश्वस्त अनुचर था, उसे मुरार का रास्ता दिखाता हुआ ले आया था।

बाईस

1858 ई. के जून मास में भारतीय एवं अंग्रेज दोनों पक्ष ही ग्वालियर की तरफ दृष्टि गड़ाकर ताक रहे थे। क्योंकि दोनों पक्ष ही जानते थे कि तात्या टोपे और झाँसी की रानी अगर ह्यूरोज़ को ग्वालियर में पराजित कर सके तो युद्ध की गति एक बार ही बदल जाएगी। और ग्वालियर के भारतीयों के अधिकार में लम्बे समय तक रहने पर भारत में ब्रिटिश राज्य की हालत भी संगीन हो जाएगी।

किन्तु ग्वालियर के रंगमंच पर उस दिन आशा-निराशा के झूले में झूलती हुई अवस्था के नेपथ्य में भारतीय नेताओं की हालत बहुत ही शोचनीय थी।

12 जून को आधी रात तात्या एवं रावसाहब के पास जब ह्यूरोज़ के अमाइन आ जाने की खबर आई तब उन्हें होश आया।

वे समझ गए कि इस संकट के समय पारस्परिक सामंजस्य के अभाव में उन लोगों में कैसा न पाटा जानेवाला मन-मुटाव व्यवधान उत्पन्न हो गया है। उन लोगों ने यह भी समझ लिया कि सिर्फ बाहुबल और भावना का सहारा लेकर ही युद्ध में सफलता नहीं पाई जा सकती है, इसके साथ राजनीति का ज्ञान भी अनिवार्य रूप से आवश्यक है। किन्तु तब तक स्थिति उनकी पकड़ से बाहर चली गई थी।

13 जून को बड़े तड़के सारी सेना को एकत्र करने जाकर तात्या अत्यन्त विचलित हो गए। सैनिक लोग उस समय तात्या पर क्रोध कर आगबबूला हो जाते हैं। एक शाही (सिन्धिया शाही—सिन्धिया के आधिपत्य) को खत्म करके दूसरी शाही (पेशवाशाही) को स्थापित करने के लिए वे लोग प्राणों की परवाह न करके तात्या के नेतृत्व में संगठित हुए थे? उन्होंने ग्वालियर जीत ली और उनके नेता बनकर तात्या ब्राह्मण भोजन कराकर पुण्य अर्जन में क्यों व्यस्त हो गए!

13 जून को मध्याह्न में रावसाहब, तात्या एवं बाँदा के नबाव रानी के पास गए।

कालपी, कौंच, गुलौली और बहादुरपुर के युद्ध में रानी सदैव अपनी यह बात दुहराती आई है कि अगर इस बात पर वे लोग ध्यान देते तो उनकी यह अवस्था न होती, यह सत्य है। ग्वालियर में झाँसी की रानी के साथ अगर सभी तरह से

असहयोग न किया गया होता, किंवा पुण्य अनुष्ठान और उत्सव में समय बर्बाद न किया गया होता तो सारे चित्र का रंग ही बदल जाता। किन्तु तब तक तो समय ही नहीं रहा था। स्वाभिमानिनी रानी गम्भीर मुख से पुत्र को गोद में लिए हुए अपने अनुचर वर्ग से घिरी बैठी हुई थी। उसे देखकर नेता लोग शंकित हो गए। रानी से सम्मानपूर्वक बात करते हुए तात्या ने कहा—अंग्रेजी सेना बिलकुल पास है। इस समय हम लोगों के संगठित होने की जरूरत है। आपसे सहायता की प्रार्थना कर रहे हैं।

रानी ने दीर्घ श्वास छोड़ते हुए कहा—

> आज पर्यन्त एवड़ा अटोकाट विभु रचून जे जिवापाड़ श्रम केले ते फलद्रूप होन्याची आशा आताँ राहिली नाहीं।
>
> जिस समय युद्ध की तैयारी करना चाहिए थी, उस समय आप लोग विजयोत्सव मनाने में मग्न थे। मैं तो एक मामूली स्त्री हूँ। आप लोगों को क्या परामर्श दूँगी! फिर भी भविष्य में जिस कठोर परिणाम की अपेक्षा है, उसे सोचकर शंकित हो रही हूँ।

आत्मधिक्कार से सिर नीचा कर रह गए सारे नेतागण।

तात्या टोपे ने रानी के चरणों में अपनी पगड़ी उतारकर रख दी।

इस थोड़े समय की तैयारी से जय की आशा करना दुराशा मात्र है। फिर भी रानी उद्दीपना और उत्साह से भर उठी। उत्साह और संकल्प से उसका मुखमंडल प्रदीप्त हो उठा। तात्या ने कोटे-की-सराय का सारा भार रानी पर डाल दिया। सारी घुड़सवार सेना का दायित्व भी रानी ने स्वयं ले लिया।

बाई साहिबा के नेतृत्व स्वीकार कर लेने के समाचार से सेनाओं में पुनः नई आशा का संचार हो गया।

झाँसी से जो लोग उनके साथ आए थे, उन लोगों में से उस समय भी रघुनाथ सिंह, गुलमोहम्मद, गणपत राव मराठा, रामचन्द्र राव देशमुख, मुन्दर, काशी कुनवीन, जूही नाटक वाली, नन्हें खाँ आदि लोग थे। उन लोगों को रानी ने इकट्ठा किया। उन लोगों से बार-बार अनुरोध किया कि सामान्य विपत्ति की आशंका होते ही वे लोग बालक दामोदर को लेकर सुरक्षित स्थान में चले जाएँ। उसने और भी कहा—"मेरे बचे हुए आभूषण और धन देकर भी तुम लोग दामोदर की रक्षा करना। दामोदर अभी बच्चा है। फिर भी मैंने चूँकि अंग्रेजों से दुश्मनी मोल ली है, इसलिए वे लोग इस अबोध बच्चे पर भी अत्याचार कर सकते हैं। इसी कारण तुम लोग उसे सदा सुरक्षित स्थान में ही रखने का प्रयास करना।"

दामोदर से वे बोलीं—"आनन्द, इस दुख और दुर्दशा के दिन में भी तुम्हीं मेरी एकमात्र खुशी हो। अगर जरूरत पड़े तो क्या तुम मेरे बिना भी कुछ दिनों बाला राव,

काशी, रघुनाथ इन लोगों के साथ भी रह सकोगे? समझ लो तुम सुरक्षित स्थान में हो यह जानकर मैं भी निश्चिन्तता से रह सकूँगी।"

अभिभूत दामोदर ने आश्चर्य से सिर हिलाया। गोदनामे के समय यद्यपि उसका नाम मृत शिशु के नाम पर दामोदर रखा गया था, फिर भी रानी उसे आनन्द कहकर ही बुलाती थी। सम्भवतः मृत पुत्र के नाम से उसे बुलाने में उसके प्राणों में पीड़ा होती थी। सदा ही वह कहा करती थी, मेरा आनन्द आनन्दस्वरूप है। रानी ने अपने अनुचरों से बार-बार कहा, युद्ध के मैदान के निकट उन लोगों को रहने की कोई जरूरत नहीं है। जरूरत पड़ने पर तुम लोग बचकर भाग जाने में कोई संकोच न करना। किन्तु उसके साथियों में यह प्रश्न उठा कि रानी की रक्षा कौन करेगा?

उस नीरव प्रश्न के उत्तर में उसने मुन्दर की ओर लक्ष्य करके कहा—मेरी शमशीर लाकर दो।

नीला रंग रानी को सदा प्रिय था। आज उसने नीले रंग का चन्देरी साफा बाँधा। नीला अँगरखा और चूड़ीदार पाजामा पहना। गले में मोती की कंठी पहनकर हाथ में रत्नजड़ित तलवार लेकर विद्युल्लताप्रभ गौरी की तरह राजरत्न घोड़े पर चढ़कर कम्पू मैदान में सेना की कवायद निरीक्षण करने चली गई। कालपी में गुलौली की लड़ाई के बाद सारंगी घोड़ी की मृत्यु हो गई थी। बड़ा गोडवले शागिर्द ने उसे राजरत्न घोड़ा दिया था। राजरत्न श्वेत वर्ण का अत्यन्त शुभ लक्षणों से युक्त घोड़ा था।

निश्चय हुआ कि तात्या टोपे का एक मोर्चा कम्पू में रहेगा। वही स्थान आजकल सारस्वत इंटरमीडिएट कॉलेज के पीछे है। तात्या की एक और सेना उत्तर में रहेगी। रावसाहब रहेंगे पश्चिम में और बाँदा के नवाब रहेंगे ग्वालियर नगर और किले का उत्तरदायित्व लेकर।

विशेष रूप से उल्लेखनीय है कि रानी को कोटे-की-सराय जैसे गुरुत्वपूर्ण स्थान पर प्रायः दस हजार की सेना का दायित्व दिया गया था। उस सेना में ग्वालियर कंटिंजेंटी की सफेद और लाल कुर्तीवाली सेना भी थी। पाँचवीं अस्थायी सेना और धूसर रंग का पाजामा और लाल कुर्तीवाली फौज ने भी रानी के नेतृत्व में युद्ध किया था।

कम्पू में रानी और बाँदा के नवाब सेना को परेड कराने लगे। कौंच और गुलौली में जिस प्रकार से हार स्वीकार करनी पड़ी थी, यहाँ जिससे उसकी पुनरावृत्ति न हो। नेतागणों ने इस सन्दर्भ में आपस में बार-बार विचार-विमर्श कर दृढ़ संकल्प ले लिया।

छोटी-बड़ी मिलाकर अट्ठावन तोपें कोटे-की-सराय, किला, कम्पू, फूलबाग और मुरार के विभिन्न स्थानों पर तैनात करने का बन्दोबस्त किया गया।

ह्यूरोज़ 16 जून को बड़े सवेरे मुरार कंटूनमेंट से चार-पाँच मील दूर बहादुरपुर गाँव में पहुँच गया। उसके आगे बढ़ते आने की खबर पाकर 15 जून की रात में पाँचवीं अस्थायी सेना के कुछ सवार और तोपें लेकर रावसाहब मुरार पहुँच गए। सिन्धिया की व्यक्तिगत फौज के चुने हुए सिपाही और घुड़सवार भी उस समय वहाँ पर थे।

ह्यूरोज़ के नेतृत्व में ब्रिगेडियर स्टुअर्ट, ब्रिगेडियर जनरल नेपियर, कैप्टन एबट (Abbott), लेफ्टीनेंट नीव (Neav), लेफ्टीनेंट हरकोर्ट (Harcourt) स्ट्रुअट (Strutt), कैप्टन लाइट फुट (Light Foot), कैप्टन रीच (Rich) आदि सुयोग्य योद्धा थे।

सर रॉबर्ट हेमिल्टन ने अपने इन अच्छी तरह से परिचित स्थानों के सम्बन्ध में ह्यूरोज़ को विशेष रूप से जानकारी दे दी थी। मुरार के दाहिनी तरफ पहाड़ी घाटी और नदी के भरकों में भी भारतीय सेना छिपी हो सकती है यह बात भी उसने ह्यूरोज़ को बार-बार बता दी थी।

16 जून को ही भोर में बहादुरपुर से ह्यूरोज़ के मुरार के रास्ते पर आगे बढ़ते-न-बढ़ते यह स्पष्ट रूप से समझ लिया कि उसकी बाईं ओर नदी के भरकों और कन्दराओं में शत्रु की सेना छिपी हुई है।

मुरार से धीरे-धीरे तोपों के गोले छोड़ते हुए ह्यूरोज़ ने आगे बढ़ने में बाधा दी जाने लगी। ह्यूरोज़ की सेना में कैप्टन नीव मारा गया। दो घंटे के घोर युद्ध के बाद ह्यूरोज़ ने मुरार के कंटूनमेंट पर अधिकार कर लिया। घबड़ाई हुई भारतीय सेना पंक्तिबद्ध होकर पीछे हटने लगी।

16 जून की रात लश्कर शहर मशालों के प्रकाश में दिन की तरह चमक रहा था। और उस उज्ज्वल प्रकाश में अविराम रूप से लोगों का लश्कर में आना-जाना चल रहा था।

कोटे-की-सराय और लश्कर के बीच का अंचल पर्वतों से भरा तथा खाई-खंदकों से पूर्ण है। कोटे-की-सराय नाम एक मुसाफिरखाने से आया है। यहाँ पर एक मामूली-सी गढ़ी, नदी और नाला थे। यही इलाका विषैले सर्पों के कारण भी खतरनाक था।

16 जून को सारी रात रानी और अन्य नेताओं में परामर्श के बाद कोटे-की-सराय से डेढ़ हजार गज दूर, आजकल जहाँ दुर्गा का मन्दिर है, उसके आसपास कई तोपें लगा दी गईं। दोनों तरफ समतल जमीन पर दो सैनिक टुकड़ियों को तैनात कर दिया गया। कम्पू मैदान में खुद तात्या टोपे के निर्देश पर एक मोर्चा बनाया गया। कोटे-की-सराय से लश्कर के बीच की पहाड़ी घाटियों और खंदकों के पैदल, घुड़सवार और बन्दूकधारी सेना को तैनात कर दिया गया। फूलबाग में एक

टुकड़ी सेना लेकर मुन्दर को तैनात कर दिया गया। रघुनाथ सिंह एवं रानी ने एक साथ फूलबाग और कोटा के बीच में स्थित सेना का दायित्व ले लिया और कोटा में गुलमोहम्मद को नियुक्त किया गया। आजकल कटिया घाटी के नाम से प्रसिद्ध स्थान पर दूसरी एक टुकड़ी को लेकर बाँदा के नवाब (शत्रु सेना की) प्रतीक्षा करने लगे।

13 जून से लेकर 17 जून तक रानी ने प्रतिदिन रात-दिन मिलाकर छह घंटे भी विश्राम किया या नहीं, इसमें सन्देह है। उसमें जरा भी थकान नहीं थी, किन्तु उसका घोड़ा राजरत्न थककर इतना चूर हो गया था कि उस घोड़े को लेकर युद्ध नहीं किया जा सकता था। इसलिए 17 जून को सवेरे रानी ने सिन्धिया की अश्वशाला से एक नया घोड़ा छाँट लिया। उसके बाद हाथ में शमशीर और कमर में खंजर बाँधकर रानी ने ग्वालियर कंटिंजेंटी के फौजियों की तरह सफेद पाजामा और लाल कुर्ता पहन लिया। सामरिक उच्च अधिकारी के पद के अनुसार गले में अपने पुराने कंठे को पहन लिया। झाँसी के नेवलकर वंश की तरफ से आशीर्वाद के रूप में वह मोतियों का कंठा उसे पन्द्रह वर्ष पहले मिला था। पैरों में उसने नागरा जूते पहने, सिर पर बाँधा उसने चन्देरी का सफेद मुरैठा। बड़े तड़के अँधेरा रहते ही उसने दामोदर के पास से विदा ले ली। जाने के पूर्व रामचन्द्र राव देशमुख, गणपत राव और मुन्दर को अपने अनुरोध की पुनः याद दिलाई। रानी के अनुरोध की रक्षा के लिए एकदम सुरक्षित स्थान में गुप्त रूप से ये आज्ञाकारी विश्वस्त अनुचरगण छिप गए।

पानी बरसने की कोई सम्भावना नहीं है। सूर्य निकलते ही गर्मी शुरू हो जाएगी। प्रातःकाल की मृदु मन्द वातास में सेना की तरफ बढ़ते-बढ़ते उसके मन में उत्साह आ गया एवं आसन्न क्षण की बात सोचते-सोचते उसे बड़ा आनन्द आया।

इधर-उधर व्यस्त सैनिक लोग उसे देखकर सम्भ्रमपूर्वक आपस में कहने लगे—बाई साहिबा आ रही हैं।

ब्रिगेडियर स्मिथ, Her Majesty's 8th Hussar, 14th Light Dragoon, 95th Regiment, Ist Bombay Lancer, 3rd Troop Bombay Horse Artillery, 10th Bombay Native Infantry इत्यादि विभिन्न सेनाओं एवं लेफ्टीनेंट कर्नल ब्लेक (Blake), ले. कर्नल रेंस (Raines), ऑवेन (Owen), मेजर वायल्स (Vialls), मीड (Meade) (बाद में जिसे तात्या टोपे को फाँसी देने का अधिकार देकर एक न्यायाधिकारी के रूप में नियुक्त किया गया था), लॉक (Lock) हीथ (Heath) आदि सुयोग्य अफसरों को लेकर बड़े तड़के सात बजे के समय कोटे-की-सराय पहुँच गया।

इस स्थान की भौगोलिक अवस्था के सम्बन्ध में अनभिज्ञ होते हुए भी स्मिथ के मन में विचार आया कि उसके सामने की पर्वतमाला एवं लश्कर के बीच में विद्यमान सभी स्थानों पर भारतीय सेना गुप्त रूप से छिपी हुई है।

उसके साथ थी रसद तथा अन्य असबाब। कोटे-की-सराय में उसने उन सब वस्तुओं को रखने के निर्देश देकर पहरा देने का दायित्व सौंपा आठवीं हूजर और बॉम्बे लेंसर के दो दस्तों को। वे लोग कोटा में ही रहेंगे और जब तक अनिवार्य न हो तब तक रसद के भंडार को छोड़कर हिलेंगे भी नहीं। उसके बाद पहाड़ी दर्रों, नाला और भरकों की तरफ नजर रखता हुआ स्मिथ बड़ी सावधानी से आगे बढ़ने लगा। पाँच सौ गज आगे बढ़ते ही भारतीय तोपें गरज उठीं। गोलों की दो बौछारों के परिणामस्वरूप स्मिथ पीछे हट आया। उसके बाद हॉर्स आर्टिलरी के साथ आगे बढ़कर स्मिथ पलटकर गोले बरसाने लगा। तोपों के इस युद्ध में भारतीय पक्ष का मुख्य गोलंदाज मारा गया। उसके कुछ देर बाद ही भारतीय फौज पीछे हटनी शुरू हो गईं। तब स्मिथ ने 95वें नम्बर की रेजीमेंट के ले. कर्नल रेंस (Raines) को भारतीय फौज का पीछा करने का हुक्म दिया। 95वें नम्बर की रेजीमेंट और 10वें नम्बर की रेजीमेंट, देसी पदाति सेना लेकर रेंस भारतीय सेना का पीछा करने लगा। इसी भारतीय फौज में था गुलमोहम्मद। ग्वालियर कंटिंजेंटी के साथ पीछे हटते समय वह बार-बार गोली चलाता हुआ प्रतिपक्षी सेना के आगे बढ़ने में प्रतिरोध पैदा करने लगा। आगे बढ़ते हुए रेंस के सामने आ गया सोनरेखा नाला। नाले की दोनों ऊँची कगारों के बीच में उस समय भी चार फुट गहरा जल भरा हुआ था। वहाँ पर उसकी गति अवरुद्ध हो गई। घुड़सवार और पैदल सिपाही एक-एक कर बड़ी सावधानी से नाला पार कर आगे बढ़ने लगे।

इसी बीच गुलमोहम्मद सारी तोपों को हटाकर लश्कर के रास्ते कम्पू की तरफ लौटकर चलने लगा। तोपें, पैदल सिपाही, घुड़सवार और गोलंदाजों के साथ दूसरा मोर्चा बिलकुल पास ही बनाया गया था। गुलमोहम्मद स्वयं वहीं रह गया और अपनी सैनिक टुकड़ियों के साथ तोपें लेकर और भी पीछे हट गया। रेंस जब अपने सामने खड़ी शत्रु सेना को देखकर क्या करना चाहिए यह निश्चय कर रहा था, उसी समय दाहिनी तरफ एक ऊँची टौरिया पर ग्वालियर कंटिंजेंटी की दूसरी एक टुकड़ी पर उसकी नजर पड़ी। इसके साथ ही उसकी खुद की सेना पर सामने और पास की दोनों शत्रु सेनाओं की तरफ से एक साथ तोपों के गोले आकर पड़ने लगे।

स्थिति संकटपूर्ण देखकर रेंस पीछे हटने लगा। 10वीं रेजीमेंट देसी पदाति सेना उसकी सेना के पृष्ठ भाग की रक्षा करने लगी। पीछे हटते हुए रेंस को आकर सहयोग करने लगा मेजर वायल्स (Vialls)। वे लोग तब फिर से एक साथ कम्पू की तरफ

बढ़ने लगे। किन्तु उसी समय तात्या टोपे की सेना की छह तोपों से आगे बढ़ती हुई अंग्रेज फौज पर धीरे-धीरे गोले आकर गिरने लगे। उस समय ग्वालियर कंटिंजेंटी के साथ आरम्भ हो गया घोर युद्ध। दोनों ही पक्ष समान रूप से मरने-मारने को उतारू थे। दो घंटे हो गए, किन्तु रेंस और वायल्स पीछे नहीं हटे। भारतीयों की तरफ भी जरा भी शिथिलता नहीं दिखाई दी।

दो घंटे बाद भारतीयों की तरफ के पार्श्व भाग की सेना गिरने लगी। तब सारी भारतीय फौज फूलबाग परेड मैदान की तरफ द्रुतगति से पीछे हटने लगी। फूलबाग उस समय चारदीवारी से नहीं घिरा हुआ था। उसके सामने और पीछे के स्थानों को भी फूलबाग ही कहा जाता था।

फूलबाग की तरफ बढ़ते-बढ़ते रेंस ने देखा, उसके सामने दो सौ गज के बीच और एक टुकड़ी है। इन सैनिकों के साथ रघुनाथ सिंह था। उसके बाद ही दिखाई दी असंख्य ग्वालियर कंटिंजेंटी की घुड़सवार सेना के साथ एक विशाल दूसरी सेना सन्नद्ध है। इन लोगों के नेतृत्व करने के लिए थी स्वयं रानी और मुन्दर।

रेंस और वायल्स की संयुक्त सेना इस मोर्चे को देखकर परेशान हो गई। तब सामूहिक विपत्ति की आशंका को देखकर ब्रिगेडियर स्मिथ समग्र 8वीं हूजर (Hussar), बची हुई हलकी घुड़सवार सेना और बॉम्बे लेंसर लेकर पीछे से अंग्रेज फौज की सहायता के लिए बढ़ आया। इस तरह की किसी अनिवार्य स्थिति में लड़ाई करनी पड़ सकती है यह सोचकर ही 8वीं हूजर सेना को इसके पहले किसी लड़ाई में नहीं लगाया गया था। भरोसा हो जाने पर रेंस एक घंटा स्थिति का जायजा लेने के बाद दुबारा फिर आगे बढ़ने लगा। शुरू हो गया घोर संग्राम।

रानी अपने सैनिकों को उत्साहित करने लगी एवं स्वयं भी अपने प्राणों को दाँव पर लगाकर युद्ध करने लगी। उसके गले में मोतियों की माला झलमलाने लगी। वेशभूषा के सबब से रानी को कोई पहचान नहीं पा रहा था। अंग्रेज सैनिक सिर्फ युद्ध करते हुए एक तरुण सैनिक का असि चालन देखकर विस्मय से मुग्ध हो रहे थे।

ग्वालियर घुड़सवार टुकड़ी के साथ रानी, रघुनाथ सिंह और मुन्दर लड़ते-लड़ते आगे बढ़ने लगे। तेज गर्मी। दिन के तीन बज चुके हैं। सर्वत्र तलवारों की झंकार, घोड़ों का हिनहिनाना, तोपों की गर्जना, घायलों के आर्त्तनाद, हिन्दी और अंग्रेजी में बार-बार चीख और निर्देशों से रणांगण मुखरित होने लगा।

धीरे-धीरे रेंस की सेना तितर-बितर होने लगी। विजय सुनिश्चित समझकर अदम्य उत्साह के साथ लड़ने लगी रानी। सैनिक लोग भी उसके उत्साह से और उद्दीप्त होकर लड़ने लगे। ग्रीष्म की प्रचंड तपन से क्लान्त अंग्रेज सैनिक टुकड़ियों

के साथ धीरे-धीरे पीछे हटने लगे। तापमान भी उस दिन 125 डिग्री था। भारतीय मोर्चे से 'हर हर महादेव' का उद्घोष तुमुल ध्वनि के साथ होने लगा। अंग्रेजी फौज की उस चरम विपत्ति के समय ब्रिगेडियर स्मिथ ने 8वीं हूजर सेना को आक्रमण करने का हुक्म दिया।

लगातार युद्ध करने के कारण रानी की सेना एक बार ही थक चुकी थी। इस स्थिति में 8वीं हूजर सेना को द्रुतगति से आगे बढ़ते देखकर रानी ने विपत्ति का अनुमान कर लिया। उसने मुन्दर, रघुनाथ सिंह को फूलबाग छावनी में हट चलने का निर्देश दिया। कैप्टन हिनीज (Heneage), कैप्टन पूर (Poore) और लेफ्टीनेंट रेली (Reiley) आदि अधिकतर अफसर 8वीं हूजर (8th Hussar) सैनिकों को लेकर बाईं तरफ से आगे बढ़कर किले के नीचे रानी और उसके बिखरे हुए सैनिकों के साथ भयंकर युद्ध करने लगे। किसी-किसी के मत से ग्वालियर में रानी के साथ अंग्रेज सैनिकों के उसी भयंकर युद्ध के कारण ही इस इलाके का नाम 'मारोकाटो' घाटी पड़ गया है।

किले से आक्रमणकारी अंग्रेज फौज के बीच बार-बार तोपों के गोले आकर पड़ने लगे। किन्तु उस अग्नि-वर्षा के बीच भी अंग्रेजी सेना प्रशंसनीय वीरता के साथ लड़ने लगी। इसी बीच फूलबाग छावनी के भारतीय तोपचियों को मारकर कैप्टन हिनीज ने तीन तोपों पर अधिकार कर लिया। समस्त भारतीय फौज में उस समय भारी अस्तव्यस्तता और अफरा-तफरी की स्थिति उत्पन्न हो गई। रानी ने अपने कुछ सवार और पैदल सैनिकों की चरम विशृंखलता और अफरा-तफरी की अवस्था में भी फूलबाग छावनी के बाहर मोर्चा बनाने का प्रयास कर शत्रु सेना को रोकने की अन्तिम चेष्टा की। किन्तु भयभीत और घबड़ाई हुई सेना के अधिकतर फौजी उस समय सोनरेखा नाला पार कर मुरार का रास्ता रखकर अथवा दुर्ग की तरफ भागने का प्रयास करने लगे। कर्नल हिक्स इसी बीच फूलबाग छावनी के भीतर घुस आया। फलस्वरूप हालत और भी संकटपूर्ण हो गई।

रानी, मुन्दर और रघुनाथ सिंह तथा पन्द्रह-सोलह सैनिकों को लेकर मुख्य सेना से अलग-थलग पड़ गई। वे लोग समतल भूमि पर थे। आसपास की जमीन ऊँची थी। उसी ऊँची जगह से युद्ध में निपुण 8वीं हूजर टुकड़ी भयंकर गति से उनके ऊपर टूट पड़ी। उस आक्रमण को रोक पाना रानी के लिए कठिन हो गया। उस समय भी उसे अथवा उसकी सहेली मुन्दर को देखकर अंग्रेज सैनिक नारी के रूप में नहीं पहचान पाते हैं।

इस चरम संकटापन्न स्थिति में पड़कर रानी ने प्राणपण से सोनरेखा नाला पार कर जाने का प्रयास किया। इसी समय मुन्दर की छाती में आकर एक गोली लग गई। करुण स्वर में मुन्दर बोली—बाई साहिबा, मैं तो चली, अब और भाग नहीं पा

रही हूँ। साथ-ही-साथ रानी ने घोड़ा मोड़कर मुन्दर के हत्यारे को मार डाला। उसी समय उसके वस्त्रों का कुछ भाग गले से खिसक गया और गले में पड़ी हुई मोती की माला दिखाई पड़ने लगी, उसी समय उसके माथे पर तलवार का एक करारा आघात आकर लगा। माथे के दाहिनी तरफ से दाहिनी आँख तक का भाग कट गया। पगड़ी के छोर को फाड़कर उसने बहते खून को रोकने का प्रयास किया। फव्वारे की तरह रक्त बहने लगता है। तथापि घोड़े को एड़ लगाकर वह धीरे-धीरे आगे बढ़ने लगी। अन्त में घोड़ा नाला पार कर गया और उसी समय सहसा उसकी छाती में बाईं ओर एक गोली आकर लग गई। साथ-ही-साथ वह घोड़े की पीठ पर औंधी होकर गिर पड़ी।

इसी बीच गुलमोहम्मद, गणपत राव मराठा, नन्हें खाँ आदि बचे हुए कुछ अनुचरों ने रघुनाथ सिंह की सहायता की। रघुनाथ सिंह ने पीछा करनेवाले लेफ्टीनेंट रेली की कमर को निशाना बनाकर एक गोली छोड़ी। किन्तु उसके पहले ही लू लग जाने से रेली गिर जाता है और कुछ क्षणों में ही उसकी मृत्यु हो गई। कैप्टन हिनीज का दस्ता फिर वहाँ रुका नहीं रहा। वे लोग फूलबाग छावनी के उस तरफ चले गए।

रानी के अनुचरगणों ने तब रानी को खोजना शुरू किया। किन्तु रानी वहाँ कहाँ थी? कुछ दूर आगे बढ़कर सोनरेखा नाला पार कर जहाँ जमीन थोड़ी समतल है, वहाँ से उन्होंने देखा कि रानी का घोड़ा थोड़ी दूर पर खड़ा इधर-उधर देख रहा है। रक्त की गन्ध से उसे बेचैनी हो रही है, और नथुने फुलाकर वह टपया रहा है। इससे ही उन लोगों ने देख लिया कि घोड़े के ऊपर औंधी पड़ी हुई है रानी। रक्त की धारा घोड़े की पीठ से बहकर नीचे जमीन पर गिर रही है। गुलमोहम्मद ने दौड़कर घोड़े की लगाम पकड़ ली और बच्चे की तरह रोते-रोते रानी को ले गया। गंगादास बाबा की एक सुनसान कुटिया वहाँ थी। कुटिया के पास ही घास का एक विशाल ढेर लगा हुआ था। वहीं पर उन लोगों ने बड़ी सावधानी से रानी को घोड़े से उतारकर भूमि पर लिटा दिया। रामचन्द्र राव देशमुख और काशी कुनवीन दामोदर को ले आए। सोनरेखा नाले के गँदले जल से अपना आँचल भिगोकर बार-बार रानी के माथे और मुख पर पानी छिड़का गया।

सन्ध्या होनेवाली है। दूर-दूर तक युद्ध खत्म होने का कोलाहल है अथवा कहीं-कहीं आहत सैनिकों का आर्त्तनाद सुनाई पड़ रहा है। तोपों के गोले एवं बन्दूकों की गोली उस समय भी यहाँ-वहाँ धाँय-धाँय की आवाज के साथ छूट रही है।

रानी को होश आ गया। शोकविह्वल अनुचरों और हतबुद्धि दामोदर हरेक की ओर उसने देखा। गले में सोने के जनेऊ और छोटी ताँबे की घंटी में गंगाजल रामचन्द्र राव देशमुख सदा लिए रहते थे। धर्मपरायण और आचारनिष्ठ यह ब्राह्मण युद्धक्षेत्र

में भी गंगाजल लिए रहता था, इसलिए पहले रानी ने उसकी कितनी हँसी न उड़ाई है। आज रानी के ओठों में उसी पात्र से गंगाजल डालने के समय सम्भवतः वही सब स्मृतियाँ जाग्रत हो गईं रामचन्द्र के मन में।

उसके पश्चात् रानी ने धीमे, किन्तु स्पष्ट शब्दों में अपनी अन्तिम इच्छा व्यक्त की। बोली, "मेरे प्रति आप लोगों ने जो निष्ठा दिखाई है। उसे अनाथ आनन्द के प्रति भी अक्षुण्ण रखना। मेरे जो आभूषण और धन बचा हुआ है, उससे मेरी फौज को रुपया देना। मेरी मृत देह को फिरंगियों के हाथों में न पड़ने देना।"

यह उसकी अन्तिम बातें थीं। और इसके बाद ही उसने अन्तिम साँस ले ली। ऐसा लग रहा था, मानो अन्तिम बातें कहने के लिए ही वह शरीर धारण किए हुए हो।

तेईस

सृष्टि के प्रारम्भ में कोटि-कोटि मनुष्यों के सुख-दुख और जन्म-मृत्यु की लीलाभूमि यह धरती जब महासागर के अतल जल में जागरण का स्वप्न देखती है, उसी से प्रतिदिन जैसे सन्ध्या अवतरित होती है, उस दिन भी वैसे ही सन्ध्या झुक आई। थोड़ी दूर पर पहाड़ की तरह सिर ऊँचा किए हुए है—ग्वालियर का दुर्ग। दूर-दूर तोपों की गर्जना और बन्दूकों की रह-रहकर आवाज, घायलों की आर्त्तध्वनि, अश्वों की हिनहिनाहट, इस परिवेश में अन्तिम बार की तरह इस मिट्टी से बनी पृथ्वी ने रानी के दर्शन किए। एक वीर योद्धा के उपयुक्त रणभूमि में ही उसने अन्तिम शय्या स्वीकार की। उसके बाद, धीरे, अत्यन्त धीरे-धीरे, अत्यन्त सावधानी से उस दृश्य के ऊपर साँझ की यवनिका उतर आई।

कुछ आज्ञाकारी, भक्त अनुचरों ने रानी का अन्तिम संस्कार सम्पन्न किया। रक्त-सिक्त ललाट को गीले उत्तरीय से रघुनाथ सिंह ने पोंछ दिया। रण करते-करते थके पाँवों से चमड़े के जूते खोल डाले काशी ने। और हाथों से खोल डाले कवच, कमर से निकाल डाली पेटी और गले से खोल डाली मोतियों की माला। दुर्द्धर्ष, गुलमोहम्मद, आस्थावान हिन्दू रामचन्द्र राव, सदा साथ रहनेवाली विश्वस्त योद्धा काशी कुनवीन, दामोदर को गोद में लेकर क्रन्दन करने लगे। उसके बाद उस वीरांगना के शव को उस घास के ढेर पर रखकर रघुनाथ सिंह ने चकमक पत्थर रगड़कर उसमें आग लगा दी। धू-धू करती हुई अग्नि जल उठी। और उसी अग्निशिखा और हवा के धू-धू शब्द के साथ जलने लगी हजार-हजार मनुष्यों की आत्माहुति से पवित्र स्वाधीनता संग्राम की समस्त सम्भावनाएँ। लखनऊ, मेरठ, कानपुर, आगरा, दिल्ली, झाँसी और भी कितने अज्ञात स्थानों, कितने गाँवों, कितने जनपदों, कितने नदी-तटों, कितने अंचलों, कितने खेतों में जिस विशाल जन-जागरण ने जन्म लिया था, वह भी उसी के साथ-साथ निःशेष होने लगा।

अग्नि और राख की उष्णता समाप्त हो जाने के बाद आधी रात में पवित्र अस्थियों को संचित कर रानी के परित्यक्त उत्तरीय के छोर में बाँध लिया रामचन्द्र राव ने। उसके बाद अनाथ दामोदर को लेकर बच्चे की तरह रोते-रोते लोगों ने उस स्थान का परित्याग कर दिया।

मध्यभारत की सुन्दर नगरी ग्वालियर। अत्यन्त ऊँचा उसका किला बहुत दूर से ही दृष्टिगोचर होने लगता है। उससे थोड़ी ही दूर पर मियाँ तानसेन की संगमरमर की एक समाधि है। कभी-कभी गहन रात्रि में शुभ्र ज्योत्सना से स्नात मूर्तिमती टोड़ी रागिनी, श्वेत परिधान और श्वेत पुष्पों की माला धारण कर चकित नयन मृगदम्पति के साथ वहाँ आकर वीणा बजाती है इस तरह की एक जनश्रुति है।

सिन्धिया राजाओं के प्रासादों से समाकीर्ण नगरी लश्कर के केन्द्र में—एक बाड़ा में अत्यन्त ऊँचे पाद पीठ पर स्थित महाराजा जयाजी राव सिन्धिया की विशाल मूर्ति है। भारतवर्ष के राजाओं में उनका स्थान बहुत-से लोगों के ऊपर है। राजभक्ति पुरस्कृत होती है, जयाजी राव उसके उज्ज्वल दृष्टान्त हैं। उस जमाने में जिन लोगों ने भारतीयों के विरुद्ध अंग्रेजों की सहायता की थी, उन लोगों की उन्नति बहुत जल्दी-जल्दी हुई है।

ग्वालियर में सिन्धिया के महल जयविलास, मोतीमहल, फूलबाग के बाद ही दिनकर राव राजबाड़े की अट्टालिका है।

विशाल कुंजवन, प्रमोद भूमि, कृत्रिम झरनों से परिवेष्टित है, वह फूलबाग महल। लश्कर जाने के पहले ही दृष्टिगोचर होने लगेगा, सम्मुख खड़ा वह इन्द्रभवन। वहाँ पर फूलबाग महल के सामनेवाले राजमार्ग के ऊपर तक छोटे चबूतरे के सामने उत्सुक दर्शक को खड़ा कर लेगा ताँगेवाला। एक छोटी-सी फुलबगिया। उसमें एक मामूली-सी समाधि। उस पर लिखा हुआ है–'झाँसीवाली महारानी की छतरी'।

वहीं पर चिरनिद्रामग्न है रानी लक्ष्मीबाई। आकाश ही उसका चँदोवा है। ग्रीष्म में उसके ऊपर अपनी निर्मल किरणों की वर्षा करता है सूर्य, वर्षा में मेघ जल-धारा से उसे सींचते हैं और शीत ऋतु में उत्तरी हवा उस समाधि से धूल एवं सूखे पत्तों को उड़ाकर ले जाती है। समाधि पर खुदा हुआ है–

झाँसी पत्तन पालिका नृवसना तुंगाश्व संचालिका।
हस्तोद्यत कर वालिका रणमदोन्मत्ता यथा कालिका॥
ह्यूरोज़ प्रमुखांगल सैन्यापतिर्भियुद्धे भृशंश्चालिता।
सा लक्ष्मीर्हत दैव दुर्विलसितैर्तयैव याता दिवम्॥

प्रस्तर फलक पर अंग्रेजी में संक्षिप्त परिचय लिखा हुआ है–

This monument marks the site of the Cremation of the illustrious and heroic Maharani Luxmi Bai of Jhansi, who fell in a battle in the Sepoy War of 1857-58

Born at Banares on Nov. 19, 1835 A.D., Died at Gwalior on June 18, 1858.

The monument was conserved by the Gwalior Archeological Department in 1929 A.D. during the reign of H.H. The Maharaja Jivaji Rao Scindia Alijah Bahadur of Gwalior.

वहाँ पर जो बूढ़ा समाधिरक्षक फुर्सत के समय फल बेचता है वह दर्शकों से अनुरोध करता है, "छतरी पर एक-दो फूल चढ़ाइए।" मौसम में पास के उद्यान में गुलाब और चन्द्रमल्लिका के फूल खिले रहते हैं। अगर मन हो तो दर्शक उस शान्त वातावरण में खड़े होकर एक-दो फूल चुनकर समाधि पर चढ़ाए तो उसके लिए वह रक्षक कोई पुरस्कार न माँगेगा।

चौबीस

रानी की मृत्यु से ह्यूरोज़ को परम शान्ति का अनुभव हुआ। और ग्वालियर के पथ पर चलते-चलते बीच में धौलपुर के राजा के आतिथ्य में सुख-सेज पर लेटे हुए जयाजी राव सिन्धिया भी प्रफुल्लित हो उठे। दो दिन बाद ही आतिशबाजी छुड़ाते, तोपों की गर्जना करते सिन्धिया और ह्यूरोज़ ने बड़े समारोह के साथ शोभायात्रा निकालते हुए ग्वालियर में प्रवेश किया। दिनकर राव राजबाड़े के हुक्म से घर-घर में दीप जलाकर इस आनन्द के दिवस पर उत्सव मनाया गया। किन्तु एकाएक किले से तोपों की गर्जना के कारण बाधित हो गई उनकी शोभायात्रा। किले में उस समय भी कई स्त्री और पुरुष योद्धा छिपे हुए थे। उन लोगों ने अन्तिम समय तक युद्ध किया और अन्त में बारूद में आग लगाकर मृत्यु का वरण किया।

इस बार अब और कोई बाधा नहीं रह गई। विजयोत्सव और विद्रोहियों को सहायता देनेवालों को फाँसी देना—दोनों काम एक साथ चलने लगे।

झाँसी को श्मशान बना देने पर भी रानी से प्रतिशोध लेने का काम पूरा नहीं हुआ। झाँसी का किला सिन्धिया को दे दिया गया। झाँसी की बड़ी-बड़ी तोपों को ग्वालियर लाया गया। सबेरे और शाम को उन्हीं विद्रोही तोपों से गोला बरसाकर सिन्धिया को सम्मान दिया जाएगा।

इन सब घटनाओं के बाद झाँसी उत्तर प्रदेश के अन्तर्गत आ जाती है।

युद्ध से थका ह्यूरोज़ इस बार पूना में विश्राम करने चला गया। वहाँ निर्जन पहाड़ी आवास में बैठकर ग्वालियर युद्ध की डायरी लिखते-लिखते वह रानी के सम्बन्ध में क्या लिखे यह सोचकर क्षण भर के लिए रुक गया। उसके बाद उसने लिखा—

> Although a lady, she was the bravest and best military leader of the rebels. A man among the mutineers.
>
> नारी होते हुए भी वह विद्रोहियों में एक सर्वश्रेष्ठ और बहादुर सेनानायक थी। विद्रोहियों में एकमात्र वही पौरुष से युक्त एक पुरुष थी।

शत्रु के गुणों का भी आदर करने जैसी उदारता अंग्रेजों के चरित्र में विरल नहीं है; किन्तु ह्यूरोज़ का यह कथन वीर के प्रति एक वीर की श्रद्धांजलि मात्र नहीं है।

उसके साथ इसमें और भी कुछ है, क्योंकि झाँसी ने ही ह्यूरोज़ के जीवन में सौभाग्य की सूचना दी। 1860 ई. में सर कोलिन कैम्पवेल के बाद कमांडर-इन-चीफ का उसे पद मिला था। उसके बाद 1866 ई. में जब वह अपने देश लौटा तब महारानी विक्टोरिया उसे अपने हाथों से 'Baron strathnairn of Strathnairn and Jhansi' उपाधि से भूषित करती हैं।

रंगून में निर्वासित बादशाह बहादुरशाह पर व्यंग्य करते हुए एक बार अंग्रेज रेजीडेंट ने कहा था—

दमदमे में दम नहीं है खैर माँगो जान की,
बस जफ़र बस चल चुकी अब तेग हिन्दुस्तान की।

तोपों में अब दम नहीं रही है, प्राणों की भीख माँग लो, अब जफ़र, हिन्दुस्तान की तलवारों का खेल अब खत्म हो गया है।

बहादुरशाह ने जवाब दिया था—

गाजियों में जब तलक बाकी है लौ ईमान की।
तख्त-ए-लन्दन तक चलेगी तेग हिन्दुस्तान की॥

जब तक शहीदों में बलिदान करने की भावना बनी रहेगी, तब तक लन्दन के सिंहासन तक हिन्दुस्तान की तलवार चलती रहेगी, यह समझे रहना।

बहादुरशाह के इस कथन की सचाई सिद्ध कर गए हैं तात्या टोपे अपने प्राण देकर। रानी की मृत्यु के बाद उन्हें यह बोध हो गया था कि उन्हीं के दोष से किस तरह से मध्यभारत का यह स्वाधीनता-संग्राम विफल हो गया। और उन्हीं की अवहेलना से व्यर्थ हो गए हैं कितने आत्मबलिदान। सम्भवतः इसी वेदनामय अनुभूति ने उन्हें प्रेरित कर दिया था, अन्तिम समय तक संग्राम करने के लिए। इसीलिए तात्या के जीवन का अन्तिम अध्याय इतना गौरवपूर्ण है। उन्होंने अनुभव कर लिया कि अमूल्य अवसर हाथ से निकलकर नष्ट हो चुका है। फिर भी वे अदम्य साहस के साथ अंग्रेजी फौज से लड़ते रहे। उसके बाद एक दिन उनके विश्वसनीय मित्र राजा मानसिंह ने उन्हें कर्नल मीड की फौज के हाथों पकड़वा दिया।

शिवपुरी में तात्या को गिरफ्तार कर लाया गया। न्याय के स्वाँग के बाद अन्त में उसे मौत की सजा सुनाई गई। निर्भय होकर मृत्यु वरण में तात्या टोपे ने अंग्रेजों में भी विस्मय का उद्रेक कर दिया और इस प्रकार अपरिमित श्रद्धा अर्जित कर ली।

जीवन का हिसाब मिलाकर देखने का समय मनुष्य के सामने एक बार ही आता है। प्राणदंड की आज्ञा सिर पर लिए तात्या ने शिवपुरी में तीन दिन बिताए थे। उन तीन दिनों में एकान्त विचार करने का प्रचुर अवकाश उनको मिला था। बेतवा, कौंच, गुलौली एवं ग्वालियर युद्ध की बातें उस समय उनको निरन्तर याद आती रही थीं। निद्राहीन रातों में बार-बार याद आती होगी ग्वालियर में रानी के आशाहत मुख की छवि। वेदना और हताशा में वही सुन्दर मलिन मुख और दुख-कातर आयत नेत्र। फिर भी, एकमात्र उन्हीं के अनुनय से उस समय रानी ने तलवार हाथ में ली एवं उद्दीप्त उत्साह से सफेद घोड़े की पीठ पर बैठ गई थी। उसके बाद जहाँ तक उसका नीला मुरैठा दिखाई देता रहा, यही लगता रहा है जैसे एक किशोर सैनिक अमित तेज के साथ भागा जा रहा है। इस युद्ध की अन्तिम परिणति क्या होगी इसे उस दिन तो रानी ने समझ ही लिया था। फिर भी जान-बूझकर ही उस दिन मृत्यु का वरण करने दौड़ी गई थी। पवित्र अग्निशिखा की तरह उसका चरित्र जितनी बार ही उसे याद आया, उतनी बार ही श्रद्धा और ग्लानि से तात्या ने अपना सिर नीचा कर लिया था। अभूतपूर्व आवेग से उत्साहित होकर स्वयं और दूसरों को उद्दीप्त करके जो रानी मृत्यु का वरण कर गई है, उसकी गौरवपूर्ण स्मृति में तात्या का हृदय भर उठता था।

यहाँ पर मध्यभारत विद्रोह के नेतागणों की अन्तिम परिणति क्या हुई उसी की बात बताना जरूरी है।

रावसाहब जम्मू के सीमान्त पर चेनानी में अपनी स्त्री और पुत्र के साथ रह रहे थे। सियालकोट के डिप्टी कमिश्नर मेकनर उन्हें गिरफ्तार करने जम्मू जाते हैं। सियालकोट में मुकदमा चलाने के बाद उन्हें फाँसी दे दी जाती है।[1]

बाँदा के नवाब 1858 ई. में महारानी का घोषणा-पत्र जारी हो जाने के बाद आत्मसमर्पण कर देते हैं। उन्हें 400 रुपये की मासिक वृत्ति दे दी जाती है।

तात्या टोपे ग्वालियर पतन के बाद अंग्रेजों की आँखों में धूल झोंककर, कभी छिपते हुए और कभी प्रत्यक्ष युद्ध में उन्हें परास्त कर और दस मास तक मध्यभारत और राजपूताने के विभिन्न स्थानों में घूमते रहे थे। उनको फाँसी दे दी जाती है 1859 ई. की 15 अप्रैल[2] को।

बानपुर और शाहगढ़ के राजा की अन्तिम कहानी अन्धकाराच्छन्न है।[3]

---

1. कानपुर में मुकदमा चला और वहीं उनको फाँसी दे दी गई।—अनुवादक
2. तात्या टोपे को 18 अप्रैल को फाँसी दी गई।—अनुवादक
3 देखिए परिशिष्ट।

पच्चीस

कहानी खत्म हो जाने के बाद भी कहानी बनी रहती है। इसीलिए रानी की कहानियाँ लिए हुए अनेक लोग जीवित बने रहे। भाग्य-विडम्बित दामोदर राव उन्हीं में से एक हैं। साठ लोगों, छह ऊँटों और बाईस घोड़े लेकर रामचन्द्र राव देशमुख, गणपत राव मराठा, रघुनाथ सिंह, काशी कुनवीन आदि ने दामोदर राव के साथ झाँसी छोड़ दी। वे लोग चन्देरी की दिशा की तरफ चल दिए।

रास्ते में उन्हें कहीं भी आश्रय नहीं मिला, खाने को नहीं मिला। अंग्रेज सैनिक हुलिया कटाकर गाँव-गाँव में तलाशते फिर रहे हैं। कोई रानी का नाम भी ले दे तो वे लोग उन लोगों की हत्या कर देंगे। इसीलिए किसी ने साहस कर उन्हें आश्रय नहीं दिया। मुरैना में एक वृद्धा स्त्री दामोदर के ऊपर हाथ फेरकर रोने लगी। एकान्त में उसने कुछ मिष्टान्न लाकर दिया। लोगों की नजरों से बचते हुए वे लोग बेतवा नदी के किनारे चलते-चलते तालबेहट-कुटरा पहुँच गए। चन्देरी राज्य में यह स्थान झाँसी राज्य के अन्तर्गत ललितपुर के अत्यन्त पास है। इसी बीच दो मास बीत जाते हैं। अंग्रेज फौज उन लोगों को पकड़ने के लिए सर्वत्र घूम रही है।

तालबेहट-कुटरा के ठाकुर गम्भीर सिंह और शंकर सिंह से रघुनाथ सिंह ने भेंट की। युद्ध के अन्तिम दिन उनके माथे में घाव हो गया था। उनके उसी घाव का ब्यौरा देकर गाँव-गाँव में अंग्रेज सरकार ने उनकी हुलिया कटा दी थी। फिर भी वे विचलित नहीं हुए। दोनों ठाकुरों से भेंट कर एकान्त में अनुरोध कर दामोदर के लिए कुछ आटे की माँग की और बोले, दामोदर को कहीं ठहरा दो। उन लोगों को आश्रय देने का साहस नहीं हुआ, कारण, ललितपुर में उन दिनों अंग्रेजी फौज पड़ाव डाले हुए थी। दोनों ठाकुरों ने रघुनाथ से कहा, आप यहाँ विद्यमान हैं यह पता चलते ही अंग्रेज बिना किसी सन्देह के आप लोगों और हम लोगों को मार डालेंगे। इससे अच्छा है आप लोग वन में ही रहें। हम लोग छिपकर आप लोगों की भोजन की व्यवस्था करते रहेंगे।

अंग्रेजों और गाँववालों की दृष्टि से बचने के लिए रघुनाथ सिंह ने दल को चार भागों में बाँट दिया। पन्द्रह मील के उस पूरे इलाके में वे लोग यहाँ-वहाँ फैल-फुट्ट होकर रहने लगे। योजनानुसार शंकर सिंह और गम्भीर सिंह एक दल के पास आटा,

घी, चीनी आदि पहुँचा दिया करते थे। उसके बाद वहाँ से दल के सभी लोगों के भोजन की व्यवस्था हो जाती थी। रानी के पास में प्रचुर धन और अपने कुछ व्यक्तिगत आभूषण आदि थे। मृत्यु के समय उसकी यह आज्ञा थी कि उसके सैनिकों में इन आभूषणों को बेचकर जो धन मिले उसे बाँट दिया जाए। किन्तु उसे कार्यान्वित करते समय वैसा हो नहीं पाता है। उन्हीं गहनों और धन ने ही विपत्ति के समय दामोदर राव और आज्ञाकारी अनुचरों की रक्षा की। गम्भीर सिंह उनकी सहायता के बदले में प्रति मास पाँच सौ सिक्का उन लोगों से लेने लगे। झाँसी की मुद्रा होने के कारण उन्हें रात में गला डाला जाता था, जिससे कोई रानी के नाम की उन मुद्राओं को पहचान न सके। शंकर सिंह ने नौ घोड़े और चार ऊँट ले लिए। इसी समय रामचन्द्र राव देशमुख को दामोदर के सम्बन्ध में अंग्रेज सरकार के रुख को जानने के लिए कुटरा छोड़कर और कहीं जाना पड़ा। जाते समय दामोदर बालाराव को (रामचन्द्र राव का दूसरा नाम) जाने नहीं दूँगा यह कहकर रोने लगा। किन्तु फिर भी उसे जाना ही पड़ा। तब दामोदर को रहना पड़ा रानी की प्रिय सहेली काशी कुनवीन, रघुनाथ सिंह, लक्ष्मण रसोइया और बालू गोडवले सागरीद आदि की देख-रेख में। वे कुल मिलाकर दस लोग थे।

वन-अरण्य में छिपकर जीवन बिताने में दामोदर को उतना कष्ट नहीं था। किन्तु, उसके सामने मामूली भोजन परोसकर जब काशीबाई रोने लगती थी, उसके नग्न पैरों पर हाथ फेरकर जब रघुनाथ जैसे वीर की आँखों में भी आँसू बहने लगते, उसकी माँ का नाम लेने मात्र से जब रामचन्द्र राव रोने लगते, तब कारण न समझ पाने पर भी दामोदर दुख से अभिभूत हो जाता था।

भाग्य-विडम्बित बालक को सान्त्वना दिया करती थी अरण्य की अनाविल प्रकृति। कुटरा से पाँच मील दूर जहाँ पर बेतवा की फेनिल जलराशि पाँच सौ फुट ऊँचाई से भीम गर्जना करती हुई नीचे गिरती है, वहीं पर था एक उपेक्षित और अज्ञात शिव मन्दिर। ऐसा लगता था कभी वहाँ बस्ती रही होगी। पुरवासिनियाँ प्रभात और सन्ध्या में महादेव के ऊपर दूध, गंगाजल और विल्वपत्र का अर्घ्य चढ़ा जाया करती थीं उस मन्दिर में। वहीं पर एक गुफा में वे लोग रात बिताया करते थे। बेतवा के जल ने जहाँ पर एक कुंड बना दिया है, वहीं पर दामोदर स्नान किया करता था और देखा करता था कि मछलियाँ किस प्रकार स्वच्छन्द गति से विचरण कर रही हैं। जब छिपकर मछलियों को खाने को दिया करता था, तब उसे तीन वर्ष पहले की वही बात याद आ जाया करती थी। झाँसी के राजप्रासाद में माँ के साथ बैठकर रामनाम लिखे हुए कागजों को आटे में गूँधकर कई दिन गोलियाँ बनाकर मछलियों को खाने को दिया करता था। और उसी समय किस तरह शिवजी महाराज की कथा और राम-लक्ष्मण की कहानियाँ उसकी माँ सुनाया करती थी। निर्जन नदी तट पर अनमने

बालक को ढूँढ़ते-ढूँढ़ते काशी वहाँ आ पहुँचती थी। उसके बाद वन के फूल तोड़कर, खोज-खोजकर फल लाकर उसको खुश रखा करती थी और इधर-उधर की बातों से उसे ढाढ़स बँधाया करती थी।

एक स्थान पर अधिक समय तक रह पाना उन लोगों के लिए सम्भव नहीं होता था। वन में घूमनेवाले लकड़हारे और शिकारियों का ध्यान चले जाने का भय सदा ही बना रहता था। उसी महादेव के मन्दिर से चार मील दूर पहाड़ की चोटी पर बाबा सिद्धनाथ के नाम का एक कुंड था। उसका जल कभी निघटता नहीं था। कभी-कभी वे लोग वहाँ पर भी रहा करते थे। ठंड और बरसात में उन्हें सर्वाधिक कष्ट हुआ करता था। सिंह, बाध, साँपों की लीलाभूमि था वह जंगल। कभी-कभी हिंसक जन्तुओं के भय से उन लोगों को मचान पर भी रहना पड़ता था। फिर भी मनुष्यों की अपेक्षा जानवरों से उन्हें कम भय था।

इसी तरह दो वर्ष बिताने से दामोदर का स्वास्थ्य एकदम बिगड़ गया। तेज ज्वर और आमाशय के रोग से वह बिस्तर पर पड़ गया। दामोदर सदा से ही सुकुमार था। झाँसी की रानी ने उसका लालन-पालन अत्यन्त दुलार से किया था। अरण्य जीवन का कष्ट उससे अब और सहा नहीं गया। अस्वस्थ दामोदर के लिए दुश्चिन्ताग्रस्त हो गया रघुनाथ सिंह।

रघुनाथ की सूरत ललितपुर और तालबेहट अंचल के लोगों के लिए जानी-पहचानी थी। इसीलिए लोगों के भीड़-भरे इलाके में जाना उसके लिए निरापद न होने से काशी कुनवीन गहन रात में उसी जंगली रास्ते से होकर अकेली ही निर्भय होकर कुटरा गई। वहाँ पर शंकर सिंह के पास अनुनय-विनय करके एक वृद्ध चिकित्सक को साथ लेकर वन में लौट आई। उस वृद्ध का हृदय झाँसी के राज्यच्युत कुमार की दुर्दशा से विगलित हो गया। उसने उसको स्वस्थ कर दिया।

मृत्यु के समय रानी जो धन रख गई थी, उससे कुछ भाग जरूर उसकी फौज को दे दिया गया था, बाकी सत्तर हजार रुपया उस समय भी रघुनाथ सिंह के पास था। किन्तु उन ठाकुर लोगों ने उसका अधिकांश हड़प लिया था। उसके बाद जब उन लोगों को यह पता चला कि इन लोगों के पास अब कुछ भी नहीं बचा है, तब वे लोग यह कहकर कि वे लोग अंग्रेजों को खबर दे देंगे, भय दिखाने लगे। अगत्या उन लोगों को वह जगह छोड़ देनी पड़ी। जाने के पहले शंकर सिंह से उन्हें मात्र तीन घोड़े मिल पाए। बाईस लोग और केवल तीन घोड़े लेकर उन लोगों ने अज्ञात स्थान के लिए यात्रा शुरू कर दी। पहले वे लोग शिवपुरी गए। वहाँ पर ही तात्या टोपे को फाँसी हुई थी। सर्वत्र अंग्रेजों के जासूस, विद्रोहियों की तलाश में घूम रहे थे। एक दिन थककर वे एक फलों के बाग में बैठे हुए थे। उसी समय बाग के स्वामी जमींदार ने आकर, "तुम लोग जरूर झाँसी की रानी के लोग हो, अगर न होते तो भागते हुए

क्यों फिर रहे हो?'' कहते हुए चिल्लाना शुरू कर दिया। रघुनाथ सिंह ने तब अपनी अँगूठी घूस में देकर उसका मुँह बन्द किया, किन्तु वह यात्रा सुरक्षित होने पर भी अधिक दिनों तक भागते हुए फिरना चल नहीं सका। एक छीपा (ठिकाई करनेवाला) बनिए ने उन लोगों को अंग्रेजों के द्वारा पकड़वा दिया। बन्दी हालत में उन लोगों को पाटन के एजेंट के पास भेज दिया गया। बेतवा का किनारा रखकर वे लोग पैदल चलने लगे। रानी के सेवकों ने दामोदर को अपनी पीठ पर चढ़ा लिया।

वन-जंगल में जब दामोदर राव रघुनाथ के साथ आत्म-गोपन किए हुए था, तब नन्हें खाँ रिसालदार एवं गणपत राव मराठा दल छोड़कर चले गए थे। पाटन में राजा पृथ्वी सिंह के ही पास वे लोग रह रहे थे। पाटन के ही पास आगर है। आगर में था मेजर फ्लिक् (Flick)। फ्लिक् दयालु एवं करुणापरायण स्वभाव के लिए विख्यात था। नन्हें खाँ ने एक दिन फ्लिक् से भेंट कर निवेदन किया, ''झाँसी की रानी का एक अबोध बच्चा है, उसकी उम्र इस समय बारह वर्ष है। अंग्रेजों के भय से वह एक जानवर की तरह वन में अपने साथियों के साथ छिपा हुआ है। अत्यन्त पराक्रमी ब्रिटिश राज्य क्या, उस हतभाग्य बालक को क्षमा नहीं कर सकता है?'' यह कहकर नन्हें खाँ ने कातर भाव से फ्लिक् से अनुरोध किया, ''आप दया करके इस बच्चे को बचा लीजिए।'' मेजर फ्लिक् ने मध्यभारत के एजेंट इन्दौर स्थित कर्नल शेक्सपियर को पत्र भेजकर सूचना दी, ''उसे दामोदर को पनाह देनी है।'' शेक्सपियर ने फ्लिक् को खबर दी, ''हाँ, उसके पास उस बालक को ले आने पर वह उसे आश्रय देगा।''

नन्हें खाँ फ्लिक् के दो अंग्रेज सिपाहियों को साथ लेकर पाटन आया। गणपत मराठा को लेकर जब वह दामोदर को ढूँढ़ने निकलता है, तब बेतवा के किनारे अकस्मात् उन लोगों की भेंट हो गई। गणपत राव मराठा ने दामोदर को देखकर आँसू बहाते-बहाते कहा—''यही वह बालक है, इसी के लिए बाई साहिबा लड़ी थीं।'' उसके बाद वह बड़े जतन और स्नेह से दामोदर को लेकर पाटन में हाजिर हुआ।

झाँसी की रानी का नाम उस समय सारे भारतवर्ष में निषिद्ध था। फिर भी पाटन के राजा पृथ्वी सिंह ने दामोदर का आदरपूर्वक स्वागत किया। दामोदर और रघुनाथ सिंह के आत्मसम्मान को किसी तरह की ठेस पहुँचाए बिना उन्होंने विनयपूर्वक कहा, ''उस वीर नारी के पुत्र के लिए मुझे कुछ करने दीजिए।'' दामोदर के लिए कपड़े, बिस्तर आदि उन्होंने तैयार करवाए। दामोदर को उन्होंने बड़े आदर से अपने घर में रख लिया। प्रतिदिन उसे जेबखर्च के लिए दस रुपए दिया करते थे। उसके संगियों के लिए कपड़े, बिस्तर आदि का बन्दोबस्त कर कहा, ''अगर आप लोग मेरे ही यहाँ रहें तो मैं ही आप लोगों की पेंशन आदि की व्यवस्था कर दूँगा।'' किन्तु रघुनाथ राजी नहीं हुए। तब विषण्ण मन से पृथ्वी सिंह ने उन्हें बिदा कर दिया। वहाँ से दामोदर

मेगजीन आया। यहाँ पर दामोदर को नजरबन्द कर रखा गया। तीन मास बाद वे लोग आगर कंटूनमेंट पहुँचे। आगर में मेजर फ्लिक् से भेंट करने के लिए कुछ उपहार ले जाना जरूरी था। और इधर रघुनाथ सिंह इस समय पूरी तरह खाली हाथ थे। रानी के गहनों में बचे थे सिर्फ 32 तोला-भर सोने के एक जोड़ा कंगन। दामोदर पहले इन कंगनों को देखकर कहा करता था, "इतने सुन्दर गहने हैं, तुम तो माँ कुछ भी नहीं पहनती हो?" रानी कहा करती थी, "मैं अब और नहीं पहनूँगी। तुम्हारी बहू आएगी उसी को यह सब पहनाऊँगी।" इस बार उन्हीं स्मृतियों से जुड़े एक जोड़ा कंगन को रघुनाथ ने बेच दिया एवं उसी धन से उपहार खरीदकर फ्लिक् से भेंट की।

किन्तु दामोदर के लिए कुछ कर पाना फ्लिक् की शक्ति से बाहर था। कारण, झाँसी मध्यभारत में पड़ती थी। एकमात्र मध्यभारत का राजनीतिक प्रतिनिधि ही उसके लिए कुछ कर सकता था।

5 मई, 1860। दामोदर और उसके साथियों ने इन्दौर में मध्यभारत के राजनीतिक प्रतिनिधि सर रिचमंड शेक्सपियर (Sir Richamond Shakespear) से भेंट की। काश्मीरी मुंशी धर्मनारायण के द्वारा शेक्सपियर ने उन लोगों की सारी व्यवस्था करा दी।

दो-चार लोगों को छोड़कर अन्य सब साथियों को शेक्सपियर ने बरखास्त कर दिया। इस बार दामोदर से रानी के आत्मीयजन रघुनाथ राव रिसालदार और काशी के बिदा लेने का क्षण उपस्थित हो गया। रानी के पुत्र को सुरक्षित और निरापद आश्रय में पहुँचाकर उन लोगों ने रानी का ऋण चुका दिया। आँखों से आँसू पोंछते-पोंछते अनेक तरह से दामोदर को सांत्वना देते हुए उन लोगों ने अन्त में बिदा ले ली। और उस बार जो वे चले, तो फिर उन लोगों का कोई पता ही नहीं चलता है। 1857-58 के कुछ वीर उस समय भी जीवित थे। कारण, बहुत दिन तक उनके नाम की हुलिया कटी रही थी। इसीलिए वे लोग मृत्युपर्यन्त भारतवर्ष के हाट-बाट, गली-मैदान, घाट, वन, बीहड़ में अपने को छिपाए हुए घूमते रहे थे। घर से बिछुड़े, प्रियजनों से वियुक्त स्वाधीनता संग्राम के वही वीर सैनिक अनेक स्थानों पर अनेक तरह से मृत्यु का वरण करते हैं। एक बार सुना गया था झाँसी की रानी के अनुचरों में जो लोग जीवित हैं, वे लोग प्रतिवर्ष कुम्भ मेले में मिला करेंगे। उनका कोई एक गुप्त संकेत रहेगा एवं उसी के द्वारा वे लोग एक-दूसरे को पहचान लेंगे। यह बात सत्य है अथवा नहीं, इसके भी परीक्षण करने का अब कोई उपाय नहीं है।

वास्तव में 57-58 ई. के बाद ऐसा निर्मम अत्याचार चला था कि योद्धा लोग अपनी पहचान उजागर करने में भय का अनुभव किया करते थे। सुना है इलाहाबाद के गाँव में एक वृद्ध किसान मरते समय यह उद्‌घाटित कर गया है कि वह बाँदा के नवाब के साथ था एवं झाँसी की रानी को उसने कालपी में देखा था। शायद इसी

की तरह कहीं नगण्य और अज्ञात अवस्था में मृत्यु वरण की होगी रघुनाथ सिंह और काशी ने। इतिहास उनके सम्बन्ध में पूरी तरह मौन है।

इन्दौर आकर दामोदर राव ने शास्त्रानुसार विधि-विधान से रानी का अन्तिम संस्कार किया। रामचन्द्र राव उस समय भी उसके साथ था। शेक्सपियर ने दामोदर के लिए 150 रुपए की सरकारी पेंशन का बन्दोबस्त कर दिया था। इन्दौर में धर्मनारायण के पास रहकर दामोदर ने फारसी, मराठी और अंग्रेजी सीख ली थी और वहीं रहकर वह बड़ा हुआ था।

गंगाधर की मृत्यु के बाद एवं झाँसी के विलीनीकरण के समय डलहौजी ने झाँसी के राजकोष में जमा पाँच लाख रुपया एवं राजा की खानदानी सम्पत्ति के सम्बन्ध में कहा था कि दामोदर के वयस्क हो जाने के बाद उसे यह सब मिल जाएगी। परोला, काशी एवं पूना में भी गंगाधर राव के निजी घर थे। किन्तु वयस्क हो जाने पर दामोदर को पता चला कि उस सम्पत्ति से उसे कुछ भी नहीं मिलेगा। क्योंकि उसकी माँ अंग्रेजों के विरुद्ध लड़ी थी। वृद्ध लोगों के मुँह से झाँसी की गौरव गाथा सुनकर, 'Jhansi Blue Book' (झाँसी ब्लू बुक) में सब कुछ पढ़कर वह अपनी जब्त सम्पत्ति को छुड़ाने का प्रयास करता है, किन्तु यह जानकर कि सारा प्रयास व्यर्थ होगा, अन्त में शान्त हो जाता है।

दामोदर राव इतिहास का खिलौना है। भाग्य उसे लेकर कठपुतली का खेल खेलता रहता है। झाँसी का राजसिंहासन उसे मिल जाएगा इस विश्वास पर ही वासुदेव (उसके पिता) ने उसे गोद दे दिया था। बाद में पुत्र के भाग्य में दारुण विपर्यय जानकर वासुदेव अपनी सम्पत्ति दामोदर को देने का प्रयास करता है। उसके और कोई सन्तान नहीं थी। किन्तु प्रबल राजरोष के भय से उसकी यह इच्छा भी फलवान नहीं हुई। दामोदर की अपनी माँ, वासुदेव की पत्नी, एक बार पुत्र को देखने आई थी। किन्तु दोनों लोग ही दोनों को देखकर मर्माहत हो गए। दीर्घ विच्छिन्नता उस समय तक उन दोनों लोगों को अलग-अलग भिन्न रास्तों पर ले जाती है। पुनर्मिलन असम्भव जानकर भग्नहृदय वासुदेव की पत्नी ने इन्दौर छोड़ दिया। अदृष्ट का दारुण परिहास, माता-पिता के जीवित होने पर भी दामोदर अनाथ था! जाते समय उसने अपने कुछ गहने देने चाहे थे, दामोदर ने उन्हें अस्वीकार कर दिया था। क्योंकि इस माँ को तो वह जानता नहीं है। वह केवल एक माँ को ही जानता था, वही माँ अब नहीं है।

दामोदर राव के पूर्व पिता वासुदेव के बड़े चाचा के पुत्र काशीनाथ हरिभाऊ अथवा लालाभाऊ थे। वे 1857-58 में झाँसी में तहसीलदार थे। उसकी पत्नी 1871ई.

में झाँसी से इन्दौर आई। दामोदर को देखकर दुख और करुणा से उसका हृदय विगलित हो गया। लक्ष्मीबाई का पुत्र दामोदर वृद्ध रामचन्द्र राव के साथ एक सामान्य घर में और दीन भाव से रह रहा है, यह देखकर उसको असह्य पीड़ा हुई। उसने दामोदर राव से कहा--तुम विवाह कर लो। किन्तु विवाह के लिए धन चाहिए। अंग्रेज सरकार किसी भी तरह की आर्थिक सहायता देने को राजी नहीं हुई। तब इस हितैषिणी ने कहा--तुम्हारी माँ मेरी कन्या के समान स्नेहभाजन होने पर भी मैं उन पर श्रद्धा करती हूँ। उनके अनुग्रह से ही मेरा जीवन बचा है। उनके पास कितने कृपार्थियों को मैंने नहीं भेजा, किन्तु उन्होंने किसी को भी विमुख नहीं किया। आज तुम्हारा विवाह मैं ही कराऊँगी, जिससे उस पुण्यशीला माँ की आत्मा तृप्त हो जाएगी।

इन्दौर-निवासी वासुदेव राव माटोरकर की कन्या के साथ उन्होंने दामोदर का विवाह कर दिया। 1872 ई. में उस कन्या की मृत्यु हो जाती है। उसके बाद बलवन्त राव मोरेश्वर शिरडेर की कन्या से उसका पुनः विवाह हुआ। इस विवाह के फलस्वरूप 1879 ई. में उसके एकमात्र पुत्र लक्ष्मण राव का जन्म होता है। वह आज भी (1957 ई. में) जीवित है।

1870 ई. में इन्दौर में अकाल पड़ता है। दामोदर राव तब कुछ रुपया उधार लेता है। किन्तु उसकी अज्ञानता और भोलेपन का लाभ उठाकर सूदखोर महाजन उस उधार को बढ़ाकर आठ हजार रुपया के रूप में दिखाता है। दामोदर राव के बार-बार दरखास्त देने के बाद भी इन्दौर के रेजीडेंट जनरल मीड (Meade) एवं बाद में सर हेनरी डेली (Henry Delly) ने उसकी किसी भी तरह की सहायता नहीं की। अन्त में तत्कालीन गवर्नर जनरल लॉर्ड नोर्थब्रुक के पास दामोदर राव ने अपील की। नोर्थब्रुक की सम्मति से इन्दौर के रेजीडेंट ने दामोदर राव को एकमुश्त दस हजार रुपया और मासिक 200 रुपया की पेंशन निश्चित कर दी।

उसके बाद दामोदर राव अपनी जब्त सम्पत्ति को पाने के लिए बार-बार विलायत में अपील करता है। किन्तु 1882 ई. में उसे जो बात बताई जाती है, उसी से इस प्रसंग का पूर्ण पटाक्षेप हो जाता है। विलायत से जवाब आया--

> The confiscation of the private possessions of the Jhansi Raj consequent on the rebellion of the Rani, during the mutiny of 1857, has long since been carried into effect, and I see no reason to reopen the question. The memorialist, who appears to have been treated with reasonable liberality may therefore be informed that I decline to interfere on his behalf.
>
> 1857-58 ई. में रानी के क्रान्ति में सहयोग करने के फलस्वरूप झाँसी राज की व्यक्तिगत सम्पत्ति बहुत दिन हुए जब्त कर ली गई है। मैं उसी प्रसंग को पुनः उठाने की कोई जरूरत नहीं समझता। अपील करनेवाले के प्रति

पहले ही बहुत उदारता दिखाई जा चुकी है और अब उसे बता दिया जाए कि इस मामले में मैं अब कोई हस्तक्षेप करने को तैयार नहीं हूँ।

तब किसी-किसी व्यक्ति के उत्साहित करने पर दामोदर राव ने विलायत जाने की योजना बनाई एवं सहायतार्थ एक सौ इक्कीस धनी लोगों के पास प्रार्थना की। बरेली के राजा रामचन्द्र ने एक हजार रुपया भेजा, किन्तु और किसी ने भी उसकी सहायता नहीं की। अतएव उस योजना को दामोदर राव ने छोड़ दिया।

भारत के इतिहास में सामन्त का युग जानेवाला था और पूँजीवाद का युग आनेवाला था। इस युग-सन्धि के क्षण में खड़े होकर दामोदर राव शायद अपने अभागे और विडम्बित जीवन के बारे में सोचा करता था। रानी अगर उसे गोद न लेती तो शायद उसको इस तरह के दुर्भाग्य का वरण न करना पड़ता। किन्तु क्या केवल इसी कारण रानी के प्रति उसको कोई शिकायत थी? कई नीरव सन्ध्याओं में अकेले एकान्त समय में उसे बचपन की बातें याद आया करती थी। याद आता कभी-कभी आधी रात को अकस्मात् उसकी नींद टूट जाती। कमरे के सभी दीपक बुझे हुए हैं। तब माँ उसे प्यार-भरा हाथ फेरकर आश्वस्त करके दीपक जला देती है। और याद आता कमरे में माँ उसे किस प्रकार दोपहर में बैठकर कैसे सुन्दर सुर में चाणक्यनीति के श्लोक सुनाया करती थी। वह मुग्ध होकर सुना करता था और देखता था कि माँ के गले में कैसी सुन्दर मोतियों की माला झूल रही है। और भी याद आती थीं कि किले के युद्ध में वही उत्तेजना से भरी हुई रातें। चाहे जितनी रात क्यों न हो जाए, माँ एक बार उसे आकर अवश्य देख जाया करती थी और हँसकर कहा करती थी—देखो न, फिरंगियों को कहाँ तक खदेड़ आई हूँ। उसके बाद याद आई वही रात, जिस रात गहन अँधेरे में माँ की गोद में बैठकर घोड़े की पीठ पर दौड़ा जा रहा है दामोदर। बहुत लोगों ने उससे माँ के सम्बन्ध में

दामोदर राव

बहुत-सी बातें कही हैं। कितने लोगों से उसने कितनी ही बातें सुनी हैं, किन्तु, कोई भी चित्र मानो माँ का पूरा चित्र नहीं है। बचपन की सभी बातें सभी की स्मृति में पूरी तरह सजग नहीं रहती हैं। पर वैसी ही कोई घटना घट जाने पर वह स्मृति में ज्वलन्त अक्षरों में लिपिबद्ध हो जाती है। इसीलिए युद्ध की कहानी दामोदर को कई बार याद आ जाया करती थी। अश्वों का हिनहिनाना, अस्त्रों की झंकार, हाथियों का चीखना और घायलों का आर्त्तक्रन्दन। उस पृष्ठभूमि में क्यों मानो बार-बार याद आ जाती थी, ग्वालियर में एक सन्ध्या के समय दो बड़े-बड़े नेत्रों की स्नेह-आविल दृष्टि उसे नहलाती हुई मानो कहीं चली जा रही है—माँ जैसे कहीं बहुत दूर चली जा रही है, और फिर उसे छुआ-पकड़ा नहीं जा सकेगा! और कभी याद आ जाता था बड़े सबेरे सारंगी घोड़ी को प्रांगण में लाया है सागरीद। प्रतीक्षा में अधीर सारंगी हिनहिना उठती है और सीढ़ियों से माँ अपनी पठानी पोशाक पहने नीचे उतरती आ रही है।

इन्हीं सब बातों को सोच-सोचकर उड़ते हुए भाग्य को पकड़ने की चेष्टा में देह और मन में अत्यन्त थकित होकर दामोदर पड़ जाया करता था। सारंगी घोड़ी की पीठ पर बैठी हुई अपनी माँ का एक चित्र उसने अपनी स्मृति से अंकित कर बना लिया था। जितने दिन वह जीवित रहा, उतने दिन वह उस चित्र की पूजा करता रहता है।

इन्दौर के राजा तुकोजी होलकर से शुरू करके हर राजा दामोदर को झाँसी की रानी का पुत्र मानकर सम्मान करता रहा। 1906 ई. की 28 मई को अभागे दामोदर ने जब अपनी अन्तिम साँस छोड़ी तक उसकी आयु अट्ठावन वर्ष की थी (58 years–1848-1906)।

रानी के सेवकों में रामचन्द्र राव इन्दौर में 1888 ई. में मर गए। जीवन के अन्त तक इस ब्राह्मण ने परम निष्ठा के साथ दामोदर की सेवा की थी।

मृत्यु के समय रानी की कमर में जो वस्त्र एवं सिर पर जो पगड़ी थी, वह रामचन्द्र के पास सुरक्षित थी। दामोदर राव के वयस्क हो जाने पर वही पिछौरी और पगड़ी उसे दे दी जाती है। परम दुख का विषय है कि आज उन अमूल्य स्मृति-चिह्नों का कोई पता ही नहीं है।

दामोदर राव के पुत्र लक्ष्मण राव ने इन्दौर रेजीडेंसी में शिक्षा प्राप्त की थी। उसका काम था टाइप करना। उसके दो पुत्र थे। उत्तर प्रदेश सरकार दामोदर राव की पेंशन का एक चौथाई अंश आज भी (1957) उसे देती है। किन्तु उसकी मृत्यु के साथ ही उसकी यह पेंशन बन्द हो जाएगी।

लक्ष्मण राव के जीवन के सम्बन्ध में कुछ कहे बिना यह प्रसंग पूर्ण न होगा। दामोदर के प्राप्य रुपयों के सम्बन्ध में झाँसी के विख्यात ग्रन्थकार और एडवोकेट वृन्दावनलाल वर्मा के साथ एक बार लक्ष्मण राव का विचार-विमर्श होता है। उस

समय कानून की पुस्तक देखकर यह निश्चित होता है कि झाँसी राज्य के खजाने में जो रुपया था, वह धरोहर अथवा ट्रस्ट मनी था। नाबालिग का धरोहर रुपया, जिसके ऊपर सरकार ने रानी का कोई अधिकार ही स्वीकार नहीं किया, उसे रानी के विद्रोह में भाग लेने के कारण जब्त नहीं किया जा सकता है।

लक्ष्मण राव इसी सम्बन्ध में विलायत में अपील करना चाहता था, किन्तु परिणाम के सम्बन्ध में सोचकर शान्त हो जाता है।

इन्दौर के इमली बाजार में अस्सी की उम्र पार कर यही वृद्ध आज भी निवास करता है। साधारण थोड़े धन के साथ अनाडंबरपूर्ण जीवन यात्रा का निर्वाह किए जा रहा है। पिता के पास से एवं अपने बचपन में रामचन्द्र राव देशमुख के पास से रानी के सम्बन्ध में उन्होंने अनेक बातें सुन रखी हैं।

इन्दौर के सामान्य जन इस सरल चित्त, अहंकारहीन वृद्ध को झाँसीवाले कहकर सम्मान व्यक्त करते हैं। किन्तु यह नाम उनके लिए विडंबना मात्र है। झाँसी में एक बार उन्हें सिर्फ पेंशन लेने आना पड़ा था। उसी समय किला देखकर उनके मानस पटल पर उद्भासित हो उठा था वही दृश्य जहाँ पर झाँसी की रानी उनके पिता को पीठ से बाँधकर किले के पश्चिमी छोर की समतल भूमि से होकर घोड़ा दौड़ाती हुई भाग जाती है। झाँसी देखकर अपने पिता के पास से सुनी हुईं और भी अनेक कहानियों की खंड-खंड स्मृतियाँ उन्हें याद आ गईं; किन्तु उनके साथ जैसे उन्होंने अपना कोई बन्धन ही अनुभव नहीं किया। एक तटस्थ दर्शक की ही तरह वह सब देखकर वे लौट आते हैं।

रानी की पुण्य स्मृति का वाहक नागपुर का ताम्बे परिवार भी है।

मोरोपन्त ताम्बे जब अवरुद्ध होकर किले में शत्रु का प्रतिरोध करते हुए युद्ध में व्यस्त थे, उस समय उनकी पत्नी, रानी की विमाता चिमाबाई, बच्चे को गोद में लेकर स्वामी के पास उपस्थित हुईं। स्वामी से कहा, "मेरा क्या कर्तव्य है तुम यह निश्चित कर दो। बताओ, मैं क्या करूँ।" मोरोपन्त उस समय युद्ध के आदर्श से अनुप्राणित थे। वे पुत्री (रानी लक्ष्मीबाई) को छोड़कर आत्मरक्षा करने के लिए राजी नहीं हुए। चिमाबाई भी फिर उनसे वैसा अनुचित अनुरोध नहीं करती है। मोरोपन्त बोले, "तुम्हारे और मेरे जीवन का रास्ता आज से भिन्न हो जाना चाहिए। अगर हो सके तो मेरे इस पुत्र को बचाओ। मैं मनु को छोड़कर नहीं जाऊँगा।" विवश होकर चिमाबाई रानी के पास बिदा लेने गई। आँसू-भरी आँखों से रानी उस समय किले की प्राचीर पर खड़ी होकर झाँसी पर अंग्रेजों के अत्याचारों का तांडव नृत्य देख रही थी। उस करुण दृश्य के सामने चिमाबाई किसी भी तरह 'जा रही हूँ' यह बात नहीं

कह पाई। उसने कहा, "मेरे घर की हालत कैसी है नहीं जानती, एक बार जाकर देख आना चाहती हूँ।" किन्तु रानी सब समझ गई। आँसू बहाते हुए चिमाबाई और प्राणप्रिय छोटे भाई को प्यार करते हुए बिदा दे दी। रानी चिन्तामणि को अत्यन्त स्नेह किया करती थी। उसके जन्मदिन पर हाथी की पीठ से शहर-भर में मिठाई बँटवाई थी। नित्य भाई के लिए नए-नए उपहार भेजा करती थी। रुलाई के वेग को किसी तरह से रोककर रानी ने टूटे-फूटे शब्दों में प्यार करते हुए चिन्तामणि को बिदा दी, यह दृश्य बहुत दिनों बाद भी चिमाबाई को याद बना रहा था।

वहाँ से मोरोपन्त के एक दूर के भाई की वधू (अपने भाई की नहीं) काकूबाई के साथ गुप्त रास्ते से किला त्याग दिया चिमाबाई ने। शहर के रास्तों में कीचड़ की तरह रक्त जमा हुआ है। घायल लोग रास्तों में पड़े हुए करुण स्वर से कराह रहे हैं, तेजस्वी, सुन्दर घोड़े क्रूरता से मरे हुए पड़े हैं; चारों तरफ के घर-मकान जल रहे हैं। इसी विध्वंस लीला के बीच वे लोग पहले मुरलीधर मन्दिर से लगे अपने घर में गईं। चिमाबाई ने अपनी घर-गृहस्थी देखी, विग्रहों के स्वर्ण आभूषण और सोने-चाँदी, पीतल आदि के बर्तन सब लुट चुके हैं। उसके बाद अलियों-गलियों में छिपते, अपने को बचाते हुए वे लोग नगर की चारदीवारी के पास आ गए। देखा, प्राचीर का फाटक बन्द है और ताला डालकर उसे सील बन्द कर दिया गया है। हर फाटक बन्द कर उस समय ह्यूरोज़ अपना हत्याकांड चला रहा है। उसी फाटक के बाहर जो खाई है उसे चिमाबाई जानती थी।

मोरोपन्त की पत्नी, सम्भ्रान्त कुल में उत्पन्न, चिमाबाई जीवन में किसी दिन रास्ते में पैदल चली कि नहीं इसमें सन्देह है। एकमात्र पुत्र की चिन्ता ने ही उसे दुःसाहसी बना दिया था। उत्तरीयों के छोरों की गाँठें बाँध-बाँधकर वे लोग प्राचीर से लटककर परिखा में कूद गईं। सौभाग्य से उस समय गर्मी के कारण खाई का पानी सूखा हुआ था। चिमाबाई पहले खाई में उतरी, उसके बाद काकूबाई को पकड़कर उतारा। खाई में नीचे झुके-झुके कुछ दूर चलकर सिर उठाकर जहाँ पर देखा अंग्रेजों की छावनी नहीं है, वहीं से बाहर निकलकर वे लोग गुरसराँय का रास्ता रखकर रवाना हुईं। झाँसी को पीछे छोड़ते हुए खेत, पहाड़, मैदानी रास्ता रखकर वे लोग चलने लगीं। रास्ते में चलते-चलते उन लोगों ने देखा कि अंग्रेज फौजी गाँव-गाँव में धावा मारते हुए घूम रहे हैं और कह रहे हैं—झाँसी के एक भी व्यक्ति को आश्रय देने अथवा रानी के पक्ष में किसी की जरा भी सहायता करने पर फाँसी पर चढ़ा दूँगा, गाँव को जला दूँगा। रात का अँधेरा घिर आने पर चिमाबाई द्वार-द्वार घूमकर पुत्र के लिए कुछ खाने और पीने को माँगती फिरी थी। गाँववासी छिपकर मिट्टी की हँडिया, दाल, चावल, दूध आदि उन लोगों को दे दिया करते थे। स्वयं बना-खाकर वे लोग रास्ता चल दिया करती थीं। देखने में सम्भ्रान्त, पथ चलने में अनभ्यस्त चिमाबाई को देखकर ग्रामवासी

भयभीत होकर कानाफूसी किया करते थे, "निश्चय ही बाई साहिबा की कोई आत्मीया है।"

चालीस मील का रास्ता चार दिन पैदल चलकर वे लोग अन्त में गुरसराँय पहुँच गईं। वहाँ पर चिमाबाई के पिता वासुदेव निवास करते थे। पुत्री को जीवित देखकर वे आश्वस्त हो गए। बाद में चिमाबाई कहा करती थी, "बच्चे की प्राणरक्षा की बात अगर न सोचती तो मैं उस दिन किसी भी तरह से न भाग पाती।"

गुरसराँय में रहते समय ही मोरोपन्त की फाँसी की खबर आई। इस खबर पर चिमाबाई ने विश्वास नहीं किया। स्वामी ने जो रास्ता स्वीकार किया है वह पथ मृत्यु का पथ है यह जानते हुए भी सिर्फ जनश्रुति के ऊपर विश्वास करके वैधव्य के चिह्न धारण करने को वह राजी नहीं हुई। इस खबर की सचाई का पता लगाने काकूबाई को झाँसी भेजा गया। चिमाबाई स्वयं ही जाना चाहती थी, किन्तु झाँसी में उसे बहुत-से लोग पहचानते हैं। इसी कारण उसके लिए वहाँ जाना तब खतरे से खाली नहीं था।

झाँसी का किला छोड़कर आते समय चिमाबाई के साथ अन्तिम रूप से पन्द्रह हजार के गहने थे। किन्तु साथ में ले आते समय जीवन विपत्ति में पड़ जाने की आशंका है, यह जानकर एक गरीब भाटे परिवार में वह उन्हें धरोहर के रूप में रख आई थी, कारण एक गरीब के घर में लूट-पाट होने की सम्भावना कम ही रहती है। काकूबाई से चिमाबाई ने अनुरोध किया कि वह उन गहनों को उठाकर ले आए।

झाँसी आकर काकूबाई को खबर मिली कि मोरोपन्त ताम्बे को झोकन बाग के उद्यान में फाँसी दे दी गई है। इसके बाद उसने भाटे परिवार के घर जाकर कहा, "गहने आदि मुझे दे दो?" भाटे परिवार इस पर राजी नहीं हुआ। उन लोगों ने कहा, "ये तो छोटी बाई (चिमाबाई) के गहने हैं। तुम्हें कैसे दिए जा सकते हैं?" काकूबाई बोली, "यदि ये गहने मुझे इसी समय नहीं देते हो तो मैं ब्रिटिश सरकार को जाकर यह बता दूँगी कि तुम लोग ताम्बे परिवार के गहने छिपाए हुए हो।" भय के कारण भाटे लोगों ने गहने निकालकर दे दिए और उन्हीं गहनों को हस्तगत कर काकूबाई भाग गई।

इसी बीच किसी अन्य विश्वसनीय सूत्र से चिमाबाई को पता चला कि मोरोपन्त को फाँसी हो गई है। तब उसने गुरसराँय में ही स्वामी के विधि-विधान के अनुसार अन्तिम कृत्य सम्पन्न किए। पुत्र का मुख देखकर वह एक बार शोक से अवश्य व्याकुल हुई, फिर स्वामी ने एक वीर की तरह ही मृत्यु वरण की है इस गौरव से उसे सान्त्वना भी मिली।

1864 ई. में जब चिन्तामणि की उम्र आठ वर्ष की हुई, उसका उपनयन संस्कार करने के लिए चिमाबाई के माता-पिता चिन्तित हुए। चिमाबाई ने मन-ही-मन निश्चय

किया कि इसी उपलक्ष्य में झाँसी पहुँचकर अपनी अपहृत सम्पत्ति को पाने की कोई सम्भावना है अथवा नहीं, इसका पता लगाएगी। झाँसी में आकर सब देख-सुनकर उसे बहुत चोट लगी। झाँसी अब वही झाँसी नहीं रही है। पुत्र को झोकन बाग का उद्यान दिखाकर कहा कि यहीं कहीं उसके पिता को फाँसी दी गई है। उन्हीं परिचित पथ-घाटों से कितनी स्मृतियाँ जुड़ी हुई हैं। वेदना से आहत हृदय चिमाबाई ने भाटे परिवार के पास जाकर जान लिया कि काकूबाई उसके सारे गहनों को हड़प कर चली गई है। झाँसी में चिमाबाई को आश्रय दिया उसके दूर के रिश्तेदार जाति-भाई कृष्ण राव ताम्बे ने। चिमाबाई से उन्होंने कहा, "महाकाली, महालक्ष्मी, महासरस्वती, त्रिगुणातम, महाविष्णु आदि मुख्य पंचायतन देवता मेरे घर में स्थापित हैं। मैं निःसन्तान हूँ। तुम उन लोगों की सेवा का भार ले लो। नित्य पूजा करो, मंगल होगा।" वे विग्रह आज भी ताम्बे परिवार में विद्यमान हैं।

कृष्णराव ने चिन्तामणि का उपनयन संस्कार करना चाहा। किन्तु उसके लिए जिस धन की जरूरत होगी, वह धन कहाँ है? अपने घर, अपनी सम्पत्ति की बात याद कर चिमाबाई ने लम्बी साँस ली। सब कुछ होने पर भी उसका पुत्र निःसंबल है।

एक दिन शाम को चिमाबाई अपने पुत्र को लेकर अपने पुराने निवासगृह के सामने आकर खड़ी हुई थी। अतीत की कितनी ही बातें उसे याद आ रही थीं, इसी समय मन्दिर का पुजारी निकल आया। उसने प्रश्न किया, "आप कौन हैं? क्या चाहती हैं?" चिमाबाई ने उत्तर में कहा, "कुछ नहीं। यह घर एक समय हमारा था। इसीलिए अपने पुत्र को दिखा रही हूँ।" तब वह ब्राह्मण उसे आदर सहित बुलाकर भीतर ले गया। उसने कहा, "अंग्रेज सरकार ने यह घर मुझे दिया है, इसीलिए मैं यहाँ रह रहा हूँ। किन्तु तुम्हारे पुत्र को सम्पत्तिरहित करके इस सम्पत्ति को भोगने से मुझे शान्ति नहीं मिलेगी।" उसने स्वतः प्रेरित होकर, उस समय की कीमत के अनुसार हिसाब लगाकर घर का मूल्य जितना हो सकता था, उससे कुछ अधिक लगाकर, आठ हजार के लगभग रुपया चिमाबाई को दे दिया। उसके पश्चात् उस कोमल हृदय बाह्मण ने कहा, "तुम्हारे स्वामी मोरोपन्त ताम्बे, तुम्हारी कन्या बाई साहिबा, उन लोगों की पुण्य कीर्ति के प्रति श्रद्धावश होकर तुम्हारा जो उचित प्राप्य है, वही मैंने दिया है। एक सामान्य मनुष्योचित कर्तव्य का पालन मैंने किया है।"

मुरलीधर मन्दिर आज भी उस पुरोहित के वंशजों के अधिकार में है। जन्माष्टमी एवं अन्यान्य विशेष-विशेष पर्वों के उपलक्ष्य में वहाँ पर अत्यन्त धूमधाम के साथ उत्सव मनाए जाते हैं।

चिन्तामणि का उपनयन संस्कार 1864 ई. में भली प्रकार हो गया। झाँसी में कुछ दिन रहने के बाद दामोदर राव के विवाह का निमन्त्रण पत्र चिमाबाई को मिला। इन्दौर जाना उसका कर्तव्य है। अतएव उसने वहाँ की यात्रा की। वे लोग झाँसी से

चिन्तामणि ताम्बे

ललितपुर, सागर, रायगढ़, सीहोर, भोपाल होकर इन्दौर पहुँच गए। दामोदर राव के विवाह के बीच चिमाबाई को धाराले परिवार की सहायता से इन्दौर में खजुरी बाजार में आश्रय मिल गया।

इसी बीच काकूबाई ने 1858 ई. में झाँसी से चिमाबाई के गहने आदि हड़प कर इन्दौर में आकर राजपरिवार को यह बताया कि वही झाँसी की रानी की विमाता है। इस कारण होलकर परिवार उसके लिए प्रतिदिन सीधा भेजा करता था। चिमाबाई के आभूषण आदि को बेचकर काकूबाई ने कपड़े का व्यापार शुरू किया। धीरे-धीरे वह धनवान हो गई। खुले बाजार में खड़े होकर ऊँची आवाज में वह फुटकर विक्रेताओं के साथ बातचीत किया करती थी। झाँसी की रानी की विमाता होने के कारण उसके अच्छे-बुरे सभी व्यवहार को सभी लोग सहन कर लिया करते थे। चिमाबाई ने उससे भेंट की। किन्तु काकूबाई उससे बोली, चिमाबाई को अपनी घनिष्ठ आत्मीय बताने में उसे लज्जा का अनुभव होता है।

कई हितचिन्तकों के परामर्श के अनुसार चिमाबाई ने काकूबाई के विरुद्ध नालिश दाखिल की। काकूबाई तब अपना व्यवसाय समेटकर बिना लक्ष्य के हो गई। लम्बे समय बाद आरुई के तहसीलदार ने चिमाबाई को जानकारी दी कि काकूबाई मर गई हैं।

चिमाबाई के पहले दो कन्याएँ हुई थीं। एक की बिलकुल बचपन में मृत्यु हो जाती है। दूसरी कन्या गोपिका का जन्म 1852 ई. में होता है। 1856 ई. में झाँसी जालौन के निकटवर्ती चुर्खी के नारायण राव खेर के साथ उसका विवाह होता है। इस विवाह में रानी कन्या को गहने, जामाता को एक पोशाक एवं उसको एक छुरा उपहार में देती है। गोपिका की तीन सन्तानें होती हैं—रघुनाथ, शिवराव और सखूबाई। 1900 ई. में गोपिका की मृत्यु हो जाती है। 1907 ई. में तत्कालीन सागर

निवासी उक्त वृद्ध नारायण राव खेर रानी से प्राप्त छुरे को चिमाबाई के पौत्र गोविन्द चिन्तामणि को लौटा देता है। वह छुरा 'झाँसी की रानी का छुरा' नाम से सब जगह विख्यात है।

कुछ दिन बाद चिमाबाई अपने पुत्र चिन्तामणि को लेकर डॉक्टर रमण गोपाल काणे के घर में किराए पर रहने के लिए आती है। चिन्तामणि तब इन्दौर के स्कूल में अंग्रेजी और मराठी की शिक्षा ग्रहण करता है।

सभी इन्दौरवासी डॉक्टर काणे की अद्‌भुत परोपकारशीलता की विविध कहानियाँ काफी दिनों तक सुनते रहेंगे। प्रत्यूष बेला में गाँव से सब्जी और दूध लेकर जो लोग शहर में बेचने आया करते थे, उनके विश्राम के लिए उन्होंने रास्ते के पास ही स्थान बनवा दिए थे। गाड़ियों भर ईंधन की लकड़ी खरीदकर वे गरीब लोगों के घरों में बँटवा दिया करते थे। बच्चों का अपहरण करनेवालों के पास से एक गरीब किसान के लड़के को छुड़ाकर उन्होंने पढ़ाया-लिखाया और डॉक्टरी पास कराकर जीवन में अच्छी तरह प्रतिष्ठित कर दिया था। इन्दौर छोड़ते समय परोपकार करने के कारण काणे पर चौदह हजार रुपए का ऋण हो गया था। सर हेनरी डेली उन दिनों इन्दौर के रेजीडेंट थे। उनके अनुरोध पर विख्यात धनी सरदार बोलिया ने काणे का घर चौदह हजार रुपए में खरीदकर काणे को ऋणमुक्त कर दिया। इन्दौर से बम्बई पहुँचते ही काणे की मृत्यु हो जाती है। तुकोजी राव होलकर की मदद से काणे के दोनों पुत्र डॉक्टरी पास करते हैं। काणे की पुत्री के पति सी.वी. वैद्य एक समय ग्वालियर के मुख्य न्यायाधीश हो गए थे।

इन्हीं डॉ. काणे की मदद से चिन्तामणि भी मैट्रिक तक पढ़ते हैं। सर हेनरी डेली ने उन्हें तब सागर का नायब तहसीलदार और बाद में तहसीलदार के पद पर नियुक्त करा दिया था।

मुले परिवार इन्हीं दिनों इन्दौर में रहता था। वे लोग धनी एवं विद्यानुरागी थे। कुलशील देखकर वे लोग चिन्तामणि को अपना जमाता बना लेते हैं। चिन्तामणि और सरस्वती बाई के एकमात्र पुत्र गोविन्द राम चिन्तामणि ताम्बे थे और उनकी कन्या का नाम दुर्गा हुआ।

गोविन्द राम चिन्तामणि का जन्म 1881 ई. में होता है। शैशव में दादी चिमाबाई से झाँसी की रानी की बातें अनेक प्रकार से सुनकर उनके मन में इस महीयसी नारी के सम्बन्ध में अद्‌भुत कौतूहल एवं हृदय श्रद्धा से परिपूर्ण हो जाता है।

दैनन्दिन जीवन-यापन के संग्राम में उन्हें आजीवन व्यस्त रहना पड़ता है। फिर भी वे प्रयत्नपूर्वक संस्कृत, हिन्दी, अंग्रेजी एवं अब लुप्तप्राय मराठी लिपि 'मुड़िया' सीख लेते हैं। काम-काज के बीच-बीच में एवं अवकाश ग्रहण करने के बाद से लम्बे तीस वर्षों तक यह स्वल्पवित्त वृद्ध कठोर परिश्रम से काशी, पूना, इन्दौर, झाँसी सब

जगह भ्रमण कर रानी के समकालीन परिचित बन्धु, आत्मीयों को खोजकर रानी के सम्बन्ध में विविध तथ्यों का संग्रह करता है। उसकी जवानी की उम्र में रानी के समकालीन मनुष्यों में कोई-कोई वृद्ध और कोई-कोई प्रौढ़ थे। कभी तो उसकी उन लोगों से भेंट हो जाती है अथवा कभी-कभी उन लोगों का कोई आत्मीय अथवा वंशधर मिल जाता है। सागर में नारायण राव खेर के पास से रानी की कटार एवं दामोदर राव के पास से पगड़ी प्राप्त कर उन्होंने काँच के केस में बड़े जतन से रखी थी। इन्दौर से रानी के तैलचित्र को भी उन्होंने खोज निकाला था। झाँसी के नेवलकर वंश का पूर्ण इतिहास जानने के लिए उन्होंने पूना और परोल में खोए हुए दस्तावेजों को खोजकर विविध तथ्यों का संग्रह किया था। एक बार उन्होंने दिल्ली की भीषण गर्मी की उपेक्षा करके प्रायः दिन-भर अभिलेखागार (Archive) में बैठकर झाँसी सम्बन्धी कागज-पत्र देखे थे। कलकत्ता जाकर कठोर परिश्रम से विक्टोरिया मेमोरियल, एशियाटिक सोसाइटी और उस समय की इम्पीरियल लाइब्रेरी (अब राष्ट्रीय पुस्तकालय) में घूम-घूमकर सिपाही-विद्रोह-सम्बन्धी पुस्तकें देखी थीं। 1902 ई. से वे रानी के विषय में मराठी पत्रों में विभिन्न लेख लिखते रहे हैं। रानी के सम्बन्ध में भारतवर्ष में कहीं गलत तथ्य अथवा समाचार प्रकाशित होने पर यथासाध्य उसका प्रतिवाद करते रहे हैं। काशी में रानी का पैतृक घर, बिठूर में मोरोपन्त के घर का गिरा हुआ पुराना घर, पूना में ताम्बे परिवार का प्राचीन घर, इनके सम्बन्ध में जनसाधारण के मन में इन्होंने ही आग्रह उत्पन्न किया था। रानी की माता भागीरथी बाई के पितृकुल के सम्बन्ध में विविध लुप्त तथ्यों का संग्रह इन्होंने ही किया था। रानी के विषय में उनके समकालीनों के व्यक्तिगत संस्मरणों के विवरण लिख लेने का शौक उन्हें था। इसी तरह से उन्होंने अनेक तथ्यों का संग्रह किया है। पितृ, मातृ और पतिकुल में रानी के जितने आत्मीय स्वजन थे, उनमें से हरेक के साथ वे सम्बन्ध-सूत्र बनाते रहते थे। विलायत में विक्टोरिया अलबर्ट म्यूजियम से रानी के वधूवेश वाले चित्र की अनुकृति की नकल कर वही लाए थे। रानी की जिस कटार को उन्होंने नारायण राव खेर से प्राप्त किया था, उसका चित्र खींचकर उन्होंने विनायक दामोदर सावरकर को दिया था। यही चित्र बाद में सावरकर की (1857 की क्रान्ति-सम्बन्धी) पुस्तक में प्रयुक्त हुआ है।

उम्र बढ़ने के साथ-साथ उनका स्वास्थ्य अन्दर-ही-अन्दर टूटने लगा था। झाँसी की रानी की एक जीवनी लिखने की तीव्र इच्छा लिए वे तीस वर्ष तक विविध तथ्यों का संग्रह करते रहते हैं, किन्तु पुस्तक लिखने का समय उन्हें नहीं मिला। भारतीय इतिहास कांग्रेस के वे एक उत्साही सदस्य थे। यत्नपूर्वक इकट्ठे किए गए वे सब तथ्य किसी काम में नहीं आए, इसलिए उनके जीवन के अन्तिम दिनों में उनके चित्त में सदा क्षोभ जागता रहता था। भारत सरकार के स्वाधीनता संग्राम के

इतिहास-कार्यालय की नागपुर शाखा को उन्होंने बहुत-से कागज-पत्र दिए थे। किन्तु वह इतिहास रचना भी अनिश्चित काल के लिए स्थगित हो जाने के कारण उनकी आशा एकदम छिन्न हो गई थी।

झाँसी की रानी की जीवनी लिखने का संकल्प जिस समय लिया गया, उस समय देखा कि (उस सम्बन्ध में) मेरा ज्ञान एकदम सीमित है। केवल आन्तरिक आग्रह और उत्साह की पूँजी लेकर यह काम करना, एक छोटी नाव लेकर अतल, अपार समुद्र में खेवा देने के समान ही असम्भव लगा था। झाँसी की रानी का नाम भर ज्ञात था, किन्तु कहाँ से किस तरह से काम शुरू किया जाए कि वह नाम इतिहास के पन्नों को छोड़कर सजीव व्यक्तित्व का रूप धारण कर ले, यह ज्ञात नहीं था। उसी समय गोविन्द ताम्बे के सम्बन्ध में मुझे जानकारी हुई। पता चला कि इतिहास कांग्रेस के अधिवेशनों में वे एक नियमित आनेवालों में हैं।

उनके साथ मेरी पहली भेंट अहमदाबाद इतिहास कांग्रेस में घटित हुई थी। टूटे हुए स्वास्थ्य को लिए वे उस बार मुझसे ही मिलने आए थे। मिलते समय वे एकदम अभिभूत हो गए थे। एक सुन्दर मराठी कविता कहते हुए उन्होंने बातचीत का प्रारम्भ किया था—जिसका भावार्थ है—एक-दूसरे से मिलने और बतियाने की इच्छा अगर आन्तरिक हो तो नदी-नदी में भी मिलन हो जाता है—मनुष्य-मनुष्य में तो होगा ही (जिहि पर जाकर सत्य सनेहू सो तिहि मिलइ न कछु सन्देहू)।

वर्तमान युग, उसके मनुष्य और उनकी विचारधारा सभी कुछ उन्हें दूसरे प्रकार की लगती थी। कहीं पर तो एक विभ्रम का अनुभव करते थे। बुढ़ापे ने उन्हें धीरे-धीरे दुर्बल कर डाला था, यह उनके मुख और आँखों से साफ झलक रहा था। यद्यपि अर्थ और सामर्थ्य की अक्षुण्णता का वरदान उनके जीवन में नहीं था, फिर भी एक आदर्श, एक लक्ष्य, एक श्रद्धा लेकर उन्होंने जीवन के सत्तर वर्ष काट दिए थे। उनसे बातचीत करके मुझे अनुभव हुआ कि यत्नपूर्वक पोषित उसी आदर्श को रूपायित करने की शक्ति अथवा सामर्थ्य उनमें नहीं है, यह अनुभव करने के कारण वे एकान्त रूप से हताशा का अनुभव कर रहे हैं।

मुझे देखकर पहले उन्होंने यह अनुभव किया था, गत तीस वर्षों में बहुत-से लोगों ने उनके पास आकर मौखिक रूप से रानी के सम्बन्ध में लिखने का उत्साह प्रदर्शित किया है, पर उन लोगों ने कार्य रूप में कुछ भी नहीं किया है, मैं भी लगता है उन्हीं की एक समगोत्री हूँ। हाँ, बाद में मेरी आन्तरिक निष्ठा के सम्बन्ध में वे अवश्य सन्देह-रहित हो गए थे। उसके पश्चात् दो वर्षों तक उन्होंने एक-के-बाद एक क्रम से मुझे बहुत से तथ्य, ग्रन्थ, चित्र अनुलिपि आदि संग्रह करने में बहुत

मदद दी है। उन्होंने तीस वर्षों तक जिस आशा को यत्नपूर्वक पाला है उसको मैं सचमुच में साकार कर सकती हूँ, यह जानकर उनके आनन्द की सीमा नहीं रही थी। वे बार-बार कहते–"इस बारे में निश्चिन्त हो गया। अब मुझे और कोई दुख नहीं है।"

कभी खाने बैठने पर अन्य बातों के बीच हठात् वे कह उठते थे, "क्या कभी तुम्हें बताया है कि रानी खूब पका हुआ घी पसन्द किया करती थी?" शाम को जब हम लोग घर के आँगन में चहलकदमी किया करते थे तब वे लगातार कवि भूषण की कविताओं का पाठ करते जाते थे। कभी उनके सो जाने पर जब मैं बाहर निकल आती तो वे सहसा बुलाकर कहते थे, "मोतीबाई किले में जल गई थी और रानी की घोड़ी का नाम सारंगी था।" यही सब टुकड़ा-टुकड़ा बातें याद आ रही हैं। उनकी बातचीत से ही धीरे-धीरे रानी को रक्तमांस के व्यक्ति के रूप में मैं जैसे पहचान सकी–एक छोटी लड़की, एक बालिका वधू, एक तरुणी विधवा, स्नेहमयी माँ, विनोदशीला सखी–(इन रूपों में)। ये मानो एक ही चरित्र की विभिन्न अभिव्यक्तियाँ, विभिन्न रूपों में प्रतिभासित होती हैं।

अहमदाबाद से हम लोग एक साथ बड़ौदा आए। वहाँ से ही उनसे मैंने विदा ली। मैं जो चली जाऊँगी इसे वे जानते थे फिर भी बार-बार कहते, "तुम रुको, अभी मत जाओ?" उसके बाद जब उनकी समझ में यह आया कि मैं एक अनात्मीय हूँ, और मेरे ऊपर उनका दावा नहीं चल सकता है, तब वे चुप हो गए। बड़ौदा में राजरत्न ताम्बे के छाया-भरे आँगन में खड़े होकर उन्होंने आँसू-भरे नेत्रों से मुझे बिदा दी। वही मेरे साथ उनकी अन्तिम भेंट थी। जब मैं चली आई, तब उन्हें कैसे अकेलेपन और निःसंगता का अनुभव हुआ था, वह आज भी मैं भूल नहीं पाती हूँ।

रानी के प्रति उनमें अपरिमित भक्ति और श्रद्धा थी। उसी भक्ति और श्रद्धा को लेकर रानी की एक जीवनी लिखने की प्रबल आकांक्षा का पोषण वे उस समय भी किए हुए थे। किन्तु मुझसे जब उनकी भेंट हुई उसके बाद से ही उनका स्वास्थ्य बड़ी तेजी से गिरने लगा। मृत्युशय्या पर पड़े-पड़े भी उन्होंने मुझे अपने दुर्बल हाथों से लिखा है–"They do not tell me, yet I know that Doctors offer no hope of recovery. But I want to see your book, and if possible I want to come to Calcutta to congratulate you. We must write the english biography together."

उपर्युक्त पत्र लिखने के कुछ दिन बाद ही 1956 ई. की 5 जनवरी को इस सदाशयी, निरभिमानी वृद्ध की मृत्यु हो जाती है। भारतवर्ष के विभिन्न स्थानों में उनके बन्धु-बान्धव सभी झाँसी की रानी के प्रति उनकी श्रद्धा से भलीभाँति अवगत हैं। इसीलिए ताम्बे साहब के जीवन के विशेष उद्देश्य की बात भी उनके लिए अजानी नहीं है।

वे नागपुर में निवास किया करते थे। पितामह के नाम 'मोरेश्वर' (पुकारने का मोरोपन्त) के आधार पर उनके आवासगृह का नाम 'मयूराशय' है। वहाँ पर उनके पुत्र और कन्या निवास करते हैं। नागपुरवासी मात्र इतना जानते हैं कि उनका घर रानी, उनके पिता एवं पितामही की तसवीरों एवं विविध पारिवारिक स्मृति-चिह्नों से सुसज्जित है।

उस घर को मैंने देखा नहीं है, फिर भी ग्वालियर से जब झाँसी की तरफ ट्रेन आगे बढ़ी, तब आदिगन्त फैली पृष्ठभूमि में दिखाई दिया झाँसी का किला, तब मुझे एक आश्चर्यजनक अनुभूति हुई थी। सभी कुछ बीत गया है एवं उस युग का सबकुछ पूरी तरह चला गया है, यह उपलब्धि उसी दिन पहली बार हुई थी।

झाँसी के रास्तों में मैं कई बार घूमी हूँ। शीत की तीखी हवा, कंटूनमेंट छोड़ते ही पुरानी छावनी के मार्ग में बड़े-बड़े पत्थरों की छाया में, निर्जन में, सूने कोनों में, जीर्ण और उपेक्षित रानीमहल के कमरे-कमरे में, उस शहर के भीड़-भरे पथ पर एवं लक्ष्मीताल के वक्षस्थल पर बजरा लेकर घूमते हुए अतीत के कदमों को कान लगाकर सुनने की चेष्टा की है। अतीत की स्मृतियों से सुशोभित जब झाँसी में खड़ी हुई तब मैं जैसे ताम्बे साहब को पूरी तरह से जान सकी।

मोरोपन्त वीर योद्धा थे। परम वीरता के साथ वे ब्रिटिशों के साथ लड़े थे। प्राण दिए थे फाँसी की टिकटी पर। अपने पितृकुल की संघर्षशील विरासत का पूरा विकास हुआ था रानी के चरित्र में। और उसी पुण्य ऐतिह्य एवं रानी की स्मृति के प्रति श्रद्धा लेकर ही जीवित रहे थे, गोविन्द चिन्तामणि ताम्बे।

परिशिष्ट

इस पुस्तक में प्रयुक्त रानी के चित्र की सचाई के सम्बन्ध में मैं कुछ कहना चाहती हूँ। जो चित्र सभी लोग देखते हैं उसके साथ रानी का मेल है या नहीं, इस सम्बन्ध में अनेक लोगों के विविध मत हैं। इस सन्दर्भ में यह उल्लेखनीय है कि भोपाल की बेगम सिकन्दर की एक फोटो एक बार महाराष्ट्र के क्रान्तिकारियों ने झाँसी की रानी की तसवीर के भ्रम में एक पोस्टकार्ड पर छाप दी। वह भूल आगे चलकर सुधार ली जाती है। भोपाल में अवस्थित, तमाखू सेवन में रत, घाँघरा पहने एक रमणी के चित्र को भी झाँसी की रानी की तसवीर कहकर Gede (गेडे) नाम के एक अंग्रेज इतिहासकार ने प्रयुक्त किया है।

रानी के माथे पर एक अर्धचन्द्राकार निशान था। रानी की विमाता चिमाबाई, परवर्ती जीवन में अपनी पौत्री दुर्गा से प्रायः विनोद में कहा करती थी, "आ, तेरे माथे पर अर्धचन्द्राकार रेखा बना दूँ। जैसी बाई साहिबा के माथे पर थी।" इसलिए जिन चित्रों में अर्धचन्द्राकार रेखा का चिह्न रहता, उनके चित्रकारों ने रानी को देखा है यह मान लेने का संगत कारण बन जाता है।

1928 ई. में इन्दौर के अन्यतम विख्यात धनी सरदार बालिया के मित्र दिनकर विनायक मुले (चिन्तामणि के साले) को यह पता लगा कि उनके एक कमरे में उनके पूर्व पुरुषों की अनेक प्रकार की तसवीरें, कलात्मक वस्तुओं का संग्रह जमा है। उत्सुकता से प्रेरित हो, उन्हें देखते-देखते वे एक तसवीर देखकर सहसा कौतूहल से भर जाते हैं। तसवीर में आडम्बरहीन वेश में एक रमणी ढाल-तलवार लिए हुए खड़ी है। उन्हें लगा यह तसवीर निश्चय ही झाँसी की रानी की है, क्योंकि उस तसवीर के साथ श्रीयुत् चिन्तामणि का आश्चर्यजनक सादृश्य था। सौभाग्यवश उस समय चिन्तामणि भी इन्दौर में ही थे। वे तसवीर का अच्छी तरह से निरीक्षण करते हैं एवं चित्र की अनुकृति के भाल पर अर्धचन्द्राकार दाग देखकर वह चित्र रानी का ही असली चित्र है यह धारणा पक्की बना लेते हैं। किन्तु तो भी चित्र की वास्तविकता के सम्बन्ध में उस समय भी सन्देह का पूरी तरह निराकरण नहीं हो पाया।

दुर्भाग्यवश चिन्तामणि की माँ चिमाबाई उस समय स्वर्गीय हो गई थीं। किन्तु सरस्वती टिकेकर नाम की अस्सी से भी अधिक उम्र की एक महिला उस समय इन्दौर में थी। वह किशोरावस्था में झाँसी में टेकरे परिवार के आतिथ्य में छह मास रही थी। सरस्वती सिलाई के काम में अत्यन्त कुशल थी। उसी समय रानी ने उसे बुलाकर राजमहल की स्त्रियों को सिलाई का काम सिखाने के काम में नियुक्त किया था। चिन्तामणि के तसवीर का फोटोग्राफ लाकर उस वृद्धा को दिखाते ही वह, "यह चित्र तो बाई साहिबा का है, इसमें भूल कहाँ है?" यह कहते हुए अभिभूत हो गई। आँखों में आँसू भरकर बोली, "यह तसवीर उन्हीं की है, किन्तु वही प्राणवत्ता, वही उत्साह, कौन चित्रकार आँक सकेगा? इस चित्र की अपेक्षा बाई साहिबा देखने में बहुत कोमल थीं।"

इन्दौर में प्राप्त रानी का चित्र

बहुत खोज करने के बाद इस तसवीर का इतिहास जाना जा सका। 1861 ई. में एक दरिद्र चित्रकार इन्दौर में आया था। इन्दौर के प्रसिद्ध धनी सरदार किवे और सरदार बालिया के पास जाकर उसने कहा कि झाँसी में लम्बे समय तक रहने के बाद उसने 1858 ई. में झाँसी छोड़ दी थी और उसके बाद हाथ जोड़कर उसने बताया कि चित्र बनाना उसका पेशा है। इन्दौर के धनाढ्य व्यक्तियों की अगर उसको मदद मिले तो वह तसवीरें बना सकता है। सरदार किवे और सरदार बालिया ने उससे पूछा, "तुमने झाँसी की रानी को देखा है।" उसने उत्तर दिया, "कई बार देखा है। कभी पठानी वेश में, अथवा कभी मराठी स्त्री के वेश में तलवार लेकर वह नगर-भ्रमण किया करती थी 1858 ई. के पहले चरण में।"

सरदार बालिया और किवे के आदेश से उसी समय वह अपनी स्मृति से रानी का चित्र बनाता है। इस चित्र में रानी सिर पर 'साफा' बाँधे, ढाल और तलवार हाथ में लिए खड़ी हैं। प्रतिकृति सही नाप की है। सरदार किवे का चित्र पतले तारों के ऊपर तैलरंग से बनाया गया था। कालक्रम से वह रंग झड़ जाता है।

सरदार बालिया के घरवाले चित्र में नीचे की तरफ, जहाँ पर चित्रकार का परिचय लिखा हुआ था, उस तरफ का कुछ भाग दीमक ने खा लिया था। इसीलिए सरदार बालिया चित्र को नीचे की तरफ से काटकर अलग कर देते हैं। चित्रकार का नाम सम्भवतः रतन कछवाहा था।

चिन्तामणि इन्दौर के फोटोग्राफर मि. बोडस के द्वारा रानी की इस अनुकृति से एक फोटो खिंचवाते हैं। रानी के भाल पर अर्धचन्द्राकार लकीर की बात उन्होंने माँ से कई बार सुनी थी। अपनी कन्या दुर्गा से चिमाबाई अक्सर कहा करती थी, "बाई साहिबा जैसा तेरे भाल पर भी मैं अर्धचन्द्राकार चिह्न बना दूँगी। ऐसा होने पर तू भी उन्हीं जैसी भाग्यवती होगी।" माँ के इस कथन के उत्तर में उनकी दादी ने एक दिन बड़े दुख के साथ उसकी माँ से कहा था, "बाई साहिबा के सौभाग्य को तूने कहाँ से देख लिया? वह स्वयं तो भाग्यहीना थी ही, तेरा भी जो कुछ विनाश हुआ है वह भी उसी के कारण।"

तब चिमाबाई ने कहा था—"मैं विधवा हो गई हूँ, मेरी सम्पत्ति नष्ट हो गई है फिर भी मैं कहूँगी वे परम भाग्यशालिनी थीं। वे रिश्ते में मेरी पुत्री हैं, फिर भी मैं उन पर श्रद्धा करती हूँ। आज भी देखो, कितने लोग आकर उनकी बातें मेरे पास बैठकर आँसू-भरी आँखों से सुन जाते हैं। कितने भाग्य से इतनी श्रद्धा मिलती है, क्या इसे तुम नहीं समझते हो?"

पिता से इस तैलचित्र की बात सुनकर गोविन्द राम कुतूहल से भर गए। 1929 ई. में उन्होंने दिनकर विनायक मुले से अनुरोध किया वे सरदार बालिया के यहाँ से उस तैलचित्र को उपलब्ध करा दें। यह चित्र सरदार बालिया के पास संगृहीत एक वस्तु मात्र है, किन्तु चिन्तामणि के परिवार में उसका स्थान बहुत ऊँचा है।

दिनकर का प्रस्ताव सुनकर सरदार बालिया तुरन्त राजी हो गए। वह तसवीर ताम्बे लोगों को दे दी गई।

नागपुर में अपने घर में एक अत्यन्त ऊँची वेदिका पर उस चित्र को स्थापित कर बड़े धूमधाम के साथ अनेक दर्शकों के समागम में 'उस चित्र का अनावरण' उत्सव मनाया गया। चित्र को एक उत्कृष्ट फ्रेम में जड़कर पीछे एक लाल पर्दा टाँग दिया गया था।

1930 ई. में सरदार बालिया के उस चित्र को वापस माँगा। गोविन्द राम ने तब अयोध्या के वी.एच. पन्त प्रधान के द्वारा उसकी हू-ब-हू एक अनुकृति बनवा ली। वह अनुकृति आज भी नागपुर में ताम्बे परिवार के घर में और उसकी मूल छवि इन्दौर के सरदार बालिया के घर में है। यही चित्र जनता में प्रचलित है और झाँसी की रानी का चित्र नाम से सर्वसाधारण में परिचित है।

1903 ई. में लॉर्ड कर्जन ने जब विक्टोरिया मेमोरियल को बनाने की इच्छा प्रकट की, तब दामोदर राव ने रानी के चित्र की एक अनुकृति बनवाकर वहाँ रखने का प्रस्ताव करते हुए उसे एक पत्र लिखा था। उत्तर में कर्जन ने लिखा था कि वह झाँसी की रानी का चित्र रखने को राजी है। किन्तु नानासाहब का चित्र वहाँ नहीं लगाया जा सकेगा। रानी की एक पूरे कद की तसवीर उपलब्ध कराने का उसने भी दामोदर राव से आग्रह किया था। दामोदर राव का यह प्रयास सफल नहीं हो पाता है। कर्जन के बाद के किसी भी वायसराय ने रानी के चित्र के सम्बन्ध में फिर कोई इच्छा जाहिर नहीं की।

रानी की वधूवेश में एक तसवीर हाथी दाँत के फलक पर राजपूत शैली में बनाई गई थी। इस तसवीर का मूल चित्र तो है विक्टोरिया अलबर्ट म्यूजियम–लन्दन में। बीसवीं शताब्दी के प्रथम चरण में कुछ महाराष्ट्रीय विप्लवी तरुण विलायत जाते हैं। एक रानाडे नाम के युवक ने वापस आकर श्रीयुत् ताम्बे को इस चित्र के सम्बन्ध में जानकारी दी। काफी प्रयास के बाद श्रीयुत् ताम्बे ने म्यूजियम के अधिकारियों से अनुमति लेकर उस चित्र का रंगीन फोटो खिंचवाकर एक भारतीय चित्रकार के द्वारा एक चित्र बनवा लिया। उपर्युक्त चित्र के मूल स्रोत के सम्बन्ध में तब पता चलता है, जब 1860 ई. में सिपाही युद्ध-सम्बन्धी कागज-पत्रों के साथ उसे विलायत भेज दिया गया था। भाल पर अर्धचन्द्राकार लकीर का निशान एवं अन्यान्य समानता के लक्षणों से लगता है कि यही तसवीर रानी की वधू जीवन की है। रानी की सौतेली बहन गोपिका 1907 ई. में सागर में मर जाती है। उसने इस फोटो (जिसे पहले रानाडे लाया था) को देखकर कहा था कि इस फोटो की एक अनुकृति उसके पास भी थी। इस तसवीर को गंगाधर राव की अनुमति से एक राजपूत चित्रकार ने बनाया था।

रानी की विमाता के अनुसार 1857 ई. के नवम्बर महीने में आगरा से एक राजपूत चित्रकार झाँसी आया था। रानी घोड़े की पीठ पर, गीता पाठ में रत तथा दामोदर के साथ ये तीन चित्र अपने, पिता, माता, बहन और भाई का एक, घोड़े की पीठ पर दामोदर

का एक और नृत्य-गीत-निरता नर्तकी (शायद मोतीबाई का?) का एक, इस प्रकार से कुल छह चित्र उसके द्वारा बनवाती है। क्योंकि एक पारिवारिक चित्रशाला बनाने की इच्छा रानी की बराबर बनी रही थी। ये तसवीरें झाँसी में रानीमहल में उसके शयन कक्ष में संलग्न अपने बैठने के कमरे में सदा लगी रहती थीं। तसवीरें प्रमाणित माप की नहीं थीं। ह्यूरोज़ की सेना ने जब रानी के महल को पूरी तरह से लूटपाट कर उसे नष्ट किया था, उसके बाद से उन तसवीरों का फिर कोई पता नहीं चलता है। हो सकता है कि वे नष्ट हो गई हों अथवा 1857 ई. के अन्य कागज-पत्रों की तरह वे भी लुप्त हो गई हों।

रानी की मृत्यु के बाद उनका सिर पर बाँधने का सफेद महीन सूत से बुना 'साफा' एवं हाथ की तलवार दामोदर को दे दी गई थी। तलवार की मूठ सोने के पत्तर से जड़ी एवं रत्नखचित थी। 1895, 1898, 1903 एवं 1904 ई. में श्रीयुत् ताम्बे ने चार बार उन स्मृति-चिह्नों को देखा था। तलवार के हत्थे पर 'मुड़िया' लिपि में 'लक्ष्मीबाई गंगाधर राव नेवलकर-पत्तन झाँसी' यह विवरण लिखा हुआ था। दामोदर राव की मृत्यु के बाद ये दोनों स्मृति-चिह्न या तो खो जाते हैं अथवा चोरी चले जाते हैं। लक्ष्मण राव से बार-बार प्रश्न करने पर भी वे इस सम्बन्ध में कोई प्रकाश नहीं डाल पाते हैं।

रानी के साथ सद्व्यवहार करने के कारण एलिस को 'कोर्ट ऑफ डायरेक्टर्स' की तरफ से आरोपित करके उसकी बदली पन्ना राज्य में कर दी गई थी।

झाँसी में अंग्रेज स्त्री-पुरुषों के हत्याकांड के समय पन्ना राज्य का एक वकील वहाँ उपस्थित था। एलिस उससे बारीकी से प्रश्न कर-करके निःसंदिग्ध हो जाता है कि इस हत्याकांड में रानी का कोई अपराध नहीं था। केनिंग को वह इसी आशय का एक पत्र और वकील का लिखित बयान भेजता है। केनिंग एलिस से इसी कारण असन्तुष्ट हो गया था।

रानी को राज्यशासन का भार देने के बाद एरस्काइन के पत्र लिखने पर केनिंग उसको लिखता है—

> I do not blame you for what you have done, but the Rani was responsible for the massacre all the same. If you can capture her, she should be tried specially.
>
> तुमने जो कुछ किया है उसके लिए मैं तुम्हें दोष नहीं देता, किन्तु रानी उस हत्याकांड के लिए दोषी थी। अगर तुम उस पर अधिकार कर लो तो उस पर विशेष अदालत में मुकदमा चलाया जाए।

ओरछा और दतिया की फौज को पराजित करने के बाद रानी ने सर रॉबर्ट हेमिल्टन को लिखा था—

> ओरछा और दतिया के अकारण आक्रमण का मैंने दमन कर दिया है। राज्य में कहीं भी मेरा कोई शत्रु नहीं है।

यह पत्र पाकर हेमिल्टन ने कोई जवाब नहीं दिया यह सत्य है, किन्तु हरकारों के साथ बहुत अच्छा व्यवहार किया था। उन्हें रुपया, खाने की चीजें और वस्त्र भी

दिए थे। बाद में जरूर पार्लियामेंट के सदस्यों ने केनिंग को विद्रोही रानी के हरकारों के साथ अच्छा व्यवहार करने के कारण दोषी ठहराया गया था।

रानी के सम्बन्ध में जो चर्चा हुई है, उसमें श्रीयुत् ताम्बे की भूमिका अग्रगण्य है। 1935 ई. में काशी विश्वविद्यालय के परिसर में रानी की जन्मशताब्दी मनाने का उन्होंने प्रस्ताव रखा था। पंडित मदनमोहन मालवीय उस पर राजी नहीं होते हैं। बाद में सारनाथ में वही आयोजन होता है।

1929 ई. तक ग्वालियर में रानी का कोई स्मारक नहीं था। ग्वालियर के महाराष्ट्रीय एवं स्थानीय निवासी एक छतरी-निर्माण के लिए 1923 ई. में आन्दोलन शुरू करते हैं। 18-6-1923 ई. में वे लोग एक शोभायात्रा निकालकर रानी के मरण और दाहस्थल पर जाकर पुष्पमालाएँ अर्पित करते हैं। मध्यभारत के राज्य प्रमुख (State Chief) वर्तमान सिन्धिया की ज्येष्ठ विमाता महारानी चिनकूबाई सिन्धिया के समक्ष वे एक (रानी लक्ष्मीबाई की गरिमा के) उपयुक्त स्मारक सौध का निर्माण कर रानी की स्मृति को अक्षय करने के लिए आवेदन करते हैं।

कई वर्ष के आन्दोलन के बाद यह निश्चित किया गया कि एक समाधि का निर्माण किया जाएगा। वर्तमान राजमार्ग से वह स्थान अनुमानतः 150 गज दूर है। उसी समय एक नागरिक ने कहा था, ''राम जन्म अयोध्या में, कान्हाजी का गोकुल में, जहाँ-जहाँ भक्त तहाँ-तहाँ मन्दिर''—इसलिए रानी की छतरी ऐसी जगह बनाई जाए, जिससे सभी लोग आते-जाते देख सकें। अनेक वाद-विवाद के बाद पुरातत्त्व विभाग ने पूरी तरह दिलचस्पी लेकर उस स्थान में भराई कराकर वर्तमान स्मारक का निर्माण करवाया है। हिन्दी साहित्य की विख्यात कवयित्री सुभद्राकुमारी चौहान ने एक बार ग्वालियरवासियों के निमन्त्रण पर आकर स्वयं अपनी उस विख्यात कविता—'खूब लड़ी मर्दानी, वह तो झाँसी वाली रानी थी' का पाठ स्मृति-सभा में किया था।

1929 ई. में इस समाधि का निर्माण होता है। 1935 ई. में रानी की जन्म-शताब्दी की सभा में सावरकर ग्वालियर आए थे। वे एक मर्मस्पर्शी भाषण देकर सबको मुग्ध कर देते हैं।

झाँसी में रानी के स्मारक के रूप में घोड़े की पीठ पर पुत्र दामोदर के साथ रानी की एक प्रतिमा के अलावा और कुछ नहीं है। सुभाषचन्द्र ने 'झाँसी की रानी की ब्रिगेड' का गठन कर इस महीयसी रमणी को श्रद्धांजलि दी थी। चंडीचरण मित्र ने उसकी एक जीवनी लिखी थी और स्वामी विवेकानन्द ने अपनी 'शिकागो वक्तृता' में रानी की कथा का उल्लेख श्रद्धा और सम्मान के साथ किया था। दीवान कार्तिकचन्द्र राय की 'आत्म जीवनी' पुस्तक में भी रानी के सम्बन्ध में श्रद्धापूर्वक उल्लेख है। सखाराम गणेश देउस्कर[1] द्वारा प्रणीत 'झाँसी का राजपुत्र' पुस्तक दामोदर

1. महारानी लक्ष्मीबाई के नाम पर अब झाँसी में एक मेडिकल कॉलेज स्थापित हो गया है।—अनुवादक

राव के सम्बन्ध में लिखी गई है। एक व्यक्ति सिद्धकुमार वसु ने 'झाँसी की वीरांगना' के नाम से कविता की एक छोटी पुस्तिका लिखी है। हिन्दी और मराठी भाषा में रानी के ऊपर विभिन्न नाटक, गीत और बुन्देलखंडी भाषा में कहानियाँ, लोकगीत और बहुत-से 'रासो' लिखे गए हैं।

1857 ई. की शताब्दी मनाए जाने के बाद झाँसी की रानी के सम्बन्ध में विभिन्न प्रान्तीय भाषाओं में कहानी, कविता, उपन्यास और गाथाएँ लिखी गई हैं। कहीं-कहीं उसकी प्रतिमाएँ भी स्थापित हुई हैं। मूर्ति बनाते समय पुत्र के साथ लड़ती हुई रानी की छवि ही मूर्तिकारों को अधिक प्रिय है।

यहाँ पर एक बात उल्लेखनीय है। मेजर हेमिल्टन के हाथों रानी की मृत्यु होती है 17 जून को। 17 जून की तारीख ही सर्वाधिक विश्वसनीय है। फिर भी ग्वालियर में उसकी समाधि पर लगे पत्थर में 18 जून को ही उसकी मृत्यु तिथि लिखी गई है। ऐसा क्यों किया गया है और किस प्रामाणिक तथ्य के आधार पर किया गया है इसका जवाब तो बनानेवाले अधिकारी ही दे सकते हैं।

झाँसी के किले में प्रवेश करने की कोई मनाही नहीं है, किन्तु प्रवेश के साथ-ही-साथ निराशा की बोझिलता मन को धीरे-धीरे आच्छन्न कर लेती है। कैसा उपेक्षित है यह किला, इसे देखे बिना विश्वास नहीं किया जा सकता है। अलंकरण-हीन पत्थरों के उस किले पर आगरे के किले जैसी चमक-दमक और कलात्मकता कुछ भी नहीं दिखाई देगी। बड़े-बड़े राजा और बादशाहों के मनोयोगपूर्ण उद्योग से उस दुर्ग को कभी भी समृद्धि नहीं मिली, फिर भी इतनी नग्न उदासीनता को भी मन स्वीकार नहीं करना चाहता है। उसका इतिहास और गौरव ऐश्वर्यों से भी अधिक समृद्ध है। इसीलिए वर्तमान परिणति देखकर मन बार-बार व्यथित ही होता है। हम सब लोगों की उदासीनता ही मानो उसके लिए जिम्मेदार है। मेलकम और एलिस एवं गोडसे (माँझा प्रवास—मेरी यात्रा) के वर्णनों में मैंने पढ़ा है कि झाँसी के किले में अनेक महल थे। किले की समृद्धि और विशाल फैलाव देखकर मेलकम ने झाँसी के अधिग्रहण के समय रक्षक फौज की तैनाती पर जोर दिया था। क्योंकि उसमें घुड़साल और हाथीखाना थे। किले के प्रासाद में ही सखूबाई रहा करती थी। कर्नल श्लेमन ने उसके साथ भेंट की थी एवं रानी ने भी वधू जीवन के प्रारम्भिक दिनों को वहीं बिताया था।

आज के झाँसी के किले में घुसने पर यह समझ में नहीं आता है कि कहाँ क्या था। जो स्थान दिखाए जाते हैं वे प्रायः भग्न और अव्यवहृत है। बाग, किला, फाँसीघर, शिवमन्दिर ऐसे ही कई स्थान एवं मुख्य-मुख्य बुर्ज ही सही-सलामत है। किले से चारदीवारी से होकर शहर के पूर्व और उत्तर में जाने के लिए अनेक दरवाजे थे। अब उन सबको मिट्टी से भर दिया गया है। उन सब दरवाजों और चारदीवारी का अब कोई चिह्न ही नहीं मिलता है। किले के अन्दर उन सबको बदलकर बाद में

अंग्रेजी फौज के रहने और गोला-बारूद रखने के कमरे बनवाए गए थे, यह स्पष्ट रूप से समझ में आ जाता है। वर्णन में जो कुछ पढ़ने को मिलता है (वर्णन मात्र एक सौ वर्ष पहले अथवा उसके भी बाद का है), किले के भीतर सादृश्य मिलना कठिन है। जीर्ण-शीर्ण गात्र लिए पड़ी हुई हैं 'भवानीशंकर' और 'कड़कबिजली' तोपें। वे भी लगता है इसलिए कि उन्हें हटाया नहीं जा सका है।

रानीमहल के सम्बन्ध में भी वही एक ही बात है कि एक बार इस महल की चार मंजिलें थीं। वर्तमान रानीमहल उन दिनों के राजप्रासाद का एक भाग मात्र है। 1858 ई. के अप्रैल मास में आग लगा दी गई थी उस प्रासाद में एवं उसके बाद दो बार और भी उसमें आग लगाई गई थी। आज वही महल शहर कोतवाली है। कमरों की दीवार के चित्र, दीवार पर उत्कीर्ण मूर्तियाँ, जीर्णशीर्ण और ध्वन्सोन्मुख हैं। उसी महल में रानी ने निवास किया है और वहीं उसके जीवन के श्रेष्ठ दिन बीते हैं।

रानी द्वारा नित्य पूजा जानेवाला लक्ष्मीमन्दिर भी आज एकान्त उपेक्षा के कारण जीर्ण गात्र है। लक्ष्मीताल के अंचल में किनारे-किनारे जो कलात्मक प्रतिमाओं से शोभित प्रस्तर प्रासाद, मीनार और घाट बने हुए हैं वे भी अब धसकने लगे हैं।

पूरे झाँसी शहर में पानी की स्मृति से जुड़ी और भी कई जगहें हैं जिनके उद्धार की आवश्यकता है।

झाँसी में सबसे सुरक्षित स्मृति-सौध है झोकन बाग। वहाँ पर मृत अंग्रेज नर-नारियों के स्मृति-प्रस्तर एक उद्यान से घिरे हुए हैं। उसके दरवाजे में ताला लगा हुआ है।

मरम्मत और रक्षा की सुन्दर व्यवस्था न करने से धीरे-धीरे रानीमहल (अब इस रानीमहल का अधिग्रहण पुरातत्त्व विभाग ने कर लिया है। और उसकी मरम्मत करा दी गई है। अब यह पूर्ण सुरक्षित है) गिर जाएगा। किले का हाल भी वैसा ही हो जाएगा।

ग्वालियर और लखनऊ में उसके नाम पर दो सड़कें हैं यह सत्य है। उसकी स्मृतियों से जुड़े प्रासादों, किले और मन्दिरों का जीर्णोद्धार शीघ्र कराना जरूरी है।

झाँसी का किला जब मैंने देखा, उन दिनों उसमें कैमरा लेकर प्रवेश करना निषिद्ध था। सरकार ने यह नियम हटा लिया है या नहीं इसकी मुझे जानकारी नहीं है। किले के अन्दर फोटो खींचने के विषय में सरकारी रोक न रहना ही अपेक्षित है। पर्यटक और दर्शक फोटो खींचने की सुविधा मिलने पर प्रशासन के कृतज्ञ ही होंगे। जहाँ तक याद आता है, रानीमहल के भीतर भी फोटो खींचने की मनाही है।

आज इन सब रोकों को हटा लेने पर सरकार देशवासियों की कृतज्ञता की भाजन ही होगी।

क्रान्तिकारी शाहगढ़ नरेश राजा बखतबली

पन्ना के बुन्देला राजा छत्रसाल की मृत्यु के बाद राज्य का विभाजन होना प्रारम्भ हो गया था। गढ़ाकोटा या शाहगढ़ राज्य हृदयशाह के वंशजों की शाखा के पास था।[1] छत्रसाल की आठवीं पीढ़ी में पैदा हुए बखतबली 1842 में अपने ताऊ की मृत्यु के पश्चात् शाहगढ़ राज्य के उत्तराधिकारी बने। इनकी माँ का नाम प्रेम रानी तथा पिता का नाम तखत सिंह था। तखत सिंह शाहगढ़ के राजा अर्जुनसिंह के छोटे भाई थे। अर्जुनसिंह के कोई सन्तान नहीं थी, अतः उन्होंने बखतबली का लालन-पालन अपने उत्तराधिकारी के अनुरूप ही किया था।

बखतबली की जन्मतिथि का कोई लिखित प्रमाण प्राप्त नहीं है, परन्तु इनके जीवनक्रम के विवरणों से इनका जन्म 1804 में होना निर्धारित किया जा सकता है। बचपन से ही बुन्देलों के प्रमुख खेल आखेट, घुड़सवारी, कुश्ती, लाठी, बल्लम, बरछी, तलवार और बन्दूक चलाने में ये प्रवीण हो गए थे। गढ़ाकोटा के पंडित खेमचन्द्र तिवारी से इनको शिक्षा दिलवाई गई थी। युवा होते ही इनका विवाह बानपुर के राजा मोद प्रहलाद की पुत्री और मर्दनसिंह की बहिन के साथ सम्पन्न हुआ।

बखतबली के गद्दी पर बैठने के काफी पहले से ही सागर के मराठा सरदार, अंग्रेज और ग्वालियर के सिन्धिया ने इनके राज्य के कई भागों पर अधिकार कर लिया था। 1817-18 के आसपास गढ़ाकोटा और उसके कुछ भाग सिन्धिया ने शाहगढ़ के राजा को दे दिए थे। परन्तु जैसे ही अंग्रेजों ने सागर के मराठा राज्य को हड़पा, शाहगढ़ वालों से गढ़ाकोटा अंग्रेजों ने छीन लिया। तभी से राजधानी शाहगढ़ बनी। युवा बखतबली ने ये सब अपमान अपनी आँखों से देखे और महसूस किए थे। अतः अंग्रेजों के प्रति क्रोध और विद्रोह की भावना उनके हृदय में थी। 1842 में जब बखतबली शाहगढ़ की गद्दी पर बैठे तब भी अंग्रेज अधिकारियों ने इनको चैन की साँस नहीं लेने दी। अंग्रेज अधिकारी इनके खानदानियों को इनके विरुद्ध उकसाते और भड़काते रहते थे। आसपास के और भी बहुत-से राजाओं और जागीरदारों को शान्ति की साँस लेना दूभर हो रहा था।

---

1. बुन्देलखंड एजेंसी रेकॉर्ड फाइल नम्बर 3 ऑफ 1857, राष्ट्रीय अभिलेखागार, दिल्ली।

1857 में जैसे ही अंग्रेजी शासन के विरुद्ध क्रान्ति का बिगुल बजा, बखतबली ने गुलामी का जुआ उतार फेंकने के लिए कमर कसी और स्वतन्त्रता संग्राम में कूद पड़े। आनन-फानन में क्रान्तिकारियों की सेना का गठन करके क्षेत्र में विद्रोह का झंडा फहराने में बखतबली को देर नहीं लगी। बानपुर के राजा मर्दनसिंह, हिन्डोरिया के जागीरदार किशोर सिंह, नारहट के जंगी सिंह, अंग्रेजी सेना के विद्रोही सूबेदार शेख रमजान, सोहागपुर के बलभद्र सिंह, सागर के दौलत सिंह, शाहगढ़ के बोधन आदि प्रमुख व्यक्ति अपने हजारों साथियों के साथ बखतबली के क्रान्तिकारी संगठन में शामिल हो गए।

सागर के अंग्रेज अधिकारियों को जून में क्रान्ति प्रारम्भ होते ही बखतबली की अंग्रेज विरोधी गतिविधियों की सूचना मिलने लगी थी। सागर के कमिश्नर और एजेन्ट टु लेफ्टीनेंट गवर्नर सागर और नर्मदा टेरीटेरीज मेजर इरस्काइन ने भारत सरकार के सेक्रेट्री जॉर्ज एडमोनस्टन को 14 जून, 1857 को जबलपुर से प्रेषित पत्र के छठवें पैराग्राफ में लिखा कि "चन्देरी जिले के ठाकुर विद्रोही हो गए हैं और अंग्रेजी अधिकार वाले गाँवों को लूट रहे हैं। ...मैंने यह भी सुना है कि शाहगढ़ के ठाकुर भी विद्रोही हो गए हैं।[1]

जून और जुलाई का माह बखतबली के लिए बड़ा अच्छा रहा। दमोह और सागर के किले को छोड़कर बाकी पूरे क्षेत्र पर बखतबली ने अधिकार कर लिया। 6 अगस्त, 1857 को जबलपुर के डिप्टी कमिश्नर एफ.डी. पिंकने ने उच्च अधिकारियों को सूचित किया, "इस समय दमोह और सागर जिला शाहगढ़ के राजा के अधिकार में हैं। दमोह और सागर के किले तथा शहर के लिए भी खतरा है। दोनों स्थानों पर अंग्रेजी सेना लड़ने की स्थिति में नहीं है।"[2] ललितपुर भी क्रान्तिकारियों के अधिकार में आ गया था। वहाँ के अंग्रेज अधिकारी कैप्टन ए.जी. गोर्डन, कैप्टन साले, कैप्टन इरविन, श्रीमती इरविन तथा उनके बच्चे, डॉक्टर ओ. ब्राइन, कस्टम विभाग के मि. वेरियर तथा कैप्टन गोर्डन के दो मद्रासी नौकरों को क्रान्तिकारियों ने कैद करके मड़ावरा में रखा हुआ था। 5 जुलाई, 1857 को इन अंग्रेजों को शाहगढ़ लाया गया। सागर, गढ़ाकोटा, बिनायका, रेहली, धमौनी, पंचम नगर आदि शाहगढ़ के क्रान्तिकारियों के अधिकार में आ गए थे। गढ़ाकोटा को बख्तअली ने हमेशा अपना माना था जो अंग्रेजों ने अन्यायपूर्वक उनसे ले लिया था। अतः बखतबली ने अपने साथी बोधन दउआ को गढ़कोटा पर अधिकार करने के लिए भेजा। बोधन दउआ ने गढ़कोटा पर अधिकार करके बखतबली की इच्छा पूरी की।

---

1. एम.ए. रिजवी (सम्पादित), *फ्रीडम स्ट्रगल इन उत्तर प्रदेश* (सोर्स मेटीरियल), भाग-तीन, पृ. 72
2. वही, पृ.सं. 82।

सागर को जीतकर बखतबली जब शाहगढ़ पहुँचे तब ये अंग्रेज कैदी शाहगढ़ आ गए थे। बखतबली अब खुली बगावत कर रहे थे। दिल्ली के पतन का समाचार मिलने पर 18 जुलाई, 1857 को खुशी प्रगट करने के लिए शाहगढ़ किले से तोपें दागी गईं। बखतबली ने गोर्डन से कहा कि अंग्रेज गढ़कोटा पर उनके अधिकार को मान्यता दें तो वह अंग्रेज कैदियों की मदद करने पर विचार कर सकते हैं। फिर भी मानवता के नाते उन्होंने समस्त अंग्रेज कैदियों को सुरक्षापूर्वक सागर पहुँचा दिया।

अब तक के क्रियाकलापों से बखतबली बुन्देलखंड, सेंट्रल इंडिया के मान्य क्रान्तिकारी नेता हो गए थे। बाँदा के नवाब अलीबहादुर से उनका क्रान्ति के बारे में कई बार पत्र-व्यवहार हुआ था। ये पत्र राष्ट्रीय अभिलेखागार में सुरक्षित हैं। एक पत्र 11 सफर, 1274 हिजरी (11 अक्टूबर, 1857) में अलीबहादुर ने उनको कालिंजर के किले की उपयोगिता बतलाते हुए उस पर अधिकार करने की सलाह दी थी।[1] बखतबली ने अपना एक वकील चरखारी में भी तात्या टोपे के पास सलाह मशवरे के लिए भेजा था।[2]

वर्ष 1858 का प्रारम्भ अंग्रेजी सत्ता की पुनर्स्थापना का वर्ष था। रोज के अधीन भारी फौज बुन्देलखंड में अंग्रेजों की सत्ता को पुनःस्थापित करने के लिए चल पड़ी थी और उसका बखतबली से मुकाबला होना निश्चित था। 10 फरवरी, 1858 के दिन रोज की सेना गढ़ाकोटा पहुँची। बखतबली का सेनानायक बोधन दउआ अपने सीमित साधनों से अंग्रेजी सेना का मुकाबला करने को तैयार था। मेजर बोइलो के सैनिकों ने अचानक आक्रमण करके अग्रिम सुरक्षा चौकी के 16 क्रान्तिकारियों का वध कर दिया। किले का पश्चिमी भाग भी टूट गया।[3] रक्षा के लिए जितने सैनिक किले के बाहर तैनात थे, उनको किले के अन्दर जाना पड़ा।[4] रात को बोधन दउआ ने सब सैनिकों के साथ किला खाली कर दिया और शाहगढ़ पहुँच गए।

गढ़ाकोटा के पतन के बाद बखतबली ने शाहगढ़ पर रुकना ठीक नहीं समझा और अपने सब साथियों के साथ सेरई होते हुए मड़ावरा पहुँचे। वहाँ बानपुर के राजा के साथ मिलकर आगे की रणनीति पर विचार-विमर्श हुआ। नारहट, मदनपुर और धमौनी पर अंग्रेजों से युद्ध करने का निर्णय हुआ। मदनपुर की घाटी के मोर्चे पर बखतबली 7000 बुन्देलों के साथ जम गए।[5] नारहट घाटी का मोर्चा मर्दनसिंह ने सँभाला।

---

1. बाँदा कलक्ट्रेट म्यूटनी रेकॉर्ड फाइल नं. XVIII-35, क्षेत्रीय अभिलेखागार, इलाहाबाद।
2. फॉरेन पोलिटिकल प्रोसीडिंग 30 दिसम्बर, 1859, सप्लीमेंट्री कंसलटेशन नं. 633, पृ. सं. 53, राष्ट्रीय अभिलेखागार, दिल्ली।
3. के. और मैलसन–हिस्ट्री ऑफ इंडियन म्यूटनी, 1857-58 भाग पाँच, पृ. सं. 100।
4. फॉरेन सीक्रेट कंसलटेशन 26 मार्च, 1858 नम्बर, 283 रा.अ., दिल्ली।
5. जी.डब्लू. फॉरेस्ट–सेलेक्शन फ्रॉम लेटर्स, डिस्पैच एंड अदर पेपर्स प्रिजवर्ड इन द मिलिट्री डिपॉर्टमेंट ऑफ गवर्मेंट ऑफ इंडिया, 1857-58 भाग चार, कलकत्ता 1912, पृ. सं. 24।

रोज को मालूम था कि इन घाटियों को पार करने में कड़े प्रतिरोध का सामना करना पड़ेगा। अतः उसने पूरे क्षेत्र का सर्वे करवाकर अपनी रणनीति बनाई। सबसे पहले उसने 2 मार्च, 1858 को बरौदिया पर अधिकार कर लिया।[1] रोज़ ने मुख्य आक्रमण मदनपुर की घाटी पर करने का निश्चय किया, लेकिन इस आक्रमण की सफलता के लिए यह आवश्यक था कि बानपुर के क्रान्तिकारी जो नारहट में थे, शाहगढ़ के राजा को किसी प्रकार की मदद न कर सकें। अतः 3 मार्च को रोज़ की सेना के एक भाग ने नारहट घाटी के मोर्चे पर मर्दनसिंह की सेना पर नकली पर वास्तविक लगनेवाला आक्रमण किया। मर्दनसिंह के सैनिक इस युद्ध में उलझे रहे, उधर रोज़ मुख्य सेना के साथ मदनपुर घाटी पर आ गया।[2]

बखतबली ने मदनपुर का मोर्चा काफी होशियारी से लगाया था। घाटी पर दोनों ओर सैनिक दस्ते बन्दूकों और तोपों पर जमे थे, परन्तु, झाड़ियों और चट्टानों की आड़ के कारण नजर नहीं आते थे। रोज़ की सेना जैसे ही घाटी में घुसी क्रान्तिकारियों की गोलाबारी के बीच फँस गई। अंग्रेजी सेना को दुश्मन दिखलाई नहीं पड़ रहा था, जिस पर फायर किया जाता। रोज़ का घोड़ा भी आक्रमण में घायल हो गया। मौके की नजाकत को समझते हुए रोज़ ने अपने तोपखाने को पीछे हटाने के आदेश दिए। उसके सैनिक भी तोपखाने के पीछे आ गए। क्रान्तिकारी सैनिकों ने इसको अंग्रेजों की पराजय समझा और अपनी जीत। जीत की खुशी में क्रान्तिकारियों ने भारी विजय घोष किया।

यहीं क्रान्तिकारी सैनिक मात खा गए। रोज़ को क्रान्तिकारियों के छुपे स्थानों का पता इन विजय-घोष के नारों से चल गया। अंग्रेजों के तोपखाने और सैनिकों को विद्रोहियों के स्थानों का पता चलते ही उन स्थानों पर भारी गोलाबारी प्रारम्भ कर दी गई[3]। विद्रोही सैनिक तितर-बितर हो गए। अंग्रेजी सेना मदनपुर घाटी को पार करके आगे बढ़ गई। चार दिन बाद बखतबली के मजबूत सेरई के किले पर भी रोज़ का अधिकार हो गया। अब अंग्रेजों ने बखतबली के सम्पूर्ण राज्य का अधिग्रहण कर लिए जाने की घोषणा कर दी।[4]

बखतबली ने फिर भी हिम्मत नहीं हारी, अपने बचे हुए साथियों के साथ तात्या टोपे की मदद के लिए वे चरखारी पहुँचे।[5] बेतवा (बरुआ सागर) की लड़ाई में लक्ष्मीबाई की मदद के लिए भी वे तात्या टोपे के साथ थे। 1 अप्रैल, 1858 को लड़े

---

1. जी.डब्लू. फॉरेस्ट–सेलेक्शन फ्रॉम लेटर्स, डिस्पैच एंड अदर पेपर्स प्रिजवर्ड इन द मिलिट्री डिपॉर्टमेंट ऑफ गवर्मेंट ऑफ इंडिया, 1857-58 भाग चार, कलकत्ता 1912, पृ. सं. 99-100।
2. थॉमस लो–सेंट्रल इंडिया ड्यूरिंग द रिबेलियन, 1857-58, पृ. सं. 213-14।
3. फॉरेस्ट–भाग चार, पृ. सं. 101।
4. वही, पृ. सं. 24।
5. 10 अप्रैल, 1859 को मेजर मीड के सामने मुसहरी में तात्या टोपे का दिया गया बयान।

गए इस युद्ध में भी क्रान्तिकारी सैनिकों की हार हुई। पूरी सेना बिखर गई। लेकिन सबको मालूम था कि अब कालपी (जनपद जालौन) पहुँचना है। 16 अप्रैल, 1858 को बखतबली अपने सैन्य-दल के साथ कालपी पहुँचे। कालपी-सरकार के उस दिन के आदेश में इसका विवरण इस प्रकार है—

"दिनांक-1, रमजान, 1274 हिजरी (16 अप्रैल, 1858)—आज शाहगढ़ के राजा यहाँ आए। उनके आगमन पर 11 तोपों की सलामी उनके सम्मान में दागी गई। मोरार कंटिंजेंटी को तैयार रहने के आदेश दिए जाते हैं। रात दस बजे चौरासी गुम्बज के पास उनको कैम्प करना है।[1]"

कालपी में रावसाहब, तात्या टोपे, बखतबली, बानपुर के राजा मर्दनसिंह तथा अन्य एकत्रित क्रान्तिकारी सैनिकों ने एक बार फिर अंग्रेजी सेना से लड़ने का निश्चय किया। युद्ध के लिए जालौन जनपद के कोंच नामक स्थान को चुना गया। कौंच में सुरक्षा और आक्रमण की अच्छी व्यवस्था थी। यदि रोज़ की सेना सीधी सड़क से कालपी चली जाती तो पीछे से भी आक्रमण किया जा सकता था। परन्तु, इस स्कीम में एक बाधा थी। जालौन जिले में बेतवा नदी के किनारे बसे गाँव कोटरा और सैदनगर में अंग्रेज समर्थक गुरसराँय के राजा केशवराव अपने सैनिकों के साथ रोज़ की सहायता के लिए डेरा डाले थे।

बखतबली को कोटरा और सैदनगर पर अधिकार करके केशवराव को वहाँ से हटाने का कार्य सौंपा गया। जालौन राज्य के दीवान विश्वास राव और बखतबली ने संयुक्त अभियान करके केशवराव को कोटरा-सैदनगर में पराजित कर घाटों पर अधिकार कर लिया।[2]

इधर रोज 1 मई, 1858 को झाँसी जिले की सीमा पर स्थित पूँछ नामक स्थान पर सैन्य दल के साथ आ पहुँचा। पूँछ में ही रोज को कोटरा-सैदनगर में क्रान्तिकारियों के अधिकार कर लेने के बारे में पता चला। कोंच के युद्ध में विद्रोहियों को किसी तरफ से मदद न मिल सके उसके लिए रोज़ ने सर्वप्रथम कोटरा-सैदनगर पर अधिकार करने का निश्चय किया। मेजर ओर को इस अभियान की कमान दी गई। मेजर ओर ने बखतबली को कोटरा-सैदनगर से पीछे हटने पर विवश कर दिया।[3]

अब बखतबली का कालपी पहुँचना असम्भव हो गया था। अतः उन्होंने अपने इलाके की राह पकड़ ली। कोटरा की लड़ाई में बखतबली की एक तोप मेजर ओर

---

1. अरुन बरन गांगुली—*गुरिल्ला फाइटर ऑफ द फर्स्ट फ्रीडम मूवमेंट*, पृ.सं. 151।
2. भाऊ विश्वास राव के खिलाफ मुकदमे में गवाही देते हुए 16 जून, 1858 को जालौन के तहसीलदार हीरालाल ने अपने बयान में कहा कि कोटरा की लड़ाई में भाऊ विश्वास राव भी सैनिकों के साथ गए थे।
3. डी.एल. ड्रेक ब्रोकमैन--जालौन गजेटियर, पृ.सं. 140।

के कब्जे में आ गई थी, परन्तु, वह उनको पीछे हटने और बेतवा पार करके निकल जाने से रोक नहीं सका। जिगनी राज्य से बखतबली को रसद सामग्री भी प्राप्त हो गई थी। अपने चार हजार साथियों के साथ बखतबली देवरा सागर पहुँचे। ग्वालियर में रानी लक्ष्मीबाई की युद्ध में मृत्यु से बखतबली को बड़ा आघात लगा। अभिलेखागार में एक पत्र है, जिससे पता चलता है कि बखतबली ने एक पिटीशन सर हेमिल्टन के पास भेजा, जिसमें उन्होंने जीवनदान और गुजारा भत्ता दिए जाने की माँग की, साथ ही यह भी लिखा कि यदि बात नहीं मानी जाती है तो उनके पास विद्रोही बने रहते हुए प्राण देने के सिवा और कोई चारा नहीं है। उन्होंने यह भी सूचित किया कि उत्तर प्राप्त होने तक वो कोई विद्रोही कार्यवाही नहीं करेंगे।[1]

सर हेमिल्टन ने उनको सूचित किया कि यदि वे आत्मसमर्पण कर देंगे तो उनको मृत्यु-दंड नहीं दिया जाएगा। गवर्नर जनरल ने और सहानुभूतिपूर्ण रुख अपनाते हुए लिखा कि 'बखतबली को सूचित किया जाए कि उनको जीवनदान तो मिलेगा ही, उनकी उपेक्षा और निरादर भी नहीं होगा, साथ ही जीवन-निर्वाह हेतु समुचित धन भी दिया जाएगा।'[2] इस आश्वासन पर बखतबली ने 8 जुलाई, 1858 को शाहगढ़ के असिस्टेंट सुपरिंटेंडेंट के समक्ष नरवर में आत्मसर्मपण कर दिया।[3] बखतबली के आत्मसमर्पण से सम्बन्धित दो मूल टेलीग्राम लखनऊ अभिलेखागार में अभी भी सुरक्षित हैं। एक टेलीग्राम 9 जुलाई, 1858 का हेमिल्टन द्वारा आगरा में ई.ए. रीड को भेजा गया था। "The ex Raja of Shahghur has given up to Mr. Thornton" दूसरा टेलीग्राम जी.एफ. एडमोनस्टन ने इलहाबाद से 9 जुलाई, 1858 की रात 12 बजे ई.ए. रीड को आगरा भेजा–The rebel Raja of Shahgurh has given up himself up to Mr. Thornton at Noorwar of Shahgurh tarritory.

राजा बखतबली को 1400 रुपए माहवारी गुजारा भत्ता देना तय हुआ और निगरानी में जीवन व्यतीत करने के लिए लाहौर निर्वासित कर दिया गया।[4] क्षेत्रीय अभिलेखागार, इलाहाबाद में शाहगढ़ नरेश बखतबली की फाइल नम्बर 122 में उनके विषय में बहुत सारी सामग्री एवं सूचना संगृहीत है। अनेकों पत्रों से पता चलता है कि सन् 1861 में उन्होंने अंग्रेजों से दिल्ली या मथुरा में रहने की इच्छा व्यक्त की

---

1. रिजवी, पृ.सं. 611, बुन्देलखंड एजेंसी रेकॉर्ड्स, फाइल नं. 3 ऑफ 1857।
2. वही।
3. वही।
4. फॉरेन पोलिटकल कंसलटेशन 3 सितम्बर, 1858 नं. 118, इसी में नं. 117 में शाहगढ़ राज्य की आमदनी का मूल्य एक लाख पचहत्तर हजार रुपए आँका गया था।

इस प्रकार 1857 के क्रान्तिकारी शाहगढ़ नरेश राजा बखतबली का अन्त हुआ। यह विवरण 1857 का प्रथम स्वतन्त्रता संग्राम और जालौन जनपद के लेखक ठाकुर देवेन्द्र सिंह के एक लेख से यहाँ साभार उद्‌घृत किया गया है।–अनुवादक

थी। उन्होंने कहा कि लाहौर की जलवायु उनके स्वास्थ्य के लिए ठीक नहीं है। मगर भारत सरकार उनके आग्रह को ठुकराती रही। 1 अप्रैल, 1862 के पत्र में बखतबली ने लाहौर के कमिश्नर को लिखा कि उनका भत्ता कम है और क्लाइमेट भी अनुकूल नहीं है, अतः उनके परिवार का लाहौर में उनके साथ रहना ठीक नहीं है। 7 मई के पत्र में एच.एम. डूरेन्ड ने पंजाब सरकार को सूचित किया कि बखतबली को मथुरा में रहने की आज्ञा नहीं दी जा सकती है।

8 वर्ष बाद, 17 जून, 1869 को गवर्नर जनरल ने उनको दिल्ली में रखने की आज्ञा दी और कहा कि नॉर्थ वेस्ट प्राविंस की सरकार की आज्ञा से वे कभी-कभी मथुरा भी जा सकते हैं। 14 अगस्त, 1869 को झाँसी के कमिश्नर बी. लायड ने कहा कि बखतबली के कभी-कभी मथुरा आने में उनको कोई एतराज नहीं है। लेकिन वे थोड़े समय के लिए ही मथुरा में रुकें।

अब बखतबली थोड़े-थोड़े समय के लिए मथुरा आने लगे। सन् 1870 तक यहीं स्थित रही फाइल नम्बर 122 में ही डिप्टी कमिश्नर ललितपुर का 23 जुलाई, 1870 का एक पत्र झाँसी के कमिश्नर के नाम है, जिसमें बखतबली की उम्र 50 सन् और निःसन्तान होने का विवरण मिलता है। सन् 1872 में बखतबली को स्थायी रूप से मथुरा में रहने की आज्ञा मिली। 5 अगस्त, 1872 को सेक्रेट्री एन.डब्लू.पी. ने सेक्रेट्री गवर्नमेंट ऑफ इंडिया फॉरेन डिपार्टमेंट को लिखा, "The Lt. Governor has no objection in allowing ex. Raja of Shahgurh to reside at Mathura".

शाहगढ़ नरेश राजा बखतबली के जीवन के अन्तिम वर्ष निर्वासित जीवन व्यतीत करते हुए मथुरा में बीते जहाँ 29 दिसम्बर, 1873 को उनका स्वर्गवास हुआ।

1857, बाँदा के नवाब और उनका आत्मसमर्पण

महाराजा छत्रसाल बुन्देला (1649-1731) जैतपुर के किले में जब इलाहाबाद के सुबेदार मुहम्मद खाँ बँगश द्वारा घेर लिए गए तब उनका सन्देश पाकर उन्हें इस विपत्ति से बाजीराव प्रथम ने उबारा था। कृतज्ञता स्वरूप महाराजा छत्रसाल ने उन्हें अपना दत्तक पुत्र मानकर अपने राज्य का तीसरा भाग जिसमें बुन्देलखंड आता था उन्हें समर्पित कर दिया था, साथ ही मस्तानी नामक एक नृत्यांगना भी। मस्तानी और बाजीराव प्रथम की सन्तान के रूप में बाँदा के नवाब के पूर्व पुरुष नवाब शमशेर बहादुर (1734) का जन्म हुआ। इसी खानदान की चौथी पीढ़ी में 1857 का वीर सेना नायक अलीबहादुर द्वितीय का जन्म हुआ, जो लगातार ब्रिटिश साम्राज्य के खिलाफ महारानी लक्ष्मीबाई और तात्या टोपे को सहयोग करता रहा।

नवाब अलीबहादुर की ब्रिटिश साम्राज्य के विरुद्ध गतिविधियों को नियन्त्रित करने के लिए ह्विटलॉक ने उस पर आक्रमण किया था। वह गोयरा मुगली के युद्ध (19 अप्रैल, 1858) के युद्ध में ह्विटलॉक से पराजित होकर अपने लाव-लश्कर समेत जलालपुर-कालपी मार्ग से आता हुआ यमुना पार कर कालपी आ गया। यहाँ उसने कालपी के युद्ध में बढ़-चढ़कर भाग लिया था। कालपी के पतन के बाद वह भी अपने बचे-खुचे सैनिकों के साथ गोपालपुरा पहुँच गया था और वहाँ से ग्वालियर विजय और उसके बाद ह्यूरोज़ के साथ युद्ध में उसने क्रान्तिकारियों का साथ दिया था। बाद में यहाँ मिली पराजय और झाँसी की रानी की मृत्यु के बाद वह तात्या टोपे के साथ जान बचाता और अपनी सुरक्षा की खोज में दक्षिण और राजस्थान की ओर भागता रहा।

प्रसिद्ध इतिहासकार डॉ. भगवानदास गुप्त ने लिखा है—"स्थानीय राजे-महाराजे भी तात्या टोपे और उसके साथियों—रावसाहब तथा नवाब अलीबहादुर को अंग्रेजों के आतंक के कारण शरण और सहायता देने में कतराने लगे थे। ऐसी स्थिति में टोपे, रावसाहब और नवाब को एक स्थान से दूसरे स्थान की ओर भाग-दौड़ करने के सिवा विकल्प ही क्या था।"[1]

---

1. मस्तानी—बाजीराव और उनके वंशज बाँदा के नवाब, पृ. 124।

इसी अवसर पर गवर्नर जनरल लॉर्ड केनिंग ने इलाहाबाद के एक दरबारी समारोह में 1 नवम्बर, 1858 को साम्राज्ञी विक्टोरिया का वह घोषणा-पत्र प्रसारित किया, जिसमें भारतीय राजे-रजवाड़ों को आश्वस्त कर उनसे हुई पहले की सन्धियों की शर्तों का पालन करने, रियासतों को अंग्रेजी साम्राज्य में न मिलाने और उनके अधिकार एवं सम्मान सुरक्षित रख, उनके प्रति सहानुभूति और सहृदयता का बर्ताव करने की बातें कही गई थीं। साम्राज्ञी विक्टोरिया की इस घोषणा का अपेक्षित प्रभाव पड़ा। बुन्देलखंड की विद्रोही कार्रवाइयों में पहले ही ठहराव आ चला था। रानी लक्ष्मीबाई की मृत्यु 17 जून, 1858 को हो चुकी थी। रावसाहब, तात्या टोपे और अलीबहादुर आश्रय की खोज में इधर-उधर भटक रहे थे और इसी बीच सितम्बर के अन्त में बानपुर के राजा मर्दनसिंह और शाहगढ़ के राजा बखतबली अंग्रेजों के सामने आगरे में आत्मसमर्पण कर चुके थे। बुन्देलखंड के प्रमुख विद्रोही सेनानियों के इस बिखराव की प्रतिक्रिया नवाब अलीबहादुर पर भी होने लगी थी। विशेषकर राजा मर्दनसिंह और बखतबली से अंग्रेज सरकार ने जिस प्रकार उनके अंग्रेज शरणार्थियों से उदार व्यवहार के कारण नरमी बरती थी और पेंशन की जो व्यवस्था कर दी थी, उससे नवाब बहुत ही प्रभावित हुआ था। उसे आशा हो चली थी कि चूँकि बाँदा में उसने अंग्रेज शरणार्थियों की सहायता की थी और उन्हें सुरक्षित नागदा और इलाहाबाद भिजवा दिया था, इसलिए अंग्रेजी सरकार विद्रोह में उसके भाग लेने को अधिक गम्भीरतापूर्वक न लेकर उसके साथ भी मर्दनसिंह और बखतबली जैसा ही व्यवहार करेगी। अलीबहादुर ने अपनी तकलीफों का विवरण देते हुए एक खरीता गवर्नर जनरल के एजेंट सर रावर्ट हेमिल्टन के पास भेजा। उसे यह सलाह दी गई कि जब वह विद्रोहियों का साथ छोड़ दे तो सफेद झंडा फहराकर अंग्रेजी छावनी में चला जाए।

अलीबहादुर ने इस सलाह को मानकर जैसे ही उसे मौका मिला उसने 14 नवम्बर को तात्या टोपे और रावसाहब का साथ छोड़कर बाँसवाड़ा के पास डोंगीपुर (सम्भवतः डोंगरपुर) में बचकर उसने मालवा डिवीजन के सेनापति मेजर जनरल मिचेल की छावनी में शरण ली। वहाँ से उसे एक सैन्यदल की निगरानी में अपने आश्रितों और धन-सम्पत्ति सहित महू रवाना कर दिया गया, जहाँ वह 1 दिसम्बर, 1858 को आ पहुँचा। नवाब अलीबहादुर के समर्पण के बाद उसकी सारी सम्पत्ति जब्त कर ली गई और तीन हजार रुपया प्रतिमाह पेंशन देकर उसके आग्रह पर उसे महू से हटाकर इन्दौर में बसा दिया गया। नवाब अलीबहादुर यहीं स्थित बाँदा कोठी में सपरिवार रहता रहा। पर वहाँ भी अंग्रेज सरकार का उस पर नियन्त्रण ढीला नहीं पड़ा। उसे बिना अनुमति के रेसीडेंसी क्षेत्र से बाहर जाना भी वर्जित था। उसके परिवार के लोग बाँदा जाने को तरसते रहे। लेकिन उसकी अनुमति कहीं नहीं मिली। बाँदा में नवाब

के महल, बाग-बगीचे और भूमि पहले ही जब्त कर ली गई थी। नवाब इस प्रकार तीन हजार रुपए माहवार की छोटी-सी पेंशन पर इन्दौर में किसी प्रकार गुजारा करता रहा। उसकी 14 अगस्त, सन् 1873 ई. को बनारस में मृत्यु के पश्चात् यह पेंशन उसके वंशजों में विभाज़ित हो गई। नवाब अलीबहादुर द्वितीय के वंशज अब बाँदा कोठी, इन्दौर और बाँदा कम्पाउंड, सीहोर में रहते हैं।[1]

नवाब अलीबहादुर द्वितीय को यह सजा उनके 1857 के स्वतन्त्रता संग्राम में भाग लेने के कारण भुगतनी पड़ी।

प्रश्न यहाँ इस बात का है कि आखिर बाँदा के नवाब ने आत्मसमर्पण क्यों किया? इसका मुख्य कारण था—एक-एक कर सारे विद्रोही नेताओं का बिखर जाना और अपनी स्वार्थपरता के कारण देशी रियासतों के नेताओं की ओर से उन्हें कोई सक्रिय सहयोग न मिलना। समर्पण के बाद बाँदा के नवाब अलीबहादुर द्वितीय, शाहगढ़ नरेश राजा बखतबली और बानपुर के राजा ठाकुर मर्दनसिंह की हालत कोई स्वतन्त्र और सम्मानपूर्ण नहीं थी। एक प्रकार के कैदखाने में ही उनका शेष जीवन गुजरा।

1. यह सारा विवरण डॉ. भगवानदास गुप्ता के ग्रन्थ 'मस्तानी बाजीराव और उनके वंशज बाँदा के नवाब' से साभार उद्‌धृत किया गया है। उक्त ग्रन्थ में उन स्रोतों का भी विवरण है जहाँ से अत्यन्त परिश्रम के साथ ये विवरण इकट्ठे किए गए हैं। इसके लिए अनुवादक डॉ. गुप्ता की पत्नी श्रीमती डॉ. सुधा गुप्ता का आभारी है।—अनुवादक

डॉ. मो. सलेह खाँ : 1857 के स्वतन्त्रता संग्राम का अमर नायक

1857 के स्वतन्त्रता संग्राम में झाँसी का महत्त्वपूर्ण योगदान रहा है। मातृभूमि की स्वतन्त्रता के लिए शौर्य-पूर्ण त्याग और बलिदान यहाँ पर हुए हैं। जाति, धर्म एवं वर्गों की सीमाओं को लाँघकर लोगों ने इस संघर्ष में भाग लिया था, परन्तु इस स्वतन्त्रता संग्राम का इतिहास चन्द राजाओं, रानियों व कुछ रजवाड़ों तक ही सिमटकर रह गया है। अनेक छोटे-छोटे लोगों की इस संघर्ष में महती भूमिका रही है, जिनकी गाथा एवं कीर्ति अभिलेखागारों के दस्तावेजों और फाइलों में बंद होकर रह गई है। इनमें से एक थे, डॉक्टर मोहम्मद सलेह खाँ जिनको क्रान्ति में भाग लेने के कारण अक्टूबर, 1858 में झाँसी में फाँसी पर लटकाया गया था।

अप्रैल, 1858 के प्रथम सप्ताह में अंग्रेजों ने झाँसी पर अधिकार करके पुनः अपनी सत्ता स्थापित कर ली थी। नॉर्थ-वेस्ट प्रान्त के अधिकांश जिले भी अंग्रेजों के अधिकार में आ गए थे। इन सब जिलों में अंग्रेजों की कार्यसूची में प्रथम कार्य क्रान्तिकारियों को पकड़-पकड़कर सजा देना था। गुप्तचरों, सहायकों का जाल सब जगह सक्रिय था। जनपद शाहजहाँपुर के गुप्तचरों को एक सूचना पर बड़ा आश्चर्य हो रहा था। कुछ समय से शाहजहाँपुर की जनता झाँसी में हुई क्रान्ति, लक्ष्मीबाई की वीरता, झाँसी में अंग्रेजों के वध की घटनाओं के बारे में चटखारे ले-लेकर गुपचुप रूप से बातें किया करती थीं। घटनाओं का वर्णन इस प्रकार था जैसे आँखों देखा हाल बयान किया गया हो। शाहजहाँपुर के जिला प्रशासन के पास भी झाँसी में घटित घटनाओं की वैसी विस्तृत सूचनाएँ नहीं थीं, जैसी जनता में फैली हुई थी।

शाहजहाँपुर के जिला मजिस्ट्रेट जी.पी. मोने ने अपने गुप्तचरों को घटनाओं के सूचना-स्रोत के बारे में पता लगाने के आदेश दिए। शाहजहाँपुर में गुप्तचरों का जाल फैला दिया गया। कुछ ही समय में भेदियों को सफलता मिल गई। डॉ. मोहम्मद सलेह खाँ नाम के आदमी को शाहजहाँपुर में कैद करके जिला मजिस्ट्रेट के सामने हाजिर किया गया। डॉ. सलेह ने अपने बयानों में कहा कि क्रान्ति के समय वह झाँसी की

सिविल डिस्पेंसरी में डॉक्टर के पद पर कार्यरत थे तथा अंग्रेजी हुकूमत के मुलाजिम थे। चूँकि वह ब्रिटिश सरकार के नौकर थे, इस कारण झाँसी की रानी लक्ष्मीबाई ने उनको 26 नवम्बर, 1857 को नौकरी से निकाल दिया। अतः वह अपने घर लौटकर अपने वतन शाहजहाँपुर आ गए। जून 1857 से नवम्बर 1857 तक वह झाँसी में क्या करते रहे और शाहजहाँपुर में उन्होंने अपनी ज्वाइनिंग रिपोर्ट अभी तक क्यों नहीं दी थी, इसका कोई समुचित उत्तर डॉ. सलेह नहीं दे सके, अतः मोने ने डॉ. सलेह के विषय में झाँसी प्रशासन से पत्र-व्यवहार करने का निश्चय किया।

28-29 मई, 1858 के पत्र द्वारा जिला मजिस्ट्रेट शाहजहाँपुर ने झाँसी के कमिश्नर एफ.डब्लू. पिकने को डॉक्टर सलेह का पूरा विवरण भेजते हुए पूछा कि सलेह मोहम्मद का झाँसी के विद्रोह की घटनाओं में कोई हाथ तो नहीं था?

झाँसी के कमिश्नर को शाहजहाँपुर से बड़ी ही महत्त्वपूर्ण सूचना मिली थी। डॉ. सलेह झाँसी के प्रमुख क्रान्तिकारियों में से एक और लक्ष्मीबाई के सलाहकार थे। जिले में उनको जिन्दा या मुर्दा पकड़वाने पर एक हजार रुपए का इनाम घोषित था। डॉ. सलेह झाँसी के क्रान्तिकारियों में प्रथम पंक्ति के नेता थे। उनके विरुद्ध बहुत सारे सबूत अंग्रेजों के पास थे। अंग्रेजों के पास डॉ. सलेह के खिलाफ डिप्टी कलक्टर थोरनटन का 21 अगस्त, 1857 का समथर से प्रेषित एक पत्र था, जिसमें उन्होंने मेजर डब्लू.सी. इरसकिन, कमिश्नर सागर डिवीजन को सूचित किया था कि झाँसी में अंग्रेजों की हत्या में सलेह मोहम्मद की सक्रिय भागीदारी रही है। अंग्रेजी फौजों के झाँसी के पास आते ही मेजर स्कीन का खानसामा शहाबुद्दीन उनसे मिल गया था। उसने झाँसी में क्रान्ति की घटनाओं का ब्यौरा बड़े विस्तार से दिया था। 23 मार्च, 1858 से शुरू होकर कई दिनों तक उसका बयान रेकॉर्ड किया गया। 25 मार्च को उसने अपने बयान में कहा कि डॉ. सलेह ने खुद उसको बतलाया था कि अंग्रेज किले से किसी भी कीमत पर नीचे आने को तैयार नहीं थे। मेरे आश्वासन देने पर ही वो नीचे आए थे और मारे गए थे।

6 अप्रैल, 1858 को दिए गए बयान में—लालू बक्शी, पुत्र रामचन्द्र, जात ब्राह्मण, उम्र 53 वर्ष, निवास झाँसी—ने एक सवाल के जवाब में बतलाया था कि रानी साहिबा के लिखा-पढ़ी के कार्य में मदद और सलाह देने के लिए हकीम साहब उनके पास आया करते थे। 14 अप्रैल, 1858 को 12वीं नेटिव इनफेंट्री बंगाल की 8वीं कम्पनी के सिपाही अमान खाँ, बल्द करीब खाँ, उम्र 35 वर्ष, निवासी एदमादपुर (आगरा) के बयान से भी अंग्रेजों को पता चला कि डॉ. सलेह क्रान्तिकारियों के साथ मिले हुए थे। अमान खाँ के अनुसार झाँसी में अंग्रेजी सरकार के तीन डॉक्टर तैनात थे। रेजीमेंट में डॉक्टर शेख रहीम बक्श, जेल में मिर्जा वाकर बेग और शहर की डिस्पेंसरी में डॉ. मोहम्मद सलेह खाँ, डॉ. रहीम बक्श और डॉ. मिर्जा वाकर बेग तो विद्रोह

आरम्भ होते ही झाँसी से चले गए थे, परन्तु डॉ. सलेह झाँसी में ही रुके रहे थे। इन सब बयानों के आधार पर झाँसी के कमिश्नर ने डॉ. सलेह के बारे में सूचना देने वाले को इनाम दिए जाने की घोषणा किए जाने के लिए एक पत्र भी लिखा था। नॉर्थ-वेस्ट प्रोविंस, फॉरेन डिपार्टमेंट की झाँसी डिवीजन की प्रोसीडिंग के पैरा 84 के अनुसार गवर्नर जनरल ने डॉ. सलेह के लिए एक हजार रुपए की स्वीकृति दी थी। झाँसी के अधिकारी तो डॉ. सलेह की तलाश में थे ही, अतः शाहजहाँपुर से सूचना मिलते ही 14 जून, 1858 को झाँसी के कमिश्नर पिकने को पत्र शाहजहाँपुर भेजा गया जिसमें डॉ. सलेह को झाँसी का प्रमुख विद्रोही बतलाते हुए भारी सुरक्षा में झाँसी भेजने का आग्रह किया गया। 3 जुलाई, 1858 के दिन एक मजिस्ट्रेट और सैनिकों के साथ डॉ. सलेह की शाहजहाँपुर से झाँसी के लिए रवानगी हुई। डॉ. सलेह की पैरवी और मदद के लिए उनके रिश्तेदार शरफद्दीन भी उनके साथ झाँसी के लिए चले।

झाँसी में उनके ऊपर चला मुकदमा एक नाटक ही था। जो चार्ज लगा रहा था वही जज भी था। झाँसी के कमिश्नर को ही इस प्रकार के मुकदमे सुनने के अधिकार मिले हुए थे। उन्होंने डॉ. सलेह को फाँसी की सजा सुनाने में जरा भी देर नहीं की।

4 अक्टूबर, 1858 को उनको फाँसी पर लटका दिया गया। 5 अक्टूबर, 1858 का झाँसी के डिप्टी कमिश्नर आई.एन.एच. मेकलीन का कमिश्नर और सेशन जज झाँसी को प्रेषित पत्र जिसमें उन्होंने लिखा, "रिटनूर्स ड्यूली इनडोर्सड द वारंट ऑफ प्रिजनर सलेह मोहम्मद हैंग्ड ऑन द 4 अक्टूबर, 1858" अब केवल अभिलेखागार की फाइल नम्बर 165 का एक ऐसा दस्तावेज बनकर रह गया है, जिसकी स्याही धीरे-धीरे धूमिल होती जा रही है। हम सब लोग प्रथम स्वतन्त्रता संग्राम में जीवन होम करनेवालों को भूलते जा रहे हैं।

(ठाकुर देवेन्द्र सिंह के एक लेख का अंश।—अनुवादक)

कौंच का युद्ध : 7 मई, 1858

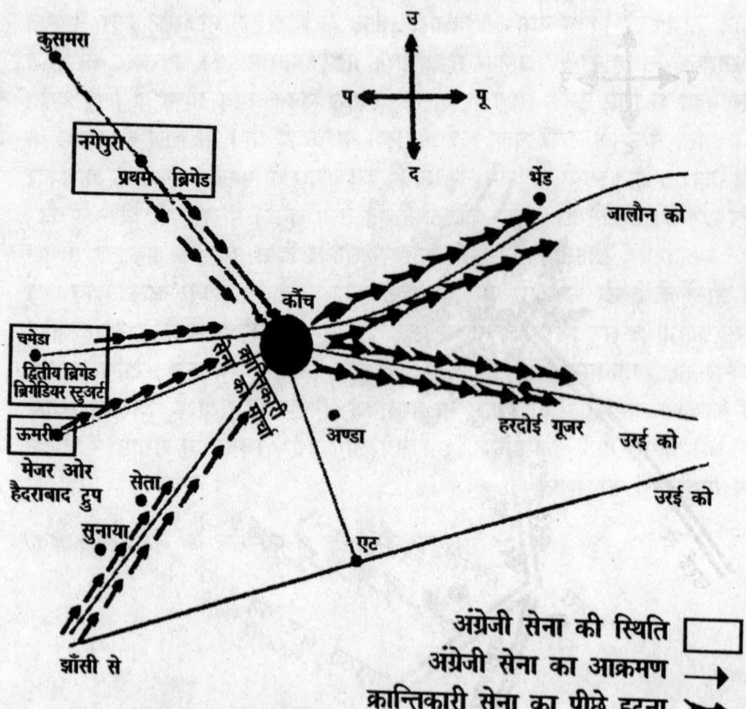

जालौन जनपद की भूमि पर स्वतन्त्रता के लिए लड़ा गया प्रथम युद्ध। तात्या टोपे, झाँसी की रानी लक्ष्मीबाई, क्रान्तिकारी सेना की पराजय। 600 क्रान्तिकारी सैनिक वीरगति को प्राप्त हुए। अंग्रेजों के 9 सैनिक मरे, 47 घायल तथा 45 लू गर्मी से मरे।

(ठाकुर देवेन्द्र सिंह की पुस्तक *1857 का प्रथम स्वतन्त्रता-संग्राम और जालौन जनपद*, पृ. 68 से साभार।—अनुवादक)

कालपी का युद्ध : 15 मई, 1858 से 23 मई, 1858

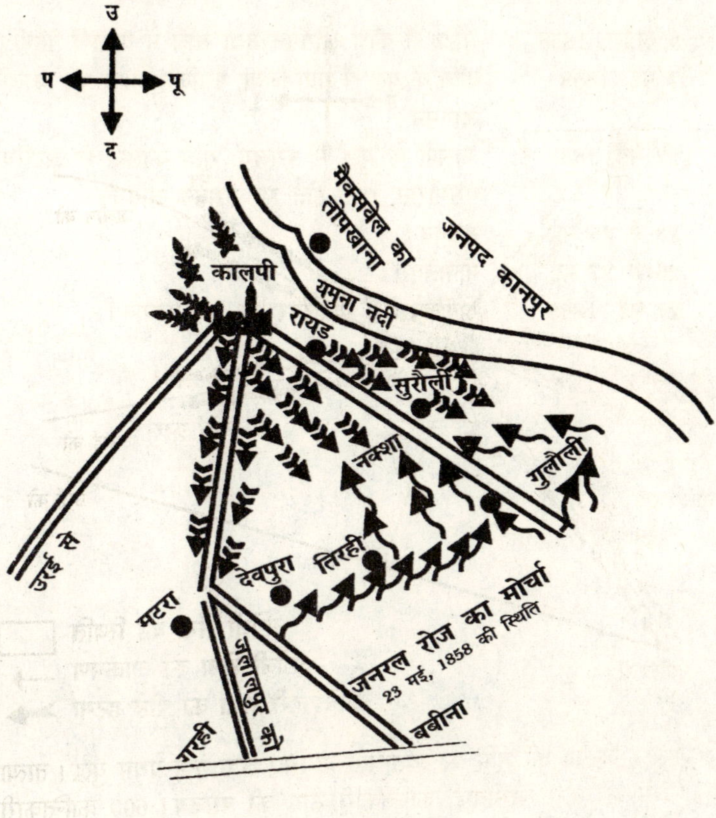

क्रान्तिकारी सैनिकों का संचलन

अंग्रेजी सेनाओं का संचलन

क्रान्तिकारी सैनिकों का पलायन

रानी लक्ष्मीबाई का जनपद जालौन में समर मार्ग

5 अप्रैल, 1858	:	भाँडेर से कौंच आगमन तथा रात्रि में कालपी पहुँची।
7 मई, 1858	:	कौंच के युद्ध में भाग लिया, पराजित होकर पुनः कालपी आगमन।
22 मई, 1858	:	कालपी के युद्ध में पराजय, रात्रि कालपी से अटरिया, मुसमरिया, चुर्खी होते हुए सरावन आगमन।
23 से 25 मई	:	सरावन।
26 से 27 मई	:	गोपालपुरा।
27 मई, 1858	:	गोपालपुरा से ग्वालियर की ओर प्रस्थान।

मेजर जनरल रोज़ का जनपद जालौन में युद्ध मार्ग

झाँसी से जालौन जिले के लिए प्रस्थान

6 मई, 1858	:	पूँछ से नगेपुरा आगमन।
7 मई, 1858	:	कौंच के युद्ध तथा विजय।
9 मई, 1858	:	कौंच से प्रस्थान, हरदोई गूजर आगमन। रात्रि विश्राम।
10 मई, 1858	:	उरई आगमन।
11 मई, 1858	:	आटा होते हुए सन्दी आगमन।
11-12 मई, 1858	:	सन्दी।
13 मई, 1858	:	इटौरा।
15 मई, 1858	:	मटरा, देवपुरा होते हुए गुलौली आगमन।
15 मई से 22 मई, 1858	:	गुलौली।
23 मई, 1858	:	कालपी पर अधिकार।
6 जून, 1858	:	कालपी से प्रस्थान।
7 जून, 1858	:	जालौन।
8 जून, 1858	:	गोपालपुरा।
9 जून, 1858	:	ग्वालियर प्रस्थान।

(ठाकुर देवेन्द्र सिंह की पुस्तक *1857 का प्रथम स्वतन्त्रता-संग्राम और जनपद जालौन*, पृष्ठ 69 से साभार। –अनुवादक)

'झाँसी की रानी' का अनुवाद : स्थाननामों के लिप्यन्तरण के सन्दर्भ में

"रानी लक्ष्मीबाई रणचंडी थी। उसने अपना लक्ष्य पूरा किया, अपना निश्चय पूरा किया, अपना ध्येय सिद्ध किया और अपनी महत्त्वाकांक्षा सफल की। रानी लक्ष्मीबाई जैसा एक जीवन एक पूरे राष्ट्र की सार्थकता के लिए पर्याप्त है। वह समस्त सद्गुणों का सार थी। कहने के लिए नारी, मुश्किल से तेईस वर्ष की आयु, गुलाब जैसी सुन्दर, स्वर्ण की भाँति शुद्ध फिर भी उसमें संगठन और पराक्रम की ऐसी शक्ति थी, जो ऐतिहासिक पुरुषों में भी यदा-कदा ही पाई जाती है। उनके हृदय में देशभक्ति की अग्निशिखा निरन्तर प्रज्वलित रहती थी। देश के सम्मान का उसमें जितना गर्व था, उतनी ही वह अपने पराक्रम में अद्वितीय थी।" (1857 का प्रथम स्वतन्त्रता संग्राम—वीर सावरकर)।

वीर की इस कृति को पढ़कर ही महाश्वेता देवी को यह प्रेरणा मिली कि **'झाँसी की रानी'** पर लिखा जाए, फलतः उनकी कृति 'झाँसी की रानी' शीर्षक से सन् 1956 में बंगला भाषा में प्रकाशित हुई, जो उनकी प्रथम रचना थी और जिससे उनमें यह भाव जाग्रत हुआ कि वह लिख सकती हैं। आज तो वह ज्ञानपीठ से सम्मानित तथा मेगासेसे अवार्ड से विभूषित हो चुकी हैं। ऐसी यशस्वी लेखिका की प्रथम कृति इतने लम्बे अन्तराल के बाद अनूदित रूप में हिन्दी के पाठकों को प्राप्त हुई है, जिसका श्रेय सुधी लेखक डॉ. रामशंकर द्विवेदी को है।[1]

डॉ. रामशंकर द्विवेदी ने इस कृति का अनुवाद करने का संकल्प इसलिए भी किया कि वह झाँसी की रानी से सम्बन्धित लगभग सभी स्थानों से सुपरिचित थे और लोक-परम्परा से प्राप्त अनेक तथ्य उन्हें सुविदित थे, जबकि मूल लेखिका ने भी लोक-उपादानों का भरपूर आश्रय लिया है, जिसको **'लोकायती दृष्टिभंगी'** की संज्ञा दी गई है।

---

1. *झाँसी की रानी*—महाश्वेता देवी (मूल बंगला), अनुवादक डॉ. रामशंकर द्विवेदी, (2000), नई दिल्ली : राधाकृष्ण प्रकाशन।

सभी भारतीय भाषाएँ अभिव्यक्ति की दृष्टि से पर्याप्त समर्थ है। बंगला भाषा का साहित्य काफी सम्पन्न है। प्रस्तुत अनुवाद के माध्यम से अनेक मार्मिक प्रसंग हिन्दी के पाठकों के समक्ष आते हैं। लेखिका ने कई स्थलों पर बड़े मार्मिक चित्र प्रस्तुत किए हैं, जिनका अनुवादक ने भरपूर निर्वाह किया है। यहाँ कुछ अभिव्यक्तियाँ/ चित्र उद्धृत किए जा रहे हैं—

- किन्तु बुन्देलखंड में उस (जननी) की भैरवी मूर्ति प्रकट हुई है। वहाँ पर पत्थर, पहाड़ों से आकीर्ण भूमि रूखी है और नदियाँ क्षीणतोया हैं। (वही, पृ. 2)
- राज्य की पर्वत-संकुल-अनुर्वर छाती को हल्की नोक से फाड़कर धरती को फसल की भाषा में बात कहलाने का प्रयास वर्ष-दर-वर्ष असफल होता रहता था। (वही, पृ. 21)
- उसी दिन समझ में आ जाएगा कि रानी निरामिषभोजी, धर्मकर्म में लीन, अंग्रेजी राज्य की दया से कृतज्ञता-विगलित हृदय, जीर्ण होते सामन्ततन्त्र की एक अयोग्य प्रतिनिधि मात्र नहीं है, उसका एक अन्य परिचय भी है। (वही, पृ. 79)
- उसके सामने एक के बाद एक पाँच दुर्भेद्य अवरोध थे। पहले तो आजस्र गिरि गह्वर की तरफ से वह घाटी से घिरा हुआ है। (वही, पृ. 181)
- रानी की त्वरित बुद्धि और अपूर्व रण-कौशल के कारण कोंच में बचे हुए भारतीय सैनिक और भी तितर-बितर होने से बच गए। (वही, पृ. 183)
- वह पठानी वेशभूषा में थी। सारा शरीर धूल-धूसरित, मुख लाल, नेत्र उदास। (वही, पृ. 185)
- यमुना के जल में सुनहली और रक्तिम छाया डालता हुआ सूर्य जब अस्ताचल की ओर चला गया। (वही, पृ. 195)
- महत् कीर्ति स्थापित करने के लिए जो प्रतिभा, शौर्य और दुस्साहस अपरिहार्य है, वह सिर्फ चौथे व्यक्ति में ही था। वह घृणा, प्रतिशोध, स्पृहा और यथा अवसर प्रचंड आघात करने के दृढ़-संकल्प से प्रेरित थी। (वही, पृ. 199)।

ऐसे सैकड़ों स्थल हैं, जिनमें से भाषा की अभिव्यक्तियों को छाँटा जा सकता है। अनुवाद के माध्यम से भी भाषा समृद्ध होती है। बंगला भाषा में संस्कृत से जो कुछ लिखा गया है, उससे भी हिन्दी समृद्ध होती है।

अनुवाद के साथ ही जुड़ा हुआ प्रश्न है—स्थानवाची तथा व्यक्तिवाची नामों का ठीक-ठीक लिप्यन्तरण। अंग्रेजी के कारण स्थानों के नाम कितने अधिक भ्रष्ट हो गए हैं, यह बात अब किसी से छिपी नहीं है। अंग्रेजी वर्तनी से बंगला में

लिप्यन्तरण हुआ। ऐसी स्थिति में स्थान नामों के रूप इतने अधिक भिन्न हो गए कि उनका ठीक रूप खोजना काफी कष्ट-साध्य हो गया। संयोग से अनुवादक उस क्षेत्र का निवासी है, साथ ही उसको विस्तृत ऐतिहासिक परिप्रेक्ष्य में उनकी जानकारी है तो हिन्दी रूपान्तरण में नागरी लिपि में उन्हें शुद्ध रूप से प्रकाशित किया जा सका। इस दृष्टि से अनुवादक को मुख्य कठिनाई स्थानवाची नामों के शुद्ध रूप खोज निकालने में हुई। इस दृष्टि से अनुवादक की भूमिका सम्पादक के रूप में भी हो जाती है।

"बंगला सुर-प्रधान भाषा है, फिर महाश्वेता देवी की अपनी शैली है। इनकी शैली अत्यन्त सीधी-सादी; अनाडम्बर पूर्ण है किन्तु उसमें अन्तःसलिला की तरह गहरी व्यंजना रहती है। उसे पकड़कर हिन्दी में उसका अनुवाद करने में भारी मुश्किल का सामना करना पड़ता है। ऐसी कई उक्तियाँ हैं जो अधूरी होती हैं—बंगला में तो उनका अर्थ सरलता से लग जाता है, किन्तु जब उसी उक्ति को हिन्दी में बदलते हैं तब आपको पूरा वाक्य गढ़ना पड़ता है। उसमें अपनी ओर से कुछ जोड़ना पड़ता है और कहीं-कहीं कुछ छोड़ना पड़ता है। बंगला वाक्य संरचना में 'खिंचाव' तथा शब्दों की बहुलता होती है, तब उस 'स्फीति' को कम करना पड़ता है। ऐसा करने में कई बार तो संकोच भी होता है और कई बार मूल से हटना पड़ता है। बंगला भाषा के किसी-किसी वाक्य का अनुवाद कई तरह से किया जा सकता है। उनमें से जो हिन्दी की प्रकृति के अनुकूल हो, उसे चुनना पड़ता है।" (पत्र से)।

बलाघात—स्पष्ट है कि बंगला भाषा का लहजा उच्चारण, वाक्य संरचना, समान शब्दों में अर्थ-भेद का अनुवाद करते समय विशेष ध्यान रखा जाएगा। उसकी काकु (टोन) एवं व्यंजना को बरकरार रखते हुए हिन्दी की प्रकृति के अनुसार ढालना पड़ता है, जिसके लिए अनुवादक डॉ. द्विवेदी बधाई के पात्र हैं।

बंगला आरोह-अवरोह प्रधान भाषा है। जब अनुवादक से जिज्ञासा प्रकट की कि हिन्दी भाषा की प्रकृति की रक्षा के लिए विशेषतः क्या करना पड़ा तो उत्तर मिला—"हिन्दी की प्रकृति में ढालने के लिए, बंगला की मूल वाक्य-संरचना को अक्षुण्ण रखने के लिए, साथ ही लेखिका के मंतव्य को उभारने के लिए अपनी ओर से कुछ शब्द मिलाने पड़े अर्थात् बंगला शब्दों के क्रम में उलट-फेर करना पड़ा।" इस दृष्टि से शोध की नई दिशा अनुवाद मूल्यांकन से निकलती है।

प्रस्तुत जीवनीपरक उपन्यास में लेखिका ने अनेक पुराने दस्तावेजों से उद्धरण भी दिए हैं, जिनका बंगला में अनुवाद किया। प्रस्तुत कृति में उन उद्धरणों का हिन्दी अनुवाद है जो निश्चित रूप से लेखिका के बंगला अनुवाद के बाद आया है। भारतीय भाषाओं की वाक्य-संरचना में पर्याप्त समानता है। यहाँ के कुछ उद्धरण और उनके अनुवाद दिए जा रहे हैं—

- Although a lady, she was the bravest and best military leader of the rebels. A man among the mutineers. (ह्यूरोज़ की डायरी से)

(नारी होते हुए भी वह विद्रोहियों में एक सर्वश्रेष्ठ और बहादुर सेनानायक थी। विद्रोहियों में एक मात्र वही पौरुष से युक्त थी।) (वही, पृ. 225)

- I do not blame you for what you have done, but Rani was responsible for the massacre all the same. If you can capture her, she should be tried specially. (केलिंग के पत्र से)

(तुमने जो कुछ किया है, उसके लिए मैं तुम्हें दोष नहीं देता, किन्तु रानी उस हत्याकांड के लिए दोषी थी। अगर तुम उस पर अधिकार कर लो तो उस पर विशेष अदालत में मुकदमा चलाया जाए।) (वही, पृ. 249)

टिप्पणी : स्पष्ट है कि हिन्दी की प्रकृति के अनुसार सेनानायक उपर्युक्त शब्द है। 'मैन' का भाव लेकर **'पौरुष से युक्त पुरुष'** प्रभावी अनुवाद है। द्वितीय उद्धरण में 'blame' के लिए 'दोष' है और भावानुवाद कर 'रेस्पांसिबल' के लिए 'दोषी'।

कहीं-कहीं अनुवाद की छटा साहित्यिक भाषा के रूप में परिणत हो गई है। निश्चित रूप से इसमें बंगला भाषा का प्रभाव भी रहा होगा, जैसे—

- It is in the darkest moments that the fire of genius burns with the brightest flame.

(गहन अन्धकारपूर्ण क्षणों में प्रतिभा की अग्निशिखा दीप्ततम तेज के साथ प्रज्वलित हो उठी।) (वही, पृ. 198)

इस प्रकार प्रस्तुत कृति न केवल बंगला से हिन्दी अनुवाद के लिए प्रशंसनीय है, वरन् अंग्रेजी से हिन्दी अनुवाद की दिशा में भी।

ह्यूरोज को कालपी अभियान के समय मिली पत्र-पेटिका-सम्बन्धी तथ्य

ह्यूरोज ने जब कालपी अभियान में विजय प्राप्त कर ली और राव साहब, बाँदा के नवाब तथा झाँसी की रानी समेत सभी क्रान्तिकारी पराजित होकर वहाँ से रात में ही चले गए, तब उसने दूसरे दिन कालपी के शान्त किले की खाना-तलाशी ली। उस तलाशी के समय उसे एक पत्र-पेटिका मिली, जिसे झाँसी की रानी का चिट्ठियों से भरा बक्सा समझा जाता है और किसी-किसी का मत है कि पत्रों के रूप में वे दस्तावेज सदा के लिए लुप्त हो गए हैं और अब उनका कोई अता-पता नहीं है। पर, ऐतिहासिक सत्य इसके विपरीत है। उसी पत्र-पेटिका-सम्बन्धी तथ्यों का विवरण नई खोजों के आधार पर यहाँ दिया जा रहा है।

कलकत्ता के श्री अरुण वरुण गांगुली एक ऐसे इतिहासकार हुए हैं जिन्होंने 1857 की क्रान्ति पर काम किया है। अपने इसी काम के दौरान वे इंग्लैंड गए थे और 1857 की क्रान्ति-सम्बन्धी तथ्य जुटाने वहाँ स्थित इंडिया ऑफिस लाइब्रेरी में भी गए थे। वहाँ उन्हें एक फाइल मिली जिसका सम्बन्ध तात्या टोपे के ट्रायल (मुकदमे) से था। फाइल का नाम था 'होम' मिसलेनियस 727-ए' ट्रान्सलेशन ऑफ तात्या टोपेज कनफेशन एंड ऑर्डर्स। श्री अरुण वरुण गांगुली ने एक पुस्तक लिखी है--जिसकी तैयारी के लिए वे लंदन गए थे--'गुरिल्ला फाइटर्स ऑफ फर्स्ट फ्रीडम मूवमेंट'। इस पुस्तक के परिशिष्ट में उन्होंने इन्हीं दस्तावेजों का अंग्रेजी अनुवाद दिया है। समझा जाता है ये वही दस्तावेज हैं जो कालपी अभियान में ह्यूरोज को मिले थे।

ये दस्तावेज या तात्या टोपे के मुकदमे से सम्बन्धित फाइल इंडिया ऑफिस लाइब्रेरी कैसे पहुँची इसकी एक रोचक कहानी अरुण वरुण गांगुली ने अपनी पुस्तक में दी है।

हुआ यह कि 3 जून, 1910 को इंडिया ऑफिस लाइब्रेरी को एक पैकेट प्राप्त हुआ जिसमें तात्या टोपे से सम्बन्धित मुकदमे की फाइल थी। इसी फाइल में कालपी में मिले दस्तावेज और तात्या टोपे का अपराध स्वीकार सम्बन्धी बयान भी नत्थी था।

यह पैकेट स्वर्गीय सर ओवेन वर्ने के उत्तराधिकारियों द्वारा भेजा गया था। उन्हें यह कैसे प्राप्त हुआ इसकी कोई जानकारी नहीं मिलती है।

अभी हाल में डॉ. हरीमोहन पुरवार और ठाकुर देवेन्द्र सिंह के संयुक्त प्रयास से एक पुस्तक प्रकाशित हुई है जिसका शीर्षक है : '1857 : कुछ टेलीग्राफ, कुछ दस्तावेज जनपद-जालौन'। इस पुस्तक में इन्हीं दस्तावेजों का विवरण तथा अनुवाद प्रकाशित किया गया है। उन दस्तावेजों के अनुशीलन से यह पता चलता है कि ये पत्र झाँसी की रानी से सम्बन्धित नहीं हैं। इनका सम्बन्ध तो तत्कालीन पेशवा सरकार कालपी से था। ये पत्र और आदेश हैं जो समय-समय पर किसकी ड्यूटी कहाँ है, कौन क्या करेगा इसके सम्बन्ध में निर्देश दिए जाते थे। इनका महत्त्व इस दृष्टि से भी है कि कालपी की सरकार अपना राज-काज कैसे सँभालती थी और वह अपनी प्रजा के हित का कितना ध्यान रखती थी। इन पत्रों/आदेशों की भाषा उर्दू, मराठी तथा लिपि देवनागरी है।[1]

1. इन तथ्यों का सूचना-स्रोत श्री अरुण वरुण गांगुली की पुस्तक 'गुरिल्ला फाइटर्स ऑफ फर्स्ट फ्रीडम मूवमेंट' तथा डॉ. हरीमोहन पुरवार तथा ठाकुर देवेन्द्र सिंह की पुस्तक '1857 : कुछ टेलीग्राम, कुछ दस्तावेज जनपद-जालौन' है। इसके लिए मैं आभारी हूँ।—अनुवादक

ग्रन्थ-सूची

Ball. Charles — History of the Indian Mutiny, 2 vols., London, N.D.

Burne. O.T. — Clyde and Strathnairn. Oxford, 1891.

Dodd. G. — History of the Indian Revolt and of the Expeditions to Persia, China and Japan, London, 1860.

Duff. A. — The Indian Rebellion, its Causes and Results, in a series of letters, 2nd ed. London, 1858.

Evans Major — Retrospect and Prospect of Indian Policy, London, N.D.

Forrest. G.W. — History of the Indian Mutiny, 3 vols., Edinburgh and London, 1904-12.

Hedayat — Ali a few words relative to the Late Mutiny of the Bengal Army and Rebellion in the Bengal Presidency, Calcutta, 1858.

Holmes. T.R. — History of the Indian Mutiny, London, 1898.

Kaye, Sir John William — A History of the Sepoy War in India, vol. I, 9th ed. London, 1880, vols. II and III, 4th ed., London, 1878.

Keene. H.G. — Fifty Seven : London, 1883.

Lang. J. — Wanderings in India and other sketches of life in Hindostan, London, 1859.

Lowe — Central India during the Rebellion of 1857 and 1858, London 1860.

Malleson, Col. G.B. — History of the Indian Mutiny, 3 vols., vols. I and II, 2nd ed., London, 1878, vol. III, London, 1880.

Malleson, Lt. Col. W. — The Revolt in Central India, Simla, 1908.

Martin R. Montgomery — The Indian Empire, 3 vols., London.

Mande Lt. Col. F.C — Memories of the Mutiny : with which is incorporated the personal narration of John Walter Sherer, 2 vols., London, 1894.

Mead H. — The Sepoy Revolt : its Causes and its Consequences, London, 1857.

Norgalt Lt. Col. tr. and Phillott, Lt. Col.D.C. — From Sepoy to Subadar, Calcutta, 1911.

Russell. Sir W.H. — My Diary in India in the year 1858-59, 2 vols., London, 1860.

Sen. Surendra Nath — Eighteen Fifty Seven, New Delhi, 1958.

Sylvester. J.H. — Recollections of the Compaign in Malwa and Central India, Bombay, 1860.

Thompson. E. — The other side of the Medal, London, 1930.

Thompson Capt. Mowbray — The Story of Cawnpore, London, 1859.

Trevelyan Sir G.D. — Cawnpore, London, 1899.

Printed Records

Central India Gazeteer.

Forrest, G.W. editor—Selections from the letters, Despatches and other state papers preserved in the Military Department of the Government of India, 1857-58., 4 vols., Calcutta, 1893-1912.

Parliamentary Papers—1854, 1856; 1857-58, 1859.

Thorntons' Gazeteer of India.

बांग्ला

चंडीचरण मित्र — झाँसीर रानी

ज्योतिरिन्द्र नाथ ठाकुर — झाँसीर रानी, कलिकाता, 1900

दुर्गादास वंद्योपाध्याय — विद्रोहे बंगाली, कलिकाता, 1925

रजनीकान्त गुप्त — सिपाही युद्धेर इतिहास, 5 खंड, कलिकाता 1886-1900

मराठी

दत्तात्रेय बलवंत पारसनीस — झाँसी संस्थानचा महारानी लक्ष्मीबाई साहेब याञ्चे चरित्र, सावरा, 1894

विष्णुभट्ट गोडसे — माझा प्रवास, 1948

हिन्दी और बुन्देलखंडी

कवि कल्याण सिंह कुड़रा — लक्ष्मीबाई को रायसो

कवि भूपत लाल — वीरांगना रायसो

गोरेलाल तिवारी — बुन्देलखंड का संक्षिप्त इतिहास

वृन्दावनलाल वर्मा — झाँसी की रानी

श्याम रंग मिश्र — बुन्देला शूर की कहानी

●●●

प्रथम रघुनाथ हरि (मूलपुरुष) नेवलकर वंश-वृक्ष

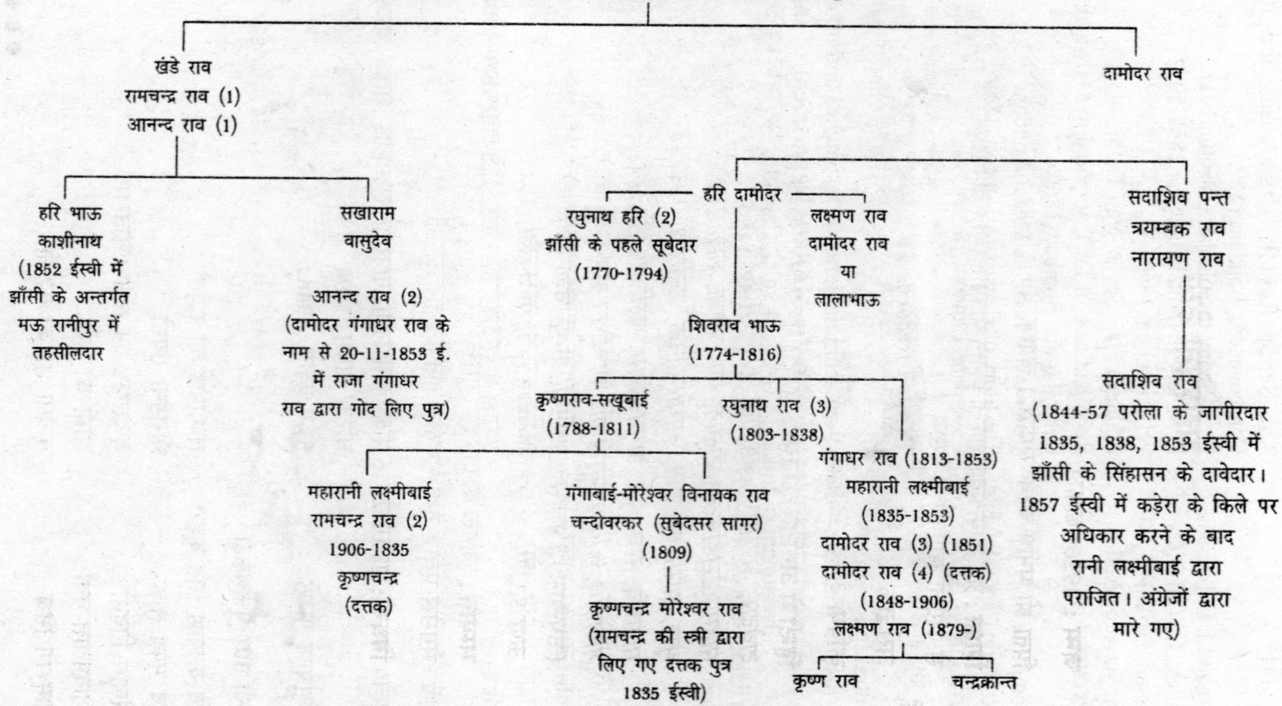